Israel Joshua Singer

Die Familie Karnovski

ROMAN

*Aus dem Amerikanischen
von Dora Winkler*

———

Paul Zsolnay Verlag

Titel der Originalausgabe:
The Family Carnovsky
Schocken Books Inc., New York 1988

Zuerst 1943 veröffentlicht auf Jiddisch unter dem Titel
Di mishpoche Karnovski. Die amerikanische Übersetzung erschien
zum ersten Mal 1969 unter dem Titel *The Family Carnovsky* bei
Vanguard Press, Inc., New York.

1 2 3 4 5   01 00 99 98 97

ISBN 3-552-04858-8
© 1969 by Joseph Singer
Alle Rechte der deutschen Ausgabe:
© Paul Zsolnay Verlag Wien 1997
Satz: Filmsatz Schröter GmbH, München
Druck und Bindung:
Friedrich Pustet, Regensburg
Printed in Germany

Für Genie

Erstes Buch
David

I

Die Karnovskis aus Großpolen waren bekannt für ihren Eigensinn und ihre Aufsässigkeit, aber auch angesehen als weise und gelehrte Männer mit einem Verstand, der zuschnappte wie eine stählerne Falle.

Ihr Genie war ihnen an der hohen Gelehrtenstirn und an den tiefliegenden und unruhigen schwarzen Augen anzumerken, der Eigensinn und die Aufsässigkeit zeigten sich bei ihnen an der Nase. Sie hatten kräftige, überlange Nasen, die spöttisch und arrogant aus ihren hageren, knochigen Gesichtern herausragten und zu sagen schienen: »Hersehen, aber Hände weg!« Wegen dieses Eigensinns wurde keiner der Karnovskis Rabbiner, obwohl sie das leicht gekonnt hätten; statt dessen widmeten sie sich dem Handel. Zum größten Teil wurden sie Taxierer in den Wäldern oder flößten die Stämme die Weichsel hinunter, oft bis nach Danzig. In den kleinen Verschlägen, welche die Flößer ihnen auf den schwimmenden Stämmen errichteten, führten sie Talmude und Gesetzesbücher mit sich, die sie voller Leidenschaft studierten. Derselbe Eigensinn bewegte sie auch dazu, sich stark für Mathematik und Philosophie zu interessieren und sogar für auf deutsch geschriebene Bücher. Obwohl sie wohlsituiert waren, verheirateten sie ihre Söhne mit Töchtern aus den reichsten Familien Großpolens. David Karnovski wurde von der Tochter Leib Milners geschnappt, des größten Holzhändlers von Melnitz.

Gleich am ersten Sabbat nach der Hochzeit, als der frischgebackene Ehemann ins Bethaus geleitet worden war, schaffte er es, den Rabbi und die Honoratioren der Stadt gegen sich aufzubringen.

Obwohl er doch in Polen geboren war, las David Karnovski, der Hebräischgelehrte und Grammatiker, das Kapitel Jesaja in dem Buch der Propheten mit litauischem Akzent und mit solcher grammatischer Genauigkeit vor, daß die chassidischen Juden im Bethaus Anstoß nahmen. Als das Gebet vorüber war, ließ der Rabbi den jungen Mann wissen, daß hier, in *seiner* Domäne, diese Form der Chassidim-Verspottung unerwünscht sei.

»Sie müssen verstehen, junger Mann«, erklärte der Rabbi hämisch, »daß wir hier nicht unbedingt der Ansicht sind, der Prophet Jesaja sei ein Litwak gewesen oder gar ein Feind des Chassidismus.«

»Im Gegenteil, Rabbi«, sagte David Karnovski, »ich kann beweisen, daß er tatsächlich Litauer war und auch Anti-Chassid.«

»Und wo ist Ihr Beweis?« fragte der Rabbi in selbstgefälligem Ton, da die einflußreichen Bürger neugierig dem Disput zwischen ihm und dem jungen Fremden lauschten.

»Das ist doch ganz einfach«, sagte David Karnovski. »Wäre der Prophet Jesaja ein polnischer Jude und ein Chassid gewesen, hätte er die Grammatikregeln nicht gekannt, und seine Schriften würden das fehlerhafte Hebräisch aufzeigen, das von allen unwissenden Juden und chassidischen Rabbis verwandt wird.«

Daß dieser grüne Junge ihn vor seiner ganzen Gemeinde so schlimm bloßstellen würde, damit hatte der Rabbi nun wirklich nicht gerechnet, und vor lauter Ärger fing er an zu stottern, als er nach einer Erwiderung suchte. Seine Worte verhaspelten sich und steigerten nur noch seine Panik. David Karnovski blickte ihn spöttisch an.

Seit diesem Tag fürchtete der Rabbi den Fremden. Die vermögenden Melnitzer Juden, die neben David Karnovski und seinem Schwiegervater die besten Plätze an der Ostwand des Bethauses innehatten, wogen vorsichtig jedes Wort ab, das sie an den scharfzüngigen jungen Mann richteten. Doch als er eines Sabbats gar Ketzerei in das Bethaus einführte, schritten der Rabbi und die führenden Bürger der Stadt offen gegen ihn ein.

Es geschah während der Lesung der Thora, wenn die Andächtigen das Gesicht von der Ostwand zum Lesepult hin wenden und still mit dem Vorleser den Abschnitt aus den Pentateuchs mitlesen. Auch David Karnovski las, in seinen neuen Gebetsschal gehüllt, den er nicht über dem Kopf trug, sondern über den Schultern, wie es einem Anti-Chassid ansteht, stumm in seinem Pentateuch, als ihm das Buch plötzlich aus den Händen rutschte. Er bückte sich, um es aufzuheben, aber sein Nachbar, ein Jude, der nur aus Gebetsschal und Bart zu bestehen schien, kam ihm zuvor. Er drückte schnell seine Lippen auf den aufgeschlagenen Pentateuch, zur Entschuldigung dafür, daß er heruntergefallen war, und wollte ihn gerade seinem Eigentümer zurückgeben, als ihm bewußt wurde, daß er Worte geküßt hatte, wie er sie noch nie in einem Pentateuch gesehen hatte. Sie waren weder Hebräisch noch Jiddisch. David Karnovski hatte die Hand nach seinem Pentateuch ausgestreckt, aber der Jude, der bloß Gebetsschal und Bart war, reichte ihn dem Rabbi, damit dieser ihn sich ansehen sollte. Der Rabbi überflog ein paar Zeilen, blätterte zur Titelseite und wurde rot vor Schreck und Empörung. »Moses Mendelssohns Pentateuch«, schrie er, »Moses Dessauers *Biur*! Das ist Gotteslästerung!« Im Bethaus brach Tumult aus.

Der Vorleser klopfte mit der Hand auf das Pult, um die Gemeinde daran zu erinnern, daß sie doch mitten im Gebet waren. Auch der Rabbi fing an, auf das Pult zu hämmern, um die Aufmerksamkeit wiederherzustellen, aber die Männer polterten und schnaubten vor Erregung. Trotz aller »Pscht« und »Aber, aber« und Schläge auf das Pult wurde der Lärm nur noch lauter. Als er sah, daß ihm sowieso keiner mehr zuhörte, haspelte der Leser in rasender Eile den vorgeschriebenen Abschnitt des Pentateuchs herunter, und der Kantor beendete den restlichen Gottesdienst ohne seine üblichen Triller und Tremolos. Kaum hatten sie zum Schluß das *alenu* gegen die fremden Götzen gerufen und noch bevor das Gebet richtig zu Ende war, begann das Bethaus zu summen und zu schwirren wie ein Bienenstock.

»Moses Dessauers verbotenes Buch!« wütete der Rabbi und zeigte auf David Karnovskis Pentateuch. »So etwas ist in Melnitz noch nie dagewesen ... Die Worte dieses Berliner Abtrünnigen in *meiner* Stadt, das werde ich nicht zulassen!«

»Mosche Dessauer, möge sein Andenken ausgelöscht werden«, rasten die Chassidim.

Die ungebildeten Juden spitzten die Ohren und versuchten zu begreifen, was geschehen war. Der Jude, der nur aus Gebetsschal und Bart bestand, wirbelte wie ein lebendig gewordener Flederwisch im ganzen Bethaus herum. »In der Sekunde, als ich es gesehen habe, wußte ich, daß da etwas nicht stimmt«, verkündete er zum hundertsten Mal. »Ich habe es sofort gespürt!«

»Einen schönen Schwiegersohn haben Sie sich da gekauft, Reb Leib!« schalten die einflußreichen Bürger den Magnaten der Stadt.

Leib Milner war verwirrt. In seinem Gebetsschal mit Silberkragen, mit seinem weißen Bart und der Goldbrille war er ein Bild vornehmer Würde; er konnte nicht verstehen, was dieser ganze Aufstand bedeutete. Als Sohn eines Pächters, der es erst vor kurzem zu Wohlstand gebracht hatte, kannte er nichts von der Thora außer den täglichen Gebeten. Irgendwie hatte er das Wort *Biur* aufgeschnappt, aber was für eine Sorte Bier das war oder was das mit seinem Schwiegersohn zu tun hatte, überstieg sein Fassungsvermögen. »Rabbi, was geht hier eigentlich vor?« fragte er flehend.

Der Rabbi wies zornig auf den Pentateuch. »Sehen Sie doch, Reb Leib, dieser Moses Mendelssohn aus Dessau hat Schande über Israel gebracht!« schrie er. »Er hat mit seiner gotteslästerlichen Thora Juden in die Abtrünnigkeit geführt!«

Obwohl Leib Milner immer noch nicht verstand, wer dieser Moses aus Dessau war, schloß er aus dem Ton des Rabbi, daß es sich um eine Art jüdischen Missionar handeln mußte, der seinen Schwiegersohn vom rechten Weg abgebracht hatte. Er versuchte, den Frieden im Bethaus wiederherzustellen.

»Männer, mein Schwiegersohn, lang möge er leben, war sich offenbar nicht bewußt, was für eine Bewandtnis es mit diesem Buch hat«, sagte er. »Es gehört sich nicht, daß Juden in einem Bethaus streiten. Laßt uns lieber nach Hause gehen und die Sabbatsegnungen sprechen.«

Doch sein Schwiegersohn dachte nicht daran, nach Hause zu gehen und die Sabbatsegnungen zu sprechen. Er drängte sich durch die Menge, bis er vor dem Rabbi stand. »Geben Sie mir meinen Pentateuch zurück!« sagte er. »Ich verlange, daß Sie ihn mir zurückgeben.«

Der Rabbi wiederum dachte nicht daran, den Pentateuch zurückzugeben, obwohl er eigentlich nicht wußte, was er mit ihm tun sollte. Wäre es ein gewöhnliches verbotenes Buch und dieser Tag kein Sabbat gewesen, hätte er dem Bethausdiener befohlen, ein Feuer im Ofen anzuzünden und diese Unreinheit vor der ganzen Gemeinde zu verbrennen, wie das Gesetz es vorschrieb. Aber es *war* Sabbat, und die Ketzerei war zusammen mit der Thora gedruckt, Häresie neben dem Heiligen Wort. Trotzdem wollte er das Buch seinem Eigentümer nicht zurückgeben. »Nein, junger Mann, es wird das Tageslicht nicht wiedersehen!« schrie er.

Wieder versuchte Leib Milner zu schlichten. »David, mein Schwiegersohn, was kostet ein Pentateuch? Ich kaufe dir zehn teurere Pentateuchs! Laß gut sein und komm nach Hause.«

Aber David Karnovski blieb eisern. »Nein, Schwiegervater«, erklärte er, »ich lasse ihm diesen Pentateuch nicht, nicht für alles auf der Welt!«

Leib Milner versuchte es mit etwas anderem. »David, Lea wartet daheim auf deinen Segen«, sagte er. »Sie wird vor Hunger sterben.«

Doch David Karnovski war nun so streitlustig, daß er nicht einmal mehr an Lea dachte. Seine Augen glühten. Er war bereit, es für seine Überzeugungen mit der ganzen Welt aufzunehmen. Zuerst verlangte er, daß der Rabbi ihm nur ein einziges Wort der Ketzerei in dem Buch zeigen solle. Dann fing er an, nach allen Regeln der Kunst die Thora zu zitieren, um zu beweisen, daß der Rabbi und die einflußreichen Bürger auch nicht ein einziges Wort von Moses Mendelssohns Schriften kannten noch zu verstehen imstande waren. Darauf packte ihn ein solcher Zorn, daß er verkündete, Rabbi Mendelssohn, gesegnet sei sein Andenken, habe in seinem kleinen Zeh mehr Thora, Weisheit und Gottesfurcht besessen als der Rabbi und dessen ganze Gemeinde zusammen.

Mit dieser Behauptung war der junge Fremde aber zu weit gegangen. Die Ungeheuerlichkeit, daß er den Rabbi und die frommen Juden verleumdet und in einem Bethaus einen Ketzer »Rabbi« genannt und sein Andenken gesegnet hatte, war zuviel für die Geduld der Chassidim. Sie ergriffen ihn bei den Armen und schleppten ihn zur Tür. »Zur Hölle mit dir mitsamt deinem Rabbi, möge sein Andenken ausgelöscht werden!« brüllten sie ihm nach. »Geh doch zu diesem Berliner Konvertiten, verflucht sei sein Andenken!«

Und genau das tat David Karnovski.

Obwohl er noch geraume Zeit Anspruch auf freie Kost und Logis im Hause seines Schwiegervaters hatte, wollte er nicht länger in einer Stadt bleiben, in der er eine solche Demütigung erlitten hatte. Sein Schwiegervater setzte ihm zu, versprach, sie würden das Bethaus verlassen und in der Synagoge beten, wo die Männer moderner und fortschrittlicher seien. Ja, er werde sogar sein eigenes Quorum zu Hause bilden, falls David darauf bestehen sollte. Lea, Davids Frau, flehte ihn an, sie nicht aus ihrem Elternhaus fortzunehmen. Aber David Karnovski war nicht umzustimmen. »Ich bleibe keinen Tag länger unter diesen Wilden und Dummköpfen«, versicherte er, »selbst wenn ihr mir ein Zimmer voll Gold anbietet!«

In seinem Zorn belegte er die Männer von Melnitz mit allen möglichen Schimpfnamen, die er aus seinen weltlichen

Büchern hatte: rückständige Knechte des finsteren Mittelalters, Götzenanbeter, Esel.

Und er wollte nicht nur die Stadt verlassen, die ihn so beleidigt hatte, sondern überhaupt ganz Polen, das immer noch so tief in Finsternis und Ignoranz steckte. Lange schon zog es ihn nach Berlin – der Stadt, in der der geheiligte Moses Mendelssohn gelebt und von der aus er sein Licht in der Welt verbreitet hatte. Seit seiner Kindheit, als David Karnovski aus Mendelssohns Pentateuch Deutsch gelernt hatte, lockte ihn dieses Land jenseits der Grenze, das ihm als die Quelle alles Guten, alles Wissens und Lichts erschien. Später, als er heranwuchs und seinem Vater im Holzhandel half, hatte er oft deutsche Briefe aus Danzig, Bremen, Hamburg und Berlin lesen müssen. Jedesmal, wenn er das tat, überkam ihn ein eigenartiges Gefühl der Verzauberung. Das »Hochwohlgeboren«, das jedem Namen vorausging, strahlte so große Vornehmheit und Anmut aus. Selbst die bunten Briefmarken mit dem Abbild des fremden Kaisers darauf erweckten in ihm Sehnsucht nach diesem fremden und doch so vertrauten Land. Nun sah er eine Gelegenheit, sich diese Sehnsucht zu erfüllen. Er schlug seinem Schwiegervater vor, ihm den Restbetrag der Mitgift auszubezahlen, damit er sich damit jenseits der Grenze eine Existenz gründen könne.

Zunächst wollte Leib Milner nichts davon hören. Er wollte seine Kinder und seine Schwiegersöhne und -töchter um sich haben. Seine Frau, Nechama, hielt sich die Ohren zu, um diese Rede zu ersticken. *Das hätte noch gefehlt – ihre Lea in ein fremdes Land ziehen zu lassen! Und wenn sie ihr den Mond und alle Sterne dafür gäben, sie würde nie zustimmen ...* Sie schüttelte so heftig mit dem Kopf, daß ihre langen Ohrringe ihr die Wangen peitschten. Aber David Karnovski ließ nicht locker. Mit einem Redestrom voller Gelehrsamkeit und Logik und einem wahren Hagel von Gründen setzte er seinen Schwiegereltern zu. Leib Milner konnte unter dieser Bedrängnis nicht lange standhalten, doch Nechama kapitulierte nicht so leicht. *Nein und noch einmal nein!* beharrte sie. *Nicht einmal, wenn das zu einer Scheidung führen sollte!* Doch da schaltete sich Lea ein. »Mama«, sagte sie, »ich werde hingehen, wohin auch immer David es mir befiehlt.«

Nechama senkte den Kopf und brach in Tränen aus. Lea schlang die Arme um den Hals der Mutter und weinte auch.

Wie gewöhnlich setzte David Karnovski seinen Willen durch. Leib Milner zahlte ihm die gesamte Mitgift aus, gute zwanzigtausend Rubel. Mit derselben Überredungsgabe überzeugte David den Schwiegervater, in sein Geschäftsvorhaben einzusteigen und ihm auf Flößen und Fuhrwerken Holz nach Deutschland zu liefern. Nechama buk ganze Platten von Kuchen und Plätzchen und packte zahllose Flaschen Saft und Eingemachtes zusammen, als zöge ihre Tochter in eine Wildnis hinaus und müßte für Jahre mit einem Vorrat der guten Dinge des Lebens ausgestattet werden. David Karnovski rasierte seinen Bart zu einem Spitzbärtchen ab, setzte eine Melone auf, zog einen knielangen Rock an, kaufte sich einen Zylinder für die Sabbate und Feiertage und bestellte einen Frack mit seidenen Aufschlägen.

In wenigen kurzen Jahren brachte es David Karnovski zu mehreren beachtlichen Erfolgen in der fremden Stadt, in der er sich niedergelassen hatte. Erstens lernte er fließend Deutsch sprechen, das Deutsch der Holzmagnaten, Bankiers und Offiziere. Zweitens baute er ein florierendes Geschäft auf und wurde in seinem Handelszweig ein wichtiger Mann. Drittens erlangte er, allein durch das Studium der Lehrbücher, den Gymnasialabschluß, ein Ziel, das er schon lange angestrebt hatte. Und viertens machte er dank seines Wissens und seiner Gelehrsamkeit die Bekanntschaft der führenden Gemeindemitglieder der Synagoge, in der er seine Gebete verrichtete – und das waren keine zerlumpten Ostjuden, sondern die vornehmen Abkömmlinge der alteingesessenen deutschen Judenheit.

Seine elegante Wohnung in einem Vorderhaus in der Oranienburger Straße wurde ein Treffpunkt für Weise und Gelehrte. Die Wände seines Arbeitszimmers waren vom Boden bis zur Decke hinauf mit Büchern tapeziert, zum größten Teil alte Gebetbücher und seltene Ausgaben, die er bei dem Buchhändler Ephraim Walder erwarb, der in der Dragonerstraße im jüdischen Viertel seinen Laden hatte. Nicht nur der Rabbiner der Synagoge, Dr. Speier, sondern auch andere Gelehrte und Gebildete – Bibliothekare, Seminaristen und sogar der hochbetagte Professor Breslauer, das älteste Mitglied des Theologischen Seminars –, alle kamen sie hier zusammen, um über die Thora und die Weisheit Israels zu disputieren.

Als seine Frau Lea ihm nach drei Jahren seinen ersten Sohn gebar, gab David Karnovski ihm zwei Namen: Moses, nach Moses Mendelssohn, den Namen, mit dem der Knabe zur Thora gerufen werden sollte, wenn er das Alter dazu haben würde, und einen deutschen Namen, Georg, eine Abwandlung von Gershon, wie sein Vater geheißen hatte, den Namen, mit dem er unter die Leute gehen und den er im Geschäftsleben gebrauchen konnte.

»Sei ein Jude im Haus und ein Mann auf der Straße«, ermahnte der Vater des beschnittenen Kindes seinen Sohn in beiden Sprachen, Hebräisch und Deutsch, als wollte er ganz sicher gehen, daß der Säugling ihn auch verstand.

Die eingeladenen Gäste nickten zustimmend.

»Ja, ja, mein lieber Herr Karnovski«, sagte Dr. Speier und strich sich seinen winzigen Bart, der dünn und spitz wie ein Bleistift war, »immer der goldene Mittelweg. Ein Jude unter Juden und ein Deutscher unter Deutschen.«

»Immer der goldene Mittelweg«, bekräftigten auch die anderen Männer und steckten sich in froher Erwartung des bevorstehenden Festmahls die blütenweißen Servietten in die hohen steifen Kragen.

2

Lea Karnovskis höchste Freude war es, ihr Kind preisen zu hören – besonders, wenn jemand bemerkte, wie sehr der Junge doch seinem Vater ähnlich sei. Obwohl sie in den fünf Jahren seit der Geburt ihres Lieblings zahllose solcher Komplimente eingeheimst hatte, wurde sie es nicht müde, sie immer wieder und wieder zu hören.

»Schau doch, Emma«, sagte sie und zog ihr Dienstmädchen von seiner Arbeit weg, damit es sich den Jungen ansehen sollte, als wäre es zum ersten Mal. »Ist er nicht das herzigste Schetzele?«

»Gewiß, gnädige Frau.«

»Das Abbild seines Vaters, nicht wahr, Emma?«

»Aber natürlich, gnädige Frau.«

Wie alle Frauen wußte Emma, daß Mütter es gerne haben, wenn man von ihren Sprößlingen sagt, sie glichen ihrem Vater, doch in diesem Fall war es nicht nötig zu lügen – der kleine Georg war das Abbild David Karnovskis. Über seinen strahlenden schwarzen Augen wölbten sich bereits Brauen, die für ein Kind viel zu dick und eckig waren. Aus dem kindlichen Gesicht ragte schon die eigensinnige, arrogante Karnovski-Nase. Sein Haar, das seine Mutter ihm nie schneiden ließ, war nahezu blau in seiner Schwärze. Emma versuchte, irgend etwas von der Mutter an dem Jungen zu finden, aber das war nicht leicht. Lea Karnovski hatte hellbraunes Haar, eine blasse Haut, graue Augen, die manchmal grün schimmerten, und ihr Gesicht und ihre Figur waren rundlich und strahlten gutmütige Weiblichkeit aus.

»Sein Mund ist genau wie bei der gnädigen Frau«, sagte Emma schließlich, um wenigstens einen Zug der Mutter an dem Jungen hervorzuheben.

Doch nicht einmal das wollte Lea zugeben. »Nein, er hat den Mund seines Vaters«, beharrte sie. »Sieh doch selbst, Emma.«

Die Frauen fingen an, den Jungen, der wild auf einem

Schaukelpferd ritt, einer eingehenden Musterung zu unterziehen. Der Kleine merkte, daß die Frauen ihn betrachteten, fühlte sich wichtig und streckte ihnen die Zunge heraus. Emma war gekränkt. »Du frecher kleiner Teufel!« schalt sie ihn.

Die dunkle Haut des Jungen gemahnte sie an Satan. Lea Karnovski war dagegen angesichts der unverschämten Geste des Jungen so von mütterlichem Entzücken hingerissen, daß sie ihn an ihren Busen zog und mit heißen Küssen bedeckte. »Du meine Freid, mein Glick, mein Schetzele, mein Prinzele, möge ich doch leiden alle deine Schmerzen für dich, mein süßes kleines Moschele«, gurrte sie und drückte den Kopf des Jungen an ihre Brust.

Der kleine Georg versuchte, sich aus ihren Armen zu winden, und stieß mit dem Knie nach dem Schoß seiner Mutter. »Laß mich los, Mutti, ich muß zu meinem Pferd!«

Er mochte es nicht, wenn seine Mutter ihn so leidenschaftlich küßte und ihn in die Wangen kniff. Und noch weniger mochte er es, wenn sie so seltsame Wörter sagte, die er nicht verstand, und ihn mit unvertrauten Namen ansprach. Alle nannten ihn doch Georg! Nur seine Mutter redete so seltsam. Er konnte das nicht leiden. »Ich bin nicht Moschele, ich bin Georg!« verbesserte er sie wütend, wofür Lea ihn mit Küssen auf seine beiden Augen belohnte. »Schlimmes Bubele, böses Bubele, du eigensinniger Karnosvki-*akshun*, Moschele, Moschele, Moschele«, murmelte sie.

Um ihn wieder zu besänftigen, gab sie ihm ein Stück Schokolade, obwohl ihr David strenge Weisung erteilt hatte, daß der Junge keine Süßigkeiten bekommen sollte. Das Kind biß in die Schokolade und dachte in seiner Wonne nicht mehr an den verachteten Namen. Es ließ sich sogar von seiner Mutter abküssen, soviel sie wollte.

Als die Wanduhr im Eßzimmer acht schlug, brachte Lea den Jungen zu Bett. Emma erbot sich, das zu tun, aber Lea wollte sich diese Freude nicht nehmen lassen. Sie säuberte sein Gesicht und seine Hände von der Schokolade, zog ihm den Matrosenanzug aus und hüllte ihn in ein Nachthemd, das ihm bis auf die Füße hinunterreichte. Dann setzte sie ihn sich auf die Schulter und trug ihn von einer *Mesusa* zur anderen, damit er sie vor dem Schlafengehen küßte. Der kleine Georg küßte die Amulette. Er verstand nicht, was sie waren, aber er wußte, wenn er sie küßte, würden gute Engel an sein Bett kommen und die ganze Nacht über ihn wachen. Außerdem steckten die Amulette in dünnen, glänzenden Röhrchen, die er gerne berührte. Doch als seine Mutter anfing, das Schlafenszeitgebet mit ihm zu lesen, konnte er nicht ernst bleiben. Die hebräischen Silben kamen ihm sogar noch komischer vor als die jiddischen Wörter, und er wiederholte sie verdreht. Er platzte fast vor Lachen, als seine Mutter die Augen zur Zimmerdecke hob und den Satz »Gott ist Einzig« sprach. Sie erinnerte ihn an ein wassertrinkendes Huhn, und er fing an, wie eine Henne zu glucksen, und verwandelte die heiligen Worte in ein »Gack, gack, gack ...«

Lea Karnovski erbleichte. Sie fürchtete, die guten Engel, die sie zur Wache an das Bett ihres Kindes gerufen hatte – Michael zu seiner Rechten, Gabriel zu seiner Linken, Ariel zu seinen Häupten und Raphael zu seinen Füßen –, würden sich an dem Jungen rächen. »Tu das nicht, mein Kind«, beschwor sie ihn. »Sprich mir nach, mein Schetzele: ›Mit ganzem Herzen und ganzer Seele‹«.

»Belebeche chelecheche«, machte der Junge und kreischte so vor Lachen, daß es durch die Wohnung schallte.

Trotz ihrer Furcht vor der Gotteslästerung konnte nun auch Lea nicht mehr an sich halten und prustete los. Sie war sich bewußt, daß sie sündigte, aber sie mußte einfach mitlachen, wenn jemand lachte, und sie lachte, bis ihr die Tränen über die Wangen liefen. Doch dann fiel ihr ein, daß ihr David sie in seinem Arbeitszimmer hören konnte, und sie wußte, daß er Gelächter verabscheute. Außerdem hatte er wichtige Gäste bei sich, und so preßte sie ihr Gesicht in Georgs Kopfkissen.

»Schlaf jetzt! Schlaf!« ermahnte sie den überreizten Jungen und küßte ihn von Kopf bis Fuß ab. Zuerst jeden einzelnen Finger, zum Schluß jeden einzelnen Zeh. Schließlich drehte sie ihn auf den Bauch und drückte ihm sogar einen Schmatz auf seinen kleinen Hintern. »Süß wie Honig«, seufzte sie.

Nachdem sie ihn zugedeckt und Gott für die närrischen Streiche des Jungen um Vergebung angefleht hatte, ging sie, erschöpft von der mütterlichen Gefühlswallung und dem Lachen, ins Eßzimmer hinüber.

»Emma, Tee für die Herren!« befahl sie.

Sie brachte ihre Kleidung in Ordnung, steckte ihre aufgelösten Haarsträhnen auf und trat ins Arbeitszimmer ihres Mannes, um seinen Gästen Erfrischungen anzubieten. Es waren nur Männer da, alle viele Jahre älter als ihr David. Sie trugen schwarze knielange Röcke und blütenweiße Wäsche. Die meisten waren bebrillt. Ein Patriarch hatte ein winziges Käppchen auf und rauchte eine lange Porzellanpfeife, was ihn wie einen Schtetl-Rabbi wirken ließ, doch zugleich sprach er ein hochelegantes Deutsch und war Professor.

»Guten Abend, Herr Professor«, begrüßte ihn Lea errötend.

»Guten Abend, meine Tochter, guten Abend«, sagte Professor Breslauer, und sein frisches, kindliches Gesicht strahlte zwischen den schneeweißen Büschen seines Haupthaares und Bartes.

Danach begrüßte sie die anderen Männer, die, obwohl sie wie Nichtjuden gekleidet und glattrasiert waren und Deutsch sprachen, immer noch wie Jeschiwastudenten aussahen. Doch ihre Manieren waren äußerst weltläufig, und sie sprachen Frau Karnovski geradezu übertrieben höflich an.

»Guten Abend, gnädige Frau!« sagten sie unter linkischen Verbeugungen. »Wie geht es Ihnen?«

Jeder zog ein Käppchen aus der Tasche, setzte es auf, um

den Segen über die Speisen zu sprechen, und steckte es schnell wieder zurück. Sie sprachen den Segen sehr leise, bewegten dabei kaum die Lippen, außer Professor Breslauer, der ihn schallend laut anstimmte. Und genauso schallend beglückwünschte er Frau Karnovski zu ihrem hausgemachten Strudel. »Ah, Sie sind eine Meisterbäckerin«, rief er. »So einen echten jüdischen Strudel habe ich seit sechzig Jahren nicht mehr gekostet. Sie haben eine tüchtige Frau, Herr Karnovski.«

Die Männer nickten zustimmend. Aber der einzige, der Professor Breslauers Komplimente an Frau Karnovski noch ausstach, war der Rabbi, Dr. Speier. Sich den Bart streichend, lobte er nicht nur ihren Strudel, sondern auch ihre Schönheit. »Die rühmliche Frau Karnovski übertrifft die sprichwörtliche Frau von Wert. Denn von der steht geschrieben, daß ihre Anmut trügerisch sei und ihre Schönheit eitel, und nur ihre Tugenden werden gepriesen. Aber die hochgeschätzte Frau Karnovski gehört zu den wertvollen Frauen, deren Anmut und Schönheit nicht trügerisch sind, sondern Hand in Hand mit ihren moralischen Tugenden gehen.«

Professor Breslauers Gesicht leuchtete vor Vergnügen. »Sie sind mir ja ein wahrer Frauenheld, mein lieber Rebbe Speier! Geben Sir nur acht, daß ich das nicht Ihrer Frau erzähle«, drohte er ihm mit scherzend erhobenem Zeigefinger.

Alle lachten und genossen die witzige Bemerkung, die eine willkommene Verschnaufpause nach Thora und Weisheit war. Nur der Gastgeber nicht, David Karnovski. Obwohl er jünger war als die anderen und sein Gesicht immer noch Energie und Vitalität ausstrahlte, konnte er müßiges Geplauder nicht ausstehen. Er wollte seinen Gästen von einem seltenen Band erzählen, den er unter all dem Schund in Reb Ephraim Walders Buchladen ausgegraben hatte, und er konnte es nicht ertragen, daß durch Schwatzen mit einem weiblichen Wesen kostbare Zeit vergeudet wurde. »Meine

Herren, ich muß Ihnen erzählen«, unterbrach er, »daß ich einen bemerkenswert alten Midrasch Tanhuma aufgestöbert habe, veröffentlicht im Jahr ...«

Lea zog sich zurück. Zum Midrasch Tanhuma hatte sie nichts zu sagen. Außerdem wußte sie, daß ihr David es nicht mochte, daß sie sich länger in seinem Arbeitszimmer aufhielt, wenn er hochstehende Gäste bei sich hatte. Sie sprach immer noch kein gutes Deutsch. Sie machte Fehler und mischte Ausdrücke aus Melnitz darunter und brachte ihren Mann damit in große Verlegenheit. Deshalb verließ sie eilig das Zimmer. Irgendwie schämte sie sich. Trotz all der übertriebenen Komplimente kam sie sich wie ein Dienstmädchen vor, das seine Pflichten erfüllt hatte und nun nicht mehr gebraucht wurde.

Der Leuchter im Eßzimmer warf dunkle Schatten, und Lea wurde tieftraurig, als sie sich hinsetzte, um die Socken ihres Mannes zu stopfen. Obwohl sie nun schon seit Jahren in dieser fremden Stadt lebte, war sie immer noch so einsam wie bei ihrer Ankunft. Sie hatte immer noch Heimweh nach ihrem Elternhaus, nach ihren Freundinnen, nach der Stadt, in der sie geboren und aufgewachsen war. Ihr Ehemann behandelte sie gut. Er war ihr treu und versorgte sie mit allen guten Dingen, aber er hatte wenig Zeit für sie. Tagsüber nahmen ihn seine Geschäfte in Anspruch, abends seine Bücher oder seine Gäste, mit denen er über Thora und Weisheit disputierte. Sie verstand weder etwas von seinen Geschäften noch von seiner Thora. Ihre Nachbarn waren ihr fremd, und Lea wußte nicht, an wen sie sich in ihrer Einsamkeit wenden sollte. Sie ging selten mit ihrem Mann aus. Nur an den Feiertagen gingen sie zusammen zur Synagoge, er in seinem Zylinder, sie in ihren Festtagskleidern und Juwelenschmuck. Sie schritten langsam Arm in Arm dahin, und unterwegs begegneten sie anderen Paaren, die mit feiertäglicher Ruhe und Gelassenheit einherspazierten. Die Männer lüfteten den Hut, die Frauen nickten. Aber das war auch schon alles.

Obwohl sie gesellig und freundlich war und gerne lachte, konnte Lea sich mit den angesehenen Damen aus der Synagoge nicht anfreunden. Sie fühlte sich fremd und scheu unter ihnen. Und ebenso fremd waren ihr die Gebete des Kantors in der Synagoge. Sie wurden zwar auf hebräisch angestimmt, aber in ihren Ohren klangen sie, als kämen sie aus dem Mund eines christlichen Priesters. Und genauso unjüdisch waren für sie der Chor und Dr. Speiers Predigten. Der steife, kalte Rabbi sprach mit aufgesetzter Leidenschaft und großen Gebärden, die nicht zu seiner unbewegten Miene und Gestalt paßten. Dazu gebrauchte er ein hochgestochenes Deutsch, gespickt mit blumigen Phrasen und Zitaten aus deutschen Schriftstellern und Philosophen und gewürzt mit Versen aus der Schrift und Auszügen aus Gebetbüchern. Die Frauen in der Synagoge waren von Dr. Speier bezaubert. »Wie göttlich er doch ist!« schwärmten sie. »Finden Sie nicht auch, Frau Karnovski?«

»Ja, natürlich«, stimmte Lea ihnen zu, aber sie hatte kein Wort von dem verstanden, was sie gehört hatte. Sie verstand nicht einmal das Gebetbuch in der deutschen Übersetzung, die ihr überhaupt nicht den Geschmack des Jüdischen vermittelte. Die Synagoge, die Bundeslade, die Thora und sogar Gott selbst erschienen in diesem luxuriösen kirchenähnlichen Gebäude als etwas Fremdes. Ganz wie ihre Mutter daheim war sie voller Eifer, sich ihrer Vertrautheit mit ihrem geliebten Gott hinzugeben und ihn »Papa« zu nennen. Aber das traute sie sich nicht an diesem heidnischen Ort, der eher wie eine Bank aussah als wie ein Gotteshaus.

David Karnovski war sehr stolz auf seine Synagoge und deren vornehme Gemeinde. Ihre führenden Mitglieder behandelten ihn nicht nur als ihresgleichen, sie hatten ihn sogar in den Vorstand des Verwaltungsrates der Synagoge gewählt. Von Zeit zu Zeit hatte er die Ehre, dem Vorleser dabei zu helfen, die Thora aus der heiligen Lade zu heben und sie nach der Lesung wieder zurückzustellen. Und dazu gehörte auch, daß er während der Lesung mit dem silbernen Zeigestock auf die richtige Seite wies. Danach drückten ihm die Männer, wie es der Brauch ist, die Hand und grüßten ihn mit einem »Guten Sabbat«, und David Karnovski fühlte sich ob all dem hochgeehrt. Nach dem Melnitzer Bethaus und dessen ungehobelten Gläubigen war es eine große Sache für ihn, solchen Respekt bei den angesehenen, alteingesessenen Bürgern Berlins zu genießen – den Magnaten, Gelehrten und erleuchteten Männern –, und er wollte, daß Lea an seinem Glanz teilhatte und stolz war. Aber Lea fühlte sich unbehaglich im Umgang mit den Freunden ihres Mannes – unbehaglich und verloren.

Und noch unwohler fühlte sie sich während ihrer Besuche im Hause Dr. Speiers, in das sie gelegentlich eingeladen wurden. Die Frau des Rabbis war sehr fromm, obwohl ihr Mann ein Reformrabbi war. Sie betete nicht nur dreimal am Tag, sondern vollzog die Handwaschungen und sprach den Segen über jeder einzelnen Tasse Kaffee, jedem Stückchen Süßigkeit und Obst. Sie war eine große Literaturkennerin und zitierte wie ihr Mann geläufig alle möglichen Schriftsteller und sagte auswendig Gedichte auf. Aus Frankfurt gebürtig und von Generationen von Rabbinern abstammend, war sie ganz von Bildung durchdrungen, mit der sie protzte wie ein gelehrter Mann. Weil sie unfruchtbar war, unterhielt sie sich nie über Kinder, sondern sprach von der Weisheit und Gelehrsamkeit ihrer Ahnen, der Rabbis. Sie war auch vertraut mit der Genealogie aller besseren jüdischen Familien, nicht nur in Frankfurt und Berlin, sondern im ganzen Land. Sie wußte, wer von wem abstammte, wer mit wem verheiratet war und wieviel jeder wert war. Ihre Gäste waren ebenso vornehm und hochwohlgeboren wie sie. Es waren größtenteils ältere Frauen, die sich nicht mehr für Mode, Schwangerschaften und Kindergebären interessierten und lieber über Verlobungen, Aussteuern, Hochzeitsgeschenke und Stammbäume redeten. Die Frau des Rabbis dominierte bei jedem Gespräch. Sie unterhielt sich eigentlich nicht, sondern ließ sich dogmatisch über ein Thema aus und führte dabei häufig ihren Vater oder Großvater an. »Wie mein verstorbener Großvater, der berühmte Rabbi von Frankfurt, einmal in seiner berühmten Bußsabbatpredigt bemerkte ...« sagte sie in ungefähr jedem zweiten Satz.

Lea Karnovski konnte da bezüglich ihrer Vorfahren nicht mitreden, sie waren ja nur Pächter in obskuren polnischen Dörfern gewesen. Um auch einmal ein Wörtchen zu der Unterhaltung beizusteuern, versuchte sie gelegentlich, einen Streich ihres Sohnes zu schildern, doch die Frau des Rabbis ließ sich auf solches Geplauder nicht ein. Lea Karnovski atmete tief auf, wenn sie das Haus des Rabbis wieder verließ. »David«, bat sie in ihrem vertrauten Jiddisch ihren Mann auf dem Heimweg, »nimm mich nicht wieder zu diesen Besuchen mit, bitte, lieber David.«

David Karnovski fuhr sie wütend an. »Herrgott noch mal, sprich Deutsch!«

Deutsch bedeutete für ihn Licht, Kultur, Moses Mendelssohn und die höchste Form des Judentums, während Leas Jiddisch ihn an den Rabbi von Melnitz, den Kult des Chassidismus, an Dummheit und Ignoranz erinnerte. Außerdem fürchtete er, für einen Bewohner der Dragonerstraße gehalten zu werden. Er wartete mit der Standpauke, bis sie zu Hause waren. Zum hundertsten Mal mahnte er sie, sich ihre gesellschaftliche Stellung bewußtzumachen. Sie sei nicht mehr irgendeine unbedeutende kleine Hausfrau aus Melnitz, sondern die Gattin David Karnovskis, eines Freundes alteingesessener Berliner Familien. Er könne nicht allein Besuche machen wie irgendein alter Lebemann, der sich von seiner Frau getrennt habe. Sie müßten zusammen gehen, wie es sich für angesehene Leute gehöre. Sie habe sich daran zu gewöhnen, mit gebildeten Menschen Konversation zu machen und mit vornehmen Damen Umgang zu pflegen. Sie müsse an sich arbeiten und lesen, wie er es tue, damit sie ihm keine Schande mache. Und vor allem müsse sie ihre Ausdrucksweise und ihre Grammatik verbessern und immer Deutsch sprechen und nicht dieses Melnitzer Jiddisch, das ihre Aussprache verhunze. Sie habe sich genauso an diese neue Welt anzupassen, wie er das getan habe. Niemand könne ihm anmerken, daß er aus der Fremde komme. Lea hörte sich die Klagen und Vorwürfe ihres Mannes an und wußte nichts zu ihrer Verteidigung zu sagen. Sie fühlte sich tief unglücklich.

Wie immer, wenn sie niedergeschlagen war, schrieb sie lange Briefe im vertrauten Jiddisch an ihre Eltern, an ihre Schwester, an ihren Bruder in Amerika, an Verwandte, an ihre Freundinnen daheim und schüttete darin ihr ganzes bekümmertes, sehnsüchtiges Herz aus.

David konnte nicht verstehen, wo in aller Welt seine Frau nur so viel Stoff zum Schreiben fand. Gewiß, er schrieb auch viel, doch immer nur in wichtigen Angelegenheiten – Geschäftskorrespondenz, Holzbestellungen oder gelehrte Kommentare. Was aber die Briefe einer so unbedarften Frau füllen mochte, überstieg sein Vorstellungsvermögen. Trotzdem sagte er nichts zu ihr, sondern lachte nur ein bißchen über ihre Rechtschreibfehler, als er aus Neugier eine Seite überflog, und strich ihr mit seiner warmen, sonnengebräunten Hand über das seidige Haar. »David, hab mich lieb«, flehte sie ihn an. »Wen habe ich denn außer dir?«

In der Aufwallung der Liebe vergaß Karnovski Weisheit und Respektabilität. Aber was er nie vergaß, war sein Deutsch. Selbst in den Augenblicken der größten Leidenschaft flüsterte er Lea Liebesworte in dieser Sprache zu. Das kränkte sie, seine Koseworte in dieser fremden, gutturalen Sprache stießen sie ab. Sie hatten nicht den wahren Geschmack der Liebe.

3

Salomon Buraks Warenhaus in der Landsberger Allee war voller Menschen und Lärm. Frauen jedes Alters und Aussehens – alte, fleischige Deutsche mit dunklen, schwer mit Blumen und Bändern beladenen Hüten, magere Arbeiterfrauen mit Kindern im Schlepptau, junge blonde Mädchen in schwingenden, farbenfrohen Kleidern und mit Sonnenschirmen in der Hand –, alle drängten sich in dem großen Laden, der vom Boden bis zur Decke mit Waren vollgestopft war: Stapeln von Unterwäsche, Leinenhemden, Strümpfen, Schürzen, Hochzeitskleidern aus Satin, Schleiern, formlosen Umstandskleidern, Windeln und sogar Totenhemden. Die Verkäufer und Verkäuferinnen – alle flott und agil, dunkeläugig und schwarzhaarig – arbeiteten mit beachtlicher Schnelligkeit, um die Kundenscharen zu bedienen. Sie maßen rasch ab, rechneten flugs zusammen, packten in fiebriger Hast ein. »Die nächste, bitte, die nächste«, trieben sie die Frauen an, die vor den Ladentischen Schlange standen.

An der Kasse saß Frau Burak, die das Geld einnahm und herausgab. Ihre weichen, mit Ringen geschmückten Finger bündelten die Geldscheine und zählten die Münzen aus. Ihre Lippen, die zu einem ständigen Lächeln verzogen waren, das sowohl den Kunden wie dem Geld galt, flüsterten ununterbrochen: »Danke schön! Danke schön!«

Der Agilste, Lebhafteste und Flotteste von allen war aber der Warenhausbesitzer, Salomon Burak, selbst. Hager, blond und dandyhaft in einem karierten englischen Anzug, mit roter Krawatte und Seidentüchlein in der Brusttasche und einem dicken Ring am Zeigefinger seiner rechten Hand, sah er eher wie ein deutscher Schmierenkomödiant oder Zirkuskünstler aus als wie ein jüdischer Ladenbesitzer. Er sprach ein urwüchsiges Berlinerisch, als wäre er in dieser großen Stadt geboren, aber seine Energie und Nervosität wiesen ihn unverkennbar als Einwanderer aus dem Osten aus.

»Ein Dukatchen mehr, ein Dukatchen weniger«, sagte er zu seinen Verkäufern und Verkäuferinnen, »darauf soll es nicht ankommen, solange nur Betrieb ist. Summen muß es, summen wie in einem Bienenstock!«

Das war vom ersten Tag an seine Politik gewesen, als er

noch als ganz junger Bursche aus Melnitz gekommen war und mit einer Trage auf dem Rücken hausierend über deutsche Dörfer gezogen war. Dieselbe Politik hatte er später angewandt, als er in der Linienstraße im jüdischen Viertel einen kleinen Laden für Damenbekleidung auf Ratenzahlung eröffnet hatte. Und auch jetzt hielt er daran fest, nachdem er längst die polnisch-galizische Nachbarschaft verlassen und es zu einem großen Geschäft in der Landsberger Allee gebracht hatte. Er liebte die Routine seiner Arbeit – das Einkaufen, das Verkaufen, das Handeln und Herauf- und Heruntersetzen. Er handelte mit großen Warenposten, je größer, desto lieber, wenn es nach ihm ging. Er erwarb auch Ware, die nicht mehr der Mode entsprach, beschädigte Güter, Restbestände aus Konkursen und Bränden, alles, was billig war. Und er verkaufte so billig, wie er eingekauft hatte. Er verkaufte gegen Barzahlung, auf Kredit und auf Raten. Und obwohl sein Geschäft nicht mehr in der Linienstraße lag und seine Kundschaft ganz deutsch war, versuchte er nicht, seine Abstammung zu verbergen, wie es die meisten jüdischen Kaufleute seiner Nachbarschaft taten. Sein jüdischer Name stand in riesigen Lettern auf seinem Ladenschild. Und er schmückte seinen Laden auch nicht mit dem flachshaarigen Verkaufspersonal, hinter dem die anderen jüdischen Händler ihren semitischen Hintergrund zum Verschwinden zu bringen suchten.

Im Gegenteil! Er beschäftigte seine und seiner Frau Verwandte, die er aus Melnitz herholte. So hatte er einen doppelten Nutzen – er versorgte bedürftige Menschen mit einem Einkommen und konnte seinen Angestellten, seinem eigen Fleisch und Blut, voll und ganz vertrauen. Die jüngeren, die bereits die neueste Mode kannten und Deutsch sprachen, ließ er im Laden arbeiten. Die älteren schickte er zum Einziehen der Raten aus.

Die anderen jüdischen Geschäftsleute in der Nachbarschaft, alles Alteingesessene und Assimilierte, ärgerten sich über Salomon Burak. Es störte sie nicht so sehr, daß er die

Preise drückte und billig verkaufte, als vielmehr, daß er das Judentum aus Polen in die Landsberger Allee gebracht hatte. Sie konnten den Namen »Salomon« nicht ertragen, den er in so schreienden Buchstaben auf sein Schild hatte malen lassen. Sie empfanden das als eine typisch jüdische Unverschämtheit, die darauf berechnet sei, die Nichtjuden zu provozieren.

»Warum ›Salomon‹?« fragten sie. »Hätte denn der Nachname allein nicht genügt? Und wenn Sie unbedingt auch noch Ihren Vornamen dazu haben müssen, warum nicht nur den Anfangsbuchstaben ›S‹?«

Salomon Burak lachte verächtlich über seine Nachbarn. Er konnte an dem Namen Salomon nichts Unrechtes finden und er konnte auch nicht verstehen, was sie gegen sein nichteinheimisches Verkaufspersonal hatten. In dem groben Deutsch, das er als Hausierer gelernt hatte, gewürzt mit einem Gemisch aus Melnitzer Jiddisch und Hebräisch, legte er seinen empörten Nachbarn dar, daß er mit seinem ›Salomon‹ besser fahre als sie mit ihren nichtjüdischen Ködern, mit denen sie ihre Abstammung zu verkleiden suchten. Sein Name sei zwar Salomon, aber die nichtjüdischen Frauen und Mädchen kämen in Scharen zu ihm, weil es bei ihm eben ein paar Pfennig billiger sei.

»Wie heißt es doch? ›Unrein mag ja sein der Mosche, doch sein Pfennig, der ist koscher‹ ...« lachte er.

Er schonte weder seine Glaubensgenossen noch seine Geschäftskollegen, noch die Fabrikanten, von denen er die riesigen Warenposten erwarb, und auch nicht einmal die Bankdirektoren, bei denen er große Beträge auf Zins aufnahm. Er sagte ihnen, daß sie trotz ihrer langen Ansässigkeit und ihres viele Generationen zurückreichenden Deutschtums von den Nichtjuden ganz genauso verachtet würden wie er, der Fremde, und wie alle Juden überhaupt – und deswegen bräuchten sie sich ihm, Salomon Burak, nicht überlegen zu fühlen.

»Wie heißt es doch? ›Fritz oder Horst, so ist die Welt;

man haßt den Juden und liebt sein Geld!'« schloß er mit einem Reim und rieb sich die Hände, um zu zeigen, daß es zu diesem Thema weiter nichts mehr zu sagen gab.

Die schwarzäugigen Berliner, die den Emporkömmling um sein blondes Haar beneideten, schüttelten wehmütig den Kopf. Obwohl ihnen durchaus bewußt war, daß er die Wahrheit sprach, hörten sie diese nicht gern aus dem Mund eines früheren Hausierers, der sich so schnell bis in die Landsberger Allee heraufgearbeitet hatte. Es war ihnen nicht geheuer mit Leuten wie ihm, die durch ihre Namen, ihr Benehmen und ihre Geschäftsgepflogenheiten die Nichtjuden dazu verleiteten, sie, die alteingesessenen und assimilierten deutschen Juden, mit ihnen unter denselben Hut zu bringen. Diese Neuankömmlinge machten ihnen angst. Sie ließen genau das Judentum wiederauferstehen, das sie, die alten Siedler, nun schon so lange vermummt und verborgen hatten.

»Also, reden wir nicht mehr darüber«, sagten sie, um das schmerzliche Thema ruhen zu lassen.

Aber Salomon Burak wollte darüber reden. Gerade weil sie nichts von diesen Dingen wissen wollten, brachte er sie bei jeder Gelegenheit aufs Tapet. Aus demselben Grund streute er auch immer jiddische Ausdrücke ein, wenn er mit den Fabrikanten und Bankdirektoren sprach, die sich bei jeder Erinnerung an ihr Judentum vor Unbehagen wanden. Salomon Burak benutzte aber seine Mischsprache nicht nur Juden gegenüber, sondern auch im Geschäft, wann immer ein lästiger Kunde ihm zu sehr auf die Nerven fiel.

»Das ist die allerneueste Mode à la *Kolomeye*«, scherzte er mit streng ernsthafter Miene. »*Simchas Thora*-Modell Nummer dreizehn ... Nicht wahr, Max?«

Wie in seinem Geschäft herrschte auch in Salomon Buraks Wohnung ständiger Trubel. Sie war immer voller Verwandter, Freunde, Bekannte und vor allem Leute aus Melnitz. Sobald irgendeine Frau nach Deutschland kam, um einen berühmten Spezialisten zu konsultieren, oder wenn ein Paar auf der Durchreise nach Amerika war, machten sie zunächst halt in der Wohnung von Schlomele Burak, der sich hier Salomon nannte. Sie blieben tagelang bei ihm, manchmal wochenlang. Sie aßen an seinem Tisch und schliefen auf seinen Sofas. Salomon Burak scherzte selbst über seinen turbulenten Haushalt. Hotel de la Wanze, nannte er ihn gern, aber das sagte er nicht etwa, um Besucher abzuhalten, sondern nur aus Spaß. »Leben und leben lassen«, mahnte er seine Frau, wenn ihr der ständige Besucherstrom manchmal zuviel wurde.

Unter den Gästen, die ab und zu im »Hotel« vorbeikamen, war Lea Karnovski, die ja aus derselben Stadt wie Salomon und Jetta Burak stammte.

Wenn ihr Mann zu Hause war, besuchte Lea die Buraks nicht, denn David Karnovski wünschte keinen Verkehr mit Flegeln aus Melnitz. Er wollte die Jahre auf der anderen Seite der Grenze vergessen, sie völlig aus seinem Gedächtnis streichen. Gerade weil er selbst ein Fremder war, wollte er jede Berührung mit anderen Fremden vermeiden. Außerdem waren die Buraks auch auf der anderen Seite ihm nicht gleichgestellt gewesen. Sie waren arm und ungebildet, und Karnovski, der Gelehrte und Aristokrat, hegte gegen ihre Sorte eine starke Abneigung. Als die Buraks das erstemal uneingeladen hereinschneiten und Salomon, eine Zigarre im Mund, David gegenüber zu vertraulich wurde und ihn freundschaftlich auf den Rücken hieb, schüttelte Karnovski ihn so heftig ab, daß der andere es merken mußte, daß er hier unerwünscht war.

»Ich habe mit diesem Pöbel nichts gemein«, sagte David danach zu Lea, »und du solltest ihnen auch aus dem Weg gehen. Das ist kein passender Umgang für die Frau von David Karnovski.«

Deswegen blieb Lea ihren Freunden fern. Aber wenn David in Geschäften nach Hamburg oder Bremen reiste, wurde sie in der leeren Wohnung so trübsinnig, daß sie sich zu den Buraks fortschlich, um ein vertrautes Gesicht zu sehen und ein freundliches Wort zu wechseln. Jetta und Salomon Burak begrüßten sie immer äußerst liebevoll. »Reb Milners kleine Lea!« jubelte Jetta und klatschte in die Hände. »Salomon, Schlomele, komm und schau, wer uns da besucht!«

Salomon-Schlomele lachte ausgelassen. »Jom Kippur muß dieses Jahr auf Rosch Haschana fallen, wenn Frau Karnovski höchstpersönlich geruht, Salomon Burak einen Besuch zu machen«, sagte er neckend.

Gleichzeitig benahm er sich mit der übertriebenen Höflichkeit, die er sich in den billigen Tanzlokalen, die er früher besucht hatte, Damen gegenüber angewöhnt hatte, er half Lea aus dem langen Mantel und nahm ihr den Sonnenschirm ab.

»Ist dein Mann verreist?« fragte Jetta, als sie und Lea einander küßten.

»Ja, Jettele«, antwortete Lea verlegen, weil sie ihre Freunde heimlich besuchen mußte.

Salomon machte daraus einen Spaß. Er rannte zum Ofen und sah nach, ob er noch stand, in Anspielung auf ein Melnitzer Sprichwort, das hieß: Wenn überraschend ein hoher Gast kommt, fällt der Ofen auseinander. Jetta, die seit ihrer Heirat mit Salomon ständig sein Betragen überwachte und seine Exzesse zügelte, machte seinen Narreteien ein Ende. »Schlomele«, mahnte sie ihn, »Schlomele, laß doch den Ofen sein!«

Lea brach in Gelächter aus. Sie war plötzlich ganz überwältigt von Heimweh und Sehnsucht nach früher. Sie fühlte sich hier so entspannt und hatte Lust, zu lachen – laut zu lachen. Jetta wartete nur darauf, mit ihr mitzulachen. Hoch zufrieden mit der Wirkung seines Scherzes, fühlte sich Salomon zum Weitermachen bewogen. »Wie geht es dem Passah-Truthahn?« fragte er Lea Karnovski.

Lea war verwirrt. »Dem Passah-Truthahn?«

»Ich meine Herrn Karnovski«, erklärte Salomon. »Plustert er sich immer noch so auf?«

Nun war er zu weit gegangen, und Jetta wies ihn zurecht. »Schlomele«, sagte sie, »vergiß dich nicht! Geh und sag dem Mädchen, daß es uns etwas zu essen bringen soll.«

Lea aß die Mohnküchlein, die Kipfel und die Bagels, die sie an zu Hause erinnerten. Sie versuchte das Honigbällchen und die Marmelade und strahlte. »Ein richtiges Festessen«, sagte sie. »Gerade wie in Melnitz.«

Die Wohnung füllte sich mit Menschen. Bei den Buraks war immer offenes Haus. Die nichtjüdischen Dienstmädchen fragten nicht einmal nach dem Namen der Besucher, sie ließen jeden herein. Und nicht nur Verwandte kamen, sondern alle möglichen Vermittler und Agenten, Altkleiderhändler aus dem jüdischen Viertel, die sich Geld leihen wollten, Kranke auf ihrem Weg zu Heilbädern oder Spezialisten, Väter alter Jungfern, die sich eine Mitgift zusammenbettelten, vornehme Arme, gewöhnliche Schnorrer, Opfer von Feuersbrünsten – Salomon Burak schickte keinen weg. »Ein Dukatchen mehr, ein Dukatchen weniger, leben und leben lassen«, sagte er und zählte dem Bittsteller schnell die Geldscheine hin.

Immer wurde in der Küche gerade etwas gekocht. Die nichtjüdischen Dienstmädchen, denen Jetta beigebracht hatte, so jüdische Köstlichkeiten zuzubereiten wie Kugel und Karottengeschmortes, waren damit beschäftigt, Fische zu füllen und Nudeln zu schneiden, Mohnküchlein und Honigbällchen zu backen und ununterbrochen Erfrischungen aufzutragen. Das Thema, über das am meisten gesprochen wurde, war Melnitz. Alles, was dort geschah, war in dieser Wohnung bekannt: wer reich geworden war und wer Bankrott gemacht hatte; wer gestorben war und wer ein Kind verheiratet hatte; wer durch Heirat mit wem verbunden worden war; bei wem es gebrannt hatte; wer bereits nach Amerika gegangen war und wer vorhatte, auszuwandern. Lea Karnovski lauschte der Unterhaltung mit allen Sinnen, ihre Wangen glühten vor Glück. Sie war wieder daheim. Die ganze Stadt und ihre Einwohner zogen vor ihren

Augen vorüber. Von Zeit zu Zeit gemahnte sie sich, daß sie schon zu lange geblieben war, und machte einen Versuch zum Aufbruch, aber die anderen wollten sie nicht gehen lassen. »In einer Minute lass' ich dich weg, Lea«, sagte Jetta und hielt die Hände ihrer Freundin fest.

Lea ließ sich nur allzu gern zum Bleiben überreden. Sie mußte sich für alle die quälenden Besuche im Haus des Rabbis entschädigen, für ihr einsames und gegängeltes Leben. Hier konnte sie frei sprechen, sich natürlich verhalten, über Kleider und Kochen plaudern, sich mit ihrem Kind brüsten und zuhören, wie Jetta die klugen Aussprüche *ihrer* Kinder wiedergab. Und vor allem konnte sie lachen, über jede Kleinigkeit lachen wie daheim im Elternhaus. Als der Tisch mit vertrauten Speisen gedeckt wurde, war Leas Glück vollkommen. »Schau her – Nudeln und Fischbrühe«, rief sie. »Richtige Melnitzer Nudeln und Fischbrühe!«

Die Gäste genossen die heimatlichen Speisen und die deftigen Anekdoten ihres Gastgebers über seine Leiden unter den Nichtjuden und den Dorfhunden, bis Gott ihm geholfen hatte, sich so hochzuarbeiten, daß er jetzt dank der Kundschaft der dummen deutschen Tölpel das Leben genießen konnte. Von den nichtjüdischen Deutschen kam das Gespräch auf die jüdischen Deutschen, die, ganz wie ihre christlichen Gegenstücke, auf Fremde herabsahen und einem sterbenden polnischen Juden nicht einmal einen Tropfen Wasser zu trinken geben würden.

»Dafür gibt es kein besseres Beispiel als die Posener Juden, die einmal selbst Polen waren und jetzt auf andere polnische Juden herabsehen«, sagte ein Gast empört.

»Sind die anderen denn besser?« fragte Salomon Burak. »Sobald sie ein wenig emporkommen, nehmen sie doch keine Notiz mehr von uns!«

Jetta merkte, daß ihr Mann wieder in ein gefährliches Fahrwasser kam und versuchte, wie gewöhnlich, ihn zurückzuhalten. »Schlomele, red nicht so viel oder du verschluckst mir noch eine Gräte, Sallie, Liebster!«

Salomon-Schlomele nahm einen Schluck Passah-Sliwowitz, den er gerne das ganze Jahr durch trank, und wedelte mit einer großzügigen Handbewegung sämtliche Deutsche, die nichtjüdischen und die jüdischen, die Posener Juden und alle übrigen vom Tisch. »Sollen sie doch alle zur Hölle fahren«, sagte er. »Die werden noch ihren Hut vor Salomon Burak ziehen, oder ich will nicht Schlomo heißen!«

Berauscht von der Vorstellung, wie Deutsche vor ihm den Hut ziehen würden, ging er zu dem grünen Grammophon mit dem großen Trichter und legte einen liturgischen Gesang aus der Heimat auf, »Wegen unserer Sünden«, eine neue Schallplatte, die er in Ephraim Walders Buchladen in der Dragonerstraße gekauft hatte. Das Grammophon plärrte zu dem Allmächtigen empor; es stöhnte, flehte und schmeichelte wie ein Kind, das sich an seinen Vater wendet. Lea empfand wieder die Andacht, die sie als kleines Mädchen empfunden hatte, wenn ihre Mutter sie während der Feiertage in ihre Frauensynagoge mitnahm. Obwohl sie die hebräischen Worte nicht verstand, rührten sie sie in ihrer Klage und Feierlichkeit heimelig an. Diese redende Maschine brachte sie Gott näher als der Kantor und der Chor in der Synagoge ihres Mannes.

»Lieber Gott«, flüsterte sie vertraulich bei sich, »süßer lieber Papa ...«

4

Seinen Prinzipien getreu, achtete David Karnovski darauf, daß sein Sohn daheim als Jude und auf der Straße als Deutscher aufwuchs. Doch für seine christlichen Nachbarn war Georg bloß ein Judenjunge wie alle anderen.

Der Hinterhof des großen Wohnhauses in der Oranienburger Straße war nicht besonders weiträumig, aber äußerst belebt. Die Wohnungen im Vorderhaus, wo die Karnovskis wohnten, waren riesig. Hier gab es wenige Kinder. Aber die

Wohnungen im Hinterhaus waren eine Welt für sich, klein, überfüllt und voller Kinder. Katzen und Hunde umstrichen die mächtige Mülltonne, die im Hof stand. Durch die geöffneten Fenster war das Schelten von Frauen und das Singen von Mädchen zu hören. Da und dort ratterte eine Nähmaschine, und ein Hund bellte. Oft kam ein Leierkastenmann und spielte Liebeslieder und Soldatenballaden. Von allen Seiten steckten Frauen die Köpfe zu den Fenstern heraus. Die Kinder schwärmten wie Fliegen herum, vor allem um die Mülltonne.

Unter all den flachshaarigen, blaßhäutigen, blauäugigen und stupsnasigen Kindern war Georg das einzige schwarzäugige, schwarzhaarige und dunkelhäutige. Und obwohl er in einer Vorderhauswohnung wohnte, war er dauernd mit den Kindern im Hof zusammen. Unter diesen Blonden fielen seine dunklen Farben nur noch mehr auf. Und ebenso auffallend war sein temperamentvolles, hitziges Wesen. Ob sie Soldaten oder Räuber und Gendarm oder Hase und Jäger spielten, immer legte er sich zu heftig hinein. Er war der unumstrittene Anführer und gab die Befehle, wie das Spiel gespielt werden sollte. Die anderen Kinder gehorchten ihm. Doch Georg erließ nicht nur Befehle, er bestrafte auch diejenigen, die sie nicht achteten. Mit glühenden Augen und geröteten Wangen herrschte er mit typischer Karnovski-Dickköpfigkeit über die blonden Bengel mit Bürstenschnitt und die Mädchen mit steifen Zöpfchen und sommersprossigen, weichen Hälsen. Er griff alle aus dem Kreis der Kinder, die das Spiel verdarben oder ihm nicht schnell genug waren. »Oh, diese Mädchen verderben wieder alles!« wütete er.

Zuerst spotteten die beleidigten Mädchen nur über seine Schwärze. »Schwarzer Rabe!« höhnten sie. »Schwarzer Affe!«

Georg teilte auf der Stelle Hiebe aus. Die Mädchen heulten auf und rannten zu ihren Müttern. Eine erboste Mutter kam die Treppe herunter und stach den kleinen Georg mit einer Nähnadel. »Du frecher kleiner Itzig!« schrie sie. »Laß deine schmierigen Judenpfoten von meinem kleinen Mädchen!«

Georg riß die Augen auf, als er dieses Wort zum erstenmal hörte. Obwohl seine Mutter ihn abends zu den Mesusen am Türpfosten führte, damit er sie küßte, obwohl sein Vater ihn bereits das hebräische Alphabet gelehrt hatte, verband er diese Dinge nicht mit dem Jüdischsein. Er nahm an, daß das bei allen Kindern so wäre. Daher lief er ganz bestürzt zu seiner Mutter. »Mutti«, sagte er empört, »die Kinder im Hof haben mich Jude genannt ...«

Lea strich ihm über das samtene Haar. »Mach dir nichts daraus, mein Kind«, sagte sie. »Das sind böse Kinder. Spiel nicht mit ihnen. Komm lieber mit mir in den Park, wo du mit netten Kindern spielen kannst.«

Aber damit war Georg nicht zufrieden. »Was ist ein Jude, Mutti?« fragte er.

»Ein Jude ist jemand, der an den Einen Gott glaubt«, erklärte sie.

»Und bin ich ein Jude, Mutti?«

»Natürlich.«

»Und was sind die anderen Kinder im Hof?«

»Sie sind Christen.«

»Was sind Christen?«

Lea überlegte. »Christen sind die, die nicht in den Synagogen beten, sondern in einer Kirche«, sagte sie schließlich. »Unser Mädchen, Emma, ist Christin. Verstehst du jetzt, Kind?«

Georg verstand, aber er konnte nicht begreifen, wieso er Jude geschimpft wurde, und frecher Jude noch dazu. Und noch weniger begriff er es, als er älter wurde und die Kinder in der Schule zu ihm sagten, er sei ein Christus-Mörder. Wenn Religionsstunde war, mußten er und ein paar andere Jungen das Klassenzimmer verlassen. Er fand es zwar ganz angenehm, eine Weile vom Unterricht befreit zu sein, aber er fühlte sich auch beschämt und verwirrt. Die nichtjüdischen Kinder klärten ihn schnell auf. »Ein Jude darf nichts über Jesus Christus lernen«, teilten sie ihm mit, »weil die Juden Jesus gekreuzigt haben. Du bist ein gottverdammter Christus-Mörder.«

Wieder lief er zu seiner Mutter. »Mutti, was ist ein Christus-Mörder?«

Besorgt und sorgfältig ihre Worte wägend, erzählte ihm Lea Karnovski, daß die Nichtjuden einem aus Holz gemachten Gott dienten, der an einem Kreuz hänge und dessen Hände und Füße von Nägeln durchbohrt seien. Die Christen behaupteten, es seien die Juden gewesen, die ihren Gott gekreuzigt hätten.

»Ist das wahr?«

»Gott ist Einer«, erwiderte Lea. »Er ist im Himmel und niemand kann Ihn sehen – wie könnten da Menschen Gott hängen?«

Georg lachte die Kinder aus, die solchen Unsinn glauben konnten. Aber daß auch Erwachsene, die alles wußten, das glauben konnten, sogar der Religionslehrer Herr Schultze – das war ihm einfach unfaßlich. Da seine Mutter jeder weiteren Unterhaltung über das Thema auswich, ging er in die Küche, um es mit dem Dienstmädchen zu besprechen.

»Emma, Sie sind doch eine Christin, nicht wahr?« fragte er das Mädchen, das gerade die Hemdkragen ihres Dienstherrn bügelte.

»Gewiß«, bestätigte Emma. »Ich bin katholisch.«

»Was ist katholisch?«

»Nun ... eben nicht protestantisch ist katholisch ...«

Georg verstand immer noch nicht. Emma nahm einen Rosenkranz von der Wand, der an einem Nagel neben der Photographie eines Soldaten über ihrem Bett hing, und zeigte ihm, daß Katholiken solche Rosenkränze hatten und Protestanten nicht. An den Perlen baumelte ein messingnes Kruzifix.

»Was ist das?« fragte Georg.

»Unser Herr, Jesus Christus«, sagte Emma ehrfürchtig.

»Ist das Ihr Gott, Emma?« fragte Georg.

»Ja«, antwortete Emma. »Da, sieh. Er hängt am Kreuz, er ist darangenagelt.«

Georg versuchte, die Beweisführung seiner Mutter zu wiederholen, daß Gott, der doch mächtiger sei als die Menschen, es nicht zulassen würde, sich von ihnen hängen zu lassen, doch Emma widersprach ihm heftig. »Wag es nicht, so von Unserem Herrn zu sprechen, du kleiner Satan!«

Da wurde Georg klar, daß er von ihr nichts weiter erfahren würde, nur noch eine einzige Sache wollte er wissen: hielt sie ihn, Georg, auch für einen Christus-Mörder?

»Natürlich. Alle Juden sind das«, erklärte sie. »Das hat uns der Pfarrer in der Kirche selbst gesagt.«

Sie habe bei den Ostergottesdiensten selbst gesehen, wie die Juden diese Tat begangen hätten. Der Herr Jesus sei in seinem weißen Gewand und mit einer Dornenkrone auf der Stirn vorausgegangen und habe ein schweres Kreuz auf der Schulter getragen. Die Juden mit langen, dichten Bärten hätten ihn geschlagen, bis er geblutet habe. Andere hätten ihn angespuckt. Wenn Georg ihr nicht glaube, würde sie ihn an einem Sonntag einmal in die Kirche mitnehmen und es ihm beweisen.

Eines Sonntags nahm sie ihn ohne Wissen ihrer Dienstherrin mit. Georg riß beim Anblick der hohen bunten Fenster, der Kerzen, der Chorknaben in ihren weißen Hemden neugierig seine schwarzen Augen auf. Aber am erstaunlichsten war die riesige, rosa bemalte Jesusfigur aus Stein. Von den Wunden in seiner Brust tropfte Blut. Georg bemerkte auch die Frauen, die zu seinen Füßen knieten, die freundlichen bärtigen Männer mit dem Heiligenschein um den Kopf und die bösen Männer mit den verschlagenen Augen und den krummen Nasen.

»Emma«, flüsterte Georg und zupfte sie am Kleid, »wer sind die?«

»Das sind die Christus-Mörder, die Juden«, sagte sie.

Georg haßte diese Kerle, vor allem den einen, der ein langes rotes Gewand trug – so eines, wie es die Henker in den

Bilderbüchern anhatten – und einen Ohrring in einem Ohr. Aber er konnte immer noch nicht verstehen, warum die Jungen sagten, daß er, Georg, ein Christus-Mörder sei. Da aus den Frauen, weder seiner Mutter noch Emma, nichts Vernünftiges herauszubekommen war, ging er zu dem einen Menschen, der alles auf der Welt wußte. »Vater«, fragte er hastig, als er gleich nach der Kirche in sein Arbeitszimmer gelaufen kam, »warum haben die Juden den Herrn Jesus gekreuzigt?«

David Karnovski war schockiert. Zuerst wollte er wissen, wer Georg solche Sachen erzählt habe. Dann ermahnte er ihn, ein kleiner Junge dürfe noch nicht von solchen Dingen sprechen. Doch Georg wollte sich nicht mit Vorwänden abspeisen lassen. Seit seiner frühesten Kindheit hatte er Puppen auseinandergenommen, um nachzusehen, wo die Beine herauswuchsen, Pfeifen zerbrochen, um zu schauen, woher der Ton kam, Uhren aufgehämmert, um herauszufinden, warum sie tickten, Lokomotiven zerlegt, um zu verstehen, warum sie fuhren, wenn sie aufgezogen waren. Er fragte immer »Warum?«, wenn er die Dinge seiner Umgebung nicht verstand. »Warum?« fragte er bestimmt, »warum ist das so?«

Und er erlaubte seinem Vater auch diesmal nicht, ihn abzuwimmeln. Er verlangte eine entschiedene Antwort auf die Frage, ob die Juden tatsächlich den Herrn Jesus gekreuzigt hatten oder ob nicht. Und wenn es so gewesen war, warum? Und warum sagten die Kinder, er, Georg, habe das getan? Selbst die Erwachsenen, die Frauen im Hof, sagten es und nannten ihn einen Juden und einen Itzig.

Als er sah, daß Ausflüchte zwecklos waren, sprach David Karnovski zu ihm wie ein Mann zu einem andern. Er verbreitete sich ausführlich über Judaismus und Christentum, über gute Menschen und schlechte, über gebildete, intelligente Menschen, die Frieden und Freundschaft liebten, und über böse und dumme, die nur Haß und Streit suchten. Er schloß damit, daß er Georg riet, sich unter den guten und intelligenten Kindern nach Freunden umzusehen und ein guter Mensch und ein guter Deutscher zu sein.

»Die Kinder sagen aber, daß ich ein Jude bin, Vater«, wandte Georg ein.

»Das bist du daheim im Haus, Kind«, antwortete David, »aber auf der Straße bist du Deutscher. Verstehst du jetzt?«

Georg verstand nicht, und David blieb nichts anderes übrig, als ihm zu sagen, daß er noch zu jung für solche Dinge sei und sie ihm später, wenn er einmal älter wäre, klarer würden. Georg verließ das Arbeitszimmer seines Vaters unbefriedigt und in seinem unbedingten Glauben an die Weisheit der Erwachsenen erschüttert.

Er hatte feststellen müssen, daß nicht nur seine Mutter und Emma nicht viel wußten, sondern auch nicht einmal sein Vater. Die Schimpfnamen, mit denen die Kinder im Hof ihn riefen, verwirrten ihn, und da er sich nicht mit Hilfe von verstandesmäßigen Gründen gegen seine Quäler wehren konnte, gebrauchte er jedesmal, wenn sie ihn einen schmutzigen Juden nannten, Gewalt.

Er hatte keine Lust, mit seiner Mutter in den Park zu gehen, wo die wohlerzogenen Kinder spielten. Ihn zog es in den Hinterhof, denn da, auch wenn er von Zeit zu Zeit »Jude« genannt wurde, konnte er frei und ohne Aufsicht spielen, wild sein, auf dem Kopf stehen, sich hinter der Mülltonne verstecken oder der Drehorgel zuhören. Und als Kurt, der Sohn der Hausmeisterin, sein engster Freund wurde, besserte sich seine Stellung so, daß niemand im Hof es mehr wagte, »Jude« oder auch nur »schwarzer Rabe« zu ihm zu sagen.

Kurt war das älteste der Hinterhofkinder und das respektierteste. Zum Teil war das so, weil seine verwitwete Mutter die Hausmeisterin war und die Kinder entweder mit ihrem Besen fortjagen oder sie weiterspielen lassen konnte; zum Teil auch, weil Kurt und seine Mutter ihre Kellerwohnung mit einem Hotelportier teilten, der in einer Uniform mit Messingknöpfen und Goldstreifen nach Hause kam.

Ursprünglich hatte die Freundschaft zwischen Georg und Kurt mit Schokolade begonnen. Georg hatte immer ein Stück, das seine Mutter ihm heimlich zusteckte, in der Tasche, und er ließ Kurt davon abbeißen, soviel und wann immer er wollte. Darauf war ihre Freundschaft so stark geworden, daß sie sie mit Blut besiegelten.

Von dieser Zeit an hatte Georg ein süßes Leben im Hof. Kurt nahm ihn mit in den kleinen Verschlag, wo er Kaninchen und Meerschweinchen hielt, die im Heu herumhüpften, ihre Ohren spitzen und quietschten. Er erlaubte ihm auch, den Papagei mit den zerrupften bunten Federn und dem großen krummen Schnabel zu füttern. Niemand traute sich mehr, Georg mit Schimpfnamen zu rufen. Nur die Mutter des verhätschelten kleinen Mädchens, mit dem er sich einmal geprügelt hatte, nannte ihn weiterhin einen frechen Judenbengel, aber Georg gewöhnte sich daran, wie man sich an jedes Übel gewöhnt, und es machte ihm nichts mehr aus. Er lief deswegen nicht mehr weinend zu seinen Eltern. Und er ging auch später nicht zu ihnen, als ein zweites und noch aufregenderes Ereignis seine kindliche Unschuld erschütterte.

Beim Beobachten der Kaninchen und Meerschweinchen sah er die kleinen Geschöpfe kopulieren, und das machte einen starken Eindruck auf ihn. Doch statt seine Eltern danach zu fragen, wandte er sich an Kurt, der es ihm in den allergröbsten Ausdrücken erklärte.

Georg war erstaunt. Als Kurt ihm sagte, daß Menschen das gleiche täten und daß so Kinder gemacht würden, drehte sich ihm alles vor den Augen. »Geh, du lügst!« rief er erbost seinem Freund zu.

Er konnte so etwas nicht glauben, besonders nicht von seiner eigenen Mutter und seinem Vater. Doch Kurt lachte ihn nur aus und schwor, es sei wahr. Er habe es nachts mit eigenen Augen gesehen. Seine Mutter und der Hotelportier, der bei ihnen wohnte, täten es. Sie nähmen an, er, Kurt, schlafe, aber er tue nur so und sähe alles. Georg dachte mehrere Tage darüber nach und glaubte Kurt schließlich. Vieles, was er früher gesehen und nicht verstanden und wonach er seine Mutter gefragt hatte, wurde ihm jetzt klar. Seine Mutter hatte ihn zum Narren gehalten. Nur Kurt sagte ihm die Wahrheit. Jetzt hatte er noch weniger Vertrauen in die Erwachsenen und in seine Eltern. Er hatte seine Illusionen verloren und begann, seinen eigenen Weg als Junge zu gehen.

5

Wie alle eigensinnigen Menschen nahm David Karnovski es übel, wenn jemand anderes eigensinnig war. Georg war dauernd in Zwist mit seinem Vater.

David Karnovski ließ seinen Sohn auf zwei Gebieten unterrichten, auf dem weltlichen und auf dem jüdischen. Vom frühen Morgen bis zum späten Nachmittag besuchte Georg das Sophiengymnasium, so genannt nach Prinzessin Sophie, wo er weltliche Schulfächer hatte. Für die Nachmittage engagierte sein Vater einen Rabbinerkandidaten, Herrn Tobias, der den Jungen in Judaismus, den Schriften, hebräischer Sprache, jüdischer Geschichte und in Grammatik unterrichten sollte. Georg haßte beides, den weltlichen wie den jüdischen Unterricht, und brachte furchtbare Zensuren nach Hause.

David Karnovski bekam jedesmal einen Wutanfall, wenn er Georgs Zeugnisse las. Er, der sich alles selbst beigebracht hatte, meinte, sein Sohn müßte ihm für die gute Schulbildung, die er ihm angedeihen ließ, dankbar sein, mit Begeisterung lernen und ihn, seinen Vater, mit den bestmöglichen Noten belohnen. Doch Georg war nicht nur undankbar, sondern tat alles, um sich vor dem Lernen zu drücken. David konnte einfach nicht akzeptieren, daß sein Kind, ein Karnovski, keinen Lerneifer hatte. Für ihn war es klar, der Junge mußte diese Schwäche von seiner Mutter geerbt haben.

»Schau nur, die feinen Noten, die dein Sohn heimbringt«, sagte er zu seiner Frau, wobei er betonte, daß der schlechte Schüler *ihr* Sohn sei.

Lea errötete vor Ärger. »Wieso auf einmal *mein* Sohn?« fragte sie. »Er ist genauso deiner wie meiner.«

»Alle in meiner Familie waren Gelehrte«, erklärte David selbstgefällig.

Noch mehr ärgerte es ihn, daß sein einziger Sohn einen guten Kopf hatte, einen Karnovski-Verstand, aber sich einfach weigerte, sich anzustrengen. Zuerst sprach David freundlich mit dem Jungen, wie die Weisen es rieten. Mitfühlend und logisch legte er dem kleinen Kerl dar, daß es sich lohne, zu lernen. Abgesehen von der Tatsache, daß Bildung etwas Gutes an sich sei und den Menschen vom Tier unterscheide, gebe es da auch praktische Gesichtspunkte. Georg brauche sich doch nur im Hinterhof umzusehen. Wer lebe denn in den Vorderhauswohnungen, kleide sich gut und sei bei jedermann angesehen? Die Gebildeten natürlich. Und wer lebe in den überfüllten Wohnungen, arbeite hart und werde von niemandem respektiert? Die gemeinen Leute, die ohne Bildung. Deswegen sei es so klar, wie zwei plus zwei vier mache, daß er, Georg, sich bemühen müsse, zur Welt der Angesehenen, Vermögenden, Gebildeten zu gehören. Er müsse eifrig lernen und sich nicht mit einem Hausmeisterinnensohn abgeben, der doch dazu bestimmt sei, ein Ignorant und Hungerleider, kurz ein Mensch ohne Hoffnungen und Aussichten zu werden. »Verstehst du, was ich dir sage, Georg?« fragte David.

»Ja, Vater«, antwortete Georg.

Aber er verstand es keineswegs. Das Leben der armen Leute im Hinterhof erschien ihm unendlich viel reizvoller. Zum Beispiel war da Herr Kasper, der in der Hofecke wohnte und ein großes Fuhrwerk fuhr. Er war ein starker, mächtiger Mann und immer lustig. Jedesmal, wenn er mit seinem Gefährt und den schweren Zugpferden vorüberkam, nahm er die Kinder ein Stück weit auf dem Kutschbock mit. Über ihm wohnte Herr Reinke, ein Schutzmann, der manchmal eine Uniform trug und manchmal Straßenkleider. An dem Band seines grünen Hutes, den er aufhatte, wenn er in Zivil war, steckte eine kleine Feder. Er hatte einen dicken gelben Schnurrbart, der nach oben gezwirbelt war, seine Arme waren mit tätowierten Ankern und Mädchen bedeckt, und er konnte Klarinette blasen. Sein Sohn erzählte den Kindern, daß sein Vater ihm ab und zu erlaube, mit seinem Revolver zu spielen.

Herr Jäger in der Dachbodenwohnung stopfte Tiere und Vögel aus, allerlei Eulen, Hirschköpfe, Füchse, Wildenten und Pfauen. Seine Kinder brachten immer hübsche bunte Federn aus den Flügeln der Vögel herunter. Und selbst die Hausmeisterin, die im Keller wohnte, hielt Kaninchen und Meerschweinchen und hatte einen Papagei. Sonntags hatte sie Gäste, und alle sangen und tanzten.

Georg beneidete diese Leute, vor allem ihre Kinder. Auch wenn ihre Väter sie gelegentlich mit ihren Gürteln versohlten, waren sie doch frei: sie durften unbeaufsichtigt spielen, herumrennen, stundenlang von zu Hause wegbleiben, im Sommer schwimmen gehen und im Winter eislaufen. Ihre Mütter saßen ihnen nicht dauernd im Nacken wie seine ihm oder zitterten wegen jeder Bewegung, die man machte. Sie erlaubten ihnen auch, Haustiere zu halten. Alle Jungen außer ihm, Georg, hatten einen Hund.

Georg hätte seinen Vater am liebsten ausgelacht. Er hätte liebend gern ihre sämtlichen geräumigen Zimmer mit der eleganten Einrichtung und allem übrigen für einen Verschlag mit Kaninchen und Meerschweinchen eingetauscht, wie Kurt einen hatte.

David rief seinen Sohn oft zu sich in sein Arbeitszimmer, damit er seinen vornehmen Gästen »Guten Tag« sagte. Sie waren sehr freundlich zu dem Jungen, vor allem Professor Breslauer.

Er kniff Georg in die Wangen wie ein vernarrter Großvater und fragte ihn, auf was für einen Beruf er sich vorbereite.

»Was willst du einmal werden, wenn du groß bist, Junge – Bankier, Kaufmann oder vielleicht Professor? Lerne nur fest, und du kannst alles erreichen. Wie Reb Elisha Ben Abijah gesagt hat: ›Wer als Kind lernt, ist gleichsam wie Tinte auf einem frischen Bogen Papier, doch wer als Erwachsener mit dem Lernen beginnt, ist wie Tinte auf einem zerfledderten Papier, das nichts mehr taugt.‹ Verstehst du?«

Wenn er diese Männer sah, empfand Georg nur noch größere Abneigung gegen alle Bildung. Sie kamen ihm so lächerlich vor mit ihren Bärten und Brillen, ihren winzigen Käppchen und ihrer pedantischen Sprache. Wenn das das Ergebnis eifrigen Lernens war, würde er sich mit aller Kraft dagegen sträuben. Ungeduldig wartete er auf Kurts Pfiff, das Zeichen, daß sie sich in dem Verschlag im Keller treffen wollten.

Dort, im Dunkeln bei den Kaninchen und Meerschweinchen, machten er und Kurt ganz andere Zukunftspläne. Zuerst beschlossen sie, Polizisten zu werden mit Helm und Uniform und einem Säbel an der Hüfte. Dann fanden sie, daß es sogar noch lustiger wäre, Seeleute zu sein, Hosen mit Schlag zu tragen und eine Bluse mit Matrosenkragen und über die sieben Weltmeere zu fahren. Und schließlich wurde ihnen nach reiflicher Überlegung klar, daß es doch das größte wäre, als Leutnant in der Armee zu dienen und mit silbernen Epauletten, glänzenden Stiefeln, einem grauen Umhang und einem Monokel auftreten zu können. Zur Vorbereitung auf dieses große Abenteuer marschierten sie zackig im Paradeschritt in dem Verschlag auf und ab, was die Kaninchen und Meerschweinchen fast zu Tode erschreckte.

Als er sich klar machen mußte, daß er bei seinem Sohn mit Freundlichkeit nichts erreichte, begann David Karnovski härtere Saiten aufzuziehen. Er schalt ihn und schickte ihn vom Tisch weg in die Küche zum Essen,

Aber für Georg war das keine Strafe. In der Küche zu essen war viel lustiger, als im Eßzimmer zu sitzen und sich die

Moralpredigten seines Vaters anzuhören. Außerdem erzählte ihm Emma Geschichten von Soldaten und Seeleuten, die sie kannte.

Viel schlimmer war es, wenn sein Vater ihn wegen der schlechten Noten, die er heimbrachte, schlug. Lea wurde vor Angst kreideweiß.

»David, was tust du?« schrie sie. »Vergißt du, daß er dein Augapfel ist?«

»Wer die Rute spart, haßt seinen Sohn, aber wer ihn liebt, züchtigt ihn beizeiten«, zitierte Karnovski aus den Sprüchen, um seiner Frau zu beweisen, daß er doch nur versuchte, ihrem Kind zu helfen. Mit Gewalt wollte er seinen Sohn zwingen, gerne zu lernen und seine Lehrer zu lieben, aber Georg gab nicht nach, er lernte nicht gern und schon gar nicht liebte er seine Lehrer. Am meisten von allen Fächern haßte er deutsche Geschichte, die von Herrn Kneitel unterrichtet wurde, und die hebräische Grammatik und Ethik, die er zu Hause mit Herrn Tobias durchnahm.

Gleich am ersten Tag, als Georg Herrn Gymnasiallehrer Kneitel begegnete, war eine gegenseitige Abneigung zwischen den beiden entstanden. Der Lehrer machte sich einen Spaß daraus, den Schüler Karnovski nicht nur mit seinem deutschen Vornamen, sondern auch mit seinem jüdischen aufzurufen. »Georg Moses Karnovski«, ertönte es überdeutlich vom Katheder.

Die nichtjüdischen Jungen waren entzückt. »He du, Moses«, riefen sie ihm ebenfalls zu, obwohl er die dröhnende Stimme Herrn Kneitels nicht hatte überhören können.

Wegen Herrn Kneitel haßte Georg Geschichte. Statt auf die Worte des Lehrers aufzupassen, zeichnete er Karikaturen von ihm. Professor Kneitel war wütend über die Ignoranz des Jungen. Die wenigen anderen jüdischen Schüler kannten sich in deutscher Geschichte sehr gut aus, weit besser als ihre nichtjüdischen Klassenkameraden. Aus langer Erfahrung wußte Professor Kneitel, daß die jüdischen Schüler immer die besten waren und daß sie wegen des charakteristischen Strebertums ihrer Rasse die besten sein mußten. Er war daher sicher, daß nicht Dummheit der Grund für diese scheinbare Teilnahmslosigkeit bei Georg Moses Karnovski war, sondern dessen Weigerung, seinem, Professor Kneitels, Unterricht zu folgen. Und das sah er als persönliche Beleidigung an. Er gab Georg die schlechtesten Zensuren, schickte ihn aus dem Klassenzimmer, verpaßte ihm Strafarbeiten, ließ ihn Aufsätze über Kriegsführer und Helden schreiben. Einmal beorderte er sogar David Karnovski zu sich in die Schule.

Das war, nachdem Georg eine äußerst komische Zeichnung von dem Lehrer durch die Klasse hatte gehen lassen und ein Mitschüler in der ersten Reihe sich nicht hatte beherrschen können und laut herausgeprustet hatte, ausgerechnet als Professor Kneitel gerade voller Leidenschaft die Feldzüge seines Lieblingshelden, Hermanns des Cheruskers, schilderte. Herr Kneitel stellte sofort eine Untersuchung an und bekam den beleidigenden Zettel zu fassen. Nachdem er ihn durch seine Brille beäugt hatte, stieg ihm die Röte nicht nur in seine pergamenttrockenen Wangen, sondern bis in die glänzende Glatze hinauf. Er sah eine Gestalt mit einem riesigen nackten Schädel, über den zwei Haare drapiert waren. Genau zwei. Der Adamsapfel stand ungewöhnlich heraus; die Manschetten flogen. Herr Kneitel konnte nicht glauben, daß diese Obszönität ihn darstellen sollte, sie war einfach zu schrecklich. Doch darunter standen ein paar komische Verse, die sich um seinen Namen drehten. Das war zuviel. Seinen Namen zu verspotten, den ehrenvollen Namen der Kneitels, die stolz auf Richter, Pastoren und sogar einen General in ihrer Familie zurückblicken konnten! ...

Er zitterte förmlich vor Empörung. »Wer war das?« brüllte er.

»Ich, Herr Professor«, gestand Georg sofort.

»Georg Moses Karnovski«, betonte der Professor jede Silbe des Namens. »Auf so etwas habe ich gewartet!«

Zuerst verabreichte er ihm zwei Schläge mit dem Lineal auf die Knöchel. Dann setzte er ihn bis zum Abend hinter Schloß und Riegel. Und schließlich zitierte er seinen Vater in die Schule.

David Karnovski legte seinen Sabbatrock an, wie es seine Gewohnheit war, wenn er wichtige Besuche machte, und kämmte sich das winzige Bärtchen aus. Als Professor Kneitel ihm die Karikatur zeigte, die Georg von ihm gezeichnet hatte, geriet Karnovski in Rage. Als der nüchterne, ernste Mensch, der er war, verachtete er alle Arten des Zeichnens und betrachtete es als Zeitverschwendung und Unsinn, vor allem Karikaturen. Er war entsetzt, wenn er in den Zeitungen Regierungsbeamte und Prominente so verspottet sah. Das überschritt doch alle Grenzen des Anstands und des guten Geschmacks. »So eine Respektlosigkeit, Herr Professor«, stammelte er, »das ist eine Schmach und eine Schande«.

»Ganz genau, Herr Karnovski, eine Schmach und eine Schande«, frohlockte Herr Kneitel.

David Karnovskis Zorn steigerte sich noch, als Herr Kneitel ihm den holprigen Reim unter der Zeichnung vorlas. »Nein, Herr Professor, kein Wort weiter«, unterbrach er hastig. »Das ist zu niedrig, um es in den Mund zu nehmen. Zu niedrig und gemein.«

»Genau das ist es, ganz genau, Herr Karnovski, niedrig und gemein.«

In seinem allerkorrektesten Deutsch entschuldigte sich David Karnovski bei dem Lehrer und äußerte seine Ansichten über die jüngere Generation, die weder Dankbarkeit noch gute Manieren kenne. Alle Zitate aus den Sprüchen, alle weisen Beobachtungen über den Wert von guter Erziehung und anständigem Betragen, die er aus seinem Gedächtnis schöpfen konnte, führte er, in fehlerloses Deutsch übersetzt, für Professor Kneitel an. Der Professor erwiderte mit ebenso vielen Zitaten aus deutschen Philosophen und Schriftstellern.

»Ich bin sehr erfreut, die Bekanntschaft eines so ehrenwerten und gebildeten Mannes gemacht zu haben«, meinte Professor Kneitel schließlich und drückte mit seiner schwitzigen Hand die warme trockene David Karnovskis. »Es schmerzt mich nur, daß der Sohn nicht in die Fußstapfen seines Vaters tritt. Es ist mir wirklich ein Vergnügen gewesen.«

»Die Ehre ist ganz meinerseits, Herr Professor«, antwortete Karnovski mit einer tiefen Verbeugung. »Und Sie dürfen versichert sein, daß mein Sohn seine gebührende Strafe erhalten wird.«

Er hielt sein Wort. Er verprügelte seinen Sohn bis zur Grenze des Erträglichen.

»Du erlaubst dir also Kritzeleien während des Unterrichts, was?« donnerte er. »Du machst Gedichte über deinen Lehrer? Da hast du deine Kritzeleien! Da hast du deine Gedichte!«

Doch der Zwischenfall ließ Georg nur im Ansehen seiner Schulkameraden steigen, sowohl wegen der Zeichnung als auch, weil er sich sofort dazu bekannt hatte.

Eine Zeitlang versuchte Petschke, der Klassendichter, Georg das Leben schwerzumachen. Er konnte es nicht ertragen, daß nun ein anderer der Held der Klasse sein sollte. Wenn die Jungen in der Pause Käse- und Schinkenbrote tauschten, ermahnte Petschke sie jedesmal, nicht mit Georg zu tauschen. »Moses aus Ägypten darf kein Schweinefleisch essen«, spottete er.

Doch Georg ließ sich das nicht bieten. Er verfaßte ein Schmähgedicht über den Klassenpoeten, das alle zum Lachen brachte. Petschke wurde klar, daß er Georg mit der Zunge nicht besiegen konnte, und griff zu Gewalt, um diesem Moses eine Lektion zu erteilen. Die ganze Klasse bildete einen Kreis, um dem Kampf zuzusehen. Petschke war zwar größer und hatte längere Arme, aber dafür war Georg breiter und stämmiger und ließ sich von seinem Gegner nicht niederwerfen. Keiner der Jungen gab nach, und das einzige Ergebnis des Kampfes war ein Büschel schwarzes Haar von Georg, das Petschke in der Hand blieb, und ein paar der militärisch kurz geschorenen Borsten Petschkes zwischen Georgs Fingern. Danach legte sich der Zorn der Jungen, und sie versöhnten sich.

Doch mit Professor Kneitel hielt Georg seinen Zwist aufrecht. Unter keinen Umständen paßte er in den Geschichtsstunden auf. Aus lauter Trotz strengte er sich sogar in den anderen Fächern an, besonders in Mathematik, bis er unter den Besten der Klasse war. Herr Kneitel war sehr wütend. Vollends geriet er außer Fassung, wenn Georg ihm während des Unterrichts provozierende Fragen stellte. Er versuchte, Georg einzuschärfen, wie wichtig es sei, alle Jahreszahlen in bezug auf Könige und Fürsten zu kennen und mit dem Leben der Heerführer und patriotischen Schriftsteller vertraut zu sein. »Wer den Dichter will verstehen, muß in Dichters Lande gehen«, schloß er seine kleinen Predigten mit einem Zitat.

»Warum, Herr Professor?« fragte Georg dann mit aufgesetztem Ernst zum großen Vergnügen der Klasse.

Herr Kneitel war sicher, daß an der Unverschämtheit des Jungen dessen Abstammung schuld sei. So waren die Menschen seiner Rasse eben, entweder zu demütig, wie die anderen jüdischen Jungen in der Klasse, oder zu arrogant. In einer Auseinandersetzung mit Georg versuchte er, auf den Grund, der hinter einem solchen Betragen steckte, anzuspielen. Er erzählte der Klasse die Geschichte von dem Händler vom Alexanderplatz, der die Gewohnheit hatte, auf jede Frage wieder mit einer Frage zu antworten. Als er gefragt worden sei, warum er auf alles mit einem »Warum?« antworte, habe er erwidert: »Warum soll ich denn nicht warum fragen?«

Herr Kneitel, der nie Witze erzählte, lachte herzlich über seinen eigenen Witz. Die Schüler, die wohl merkten, auf wen diese Erwähnung des Händlers vom Alexanderplatz gemünzt war, wurden rot, doch Georg blieb ganz gelassen.

»Herr Professor, dieser Witz war im Kalender vom vorigen Jahr abgedruckt«, zeigte er sich bestens informiert.

Die Jungen brüllten vor Lachen.

Ebensowenig Begeisterung brachte Georg für seine Stunden mit Herrn Tobias zu Hause auf. Er haßte die Grammatik, die Schriften und vor allem *Die Sprüche der Väter*, auf die David Karnovski so großen Wert legte.

Georg hatte persönlich nichts gegen Herrn Tobias. Dieser, ein schwacher, geschlagener Mensch, wußte, daß er die meisten seiner Schüler nur der Mildtätigkeit verdankte und daß sie ungern mit ihm lernten. Er war schüchtern und still, und seine sanften, traurigen Augen baten nur um Mitleid; aber mit seinem Unterricht konnte Georg einfach nichts anfangen. Er konnte sich beim besten Willen nicht vorstellen, warum er sich die schwierige Grammatik einer toten Sprache einprägen sollte und ebensowenig die ethischen Grundsätze einer Religion, für die er nur Abneigung empfand.

Er verabscheute die gutturalen Laute, die eckigen, dickbäuchigen hebräischen Buchstaben und die Grammatik, die sogar noch komplizierter war als das lateinische *plusquamperfectum* am Gymnasium. Deswegen haßte er auch Herrn Tobias, obwohl er ihm dabei auch leid tat.

»Höre, mein Sohn, auf die Lehre deines Vaters. Und vergiß nicht die Lehren deiner Mutter«, psalmodierte Herr Tobias in klagendem Ton, »Denn sie werden sein der Kranz der Gnade auf deinem Haupt, Und Ketten um deinen Hals.«

Georg gähnte ihm offen ins Gesicht.

Die ewigen Ermahnungen, Weisheit und gute Taten dem Übel und dem Bösen vorzuziehen, ödeten ihn an. Er haßte die Verfasser der *Sprüche der Väter*, die Rabbiner mit Namen wie Halfata Ish Kafar, Hananie, Natai Harbli und alle übrigen dieses Vereins. Er konnte sich vorstellen, wie sie ausgesehen haben mußten – vollbärtig und grimmig in ihrem strengen Anspruch, daß man sich schinden und ewig anstrengen solle.

»Komische Kerle«, bemerkte er mitten in der Unterrichtsstunde.

»Wer, Georg?«

»Diese Rabbis Halfata und Harbli«, sagte Georg.

Herrn Tobias' sanfte schwarze Augen blickten noch sanfter und bemitleidenswerter drein. »Hüte dich!« ermahnte er seinen Schüler. »Man darf nicht so von heiligen Männern sprechen.«

»Warum nicht, Herr Tobias?« fragte Georg erstaunt. Darauf wußte Herr Tobias nichts zu erwidern; er seufzte nur verzagt.

»Also, jetzt wollen wir zurückgehen und noch einmal wiederholen«, bat er, und alle Trauer und Sorge der Welt sprach aus seinen Augen. »Laß uns mit Salomons Sprüchen beginnen ...«

Aber Georg stellte fest, daß die Stunde um war, und raste wie ein abgeschossener Pfeil in den Hof hinunter.

Obwohl er nun ins Sophiengymnasium ging, hielt er die Freundschaft mit Kurt aufrecht. In dem muffigen Verschlag, der nach Moder und Fäulnis stank und durch dessen vergittertes Fensterchen nur wenig Licht vom Hinterhof hereinfiel, verbrachten die Jungen ihre glücklichsten Stunden. Sie feuerten Spielzeugpistolen ab und lasen die roten Kriminalschmöker, die Georg zu Hause verboten waren. Hier konnte Georg auch mit Kreide die ausgefallensten Karikaturen von Herrn Kneitel an die Wand zeichnen und dazu nackte Frauen mit Riesenbrüsten. Kurt erzählte ihm alle möglichen faszinierenden Dinge, die er zwischen seiner Mutter und dem Hotelportier in der Einzimmerwohnung, in der sie zusammen hausten, hatte vorgehen sehen.

Als Georg dreizehn wurde, schickte ihn sein Vater zu Rabbi Speier, um ihn auf seine Bar-Mizwa vorbereiten zu lassen. Mit affektierter Inbrunst, die nicht mit seinem kühlen Äußeren in Einklang stand, hielt Dr. Speier Georg Karnovski einen Vortrag über die Verantwortungen, die er haben werde, wenn er die Schwelle vom Knaben zum Mann überschreite. Sobald er, Georg, die vorgeschriebenen Worte sprechen werde, sei seinem Vater alle Sorge für seinen Sohn abgenommen und er werde selbst für seine Taten verantwortlich sein. Daher lägen nun vor ihm zwei Wege, wie Gott die Juden durch Moses unterwiesen habe: »Siehe, ich habe dir Leben und Tod gegeben, Gutes und Böses. Es liegt an dir, den Pfad deines Lebens zu wählen.«

Dr. Speier hatte diesen Vortrag schon Hunderten von Jungen gehalten. Er konnte ihn im Schlaf hersagen und wollte nur so schnell wie möglich damit fertig werden. Doch mit Georg lief es nicht so glatt wie sonst. Denn als er plötzlich Georg mit seinem zweiten Vornamen, Moses, anredete, wie er zur Thora gerufen werden würde, verbesserte der Junge ihn. »Mein Name ist Georg, Herr Doktor.«

Der Rabbi hob mahnend den Zeigefinger, »Georg bist du für die Welt, mein Sohn«, belehrte er ihn. »In der Synagoge bist du Moses.«

»Ich bin immer Georg«, beharrte der Junge.

Dr. Speier sah sich gezwungen, dem Jungen einige Minuten mehr zu widmen, als er gewöhnlich für solche Anlässe ansetzte. Voller Gefühl erzählte er ihm von den Qualen, welche die Juden für ihren Glauben an die Thora erlitten hätten, und schloß mit der Bemerkung, daß Georg so stolz auf seinen Namen sein sollte wie darauf, zu dem Glauben Mose zu gehören.

Doch wie immer stellte Georg seine gewohnte Frage: »*Warum* sollte ich darauf stolz sein, Herr Speier? Warum?«

Dr. Speiers kalte Züge wurden ziegelrot. »Die Furcht des Herrn ist der Anfang des Wissens. Aber die Narren verachten Weisheit und Strenge«, zitierte er aus den Sprüchen, um den Jungen zu tadeln. »Erinnerst du dich, was da geschrieben steht, Moses?«

Georg erwiderte hitzig, daß er sich an solchen Unsinn nicht erinnern wolle. Seine Worte strotzten geradezu von Eigensinn und Aufsässigkeit. Spott und Hohn schienen auf seiner langen Karnovski-Nase zu funkeln. Dr. Speier hielt inne, um die ungewöhnliche Lage zu überdenken. Als Sprößling von Generationen deutscher Juden hatte er auch nicht den Schatten eines Zweifels, daß der Schlüssel zu dem Wesen dieses Jungen in seiner östlichen Herkunft lag, aus der doch alle schlechten Züge der Judenheit herkamen. Aber er sagte nichts. Er hielt sich zurück und ließ sich die Wut, die in ihm tobte, nicht anmerken, denn Wut schickte sich nicht für einen Gelehrten.

»Guten Tag«, grüßte er den Jungen, um anzuzeigen, daß ihre Unterredung beendet war.

Als David Karnovski von dem Vorfall erfuhr, geriet er so in Rage, daß er sogar sein geliebtes Deutsch vergaß und seinen einzigen Sohn mit denselben jiddischen Worten beschimpfte, die sein Vater im Zorn ihm gegenüber gebraucht hatte. Er sagte dem Jungen voraus, er würde als Taugenichts, Konvertit, Verbrecher und alles übrige Schlechte der Welt enden.

»Zu einem Schuster stecke ich ihn in die Lehre!« drohte er. »So wahr mir Gott helfe!«

6

Nach fünfzehn kinderlosen Jahren, die auf die Geburt ihres Sohnes gefolgt waren, sah sich Lea Karnovski zu ihrem unsäglichen Erstaunen wieder schwanger.

Sie war vor Freude so außer sich, wie eine unfruchtbare Frau, deren Gott sich plötzlich erinnert hat, nur sein kann. Obwohl sie ihrem Ehemann bereits einen prächtigen Jungen geschenkt hatte, schämte sich Lea wegen ihrer Unfähigkeit zu empfangen vor ihm wie einer körperlichen Entstellung. Ihre Mutter, ihre Schwestern und alle ihre weiblichen Verwandten waren berühmt für ihre Fruchtbarkeit. Und die lange Zeit ihrer Kinderlosigkeit bekümmerte Lea ganz besonders, weil ihr Leben so leer war. Sie hatte sich in der fremden Stadt nie eingewöhnen können. Je länger sie in ihr lebte, desto abgeschnittener fühlte sie sich. Ihr Mann vergrub sich immer mehr in seine Geschäfte und kulturellen Belange, und Lea schüttete ihre ganze Mutterliebe über ihr einziges Kind aus. Sie versuchte, Georg zu essen zu geben, ihn anzuziehen, ihn bettfertig zu machen, sogar ihn zu baden, nur um Gelegenheit zu haben, ihn zu berühren und zu liebkosen. Aber für ihn war das eine Beleidigung seiner Männlichkeit. Seit Kurt ihn über gewisse Dinge des Lebens aufgeklärt hatte, schämte er sich, seine Mutter seinen reifenden Körper sehen zu lassen. Je älter er wurde, desto mehr wich er ihr aus, und sie litt darunter. »Du Schlingel, laß dir doch einen einzigen Kuß von deiner Mutter geben«, flehte sie ihn an, »wenigstens vor dem Einschlafen.«

»Ich bin doch kein Mädchen«, wehrte Georg spöttisch ab.

Ohne die Erlaubnis ihres Mannes konsultierte Lea Berliner Koryphäen wegen ihrer Unfruchtbarkeit. Auf ihren jährlichen Besuchen in Melnitz klagte sie ihrer Mutter ihr Leid, die, selbstgefällig in ihrem Kinderreichtum, verschiedene Hausmittel empfahl. Einmal fuhr sie sogar mit ihrer Tochter in eine Nachbarstadt, um den dortigen großen Wunderrabbi zu bitten, bei Gott Fürsprache für sie einzulegen.

Da Lea schließlich, obwohl sie erst Anfang Dreißig war, alle Hoffnung aufgegeben hatte, machte ihre Schwangerschaft sie nun überglücklich. Die ersten Regungen des Lebens in ihrem Leib brachten alle Gefühle der Nutzlosigkeit zum Verschwinden. Ihr ganzes Dasein konzentrierte sich um das kleine Wesen herum, das sie zur Welt bringen würde. Lange vor der Zeit fing sie an, kleine Mützchen und Jäckchen zu stricken, und drückte sie so innig an ihre schwellenden Brüste, als wären sie aus Fleisch und Blut. Als das Kind zum erstenmal in ihrem Bauch strampelte, überkam sie ein solches Entzücken, daß sie die Augen schloß. »David, ich bin so glücklich, daß ich fürchte – Gott verhüte es –, ich könnte eine Fehlgeburt haben«, sagte sie. »Möge mich der böse Blick verschonen!«

Für David Karnovski war beides, ihre Freude und ihre Angst, unverständlich. »Ihr Weiber seid doch unverbesserlich«, meinte er angewidert.

Die Gefühllosigkeit ihres Mannes kränkte sie, und sie betete zu Gott, er möge sie mit einem Kind ihres eigenen Geschlechts segnen, einer Tochter, die das Herz einer Mutter verstehen und ihre Liebe erwidern würde. Sie malte sich die Kleider aus, die sie für sie nähen wollte, die Haarbänder, die sie ihr in die Zöpfe flechten würde. Die verzehrende Liebe, die sie für das ungeborene Wesen in ihrem Inneren entwickelte, dämpfte ihre Leidenschaft für ihren Sohn. Sie paßte immer noch genau so ängstlich auf ihn auf wie früher und sorgte sich um seinen Appetit, obwohl er für zwei aß, aber die enge Bindung, die sie zu ihm gehabt hatte, war für immer dahin. Plötzlich fing sie an, sich vor ihm zu schämen, als wäre er ein fremdes männliches Wesen und ihr wachsender Leib wäre bei einer Frau ihres Alters etwas Peinliches und Unanständiges.

»Warum starrst du mich so an, Moschele?« fragte sie errötend und versteckte ihren Bauch unter den verschränkten Händen.

»Was du dir bloß vorstellst!« schnaubte Georg wütend, weil sie seine Gefühle erraten hatte.

Der Fünfzehnjährige, dessen Mutter wieder ein neues Leben zur Welt bringen sollte, empfand größere Unruhe als sonst und fühlte sich gespannt und verloren. Plötzlich begann er, fast wie über Nacht, in die Höhe zu schießen. Er wurde dünner, seine weichen Kinderhände wurden knochig und männlich, an seinem runden Hals sproß ein Adamsapfel, und schwarzer Flaum bedeckte allmählich seine Wangen. Seine Stimme veränderte sich. Eine Minute war sie tief und männlich, die nächste mädchenhaft und schrill. Oft fing er mitten in einem Gespräch zu seiner größten Beschämung an zu krähen wie ein Hahn. Seine frühere Gelassenheit und Selbstsicherheit wichen linkischer Scheu. Am schlimmsten aber waren die Pickel, die überall in seinem Gesicht aufblühten. Je kräftiger er sie kratzte, desto dichter sprossen sie. Nachts träumte er seltsame Träume.

Seine schulischen Leistungen ließen von Tag zu Tag nach. Sein Vater zankte mit ihm und machte ihm Vorwürfe. Er hatte keinen Freund, dem er sich anvertrauen konnte. Kurt war zu einem Sattler in die Lehre gekommen und ließ sich nur noch sonntags daheim blicken. Georg begrüßte ihn voller Freude, aber Kurt blieb reserviert. Seine Hand fühlte sich merkwürdig rauh und schwielig an und roch stark nach Leder, Farbe und Leim. Auch die Art, wie er nun redete, war seltsam und fremd, es waren die wortkargen, abgemessenen Äußerungen eines Menschen, der das Joch der Reife auf sich genommen und keine Zeit für Narreteien mehr hat. Diese Nüchternheit, die davon zeugte, daß er in eine neue Lebensphase eingetreten und von der Wichtigkeit durchdrungen war, für seinen Unterhalt zu arbeiten, betonte die entstandene Kluft zwischen ihnen, dem Lehrling und dem Schüler aus einer wohlhabenden Familie. Ohne daß ein Wort gesagt wurde, zerrann die Freundschaft zwischen den beiden Jungen für immer. Georg hatte auch keine Freunde unter den nichtjüdischen Mitschülern am Sophiengymnasium. Sie genossen es, wenn er die Lehrer ärgerte; sie gingen mit ihm in Straßen, wo die Prostituierten auf und ab spazierten und rannten mit ihm weg, wenn die Mädchen sich ihnen näherten, aber sie luden ihn selten zu sich nach Hause ein. Nur einer, Helmut Kalbach, bemühte sich, seine Freundschaft zu gewinnen, aber Georg war nicht glücklich mit dieser Beziehung.

Der dicke Helmut war ungefähr im gleichen Alter und in derselben Schulklasse. Er war eine Waise und lebte mit seiner verwitweten Großmutter von einer staatlichen Rente. Er war ein schüchterner und gefühlvoller Junge. Sein weiches blondes Haar lockte sich wie bei einem Mädchen, seine zarten weißen Hände rochen immer nach parfümierter Seife. Die Jungen in der Schule hatten ihm den Spitznamen Fräulein Trude gegeben. Von Anfang an fühlte sich Georg in Helmuts Nähe unbehaglich. Er mochte seine plüschbezogenen Albums mit Photographien seiner verstorbenen Eltern, romantischen Versen, getrockneten Blumen und Schmetterlingen nicht. Er war angewidert, wenn Helmut sich ans Klavier setzte und traurige, melancholische Melodien spielte. Seine Sprache war pedantisch und genau. Wenn Georg grob war oder ein vulgäres Wort benutzte, errötete Helmut. Man konnte ihn nicht einmal einen Idioten nennen. Es machte keinen Spaß, mit ihm zusammenzusein. Am schlimmsten war seine Eifersucht. Er rastete aus, wenn Georg sich anderen Jungen zuwandte. Er schmollte, machte ein finsteres Gesicht und schrieb ihm gehässige Briefchen auf parfümiertem rosa Papier. All das kam Georg nicht nur sehr komisch, sondern auch irgendwie verdächtig vor. Er hielt sich mehrmals längere Zeit von Helmut fern, doch Helmut verzieh ihm immer, machte ihm Geschenke und war entzückt, wenn sie sich wieder aussöhnten. Das schmeichelte Georgs Eitelkeit und gab ihm das stolze Gefühl, wichtig und gebieterisch zu sein und über Glück und Verzweiflung eines anderen bestimmen zu können. Angesichts der Verachtung seines Vaters und seiner eigenen Minderwertigkeitsgefühle war es tröstlich, umschmeichelt und abgöttisch verehrt zu werden. Eine Weile befriedigte ihn Helmuts hündische Anbetung, aber bald hatte er dann wieder genug davon. Nach ein paar Tagen fielen Georg seines Freundes gezierte Art, weiße Hände und weichlicher Körper, der so schlecht in männliche Kleidung paßte, auf die Nerven.

Am elendesten fühlte er sich, als seine Mutter in Begleitung seines Vaters in Dr. Halevys Entbindungsklinik ging, um auf die Geburt des Kindes zu warten. Die Schwangerschaft seiner Mutter hatte zwar die Aufsicht seiner Eltern gelockert, aber sie hatte auch sein Blut in Wallung gebracht.

Es waren nun oft Frauen im Haus. Ungeachtet David Karnovskis Ablehnung kam Jetta Burak häufig vorbei. Sie rannte geschäftig hin und her und neckte Georg damit, daß er nun nicht mehr das einzige Kind sein würde. Sie brachte auch ihre Tochter Ruth mit, ein Mädchen in Georgs Alter, dessen reife Brüste sich unter ihrem anliegenden Jackett, das vom Hals bis zur Taille mit Goldknöpfen geschlossen war, abzeichneten. Als Jetta Burak ihre Tochter Georg vorstellte, wurde er rot, ohne zu wissen, warum, und ärgerte sich über sich selbst und das Mädchen, das zweifellos sein Erröten bemerkt haben mußte. »Georg Karnovski«, krähte er im Versuch, seine Stimme tief und volltönend klingen zu lassen. Er streckte schnell die Hand aus und zog sie noch hastiger zurück, um auf sein Zimmer zurückzulaufen.

Seine Mutter hielt ihn auf. »Was bist du mir denn für ein Kavalier?« fragte sie lachend. »Bitte doch Fräulein Ruth in dein Zimmer und unterhalte dich eine Weile mit ihr. Ich muß mit Frau Burak ein paar Angelegenheiten besprechen, die nichts für euch Kinder sind.«

Verlegen murmelnd lud Georg Ruth in sein Zimmer ein.

Beim Weggehen bemerkte Jetta Burak zu Lea: »Sie sind so ein hübsches Paar...« Sie sagte es sehr leise, aber Georg hörte es und wurde nur noch gereizter und verlegener.

So nervös er war, so gelassen war Ruth. Sie plauderte, lachte und stellte sich neben ihn, um zu sehen, wieviel größer er war als sie. Später versuchte sie, mit ihm Walzer zu tanzen. Als er ihren warmen weiblichen Körper und ihren heißen Atem so nahe bei sich spürte, tanzte Georg schlecht und bekam schwitzige Hände. Er stolperte über seine eigenen Füße, während sie nur immer selbstsicherer wurde. Nachdem sie gegangen war, empfand Georg Erleichterung und zugleich steigende Erregung. Er ging Helmut besuchen, der wie gewöhnlich entzückt war, ihn zu sehen.

Helmut spekulierte über das kommende Kind. »Was hättest du lieber, Georg, einen kleinen Bruder oder eine Schwester?«

Georg war nicht in der Stimmung, darüber zu sprechen. Was ihn betraf, hätte er gut auf beides verzichten können. Säuglinge seien doch merkwürdige Wesen; sie brüllten und machten Lärm. Helmut konnte seine Haltung nicht verstehen. Er hätte alles gegeben für ein kleines Schwesterchen zum Schmusen, so ein süßes Engelchen mit blonden Löckchen. Er habe doch nie Geschwister gehabt.

Plötzlich stiegen ihm Tränen in die Augen, und er griff nach Georgs Hand. Georg riß sich los. Die Berührung der Hand seines Freundes stieß ihn ab. Helmut zitterte. »Versprich mir, daß du immer mein Freund sein wirst, Georg«, flehte er.

»Aber ich bin doch dein Freund«, sagte Georg.

»Ich habe immer das Gefühl, du wirst mich fallenlassen und dir andere Freunde suchen«, schluchzte Helmut, »und ich liebe dich doch so!«

»Du bist ein Idiot«, stieß Georg hervor.

Auf einmal beugte sich Helmut zu ihm und küßte Georg auf die Wange. Angewidert stieß Georg ihn weg. Helmut fiel auf den Rücken, und seine Nase begann zu bluten. Georg bekam Angst. Er zögerte, fortzugehen. Er wünschte, Helmut würde ihn beschimpfen, ja, schlagen, aber Helmut weinte nur. Voll Schuldbewußtsein rannte Georg schließlich aus dem Haus, sicher, daß er nie mehr zurückkommen würde. Er war verwirrt, beschämt und enttäuscht. Er streifte durch die Straßen. In der Linienstraße funkelten die grellen Lichter der Nachtlokale und Kneipen. Straßenmädchen sprachen ihn an und machten ihm obszöne Angebote. Aber er wanderte weiter die Straßen entlang. Als es spät wurde, ging er nach Hause. Seine Eltern waren nicht da. Er suchte in der Küche Emma auf, das langjährige Dienstmädchen der Familie. Sie nähte gerade Spitze an einen Damenschlüpfer. Ihr voller Busen starrte von Nadeln. Sie fühlte, wie der Junge sie mit glühenden Blicken musterte.

»Was ist los?« fragte sie mit einem rauhen Lachen, das ihr Zahnfleisch entblößte.

»Nichts«, antwortete Georg nervös.

Emmas großer Busen hüpfte, und alle Nadeln hüpften mit. »Willst du etwas zu essen?«

»Nein.«

»Was willst du dann, Junge?«

Er sagte nichts.

Sie gab ihm einen kleinen Klaps auf die Nase. »Mammie fortgegangen, holt ein Baby beim 'torch«, neckte sie ihn.

»Halten Sie mich für so blöd?« fragte er gereizt.

Sie lachte. »Ich hab' gedacht, du glaubst noch an den Storch.«

Er funkelte sie an. Die lachende Frau, ihre schaukelnden Brüste, ihr fleischiger Hals, die ausladenden Hüften, die fast das flauschige Kleid zu sprengen drohten – alles erregte ihn. Seine Augen brannten.

»Du bist ein hübscher Junge, Georg«, sagte sie plötzlich. »groß und dunkel wie dein Vater, aber die Pickel auf deinem Gesicht sind scheußlich.«

Er wußte nicht, was sagen. Emma lachte wieder. »Ja, du bist ein ekliger Molch. Ich hab' das schon seit langem bemerkt, wenn ich dein Bett frisch beziehe ...«

»Wenn Sie das noch mal zu mir sagen, kriegen Sie was auf die Fresse!« erklärte er, sich der Sprache bedienend, die er bei Kurt zu Hause gehört hatte.

»Du Frechdachs«, spottete sie, »versuch es nur!« Sie legte ihr Nähzeug beiseite und stand auf, um ihn herauszufordern. Er begann mit ihr zu ringen. Er spürte die Festigkeit und Hitze ihres reifen Körpers, die Stärke ihrer Glieder. Im Nu hatte er die Oberhand gewonnen und hielt sie fest.

Sie hörte nicht auf, zu lachen, sich zu winden und ihn zu verhöhnen. »Ekliger Molch«, sagte sie mit geschürzten Lippen.

Plötzlich fiel Georgs Blick auf ihre nackten Schenkel, wo das flauschige Kleid sich während der Balgerei in die Höhe geschoben hatte. Sie waren dick, blaß und rund, das erste verbotene Frauenfleisch, das er sah, und er fühlte, wie ihm das Blut in den Kopf schoß. »Nun, wer ist stärker?« keuchte er.

Emma machte keine Anstalten, sich zu bedecken. »Molch«, stachelte sie ihn auf, »heißblütiges Schwein!«

Auf einmal drückte sie ihn mit solcher Gewalt an sich, daß Georg der Atem ausging. Ganz wie früher, wenn sie ihn badete, fing sie an, ihm die Kleider vom Leib zu ziehen. »Du ungeschickter Teufel, du«, warnte sie ihn, »du stichst dich noch an den Nadeln.«

In den rohesten Ausdrücken und völlig unverblümt wies sie ihn an, wie er sich jetzt bei seiner ersten sexuellen Begegnung verhalten mußte. »Du Schwein!« schrie sie, ihn abwechselnd küssend und beißend. »Du ungeschickter Bock!«

Als Emma seelenruhig die Nadeln wieder an ihren Busen steckte und an dem Schlüpfer weiterzunähen begann, stand Georg sprachlos da. Verzückung, Reue, Frohlocken und Ekel kämpften in ihm. Er fühlte sich von Liebe zu der Frau, die ihm so große Lust geschenkt hatte, überflutet und gleichzeitig von einem tiefen Gefühl der Scham. Aus seinen verbotenen Lektüren wußte er, daß die Frauen weinten, nachdem sie eine solche Sünde begangen hatten, und er wollte sie trösten, wie ein Verführer sein Opfer trösten sollte.

»Emma«, stammelte er, »es tut mir sehr leid. Wirklich.«

Sie zuckte mit den Achseln, als wäre er nicht richtig im Kopf. »Was für ein Geschenk willst du mir wegen dem neuen Kind kaufen?« fragte sie sachlich.

Er wußte nicht, was er sagen sollte – er hatte noch nie einer Frau ein Geschenk gekauft. Emma schlug vor, er könne ihr ja das Geld geben, das er für ein Geschenk ausgeben würde, und sie würde sich selbst etwas aussuchen. Er leerte seine Geldbörse aus, und alle Mark- und Pfennigstücke fielen in ihre Hand. Sie steckte das Geld in ihren Busen. »Danke«, sagte sie gleichgültig.

Als wäre nichts zwischen ihnen geschehen, wandte sie sich wieder ihrer Näharbeit zu. Ihr Gesicht hatte den dumpfen, friedlichen Ausdruck einer Kuh, die, nachdem sie brav ihre jährliche Pflicht, sich besteigen zu lassen, erfüllt hat, wieder auf ihre Weide zurückkehrt. Georg wußte nicht, was er tun sollte. Diese ungeahnten Arten des weiblichen Geschlechtsverhaltens verblüfften und reizten ihn. Schließlich schickte ihn Emma hinaus. »Geh jetzt schlafen, Georg. Ich habe zu tun.«

Als sie ihm das Bett für die Nacht richtete, gab sie ihm ein paar Dinge zu verstehen. Erstens dürfe er niemandem erzählen, was geschehen sei, nicht einmal seinen engsten Freunden. Zweitens solle er nicht zu Straßenmädchen gehen, wie andere dumme Jungen es täten, weil das Geldverschwendung und eine Gefährdung seiner Gesundheit sei. Wenn er ihr sein Taschengeld gebe, werde sie sehr gut zu ihm sein. »Einverstanden, Junge?«

»Ja«, murmelte er.

Als Lea Karnovski, ganz wie sie gehofft hatte, mit einem kleinen Mädchen aus Dr. Halevys Klinik zurückkehrte, fand sie ihren Sohn völlig verwandelt vor. Sein Gesicht war glatt und rein. Seine Augen hatten die glühende Unruhe verloren und blickten ruhig und heiter drein. Und ebenso ruhig und gelassen war sein Verhalten. Er küßte sie sogar bereitwillig und küßte auch sein neues Schwesterchen. Mit mütterlicher Wahrnehmungsgabe erkannte Lea, daß etwas geschehen sein mußte, was ihren Sohn so verändert hatte, und war beunruhigt, sagte aber nichts darüber. Ihre ganze Aufmerksamkeit galt dem neuen Baby.

Auch David Karnovski bemerkte die Veränderung, die mit seinem Sohn vorgegangen war. Georg war gesetzter geworden, ja, er strengte sich sogar in der Schule an und brachte ausgezeichnete Zensuren nach Hause. Sein Vater war verblüfft.

»Ein merkwürdiger Junge«, sagte er zu seiner Frau, »ein bißchen verrückt, fürchte ich.«

»Ich wollte, er wäre schon erwachsen«, meinte sie und hob fromm den Blick zur Zimmerdecke.

7

In den altersgrauen, zerfallenden Gebäuden der Dragonerstraße im Scheunenviertel, dem Viertel der Altkleiderhändler, das die Nichtjuden spottend die Jüdische Schweiz nannten, lagen eng nebeneinander Läden, Märkte, Metzgereien, Gasthäuser und Bethäuser.

Auf blutbesudelten Hackstöcken zerteilten Metzger Fleischseiten, die hebräische Stempel trugen, zum Zeugnis, daß die Tiere nach den rituellen Gesetzen unter der Aufsicht angesehener Rabbis geschlachtet worden waren. Jüdische Matronen, deren Perücken über ihren faltigen, abgearbeiteten Gesichtern unstimmig jugendlich wirkten, beobachteten die Metzger scharf, damit sie ja nicht mit dem Gewicht schummelten oder versuchten, ihnen etwas anderes als die streng koschere Ware anzudrehen. Obwohl diese Frauen arm waren, zahlten sie höhere Preise für ihr Fleisch als die jüdischen Matronen in den besseren Wohngegenden, weil sie kein Vertrauen in Metzger hatten, die sich den Bart stutzten, Deutsch sprachen und unter der Aufsicht von glattrasierten Rabbis standen. Für die paar Pfennig mehr, die sie bezahlten, wurden sie durch die Gewißheit entschädigt, daß das Tier von Schlachtern ihres Viertels geschlachtet worden war – polnischen oder galizischen Juden von zu Hause, die hier in dem neuen Land weder ihre Tracht noch ihre Bräuche abgelegt hatten und von Rabbis beaufsichtigt wurden, die auch erst seit kurzem von drüben herübergekommen waren.

In Gasthäusern und Restaurants, die mit Davidssternen gekennzeichnet waren und an denen Schilder hingen mit der Versicherung, daß die Speisen nicht nur köstlich, sondern auch streng koscher seien und die geehrten Gäste höfliche Bedienung erwarten dürften, eilten Kellner mit seidenen Käppchen hin und her, um den Gästen an den dicht besetzten Tischen jüdische Delikatessen zu servieren. Die beliebtesten Speisen waren gehackte Leber, Preßdarm, marinierte Milz, geschmorte Karotten und Nudeln mit Brühe und Huhn. Die Gäste waren hauptsächlich Altkleiderhändler, die in den wohlhabenden Vierteln abgelegte Kleidungsstücke aufkauften, oder Hausierer aus dem Osten, die ihre Frauen und Kinder daheim zurückgelassen hatten. Ihre Packen und die Lumpen, die sie erstanden hatten, lagen in Haufen auf dem Fußboden neben ihnen. Unter den anderen Gästen waren Bäcker, die jüdisches Brot und Gebäck herstellten, vazierende Schneider, die vorübergehend in der Gegend festsaßen, Auswanderer, denen das Geld für die Überfahrt nach Amerika fehlte, Frauen, die nach Berlin gekommen waren, um einen Spezialisten zu konsultieren, und allerlei Schnorrer. Die älteren Gäste sprachen Tischgebete, segneten die Speisen, die ihnen aufgetragen wurden, und stritten mit den Kellnern über ihre Rechnung. Die jüngeren lachten, redeten über Geschäfte, sangen und spielten Karten und Würfel.

Die Lebensmittelgeschäfte und Bäckereien hier boten alle Sorten weißes Brot, Eierplätzchen, hausgemachtes Schwarzbrot und flache Brötchen aller Art – mit Zwiebeln, Mohnsamen und Kümmel. Am Kaiser-Franz-Joseph-Hotel mit rot angestrichenem, abblätterndem Putz, war eine Tafel mit der Aufschrift angebracht, daß der Besitzer, Reb Herzele Vishniak aus Brod, seinen Gästen einen königlichen Empfang bereite und sehr vernünftige Preise für ein Zimmer oder ein Bett berechne. Er richte auch Hochzeiten aus, wobei er für den Rabbi, seinen Gehilfen, die Musikanten und Spaßmacher und die köstlichsten Speisen und Weine sorge – natürlich alles streng koscher.

Aus den kleinen Synagogen, Bethäusern, Thoraschulen und Quoren, die zwischen den Läden und Verkaufsbuden eingeklemmt lagen, strömten ältere Juden mit Gebetsriemenbeuteln unter dem Arm, Juden mit galizischen Samthüten und langen Bärten, Juden mit auf den Hinterkopf geschobenen Melonen und gestutzten Bärten, Juden mit langen Schläfenlocken, mit mittellangen Schläfenlocken und mit kurzen Schläfenlocken. Aus einem offenen Fenster flutete der Singsang eines Hebräischlehrers, der mit seinen Schülern in die Geheimnisse der Thora eindrang. An Laternenpfähle neben ihren Wagen gelehnt, standen Fuhrleute mit Straßenbengeln und Müßiggängern herum und rauchten und spuckten in die schmutzigen Rinnsteine. Ein großer, dickbäuchiger Schutzmann mit Helm und Kaiser-Wilhelm-Schnurrbart stapfte majestätisch den mit Papier, Dreck und verfaultem Gemüse übersäten Bürgersteig entlang. Die Herumlungerer grüßten ihn respektvoll, wobei sie ihn im Dienstrang beförderten: »Guten Tag, Herr Kapitän ...«

»Tag ...« antwortete er lässig mit unbewegter Miene und setzte seine Runde, Menschen und Hauseingänge im Auge behaltend, fort.

Reb Ephraim Walders Buchladen, Wand an Wand mit einem Altkleiderladen auf der einen und einer Schneiderwerkstatt auf der anderen Seite, war laut und voll. Ein grünes Grammophon mit großem Trichter plärrte heiser das *Kol Nidre*. Potentielle Käufer hörten sich auf dem Apparat die neuen jiddischen Schallplatten an. Fromme Juden kauften Gebetsschals, die rituellen Fransen, Gebetbücher, Gebetsriemen und Mesusen. Ältere Frauen kauften jiddische Geschichtenbücher von Straßenräubern, Prinzessinnen und Wundertätern oder alte Schilderungen der Gefangenschaft von Dreyfus auf der Teufelsinsel, Gedichtbände und Liederbücher. Jungen in nichtorthodoxer Kleidung durchstöberten eselsohrige Sherlock-Holmes-Bände, die man sich ausleihen konnte. Ferner gehörten zu dem Warenangebot Käppchen, Sabbatkerzen, Chanukkaleuchter, messingnes Passahzeremoniegeschirr, Heiratslizenzen, gedruckte Formulare, weiße Leinengewänder und schwarze Sargdecken.

Von der schäbigen Kundschaft aus dem Viertel stach eine nach der neuesten Mode gekleidete Gestalt ab: Salomon Burak, der sich kurz aus seinem Geschäft entfernt hatte, um in der Dragonerstraße einen Blick auf die letzten jiddischen

Schallplatten zu werfen. Er spielte eine nach der anderen und erfreute sich an den Gebeten und Gesängen. Nach dem schwermütigen *Kol Nidre*-Gesang legte er ein lustiges jiddisches Theatercouplet über einen alten Mann mit einer munteren jungen Ehefrau auf und dann ein moralisierendes Klagelied über die Zerstörung des Tempels. Er hob während der Verkündung des *Kol Nidre* fromm die Hände, schnippte zur Begleitung des Theatercouplets mit den Fingern und schüttelte beim Klagelied betrübt den Kopf. Doch völlig hingerissen war er, als er die Platte vom Kleinen Itzig, der ins gelobte Land seiner Vorfahren zurückkehrt, spielte. Obwohl es ihm nie in den Sinn gekommen wäre, die Landsberger Allee zu verlassen, bewegte ihn der geistige Aufruf, der in diesen Reimen steckte, zutiefst, und er hörte dem Grammophon mit echter Rührung zu:

»Itzig, kleiner Israelik, komm, oh, komm zurück!

Aufs gelobte Land der Ahnen richte deinen Blick ...«

Später, als er ein Hochzeitslied spielte, fuhr ihm die Melodie so in die Füße, daß er sich, zum großen Amüsement der Jungen im Laden, zu wiegen begann.

»Fräulein Jeannette, darf ich's wohl wagen,

Ihnen ein Tänzchen anzutragen?«

wandte er sich neckend an die Ladeninhaberin.

Fräulein Jeannette, eine spröde alte Jungfer, deren einziges Interesse die romantischen französischen Romane waren, die sie dauernd beiseite legen mußte, um ein Frauengebetbuch oder einen Gebetsschal zu verkaufen, hob ihren dunklen Krauskopf von ihrem geliebten Buch und riß überrascht ihre kurzsichtigen Augen auf. »Was haben Sie gesagt, Herr Burak?«

Salomon Burak wechselte von seinem spaßigen Deutsch ins heimelige Jiddisch über: »Ich möcht gern zu einem Hochzeitslied mit Ihnen tanzen, Fräulein Jeannette. Finden Sie nicht, es wird allmählich Zeit, mein liebes Fräulein?«

Fräulein Jeannette schnitt ein Gesicht. Sie haßte es, aufgezogen zu werden, und ganz besonders mit ihrer Jungfernschaft. Und ebenso herzlich verachtete sie die Schallplatten, die ihre Kunden dauernd Probe hörten. Sie lenkten sie ab und zerstörten die Stimmung, in die ihre Romane, wo Damen in Reifröcken von samtbekleideten Kavalieren der Hof gemacht wurde, sie versetzten. Aber sie zeigte Salomon Burak ihr Mißvergnügen nicht. Zum einen war sie dazu zu wohlerzogen; zum andern war er ein guter Kunde, der jede neue Schallplatte kaufte und nicht um den Preis feilschte wie die meisten. So ertrug Fräulein Jeannette eben seine Manieren, die sie beklagenswert und unschicklich für einen Herrn fand. Sobald er wieder draußen war, senkte sie ihre kurzsichtigen Augen von neuem über die eng bedruckten Seiten. Hier in der häßlichsten Straße Berlins vergraben, entschwebte sie in eine Welt der steinernen Balustraden und honigsüßen Phrasen. Deswegen nannte sie sich auch Jeannette, obwohl sie eigentlich Jentl hieß.

In einem Raum im Obergeschoß, zu dem eine steile Treppe hinaufführte, saß ihr alter Vater, Reb Ephraim Walder, nach dem der Laden hieß, mit dem er aber nichts zu tun hatte. All die heiligen und weltlichen Bücher, Gebetsschals, religiösen Gegenstände und Schallplatten waren Jeannettes Sache, mit ihnen verdiente sie den Lebensunterhalt für sich und ihren Vater. Er, Reb Ephraim, war vertieft in die heiligen, seltenen alten Bände und Handschriften, die in ungestrichenen Schränken vom löchrigen Fußboden bis zur Balkendecke gestapelt waren.

Groß und hager, mit einem langen Gesicht, einem vollen grauen Bart und langem Haar, einem abgewetzten Baumwollkäppchen auf dem Kopf und einer großen Pfeife in seinem zahnlosen Mund, saß er unter seinen heiligen Büchern, losen, aus Gebetbüchern gerissenen Blättern, staubigen Pergamenten und kostbaren Handschriften und studierte und forschte mit einer Lupe. Neben ihm, auf einem großen, mit Blättern übersäten Holztisch, stand ein irdener Topf mit zugeschnittenen Gänsefedern und ein Teller mit Kleister und verschiedenen abgenutzten Pinseln. Mit dem Kleister leimte Reb Ephraim ausgerissene Seiten wieder ein, klebte Ecken an und flickte beschädigte Stellen. Er gebrauchte die Federkiele, um Korrekturen an den Rand zu schreiben oder mit kleinen, sich windenden hebräischen Buchstaben die Stellen im Text, die ausgerissen oder verbrannt waren, zu ergänzen. Er zog die Gänsefedern, die er von dem Geflügelhändler aus der Nachbarschaft erhielt, gewöhnlichen Stahlfedern vor. Liebevoll schnitt er sie mit einem Federmesser zu. Seine Handschrift wirkte eher arabisch als hebräisch. Jeder Buchstabe war sorgfältig gemalt und im Stil der alten Kopisten der Thora mit allen möglichen Zusätzen und Schnörkeln verziert.

Professor Breslauer vom Seminar war hier ein häufiger Besucher. Er kam nicht gern in das Getto, aber er sah sich dazu gezwungen, weil es in ganz Berlin keinen Weisen gab, der Reb Ephraim das Wasser reichen konnte. Auch andere kamen – vornehme Rabbiner, Historiker und Forscher auf dem Gebiet der Judaika. Es war jedesmal eine Sensation in der Dragonerstraße, wenn diese Würdenträger aus dem eleganten Westteil der Stadt erschienen – und nicht nur Juden, sondern sogar auch Pastoren und nichtjüdische Professoren, die sich bei Reb Ephraim Rat zu jüdisch-theologischen Fragen holten. Aus diesem Grund zollte selbst der Schutzmann dem alten Herrn Respekt und grüßte ihn, wenn er ihn auf der Straße sah.

Doch dazu hatte er selten Gelegenheit, denn Reb Ephraim ging fast nie aus. Lange vor Tagesanbruch bis weit nach Mitternacht saß er über seinen Büchern und Handschriften. Eine kleine Petroleumlampe beleuchtete seinen Schreibtisch Tag und Nacht, da die staubigen und dazu noch vergitterten Fenster auf den düsteren Hof gingen und kaum Licht einließen. Neben dem Tisch stand ein kleiner Eisenofen, den Jeannette ständig mit Holz und Kohle beschickte, um ihrem Vater die alten Knochen zu wärmen. Auf diesem Ofen kochte sie auch ihre Mahlzeiten, meistens dünne, fade Hühnersuppen, wie Frauen sie zubereiten, die ungeliebt und unfruchtbar sind. Vor allem aber kochte sie darauf Tee, den der alte Mann gerne trank, viele Gläser hintereinander mit einem winzigen Klümpchen Kandiszucker, das er dabei mit den Lippen festhielt.

Professor Breslauer und die anderen Würdenträger wollten unbedingt Reb Ephraim Walder aus dem Getto holen. Sie meinten, seine Tochter brauche ja den Laden in der Dragonerstraße nicht aufzugeben, wenn sie in eine helle Wohnung in einer anständigen Nachbarschaft zögen, wo Reb Ephraim nicht den ganzen Tag lang eine Lampe brennen haben müßte und sich die Augen verderbe. Außerdem würden mit der Zeit hier alle seine Bücher und Handschriften von Staub und Mäusen zerfressen und zerstört. Sie müßten auch unbedingt geordnet und katalogisiert werden. Doch Reb Ephraim wollte davon nichts hören.

»Nein, Rabbi Breslauer«, sagte er, »es ist besser, ich beschließe meine Jahre in der Dragonerstraße, wo ich immer gelebt habe.«

Die Bücher waren sein ganzes Leben. Nicht für alles Geld der Welt hätte er seine Schätze an Bibliotheken oder Museen verkauft, obwohl er häufige und großzügige Angebote bekam. Im Gegenteil, jeden Gewinn, den der Laden abwarf, investierte er in seltenen Bänden. Die Buchhändler in Lemberg, Warschau, Vilno und Berdichev wußten, daß Reb Ephraim in Berlin ein begieriger Sammler seltener Ausgaben war und verständigten ihn immer, wenn sie ein besonders kostbares Exemplar aufgestöbert hatten. Er erlaubte auch niemandem, sich seine Bücher auszuleihen. Man konnte jeden Band, den man wollte, in seiner Gegenwart einsehen, aber aus dem Haus nehmen durfte man ihn nicht. Und was das Katalogisieren anging – wozu? Er hatte jedes einzelne seiner Bücher im Kopf. Er kannte sich nicht nur im Talmud und in den Tausenden von Kommentaren und Abhandlungen dazu aus, sondern auch in allen philosophischen Werken.

Ein anderer häufiger Besucher war David Karnovski.

Zum einen kaufte er alte Bücher, von denen Reb Ephraim mehr als ein Exemplar besaß. David Karnovski war immer erpicht darauf, einen kostbaren Band zu erstehen, besonders wenn es sich dabei um Philosophie handelte. Zum andern genoß er es, sich mit Reb Ephraim zu unterhalten oder vielmehr ihm zuzuhören, denn es gab nichts über Philosophie oder judaische Weisheit, was der alte Mann nicht wußte.

»Ich kenne das, Reb Karnovski«, bemerkte er oft, »ich kann es Ihnen in meinen Büchern zeigen.«

Mit jugendlicher Behendigkeit kletterte er die Leiter hinauf und zog den richtigen Band unter den Tausenden, die hier standen, heraus. Er staubte das Buch mit einem Staubwedel aus Truthahnfedern ab und sah sich finster die Bücherwürmer an, die die Ecken angefressen hatten. »Schurken sind das, Reb Karnovski!« beschimpfte er die winzigen Kreaturen. »Über sie hat König Salomon gesagt: ›Kleine Teufel können unermeßlichen Schaden anrichten.‹«

Doch schnell vergaß er die Würmer wieder und strahlte wie ein Kind, als er auf seine Schätze blickte. Er liebte es, von ihnen zu sprechen, die Geschichte jedes einzelnen Buches und Manuskripts zu erzählen, und entfaltete dabei eine solche Gelehrsamkeit, daß David Karnovski ganz hingerissen war. Er lauschte, ohne ihn je zu unterbrechen. Erst als Reb Ephraim der Hals trocken wurde und er seine Tochter rief, ihm ein Glas Tee zu bringen, ergriff David Karnovski die Gelegenheit, ihn etwas zu fragen.

»Reb Ephraim, und was ist mit Ihren eigenen Schriften?«

Reb Ephraim trank schnell den restlichen Tee aus. Er freute sich, wenn man ihn nach seinen Manuskripten fragte und besonders wenn man ihn bat, etwas daraus vorzulesen. Er ruckte kräftig an der Tischschublade, denn sie klemmte nun schon seit über fünfzig Jahren, und holte zwei dicke, eng beschriebene Konvolute heraus, die am Rücken mit langen, groben Stichen zusammengeheftet waren.

Sie waren sein Lebenswerk, mit dessen Niederschrift er vor vielen Jahren begonnen hatte, als er als genialer Junge von Tarnopol an das Theologische Seminar nach Berlin gekommen war. Aber es war noch lange nicht beendet. Je mehr er schrieb, desto mehr wuchsen die Abhandlungen in die Breite. Sie waren in zwei Sprachen verfaßt. Eine war hebräisch mit liebevoll verschnörkelten Buchstaben und einer schön verzierten Titelseite, auf der geschrieben stand: *Das Buch der Erkenntnis.* Dieses Werk ordnete fast die ganze Thora neu, angefangen von den Schriften und einschließlich der babylonischen und der Jerusalemer Talmude. Mit außerordentlicher Folgerichtigkeit und bemerkenswerter Naivität klärte Reb Ephraim alle Fehler und Ungenauigkeiten auf, die sich beim Abschreiben der Thora durch die Jahrhunderte eingeschlichen hatten. Obwohl Hunderte von Gelehrten sich bereits an diese Aufgabe gemacht hatten, hielt Reb Ephraim dafür, daß noch genug übrig war, um eine solche Anstrengung zu unternehmen, und er hatte ihr sein Leben gewidmet, ohne daß ein Ende auch nur abzusehen gewesen wäre.

»Die alten Gelehrten sind zu beneiden, Reb Karnovski«, bemerkte Reb Ephraim und zeigte auf einen vergilbten, verblichenen Stich, der an einem rostigen Nagel über seinem Tisch hing. »Rabbi Mosche, der Sohn Maimons, oder Maimonides, wie die Nichtjuden ihn nennen, hatte Zeit für alles – für Medizin, Gelehrsamkeit, Philosophie, Gemeindearbeit, selbst für Debatten mit arabischen Gelehrten und Regierungsbeamten. Wir heutzutage sind im Vergleich dazu so gar nichts …«

Reb Ephraims zweites Manuskript war auf deutsch geschrieben, in spitzen gotischen Lettern und mit reichverzierten Anfangsbuchstaben zu Beginn jedes Kapitels. Dieses Werk richtete sich an die Nichtjuden, denn Reb Ephraim war davon überzeugt, daß der ganze christliche Haß auf die Juden auf fehlendem Verständnis der jüdischen Thora und Gelehrsamkeit beruhte. Einmal in die Schätze der Thora eingeweiht, würden sich die Augen der Nichtjuden öffnen, und das wahre Licht würde ihnen Geist und Herz erleuchten.

»Wenn ich nur lange genug lebe, um es zu vollenden, Reb Karnovski«, sagte Reb Ephraim erregt. »Gott verhüte, daß ich gezwungen werde, es unvollendet zurückzulassen.«

»Du wirst die Früchte deiner Arbeit ernten«, tröstete ihn David Karnovski mit einem Zitat aus den Schriften, wie es sein Brauch war.

Reb Ephraim nahm eine Prise Schnupftabak aus seiner Horndose, um einen klaren Kopf zu bekommen, und begann, ein Stück aus seinem Lebenswerk vorzulesen. David Karnovski hob aufmerksam den Kopf, um die kurzen Sätze, die in dem weiten Meer der dichtgedrängten Zitate auf jeder Seite schwammen, nicht zu verpassen. Er nickte bestätigend zu Reb Ephraims brillanten Offenbarungen. Reb Ephraim drehte die Flamme der Petroleumlampe auf, und sein edles Gesicht glühte vor heiligem Eifer. Das warme, rötliche Licht verlieh seinem blassen Gesicht und grauen Bart die patriarchalische Frömmigkeit, die auf den Gesichtern von Greisen im Kerzenschein der Schlußgottesdienste am Versöhnungstag liegt.

Die gleiche spirituelle Glut übergoß auch die männlichen, scharfkantigen Züge David Karnovskis. Nach einem Tag des Feilschens, Zankens und Ränkeschmiedens, nach der Vulgarität nichtjüdischer Dienstmänner und Rollkutscher, die er hatte ertragen müssen, war es eine himmlische Wonne, dem ehrwürdigen talmudischen Gelehrten zuzuhören.

Das göttliche Licht fiel auch auf Methusalem, den alten Kater, der zusammengerollt in der Ecke lag und mit gespitzten Ohren der volltönenden Stimme seines Herrn lauschte. Der Kater war vor Alter blind, doch obwohl er nichts sah, war auf seinen Geruchssinn noch Verlaß, und er jagte fleißig die Mäuse und vernichtete sie gnadenlos, wofür Reb Ephraim ihm äußerst dankbar war. Er hielt den Kater in seiner Nähe, gab ihm die zähen Fleischstücke, die er selbst wegen seiner Zahnlosigkeit nicht mehr kauen konnte, und erlaubte seiner Tochter nicht, das Tier aus dem Haus zu jagen. Jeannette verabscheute den räudigen alten Kater und wollte ihn nur loswerden. »Hau ab, Belzebub!« schrie sie und drohte ihm mit ihrem Besen.

Aber Reb Ephraim beschützte seinen Liebling. »Pfui, es gehört sich doch nicht, einen alten Mann zu scheuchen«, sagte er scherzend. »Steht nicht in der Thora geschrieben: ›Du sollst das Antlitz des Greisen schmücken‹?«

»Das bezieht sich auf einen Menschen, nicht auf eine Katze«, widersprach Jeannette.

»Was wissen wir denn von einer Katze, mein Kind?« fragte Reb Ephraim. »Der Ekklesiastes sagt, der Mensch stehe nicht höher als ein Tier.«

Jeannette senkte ihren Besen, obwohl sie nicht einverstanden war. Die Menschen in ihren französischen Romanen waren edel, elegant und ritterlich, und sie konnte nicht verstehen, wie ihr Vater sie einem blinden Kater gleichsetzen konnte. Trotzdem hörte sie ihm zu. Sie hatte ja sonst niemanden – keine Mutter, keine Schwestern oder Brüder. Vor Jahren, als sie noch jung gewesen war, hatte es jemanden gegeben – einen jungen Mann, der am Theologischen Seminar studierte und oft ins Haus kam, um mit ihrem Vater gelehrte Gespräche zu führen. Er war hübsch, hatte blaue Augen und einen kurzgeschorenen blonden Bart. Jeannette hatte ihn bekocht, verwöhnt und ihm seine Unterwäsche gestopft. Sie hatte davon geträumt, daß er eines Tages um ihre Hand anhalten würde, aber dann, als sie einmal allein waren, hatte er sich plötzlich ganz scheußlich benommen, überhaupt nicht wie die Kavaliere in ihren Romanen. Er hatte sie gepackt und auf den Fußboden auf einen Haufen Bücher, die dort herumlagen, geworfen. Sie hatte sich losgerissen und ihn weinend bei ihrem Vater verklagt. Der in Ungnade gefallene junge Mann war aus der Stadt geflohen und Missionar geworden, und seit diesem Tag wollte Jeannette nichts mehr mit Männern zu tun haben. Ihr Vater wurde der einzige Mensch in ihrem Leben.

Sie verließ nun das Haus so selten wie er. Den ganzen Tag

saß sie im Laden, und dazu mußte sie kochen, putzen, waschen, Socken stopfen, nähen und flicken. Nur ihre Romane halfen ihr, dieses triste Altjungferndasein zu vergessen.

Am schlimmsten war es an den Sabbaten und Feiertagen, wenn der Laden geschlossen war. Reb Ephraim betete nicht in der Synagoge, außer an den Tagen der Ehrfurcht, und die frommen Juden aus der Nachbarschaft nahmen ihm das übel. Die altmodischen Rabbis von drüben äußerten den Verdacht, er sei ein geheimer Ketzer und Schüler des falschen Messias, Sabbatai Zwi. Warum denn sonst kämen die Feinde Israels aus dem Westen der Stadt ihn wohl besuchen? Reb Ephraim wußte von diesen Verleumdungen, ließ sich aber nicht erschüttern. Als treuer Schüler Reb Mosches, Maimons Sohn, wußte er, daß Gottesdienst nicht darin besteht, sich einem Quorum von Lastträgern und Hausierern anzuschließen, sondern sich in intelligentem Verständnis der Gottheit zu widmen. Im Gegenteil, der Pöbel, der beim Beten stöhnte und schrie und Gott Papa und »Süßer Vater« nannte, als wäre er ein Götzenbild, trennte den Mann von Weisheit nur von der reinen Gottheit. Und ihre Rabbis waren auch nicht besser – lauter Unwissende, mit denen ein Gelehrter nichts zu schaffen haben sollte. Jeannette, die fromm und gottesfürchtig war und vor der Gehenna Angst hatte, arbeitete an Sabbaten und Feiertagen nicht, und dann überfiel sie das ganze Elend ihres Daseins. Obwohl nun zwanzig Jahre vergangen waren, liebte sie den blauäugigen jungen Mann, der sie so schrecklich beleidigt hatte, immer noch. Sie versuchte, ihn sich von seiner schlimmsten Seite vorzustellen, wie er sie, rot angelaufen und rasend vor Lüsternheit, zu Boden geworfen hatte. Sie dachte auch daran, daß er den jüdischen Glauben aufgegeben hatte und Missionar geworden war. Aber je schwärzer sie ihn sich auszumalen suchte, desto anziehender wurde er nur. Das machte sie so wütend, daß sie über ihr jämmerliches Leben weinen mußte, und sie weinte über ihre tote Mutter, ihre toten Brüder und Schwestern und vor allem über ihre vergeudeten

Jahre als alte Jungfer. Meistens weinte sie nachts, wenn sie ihrem Vater gegenüber im Bett ihrer verstorbenen Mutter lag.

»Gott im Himmel«, schluchzte sie in ihrer Qual.

Es tat Reb Ephraim weh, seine Tochter weinen zu hören. Obwohl er wußte, daß nichts im sterblichen Leben wirklich zählte, daß alle menschlichen Freuden, Wonnen und Leidenschaften nur Eitelkeit und Torheit waren und daß nur Weisheit ewig war wie die Gottheit, hatte er doch Mitleid mit seiner Tochter, die in der Nacht weinte. Er konnte sie nicht trösten, denn er wußte, daß sie seine Erklärungen nicht verstehen würde. Sie war nur ein törichtes Weib, dem unglücklicherweise die Wege der Weisheit verborgen waren und das nur aus dem Instinkt heraus lebte wie eine Kuh. Eine Weile dachte er über die Wege der Gottheit nach, die einen Menschen nur mit tierischem Verstand ausstattete und gleichzeitig mit der Fähigkeit, menschliches Leid zu empfinden, doch dann setzte er sich auf und sagte in der Dunkelheit zu seiner Tochter: »Weine nicht, Jentl, es ist doch sinnlos, mein Kind.«

Jeannette weinte nur noch stärker.

Reb Ephraim empfand eine menschliche Schwäche in seinem Leib, schlüpfte in sein Baumwollgewand und in die Pantoffeln und ging auf den Hof hinaus. Durch die Hoftür kam ein nichtjüdisches Mädchen herein, das einen Soldaten bei sich hatte, mit dem sie in ihren Kellerraum wollte. Der Soldat sah auf den alten Mann mit dem langen, wallenden Bart und dem Baumwollkäppchen und erschütterte die Nacht mit seinem Gelächter.

Er deutete mit den Fingern ein Ziegenbärtchen unter seinem Kinn an und machte höhnend: »Meck-meck-meck, Itzig, meck-meck-meck ...«

8

David Karnovski steckte seinen Sohn trotz aller Drohungen nicht zu einem Schuster in die Lehre.

Mit zwanzig machte Georg sein Abitur und das mit Auszeichnung. Für die Abiturfeier bestellte David Karnovski seinem Sohn einen Gehrock, ein gestärktes Hemd, einen Zylinder und Lackschuhe. Der steife Kragen leuchtete im Kontrast zu Georgs dunklem, männlichem Gesicht besonders weiß. David Karnovski legte seinen Sabbatrock und den Zylinder an, die er in der Synagoge trug. Wie gewöhnlich bei Anlässen, bei denen sie sich wegen ihres Deutsch und ihres Auftretens unsicher fühlte, kam Lea Karnovski nicht mit. Alle Angehörigen des Lehrkörpers waren in ihren besten Anzügen. Unter den Ehrengästen waren mehrere hochrangige Militärs und sogar eine alte, halb gelähmte Prinzessin, die an einem Stock ging, eine Enkelin von Prinzessin Sophie, nach der die Schule benannt war. Professor Kneitel hielt sich steif wie ein Ladestock in seinem altmodischen Frack und den hohen Vatermördern. Seine langen Frackschöße flogen und flatterten bei jeder Verbeugung und jedem Kratzfuß vor einem prominenten Besucher. Der Schuldirektor, Hofrat Briehe, der Schrecken aller Lehrer und Schüler gleichermaßen, scharwenzelte um die vornehmen Gäste herum, und die dicken Lippen, die das ganze Jahr hindurch über jeden und alle Gift und Tadel verspritzten, quollen nun von honigsüßen Phrasen über. Die Servilität des Lehrkörpers entzückte Georg. Der Gedanke, daß er nun gleich Kneitel, Hofrat Briehe und all die anderen Tyrannen los sein würde, versetzte ihn in ungeduldige Hochstimmung.

»Hofrat von Arschloch weiß nicht, wann er aufhören muß«, wisperte er einem Kameraden zu.

»Wir feiern heute abend im Zigeunerkeller«, flüsterte sein Freund zurück. »Komm mit, es werden ein paar heiße Mädels da sein.«

Als Georg in seinem Gehrock und Zylinder und mit seinem Zeugnis in der Hand nach Hause kam, spuckte Lea dreimal aus, um den bösen Blick von ihm abzulenken.

»Na, David«, rief sie strahlend, »hab' ich dir nicht gesagt, daß der Junge schon noch wird gut tun? Jetzt wirst du große Befriedigung haben von deinem Sohn.«

Aber ihre Prophezeiung bewahrheitete sich nicht.

Wie jeder gute Geschäftsmann hätte David Karnovski seinen Sohn gerne auf die Wirtschaftshochschule geschickt. Er hatte ein Mietshaus im Nordteil der Stadt günstig erworben, ein großes, von Neuköllner Arbeiterfamilien bevölkertes Gebäude, und er wollte seinem Sohn die traditionelle *Thora und Schrora* übermachen – ein geistiges und materielles Erbe, mit dem er hundertundzwanzig Jahre würde leben können. Doch Georg hatte keinerlei Lust, auf die Wirtschaftshochschule zu gehen. Er dachte an Ingenieurwesen, Architektur, sogar Malerei – alles nur nicht Handel und Wirtschaft –, und David Karnovski war entsetzt bei der Vorstellung, daß sein Sohn sich Beschäftigungen widmen wollte, die so fremd und unpassend für einen Juden waren.

»Das macht er nur aus Trotz gegen mich!« wütete er gegenüber seiner Frau. »Dieser Abtrünnige! Ich werfe mein Geld doch nicht für solche Narreteien hinaus! Ich will etwas haben für meine Investitionen!«

Nach Wochen des Schmollens und Zankens kam es zu einem Kompromiß. Georg gab seine Pläne bezüglich Ingenieurwesen, Architektur und Malerei auf; sein Vater ließ die Hoffnung auf eine kaufmännische Laufbahn fahren, und Georg schrieb sich – ausgerechnet – in Philosophie ein. David Karnovski war nicht ganz zufrieden.

»Rabbi Zadock hat gesagt, daß die Thora nicht als Hacke benutzt werden darf«, klagte er. »Die Thora geht nur gut zusammen mit *Schrora* – mit dem Geschäft …«

Trotzdem widersetzte er sich Georg nicht allzu hartnäckig, weil Philosophie, gleichgültig welcher Art, eine Wissenschaft war, die seinem Herzen nahestand. Er vertraute ihm auch noch etwas an. Sein Mietshaus brauchte einen Verwalter, da er keine Zeit hatte, sich selbst darum zu kümmern, und so bestimmte er Georg dazu, die Mieten einzuziehen und für ein kleines Gehalt die Verwaltung zu übernehmen.

Mit einem Gefühl väterlicher Wichtigkeit nahm David Karnovski aus seiner Brieftasche ein dickes Bündel Hundertmarkscheine, glatt und knisternd, wie er sein Geld liebte, und überreichte es seinem Sohn, um die Studiengebühren für ein Universitätsjahr zu bezahlen und sich die passende Kleidung anzuschaffen. »Als ich in deinem Alter war, hat mir mein Vater, er ruhe in Frieden, kein Geld gegeben«, bemerkte er wie immer, wenn er die Lebensumstände seines Sohnes mit seinen eigenen verglich. »Und deswegen mußt du auch fleißig studieren und dazu hart arbeiten – *Thora und Schrora*...«

Georg studierte weder fleißig, noch arbeitete er hart.

Wie ein plötzlich befreiter Sklave war er nur darauf aus, die Jahre der elterlichen und schulischen Aufsicht abzuschütteln und frei zu sein.

Zunächst fing er an, außerordentlich großen Wert auf Kleidung zu legen und ließ sich mehrere Maßanzüge nach der neuesten Mode schneidern, kaufte Krawatten, Handschuhe, ein silbernes Zigarrenetui für die Zigarren, die er jetzt rauchen konnte, und sogar einen Spazierstock mit silbernem Monogramm. Damit war sein Studiengeld schnell aufgebraucht, und Lea steckte ihm heimlich den Extrabetrag zu, den er benötigte, um die Studiengebühren zu bezahlen. Doch obwohl er für sein Studium bezahlte, schwänzte er mehr Vorlesungen, als er besuchte.

Nachdem sich seine Leidenschaft für Kleidung etwas gelegt hatte, kam das Saufen an die Reihe.

Wie jeder junge Student suchte er die Gesellschaft älterer Semester, die ihn zu ihren Zusammenkünften in einem Bierlokal mitnahmen, wo ein Nebenzimmer mit einem phantastischen lateinischen Namen für sie reserviert war.

Obwohl sie alle jüdisch waren und keiner christlichen Burschenschaft beitreten konnten, benahmen sie sich bei diesen Zusammenkünften wie echt deutsche Studenten. Sie fochten und duellierten sich zwar nicht, aber sie sangen lustige Studentenlieder und oft unzüchtige über Frauen und Wein und tranken Bier aus riesigen Krügen, obwohl die meisten gar keinen Geschmack daran fanden. Sie übten auch den traditionellen Brauch der Aufnahme eines Neuankömmlings – des »Fuchses« – in ihren Verein. Auch bei Karnovski wurde keine Ausnahme gemacht. Zuerst wurde er mit Mehl eingestäubt und mußte eine Schüssel voll Erbsen vom Fußboden essen, ohne seine Hände zu benutzen. Dann mußte er einen philosophischen Vortrag über Aristoteles und Bier mit Würsten halten. Als das vorbei war, wurde er gezwungen, einen randvoll mit Bier gefüllten Messingstiefel auszutrinken. Die Studenten gaben ihm auch einen Spitznamen, Hippopotamus, wegen seiner unebenmäßigen Zähne. Er trank mehr als notwendig bei diesen Zusammenkünften und tat auch sein Bestes, mit so vielen Kellnerinnen und Ladenmädchen zu schlafen wie möglich, um seinem Ruf als echter deutscher Universitätsstudent Genüge zu tun. Schnell kannte er sich in allen Bars, Cafés und Konditoreien rund um Unter den Linden aus, wo Pärchen sich gerne trafen. Wie die anderen jungen Lebemänner strich er allabendlich zur Ladenschlußzeit, wenn die Mädchen herauskamen, um die Kaufhäuser herum, um eine begehrenswerte Begleiterin für den Abend aufzureißen.

»Bist du heute abend frei, mein Schatz?« fragte er und hakte sich bei dem Mädchen ein, bevor sie noch zum Antworten kam.

Groß, gut gekleidet, mit schwarzem Haar und schwarzen Augen, eine Seltenheit unter den blonden, blauäugigen jungen Männern, wurde er kaum je abgewiesen. Seine blendend weißen, unebenmäßigen Zähne lachten zwischen den vollen roten Lippen hervor, und die Mädchen fanden sein Geplauder amüsant. Seine Verschwendungssucht überwältigte sie. Er lud sie nicht nur zu Bier ein, sondern sogar auch zu Wein, und wenn eine Naschkatze bescheiden auf eine zweite Portion Apfelstrudel anspielte, bestellte er sie ihr bereitwillig. An die Knauserigkeit der blonden jungen Männer gewöhnt, hielten ihn die Mädchen wegen seines Verhaltens und seiner Erscheinung für einen Ausländer. Um ihm zu schmeicheln, mutmaßten sie, er sei Ungar, Italiener, Spanier – alles, nur kein Jude.

Zum Spaß sagte Georg dann: »Ich bin Prinz Karno aus dem marokkanischen Persien am Indischem Ozean nahe dem Nord- und Südpol an den Flüssen Euphrat und Tigris. Weißt du, wo das liegt, mein Schatz?«

Die Mädchen wußten es nicht und schämten sich, das zuzugeben. Aber sie waren trotzdem hingerissen. Sie schütteten sich vor Lachen über seine Scherze aus. Seine warmen braunen Hände schienen Leben und Lust zu übertragen, als wären sie elektrisch geladen, und erregten bei den blassen, blutarmen Ladenmädchen nie gekannte Leidenschaften. Sein unglaublicher Erfolg bei Frauen machte ihn bei den älteren Studenten beliebt, und sie suchten bei ihren Saufgelagen seine Gesellschaft. Doch wie er das Interesse an feinen Kleidern verloren hatte, so wurde Georg auch dieser Zusammenkünfte müde. Obwohl er alle Strophen von »Frau Wirtin« sang und mehr Bier trank, als er vertrug, war ihm dabei nicht wirklich behaglich wegen der unausgesprochenen Anspannung und Unsicherheit in bezug auf die eigene Identität, die über dem langen Tisch zu schweben und nachgerade an den Wänden des Lokals zu haften schien. Man spürte eine Verschwörung, jede Erwähnung ihrer Abstammung vor den Kellnern und Bedienten zu unterlassen, als wäre sie etwas wie ein Makel, etwas, was verborgen werden mußte. Mit besonderer Sorgfalt ging man auch den schäbigen, langhaarigen Glaubensgenossen aus Rußland aus dem Weg, die zum Studium nach Berlin gekommen waren. Die schwarzhaarigen, dunkeläugigen Studenten aus dem Westen schnitten diese schwarzhaarigen, dunkeläugigen Studenten aus dem Osten sogar noch mehr, als sie selbst von ihren blonden Kommilitonen geschnitten wurden. Sie wollten nichts mit den »Bettlern« und »Nihilisten« zu tun haben, die mit ihrem asiatischen Semitismus das Jüdische herauskehrten, das sie, gute Deutsche, die zufälligerweise hebräischen Glaubens waren, so erfolgreich bemüht waren, verschwinden zu lassen.

Wie gewöhnlich zog das Verbotene Georg an, und er begann, mit den »Russen« zu fraternisieren. Je mehr seine Kommilitonen ihn, einen gebürtigen Deutschen, davor warnten, sich mit diesen Außenseitern gemein zu machen, desto mehr suchte er ihre Nähe.

»Den Wolf zieht es in die Wälder«, bemerkten seine Freunde spitz, um zu betonen, daß Georg nicht aus einer alteingesessenen deutschen Familie kam, sondern nur der Sproß von polnischem Gesindel war.

Diese zerlumpten Fremden waren nicht so steif und gehemmt wie die jüdischen Studenten von Westberlin. Sie trugen ihre Herkunft unbekümmert und stolz zur Schau und benahmen sich offen und natürlich. In der Regel liebten sie es, herumzukaspern und Streiche zu spielen. Sie lebten von einem Hering und einem Glas Tee und machten sich nichts daraus. Georg Karnovski war von dieser Haltung fasziniert und schloß enge Freundschaft mit einem Studenten namens Judas Lazarowitsch Kugel, den seine Kommilitonen Bardasch nannten, einen Ausdruck, den er bei jeder Gelegenheit benutzte.

Die deutsch-jüdischen Studenten waren von diesem Kerl ganz besonders abgestoßen, weil sein Nachname so lächerlich war und sein Vorname, der an den Verräter Jesu erinnerte, Anstoß erregte. Er war der ärmste, schäbigste, zerlumpteste aller »Russen«, doch gleichzeitig der energischste und lustigste.

Er war unbeholfen, mit einem wilden Haarschopf, der selten mit einem Kamm in Berührung kam, immer unrasiert, mit einer breiten slawischen Nase und teuflisch glitzernden Augen, sprach ein schrecklich verstümmeltes Deutsch und liebte die Welt, sich selbst, seine ausländische Aufmachung und selbst seinen Spitznamen.

»Bardasch, Kinderchen!« brüllte er und meinte damit, daß alles dummes Geschwätz sei, daß man sich nichts zu Herzen nehmen dürfe, sondern leben und lieben und die Welt genießen solle.

Älter als die meisten anderen, machte er keine Zukunftspläne, sondern blieb der ewige Student, der von Universität zu Universität zog, wo er sich unparteiisch sämtliche Gesichtspunkte anhörte und sich nie immatrikulierte. Er hatte in Bern Naturwissenschaften studiert, Jura in Basel, klassische Literatur an der Sorbonne und Soziologie in Lüttich, und jetzt hörte er philosophische Vorlesungen in Berlin.

»Bardasch!« sagte er zu Freunden, die sich über seine ewigen Studienwechsel und sein Herumziehen lustig machten. »Freut euch nur, Kinder!«

Dasselbe sagte er am ersten jedes Monats, wenn er zum Hilfsverein kam, um seine monatliche Anweisung zu kassieren, und Kommerzienrat Kohn ihm wegen seines Aufzugs, seiner Manieren und seines Verhaltens überhaupt Vorwürfe machte.

Kommerzienrat Kohn war immer wieder schockiert, wenn seine Glaubensgenossen aus dem Osten ihr Monatsgeld abholten. Sein voller, silberner Backenbart knisterte vor Empörung. An seinem Revers trug er stolz den Orden, den ihm Seine Majestät der Kaiser persönlich für seine philantropischen Aktivitäten verliehen hatte. Er hatte allen Grund, auf sein Vermögen, seine Wohltätigkeit und seine Stellung stolz zu sein. Diese zerlumpten Kerle, die ein so gebrochenes Deutsch sprachen und es mit jiddischen Ausdrücken versetzten, waren ein Affront für ihn. Alles an ihnen störte ihn – ihre Kleider, ihre unrasierten Gesichter, ihre ungekämmte Erscheinung. Nie sahen sie eine Synagoge von innen, sie wußten nichts von Sabbaten und Feiertagen, sie aßen unkoscheres Essen. Und auch politisch waren sie suspekt. Kommerzienrat Kohn wußte aus gut informierten Kreisen, daß sie entweder närrische Träume von der Gründung eines jüdischen Staats in Palästina verfolgten oder die Arbeiter zu Revolutionen und sogar zu Terrorismus anstiften wollten. Zu seinem absoluten Schrecken und Zorn mußte er des öfteren in den Zeitungen Hetzartikel gegen diese ausländischen Agitatoren lesen, und unter den Nichtjuden gab es die Tendenz, wegen ihrer gemeinsamen Abstammung ihn und diese Individuen in einen Topf zu werfen!

»Ihre Haltung ist ungeheuerlich, meine Herren«, mahnte Kommerzienrat Kohn immer wieder diese Studenten. »Was einem Christen erlaubt ist, darf ein Jude noch lange nicht. Wir müssen den anderen Rassen ein Beispiel sein. Wie die talmudischen Weisen sagen: ›Jeder Jude ist für die anderen verantwortlich.‹«

Am angelegentlichsten bemühte er sich darum, Judel Kugel zu bessern und zu ändern.

»Benedikt Spinoza war auch ein Philosoph, aber er hat sich jeden Morgen gekämmt und war zwar ärmlich, aber sauber gekleidet. Sie sind eine Schande für unser Volk mit ihrer abstoßenden Erscheinung! Was sollen denn die Nichtjuden denken?!«

»Bardasch!« antwortete Judel Kugel.

Kommerzienrat Kohns glattrasiertes Kinn zwischen den schneeweißen Koteletten wurde blaurot vor Empörung. »Reden Sie nicht in diesem barbarischen Kauderwelsch mit mir!« donnerte er ihn an. »Ich verstehe kein Wort davon!«

Am meisten ärgerte ihn, daß der junge Kerl einfach seinen Titel wegließ. »Ich bin Herr Kommerzienrat für Sie«, wütete er. »Denken Sie daran, mir kommt es auf meinen Titel nicht an, aber darauf, daß Sie Manieren lernen …«

Judel Kugel nahm mit seiner ungewaschenen Hand die paar Mark von dem zornigen Wohltäter entgegen und machte sich nicht einmal die Mühe, ihm zu danken.

Diesem schlampigen, unbekümmerten jungen Mann schloß sich Georg Karnovski mit seiner ganzen gewohnten

Unbedingtheit an. Ob es daran lag, daß er von allen ehrbaren Leuten verachtet wurde – was Georgs halsstarrige Natur immer ansprach –, oder ob der ungeheure Lebenshunger, den dieser Kerl durch alle Risse und Knitterfalten seines Aufzugs ausstrahlte, der Grund war, hätte Georg selbst nicht sagen können. Er wußte nur, daß er ihn mochte. Er mochte sein Aussehen und seinen Humor, der ihm aus den respektlosen Augen leuchtete; ja er mochte sogar das Wort »Bardasch«.

Er ging mit Judel ins das Café, wo die »Russen« ihre ewigen Diskussionen führten und dazu Ozeane von Tee in sich hineingossen.

Niemand dort nahm Judels Reden ernst, obwohl er sich in jede Diskussion einmischte. »Du Schaumschläger, wo ist denn darin die Logik?« fragten ernste, bebrillte junge Männer, die große Logiker waren. »Wo soll denn da die Logik sein?«

»Bardasch!« sagte dann Judel Kugel immer. »Laßt es doch ohne Logik sein, solange es nur gut ist.«

Obwohl Georg die Diskussionen nicht verstand, hielt er zu seinem Freund. Besonders gefiel es ihm, wenn dieser nach den Debatten in einem tiefen, kehligen Baß ukrainische, russische und jiddische Lieder zu singen begann.

Georg besuchte Judel auch auf seinem Zimmer, das er bei einem Schuhmacher, Martin Stulpe, in der ärmsten Gegend von Berlin in der Nähe des Stettiner Bahnhofs gemietet hatte.

Dieses Zimmer, eigentlich ein Kellerraum und auch wieder nicht, da nur ein paar Stufen zu ihm hinunterführten, war klein und schmal und erschien durch Judels gewaltige körperliche Präsenz noch kleiner, als es war. Es hatte keinen separaten Eingang, und um hineinzukommen, mußte man durch den Raum gehen, in dem der Vermieter die Schuhe reparierte. Ein Schild mit einem großen gelben Reitstiefel schaukelte beim leisesten Windhauch über der Tür zur Schusterei hin und her. Der Geruch von Waschküche, gebratenem Speck, Leder und Schusterleim hing schwer in der Luft. Der Dampf von Frau Stulpes kochender Wäsche verhüllte die Photographien struppiger, bärtiger russischer Schriftsteller und Revolutionäre, die Judel Kugel aus Zeitschriften ausgeschnitten und an die Wände seines Zimmers geklebt hatte. Die Gitarre, die an einem Nagel über seiner eisernen Bettstatt hing, schwitzte dicke Tropfen vor Feuchtigkeit. Fast die ganze Zeit machte sich Judel mit seinem Teekessel zu schaffen – dem einzigen Stück Besitz, das er von Land zu Land mitführte –, um sich auf dem Petroleumofen Tee zu kochen

Obwohl das Zimmerchen feucht und armselig war, genoß Georg seine Besuche. Judel stellte ihn dem Schuhmacher und seiner Familie vor, die von Georgs eleganter Kleidung und seinen Manieren beeindruckt waren.

»Auch Russe?« fragte Herr Stulpe.

»Nein, ein echter Berliner, Herr Stulpe«, sagte Judel lachend. »Der da kein Kosak!«

Die Mitbewohner vom Hinterhof hielten Judel wegen seiner Größe und Erscheinung und des buschigen Haars für einen Kosaken und wollten dauernd von ihm etwas über Kosakenbräuche mit Pferden und Lanzen hören. Judel erzählte ihnen alle möglichen Märchen, denen sie lauschten, als wären sie das Evangelium. Die Näherinnen im Hof waren von ihm fasziniert und folgten ihm abends in dunkle Ecken, um etwas von kosakischen Liebesbräuchen mitzubekommen. Judel spielte auf seiner Gitarre und sang schwermütige russische Balladen für sie, während sie von seiner Heimat in der sibirischen Steppe träumten.

Wie immer, wenn Georg zu Besuch kam, setzte Judel den Teekessel auf, um seinem Freund ein Glas Tee anzubieten. Doch Georg war nicht auf Judels trüben Tee erpicht und lud ihn statt dessen in Pupps ein paar Häuser weiter gelegene Bierkneipe ein.

»Aber ich habe keinen Pfennig in der Tasche«, wandte Judel ein. »Du wirst müssen zahlen für mich, Germanski.«

»Halt dein russki Maul, Bardasch«, sagte Georg großzügig und stolz darauf, so dick mit einem älteren Semester befreundet zu sein, daß er ihm sogar grob kommen durfte.

In der Kneipe saßen die Männer aus der Nachbarschaft, tranken Bier und pafften Pfeifen oder billige Zigarren. Aus einer Ecke schallte gröhlend das beliebte Lied:

> »Frau Wirtin hatte einen Major,
> der trug an seinem Schmock
> einen Trauerflor.
> Er konnt es nicht vergessen,
> daß ihm die böse Syphilis
> die Eier weggefressen ...«

Sie sprachen hier einen Straßenjargon, der im Vergleich zu dem Deutsch, das Georg zu Hause hörte, fast eine Fremdsprache war. Einige der Männer hatten ihre Frauen dabei, die ununterbrochen strickten. Die Ehemänner bestellten ihnen kein Bier; sie saßen da und sahen zu, wie Katzen Milch trinkende Menschen beobachten. Wenn schließlich eine sich nicht länger beherrschen konnte und zu laut mit den Lippen schmatzte, erinnerte sich ihr Mann wieder ihrer Existenz und sagte großzügig und herablassend: »Na gut, aber nur einen Schluck ...«

»Aber natürlich, Liebster«, sagte die Frau und trank schnell den Schluck aus, den ihr Mann ihr großmütig im Krug übriggelassen hatte. »Ach, ist das Bier gut! Danke schön!«

Der Kneipenwirt, Pupp, dessen dicker Bauch für das kleine Lokal zu mächtig war, bediente alle seine Gäste persönlich. »Prosit, meine Herren, trinken Sie aus! Es ist gutes Bier«, lobte er sein Produkt.

Dafür luden ihn die Männer auf ein Glas ein, obwohl er der Wirt war. Pupp trank es in einem Schluck aus und brachte den Männern eine Runde, die aufs Haus ging. Die Männer erwiderten die Geste und bestellten noch ein Bier für ihn und sich selbst. Und so ging es fort und fort. Judel lachte herzlich. »Ihr seid komisch Leit, ihr Germanski«, sagte er amüsiert. »Sogar wenn ihr trinkt, ihr rechnet jeden Tropfen.«

Georg war gekränkt. Obwohl er mit diesen Leuten nichts gemein hatte, verletzten ihn Judels Bemerkungen über die »Germanskis«, und er meinte, seine Landsleute verteidigen zu müssen. »Sie müssen jeden Tropfen rechnen. Sie sind arm.«

»Bardasch!« meinte Judel. »In Rußland die Leit sind noch ärmer, aber wenn du da trinkst, Bruder, du trinkst, bis du verlierst dein letztes Hemd!«

Judels Vater, ein Dorfschuster, hatte einen Schuhmacher aus ihm machen wollen, aber Judel hatte sich geweigert, sich auf so ein Leben einzulassen, und war ohne eine Kopeke in der Tasche in die Welt hinausgezogen. In der alten Jacke und den Stiefeln seines Vaters schlug er sich bis nach Odessa durch, um zu studieren und zu versuchen, etwas zu werden.

Er hatte schon vielerlei Arbeiten verrichtet: er hatte als Schuhputzer auf der Straße gearbeitet, als Hauslehrer bei reichen Bauern, als Kohlenbrenner in einem Holzfällerlager, er hatte einem tatarischen Dorfhausierer geholfen, seine Waren zu tragen, Oberschüler auf ihre Prüfung vorbereitet, einem Viehhändler die Kühe ins Schlachthaus getrieben, war Hafenarbeiter am Schwarzen Meer gewesen, hatte sich mit Revolutionären zusammengetan, eine Zeitlang im Gefängnis gesessen und verschiedene Universitäten Europas besucht.

Georg saß mit offenem Mund da, wenn er den Abenteuern dieses ungekämmten jungen Mannes lauschte, den er um sein Leben ohne Verantwortung und Geld beneidete. Judel ließ den Blick über die Leute in der Kneipe schweifen und fing grundlos an zu lachen. »Komm mit, Kamerad, wir gehen zusammen auf Achse«, sagte er plötzlich. »Ich habe genug von dem allem hier.«

»Aber was ist mit dem Studium?« fragte Georg.

»Zur Hölle damit! Und du kannst dasselbe sagen. Glaub mir, es wird lustiger, wenn wir zusammen fortgehen.«

Georg wußte, daß er nicht mit seinem Freund in die Welt hinausziehen würde. Das war zuviel, selbst für ihn. Doch er vernachlässigte sein Studium gerade so wie Judel. Jeden Tag schwor er sich, sich zusammenzureißen, zu arbeiten und sein Pensum zu erledigen. Aber jeden Tag hatte er dann hundert andere, wichtigere Dinge zu tun. Er konnte nach so vielen Jahren der Disziplin und des Zwangs noch nicht mit Freiheit umgehen.

Er war unruhig. Er fing etwas an und ließ es wieder sein. Er wechselte seine Freunde so schnell wie seine Mädchen, immer auf der Suche nach etwas anderem. Wenn er mit dem Kneipen aufhörte und sich seinen Studien widmete, tat er das von ganzem Herzen. Er nahm sich vor, hart zu arbeiten und nüchtern und mäßig zu leben, wie es sich für einen Studenten der Philosophie gehörte. Aber kaum hatte er mit seiner neuen Lebensweise angefangen, wurde er ihrer müde und kehrte wieder in die Kneipen, zu den Ladenmädchen, zu Müßiggang und Ausschweifungen zurück.

Und so wie er sein Studium vernachlässigte, mied er auch sein Elternhaus. Obwohl David Karnovski nicht wußte, was sein Sohn trieb, da er weder Zeit hatte, das nachzuprüfen, noch von der Universität darüber informiert wurde, ahnte er doch irgendwie, daß Georg für das Geld, das er in ihn investierte, längst nicht genügend Kenntnisse und Weisheit nach Hause brachte. Als erleuchteter Mann und selbst Philosoph hätte er gerne mit seinem Sohn über die erhabenen Begriffe diskutiert, die an der Universität gelehrt wurden, und so Einsicht in die letzten Entwicklungen der Welt des Denkens genommen. Er war auch begierig darauf, die Arbeiten seines Sohnes und dessen Seminarzensuren zu sehen, aber Georg hatte nichts zu sagen oder vorzuzeigen. David Karnovski versuchte, ihn mit einem Vers aus der Thora anzustacheln. »›Als die Juden satt waren, vergingen sie sich.‹ Ich hatte es nicht so leicht wie du, mein Junge.«

Gerne hätte er Rechenschaft verlangt. Gerne hätte er gewußt, was denn da Gutes daran sein sollte, wenn ein junger Mann über die Stränge schlug, Bier trank und sich mit Tagedieben und mit Gott weiß was für Individuen noch herumtrieb. Er wollte auch eine Abrechnung über das Mietshaus, mit dessen Verwaltung Georg betraut war. Georg hatte immer Probleme mit dem Geld. Er kam nie mit dem kleinen Gehalt aus, das sein Vater ihm anwies, borgte sich oft etwas von den Mieteinnahmen und steckte immer in Schulden. Jeden Samstagabend, wenn sein Vater die Rechnungen durchging, brachte Georg eine neue Ausrede vor. David Karnovski musterte seinen Sohn mit schwarzen, durchdringenden Augen; seine scharfgeschnittene Nase drückte Verachtung aus.

»Ich hasse Lügen«, sagte er. »Nichts auf der Welt hasse ich so wie eine Lüge. Ich verlange genaue Rechenschaft.«

Aber Georg konnte ihm keine Rechenschaft geben, weder für sein Betragen, noch was das Geld betraf. Deswegen hielt er sich soviel wie möglich vom Elternhaus fern.

Er verbrachte die Nächte oft auf dem Ledersofa in dem kleinen Büro, das ihm im Mietshaus seines Vaters eingerichtet worden war. Obwohl die alten Sprungfedern des Sofas ihn in den Rücken stachen und er zu Hause ein weiches Bett hatte, schlief er lieber hier, wo niemand ihn kontrollierte, niemand sich darum kümmerte, wann er zu Bett ging und wann er aufstand. Er konnte nach einer durchzechten Nacht erst am frühen Morgen heimkommen oder auch ein Mädchen mitbringen. Die Hausmeisterin, Frau Kruppa, drohte ihm, jedesmal wenn sie sein Büro ausfegte und eine Haarnadel oder ein zerknülltes Strumpfband fand, scherzend mit dem Finger. Sie war selbst noch lange nicht alt, und die Männer aus dem Haus warfen ihr begehrliche Blicke zu, wenn sie den Hof kehrte. Daher ärgerte es sie, wenn der junge Student immer wieder lose Weiber – sicher Prostituierte – nach Hause brachte, wo sie selbst doch bereitwillig mit ihm ausgegangen wäre. »Na, haben Sie es wieder wüst getrieben?« fragte sie schalkhaft und schnalzte mit der Zunge. »Geben Sie nur acht, daß ich das nicht Ihrem alten Herrn erzähle ...«

Wie gewöhnlich nach einer durchzechten Nacht, wenn er erst morgens zu Bett gegangen war, wachte Georg mit Kopfschmerzen und einem Kater auf. Als er dasaß und die Ellbogen auf die Knie stützte, überkam ihn ein heftiger Ekel vor seinem wüsten Leben, seinen Betrügereien gegenüber seinen Eltern und am meisten vor sich selbst. Er sah jetzt, daß sein Vater die ganze Zeit recht gehabt hatte – es würde ein schlimmes Ende mit ihm nehmen.

9

In Salomon Buraks sonst so lebhafter Wohnung spielte das Grammophon keine lustigen jiddischen Theatercouplets mehr.

Der Grund war nicht, daß Salomon Buraks Geschäft schlecht lief. Im Gegenteil, er hatte erst kürzlich nicht nur seinen Laden erweitert, sondern auch das Schild mit seinem Namen zum Kummer seiner deutsch-jüdischen Nachbarn durch ein noch größeres ersetzt. Es hieß in der Dragonerstraße, daß Salomon Burak selbst nicht wisse, auf wieviel sich sein Vermögen belaufe. Trotzdem waren er und seine Frau Jetta nicht glücklich.

Was nutzte ihnen ihr Geld, wenn ihre Tochter Ruth sich vor Liebe zu Georg Karnovski abhärmte, der nicht einmal von ihrer Existenz Notiz nahm?

Sie liebte ihn seit ihrer ersten Begegnung. Sie benutzte jede Gelegenheit, um ihre Mutter zu den Karnovskis zu begleiten, angeblich, um Georgs Schwester Rebekka zu sehen, die sie so gerne habe. Aber Lea wußte, daß das Mädchen in ihren Sohn verliebt war. Sie sah es Ruth an den Augen an und auch daran, wie sie das Kind mit ihrer Liebe überschüttete und stundenlang mit ihm spielte, mit einer Leidenschaft, die sie vom Bruder auf das kleine Mädchen übertrug. Jetta Burak dagegen versuchte nicht, ihre Gefühle zu verbergen. Jedesmal, wenn sie die beiden jungen Leute zusammen sah, sagte sie: »Was für ein schönes Paar!«

Lea konnte nicht verstehen, warum ihr Sohn Ruth aus dem Weg ging. »Warum bist du so grob zu ihr?« fragte sie. »So ein feines, hübsches, gebildetes Mädchen. Was hast du denn nur gegen sie?«

Georg verstand es selbst nicht. Ruth war alles, was seine Mutter sagte. Ihre Augen waren samtschwarz, sanft und voller Liebe, besonders zu ihm. Sie war gebildet, spielte Klavier und kannte alle Opern. Aber sie erregte ihn nicht wie andere Mädchen. Die wogende Fülle ihrer reifen Kurven war eher mütterlich als jungfräulich. Sie war durch und durch zur Mutter bestimmt, angefangen von ihrem Gleichmut bis hin zu ihrer übertriebenen Kinderliebe. Dazu war auch ihr Busen zu groß und schwellend, er ließ sie noch kleiner und dicker erscheinen, als sie war. Obwohl er sonst durchaus von üppigen Frauen angezogen war, ließ ihn Ruths runder Busen so kalt wie die Brust einer Mutter, die ihren Säugling stillt. Er konnte einfach keine Leidenschaft für das mollige, ruhige Mädchen aufbringen, dessen mitleiderregende Augen ihn anflehten, sie zu lieben, zu heiraten und mit einer Kinderschar zu beglücken. Ihre schmelzende Weichheit und Güte erinnerten ihn an den Strudel, den seine Mutter für den Sabbat buk. Ihre so offensichtliche Hingabe schmeichelte zwar seinem Ego, ließ ihm aber alles Begehren vergehen. Er hatte sogar einen geheimen Spitznamen für sie erfunden – Madame Rebbetzin.

Ruth tat alles, was in ihrer Macht stand, damit Georg sie wollte. Sie las die neuesten Bücher für den Fall, daß ihm einfallen sollte, mit ihr über Literatur zu sprechen; sie kam oft unter dem Vorwand, Rebekka Klavierstunden zu geben, ins Haus. Dann legte sie ihr ganzes Gefühl in die klagenden Klänge, die Georg in seinem Zimmer hören sollte, und enthüllte durch Chopins Nocturno hindurch ihre tiefe Sehnsucht nach ihm. Lea Karnovski mußte sich eine Träne abwischen, wenn das Mädchen so mit den elfenbeinernen Tasten sein Leid hinausschrie. Sie mußte an ihre eigene Jugend denken und an die nie mehr wiederkehrenden Tage.

Sie küßte Ruths weiches Haar, und das Mädchen schmiegte sich begierig an Leas Busen. Selbst David Karnovski, der in seinem Arbeitszimmer tief in ein gewichtiges Buch versunken war, hörte die leidvollen Klänge und wunderte sich, daß zwei ungehobelte Menschen wie die Buraks so eine talentierte Tochter hervorgebracht hatten. Der einzige, der kalt blieb, war Georg. Sobald er merkte, daß Ruth Burak zu Besuch war, stürmte er aus dem Haus.

»Wohin willst du denn?« fragte sein Mutter. »Siehst du nicht, daß wir einen Gast haben?«

»Doch, doch«, sagte Georg ganz arglos. »Aber ich habe wirklich überhaupt keine Zeit. Ich bin sicher, Fräulein Ruth wird mich entschuldigen. Nicht wahr, Fräulein?«

Und er lächelte gewinnend, um Fräulein Ruth davon zu überzeugen, ihn zu entschuldigen, was sie natürlich tat, während ihr die Tränen in die Augen schossen.

Sie kam sich so närrisch vor, daß sie diesen Besuch gemacht hatte, so gedemütigt durch Georgs Gleichgültigkeit und Leas peinliches Mitleid, daß sie eilig davonging, bevor ihr die Tränen endgültig das Gesicht herabliefen.

»Auf Wiedersehen«, stieß sie aus, rannte die Treppe hinunter und schwor sich dabei, nie mehr wiederzukommen. Sie beschloß sogar, die Straße zu meiden, in der er lebte. Doch nach ein paar Tagen zog es sie von neuem zu der Wohnung, zu jedem Zimmer, zu jedem Möbelstück. Sie beneidete Georgs Nachbarn, die im selben Haus wohnten wie er und ihn jeden Tag sehen konnten. Sich selbst wegen ihrer Schwäche auszankend, angewidert von ihrem Mangel an Stolz und voller Scham schlich sie wieder in die Oranienburger Straße, um einen Blick auf ihren Geliebten zu erhaschen. Selbst wenn er ihr aus dem Weg ging und unter durchsichtigen Vorwänden weglief, waren ihr doch ein paar kostbare kurze Augenblicke vergönnt, in denen sie ihm nahe sein, seine Stimme hören, das Lächeln auf seinem dunklen Gesicht und das Leuchten in seinen Augen sehen konnte.

Stundenlang stellte sie sich vor dem Besuch vor den hohen Spiegel und fragte sich, was ihn davon abhielt, sie zu begehren. Manchmal fand sie sich häßlich, linkisch und altbacken und konnte Georg wegen seiner Gleichgültigkeit keine Vorwürfe machen. Doch gleich darauf besah sie sich von neuem und diesmal genauer, Zug für Zug. Sie verglich sich ganz objektiv mit anderen Mädchen, mit ihren Freundinnen, und fand, daß sie viel verführerischer und begehrenswerter war. Sie verliebte sich in ihr Spiegelbild. Sie strich sich über das Haar, bewunderte ihre weichen, flaumigen Arme, geriet über ihre Beine in Entzücken und liebkoste sogar ihre vollen, milchweißen Brüste. Voller Selbstbewunderung und heißer, feuchter Erregung konnte sie nicht begreifen, wie irgendein Mann es fertigbringen sollte, ihr zu widerstehen. Sie war überzeugt, wenn er sich nur die Zeit nähme, sie richtig anzusehen, und ihre voll erblühte, reifende Schönheit erkennen würde, müßte er vor ihr auf die Knie fallen und sie mit Küssen bedecken. Doch es blieb eine Tatsache, daß er sich nicht die Mühe machte, sie anzusehen, und sie schamlos ignorierte. Und in den seltenen Augenblicken, wenn es ihr gelang, etwas Zeit mit ihm zu verbringen, wurde sie so von ihren tiefen Gefühlen für ihn übermannt, daß sie sich benahm wie eine stumme Idiotin.

Bevor sie aus dem Haus ging, legte sie sich zurecht, was sie sagen wollte und wie sie es sagen wollte. Aber wenn sie sich begegneten, vergaß sie alle ihre Vorhaben und gaffte ihn mit offenem Mund an wie ein liebeskrankes Schulmädchen. Georg genoß ihre Verlegenheit und legte eine gönnerhafte Haltung an den Tag, die sie rasend machte. Ruth war so wütend auf sich selbst, daß sie nur noch unsicherer wurde, und um ihre Verwirrung zu verbergen, fing sie eine verwickelte Diskussion über Musik an, ein Thema, in dem sie sich überlegen fühlte. Doch Georg weigerte sich, ernsthaft zu sprechen, und blieb bei seinem spottenden Ton.

Später, im Bett, schalt sich Ruth wegen ihrer Ungeschicktheit. Sie rief sich jedes Wort, das gesagt worden war, ins Gedächtnis zurück – jede spottende Frage von ihm, jede stockende Antwort von ihr. Nun fielen ihr die schlagfertigsten Erwiderungen ein, aber der Schaden war bereits angerichtet. Sie hatte alle Mittel, ihn anzuziehen, vertan. Sie las über die Psychologie des Geschlechtslebens nach, trug die aufreizendsten Kleider, die sie nur anzuziehen wagte, benutzte die empfohlenen Parfüms und machte Hungerkuren, um abzunehmen, vor allem am Busen. Sie achtete ganz besonders auf Hautpflege und frisierte sich jedesmal anders. Sie betete auch zu Gott, daß er ihr die Schönheit und Klugheit schenken möge, die sie brauchte, um den geliebten Mann zu gewinnen. Sie verbrachte schlaflose Nächte, gequält durch ein Gefühl, mit dem ihr unschuldiger Geist nicht fertig wurde.

»Oh, sag mir doch, was ich tun soll, Gott«, stöhnte sie laut.

Ihre Eltern teilten ihren Kummer. »Ich weiß dem Mädchen auch nicht den kleinsten Rat zu geben«, seufzte Jetta im Bett neben ihrem Mann. »Sie grämt sich vor meinen Augen zu Tode ...«

»Und für wen? Für ein Nichts, einen Flegel«, murmelte er.

Er war noch empörter darüber als seine Tochter, daß irgend jemand die Kühnheit besitzen sollte, sie abzuweisen. So feine, anständige, gutaussehende und intelligente Kinder wie seine waren doch nirgendwo zu finden – nicht einmal in einem Königshaus. Und sie, Ruth, war die beste von allen!

Als Jetta ihm das erstemal von der Verliebtheit seiner Tochter erzählt hatte, war Salomon Burak gekränkt und entzückt zugleich gewesen. Einerseits störte es ihn, daß seine Tochter ausgerechnet den Sohn des eingebildeten und unverschämten David Karnovski ausgesucht hatte. Andererseits empfand er auch freudige Erregung bei der Vorstellung, daß sein Leben wieder mit diesem selbsternannten Aristokraten verbunden sein würde. Wie jeder erfolgreiche Geschäftsmann, der an die Macht des Geldes glaubt, war Salomon Burak sicher, daß er durch eine große Mitgift alle Widerstände des jungen Karnovski besiegen würde, ob der Vater des Jungen mit der Heirat einverstanden war oder nicht. Er war bereit, dem jungen Mann eine riesige Summe auszuhändigen, mehr, als er sich leisten konnte; er würde das junge Paar mit Geschenken überhäufen und ihm ein Haus ausstatten, wie nur Salomon Burak dazu imstande war. Überzeugt, daß er gewinnen würde, genoß er die Aussicht, David Karnovski dazu zu zwingen, sein Schwiegerverwandter zu werden. Um die Sache zu einer Entscheidung zu bringen, veranstaltete Salomon Burak ein großes Fest zur Feier von Ruths Akademieabschluß, zu dem alle Kaufleute, mit denen er Geschäfte machte, und alle Freunde Ruths eingeladen wurden. Er engagierte einen Koch aus dem feinsten jüdischen Restaurant und eine wahre Armee von Kellnern und Bedienten. Die Wohnung war ein Blumenmeer. Ruths Klavierlehrer, ein würdiger Herr mit Künstlerbart und Löwenmähne, war anwesend, um dem Fest eine kulturelle Note zu verleihen. Der neue Ebenholzflügel, den Ruth als Präsent für ihren Abschluß bekommen hatte, schimmerte in dem strahlend erhellten Salon. Unter den zuallererst Eingeladenen waren Lea und der junge Georg Karnovski gewesen. Salomon Burak hatte sich vorgenommen, während Ruth und ihr Lehrer auf dem Flügel vorspielten, Georg taktvoll für ein Gespräch von Mann zu Mann beiseite zu nehmen.

»Ein Dukatchen mehr, ein Dukatchen weniger«, würde er sagen, »wenn ihr beiden nur glücklich werdet und ein gutes Leben miteinander habt.«

Aber Georg erschien nicht. Alle waren da, selbst Lea Karnovski, doch der eine, für den das Ganze veranstaltet worden war, schickte nur ein langes Glückwunschtelegramm. Nachdem die Gäste gegangen waren, fing Ruth an zu weinen.

»Soll er doch hundert Ellen tief begraben werden!« fluchte Salomon Burak im Versuch, seine Tochter zu trösten. »Wart du nur, ich finde dir einen tausendmal vornehmeren und schöneren Bräutigam. Überlaß das nur mir!«

Um den Karnovskis eins auszuwischen, war er bereit, alles, was er hatte, zu opfern, um seiner Tochter den besten Ehemann von ganz Berlin zu verschaffen. Falls sie einen Geschäftsmann wollte, würde er ihr den größten finden. Falls sie einen Gebildeten wollte – einen Rechtsanwalt, einen Arzt, ja, auch einen Professor –, er würde es arrangieren.

»Weine nicht, dummes Mädelchen«, sprach er ihr zu. »Eine Tochter von Salomon Burak braucht nicht zu weinen ...«

Doch Ruth wollte weinen. Sie wollte keine große Mitgift oder teuren Geschenke und auch keinen Professor – sie wollte Georg. »Was kann ich nur tun, wenn er mich nicht liebt?« schluchzte sie in den Armen ihrer Mutter.

Darauf wußte Jetta keine Antwort.

Salomon Burak versuchte, der Sache ihren Lauf zu lassen. Er war sicher, daß die Zeit, die alle Wunden heilte, auch dieses Problem lösen würde. Um seine Tochter von ihrem Kummer abzulenken, gab er eine ganze Reihe von großen Festen, zu denen er die muntersten und einnehmendsten jungen Männer der Berliner jüdischen Gemeinde einlud.

Wenn er dann mit seiner Frau tanzte, fragte er: »Also, Jetta, wie steht's? Gibt's schon was zu berichten?«

»Nein, Schlomele, nichts«, antwortete Jetta betrübt und darauf bedacht, seinen Tanzschritten zu folgen, »überhaupt nichts ...«

Als Ruth anfing, den Appetit zu verlieren, und das Haus nicht mehr verlassen wollte, faßte ihr Vater schließlich einen Entschluß, der ihm sehr gegen den Strich ging und einem Mann in seiner Stellung nicht anstand. Ohne ein Wort zu Ruth oder seiner Frau zu sagen, beschloß er, David Karnovski zu stellen und die Sache offen mit ihm zu besprechen. Da er es einfach unvorstellbar fand, daß ein junger Mann ein Mädchen mit Ruths Eigenschaften zurückweisen konnte, gab Salomon die Schuld daran ganz Georgs Vater, diesem arroganten, halsstarrigen Snob. Er, der aufgeblasene Esel, war es, der diese Heirat verhinderte, weil die Buraks seinen Wertmaßstäben nicht entsprachen. Wie jeder erfahrene Kaufmann wußte Salomon, daß die beste Art, über einen Feind zu triumphieren, war, seine Freundschaft zu kaufen. Ohne das Geringste über seine Absicht verlauten zu lassen, zog er seinen konservativsten dunklen Anzug und schwarze Schuhe an und machte sich, im Gefühl, äußerst solide und respektabel zu wirken, auf den Weg zu David Karnovskis Haus in der Oranienburger Straße.

Bebend und aufgeregt, so daß er sich selbst kaum wiedererkannte, stieg Salomon Burak die lackierten Treppenstufen zu David Karnovskis Wohnung hinauf. Er zögerte sogar eine Weile vor der Tür wie ein armer Verwandter, der wegen eines Almosens gekommen ist. Schließlich klingelte er, bereit, für das Glück seiner Tochter jede Demütigung zu erdulden. Als er in Karnovskis Arbeitszimmer wartete, zündete er sich eine Zigarette an, rauchte ein paar Züge, drückte sie aus und nahm sich eine neue. Von allen Seiten starrten ihn Bücher an, Bücher und wieder Bücher. Er konnte nicht glauben, daß irgend jemand in seinem ganzen Leben auch nur ein Zehntel der hier angesammelten Bände zu lesen imstande war, und war überzeugt, daß Karnovski sie nicht kaufte, um sie zu studieren, sondern aus falschem Stolz und nur, um damit anzugeben. Trotzdem erfüllten sie ihn mit etwas wie ehrfürchtiger Scheu und flößten ihm ein Gefühl der Unzulänglichkeit ein.

Als David Karnovski mit seinem schnellen Schritt, sauber gestutzten Bart und fleckenlosen Gehrock hereinkam, verbeugte Salomon sich zu tief, wurde sich dieses *faux pas* bewußt und verbeugte sich aus lauter Verwirrung noch einmal. Karnovski war höflich, aber reserviert. Seine scharfgeschnittene Nase verriet die Verachtung, die er für einen, der so weit unter ihm stand, empfand. Obwohl er natürlich Salomon Buraks Namen wußte, gab er vor, ihn vergessen zu haben. »Ich glaube, wir kennen uns. Wie war noch der Name?«

»Salomon Burak, ursprünglich Schlomo«, stieß Salomon hervor. »Ein Mitbürger von Ihnen ... das heißt von Ihrer Frau, Lea ...«

»Natürlich, natürlich, Herr Burak«, räumte Karnovski ein. »Womit kann ich Ihnen zu Diensten sein? Setzen Sie sich doch!«

»Ich möchte lieber stehen, Herr Karnovski, wenn es Ihnen nichts ausmacht. Wie wir unter uns Kaufleuten sagen: ›Besser auf eigenen Füßen stehen als schlecht sitzen‹ ...«, und er lachte nervös.

Nicht einmal die Andeutung eines Lächelns erschien auf Karnovskis eisigen Zügen. Seinen kurzen Bart streichend, wartete er darauf, daß sein Besucher zur Sache kam. Salomon war niedergeschmettert. Er hatte es sonst immer leichter gefunden, sich mit einem Scherz auszudrücken. Er räusperte sich mehrmals, schluckte und fing an zu sprechen.

Umständlich, mit vielen unnötigen Einzelheiten und sich oft wiederholend, darauf Bezug nehmend, was er zu seiner Frau gesagt hatte und was sie wiederum zu ihm gesagt hatte, sich immer mehr verhaspelnd und immer wieder vom Thema abkommend, schaffte er es schließlich, David Karnovski den Grund für seinen Besuch mitzuteilen.

Während der ganzen Zeit, in der Salomon Burak redete, und trotz einer großen Versuchung, zu brüllen: »Machen Sie doch schon!«, äußerte David Karnovski kein einziges Wort. Obwohl das häufige »Wie ich zu meiner Frau gesagt habe, und sie zu mir gesagt hat« seine Geduld auf eine harte Probe stellte, blieb er stumm, denn er hielt es mit der Theorie, daß ein talmudischer Gelehrter zuhören muß, ohne zu unterbrechen.

Erst als Salomon Burak mit der Schilderung der Qualitäten seiner Tochter geschlossen und triumphierend in die Hände geklatscht hatte, als hätte er sich erfolgreich aus einer Klemme gewunden, fing David Karnovski, sich immer noch den Bart streichend, an, seinen Besucher von Kopf bis Fuß zu mustern, als sähe er ihn zum erstenmal. Er hatte schon bei den ersten Worten begriffen, was Burak wollte.

»Was möchten Sie eigentlich, Herr Burak?« fragte er in kühlem Ton.

»Ich möchte nur, daß Sie dem Glück meiner Tochter nicht im Wege stehen, Herr Karnovski«, sagte Salomon Burak. »Ein Dukatchen mehr, ein Dukatchen weniger, eine Geldfrage ist es nicht, da ich für das Wohl meines Kindes alles tun möchte, was ich nur kann.«

Einen Augenblick lang sagte David Karnovski nichts. Es war seine Gewohnheit, jede Angelegenheit reiflich zu überlegen, obwohl, was Salomon Burak da vorschlug, natürlich überhaupt nicht in Frage kam. Seine Familie mit einem unwissenden Tölpel aus Melnitz und dazu noch früheren Hausierer zu verbinden war ein grotesker Gedanke, und David erwog, wie er Burak am besten beibringen sollte, daß eine solche Heirat unmöglich war. Kurz dachte er daran, zu sagen, daß ein Berliner Universitätsstudent kein Melnitzer Jeschiwajunge sei und hier ein Vater in solchen Angelegenheiten nichts zu melden habe. Die beste Lüge ist oft die Wahrheit, fiel ihm ein. Doch dann fand er es nicht klug, Salomon Burak wissen zu lassen, daß er keine Kontrolle über seinen Sohn hatte. »Nein, Herr Burak«, erklärte er fest, »was Sie da vorschlagen, ist ausgeschlossen.«

»Warum denn, Herr Karnovski?« fragte Salomon Burak zu hastig. »Warum?«

»Zuerst einmal ist mein Sohn immer noch im Studium. Zweitens muß ein Mann finanziell auf eigenen Füßen stehen, bevor er ans Heiraten denkt. So ist es in diesem Teil der Welt Brauch.«

Salomon Burak winkte ungeduldig ab. »Machen Sie sich

darüber keine Sekunde Gedanken, Herr Karnovski. Ich bin bereit, für die Studien und den Unterhalt Ihres Sohns und für alles übrige aufzukommen.«

»Danke, ich bin durchaus in der Lage, selbst für meinen Sohn zu sorgen«, antwortete Karnovski kühl.

Salomon Burak merkte, daß er wieder einen *faux pas* begangen hatte, und versuchte, ihn gutzumachen. »Herr Karnovski, ich wollte doch damit nicht sagen, daß Sie von irgend jemand Unterstützung brauchen. Aber in meinem Haus wäre Ihr Kind ganz wie eins von meinen eigenen …«

»Drittens«, fuhr Karnovski fort, ohne auf den anderen einzugehen, »ist mein Sohn sehr jung und hat noch viel Zeit, ans Heiraten zu denken. In seinem Alter muß ein Junge studieren, studieren und wieder studieren und darf nichts anderes im Kopf haben.«

Als der Geschäftsmann, der er war, kam Salomon Burak nun aufs Geld zu sprechen. »Herr Karnovski, ich werde Ihren Sohn zu einem schwerreichen Mann machen …«

»Nein«, lehnte Karnovski ab.

»Er wird ein großer Mann in Berlin sein. Ich habe in der Stadt Tausende von Geschäftsfreunden. Ich werde ihm die allerbeste Stellung besorgen. Überlassen Sie das mir. Wenn Salomon Burak etwas will, kann ihn nichts aufhalten.«

»Nein«, sagte Karnovski wieder.

Salomon Burak hakte die Daumen in seine Westentaschen ein. »Ich bin also nicht gut genug für Sie, ist es das?« fragte er mit schiefem Lächeln.

»Was versuchen Sie mich zu zwingen, Ihnen zu sagen?« fragte Karnovski.

Salomon Burak zog ein paarmal an seiner Zigarette und warf sie in einen Aschenbecher. Er ging so nahe an Karnovski heran, daß er ihm fast auf die Füße trat, und sagte hastig: »Hören Sie, wenn es nur nach mir ginge, wäre ich nie hierhergekommen. Ich habe auch meinen Stolz. Ich habe mein Vermögen mit diesen beiden Händen gemacht und brauche vor niemandem zu katzbuckeln. Aber da es um das Glück meiner Tochter geht, ist meine Selbstachtung mir jetzt egal, völlig egal.«

»Ich verstehe nicht, was Sie mir sagen wollen«, murmelte Karnovski.

»Ich bin ein unwissender Mann, ein gewöhnlicher Mensch, und ich versuche auch gar nicht, das zu verbergen. Aber meine Tochter ist gebildet. Sie ist klug, hat feine Manieren und ist anständig. Sie können sich meiner schämen, wenn Sie wollen, aber ihrer nicht. Für sie würde ich alles auf der Welt tun, auch vor Ihnen auf der Erde kriechen, Herr Karnovski, sogar betteln. Sie ist doch mein kleines Mädchen. Sie ist unglücklich. Sie weint!«

Karnovski blieb höflich, aber ungerührt. »Es tut mir leid wegen Ihrer Tochter, Herr Burak, aber dafür kann ich nichts. Jeder muß seinen Prinzipien treu bleiben.«

Salomon Burak verließ Karnovskis Arbeitszimmer, ohne auf Wiedersehen zu sagen. Als er fortging, lud ihn Lea ins Eßzimmer ein. Obwohl sie nichts von dem Gespräch der Männer gehört hatte, hatte sie den Grund für Salomon Buraks Besuch erraten und war tief beschämt. Sie selbst hatte nichts gegen eine Verbindung ihres Sohnes mit Ruth Burak einzuwenden. Im Gegenteil, sie hatte großes Mitgefühl mit dem Mädchen. Und sie sah die Buraks auch in keiner Weise als niedriger stehend an. Ihr eigener Vater war ja auch weder ein großer Gelehrter noch ein Aristokrat gewesen.

»Schlomele, trink doch wenigstens ein Glas Tee, bevor du gehst«, drängte sie ihn, unsäglich verlegen.

Salomon Burak konnte es nicht erwarten, aus der Wohnung zu kommen. »O nein, ich könnte ein Karnovski-Glas verunreinigen«, sagte er. »Bitte, laß mich gehen.«

Als Ruth erfuhr, was ihr Vater getan hatte, legte sie sich ins Bett, vergrub ihr Gesicht im Kopfkissen und weigerte sich, wieder aufzustehen. Ihr Vater streichelte sie und flehte sie an, ihn doch wenigstens anzusehen. »Ich habe es doch für dich getan, Kind. Bitte, vergib mir!« schrie er.

»Laß mich in Ruhe, schau mich nicht an!« schluchzte sie in

das Kissen hinein. »Ich will niemanden sehen! Niemanden!«

Sie war so voller Scham und fühlte sich so gedemütigt, daß sie sterben wollte.

10

Die Wohnungen in David Karnovskis Mietshaus im Arbeiterviertel Neukölln waren eng, überfüllt und laut. Aus den dicht nebeneinanderliegenden Fenstern drang ununterbrochen der Lärm von Nähmaschinen, Kindern, kläffenden Hunden und streitenden Paaren. An Sonntagen blies ein Veteran einer Militärkapelle auf einem Horn den Zapfenstreich und andere militärische Signale.

Die einzige etwas größere und ruhigere Wohnung, bei der auch tagsüber die Rolläden heruntergelassen waren, gehörte Dr. Fritz Landau. Sie lag gleich hinter dem Hoftor im Erdgeschoß, so daß seine Patienten keine Treppen steigen mußten.

Die Kinder versuchten immer, in die Arztwohnung hineinzuspähen, um zu sehen, was für seltsame Dinge da vorgingen. Zum einen war Dr. Landau Jude, der einzige im Haus, und es war interessant, zu beobachten, wie solche Leute lebten. Zum andern zogen sich seine Patienten nackt aus, und die Kinder waren begierig auf den Anblick ihrer strengen Väter und Mütter ohne Kleider. Die Jungen waren besonders darauf erpicht, nackte Frauen zu sehen, aber Frau Kruppa, die Hausmeisterin, jagte sie mit ihrem Besen weg.

Wie jede Bedienstete empfand sie es als erniedrigend, Hausmeisterin in einem Haus zu sein, wo nur arme Leute wohnten. Daß ein Arzt unter diesem Gesindel lebte, erhöhte ihren Status etwas, und deshalb vertrieb sie die Kinder, die ihn zu stören wagten. »Jesus Maria, Kreuzsakrament!« brüllte sie wütend, »macht doch keinen solchen Krach vor den Fenstern vom Herrn Doktor, ihr Rotznasen, ihr Schmutzfinken, ihr lausigen Bengel, ihr!«

Das einzige, was ihre hausmeisterliche Bewunderung für den Arzt trübte, war seine Unpünktlichkeit mit der Miete, eine Gewohnheit, die nicht zu einem Akademiker und schon gar nicht zu einem Mann in seiner Position zu passen schien.

Einmal, als Dr. Landau gegen Ende des Monats immer noch nicht seine Miete bezahlt hatte, schlug Frau Kruppa Georg vor, ihn daran zu mahnen, wie sie es oft bei den anderen Mietern tat, die dauernd im Rückstand waren.

Ein paar Abende darauf besuchte Georg Karnovski Dr. Landaus Wohnung zum erstenmal. Ein Schild an der Tür forderte zum Eintreten auf. In einem Raum jenseits des engen Flurs stand eine alte Frau am Herd und rührte in einem Topf, aus dem dicke Dampfwolken aufstiegen. Eine lange, harte Bank, von der Art, wie man sie in Dorfgasthäusern findet, erstreckte sich über die ganze Länge des Korridors. Darüber hingen Schilder, die den wartenden Patienten das Rauchen untersagten, ihnen empfahlen, leise zu sein und zu warten, bis sie an der Reihe seien. Andere Schilder informierten darüber, daß Spucken Tuberkulose verbreite und Tabak den menschlichen Körper vergifte.

Die Alte murmelte über ihrem kochenden Topf: »Das Sprechzimmer vom Herrn Doktor ist rechts. Klopfen Sie vorher an!«

Georg Karnovski klopfte und trat ein. Ein Mann mittleren Alters mit einem kupferroten Bart stand in weißem Kittel in einer Ecke und wusch sich in einer Waschschüssel die Hände. Ohne sich umzudrehen, sagte er mit tiefer Stimme: »Ausziehen, ausziehen!«

Georg lächelte. »Ich bin Karnovski, der Sohn des Hausbesitzers. Ich komme wegen der Miete und bin ganz gesund.«

Dr. Landau trocknete sich schnell die Hände ab, glättete seinen feurigen Bart und besah sich Georg von Kopf bis Fuß durch seine dicken Brillengläser. »Ob Sie gesund sind oder nicht, junger Mann, ist meine Sache zu entscheiden. Das können Sie selbst nicht wissen.«

Georgs energisches, geschäftsmäßiges Auftreten schmolz schnell dahin. Dr. Landau lächelte ihn arglos an. »Geld wollen Sie also, nicht wahr? Das ist nichts Neues. Jeder will das. Bleibt nur die Frage, woher nehmen?«

»Ich dachte, Sie hätten eine große Praxis, Herr Doktor. Ich sehe oft Patienten vor Ihrer Tür Schlange stehen.«

»Neuköllner Patienten haben viele Krankheiten, aber wenig Moneten«, sagte der Arzt schnell. »Manchmal muß ich ihnen selbst Geld geben.«

Georg starrte ihn nur an. Dr. Landau nahm ihn bei der Hand, als wäre er schon ein guter Freund, und führte ihn zu einem Tisch, auf dem ein kleines Tablett voller Geld stand, größtenteils Markscheine, darunter hier und dort ein wenig Silber und sogar ein paar Pfennigstücke. »Sehen Sie, junger Mann, meine Patienten legen mein Honorar hier drauf, soviel sie sich eben leisten können. Das ist mein Prinzip. Wenn aber jemand Geld braucht, dann nimmt er sich was davon.« Er lachte.

Dr. Landau näherte seine dicken Brillengläser dem Tablett und fing an, ungeschickt das Geld zu zählen, wie jemand, der es nicht gewohnt ist, mit so etwas umzugehen. »Wieviel es ist, soviel bekommen Sie«, erklärte er.

Georg fühlte sich in seiner Rolle als Hauswirt jetzt noch lächerlicher. »Es ist nicht wirklich wichtig, Herr Doktor«, sagte er. »Das kann warten.«

Dr. Landau hörte nicht mit dem Zählen der kleinen Münzen auf, während er sich väterlich nach Georgs Alter und seinem Studium erkundigte.

»Ich bin nicht nur Mieteneinzieher, ich bin auch Student der Philosophie«, sagte Georg stolz.

Dr. Landau war amüsiert. »Der schlechteste Beruf, den ein junger Mann nur wählen kann.«

»Warum denn, Herr Doktor?« fragte Georg überrascht.

Wieder nahm Dr. Landau Georg bei der Hand und führte ihn zu den Bücherregalen, die die Wände bedeckten. »Hier sind alle philosophischen Werke von Platon bis Schopenhauer. In den mehreren tausend Jahren zwischen dem einen und dem anderen ist nichts Neues dazugekommen. Diese Wissenschaft macht keine Fortschritte; sie tritt auf der Stelle und tastet im Dunkeln herum wie ein Blinder. Nun, und hier drüben sehen Sie Bücher über Medizin. Jeder Band bringt neue Entwicklungen.«

Obwohl er ein fauler Student war, fühlte sich Georg nun genötigt, sein Gebiet zu verteidigen. »Sie sprechen eben wie ein Naturwissenschaftler, nicht wie ein Philosoph, Herr Doktor.«

»Ich habe Jahre über diesem Zeug verbracht«, erklärte Dr. Landau, »und mir ist leid um die vergeudete Zeit.«

Georg versuchte noch etwas zu sagen, doch Dr. Landau unterbrach ihn. Er zog ein altes illustriertes Medizinwerk heraus und deutete mit seinem jodverfärbten Zeigefinger auf eine Seite. »Sehen Sie, vor ein paar hundert Jahren noch haben Hofärzte die Könige und Prinzen mit Tränken der schwarzen Magie und Zaubersprüchen behandelt. Jetzt haben wir Röntgenstrahlen und Mikroskope. Was hat die Philosophie in der Zeit zwischen Athen und Königsberg erreicht?«

Bevor Georg antworten konnte, führte Dr. Landau ihn in einen Raum nebenan. »Elsa! Elsa! Laß diesen jungen Mann durch ein Mikroskop schauen und zeig ihm, wie eine Mikrobe aussieht.«

In einem kleinen Raum voller Gläser und Flaschen jeder Form und Farbe stand eine junge Frau in einem weißen Kittel und goß eine Flüssigkeit von einem Reagenzglas in ein anderes. Sie blickte Georg mit großen, intelligenten braunen Augen an. »Papa, du hast nicht einmal angeklopft!« sagte sie mit spöttischer Strenge.

»Ich bitte Sie viele hundert Male um Verzeihung«, entschuldigte sich Georg mit einer Verbeugung. »Ich bin Georg Karnovski.«

»Elsa Landau«, sagte das Mädchen, setzte das Reagenzglas ab und strich sich das Haar zurück, das dieselbe Farbe hatte wie der kupferrote Bart ihres Vaters. Nachdem sie am Mikroskop das Okular eingestellt hatte, zeigte sie ihm auf einem Objektträger die Mikrobe. »Sehen Sie die kleinen blauen Striche? Das ist der Tuberkulosebazillus. Halten Sie das andere Auge auf, dann sehen Sie besser.«

»Ja, Herr Philosoph, das ist etwas, was man sehen kann. Versuchen Sie mal, den kategorischen Imperativ zu sehen!« sagte Dr. Landau.

Elsa versuchte, ihren Vater zum Schweigen zu bringen. »Papa, laß den Herrn doch erst mal gucken!«

Aber Dr. Landau wollte nicht schweigen. »Ein junger Mensch kann entweder der Menschheit helfen oder sich mit Unsinn beschäftigen. Neukölln braucht den kategorischen Imperativ nicht, junger Mann, es braucht Hygiene und Medizin. Richtig, Elsa?«

Georg blickte neugierig in das Mikroskop. Und mit noch größerer Neugier studierte er die Tochter des Arztes. Das strahlende Weiß ihres Kittels ließ ihr Haar besonders feuerrot erscheinen. Ihre braunen Augen waren heiter, klug und scharf. Das Lächeln, mit dem sie ihren Vater bedachte, war voll toleranter Belustigung, töchterlicher Liebe und Bewunderung.

Durch kein noch so heftiges Drängen war Georg zu bewegen, das Häufchen Geld anzunehmen, das Dr. Landau zusammengekratzt hatte. »Um Gottes Willen, das hat doch keine Eile, Herr Doktor!« protestierte er, »Ich komme wieder, wenn Sie etwas besser bei Kasse sind.«

Er wollte einen Grund, um das Mädchen wiederzusehen, dessen kupferrotes Haar in der einbrechenden Dämmerung leuchtete.

»Ich habe mich sehr gefreut, Sie kennenzulernen, und so weiter und so fort«, sagte Dr. Landau. »Und, wie ich schon sagte, geben Sie diese unnütze Philosophie auf und fangen Sie etwas Vernünftiges an.«

Elsa war entsetzt. »Papa, redet man so über jemandes Beruf?«

»Das Ei lehrt nicht die Henne, Dummkopf!« erklärte Dr. Landau und gab seiner Tochter einen kleinen Klaps, um zu zeigen, wer hier das Sagen hatte.

»Sie ist dumm, aber ich liebe sie trotzdem«, bemerkte er zu Georg, als wäre er ein alter Freund.

»An Ihrer Stelle, Herr Doktor, würde ich das auch tun«, sagte Georg.

Elsa strich sich verlegen übers Haar und streckte ihre warme Hand aus. »Es war sehr nett, Sie kennenzulernen, Herr Karnovski, und auf Wiedersehen.« Und sie wandte sich wieder ihren Reagenzgläsern und Objektträgern zu.

Obwohl ihre Worte nur konventionell dem Anlaß entsprachen, hütete Georg sie in seinem Gedächtnis, als wären sie etwas ganz Besonderes. Er konnte die warme Berührung ihrer Finger nicht vergessen. Er hatte zwar eine Verabredung mit einem seiner Ladenmädchen, aber er hielt sie nicht ein, und zum erstenmal, seit er auf der Universität war, ging er abends nicht aus.

Am nächsten Morgen stand er früh von seinem Ledersofa auf, wusch sich, kleidete sich sorgfältig an und machte sich mit seiner Mappe voller Bücher zur Universität auf.

Frau Kruppa war dabei, den Hof zu fegen. »Was ist passiert, Herr Kandidat?« fragte sie mit unbezähmbarer weiblicher Neugier. »So früh schon auf?«

Georg ging in ein kleines Café an der Ecke und bestellte Frühstück. Während er die knusprigen Brötchen kaute, ließ er den Bürgersteig nicht aus den Augen.

Als er sie mit einer Mappe unter dem Arm aus dem Hof kommen sah, bezahlte er schnell, ließ sein gewohntes übertriebenes Trinkgeld liegen und rannte los, um sie einzuholen.

»Guten Morgen, Fräulein Elsa«, sagte er mit ganz normaler Stimme, als wäre die Begegnung rein zufällig. »Ich glaube, wir gehen in dieselbe Richtung.«

»Ich muß zu einer Autopsie in die Charité, Herr Karnovski«, sagte Elsa lächelnd. »Aber bis zu Unter den Linden können wir zusammen gehen.«

Von diesem Tag an begann ein neues Leben für Georg Karnovski. Statt mit seinen Kumpanen in Bars und Kneipen herumzuziehen, ging er nun jeden Morgen in die Vorlesungen. Und abends strich er nicht mehr um die Warenhäuser, um Ladenmädchen aufzureißen, sondern kam nach Hause nach Neukölln zurück und besuchte Dr. Landau. Später fing er sogar an, vor dem medizinischen Institut herumzustehen, um auf Fräulein Elsa zu warten und mit ihr nach Hause zu fahren.

An einem Regentag, als er vom langen Warten völlig durchnäßt war, kam ihm plötzlich der Gedanke, von der Philosophie zur Medizin überzuwechseln, um immer in ihrer Nähe zu sein. »Wissen Sie«, sagte er zu Elsa, als sie endlich erschien, »ich glaube, Ihr Vater hat recht. Philosophie ist wirklich eine alberne Beschäftigung. Finden Sie nicht auch?«

»Das wüßte ich nicht zu sagen. Ich verstehe nichts von Philosophie«, antwortete sie, »aber was mich persönlich angeht, würde ich Medizin für nichts auf der Welt aufgeben.«

Georg nahm ihren Arm. »Möchten Sie nicht ein Glas Wein mit mir trinken? Es ist so furchtbar naß hier draußen. Lassen Sie uns irgendwo hineingehen und auf meinen neuen Beruf anstoßen!«

»Aber keinen starken Wein, Herr Karnovski. Ich bin nicht ans Trinken gewöhnt, und mein Vater ist gegen jeglichen Alkohol.«

In einer gemütlichen Ecke einer kleinen Konditorei unter dem gedämpften Schein der roten Lampe, die den trüben Tag erleuchtete, funkelten Elsas braune Augen geradezu. Nach dem ersten Glas Wein fing ihr Gesicht an zu glühen. »Jetzt habe ich zum erstenmal in meinem ganzen Leben Wein getrunken«, sagte sie voller Spaß an ihrem Leichtsinn.

»Würden Sie bitte Ihren Hut absetzen, Fräulein Elsa?« bat Georg.

»Meinen Hut?«

»Ich möchte Ihr Haar sehen«, erklärte Georg. »Es ist wie Feuer ...«
Sie lächelte und nahm ihren Hut ab. »Sie haben merkwürdige Einfälle für einen Philosophen.«
»Einen gewesenen Philosophen, meinen Sie. Kommen Sie, trinken wir auf meinen neuen Beruf!«
Als sie wieder draußen waren, bat Georg, ihr die schwarze Schachtel tragen zu dürfen, die sie dabeihatte. Sie zögerte, aber er bestand darauf.
In ihrem Laboratorium nahm sie ihm die Schachtel ab und öffnete sie. Georg wich das Blut aus dem Gesicht. Aus leeren Augenhöhlen starrte ihn ein Schädel an. Der Gestank von Tod und Verwesung stieg ihm in die Nase, obwohl der Schädel ausgekocht und saubergeschrubbt worden war. Elsa legte ihn in eine Schüssel. »Fühlen Sie sich nicht wohl, Herr Karnovski?«
»Es ist nichts, Fräulein Elsa, nur der Schreck, als ich dieses Ding da gesehen habe ...«
»Aber Sie sind ja leichenblaß!« Sie hielt ihm ein Fläschchen unter die Nase. »Setzen Sie sich hin und inhalieren Sie das. Dann wird Ihnen besser.«
Georg versuchte sich zusammenzunehmen, aber je stärker er gegen die Übelkeit ankämpfte, desto schlimmer wurde sie. Der Geruch von Tod und faulendem Fleisch verursachte ihm Brechreiz. Und am schlimmsten war dabei, daß er sich so vor dem Mädchen schämte. »Nicht gerade der beste Anfang für einen zukünftigen Arzt«, scherzte er schwach.
»Das macht nichts. Viele fangen so an. Hier, trinken Sie ein Glas Wasser.«
Sie öffnete ihm den Kragen und wischte ihm die schweißüberströmte Stirn ab. Als sie sich über ihn beugte, streifte ihr kupferrotes Haar sein Gesicht, aber Georg spürte es nicht einmal. Er sah nur den frisch ausgekochten Schädel, der ihn aus leeren Augenhöhlen anglotzte.
Die nächsten paar Tage schämte er sich, ihr zu begegnen. Er hatte gemischte Gefühle in bezug auf ein Mädchen, das

in einer Schachtel einen Schädel mit sich herumtrug. Doch nach einigen Tagen trat an Stelle der Übelkeit und Scham eine starke Sehnsucht nach ihr, und in Begleitung von Elsa ging er ins medizinische Institut, um sich einzuschreiben.

Als Lea Karnovski ihrem Mann erzählte, daß ihr Sohn das Studienfach gewechselt habe, bekam er einen Wutanfall. »Ich bin fertig mit diesem Tunichtgut!« brüllte er und haute mit der Faust auf den Tisch.

Nicht, daß David Karnovski etwas gegen den Arztberuf gehabt hätte. Im Gegenteil, wie alle angesehenen Juden wertete er ihn als äußerst begehrenswerte Berufung. Er wußte auch, daß Rabbi Mosche, Maimons Sohn, und andere herausragende Juden sich der medizinischen Wissenschaft gewidmet hatten. Sie hatte ihnen Zugang zu Königshöfen verschafft und ihnen ermöglicht, der jüdischen Sache zu dienen. Aber er glaubte an nichts mehr, was sein Sohn unternahm, dieser unnütze Müßiggänger, der nur Zeit und Geld vergeudete. »Das wird gerade von Purim bis zum Passahfest dauern«, sagte er zu seiner Frau. »Von mir kriegt er keinen Pfennig mehr.«

Wie gewöhnlich verteidigte Lea ihren Sohn und ließ nicht nach, bis David sich bereit erklärte, ihm noch eine Chance zu geben. Scheltend und brummend zog David wieder die Brieftasche und händigte seiner Frau mehrere knisternde Banknoten für ihren Sohn aus, da er ihm selber nicht gegenübertreten wollte. »Der wird geradeso wahrscheinlich Arzt wie ich eine Amme«, prophezeite er Lea. »Merk dir meine Worte!«

Georg widmete sich seinem neuen Studium mit solcher Entschiedenheit, daß David Karnovski nicht wußte, was er denken sollte. Einerseits erfüllte es ihn mit Stolz, daß sein Sohn endlich zur Vernunft gekommen war. Andererseits konnte er ihm nicht ganz verzeihen, ihn Lügen gestraft zu haben.

»Na, was sagst du jetzt zu dem Jungen, David?« fragte Lea triumphierend. »Er studiert und arbeitet so besessen, möge ihn der böse Blick verschonen, wie ein ganz neuer Mensch!«

Doch David gönnte ihr die Befriedigung nicht. »Ich bin noch nicht überzeugt. Wer weiß, wie oft er es sich noch anders überlegt!«

»Beiß dir auf die Zunge«, schrie seine Frau besorgt, da sie immer fürchtete, das Schicksal zu versuchen.

11

Wie alle Arbeiter, die in seiner Gegend wohnten, stand Dr. Fritz Landau vor Tagesanbruch auf. Danach weckte er seine Tochter. »Auf, Faulpelz!« rief er und hämmerte mit der Faust gegen die Tür.

Als erstes wusch er sich von Kopf bis Fuß mit kaltem Wasser. Da es in der altmodischen Wohnung keine Badewanne gab, wusch er sich am Spülbecken in der Küche, zur Empörung seiner alten Bediensteten Johanna.

»Der Herr Doktor sollte sich was schämen«, beklagte die alte Frau sich jedesmal wieder. Dr. Landaus fleischiger, vom Schrubben geröteter Körper bebte vor Lachen. »Du dumme alte Frau, wie oft habe ich dir schon gesagt, daß ein nackter Körper nichts zum Schämen ist? Das haben sich dumme Menschen ausgedacht.«

Die alte Johanna scheuchte ihn voller Ekel hinaus. »Ach, was Sie da wieder für einen Unsinn verzapfen«, brummte sie und bedeckte sich die Augen, um den feuchten Männerkörper nicht sehen zu müssen.

Wenn er fertig war, zwang der Arzt seine Tochter, sich ebenfalls den ganzen Körper kalt zu waschen. »Glaub nur nicht, du kannst dich drücken«, warnte er sie, während er sich den tropfenden Bart auskämmte. »Los jetzt, oder ich schlepp dich an den Haaren hier herein.«

Wie kalt das Wetter auch sein mochte, Elsa tat, wie ihr befohlen wurde, denn sie wußte nur zu gut, daß ihr Vater durchaus imstande war, seine Drohung wahr zu machen. Seit sie in ihrer frühen Kindheit ihre Mutter verloren hatte und bis sie ein erwachsenes Mädchen geworden war, hatte er sie täglich von Kopf bis Fuß gewaschen. Er würde es immer noch tun, wenn sie ihn gelassen hätte. Was ihn betraf, war dabei nichts Unschickliches. Daher eilte sie zum Spülbecken, und wieder schloß die alte Bediente die Augen. Jede Nacktheit, auch die weibliche, stieß sie ab.

»Er ist selbst verrückt und er macht auch sie verrückt«, murmelte sie. »So etwas hat es doch noch nie gegeben ...«

Dr. Landau zog ein Hemd aus grobem Stoff, Kordsamthosen, bequeme, fest besohlte Schuhe und eine Samtjacke an. Hutlos und mit einem dicken Stock in der Hand machte er sich, nur mit einem Glas Wasser gestärkt, auf seinen Morgenspaziergang. Elsa, ebenfalls mit unbedecktem Kopf und in lose sitzender Kleidung, mußte mitkommen.

»Schneller! Schneller!« trieb er sie an, wenn sie nicht mit ihm Schritt hielt. »Und laß die Arme schwingen. So!«

Die ganze Nachbarschaft kannte das seltsame Paar. Hausfrauen mit Einkaufskörben grüßten sie, und Männer, die zur Arbeit eilten, zogen respektvoll den Hut. »Grüß Gott, Herr Doktor ... ein wunderschöner Morgen heute, Herr Doktor...«

»Morgen, Herr Jerge; Morgen, Frau Beitzholz; Morgen, Herr Knaule«, antwortete Dr. Landau.

Andere sprachen ihn nicht mit Herr Doktor, sondern mit Genosse Doktor an. »Einen schönen guten Morgen, Genosse Doktor. Haben Sie gut geschlafen, Genosse Doktor? Wohl geruht, Genosse Doktor?«

»Morgen, Genosse Albrecht. Wie geht's, Genosse Witzke? Morgen, Genosse Müller, Morgen, Morgen, Morgen«, sagte Dr. Landau unablässig.

Die Männer lächelten stolz, weil der Doktor sie Genosse nannte. Sie bildeten sich etwas darauf ein, daß er zu ihrer Partei gehörte und zu den Versammlungen in Petersils Bierschenke kam.

»Ein netter Kerl«, sagte sie zueinander.
»Und auch Genossin Elsa ist ein feines Mädchen.«
Dr. Landau hastete durch die Straßen. »Nicht so langsam!« mahnte er seine Tochter. »Und atme nicht durch den Mund, Donnerwetter! Nur durch die Nase, die Nase!«
Genau nach einer Stunde kehrte er um. Jetzt, beim Nachhausegehen, begegneten sie Kindern, die mit ihren Schulranzen auf dem Rücken auf dem Schulweg waren.
»Guten Morgen, Herr Doktor, guten Morgen, Fräulein Elsa.«
»Morgen, ihr Schlingel, Morgen«, sagte Dr. Landau und kitzelte mit seinem Stock die Kleinen am Bauch. »Zu wem gehört ihr?«
»Ich bin Karl Wendemayer. Mein Vater ist der Schuhmacher.«
»Ach ja. Ich habe dir einen Luftröhrenschnitt gemacht, als du Diphtherie gehabt hast«, erinnerte sich Dr. Landau. »Du bist ein richtiger Schlingel du, du bist ...«
»Der Herr Doktor hat mir einen Löffel in den Hals gesteckt«, piepste ein dickes kleines Mädchen, »das hat weh getan ...«
»Streck deine Zunge heraus!« befahl ihr Dr. Landau. »Genier dich doch nicht, du dumme Gans, so!«
Die Kinder lachten darüber, daß sie auf der Straße ihre Zunge zeigen mußte, und Dr. Landau lachte mit.
»Und daß ihr mir nicht mehr bei der Mülltonne spielt, verstanden?!« ermahnte er sie, seinen Stock schwenkend. »Und wagt bloß nicht, durch eure Mäuler zu atmen, ihr Bazillenschlucker! Schnauft durch eure Nasen ... so ...«
Auf dem blank gescheuerten Holztisch hatte die alte Johanna das Frühstück aufgetragen – dunkles Brot, Honig, Milch und verschiedenerlei Rohkost: Karotten, Kohl und Kopfsalat. Dr. Landau ließ auf seinem Tisch weder Schinken noch Kaffee zu, und schon gar kein Bier, das er als Gift ansah.
Er kaute energisch die Strünke des rohen Kohls, drängte

Elsa zum Essen und schrie gleichzeitig Johanna zu, die Küchentür zu schließen, aus der der Geruch von gebratenem Speck hereinquoll. Johanna war das einzige Mitglied des Haushalts, das sich weigerte, »Gras« zu essen, wie sie es nannte. Sie mußte ihren Schinken, ihre Schweinekoteletts und ihren Kaffee haben, aber Dr. Landau konnte den Geruch von gebratenem Fleisch nicht ausstehen.

»Wie oft muß ich dir noch sagen, du sollst die Tür zumachen, wenn du dieses Zeug brätst? Ich will diesen widerwärtigen Gestank nicht einatmen. Das ist Gift, Gift!«

»Ich esse das seit über sechzig Jahren und bin immer noch gesund«, sagte Johanna trotzig.

»Das entscheide ich«, erklärte Dr. Landau und warf seine Samtjacke ab, um in seinen weißen Kittel zu schlüpfen. Elsa half ihm hinein und las ihm gleichzeitig die Krumen und Gemüsereste aus dem Bart. Dr. Landau wusch sich die Hände am Küchenwasserhahn und kochte seine Instrumente auf dem Herd aus, wozu die alte Johanna brummte, daß er in ihrer Küche Unordnung mache. Für sie war das Auskochen der Instrumente nur wieder so eine Verschrobenheit des Arztes. Pünktlich um acht Uhr, lange bevor die meisten seiner Kollegen ihren Arbeitstag begannen, fing Dr. Landau an, seine Patienten zu empfangen.

Der Flur vor dem Sprechzimmer war voller Menschen aus der Nachbarschaft – Mütter mit Säuglingen, schwangere junge Frauen, auf Rente gesetzte Arbeiter. Gegenüber, in der Küche, werkte Johanna mit Kochen und Waschen herum. Obwohl Dr. Landau ihr wiederholt befahl, aus hygienischen Gründen die Küchentür geschlossen zu halten, konnte er sie nicht dazu bringen, da sie es zu sehr genoß, mit den wartenden Frauen über deren Gebrechen und die Gewohnheiten des Doktors zu klatschen. Dr. Landau untersuchte einen Patienten nach dem anderen.

»Genieren Sie sich doch nicht«, schalt er seine Patientinnen, die Hemmungen hatten, sich auszuziehen. »Nackt zu sein ist doch keine Schande ... keine Schande ...«

Er wurde wütend, wenn ein Patient in seiner Gegenwart eine Pfeife rauchte. Er konnte einfach nicht verstehen, warum Menschen rauchten, Bier tranken und Wurst und Schinken aßen. Für ihn waren diese Gewohnheiten die Wurzel aller Krankheiten, und er schnitt ein Gesicht, wenn ein älterer Mann mit Magenbeschwerden zu ihm kam. »Mann«, rief er in seinem Nordberlinerisch. »Wat erwarten Se denn von Ihrem Magen, wenn Se ihn weiter so mißhandeln? Sie stopfen ihn mit Fleisch voll, ersäufen ihn in Bier und räuchern ihn mit Ihrem Qualm, da muß er ja knurren, rülpsen, sich mit Gas anfüllen und stinken wie ein Mülleimer.«

Mit den Frauen sprach er ebenso grob. Er schrieb alle ihre Beschwerden den gebratenen Speisen zu, die sie aßen, dem Fett, dem Schmalz, den Süßigkeiten, dem Kaffee und dem Alkohol. Die Frauen hörten sich schweigend seine Vorwürfe an und baten dann um eine Arznei, aber Dr. Landau schüttelte den Kopf. Diese dummen Gänse! Erst verunreinigten sie ihre Körper mit Gift, dann wollten sie das mit irgendeinem gefärbten Wässerchen wieder wegwaschen! Er werde ihnen nicht dieses Spülwasser verschreiben, mit dem die Quacksalber und Apotheker ein Vermögen machten. Es gebe keinen Wundertrank, der als Allheilmittel wirke; der Weg zur Gesundheit bestehe einzig und allein in der Befolgung der Hygieneregeln – anständige Ernährung, regelmäßiges Atmen, Reinlichkeit, frische Luft und sauberes Wasser.

»Nehmen Se Wasser, sauberes, reines Leitungswasser, nicht das schmutzje, jefärbte Drecksczeug aus der Apotheke!« donnerte er. »Haben Se verstanden?«

Nur in Ausnahmefällen verordnete er Tränke, Pillen oder Pulver. Doch selbst dann schrieb er keine Rezepte, sondern händigte ihnen die Medikamente fertig aus dem Glasschränkchen in seinem Sprechzimmer aus oder befahl Elsa, sie im Laboratorium zuzubereiten.

»Bezahlen Se mich nicht!« knurrte er seine Patienten an. »Legen Sie etwas auf das Tablett und gehn Se, gehen Se, es wollen noch andere dran!«

Die Ärzte der Umgegend waren darüber hell empört, daß er seinen Patienten gestattete, nur so viel zu bezahlen, wie sie sich leisten konnten. Der Apotheker aus der Nachbarschaft, Magister Kurtius, war sein Todfeind. Er verleumdete Dr. Landau bei jeder Gelegenheit und schwor, er sei gar kein richtiger Arzt, sondern ein Scharlatan, ein Verführer, ein Quacksalber, ein Besudler des Christentums und sozialistischer Agitator, der gegen den Kaiser, das Vaterland und die Kirche arbeite. Doch je mehr er gegen ihn wetterte, desto dichter strömten die Leute in Dr. Landaus Praxis.

Elsa assistierte ihrem Vater, obwohl sie noch Medizinstudentin war. Sie impfte die Kinder, gab Spritzen, pinselte Rachen aus, maß Temperatur und Blutdruck und half auf jede Weise, die ihr nur möglich war. Dr. Landau ließ sie auch Lungen und Herz der Patienten abhorchen und weibliche wie männliche Körper abtasten und untersuchen. »Leg dieses verdammte Stethoskop weg und gebrauche dein Ohr!« knurrte er sie an. »Das Ohr ist das feinste Instrument eines Arztes ... So, siehst du?«

Nach dem Abendessen ging er oft in Petersils Bierlokal, wo seine Parteigenossen sich versammelten. Herr Petersil stellte ein Glas Milch vor ihn hin und brachte ihm alle Zeitungen und Zeitschriften, die er abonniert hatte. Dr. Landau schlürfte die Milch, wischte sich den roten Schnurrbart und fing an die Zeitungen zu lesen, die ihn in schrecklichen Zorn versetzten. »Schufte! Schurken! Gottverdammte Sklaven des Kaisers!« schimpfte er.

Die Gäste an den anderen Tischen nickten zustimmend. Sie waren stolz auf den Herrn Doktor, der in ihrem Viertel wohnte, ihre Sprache sprach, an ihre Sache glaubte und Stammgast in ihrer Bierkneipe war. »Prosit, Genosse Doktor!« tranken sie ihm zu. »Prosit.«

»Prosit, ihr Biersäufer und Rauchschlucker«, antwortete Dr. Landau und tauchte wieder seinen Schnurrbart in die Milch.

Die Menge lachte entzückt über Dr. Landaus Abneigung

gegen Tabak und Alkohol. Leute von den Nebentischen standen auf, um seine politischen Ansichten zu hören. Er geriet außer sich, schüttelte seinen Bart, gestikulierte wild, brüllte Beschimpfungen und predigte laut zu aller Welt. Er schmähte seine Gegner: die Geldsäcke, die Geheimpolizei, die Junker und die Arschlecker des Kaisers. Die Männer wieherten vor Lachen über seine deftige Sprache und farbigen Anwürfe.

Obwohl die Parteifunktionäre ihn wegen seiner aufwieglerischen Natur und seiner unpraktischen Ansichten nicht mit Ämtern betrauten, genossen sie seine Hetzreden und lachten mit.

Aber sie machten Gebrauch von seiner Tochter, die den Arbeiterfrauen Vorträge über weibliche Hygiene und Kinderpflege hielt. Selbst noch Jungfrau, sprach sie zu ihnen von ihren ehelichen und mütterlichen Verantwortlichkeiten. Die Frauen nahmen sie ernst – einige kamen sogar Rat suchend mit ihren ehelichen und häuslichen Problemen zu ihr und erzählten ihr ihre intimsten Geheimnisse. Sie leitete auch eine Kindergruppe, der sie die wirtschaftlichen und politischen Tatsachen des Lebens erklärte. Die jungen Arbeitermädchen waren stolz auf die Arzttochter, die für ihre Sache eintrat; die jungen Männer waren alle heimlich in sie verliebt.

Aber am stärksten in sie verliebt war der junge Georg Karnovski, obwohl sie ihm nicht die geringste Ermutigung gab. Wie ein Hinterrad, das nie das Vorderrad einholt, verfolgte er sie vergeblich. Elsa ließ ihn immer hoffnungslos hinterherlaufen. Das war eine bittere Erfahrung für sein Ego, er fühlte sich erniedrigt und geschlagen.

Seit den frühen Tagen ihrer Freundschaft, als er sich so blamiert hatte, weil er fast wegen eines Totenschädels in Ohnmacht gefallen war, hatte er in ihrer Gegenwart diese Unterlegenheit empfunden, die er nun nicht mehr los wurde, so sehr er es auch versuchte. Er empfand sie, wo auch immer er mit ihr zusammen war – im Laboratorium, im Seziersaal, überall.

Wie alle jungen Medizinstudenten trug er angesichts des Todes eine schnodderige, zynische Haltung zur Schau, aber er wurde seinen Ekel vor Verwesung und Formaldehyd dadurch nicht los; tief im Innern war ihm immer übel. Er rauchte Kette, um seinen rebellierenden Magen zu beruhigen.

»Frau Wirtin hatte einen Major ...« gröhlte er respektlos mit den anderen Studenten, wenn sie die Leichen sezierten.

Elsa Landau rauchte weder, noch sang sie unzüchtige Lieder, wenn sie arbeitete. Sie sprach sogar kaum dabei. Völlig gleichmütig, als würde sie zu einem häuslichen Gebrauch Stoff zuschneiden, stand sie an dem blutüberströmten Tisch, auf dem menschliche Arme und Beine herumlagen, und arbeitete mit ihrem Skalpell und ihrer Schere. Sie zerschnitt Fleisch, legte Muskeln, Blutgefäße und Nerven frei. Sie war außerordentlich geschickt bei dieser Arbeit, und die Professoren hatten sie zum Prosektor gemacht und mit der Aufgabe betraut, den neuen Studenten die Technik des Sezierens zu zeigen. Die männlichen Studenten, denen es nichts ausmachte, daß ihr Lehrer ein Mädchen war, spaßten mit ihr, machten ihr Komplimente über ihre Schönheit und wagten sogar anzügliche Bemerkungen, wenn der Unterleib der Leichen dran kam. Elsa empörte sich nicht, wie das ein Durchschnittsmädchen getan hätte. Sie sah die Studenten bloß mit ihren klugen braunen Augen an, wie ein erwachsener Mensch ungebärdige Kinder ansieht, und sagte ruhig, aber entschieden: »Kommen Sie, Kollegen. Ich sehe keinen Anlaß zum Lachen.«

Ihr Verhalten war so engagiert und würdevoll, daß die jungen Männer schnell nüchtern wurden und sich schämten, daß sie zwischen einem Teil der menschlichen Anatomie und dem anderen Unterschiede machten. Obwohl ihre Hände im geschickten Umgang mit den Instrumenten ihre weibliche Anmut bewahrten und ihre schlanke Gestalt in dem weißen Arztkittel höchst reizvoll war und unter all dem Tod so lebendig wirkte, war keiner so verwegen, sie in dem lüsternen Ton anzusprechen, der anderen jungen Studentinnen gegenüber angeschlagen wurde.

»Nicht so, Kollegen, so geht das«, zeigte Elsa den jüngeren Studenten, wie richtig seziert wurde. »Und seien Sie doch bitte so gut und blasen Sie mir keinen Rauch ins Gesicht.«

Die Studenten taten, was sie verlangte. Ihr ganzer Übermut verrauchte wie ihre Zigaretten in der Gegenwart dieses ruhigen, sachverständigen Mädchens. Georg Karnovski, der neben ihr stand, kam sich als der letzte und unbedeutendste von allen vor.

Gerade weil er sich so nach Anerkennung von ihr sehnte und ihr so gern zeigen wollte, wie gelassen, geschickt und hervorragend er war, fielen ihm die Instrumente aus den Händen, und er machte einen Fehler nach dem anderen. Er konnte nicht mit dem Rauchen aufhören, wie sie es gerne gehabt hätte. Er brauchte den Rauch, um die Übelkeit in Schach zu halten und seine Unzulänglichkeit zu überdecken. Ihre ruhige Geschicktheit machte ihn nervös. Er atmete erst wieder leichter, wenn sie den Seziersaal verließen und auf die Straße hinauskamen. Dort, in der frischen Luft, unter all den Menschen, wurde er wieder zum Mann – stärker, größer, dominierend. Sie reichte ihm nur bis zur Schulter. Sie war schlank und zart und mußte zu ihm aufsehen, wenn sie miteinander redeten. Er trug ihr die Mappe, nahm sie beim Arm, wenn sie über die Straße gingen, und behandelte sie wie ein zerbrechliches Stück Porzellan. Sie ließ sich seine besitzergreifende Art gefallen und lächelte ihn mädchenhaft an. Sie lachte über seine Scherze, wenn sie auf dem Heimweg eng aneinandergepreßt in der Elektrischen saßen.

Doch sein Selbstvertrauen verließ ihn wieder, sobald sie zu Hause in dem düsteren Laboratorium waren, von dem er sie nicht weglotsen konnte. Sie hatte nie Zeit für ihn, nicht einmal am Abend. Während er ihr seine Liebe erklärte, füllte sie Urin in Reagenzgläser oder analysierte Blut, Speichel oder Menstruationsabsonderungen.

»Stell doch mal um Himmels willen dieses eklige Zeug weg«, wütete er. »Ich rede mit dir.«

»Warum stört dich das?« fragte Elsa, die keinen Unterschied zwischen sauberen und abstoßenden Stoffen machte, sondern sich nur für deren chemische und bakteriologische Aspekte interessierte. »Als Arzt mußt du einen ganz anderen Begriff von diesen Dingen entwickeln.«

»Als Arzt! Als Arzt!« sagte er verärgert. »Im Augenblick bin ich kein Medizinmann, sondern einfach ein Mann! Ein Mann, Elsa! Warum kannst du nicht eine Weile mal eine Frau sein?«

Elsa lachte über diesen Ausbruch und sah ihn mit ihren klugen braunen Augen an, wie ein Erwachsener den Wutanfall eines Kindes beobachtet.

»Ihr Männer seid zum Lachen – ihr müßt immer eure Stärke zur Schau tragen, aber ihr seid schließlich auch keine Helden. Wir Frauen schämen uns unserer Schwächen nicht.«

»Du hast ja keine Ahnung vom Leben und von der Liebe, Elsa. Wenn du überhaupt zu Liebe für etwas fähig bist, dann für Bakterien.«

Zum hundertstenmal schwor er sich, sie aufzugeben und sich ein unkompliziertes, liebendes, nachgiebiges Mädchen zu nehmen. Da wäre es sogar noch besser, mit Ruth Burak auszugehen statt mit einem Mädchen, das ihn so zum Narren hielt, ihn wie ein Kind behandelte und ihn unglücklich machte. Er beschloß, ihr zu zeigen, daß er stark war und ohne sie auskommen konnte. Aber er schaffte es nicht, sich an seinen Beschluß zu halten. Im Gegenteil, je mehr sie ihn peinigte, desto lieber war es ihm. Kein Abend verging, ohne daß er sie in ihrem Labor mit seinem Gemisch aus beißenden, widerwärtigen Gerüchen besuchte.

Seine Entschädigung waren dafür die Sonn- und Feiertage, wenn er mit Elsa und ihrem Vater wandern ging.

Während die Leute in der Nachbarschaft nach einer Woche harter Arbeit und Frühaufstehens noch ausschliefen, drängte Dr. Landau bereits Elsa, ihre Rucksäcke für den Ausflug zu packen. Das war der einzige Ruhetag, den er sich gönnte, und er wollte so schnell wie möglich aus dem Haus, bevor er zu einem dringenden Fall gerufen würde.

Mit Stöcken, Rucksäcken, zusammengelegten Regenmänteln und Zinnbechern für Quellwasser wanderten sie über Fluren, Wiesen und durch Wälder. Georg Karnovski kam in weiten Knickerbockern, knielangen Wollstrümpfen und dickbesohlten Wanderschuhen mit. Sein Haar glänzte, als er neben Elsa einherging und tief die süßen Düfte von Gras, Wasser und Gebüsch einsog. Wie gewöhnlich sagte Dr. Landau ihnen, wie sie richtig atmen sollten.

»Nicht durch den Mund – verdammt noch mal, durch die Nase, die Nase!« knurrte er.

»Wenn du nicht zu nörgeln aufhörst, laufen wir dir noch davon und lassen dich zurück«, neckte ihn Elsa.

»Lauft doch! Ich bin stark genug, ich kann auch allein gehen«, antwortete er, stieß heftig seinen Stock auf den Boden und schritt gewaltig aus, um seine jugendliche Kraft zu beweisen.

Elsa sah ihm liebevoll und bewundernd zu. »Du süßes, liebes, komisches Papachen«, flüsterte sie und küßte ihn auf seinen irgendwo zwischen dem Dickicht seines roten Bartes und seinem Schnurrbart versteckten Mund.

»Werd mir jetzt bloß nicht sentimental!« sagte Dr. Landau streng, um seine eigenen Gefühle zu verbergen.

Wenn er über die Wiesen ging, bückte er sich oft, um die gelben und weißen Wiesenblumen zu streicheln und Schmetterlinge, Grashüpfer, Grillen, junge Frösche, Raupen und Eidechsen, die im Gras herumkrochen, zu fangen. Manchmal erwischte er einen Maulwurf oder eine Feldmaus.

»Was für herrliche Geschöpfe«, sagte er, sanft die weichen Fellchen liebkosend. »Schaut euch diese Augen an, wie schön und klug die sind …«

Er kannte alle Tierarten, ihre Namen und Gewohnheiten. Er kannte auch die Heilkräfte von Kräutern, die Mediziner normalerweise verwarfen. Er preßte den Saft dicker, rötlicher Eichenblätter aus, die Bauersfrauen zu Umschlägen auf Wunden benutzten. Er zerdrückte Kamilleblüten, die dann in heißem Wasser erhitzt und zur Behandlung von Erkältungen oder als Abführmittel gebraucht wurden. Er legte sich auf den Boden neben Ameisenhügel, um den Ameisen bei ihrem emsigen Treiben zuzusehen, atmete tief den beißenden Geruch ein, den sie absonderten, und lobte die Bauern, die aus den Tierchen einen Trank kochten, um Rheumatismus zu behandeln.

Mit gespitzten Ohren lauschte er jedem Vogelruf und Insektensummen. Er erkannte jedes Geschöpf an seiner Stimme. Sanft hob er Kröten auf und betrachtete sie durch seine dicken Brillengläser. Die Kröten waren abstoßend weich, erdverkrustet und voller Warzen, und Georg nahm sie nur mit Widerwillen in die Hand, wenn Dr. Landau sie zur Betrachtung weiterreichte. »Die grünen Laubfrösche sind niedlich, aber Kröten sind eklig«, sagte er.

Dr. Landau war beleidigt. »Kein lebendiges Geschöpf ist eklig. Hab' ich nicht recht, Elsa?«

Sie nahm die Kröte, drehte sie um, betrachtete ihren gefleckten Bauch, ihr breites, bewegliches Maul, die unbeholfenen, zuckenden Beine, und stimmte ihrem Vater zu. »Ich finde sie bezaubernd«, erklärte sie, »vor allem ihren Bauch.«

Gleichzeitig kam ihr ein anderer Gedanke. »Das ist ein besonders schönes Exemplar, Karnovski«, sagte sie. »Setzen wir uns hin und sezieren es zusammen!«

Georg nahm ihr die Kröte aus der Hand und ließ sie frei. »Heute nicht, Elsa. Mir reicht es, daß wir die ganze Woche was aufschneiden.«

Hier draußen unter freiem Himmel wurde er sich stark ihres jungen Körpers bewußt.

Sie war hier ein ganz anderer Mensch – fröhlich, verspielt, fast leichtsinnig. Sie sog die frische Luft ein, nicht nur mit den Nasenflügeln, wie ihr Vater es sie gelehrt hatte, sondern auch mit dem Mund und der ganzen Kraft ihrer jungen starken Lungen. Sie streichelte Dorfhunde, die knurrend auf sie zu kamen, aber bald ihrer Verführung erlagen. Sie liebkoste die nassen Mäuler von Kälbern, die sehnsüchtig die Köpfe streckten und brüllten, und immer wieder bemerkte sie, wie schön die Welt doch sei.

»Findest du nicht auch, Georg?« fragte sie, ihn beim Vornamen nennend.

Georg fing laut an zu singen, und von überall aus der Landschaft schallte das Echo zurück. Bauernmädchen starrten aus den Fenstern auf das seltsame Trio. Dr. Landaus roter Bart, Elsas männlicher Aufzug und Georgs pechschwarzes Haar kam ihnen fremd und merkwürdig vor.

Dr. Landau schritt schnell aus wie im Takt mit Georgs Gesang und schwang energisch die Arme. »Morgen, gute Leute, Morgen«, grüßte er die Bauern, die vor ihren Hofeingängen standen.

Als die Sonne zu heiß wurde, fand Dr. Landau einen Fluß zum Schwimmen. Er ging mit Georg ins Wasser und rief Elsa, die sich im Gebüsch versteckt hatte, zu, doch auch ihre Kleider auszuziehen und zu ihnen hereinzukommen.

»Alberne Gans, wie oft muß ich dir noch sagen, daß Nacktheit nichts Unanständiges ist? Los, komm rein!«

»Nachher, wenn ihr wieder draußen seid«, antwortete sie aus sicherer Entfernung.

Georg legte sich auf den Rücken, schwamm unter Wasser und machte allerlei Kunststücke.

Erst nachdem die Männer wieder draußen und angekleidet waren, ging Elsa ins Wasser. Georg lauschte aus der Ferne auf ihr Platschen und Spritzen. »Elsa«, rief er, nur um ihren Namen zu hören. »Elsa!«

Der Klang hallte endlos wieder. Mit noch nassem Kopf und nach frischem Wasser duftend, holte sie das Vesper heraus, das sie mitgebracht hatte – das rohe Gemüse, den Käse, die Milch und das Obst. Sie machte sich eifrig zu schaffen, wie eine Hausfrau, die für ihre Familie sorgt. Georg hatte einen Wolfshunger.

Elsa las die Krumen aus dem Bart ihres Vaters und streute sie den Vögeln hin. Sobald sie gegessen hatten, streckte sich Dr. Landau auf dem Gras aus und schlief ein. Er schnarchte so laut, daß sein Bart und Schnurrbart bei jedem Atemzug bebten.

Der riesige Himmel leuchtete in tiefem Blau mit goldenen und silbernen Streifen. Eine dunkelblaue Linie ferner Wälder lief den Horizont entlang. Fliegen und Grillen summten und zirpten. Die Umrisse einer verfallenen Burg hoben sich scharf von den Hügeln ab. Die Turmspitze der Dorfkirche funkelte im Sonnenlicht. Ein Storch, der auf einem alten Weidenstumpf saß, klapperte laut mit dem Schnabel und krächzte durch die Stille. Georg war glücklich. Er lauschte auf die tausenderlei Geräusche, von denen die Stille erfüllt war, und hätte gern gewußt, ob Elsa sie auch hörte.

»Ist es nicht herrlich?« fragte er und nahm ihre Hand.

»Ja, Georg«, sagte sie, zog seinen Kopf in ihren Schoß und strich ihm übers Haar. Selbst als ihr Vater kurz die Augen öffnete, ließ sie Georgs Kopf, wo er lag. Georg wurde es unbehaglich, als er sah, daß Dr. Landau wach war, und er wollte sich aufrichten, doch der Arzt drehte sich nur auf die andere Seite.

»Dummkopf!« murmelte er und schnarchte gleich darauf weiter.

Elsa sah sich mit träumerischem Ausdruck um und summte leise eine Melodie. Ihre Stimme war sanft und beruhigend wie die einer Mutter, die ein Kind in den Schlaf wiegt, ihre Augen verschleierten sich.

»Schlaf, Kleiner, schlaf«, flüsterte sie. Eine Weile schloß Georg die Lider und überließ sich ihren weichen Armen, doch dann sträubte er sich gegen diese demütigende Lage und setzte sich abrupt auf.

»Was ist denn, Bub?« fragte Elsa erstaunt.

Ihr herablassender, mütterlicher Ton machte ihn wütend. Er wollte nicht wie ein Kleinkind behandelt, auf den Kopf getätschelt und in den Schlaf gewiegt werden. Er war ein

Mann, kein Schoßhund. Er wollte geradeheraus mit ihr reden. Er verlangte auf der Stelle endlich eine offene Anwort – spielte sie nur mit ihm oder war es ihr ernst? Liebte sie ihn, verdammt noch mal, oder nicht? Wenn ja, würde er mit ihrem Vater sprechen, und sie würden heiraten und miteinander leben wie normale Leute. Und wenn sie ihn nicht liebte, solle sie es sagen und ihn gehen lassen.

Elsa ließ ihn ausreden und sah ihn dabei mit wieder klar gewordenen, klugen und entschlossenen Augen an. »Was ist das, ein Ultimatum?« fragte sie spöttisch.

»Ganz richtig«, bestätigte er trotzig.

Elsa fing an, die Sachen wieder in die Rucksäcke zu packen, und erteilte dabei Georg ein paar gute Ratschläge. Sie sei immer bereit, mit ihm im Labor zu arbeiten und an den Sonntagen wandern zu gehen, denn sie möge ihn sehr gerne, ja, liebe ihn vielleicht sogar. Aber das solle ihn nicht davon abhalten, mit anderen Mädchen zu verkehren, die ein großes Wesen um ihn machten, gehörig unterwürfig seien und ihn als ihren Herrn und Meister behandelten. Es sei ihr bewußt, daß Männer das Bedürfnis hätten, zu beweisen, wie machtvoll und überlegen sie seien, daß sie sich groß und stark fühlen wollten und aus inneren Schwächen heraus immer die Helden spielen müßten. Aber wenn er von ihr erwarte, sie würde sich wie ein typisches weibliches Wesen verhalten, sei er an das falsche Mädchen geraten. Sie würde nie jemandes Sklavin sein, kein Mann auf der Welt würde das schaffen, und das sei eben der Grund, warum sie nie heiraten werde. Ihr genügten ihre Medizin, die Partei und ihr Laboratorium vollauf. Sie habe weder Zeit noch Lust, jemandes Frau zu werden.

»Hast du verstanden?« fragte sie und küßte ihn auf die Lippen.

Er war gereizt und versuchte, sie mit männlichen Taktiken zu besiegen. Elsa blickte ihn mit kühler Bedachtsamkeit an und lachte.

»Dummer Kerl!« sagte sie und lachte noch lauter.

Er fühlte sich erniedrigt und gekränkt. Sie schaffte es immer, die Oberhand zu behalten. Um sein Gesicht zu wahren, fing er mit vorgetäuschter Gleichgültigkeit zu pfeifen an. Die stille Landschaft sandte ihm das Echo seiner prahlerischen Munterkeit zurück.

12

Obwohl an diesem Tag strahlend die Sonne schien, war der große Seziersaal des Instituts für pathologische Anatomie hell beleuchtet. An der Wand hingen an Ständern Skelette verschiedener Größen. Mit Flüssigkeit gefüllte Glasbehälter, in denen menschliche Herzen, Lebern, Mägen und Gedärme schwammen, standen auf den Regalen. Institutsdiener rollten männliche und weibliche Leichen herein und legten sie auf den mit Zinkblech bedeckten Seziertischen aus.

»Platz da, die Herren Kandidaten!« wurden die Studenten ermahnt, die wie besessen rauchend in schweigenden Grüppchen herumstanden. »Aus dem Weg, bitte!«

Durch ihre lange Erfahrung hatten die Institutsgehilfen viele Kenntnisse in Anatomie und Sezieren aufgeschnappt und verachteten die Studenten, die weniger wußten als sie. Die Studenten machten ihnen Platz, ohne zu protestieren. Es war ein großer Tag für sie – der Tag, an dem die älteren Semester ihre Abschlußprüfung in Chirurgie hatten, die dem Doktordiplom vorausging. Und was noch wichtiger war, Geheimrat Lentzbach persönlich, der Chef der Chirurgie, würde anwesend sein. Die Studenten schritten in ihren weißen Kitteln nervös auf und ab. Die Aufseher waren ebenso unruhig.

»Es wird nicht geraucht, meine Herren Kandidaten, es wird nicht geraucht!« mahnten sie und vergewisserten sich, daß die Studenten ihre Zigaretten ausdrückten.

Sie wußten, daß Geheimrat Lentzbach zwar während der

Prüfung selbst zu rauchen pflegte, es aber bei seinen Studenten nicht schätzte. Eine Probe- und Prüfungsoperation war für ihn wie eine richtige, und während einer Operation rauchte man nicht. Außerdem fand er, daß die Studenten sich an den Gestank des Todes gewöhnen sollten. Das würde ihnen nur guttun. Als er in Heidelberg Student gewesen war, hatte er den Geruch auch aushalten müssen. Die Studenten warfen ihre Zigaretten in den Sandeimer. Als Geheimrat Lentzbach eintrat, standen die Gehilfen stramm.

»Guten Morgen, Herr Geheimrat«, grüßten sie ihn mit soldatischer Akkuratesse.

»Morgen«, bellte er und schritt schnell mit erhobenem Haupt durch den Saal.

Obwohl er bereits in den Siebzigern war, hielt er seinen schlanken Körper so ladestockgerade wie ein athletischer junger Leutnant. Im Gegensatz zu den anderen Professoren mit ihren Bärten und hängenden Schnauzern trug er sein schneeweißes Haar militärisch kurz geschnitten, und sein Schnurrbart war nach oben gezwirbelt wie bei einem Husaren. Sonst war sein energisches, von Sonne und Wind ziegelrot verbranntes Gesicht glattrasiert. Die Wange mit dem Schmiß, einem Andenken aus den Heidelberger Tagen, glühte röter als die andere, und seine eisig blauen Augen blickten mit unverhohlener Verachtung in die Runde. Er schritt durch den Raum wie ein General mit seinem Gefolge von Adjutanten.

»Guten Morgen, Herr Geheimrat«, grüßten ihn die Studenten schüchtern.

»Morgen«, antwortete er knapp und musterte sie wie ein Kommandeur, der seine Truppen inspiziert.

Allen war unbehaglich unter seinem Blick, besonders Georg, denn unter den älteren Semestern, die für das Abschlußexamen gemeldet waren, war er der einzige mit einem Nachnamen, der auf ein »ski« endete, einem »Moses« als zweitem Vornamen und schwarzen Haaren und Augen. Obwohl er von den Professoren immer gerecht behandelt worden war, machten ihn diese ungewöhnlichen Attribute nun etwas unsicher, und er versuchte, Geheimrat Lentzbachs durchdringenden Blick zu meiden. Er haßte sich selbst wegen dieser Ängstlichkeit, aber er konnte sie nicht bezwingen, und sie war schuld daran, daß er seinen ersten Fehler beging, als Geheimrat Lentzbach seinen Namen aufrief.

»Jawohl, Herr Professor«, antwortete er, merkte aber sofort seinen Irrtum und setzte hinzu: »Jawohl, Herr Geheimrat ...«

Geheimrat Lentzbach bedachte ihn mit einem Blick, der ihm das Blut in den Adern gefrieren ließ. Er war sehr eigen mit Titeln. Die Studenten hatten ihn nicht mit »Herr Professor«, sondern mit »Herr Geheimrat« anzusprechen, und obwohl Georg sich gleich verbessert hatte, vergab Professor Lentzbach ihm das Versehen nicht so schnell. Er verachtete Irrtümer und Panik und bestand auf Disziplin und Korrektheit. Daher wählte er den aufgeregten, schwarzäugigen Studenten als sein erstes Opfer aus.

»Appendektomie, Karnovski«, schnarrte er und wies ihm eine Leiche an.

Die Leiche war nicht in dem bereits zerlegten Zustand, an den Georg gewöhnt war, sondern ganz und unversehrt – frisch aus dem Krankenhaus. Die Tote war eine junge Frau, höchstens zwanzig Jahre alt, groß, schlank und bleich. Ihre Brüste waren klein und mädchenhaft. Es war unwahrscheinlich, daß sie schon ein Kind geboren hatte, möglicherweise war sie sogar als Jungfrau gestorben. Ihre wächsernen Züge waren hübsch und ebenmäßig und trugen die Würde und Unantastbarkeit des Todes. Sie schien zu schlafen. Georg stellte sich sogar vor, daß sie sich noch warm anfühlte, und seine Hand zitterte leicht, als er ihr den Bauch aufschnitt.

»Ruhig! Halten Sie doch die Hände ruhig!« bellte Geheimrat Lentzbach.

Georg fühlte wieder, wie sich ihm bei dem Gestank von Formaldehyd, Tod und Verwesung der Magen umdrehte, und er kämpfte mit aller Macht, um der schleichenden Übelkeit, die ihm die Nerven und Finger untauglich machte, Herr zu werden. Kalter Schweiß perlte ihm auf der Stirn, als Geheimrat Lentzbach scharf seine Arbeit und seine Reaktionen verfolgte.

»Ruhig und schnell!« befahl er. »Vergessen Sie, daß da eine Leiche liegt, und stellen Sie sich vor, das sei ein Patient, dessen Appendix heraus muß. Man darf in so einem Augenblick keine Sekunde herumfummeln. Man muß schnell und ruhig arbeiten!«

Der Ratschlag schien Georg nur noch nervöser zu machen, und er wehrte sich verzweifelt gegen die Übelkeit, die ihm nun die ganzen Jahre der harten Arbeit und Anstrengung zunichte zu machen drohte.

»Jawohl, Herr Geheimrat«, antwortete er, nach Selbstbeherrschung ringend.

Die Minuten zogen sich hin wie Stunden, wie Ewigkeiten. Mit übermenschlicher Anstrengung schnitt er in die Leiche, holte den Appendix heraus und zeigte ihn dem Professor. Mit einem besorgten Blick auf ihn wartete er auf ein Wort des Lobes oder wenigstens ein Nicken, das anzeigen würde, daß er gute Arbeit geleistet hatte, aber Geheimrat Lentzbach blieb völlig unbewegt. Georg erwartete nun, daß der Professor ihn gehen lassen und einen anderen rufen würde. Er fühlte, er würde den Gestank und die Anspannung nicht mehr lange aushalten, er mußte schleunigst aus dem Saal und eine Zigarette rauchen. Doch Geheimrat Lentzbach hatte keine Eile, ihn gehen zu lassen. Wie die anderen Professoren machte er es den Studenten nicht gerne zu leicht. Er versuchte immer, ihnen etwas aufzugeben, an das sie sich für den Rest ihres Lebens erinnern würden, bevor er sie aus seinen Fängen entließ. Ohne zu dem jungen Mann mit dem komischen Namen eine einzige Bemerkung über die Operation zu machen, die er gerade durchgeführt hatte, stellte er ihm eine neue Aufgabe, eine, die bei solchen Anlässen selten verlangt wurde.

»Augenenukleation«, sagte er, was bedeutete, daß Georg aus der Leiche der jungen Frau mit dem geöffneten Unterleib ein Auge herauszuschälen hatte.

Georg beugte sich über die Leiche und versuchte, mit zitternden Fingern die festgeschlossenen Lider zu öffnen. Er mußte Gewalt gebrauchen, um sie aufzubekommen, und dann sah er in ein Auge, das ihn vorwurfsvoll anstarrte, als beklagte es sich über sein allzu kurzes Leben, diese Erniedrigung vor Fremden, seine Einsamkeit und ungerechtfertigte Verstümmelung. Wieder fingen seine Hände zu zittern an, und Geheimrat Lentzbach zischte wütend: »Ruhig! Das ist ein Auge, ein empfindliches Organ. Halten Sie die Hände ruhig, verdammt noch mal!«

Georg war sicher, daß er in der nächsten Sekunde ohnmächtig würde, aber er schaffte es, das Auge vorschriftsgemäß herauszuschälen. Ein anderer Student hielt den Augapfel, während Georg die Muskeln abtrennte, die ihn mit den inneren Geweben verbanden.

»Das genügt!« blaffte Professor Lentzbach endlich und nickte zum Zeichen, daß der Student das Examen bestanden hatte.

Georg wankte auf zitternden Beinen aus dem Saal. Obwohl seine Prüfung nun vorüber und die Jahre der Anstrengung nicht vergeblich gewesen waren, empfand er weder Freude noch Erleichterung. Er war völlig gleichgültig, wie benommen, und wollte nur so weit wie möglich weg von der zerschnittenen Leiche, dem Geruch nach Tod und Verwesung und vor allem von dem anklagenden Auge der Toten.

Die frische Luft, der helle Sonnenschein und der Klang von Kinderlachen auf der Straße wirkten wie ein Tonikum, aber der vorwurfsvolle Blick in dem blauen Auge wollte nicht schwinden. Er schaute ihm aus dem Gesicht jeder vorübergehenden Frau entgegen. Er sah ihn sogar in dem gepflegten Café, wo er zu seiner Stärkung mehrere Kognaks bestellte. Das Servierfräulein, das ihn kannte, lächelte ihm mit seinen blauen Augen zu, doch anstatt wie sonst zurückzulächeln und eine harmlose Bemerkung zu machen, sah er sie voller Angst an. Sie erinnerte ihn an die junge Frau, die auf dem Seziertisch gelegen hatte.

»Ist etwas nicht in Ordnung, Herr Doktor?« fragte sie.

»Noch einen Kognak, bitte«, antwortete er.

Selbst in der Nacht in dem Varieté, in das er mit seinen Freunden zum Trinken und Vergessen gegangen war, wurde er die Vision nicht los. Die Mädchen schmusten mit ihm und erlaubten ihm alle möglichen Freiheiten. Er bestellte ein Glas Wein nach dem anderen, sang kräftig und war laut und lustig, um die Angst in sich zum Schweigen zu bringen, aber mitten in der ganzen Lustbarkeit sah er im Gesicht eines lachenden Varietémädchens wieder das blaue Auge.

In der Morgendämmerung kam er nach Hause in sein Zimmerchen in Neukölln. Er legte sich auf das Sofa und hatte nur den Wunsch, zu schlafen, doch statt des Schlafs erschien eine Gestalt – ausgerechnet sein alter Hebräischlehrer Herr Tobias, mit dem er das Buch des Propheten Ezechiel durchgenommen hatte. Georg bat ihn: »Herr Tobias, lassen Sie mich in Ruhe, ich möchte schlafen ...« Aber Herr Tobias hörte nicht und las mit Grabesstimme das Kapitel, in dem Gott den Propheten Ezechiel auf ein weites Feld führt, »›das voller Totengebeine lag ... und des Gebeins lag sehr viel auf dem Feld; und siehe, sie waren sehr verdorrt ... Und Gott sprach zu Ezechiel: ›Weissage von diesen Gebeinen‹ ... und da rauschte es ... und die Gebeine kamen wieder zusammen, ein jegliches zu seinem Gebein ... und es wuchsen Adern und Fleisch darauf, und sie wurden mit Haut überzogen ...‹«

»Herr Tobias, ich bin müde, der Kopf tut mir weh«, flehte Georg. »Nein, Georg, wiederhole!« sagte Herr Tobias und übersetzte weiter: »› ... da kam Odem in sie, und sie wurden wieder lebendig und richteten sich auf ihre Füße ...‹«

Georg konnte die schwierigen Wörter nicht verstehen

und lief mitten in der Unterrichtsstunde weg zur Friedrich-Wilhelm-Universität. Doch dort sah er, daß plötzlich die Skelette von ihren Ständern im Seziersaal herunterstiegen und zu marschieren begannen. Die abgetrennten Glieder von den Tischen flogen zu ihnen und fügten sich, Glied für Glied, Knochen für Knochen, mit ihnen zusammen, und sie wurden wieder ganz. Vor ihnen ging die junge Frau mit dem einen blauen Auge, und alle Skelette marschierten hinter ihr her. Georg versuchte fortzulaufen, aber sie kamen ihm nach. Sie schritten über den Steinfußboden, stiegen die Stufen hinauf und aus dem Seziersaal hinaus, und klapperten mit ihren knöchernen Beinen und schwangen ihre knöchernen Arme. Es wurden Hunderte, Tausende, Millionen. Ihre Reihen erstreckten sich, so weit das Auge reichte – ein Totenmarsch, der über alles Vorstellbare hinausging. Georg rannte und schrie seinen Kommilitonen zu, mit ihm zu fliehen, und alle rasten sie die Treppe hinab – die Studenten, die Institutsdiener, die Professoren, selbst Geheimrat Lentzbach. Er, Georg, lief voraus und hielt Elsa an der Hand, doch die Skelette folgten ihnen weiter – Schwärme von Skeletten, unermeßliche Mengen. Ihre Knochen klapperten, und Georg fing in wildem Entsetzen an zu schreien ...

Als er die Augen öffnete, stand Frau Kruppa über ihn gebeugt und rüttelte ihn an der Schulter. »Sie Teufelskerl ... Es ist schon nachmittag, und Sie haben noch Alpträume.«

Mit schmerzendem Kopf und in schwarzer Stimmung ging Georg Dr. Landau besuchen. »Ich fürchte, Herr Doktor, es war dumm von mir, die Philosophie für die Medizin aufzugeben. Ich habe anscheinend nicht den Mumm dafür. Jedenfalls nicht für die Chirurgie.«

»Quatsch!« sagte Dr. Landau. »Ein Arzt ohne Herz ist ein Metzger mit einem medizinischen Diplom. Nur ein Mensch, der ein Herz hat, kann ein großer Arzt sein. Darauf gebe ich Ihnen mein Wort, junger Kollege.«

Wieder legte David Karnovski, als Georg die Doktorwürde verliehen wurde, seinen Feiertagsanzug an, und wieder kam Lea Karnovski aus sprachlicher und gesellschaftlicher Unsicherheit nicht mit. Georg trug seinen Gehrock und Lackschuhe. Professoren in Talaren, ordengeschmückte Würdenträger und hohe Militärs waren anwesend. Geheimrat Lentzbach hielt eine donnernde Rede wie ein General, der vor der Schlacht zu seinen Truppen spricht, und rief sie zur hingebenden Pflichterfüllung für das Vaterland auf. Georg nahm sein Doktordiplom mit dem gleichen Gefühl der Erleichterung entgegen wie damals das Abiturzeugnis. Darauf gönnte er sich einen kurzen Urlaub in einem Fischerdorf an der Ostsee, wo die frische Salzluft, die Sonne und der Wind ihm halfen, die Jahre der harten Arbeit, des Sezierens und den widerwärtigen Geruch toten Fleisches abzuschütteln.

Im August kam er in die Stadt zurück, um unter den ersten zu sein, die sich für eine Stelle in einem guten Krankenhaus bewarben. Als er die erste Straße entlangging, geriet er mitten in eine Militärparade hinein.

»Nieder mit Rußland! Nieder mit Frankreich!« schrien Stimmen. »Hoch unser Kaiser und Vaterland!«

»Der Sieg über Frankreich soll unser sein«, sangen marschierende Soldaten, während ihre genagelten Stiefel über das Pflaster donnerten.

Fahnen flatterten, Musikkapellen spielten. Männer nahmen ihre Hüte ab und sangen »Die Wacht am Rhein«, und Georg Karnovski sang in seinem tiefen Baß mit.

Unter den ersten, die zum Militärdienst eingezogen wurden, war der junge Dr. Karnovski, der einem Feldlazarett an der Ostfront zugeteilt wurde.

13

Es waren harte Zeiten in dem alten Viertel der Altkleiderhändler, das die Nichtjuden scherzend die Jüdische Schweiz nannten.

Die galizischen Juden stellten in ihren Metzgerläden, Restaurants und Synagogen österreichische Fähnchen neben der deutschen Flagge aus. Neben das Porträt von Kaiser Wilhelm mit seinem spitzen, aufgezwirbelten Schnurrbart und der Pickelhaube hängten sie Bilder ihres österreichischen Kaisers mit seinem gütigen weißen Backenbart und väterlichen Blick. Die größten Porträts und größten Fahnen hingen an dem bröckeligen Balkon des Franz-Joseph-Hotels, dessen Inhaber Reb Herzele Vishniak aus Brod war. Alte galizische Juden in Ziegenhaarjacken priesen ihren Kaiser. »Ein feiner alter Herr, möge der böse Blick ihn verschonen, ein echter Monarch«, sagte sie in ehrlicher Zuneigung.

»Möge Gott ihm Gesundheit schenken«, setzten die Frauen hinzu.

Junge Männer, die zum Militärdienst eingezogen wurden, verspotteten ihre russischen Nachbarn. »Jetzt bekommt euer russki Bär eine schöne Tracht Prügel von uns«, sagten sie. »Unsere Jungs werden ihn schon lehren, nach unserer Pfeife zu tanzen, wartet's nur ab.«

Die russisch und polnisch geborenen Juden im Viertel hatten es jetzt schwer. Der große, dickbäuchige Schutzmann, der jahrelang in den Straßen seine Runden gemacht und alle im Auge behalten hatte, ging nun von einer ausländischen Familie zur anderen, weil sie alle interniert wurden. Er verhaftete alle Juden, die aus Rußland gebürtig waren, obwohl sie in ihrem gebrochenen Deutsch erklärten, daß sie nichts für den Zaren empfänden, aus dessen Land sie doch geflohen seien.

Auch die galizischen Juden baten ihn, nicht so hart mit ihren russischen Glaubensgenossen zu verfahren, aber der Schutzmann winkte nur ab: »Nichts zu machen, Nachbar, es ist Krieg!«

Auch den russischen Juden, die in elegantere Wohngegenden gezogen waren, ging es nicht besser.

Unter den ersten, die unter den Schikanen zu leiden hatten, war Salomon Burak. Nicht nur wurde sein ganzes Verkaufspersonal, seine Melnitzer Verwandten, interniert, sondern auch er selbst, ein seit langem ansässiger und wohlhabender Kaufmann, bekam den Befehl, sich täglich auf der Polizeiwache zu melden, bis neue Weisungen erlassen würden. Salomon Burak war aufs äußerste erzürnt, denn er hatte gerade ein mächtiges Warenlager für den kommenden Herbst angelegt, ein Sortiment, das wieder einmal in Scharen die Käufer in die Landsberger Allee locken sollte.

»Die Pest soll über diese russischen Schweine kommen!« klagte er. »Müssen die doch ausgerechnet zu Saisonbeginn ihren dämlichen Krieg erklären!«

Er suchte Hilfe bei seinen Geschäftsfreunden, den Bankiers und Fabrikanten, aber keiner bot an, sich für ihn zu verwenden.

»Kriegszeiten, Herr Burak«, sagten sie selbstgefällig. »Wir können für einen feindlichen Ausländer überhaupt nichts tun.«

In der zynischen Erkenntnis, daß es Zeitverschwendung war, um Liebesdienste zu bitten, wandte sich Salomon Burak nun an einen alten, verläßlichen Freund, sein Geld. Es hatte ihm in Rußland, wo Bestechung ganz offen und allgemein Brauch war, treue Dienste geleistet. Es würde das auch hier in einem Land tun, wo solche Praktiken angeblich nicht üblich waren.

Mit prall gefüllter Brieftasche ging er gleich zur obersten Stelle, wie Erfahrung ihn gelehrt hatte, und trotz seiner groben Manieren und seines schrecklichen Deutsch gelang es ihm, die Botschaft zu übermitteln, daß er bereit sei, für das Privileg, unbelästigt zu bleiben, zu zahlen. Und um seinen Patriotismus zu beweisen, spendete er einen äußerst großzügigen Betrag für das Deutsche Rote Kreuz, eine so großartige Summe, daß der Abteilungsleiter vor Begeisterung zu säuseln anfing. Und völlig außer sich vor Entzücken war er dann, als Salomon Burak ihm mit unendlicher Diskretion einen versiegelten Umschlag in die Hand drückte.

»Furchtbar anständig von Ihnen, Herr Burak«, gluckste er, hochrot vor Dankbarkeit und Menschenliebe.

»Es würde mich unsäglich freuen, wenn Sie mir die Maße der Mitglieder Ihres Haushalts senden wollten, so daß ich ihnen ein paar Modelle aus meiner neuen Herbstkollektion zum Präsent machen kann«, sagte Salomon Burak und ging mit leichter Brieftasche und noch leichterem Herzen wieder in seinen Laden zurück.

Da er nicht auch seine Verwandten freikaufen konnte, stellte er nichtjüdische Verkäuferinnen an, um sie vorläufig zu ersetzen. Doch er und seine Familie waren von der Internierung befreit, und mit seinem gewöhnlichen Elan fing er an, sich auf die kommende Herbstsaison vorzubereiten. Als seine deutsch-jüdischen Nachbarn von seiner Freistellung erfuhren, waren sie empört. Am meisten regte sich sein nächster Konkurrent, Ludwig Kadisch, der bereits zum Militärdienst eingezogen worden war, darüber auf. »Wann gehen Sie ins Internierungslager, Herr Burak?« erkundigte er sich wutschäumend vor Patriotismus und Empörung.

»Sagen Sie den Kadisch, waschen Sie Ihre Hände und essen Sie Ihre Matzen«, witzelte Salomon Burak, mit dem Namen seines Konkurrenten spielend und boshaft andeutend, daß eine Hand die andere wäscht – selbst im Vaterland.

David Karnovski war zutiefst schockiert, als ihm befohlen wurde, sich auf der Polizei zu melden, und man ihm sagte, er würde mit den anderen Russen interniert.

Er konnte es einfach nicht fassen, daß ihm so etwas widerfahren sollte – ihm, der aus der Finsternis und Tyrannei des Ostens in das Licht und die Kultur des Westens geflohen war; ihm, der das reinste Deutsch sprach und ein angesehenes Gemeindeglied seiner Synagoge war, ein Schüler Moses Mendelssohns, Lessings und Schillers, ein bekannter Kaufmann, Hauseigentümer und Vater eines deutschen Offiziers. Sollten sie es tatsächlich wagen, ihn mit dem Gesindel aus Polen und Rußland in einen Topf zu werfen?

Der erste, den er bat, sich für ihn einzusetzen, war der Rabbi, Dr. Speier. Doch der Rabbi wollte nicht einmal mehr in der Gesellschaft des Mannes gesehen werden, dessen Haus er jahrelang besucht hatte, um dort gelehrte Gespräche über Thora und Weisheit zu führen.

»Kriegszeiten, mein lieber Karnovski«, sagte er kühl. »Ich kann es mir nicht leisten, da hineinverwickelt zu werden.«

Auch Professor Breslauer war nicht hilfreicher. »Wenn die Kanonen donnern, müssen die Musen schweigen«, zitierte er.

Da suchte David Karnovski Reb Ephraim Walder im Viertel der Altkleiderhändler auf. Er ging nicht zu ihm, um Hilfe zu suchen – er wußte, daß der alte Mann keinen Einfluß hatte. Er ging nur, um seinem Herzen Luft zu machen über die Enttäuschung, die ihm seine guten Freunde, die Männer der Aufklärung, bereitet hatten.

Als er durch die Große Hamburger Straße kam, wo das kleine Denkmal Moses Mendelssohns stand, blickte er zu der Bronzefigur des Philosophen auf, der der Grund gewesen war, warum er in diese Stadt der Kultur und des Lichts gekommen war. *Eine schöne Nachkommenschaft hast du da gezeugt*, dachte er bitter, *einen prächtigen Verein von Weisen und Gelehrten!*

Als er sich dem Scheunenviertel näherte, kam er an einer Gruppe Gefangener vorbei, die von der Polizei abgeführt wurden, während Männer ihnen mit erhobener Faust drohten und Frauen sie anspuckten. »Bringt die verdammten Russen um!« schrien sie. »Prügelt sie zu Tode!«

Die Gefangenen wurden mit Steinen und Dreck beworfen. Karnovski war unter der blutdürstigen Menge bange, und er ging schnell weiter zur Dragonerstraße. Österreichische Flaggen und Porträts des Kaisers hingen an Reb Ephraim Walders Buchladen. Jeannette Walder hatte offenbar eine beträchtliche Summe dafür ausgelegt. Wie gewöhnlich saß Reb Ephraim unter seinen Büchern und forschte, studierte und schrieb.

»Willkommen, Reb Karnovski!« sagte er und legte seinen Federkiel weg. »Ich habe Sie lange nicht gesehen. Setzen Sie sich.«

»Vergessen Sie nicht, daß wir Feinde sind«, sagte David ironisch. »Wenn Sie sich fürchten, gehe ich sofort wieder.« Reb Ephraim lächelte. »Furcht ist für die Menge, nicht für einen Talmudgelehrten.«

David Karnovski klagte nun Reb Ephraim seine ganze Bitternis und Enttäuschung, und der war gar nicht überrascht. In seinem Alter hatte er schon fast alles gesehen und gehört, was das Leben zu bieten hatte, und nahm alles philosophisch – menschliche Schwäche, Undankbarkeit, selbst Krieg.

»Seit dem ersten Streit, als Kain Abel erschlug, ist kein Tag vergangen, ohne daß irgendwo ein Krieg ausgefochten wurde. Dieser untergeordnete Philosoph, aber große Weise, Voltaire, hat das in einem seiner Bücher, auf dessen Titel ich im Augenblick nicht komme, sehr gut beschrieben, Reb Karnovski.«

Mit vollkommenem Gleichmut, als wäre die Welt nicht in Aufruhr, begann Reb Ephraim David Karnovski ein Stück aus seinem Manuskript vorzulesen, die letzte Deutung, die er in sein Lebenswerk aufnehmen wollte.

Überraschenderweise war der einzige Mensch, der für David Karnovski eintrat, sein Sohn Georg. In seiner nagelneuen Offiziersuniform ging er zur Polizei, verschaffte sich energisch Zutritt zu dem obersten Beamten und wies ihn auf den Irrtum hin, einen Mann internieren zu wollen, dessen einziger Sohn Offizier an der Front sei. Seine Fürsprache hatte die erwünschte Wirkung.

»Stell dir das bloß vor«, sagte Karnovski, diesmal nicht auf deutsch, sondern im heimatlichen Jiddisch, zu seiner Frau. »Wer hätte das gedacht, daß man auf Georg zählen kann?«

»Ich habe immer gewußt, daß der Junge etwas Besonderes ist«, erklärte Lea fromm. »Ich wünsche nur, Gott möge ihn beschützen in den dunklen Tagen, die uns bevorstehen.«

Am schlimmsten traf der Ausbruch des Krieges Dr. Fritz Landau in Neukölln.

»Idioten! Esel! Kanonenfutter!« beschimpfte er die Truppen, die singend zur Front abfuhren. »Die singen noch, die dummen Ochsen, wenn die Hoflakaien und Arschlecker des Kaisers sie auf die Schlachtbank schicken!«

»Beruhige dich doch, Papa«, flehte Elsa, »und sag so etwas nicht vor den Patienten. Die sind imstande und zeigen dich an.«

»Laß sie nur!« brüllte er. »Ich sage auch dem Teufel selber die Wahrheit!«

Wie ein riesiger Vorschlaghammer bearbeitete er in Petersils Bierkneipe die Parteifunktionäre, als diese, von Patriotismus mitgerissen, die Kriegsfinanzierung befürworteten. Er nannte sie Idioten und Dummköpfe, die Gehirn mit Papier und Blut mit Tinte verwechselten. Wenn sie nur den geringsten Begriff davon hätten, was für ein wunderbarer Mechanismus der menschliche Körper sei, aus was für phantastischen Substanzen er sich zusammensetze, wie genial und rational jedes Glied gebaut sei, wie einfallsreich jede Gewebezelle und jeder Nerv verbunden seien, wie großartig das menschliche Herz, die Lunge, das Auge und jedes Organ funktioniere, dann würden sie das Morden nicht so leicht gutheißen. Aber sie seien brutale, gefühllose Rohlinge, die nur ihre schmutzigen politischen Machenschaften im Kopf hätten und im Herzen nur ihre angeborene deutsche Verehrung für Kronen und Epauletten. Und deswegen würden sie so leicht zu Schlächtern und Henkern.

Er hatte auch kein freundliches Wort für Georg Karnovski, der in seiner Uniform zu ihm kam, um sich zu verabschieden, bevor er an die Front fuhr.

»Ade, Dr. Metzger!« knurrte er und reichte ihm kaum die Fingerspitzen.

Georg versuchte, ihn zu besänftigen. »Ich werde hoffentlich heilen, nicht töten, Herr Doktor. Seien Sie nicht böse auf mich. Ich habe den Krieg nicht angefangen.«

»Ihr alle habt ihn angefangen! Ihr seid ein Pack von moralischen Bankrotteuren und Mördern geworden!« wütete Dr. Landau.

Elsa bereitete Georg einen ganz anderen Empfang. Obwohl sie jetzt eine qualifizierte Ärztin war und mit ihrem Vater zusammenarbeitete, war sie enttäuscht, daß sie nicht an die Front gehen konnte, und beneidete Georg darum. Mitgerissen von der nationalen Erregung, den Paraden, der Marschmusik, der patriotischen Begeisterung und den flatternden Fahnen, war ihr junges Blut in Wallung geraten, und sie wünschte sich sehnlichst, an dem großen Epos von Mut und Opferbereitschaft teilzuhaben.

»Was würde ich nicht dafür geben, mit dir gehen zu können, Georg!« sagte sie, sich an ihn schmiegend. Georg war wie elektrisiert. Sein Gesicht glühte in der Erregung dieser frühen Tage des Kriegs, dessen Schrecken und Endgültigkeit noch nicht eingesetzt hatten; seine Augen funkelten in der Erwartung des großen Abenteuers, und Elsa wurde durch die mutwillige Stimmung mitgerissen, die jetzt alle jungen Leute erfaßte.

»Du siehst verdammt gut aus in deiner Uniform«, meinte sie.

Dr. Landau konnte das nicht länger ertragen. »Du bist genauso dumm wie alle übrigen Frauen«, fuhr er sie an. »Gerade wie jede dumme Kuh, die für Uniformen schwärmt und die Schlachterei gutheißt. Idioten wie du sind daran schuld, daß es überhaupt zum Krieg kommt!«

»Aber, aber, schimpf doch nicht so, du altes komisches Papachen, du«, sagte Elsa und küßte seinen Bart.

Aber Dr. Landau war nicht in der Stimmung, sich besänftigen zu lassen, und stürmte aus dem Sprechzimmer.

Elsa nahm Georgs Arm, und sie gingen zusammen fort.

Zuerst begleitete sie ihn zum Bahnhof, um auf Wiedersehen zu sagen. Wie die anderen jungen Frauen, die ihre Männer an die Front schickten, hing sie an seinem Arm, drückte sich eng an ihn und sah ihm tief in die Augen.

»Liebster«, flüsterte sie wie ein verliebtes Schulmädchen. Als schließlich der Pfiff ertönte und der Schaffner die Passagiere zum Einsteigen drängte, schmiegte sie sich mit ihrem ganzen Körper an Georg und wollte ihn nicht gehen lassen. Als der Schaffner ärgerlich mahnte, der Zug fahre bereits ab, sprang Elsa, ohne zu überlegen, auf und beobachtete mit fröhlicher Gleichgültigkeit, wie der Bahnsteig in der Ferne verschwand. Bei jedem Halt küßte sie Georg von neuem zum Abschied und stieg aus, um einen Zug nach Hause zu nehmen, doch jedesmal, wenn der Zug sich wieder in Bewegung setzte, kletterte sie eilig wieder hinein und fuhr mit ihm weiter. Wie mutwillige Kinder lachten sie jedesmal, wenn der Schaffner ihr Geld entgegennahm und mürrisch eine neue Fahrkarte ausstellte.

In Frankfurt an der Oder stiegen sie beide aus, er, um auf seinen Lazarettzug am nächsten Morgen zu warten, sie, um nach Berlin zurückzufahren. Sie gingen Hand in Hand auf dem Bahnhof auf und ab, doch als ihr Zug kam, ließ sie sich wieder so viel Zeit, um sich zu verabschieden, daß sie ihn verpaßte.

»Komisch!« sagte Elsa, als sie den Zug wegfahren sah.

Sie schlenderten völlig ineinander versunken durch die Straßen. Fahnen flatterten an jedem Balkon, überall ertönte fröhliche Musik. Offiziere spazierten mit ihren Damen, und junge Soldaten scherzten mit Mädchen herum. Leichtsinn, Frivolität und Hemmungslosigkeit schienen aus jedem Torweg und jeder Tür hervorzutreten. Ein leichter Sommerregen fiel und sprenkelte Georgs Uniform. Aus irgendeinem Grund lachten sie sich darüber fast zu Tode. Sie gingen in einen hell beleuchteten Hotelbiergarten, wo eine Frauenkapelle patriotische Lieder und Walzer spielte und Paare tanzten. Georg zog Elsa in den Wirbel von Uniformen und bunten Sommerkleidern hinein, und sie folgte sklavisch jeder seiner Bewegungen und Schritte. Danach tranken sie Wein an ihrem Tisch. Obwohl ihr Vater ihr das Trinken streng verboten hatte, trank sie nun ein Glas nach dem anderen wie die anderen Damen, küßte offen ihren Begleiter und nippte aus seinem Glas. Als es spät wurde und die Paare anfingen, in die Hotelhalle zu strömen und dann die Marmortreppen in ihre Zimmer hinauf, nahm Georg Elsas Arm und führte sie zum Rezeptionstresen.

»Ihre werten Namen, bitte«, verlangte der Hotelangestellte.

»Dr. Georg Karnovski und Frau«, erklärte Georg, und Elsa schmiegte sich noch enger an seine Seite.

In dem kleinen Zimmer im obersten Stock des Hotels fielen sie wie zwei ausgehungerte Tiere übereinander her, während der Sommerregen leise an die Scheiben prasselte und sanft auf das Dach über ihnen trommelte.

Am nächsten Morgen zog Georg den Kopf ein und erwartete den unvermeidlichen Ausbruch. Er war auf Tränen, Anklagen und Vorwürfe gefaßt, aber Elsa war in bester und freundlichster Stimmung.

Wie jede pflichtbewußte Frau eines in den Krieg ziehenden Soldaten half sie ihm in seine Uniform. Georg war unglücklich. »Wir haben es nicht einmal geschafft, vorher noch zu heiraten, Liebste«, sagte er schuldbewußt. »Das holen wir bei meinem ersten Urlaub nach.«

»Wozu?« fragte sie, sich vor dem Spiegel über dem Sofa das Haar richtend.

Er sah sie ungläubig an, fassungslos über ihre Zurückweisung seiner so großzügig in Aussicht gestellten Wiedergutmachung. Er hätte gedacht, daß jede Frau in ihrer Lage über so ein Angebot froh gewesen wäre.

Wie immer hatte sie es geschafft, ihre Überlegenheit zu behaupten und den Vorteil, den er vorübergehend gewonnen hatte, wieder auszugleichen.

In der Ferne pfiffen klagend Züge, in der stillen Morgenluft klangen sie wie die Stimmen verwunderter, ihrem Schicksal überlassener Kreaturen. Unten auf der Straße dröhnten Stiefel über das Pflaster.

Zweites Buch
Georg

14

Herrn Joachim Holbecks vierstöckige Doppelhäuser im Berliner Tiergartenviertel waren solide und massig gebaut und mit Säulen, Türmchen, Simsen, Balkonen und gemeißelten Figuren verziert. Sie hatten dicke Wände, große Fenster und reich mit Stuck geschmückte Decken. Die marmornen Treppenhäuser waren breit, die gipsernen Engel und Putten darin rundlich und pausbäckig, die großen Schaufenster der Läden im Erdgeschoß strahlten. Jede Doppelhaushälfte hatte zwei Eingänge, einen für die Bewohner und den anderen für das Dienstpersonal, die Lieferanten und Briefträger. Bettlern, Straßenmusikanten und Hausierern blieben auch die Seiteneingänge verschlossen.

So solide, wie Herr Holbeck seine Häuser gebaut hatte, so fest führte Frau Holbeck ihren Haushalt. Alles in der geräumigen Wohnung war überdimensional: die schweren Möbel, die Teppiche und Gobelinwandbehänge, die Messingleuchter und die große Ansammlung von Glas-, Porzellan- und Steingutsachen. Selbst die Vorhänge waren schwer und so dicht, daß auch kein noch so dünner Strahl Sonnenlicht einfallen und die Teppiche und Möbelbezüge ausbleichen konnte.

Die gleiche Solidität sprach aus den Inschriften in gotischen Lettern, die so viele der Haushaltsartikel schmückten, Sprichwörter, die zu häuslicher Klugheit und Vernunft anhielten. Sie waren überall – auf Handtücher gestickt, in die Steingutwaren eingeritzt und auf Becher und Krüge gemalt. Die alten Handtücher, die noch aus Frau Holbecks Aussteuer stammten, trugen Sprüche wie »Morgenstund hat Gold im Mund«. Auf die neuen, die Frau Holbeck ihrer Tochter Therese zum Säumen gab, war gestickt: »Kurzes Fädchen, fleißig Mädchen«. Die Mottos auf den Weinkelchen waren gewagter und spielten auf Wein, Weib und Gesang an. Das Samtkissen, auf dem Herrn Holbecks Kopf beim Mittagsschläfchen ruhte, trug die in Seide gestickte Mahnung: »Nur ein Viertelstündchen«. Selbst der Toilettensitz hatte einen samtenen Überzug, auf dem ein gereimter Spruch über die Vorzüge der Reinlichkeit stand.

So solide und konservativ wie die Häuser waren auch Herrn Holbecks Mieter – wohlhabende, respektable, selbstzufriedene Bürger. Die einzige Ausnahme war Herr Max Drechsler, ein Optiker, der an der Ecke eines der Holbeckschen Häuser einen Laden für medizinischen Bedarf hatte. Der Optiker, an dem jeder Zug wie seine sämtlichen Besitztümer glänzte – die Gläser seines Zwickers, sein schwarzes Haar und sein Schnurrbart, seine Schuhe und Ringe, seine Manschettenknöpfe und seine Krawattennadel, sein Schaufenster und die darin ausgestellten Waren –, war Jude, der einzige in den beiden Häusern. Wie es oft der Fall ist, wenn ein Jude sich allein unter Nichtjuden befindet, zeichnete sich Max Drechsler unter seinen Nachbarn durch ständiges Witzeerzählen aus. Sooft er auch in Herrn Holbecks Wohnung kam, ob er nun seine Miete bezahlte oder um irgendwelche Reparaturen bat, erzählte er unweigerlich Andekdoten, in denen es meistens um einen Herrn Kohn oder einen Herrn Levy ging. Und obwohl er immer pünktlich mit seiner Miete war und seinen Laden makellos sauber hielt, betrachtete Joachim Holbeck ihn eigentlich als zu frivol und zu kauzig für seine Häuser, zum Teil wegen seiner Glaubenszugehörigkeit, aber noch mehr wegen seiner scharfen Zunge.

So gesegnet sie in vielerlei Hinsicht auch war, mit Humor war die Holbeckfamilie nicht gerade überreichlich ausgestattet.

Joachim Holbeck, ein dicker, umgänglicher Mann, senkte begierig seinen quadratischen, kurzgeschorenen Kopf, um Max Drechslers neueste Andekdote zu hören. Wenn er nach angestrengtem Nachdenken schließlich die Pointe erfaßte, lachte er kräftig, manchmal, bis ihm die Tränen kamen. Aber meistens entging ihm der Witz. Im entscheidenden Moment, wenn Max Drechsler in Erwartung einer Lachsalve innehielt, starrte ihn Joachim Holbeck bloß mit der dumpfen Ausdruckslosigkeit einer übersättigten Kuh an.

»Ja, ja, so ist es eben, Herr Drechsler«, bemerkte er dann philosophisch, um der unbehaglichen Situation ein Ende zu machen.

Noch weniger Erfolg hatten Herrn Drechslers Witze bei Frau Holbeck. Sie machte sich nicht einmal die Mühe, sie anzuhören. Dick, ernst und ganz von der Verantwortung für einen großen Haushalt und die Aufzucht ihrer Kinder in Anspruch genommen, ständig besorgt und mit Strümpfestopfen und Unterwäscheflicken beschäftigt, hatte sie keinen Sinn für solche Albernheiten. Obwohl sie zu Herrn Drechsler höflich war, wie es sich für eine Frau ihrer Stellung schickte, betete sie zu Gott, daß der dandyhafte Jude so schnell wie möglich ausziehen möge.

Nicht daß sie etwas gegen Juden gehabt hätte. Im Gegenteil, sie kaufte oft in jüdischen Geschäften ein, weil dort die Preise niedriger waren, und wann immer ihre Kinder krank wurden und der Hausarzt ihnen nicht zu helfen wußte, zog sie einen jüdischen Spezialisten hinzu, da sie wie die meisten Berliner die jüdischen Ärzte für die fähigsten hielt. Auch Joachim Holbeck hatte sein Geld auf einer jüdischen Bank und erwarb dort seine Wertpapiere. Trotzdem fühlte sich das Ehepaar im Umgang mit Juden unbehaglich und sah sie für unseriös an, wie Schauspieler, die man bewundert, aber im gesellschaftlichen Verkehr meidet.

Eine besondere Abneigung empfand Frau Holbeck aber gegen Max Drechsler wegen seines Geschäfts. Ihre Nachbarinnen hatten ihr erzählt, daß er nicht nur Brillen und Thermometer verkaufte, sondern auch junge Paare mit illegalen Verhütungsmitteln versorgte, und Frau Holbeck hegte wie jede Mutter, die ihren Anteil an totgeborenen Kindern ausgetragen hat, berechtigten Groll gegen Frauen, die ihre Pflicht, zu leiden und zu gebären, nicht auf sich nehmen. Dazu hatte Herr Drechsler in seinem Schaufenster eine große Wachspuppe ausgestellt, eine nackte Frau, die nur eine blaue Brille, Gummistrümpfe, einen orthopädischen Büstenhalter und ein Korsett trug; und jedesmal, wenn Frau Holbeck diese Figur sah, empfand sie Scham, weil sie dabei an ihren eigenen Körper denken mußte, der durch die vielen Jahre der Schwangerschaften und des reichen Essens schlaff und formlos geworden war. Sie fragte sich oft, warum die Polizei so eine schamlose Auslage erlaubte. Und obwohl doch Drechslers Witze die Juden aufs Korn nahmen, hatten die Holbecks immer das dumpfe Gefühl, als würden sie auf die Schippe genommen, und sie atmeten auf, wenn er gegangen war.

»Ach, dieser Drechsler!« seufzte Frau Holbeck dann.

»Ja, dieser Drechsler«, stimmte ihr Mann ihr zu und zündete sich eine neue seiner dicken Zigarren an.

Keine äußerliche Bedrohung war imstande, die dicken, soliden Mauern der Holbeckschen Häuser im respektablen Tiergartenviertel zu durchdringen. Dazu mußte schon der Krieg kommen. Zuerst wurde Hugo Holbeck, der einzige Sohn der Eheleute, an die Westfront geschickt. Dann konnte Frau Holbeck keine Schlagsahne mehr zum Kaffee servieren. Darauf gab es nicht mehr jeden Tag Fleisch zum Mittagessen wie früher, sondern nur noch jeden zweiten Tag. Und allmählich wurden die bemalten Porzellanteller immer größer, da die Fleischportionen immer kleiner wurden. Dann fing sie an, aus gerösteten Haselnüssen Kaffee zu kochen und geschmacklose Marmelade auf das armselige, rationierte Brot zu schmieren. Je kleiner die Essensportionen wurden, desto größer wurden Herrn Holbecks Verpflichtungen an Kriegsobligationen, für die er immer wieder zu zeichnen hatte. Dann fingen die Mieter an, mit ihren Mietzahlungen in Rückstand zu kommen, manchmal mehrere Monate. Jeden Morgen beim Anziehen bemerkte Joachim Holbeck, daß sein Bauch schrumpfte und seine Weste weiter wurde. Er mußte die Schnalle am Rücken immer enger ziehen. Ihre Tochter Therese wurde blasser und sogar noch zerbrechlicher und statt ihre Zeit mit Nähen und dem Erwerb von Haushaltskenntnissen zu verbringen, wie es sich für ein junges Mädchen aus gutem Haus schickte, fing sie an, Krankenpflege zu lernen, um Arbeit in einem Militärhospital zu finden. Schließlich war der Krieg vorbei, und die zivilen Unruhen setzten ein. Eine neue Sorte Leute erschien im Tiergartenviertel, Typen, wie man sie nie zuvor in dieser Nachbarschaft gesehen hatte. Sie kamen aus den äußeren Bezirken, aus Neukölln; sie kamen in ihren zerfetzten Kleidern und trugen rote Fahnen, und sie machten so einen Tumult, daß er selbst durch die dicken Mauern und dichtverhangenen Fenster der früher so unerschütterlichen Holbeckschen Häuser drang. Mit den roten Fahnen und rauhen Stimmen brachten sie auch die Krankheiten der Armen – Diphtherie, Typhus und Durchfall. Am schlimmsten war die Spanische Grippe, deren verräterisches Gift durch alle Tore sickerte – durch Haupteingänge und Lieferanteneingänge gleichermaßen. Der erste, der angesteckt wurde, war der Hausherr, Joachim Holbeck, selbst, und in drei kurzen Tagen war er tot, obwohl Therese keinen Augenblick von seinem Bett gewichen war.

Nach der schicklichen Trauerzeit suchte Witwe Holbeck sämtliche Geschäftsbücher, Aktienzertifikate, Kriegsobligationen, Schuldscheine und Kalkulationen zusammen, die ihr Gatte ihr hinterlassen hatte, und legte sie in die Hände des Mannes im Haus, Hugo, der still und verbittert von der Front zurückgekommen war. Doch der hatte keine Ahnung, was er damit sollte. Groß, schlaksig, sehr blond und bleich, in gelben, hochschaftigen Stiefeln, Reithosen, die ihm über den Hüften zu weit waren und an den Knien so eng zuliefen, daß sie fast platzten, maßgeschneidertem Offiziersrock, der noch die Spuren der Knöpfe und Epauletten aufwies, die ihm von den Soldaten seines Zugs abgerissen worden waren, verstand Oberleutnant Holbeck nichts von

Häusern, Aktien, Schuldscheinen oder Rechnungsbüchern. Das einzige Geschäft, in dem er sich auskannte, war das, in dem er so gut ausgebildet worden war – das Kriegshandwerk. Jetzt, da es mit dessen Nützlichkeit vorbei war, wußte er nichts anzufangen, weder mit sich selbst noch mit den Häusern. Er ging nicht gerne auf die Straße hinaus, wo es von rebellierenden Soldaten und unverschämtem Pöbel wimmelte, und so blieb er den lieben langen Tag zu Hause und träumte von dem Ruhm, der so kurz sein eigen gewesen und ihm so vorzeitig entrissen worden war wie eine in der Hochzeitsnacht entführte Braut. Er räkelte sich in einem Sessel, streckte die langen Beine von sich, rauchte eine Zigarette nach der andern, pfiff und spielte mit dem Hund, der den Krieg von Anfang bis Ende mit ihm durchlebt hatte. Wenn ihm der Hund langweilig wurde, gähnte er verzweifelt und reinigte und polierte immer wieder seinen Revolver und seinen Feldstecher, das einzige, was ihm aus dem Krieg geblieben war außer einem lahmen Bein und einer schleichenden Erkältung. Von Zeit zu Zeit versuchte seine Mutter, ihn aus seiner Trägheit aufzurütteln.

»Hugo, die Aktien müssen verkauft werden. Sie fallen immer weiter!«

»So?« sagte er matt.

»Hugo, wir müssen die Mieten einziehen. Keiner zahlt etwas!«

»So?«

»Hugo, die Knappheit wird immer schlimmer. Es ist unmöglich, in der Stadt noch etwas zu kaufen …«

Da sie sah, daß der Mann im Haus allem gegenüber gleichgültig war, ging Therese Holbeck sich eine Arbeit suchen. Obwohl sie bei ihrer Mutter alles gelernt hatte, was man zur Führung eines Haushalts braucht, und sogar im Besitz eines Schuldiploms war, das ihre haushälterischen Fähigkeiten bescheinigte, nahm sie eine Stelle als Krankenschwester in Professor Halevys Entbindungsklinik am Kaiserdamm an.

Als Hugo von seiner Mutter diese Neuigkeit erfuhr, antwortete er nicht mit seinem gewohnten »So?«, sondern stieß einen kräftigen Soldatenfluch auf die schwangeren Judensäue aus, deren Bettpfannen Therese würde leeren müssen.

Therese Holbeck errötete. »Hugo? Schämst du dich denn nicht vor Mutter?«

Hugo starrte auf seine langen Beine, als sähe er sie zum erstenmal. Obwohl er sich durch Thereses Arbeit gedemütigt fühlte, sowohl wegen der Art der Arbeit als auch wegen der Tatsache, daß sie für Juden würde arbeiten müssen, sagte er nichts mehr und saß wieder in seiner gewohnten Benommenheit da, während der Hund ihm die gelben Stiefel leckte, an denen immer noch der vertraute Geruch von Blut und Schießpulver haftete.

15

Auch Georg Karnovski kam von der Ostfront mit einer Uniform zurück, von der die Knöpfe abgerissen worden waren, und dazu mit dem Rang eines Hauptmanns für seine Dienste als Regimentsarzt im Feld. Doch er trug seine Uniform nicht einen einzigen Tag länger als nötig. Obwohl der Friseur ihn beschwor, sich das Haar kurz schneiden und an den Schläfen abrasieren zu lassen, wie es unter den heimkehrenden Veteranen immer noch der Brauch war, verlangte Georg einen normalen Haarschnitt. Er warf nicht nur die hohen Dienststiefel weg, sondern auch die Schuhe, die immer noch nach Tod, Verwesung und Schlachtfeld stanken.

Nicht, daß der Geruch von Blut ihm noch etwas ausgemacht hätte. In den Jahren, die er im Feld, in Erste-Hilfe-Stationen und Lazaretten, verbracht hatte, war er praktisch in Blut gewatet und hatte fast ununterbrochen Tod und Verwesung gerochen. Seine Hände hatten haufenweise Beine amputiert, Hunderte von Bäuchen aufgeschnitten, in geronnenem Blut, brandigem Fleisch und Eiter gewühlt. Seine Ohren hatten ersticktes Stöhnen, grauenhaftes Schreien und Todesröcheln gehört, bis sie nichts anderes mehr hören konnten. Seine Augen hatten Mord, Furcht, Hoffnung und Verzweiflung gesehen; doch vor allem – Tod, Tod in tausend Formen, eine schrecklicher als die andere. Es wurde ihm bei faulendem Fleisch nicht mehr übel, aber es stieß ihn immer noch genauso ab wie früher, und er wollte jede Erinnerung an Armeen und Schlachtfelder loswerden. Auf keinen Fall wollte er darüber sprechen.

Seine Eltern waren enttäuscht. Als sie ihrem Sohn die von Sonne und Wind verbrannten und noch dunkler gewordenen Wangen leidenschaftlich küßte, wurde Lea wieder wie einst von mütterlicher Leidenschaft überwältigt, und sie sprach ihn wieder wie das Kind an, an das sie sich erinnerte: »Mein Schetzele, mein einziger Trost, mein süßer, süßer Mosche, Moschele, Moscheniu«, gurrte sie, »erzähl deiner Mutter alles, was du durchgemacht hast ...«

David Karnovski war genauso begierig darauf, über den Krieg zu sprechen. Er hatte gespannt in den Zeitungen den Verlauf der Schlachten, die Heeresbewegungen und militärischen Taktiken auf beiden Seiten verfolgt und wollte nun seinem Sohn mit seinem Wissen über die Bedingungen an der Front imponieren. Aber Georg verweigerte sich. Am meisten kränkte seine Haltung seine Schwester Rebekka. In den vier Jahren, in denen Georg fort gewesen war, war sie zu einem großen und trotz der Nahrungsknappheit voll entwickelten jungen Mädchen erblüht. Nun hatte die fast Fünfzehnjährige begierig die Rückkehr ihres Bruders erwartet. Sie hatte beständig vor ihren Klassenkameradinnen mit ihm geprahlt und dem Tag seiner Ankunft entgegengefiebert, damit sie ihn endlich ihren Freundinnen in seiner ganzen militärischen Pracht würde vorführen können.

»Bitte, Georg, leg doch nicht deine Uniform ab«, flehte sie. »Du siehst so gut darin aus ...«

»Ich will diese Fetzen keinen Tag länger tragen als nötig, Kind«, sagte er und strich ihr über die dicken schwarzen Zöpfe.

Sie riß ihm die Zöpfe aus der Hand. Sie konnte es weder ausstehen, »Kind« genannt zu werden, noch daß eine deutsche Uniform als Fetzen bezeichnet wurde. Es reichte schon, daß ihre Mutter sie als Kind betrachtete; sie wollte das nicht auch noch von einem Bruder hören, der entschlossen war, ihr den lange gehegten Traum zu rauben, mit einem Offizier als Begleiter vor ihren Freundinnen auf und ab zu paradieren. Selbst Georgs Komplimente konnten ihre tiefe Enttäuschung nicht mildern. Außerdem dachte er ja nicht *wirklich*, daß sie hübsch war.

Ihre Haut war dunkel; ihre Augen waren groß, schwarz und feurig; ihre Zähne weiß, aber unebenmäßig; ihre Lippen voll und rot; ihre Haare so schwarz, daß sie blau schimmerten. Ihre Nase, die vorspringende Karnovski-Nase, war zu männlich für ein weibliches Gesicht und machte einen zunächst blind für ihre schönen Augen und ihren strahlenden Teint. Rebekka haßte ihr Gesicht.

»Mutter, warum konntest du mich nicht dir ähnlich machen!« rief sie jedesmal, wenn sie sich im Spiegel erblickte.

Lea hatte kein Verständnis für diese Klagen. Sie liebte ihren David so sehr, daß sie ihn als den schönsten Mann auf der ganzen Welt betrachtete, und sie war stolz darauf, daß die Kinder ihm ähnlich waren. »Du solltest glücklich sein, daß du wie dein Vater aussiehst«, schalt sie das junge Mädchen. »So dunkel und lebendig!«

Doch Rebekka wollte in einer Stadt von Blonden nicht dunkel sein. Sie genoß es nicht, auf der Straße angestarrt zu werden. Sie wollte von ihren Schulkameradinnen nicht »Zigeunerin« gerufen werden. Nein, sie glaubte es nicht, als Georg sie hübsch nannte.

»Du bist gemein, und ich hasse dich!« sagte sie.

Lange sah er dieses Kind an, das in ein paar kurzen Jahren zu einem typischen weiblichen Wesen mit allen Schlichen und Launen herangereift war; dann stand er auf, um nach Neukölln zu fahren.

In Dr. Landaus Wohnung war alles unverändert. Immer noch warteten Mütter mit Säuglingen, schwangere junge Frauen und auf Rente gesetzte Arbeiter auf der langen Holzbank. Immer noch schwatzte die alte Johanna durch die offenstehende Küchentür mit ihnen über Frauenleiden und die Verschrobenheiten des Doktors.

Er machte die Tür zur Praxis einen Spaltbreit auf. Dr. Landau, immer noch in demselben Kittel mit den vertrauten Flicken auf den Ellbogen, schob gerade einem schreienden kleinen Mädchen einen Zungenspatel in den Hals. Nur sein Bart war weniger rot und etwas grauer geworden.

Georg trat auf Zehenspitzen herein, und Dr. Landau sah auf und erkannte ihn sofort. Er unterbrach seine Untersuchung nicht, sondern fuhr mit breitem Lächeln fort, dem Kind den Hals auszupinseln. Erst als er den beschmutzten Tupfer entsorgt und sich die Hände gewaschen hatte, fing er, ihm immer noch den Rücken zudrehend, zu sprechen an: »Sehr erfreut, Sie zu sehen, Karnovski. Sehr, sehr erfreut«, murmelte er. »Aber der Patient geht vor, nicht wahr? Es ist Hochsaison in Neukölln, Grippe und Diphtherie.«

»Ich bin nur vorbeigekommen, um Sie zu begrüßen«, sagte Georg. »Ist Fräulein Elsa zufällig im Laboratorium? Ich würde sie gerne sehen.«

»Elsa ist in diesen Tagen überall zu finden«, erklärte Dr. Landau, während er sich die Hände abtrocknete. »Auf Versammlungen, Kundgebungen, Demonstrationen – überall, nur nicht in der Praxis, wo ich sie am meisten brauche.«

Georg war tief enttäuscht. Auf der ganzen Fahrt nach Neukölln hatte er sich verschiedene Arten ausgemalt, wie er sie überraschen würde. Er hatte nicht einmal angerufen, um sich anzukündigen, so begierig war er darauf gewesen, ihr überraschend entgegenzutreten.

»In diesem Fall, Herr Doktor, will ich Sie nicht länger stören«, sagte er. »Ich finde ja den Weg hinaus.«

»Unsinn!« widersprach Dr. Landau. »Waschen Sie sich die Hände, ziehen Sie einen Kittel an und assistieren Sie mir! So komme ich schneller voran, und wir können uns inzwischen unterhalten.«

Während er nackte Frauenrücken abklopfte, Kinderhälse auspinselte und Injektionen spritzte, fragte Dr. Landau Georg nach seinen Erlebnissen aus. »Na, Dr. Metzger, wie ist es dort mit dem Ruhm und dem Heldentum gegangen?« fragte er mit schwerem Sarkasmus.

Er nahm an, daß Georg gekränkt sein würde, und wappnete sich für eine erhitzte Debatte über Militarismus, doch Georg zeigte keine Kampfeslust.

»Sie hatten recht, Herr Doktor«, sagte er ganz ruhig. »Die Front war ein Schlachthaus, und wir waren die Metzger. Es gibt nichts zu erzählen.«

Dr. Landau ließ seinen spöttischen Ton fallen und sah Georg liebevoll an. Er wurde ernst. Was konnte ein junger Arzt im Nachkriegsberlin tun? In einem Krankenhaus arbeiten? Eine Praxis im Berliner Westen eröffnen? Oder vielleicht Facharzt werden, wie es Mode war?

Wie gewöhnlich äußerte er das Wort »Facharzt« mit Ekel, denn er verachtete die Fachidioten. Während er in den entzündeten Hals eines Patienten spähte, erwähnte Georg seine Vorliebe für Chirurgie. »Der Krieg hat mir großartige Gelegenheit zum Operieren gegeben«, sagte er. »Jahre in einem Krankenhaus könnten mir keine solche Erfahrung vermitteln.«

Dr. Landau höhnte: »Schneiden, schneiden, schneiden! Das kann doch jeder. Warum sollte ein junger Mann eigentlich nicht Geburtshelfer werden?«

Georg blickte überrascht auf.

Während er den blaugeäderten, angeschwollenen Bauch einer Frau abklopfte, erklärte Dr. Landau: »Nach der Vernichtung braucht die Welt Wiedergeburt. Was könnte besser sein, als neuen Generationen ins Leben zu verhelfen? Nach einer Ernte muß man säen. Säen, säen ...«

Georg sagte nichts. Dr. Landau lächelte selig. »Der schönste Teil meiner Praxis sind die Entbindungen. Die Geburt eines Menschen ist eine große Freude für mich. Wenn ich mitten in der Nacht zu einer Entbindung gerufen werde, laufe ich mit Vergnügen.«

Als Elsa an diesem Abend nach Hause kam und Georg sah, errötete sie heftig. Sie standen eine Weile da und blickten sich schweigend an. Dr. Landau wurde ärgerlich: »Schämt ihr euch etwa vor mir? Küßt euch und bringt es hinter euch!«

Sie küßten einander und küßten sich noch einmal.

»Gut! Jetzt laßt uns essen!« sagte Dr. Landau munter. »Essen, essen ...«

Das Abendessen bestand aus einer kleinen Schüssel Gemüse und einem großen Krug Wasser. Die alte Johanna zankte schon lange nicht mehr mit Dr. Landau wegen seiner Abneigung gegen Fleisch. Wenige Leute in Berlin aßen dieser Tage Fleisch. Dr. Landau kaute das schlechte Gemüse mit Behagen, trank geräuschvoll das Wasser und redete unentwegt. Elsa versuchte, ihn ein bißchen zurückzuhalten.

»Papa, laß doch einmal Georg etwas sagen! Er ist doch der Heimkehrer, nicht du.«

»Du bist so dumm wie alle in der Partei!« erwiderte Dr. Landau. »Du hast auch nur Krieg und Heldentum im Kopf.«

»Es überrascht mich, so etwas von Ihnen zu hören, Dr. Landau«, sagte Georg. »Sie sprechen nicht mehr wie ein Parteigenosse.«

»Der Krieg hat mich belehrt«, erklärte Dr. Landau. »Sie sind auch nur des Kaisers Lakaien. Sie haben die Kriegsfinanzierung unterstützt, und da wollte ich nichts mehr mit ihnen zu tun haben. Jetzt habe ich nur noch meine Medizin – meine alte, wahre Freundin, die Medizin.«

Plötzlich kam ihm der Gedanke, daß es eine gute Sache wäre, wenn der junge Arzt dauernd zum Haushalt gehören würde. Zunächst war das eine rein berufliche Überlegung. Er konnte nicht mehr allein mit der Last der Patienten fertig werden, die sich in den schweren Nachkriegsmonaten so vervielfältigt hatte, und Karnovski schien sich zu einem tüchtigen Arzt entwickelt zu haben. Es stimmte ja, daß die Front unschätzbare medizinische Erfahrung geboten hatte. Auch Elsa hatte die Anlage zu einer geschickten Ärztin. Wenn sie drei zusammenarbeiten, konnten sie es Neukölln zeigen. Vom Beruflichen kam er dann auf einen menschlicheren Gesichtspunkt: das Glück seiner Tochter. Daß Karnovski seine Tochter liebte, konnte auch ein Blinder sehen. Er war ein gutaussehender, strammer junger Mann und schien durchaus intelligent zu sein. Auch Elsa mochte ihn anscheinend sehr. Was sollte ihn hindern, ein Mitglied ihrer Familie zu werden? Dr. Landau wurde so von väterlichen Gefühlen überwältigt und war so erfreut über die Lösung, die er gefunden hatte, daß er beinahe seine Gedanken ausgesprochen hätte, doch plötzlich packte ihn Selbstekel angesichts seiner bourgeoisen Einstellungen. Wie kleinkariert und albern war das von ihm, diese jungen Leute verkuppeln zu wollen, als wäre er irgendeine Hausfrau! Wütend über diesen ungewohnten Ausrutscher in kleinbürgerliche Sentimentalität stand er hastig vom Tisch auf und nahm seinen Stock, um wie üblich zu seinem Abendspaziergang aufzubrechen.

Elsa versuchte, ihm von der Rede zu berichten, die sie vor den Arbeitern gehalten hatte, doch er fiel ihr ins Wort. »Dein Platz ist hier!« dröhnte er. »Du gehörst in die Praxis und ins Labor. Überlasse die Politik Parteihengsten, die nichts anderes verstehen.«

Sie wollte ihm die Krumen aus dem Bart bürsten, doch er wandte sich ab und stürmte aus dem Haus. »Das ist mein Bart!« brüllte er. »Nicht deiner! Meiner! Meiner!«

Sobald die Tür hinter ihm ins Schloß gefallen war, zog Georg Elsa an sich. »Wie habe ich dich vermißt, Rotschopf«, flüsterte er und küßte ihr das Haar, das im Lampenlicht schimmerte. »Jetzt können wir immer zusammen sein. Ich spreche heute nacht noch mit deinem Vater.«

Elsa zog seine Hand von ihrem Gesicht. »Nein, das darfst du nicht«, sagte sie leise.

Georg ließ sie los, als hätte er eine Ohrfeige bekommen. »Ist da ein anderer?«

»Mach dich nicht lächerlich!«

»Was ist es dann?«

»Es ist die Partei. Sie nimmt mich völlig in Anspruch und läßt für nichts anderes etwas übrig. Für nichts, verstehst du?«

Er wollte solchen Unsinn nicht hören. Es war idiotisch. Vor dem Krieg vielleicht wäre er noch auf solche Ausreden hereingefallen, aber jetzt nicht mehr. Sie gehörte zu ihm. Es war sein Recht, er hatte sie sich verdient. Sie würden heiraten, zusammen arbeiten und später, wenn sie gesichert wären, würde sie ein Kind bekommen.

Er umarmte sie mit der ganzen Begierde, die sich in den Jahren an der Front angestaut hatte.

Er wollte sie bezwingen, sie wieder sein eigen machen. »Du gehörst mir! Mir allein! Du gehörst niemand anderem!« sagte er rauh.

Er hielt sie grob fest, und eine Weile fügte sie sich. Doch bald wand sie sich mit unerwarteter Kraft aus seinen Armen. »Nein!« Ihre Augen waren weit geöffnet und starrten ihn haßerfüllt, ja verächtlich an.

»Elsa, das bist nicht du! Hast du den Tag vergessen, als ich fort mußte?«

»Ich habe nichts vergessen«, sagte sie, und ihr Gesicht wurde wieder weich. »Ich erinnere mich an alles, und ich bereue nichts. Aber das verpflichtet mich nicht, dich zu heiraten und deine Sklavin zu sein.«

»Ist es denn möglich, daß nichts von damals geblieben ist?« fragte er. »Nicht einmal eine Spur Gefühl?«

Sie berührte sein Gesicht. Sie liebte ihn doch. Sie hatte ihn immer geliebt und würde ihn immer lieben, aber sie war entschlossen, sich nicht auf das leere Leben einer Hausfrau und eines Kindermädchens festlegen zu lassen. Neue Zeiten brachen an, und es gab in Deutschland wichtige Arbeit zu tun. Die Führer der Partei hatten sie mit großen Verantwortungen betraut, wie sie selten einer Frau geboten wurden. Es war sogar davon die Rede, sie zur Parteiabgeordneten zu machen. Nein, sie würde eine solche Gelegenheit nicht für persönliches Glück aufgeben!

Da Gewalt keine Wirkung auf sie hatte, versuchte er es mit sanfterer Annäherung. Er sprach von seiner Liebe, von seinen Jahren der Sehnsucht. Er bot ihr sogar an, seine Prinzipien fallen zu lassen. Obwohl er etwas gegen blaustrümpfige Aufwieglerinnen habe und überzeugt sei, daß das einzige Glück einer Frau in der Ehe und Kindern liege, sei er gewillt, ihren Launen nachzugeben und ihre Interessen in der Außenwelt nicht zu behindern. Er sei sicher, daß sie eines Tages von selbst zur Vernunft kommen werde. Er sei bereit, ihr sein Wort zu geben, daß er sie alles machen lassen würde, was sie wollte, wenn sie nur zustimmte, die Seine zu werden.

Sie blieb unerbittlich. Sie kenne die Männer und ihr Bedürfnis, Frauen zu beherrschen und zu unterwerfen. Und sie kenne ihn, Georg, besser als sonst jemand. Er brauche eine Frau, die völlig seine Sklavin und Mutter seiner Kinder wäre. Hunderte von Mädchen würden diese Rolle begehrenswert finden, aber sie nicht. Das sei genau der Grund, warum sie nie heiraten werde. Er solle versuchen, ihre Haltung zu verstehen.

Er weigerte sich, weiter zuzuhören. »Lügen!« schrie er. »Du hast keine Ahnung von Liebe und wirst nie eine haben! Erst hast du Mikroben geliebt; jetzt sind es die Demonstrationen.«

Elsa fing an, Georg zu küssen, und ihm neckend das Haar zu zerraufen. »Ich liebe einen dummen, wütenden Buben«, sagte sie wie zu einem Kind. »Schmoll nicht, Bub!«

Er stieß sie grob weg. »Ich bin nicht dein Bub, und ich will von diesem Quatsch nichts mehr hören!«

Wieder fühlte er sich erniedrigt, die starrsinnige, rothaarige Hexe hatte ihn benutzt und dann fallenlassen. Der Gedanke, daß eine Frau ihn verschmähen konnte, nachdem sie sich ihm hingegeben hatte, war eine unerträgliche Zumutung für sein Ego. Bis jetzt war immer er es gewesen, der nicht mehr gewollt hatte; er, dessen Gunst die Frauen gesucht hatten; er, dem sie sich unterworfen und dem sie nachgeweint hatten. Jetzt war er das Opfer, und das war keine Rolle nach seinem Geschmack. »Du wirst das noch bereuen«, sagte er, »aber dann wird es zu spät sein, Genossin Abgeordnete!«

Auf der Schwelle stieß er mit Dr. Landau zusammen, der von seinem Spaziergang zurückkam. Georg fing an zu stottern, um seine Erregung zu verbergen.

Dr. Landau lächelte wissend. »Es ist die alte Geschichte, doch sie bleibt immer neu«, spöttelte er. »Regen Sie sich nicht auf, junger Freund. Lächeln Sie, lächeln Sie ...«

Georg zwang sich zu lächeln.

»So ist es schon besser. Und hören Sie auf meinen Rat, werden Sie Geburtshelfer. Nicht alle Frauen sind verrückt. Die meisten heiraten und bekommen Kinder.«

Elsa versuchte, etwas zu sagen, aber ihr Vater schnitt ihr das Wort ab. »Ins Bett, du dumme Gans! Ins Bett!«

Er legte seinen Arm um Georgs Taille und hielt ihn einen Augenblick lang fest. »Wenn Sie möchten, kann ich Ihnen einen Brief für Professor Halevy geben und Sie für eine Anstellung in seiner Klinik empfehlen.«

Georg war beeindruckt. »*Der* Professor Halevy?« fragte er.

»Er ist ein alter Freund von mir, und obwohl er Facharzt ist, ist er ein großer Arzt und ein anständiger Kerl dazu. Und das ist eine Seltenheit unter Fachärzten, will ich meinen.«

16

Nach den Kriegsjahren, in denen wenige Frauen geboren hatten, war Professor Halevys Klinik am Kaiserdamm wieder voller Patientinnen. Obwohl die Zeiten schlecht, die Arbeitslosigkeit groß und die Währung wertlos waren, schienen die Kriegsheimkehrer nichts Eiligeres zu tun zu haben, als zu heiraten und Kinder zu zeugen. Professor Halevys Klinik war eine alteingesessene Institution mit einem ebenso alten und hochgeachteten Arzt an ihrer Spitze. Sein voller Schnurrbart und die angrenzenden Koteletten ähnelten zwei weißen Wattebäuschen, wie sie nur noch von alten Familienfaktoten getragen wurden. Seine Schnabelnase war von braunen und bläulichen Adern überzogen. Nur seine schwarzen, tiefliegenden Augen hatten noch einen jugendlichen Glanz bewahrt, der schlecht zu seinem verlebten, verschrumpelten Gesicht paßte. Auch seine Hände waren noch fest und beweglich genug, um die schwierigsten Operationen an den hochwohlgeborenen Frauen durchzuführen, die den größten Teil seiner Patientinnen ausmachten. In vielen Fällen hatte er die Kinder dreier Generationen einer einzigen Familie entbunden. Zu seinen »Kindern«, die nun in mittleren Jahren standen, gehörten einige der wichtigsten Leute der Stadt – führende Geschäftsleute, hochgestellte Vertreter der akademischen Berufe, der Armee und der Regierung.

An den Wänden seines großen Büros, dessen Fenster auf einen Garten gingen, hingen zahlreiche Aufnahmen: vom Professor allein während der ersten Jahre seiner Praxis und zusammen mit anderen eminenten Wissenschaftlern auf verschiedenen Kongressen, nachdem er berühmt geworden war. Unter den Bildern befanden sich auch die großformatigen Porträts zweier Personen, die dem Professor besonders teuer waren. Das eine war die Photographie eines älteren Mannes mit dichtem Haar und Bart und einem Käppchen auf dem Kopf. Das war sein Vater, der Rabbi in einem rheinischen Städtchen gewesen war. Das andere war das Bildnis eines jungen Mannes, dessen zarte Gesichtszüge und Brille nicht zu seiner Hauptmannsuniform paßten. Dieses Porträt war mit einem schwarzen Flor geschmückt. Es war die letzte Aufnahme des jüngsten Sohns des Professors, der an der Front gefallen war.

Obwohl es nun drei Jahre her war, daß Fräulein Hilda, die Oberschwester, den schwarzen Krepp um das Bild gehängt hatte, konnte der Professor es immer noch nicht ansehen, ohne von Trauer übermannt zu werden. Eben jetzt, während er eine Röntgenaufnahme studierte, waren seine Augen zum Gesicht seines toten Sohns hinübergewandert. Doch als er Fräulein Hildas leichtes Klopfen hörte, sah er schnell weg, als wäre er bei etwas Peinlichem ertappt worden.

»Herr Professor, hier ist ein Dr. Karnovski, der Sie sprechen möchte«, sagte sie in sein rechtes Ohr, denn auf dem linken war er taub.

»Karnovski? Wer ist das?«

»Der Professor hat ihn gebeten zu kommen.« Oberschwester Hilda lächelte, als wollte sie die Tatsache verleugnen, daß den alten Mann sein Gedächtnis im Stich ließ. »Es ist der mit dem Brief von Dr. Landau.«

»Fritz Landau? Ach ja, natürlich! Von Fritz ... Schicken Sie ihn nur herein, Fräulein Hilda!«

Gewohnt, in Gegenwart von Vorgesetzten die Hacken zusammenzuschlagen, reagierte Dr. Karnovski automatisch. Doch sofort erinnerte er sich daran, daß er einem eminenten Arzt gegenüberstand, nicht seinem Obersten, und er verbeugte sich zweimal, einmal mehr, als der Brauch es verlangte, zu Ehren des älteren Herrn.

»Dr. Karnovski, Herr Professor«, sagte er ehrerbietig. »Dr. Georg Karnovski.«

»Sprechen Sie in mein rechtes Ohr, junger Kollege«, bat ihn Professor Halevy. »Ich bin auf meinem linken ganz taub.«

Georg errötete leicht. Er war nicht sicher, ob der alte Herr die Anrede »Kollege« scherzhaft gebraucht hatte. Aber er ging auf die rechte Seite hinüber und wiederholte seine Vorstellung. Professor Halevy nickte.

»Und wie geht es dem lieben alten Fritz?« fragte er lächelnd. »Hockt er immer noch in Nordberlin und streitet gegen die Welt?«

Die liebevolle Bemerkung über Dr. Landau nahm Georg die Befangenheit, und er schilderte kurz dessen ärztliche Arbeit unter den Arbeitern von Neukölln. Professor Halevy lachte entzückt über die Kauzigkeiten seines alten Freundes. Selbst die schneeweißen Koteletten und bläulichen Adern auf seiner Habichtsnase schienen mitzulachen. »Ein guter Arzt, der Fritz. Ein ausgezeichneter Internist, sogar schon damals. Aber er ist völlig meschugge. Er möchte nur gegen die ganze Welt streiten.«

Als Georg anfing, seine Erfahrungen an der Front zu beschreiben, mußte der Professor unwillkürlich zu dem schwarzumflorten Porträt hinaufsehen, und er empfand einen furchtbaren Verlust. Daß so viele zurückgekommen waren, aber sein Sohn nicht, riß wieder alte Wunden in ihm auf. Doch dann gemahnte er sich daran, daß Neid ein unmoralisches Gefühl war, vor allem für einen Arzt, und er richtete den Blick auf den jungen Mann vor ihm.

»Was ist der Hauptgrund, aus dem Sie in die Geburtshilfe gehen wollen, junger Mann? Weil Sie eine Neigung dazu haben, oder ist es, weil Sie von Fritz Landau einen Empfehlungsbrief an mich bekommen konnten?«

Lächelnd erklärte Georg, Dr. Landau habe ihm den Gedanken in den Kopf gesetzt, als er vom Säen nach der Ernte gesprochen habe. Wieder lachte der Professor. »Der gute alte Fritz! So verrückt und doch so weise. Wie gut er das ausgedrückt hat: ›Nach der Ernte säen.‹ ... Genau darum geht es.«

Georg zählte seine ausgedehnten medizinischen Erfahrungen im Feld auf, und der alte Mann nickte wissend. »Das ist ja alles sehr schön, aber ich mag keine Massenproduktionsmethoden, junger Mann. In meiner Klinik bestehe ich auf bedächtiger und sorgfältiger Arbeit ... bedächtig und sorgfältig ... Kommen Sie also morgen früh, ich werde das Nötige veranlassen.«

Es geschah alles so schnell, daß Georg seinen Ohren nicht traute. Er war tatsächlich in Dr. Halevys Mitarbeiterstab aufgenommen, etwas, von dem jeder junge Arzt in Berlin träumte! Er dankte dem alten Mann herzlich. Der Professor streckte ihm die Hand hin, die überraschend fest und kräftig für einen Mann seines Alters war. Als Georg bereits an der Tür war, rief er ihn zurück.

»Wie war noch mal Ihr Name? Karnovski? Ich glaube nicht, daß ich mich eines solchen Namens in unserer Gemeinde entsinne.«

Georg erzählte ihm von seinem Vater, der die Möglichkeit aufgegeben habe, in Polen ein großer Rabbi zu werden, um in die Stadt der Aufklärung und der Kultur auszuwandern. Auch jetzt studiere er immer noch die Thora und die heiligen Bücher, die ihm, Georg, mit sieben Siegeln verschlossen seien.

Professor Halevy hörte mit großem Interesse zu. »Ich freue mich, das zu hören«, sagte er, »denn mein eigener Vater war Rabbi und ein jüdischer Gelehrter.«

Er zeigte stolz auf das Bild seines Vaters und dann plötzlich auf die schwarzumflorte Photographie. »Und das ist mein verstorbener Sohn Emmanuel, der nach meinem Vater benannt wurde. Er ist im Krieg gefallen.«

Georg sprach ihm sein Beileid aus. Mit einem Schlag wurde Professor Halevy bewußt, daß er etwas äußerst Närrisches getan hatte, einem Fremden so eine intime Tatsache mitzuteilen, und er war wütend wegen dieser Indiskretion. *Seniler Narr! Kindischer Mummelgreis!* schalt er sich und ließ schnell seinen Ärger an dem jungen Mann aus. »Guten Tag!« blaffte er Georg unvermittelt an.

Es reizte ihn unwiderstehlich, ihm etwas Beleidigendes

zu sagen. »Sie sind ein hübscher Kerl«, bemerkte er boshaft, »und junge Frauen lassen sich lieber von einem jungen Gockel behandeln als von einem alten Bären ...«

17

Elsa Landau wurde in den Reichstag gewählt, wie sie vorhergesagt hatte, und begann ihre politische Karriere vielversprechend.

Da sie jung, eine Frau und hübsch war, belagerten die Reporter sie. Aber so hartnäckig sie auch versuchten, ihr Kommentare über Liebe, Mode und Ehe zu entlocken, so geschickt umging sie diese Fragen und hielt sich an wichtige Themen und beeindruckte dabei die Zeitungsleute mit ihrer Freimütigkeit und ihrer genauen Kenntnis der Regierungsangelegenheiten und einschlägigen Fakten und Zahlen. Schon mit ihrer Jungfernrede machte sie sich im Reichstag einen Namen.

Ihr kupfernes Haar leuchtete in dem starken Licht, als die schlanke, jugendliche, lebensvolle Gestalt hoch aufgerichtet auf dem Podium stand und es mit den Hunderten von versammelten Männern aufnahm und verächtlich aller Gegner der Ansichten ihrer Partei spottete. Während die Abgeordneten auf der Linken heftig applaudierten, fingen die Mitglieder der rechten Parteien mit ihrem gewohnten Pfeifen und Buhrufen an. Sie ließ sich durch die Beschimpfungen nicht aus der Fassung bringen; wie ein altes Parlamentsmitglied hielt sie gewandt ihre Angreifer in Schach und verschaffte sich auch gegen die erfahrensten Zwischenrufer Gehör.

So geschickt, wie sie in ihren Studententagen Leichen seziert hatte, sezierte sie nun die alte, tote Welt, deren Dogmen und Sitten das neue Deutschland nicht mehr gebrauchen konnte. In ihrer Freizeit, wenn sie nicht im Reichstag war, sprach sie auf Massenversammlungen von Arbeitern, entlassenen Soldaten und Jugendorganisationen. Sie reiste durch das ganze Land und wurde überall mit Musikkapellen und Fahnen empfangen. Neukölln war stolz auf seine Genossin Landau. Wenn die Leute jetzt ihrem Vater auf seinen Spaziergängen begegneten, grüßten sie ihn eifrig und bemerkten oft: »Wir gratulieren, Herr Doktor, Ihre Tochter hat wieder in der Zeitung gestanden.«

»Zieht doch nicht so viel übereinander an, Freunde«, schalt er sie dann. »Ihr seid viel zu dick eingemummelt. Euer Körper muß Luft haben. Luft, Luft ...«

Er wollte nicht über die Berühmtheit seiner Tochter sprechen. Er ging nicht einmal in den Reichstag, um sie reden zu hören. »Idioten! Faulenzer! Narren! Hohlköpfe!« schimpfte er die Reporter, die seine Elsa zu einer öffentlichen Figur machten, deren Name in ganz Deuschland ein gängiger Begriff war.

Aber am meisten störte die Flut der veröffentlichten Bilder und Geschichten Dr. Georg Karnovski. Es war einfach nicht zu vermeiden, Elsa Landau zu sehen oder von ihr zu hören.

Er sah sie in der Morgenzeitung, die er beim Frühstück überflog. Er sah sie an den Zeitungsständen auf der Straße, auf den Titelbildern der Magazine im Wartezimmer der Klinik. Wo immer er auch hinging, blickte sie ihn mit spöttischen und triumphierenden Augen an.

Zuerst versuchte er, sie aus seiner Erinnerung zu tilgen. Zur Hölle mit ihren Reden und Parteisprüchen – er hatte eine Position, um die jeder junge Arzt in Berlin ihn beneidete. Er würde dieser rothaarigen Hexe zeigen, daß er sie, obwohl sie in Anatomie seine Tutorin gewesen war, beruflich weit hinter sich lassen konnte.

Er stürzte sich wieder erbittert in die Arbeit, war in der Klinik der erste, der kam, und der letzte, der ging.

Die Jahre im Feld waren nicht ganz verschwendet gewesen. Dort war er gezwungen gewesen, schnelle Entscheidungen zu treffen und unter den primitivsten Bedingungen zu operieren, oft ohne Narkose oder bei Mondlicht. Er hatte auch Aufgaben erfüllen müssen, die gewöhnlich Schwestern und Sanitätern vorbehalten waren. Die Erfahrung verlieh ihm nun eine Sicherheit, die sich auf die Patientinnen übertrug. Sie hatten Vertrauen in seine Fähigkeiten, sie mochten seine energische, aber einfühlsame Art. Die Schwestern bewunderten seine Schnelligkeit und sein Geschick beim Wechseln der Verbände, Versorgen von Wunden und anderen Aufgaben, in denen Schwestern oft Ärzten überlegen sind. Auch Professor Halevy bemerkte seine Tüchtigkeit und sagte mehr als einmal im Beisein der anderen Ärzte: »Schöne Arbeit, Karnovski, sehr, sehr schöne Arbeit.«

Georg freute das Lob des Professors, und er verdoppelte seine Anstrengungen. Durch harte Arbeit hoffte er, die Erinnerung an die eine, die ihn so schwer verletzt hatte, auszulöschen.

Doch er konnte sich noch so fest vornehmen, die Titelseiten, die mit ihren Reden und Ansichten gefüllt waren, zu ignorieren, da er schließlich Wichtigeres zu lesen hatte – medizinische Bücher und Artikel –, er mußte doch wieder in die Zeitungen sehen. Jedesmal, wenn er das tat, überkam ihn die Demütigung von neuem und schürte wieder seinen Haß auf sie. Doch mit seinem Haß regte sich auch seine Liebe, eine Liebe, die tief und bleibend war, um so mehr, als sie nicht erwidert wurde.

Elsas Berühmtheit zerstörte Georgs Seelenfrieden, raubte ihm den Appetit und den Schlaf.

Eines Tages ging er, sich selbst dafür hassend, zum Reichstag, als sie für eine Rede angekündigt war. Er ging nicht nur aus Neugier dorthin, sagte er sich, sondern auch aus dem geheimen Drang, über Leute zu spotten, die so wegen eines Mädchens in Begeisterung gerieten, das sich wie eine hitzige Hündin unter seinem Leib gewunden hatte. Im Gedränge der Neugierigen auf der Galerie verstand er kein Wort von ihrer Rede, und das war ihm auch gleich, denn er interessierte sich ja nicht dafür, was sie zu sagen hatte. Er konnte nur an die eine Nacht denken, als sie seine Geliebte gewesen war. Obwohl Jahre vergangen waren, erinnerte er sich an jede Einzelheit, an jede Gebärde von ihr, an jede Bewegung verzückter Hingabe. Er verspürte den wilden Drang, aufzuspringen und aller Welt zu verkünden, daß das Fräulein Doktor, das jetzt so edel und freimütig da vorne auf dem Podium stand, einmal seine Bettgenossin gewesen war.

Lange stand er am Ausgang und wartete auf sie, um ihr wieder zu sagen, was er schon so oft gesagt hatte. Weder ihre Reden noch das ganze Getue, das um sie gemacht wurde, beeindruckten ihn. Für ihn war sie dieselbe Elsa wie immer, und er hatte jedes Recht darauf, sie die seine zu nennen, wie jeder Mann eine Frau, die sein Bett geteilt hat. Er war kein Schuljunge, den man gebrauchen und dann einfach wegstoßen konnte. Er war ein Mann, der verlangte, was ihm zustand.

Doch als er sie kommen sah, in Begleitung ihrer Abgeordnetengenossen, die ihr respektvoll zuhörten, und umlagert von Reportern und Photographen, die einander herumstießen, um in ihre Nähe zu gelangen, als er sah, wie stolz und blühend und glücklich sie aussah, fühlte er sich wieder klein und unbedeutend und begriff, daß alles, was er immer noch gehofft haben mochte, für immer vorbei war. Noch finsterer entschlossen als zuvor kehrte er zu seiner Arbeit zurück.

Die Krankenschwestern schenkten dem brillanten und engagierten jungen Arzt, der so offensichtlich am Anfang einer erfolgreichen Karriere stand, ihr freundlichstes Lächeln und kecke Blicke. Aber er beachtete keine, und das kränkte sie wie alle Frauen, wenn ein Mann sie nicht beachtet. Georg genoß ihr Gekränktsein, das ihm nicht entging. Er ließ seinen Groll wegen Elsa an ihrem ganzen Geschlecht aus. Mit absichtlicher Gleichgültigkeit ging er mitten durch die blankgescheuerten rosa-weißen Mädchen hindurch und beobachtete, wie sie alle seine Bewegungen verfolgten, um ihm Platz zu machen. Er war sehr streng mit ihnen, wenn sie ihm assistierten. Er spürte mit Behagen ihre Verstimmung und Aufregung, ihre Nervosität und Ungeschicktheit in seiner Gegenwart. Am meisten litt die jüngste unter ihnen, Schwester Therese Holbeck.

Von ihrer ersten Begegnung an, als sie ihm fahrig in seinen Kittel geholfen hatte und dabei wild errötet war und dann unter seinem ruhigen, glühenden Blick noch mehr die Fassung verloren hatte, hatte sie sich vor dem Augenblick gefürchtet, wenn sie einmal zusammen arbeiten würden.

Georg, der rasch und ungeduldig war, zuckte gereizt mit den Schultern, als sie ihm eine Flasche Äther reichte statt Morphium.

»Morphium«, sagte er mit eng zusammengepreßten Lippen.

Sie wurde so konfus, daß sie ihm einen Wattebausch gab.

»Keinen Äther, keine Watte, Morphium«, schnappte er bissig. »Morphium!«

Als sie fertig war, lief Therese ins Schwesternzimmer und weinte. Sie haßte ihn dafür, daß er sie so blamiert hatte.

Doch am nächsten Tag, als er wieder zum Dienst kam, befürchtete sie, daß er sich eine andere Schwester zum Assistieren holen würde. Er holte keine andere Schwester, ja, er entschuldigte sich sogar für seine Grobheit. »Das macht die Front«, sagte er. »Kriegsnerven. Sie haben sich das doch hoffentlich nicht zu Herzen genommen.«

»Natürlich nicht, Herr Doktor«, log sie und errötete wegen dieser Lüge noch mehr.

Von diesem Tag an war Schwester Therese ständig nervös und beklommen, gleichgültig ob Dr. Karnovski eine andere Schwester nahm oder ob er sie aussuchte.

Die anderen Schwestern lachten über sie. Mit der intuitiven weiblichen Fähigkeit, die feinsten Beziehungen zwischen den Geschlechtern aufzuspüren, bemerkten sie ihre Verlegenheit in Dr. Karnovskis Gegenwart und zogen sie unbarmherzig damit auf. Sie versuchte zwar zu leugnen, aber sie war eine schlechte Lügnerin. Jedes Gefühl, jeder Stimmungsumschwung war ihr sofort von dem außerordentlich blassen Gesicht und den blauen Augen abzulesen. Und sie gab auch nie zurück, wenn die anderen Mädchen boshaft zu ihr waren.

Schließlich fing auch Dr. Karnovski an, sie zu necken, während er den anderen Schwestern gegenüber korrekt und kühl blieb. Da er wußte, daß sie seinen glühenden Blick nicht ertragen konnte, starrte er sie an, bis ihre Wangen dunkelrot waren. Manchmal sprach er gönnerhaft mit ihr, fragte sie nach ihren Verehrern, ob sie gerne Schokolade esse und für welchen Bühnenstar sie schwärme.

Therese war gekränkt. Sie hätte ihm gerne gesagt, daß sie, auch wenn sie nur eine Krankenschwester war, ernste Bücher gelesen hatte und nicht ins Theater ging, um Schauspieler anzumachen, sondern weil die Stücke sie interessierten. Und noch vieles mehr hätte sie ihm gerne gesagt, aber sie war zu schüchtern zum Sprechen. Und obwohl seine Worte spöttisch und beleidigend waren und sein Gebaren sie auf die Palme brachte, sehnte sie sich danach, von ihm aufs Korn genommen zu werden. Sie liebte es, seine tiefe Stimme zu hören, sein Gesicht zu sehen, den durchdringenden Blick zu fühlen, mit dem er sie anblickte und durchschaute.

»Machen Sie sich über mich lustig, Herr Doktor?« fragte sie, was doch ganz überflüssig war.

»Wo haben Sie nur in unseren blutrünstigen Zeiten solche unschuldigen blauen Augen her, Schwester Therese?« sagte er plötzlich.

Sie errötete glühend vom Rand ihres Häubchens bis in den Kragen ihrer gestärkten Uniform hinein. Wenn sich in diesem Augenblick ein Abgrund vor ihr geöffnet hätte, wäre sie dankbar hineingesprungen.

18

Niemand in Professor Halevys Klinik, weder die Ärzte noch die Schwestern, konnte sich vorstellen, wieso Dr. Karnovski anfing, mit Schwester Therese Holbeck auszugehen.

Der junge Arzt war schnell aufgestiegen. Er wurde öfter als alle anderen Ärzte von Professor Halevy zu Konsultationen hinzugezogen und häufiger mit den ernstesten Fällen betraut. Die Patientinnen erschauerten vor Entzücken, wenn sie im Lauf einer Untersuchung auf ihrem Körper seine warmen braunen Hände spürten, die so viel Leben und Energie ausstrahlten. Es wurde allgemein prophezeit, daß er es in seinem Beruf noch sehr weit bringen würde.

»Was kann er nur an ihr finden?« fragten die Schwestern voller Erstaunen und Eifersucht einander.

Georg verstand es selbst nicht.

Zuerst, als Schwester Therese ihre Liebe zu ihm so offen zeigte, war er mehr amüsiert als verwundert. Wie die meisten jungen Ärzte, die älter und erfahrener auszusehen suchen, hatte Georg sich einen Schnurrbart zugelegt, der bei ihm seine unregelmäßigen Zähne noch weißer erscheinen ließ. Er nahm auch eine würdevolle Sprechweise an, wenn er mit seinen Patientinnen redete. Zu Schwester Therese aber sprach er wie zu einem Kind und spaßte unverhohlen mit ihr.

»Na, wie läuft's?« pflegte er sie zu fragen. »Werden Sie immer noch wegen jeder Kleinigkeit rot?«

»Nein, Herr Doktor«, antwortete sie dann, während ihr Gesicht zu glühen anfing.

Manchmal war er auch väterlich zu ihr. »Sie sind anämisch«, sagte er. »Sie sollten besser auf sich aufpassen.«

»Was soll ich denn machen, Herr Doktor?«

»Trinken Sie Milch. Oder besser noch, heiraten Sie. Das ist die beste Medizin für anämische junge Mädchen.«

Therese wurde zur Feuersäule, aber Georg hörte nicht auf.

»Haben Sie denn keine Verehrer?«
»Oh, gewiß. Aber daraus kann nichts werden.«
»Warum nicht?«
»Weil ... weil ich keinen von ihnen liebe, Herr Doktor.«
»Liebe war etwas für unsere Großmütter, nicht für junge Mädchen von heute«, sagte er brutal.
Sein Zynismus verletzte sie und machte sie ungewöhnlich kühn. »So dürfen Sie nicht sprechen, Herr Doktor.«
»Warum nicht?« fragte er unschuldig.
»Weil ... weil Liebe ewig ist. Liebe ist heilig!«
»Sie klingen ja, als wären Sie verliebt. Wer ist der Glückspilz?«
Da ergriff sie die Flucht.
Während sie ihre Patientinnen versorgte, kochte sie vor Wut auf den Mann, den sie liebte und der sie so schäbig behandelte. Daß er sie als Zielscheibe für seinen grausamen Humor ausgesucht hatte, verletzte sie. Sie schwor sich, von ihm den Respekt zu verlangen, den er ihr als einer Dame schuldete, oder ihm ganz aus dem Weg zu gehen. Aber es genügte ein einziges Wort von ihm, damit sie wieder brav vor ihm stand und sich alle seine Foppereien anhörte.
Mehr als einmal beschloß Georg, damit aufzuhören, das schüchterne Mädchen zu quälen. Zum einen war es herabwürdigend. Die Schwestern fingen an, ihn wissend anzusehen. Ihre Blicke schienen zu sagen: »Wir wissen alles über dich, Brüderchen ..., wir wissen, daß etwas zwischen dir und einer von uns vorgeht. Hier bleibt nichts geheim ...«
Das konnte einem ehrgeizigen jungen Arzt schaden. Was war es nur, fragte er sich, was ihn dazu trieb, das Mädchen zu quälen?
Blond und dünn und steril in der eng sitzenden Uniform, die sie noch kindlicher und unattraktiver erscheinen ließ, wirkte sie eher wie ein linkisches Schulmädchen als wie eine Frau. Ihr langer Hals war blaß, zart, weich und unfertig, als wäre er noch nicht endgültig ausgebildet, und ihr Kinn war ebenso ungeformt. Und ihre Persönlichkeit war so farblos

wie ihre Erscheinung. Sie war humorlos, immer ernst, ganz ohne Tricks und Kniffe. Alles, was sie tat oder äußerte, war ungekünstelt und ohne Falsch. Immer wieder sagte sich Georg, daß er diese Beziehung, die für keinen von ihnen gut sein konnte, abbrechen müßte. Doch der bloße Anblick ihres Errötens und ihrer Armesündermiene weckte in ihm wieder das Bedürfnis, dieses bleiche, unterwürfige Geschöpf zu schikanieren, und schon zog er sie wieder auf.

Eines Morgens, als sie eine Vase mit blauen Kornblumen auf seinen Schreibtisch stellte, sagte er: »Hübsche Blumen, blau und unschuldig wie Ihre Augen.«

Obwohl er das im Scherz gesagt hatte, nahm sie es so ernst, wie sie alles nahm, und stellte ihm nun täglich frische Blumen auf den Schreibtisch. Er gewöhnte sich so daran, daß er sie, wenn einmal aus irgendeinem Grund keine dastanden, vermißte und etwas wie ein Leere empfand. Und bald begann er auch sie zu vermissen, ihre Blässe, ihre Sanftheit, den leisen Klang ihrer Stimme, in der so unverhüllte Anbetung lag.

Am meisten zog ihn ihre Fügsamkeit an. Nach Elsa war Thereses Nachgiebigkeit wie ein Balsam. Nach und nach entdeckte er Qualitäten an ihr, die er vorher nicht bemerkt hatte. Der weiche Hals erschien ihm nicht mehr schwach, sondern zart und reizvoll zerbrechlich. Das unfertige Kinn wirkte jetzt verletzlich, und er empfand den Wunsch, es sanft hochzuheben und sie zum Lächeln zu bringen. Selbst die leblosen, wasserblauen Augen bekamen eine merkwürdige Wärme. *Ein liebes, drolliges Ding*, dachte er zärtlich und fuhr wider jede bessere Einsicht fort, sie zu necken.

Einmal hatte er Gelegenheit, sie in einem ganz neuen Licht zu sehen. Es war eine schwere Nacht gewesen. Eine Schwangere, mit deren Behandlung Dr. Halevy ihn betraut hatte, war in den ersten Morgenstunden gestorben. Georg hatte keinen Grund, sich schuldig zu fühlen. Die Frau hatte an einer Herzkrankheit gelitten, und Dr. Halevy hatte sie nur ungern als Patientin akzeptiert, da er wußte, daß ihre

Überlebenschancen sehr gering waren und ihr Tod ein ungünstiges Licht auf die Klinik werfen würde. Georg hatte ihr Injektionen gegeben, sie unter ein Sauerstoffzelt gelegt und alle seine medizinischen Kenntnisse angewandt, um sie am Leben zu erhalten. Er war wegen dieser Tragödie niedergeschlagen, entmutigt und erschöpft. Er fauchte Schwester Therese an, als sie ihm aus dem Chirurgenkittel half und ihn zu trösten versuchte. »Halten Sie um Gottes Willen den Mund«, blaffte er sie an.

Erschreckt wandte sie sich zum Gehen. »Gute Nacht, Herr Doktor«, sagte sie, damit er sich nicht verpflichtet fühlen sollte, sie nach Hause zu bringen.

Er nahm ihren Arm. »Kommen Sie, ich begleite Sie nach Hause«, sagte er. »Ich muß jetzt jemanden bei mir haben ... einen lebendigen Menschen ...«

Therese mußte fast laufen, um mit ihm Schritt zu halten. Schweigend rauchte er Zigarette um Zigarette. Als sie zum Tiergarten kamen, setzte er sich auf eine Bank. Sie setzte sich an das andere Ende. Der Himmel war tiefblau und voller Sterne. Die Milchstraße leuchtete besonders weiß. Plötzlich fiel ein Stern herunter und verschwand. Georg blickte zu dem riesigen Geflecht silberner Inseln in dem unendlichen Ozean aus Dunkelheit empor und brütete.

Wie kalt, schön und erschreckend das Sternenlicht war! Dieses Licht, das nun auf seine Hände fiel, war Tausende von Jahren zuvor entstanden und mit unvorstellbarer Geschwindigkeit gereist, um schließlich auf eine einsame Bank in einem verlassenen Berliner Park zu scheinen. Mit derselben erhabenen Gleichgültigkeit schien es jetzt auch auf das wächserne Gesicht der jungen Frau, die in seinen Armen gestorben war.

Wie banal und flüchtig und unbedeutend war im Vergleich dazu das menschliche Leben! Und doch, wer konnte das wissen? Vielleicht war das alles nur da oben, weil das menschliche Auge es so sehen konnte? Für die Frau im Leichenschauhaus war nichts mehr da, keine Sterne, kein Licht, nichts. Georg grübelte über das ewige Geheimnis von Leben und Tod. Plötzlich fiel ihm wieder ein, daß ja noch ein menschliches Wesen neben ihm saß.

»Woran denken Sie in dieser stillen Nacht?«

»Ich denke daran, daß es in einer solchen Nacht gut wäre, zu sterben ...«

»Reden Sie nicht wie ein Schundroman!«

Sie sah ihn mit Augen an, die so blau und rätselhaft waren wie der Himmel über ihnen.

Sie waren geheimnisvoll und seltsam, wie aus einer anderen Welt. Er nahm ihre Hand. »Ihre Finger sind ja eiskalt«, sagte er gedankenlos.

Einen Augenblick lang ließ sie ihre Hand hilflos in der seinen liegen. Dann zog sie seine Finger an ihre Lippen und küßte sie. Er saß verdutzt da. Das war das erstemal, daß eine Frau ihm die Hand geküßt hatte. »Was machen Sie da, Kind?«

Ihre Augen leuchteten so hell und durchsichtig, als wären sie nicht mehr lebendig, sondern entstammten in ihrer phantastischen Größe und Form einer primitiven Ikone.

»Sie sind zu ernst«, sagte er. »Sie müssen lernen, die Dinge zu nehmen, wie sie sind.«

Sie senkte den Kopf. »Ich weiß, es ist hoffnungslos. Ich weiß ja, daß ich Ihnen nie etwas sein kann. Aber ich verlange nichts von Ihnen ... gar nichts ... Sie sind mir doch nicht böse, nicht wahr?«

»Warum sollte ich?«

»Ich will ein Kind von Ihnen«, sagte sie. »Ich werde weggehen ... Ich werde Sie nie wieder belästigen ...«

Er empfand eine große Aufwallung des Mitleids mit ihr. »Kommen Sie«, sagte er und ergriff ihre Hand. »Es ist kalt hier draußen, und Sie reden im Fieber.«

Statt sie zu sich mitzunehmen, was so leicht gewesen wäre, brachte er sie nach Hause. In dem dunklen Eingang des soliden Holbeckschen Hauses küßte er sie zum erstenmal.

Die ganze Nacht dachte er über das stille Mädchen nach.

Wieviel Mut sie aufgeboten hatte, um so zu ihm zu sprechen.

Von da an begannen sie, offen miteinander zu gehen. Die anderen Schwestern waren wütend. »Da hatte man geglaubt, die könne nicht bis drei zählen. So ein stilles Wasser! Sie hat uns alle angeführt ...«

Als David Karnovski erfuhr, daß Georg mit einem nichtjüdischen Mädchen verkehrte, war er wie vom Donner gerührt. So viele gute Heiratsangebote hatte sein Sohn gehabt. Einer der Männer, die in seine Synagoge kamen, war ein Herr Lippman, ein Heiratsvermittler, der sich von allen »Doktor« titulieren ließ. Jeden Sabbat nach dem Gottesdienst ging er ein Stück mit David Karnovski und schilderte ihm die vorteilhaften Partien, die seinem Sohn angeboten wurden. Wenn er die Tugenden der in Aussicht stehenden Bräute aufgezählt hatte, beugte er sich vertraulich zu Karnovskis Ohr hinüber und erklärte mit großer Überzeugung: »Mein lieber Herr Karnovski, solche Gelegenheiten kommen nur einmal im Leben. Und bedenken Sie, die Schwiegerväter, von denen ich spreche, sind keine Einwanderer aus dem Osten, sondern Deutsche seit so vielen Generationen, wie Sie nur wollen. Darauf gibt Ihnen Dr. Lippman sein Wort.«

Er sprach die Wahrheit. Obwohl David Karnovski aus Polen stammte, was einen entschiedenen Makel darstellte, wollten die alteingesessenen Juden von Westberlin ihre Töchter mit seinem Sohn verheiraten, der ja ein geborener Deutscher und ein aufsteigender Mitarbeiter des berühmten Dr. Halevy war. Sie waren bereit, eine ansehnliche Mitgift zu bezahlen, eine voll ausgestattete Praxis auf dem Kurfürstendamm zu besorgen und dem jungen Mann seine östliche Herkunft ganz und gar zu verzeihen. Und weil er es zum Rang eines Hauptmanns gebracht hatte, gute Manieren hatte und ein richtiger deutscher Offizier und Herr war, zeigten sich die hochmütigen jungen Damen von Westberlin sogar willig, ihm seine semitischen Züge, das schwarze

Haar und die schwarzen Augen nachzusehen, Attribute, die sie sonst verachteten.

David Karnovski, der ja selbst noch ein Einwanderer war, fühlte sich sehr geschmeichelt über diese Möglichkeit, Zugang zu den alteingesessenen Familien des Berliner Judentums zu gewinnen. Er wünschte sich natürlich die bestmögliche Zukunft für seinen Sohn, aber er dachte dabei auch an sich selbst. Seit der Krieg vorbei war, hatte er in seinem Geschäft schwere Einbußen erlitten. Sein Schwiegervater in Melnitz lebte nicht mehr, und es war für David zunehmend schwerer geworden, genügend zu verdienen. Er hatte eine Tochter aufzuziehen und zu verheiraten. Nicht nur wegen der Vorteile, die beiden von ihnen daraus erwachsen würden, wünschte er, daß Georg in die gute Gesellschaft aufgenommen würde, sondern auch, um Rebekkas Aussichten zu verbessern, einen wohlhabenden Mann zu finden.

»Hörst du, Lea?« sagte er voller Stolz zu seiner Frau. »Sie bieten unserem Jungen die *crème de la crème* der Berliner Gesellschaft an. Ich bete nur, daß er so vernünftig ist, die klügste Wahl zu treffen.«

»Möge Gott es fügen«, antwortete Lea und hob fromm den Blick zur Zimmerdecke.

Ganz unabhängig von den Kalkulationen ihres Mannes sehnte sie sich danach, ihren Sohn unter einem Hochzeitsbaldachin zu sehen. Sie war immer noch leidenschaftlich auf Kinder aus, und da sie keine eigenen mehr bekommen konnte, hoffte sie jetzt auf eine Schar Enkelkinder von ihrem Sohn und von Rebekka.

Eines Samstags unterbreitete Dr. Lippman David Karnovski nicht wie gewöhnlich die Angebote guter Partien, sondern erzählte ihm von der nichtjüdischen Krankenschwester, mit der Georg ging.

Karnovski blieb stehen und musterte ihn vom Zylinder bis hinunter zu den Lackschuhen. »Unmöglich, Herr Lippman«, sagte er, und in seiner Erregung hatte er ganz vergessen, ihn mit »Doktor« anzusprechen. »Das ist reine Verleumdung!«

Dr. Lippman lachte nur über einen, der es wagte, seine unfehlbare Vertrautheit mit allem, was in Berlins jungem Judentum vorging, in Frage zu stellen.

»Mit einer Schickse läuft er herum, Gott ist mein Richter«, betonte er boshaft und schüttelte seine schulterlangen Locken. »Was denken Sie darüber, mein lieber Herr Karnovski?«

Verletzt und verstört stürzte David Karnovski nach Hause, um die schreckliche Neuigkeit Lea mitzuteilen. »Eine große Befriedigung dürfen wir erleben mit deinem Sohn!« brach es, kaum hatte er die Schwelle überschritten und das gebräuchliche »Guten Sabbat« gemurmelt, aus ihm heraus. »Da ist er gegangen hin und hat sich aufgelesen eine Schickse, dein Schetzele, dein Bubele.«

Wie gewöhnlich betonte er die Tatsache, daß es *ihr* Sohn war, wenn der Junge etwas getan hatte, was ihn aufregte. Und wie gewöhnlich, wenn er wütend war, vergaß er sein korrektes Deutsch und verfiel wieder in die heimischen Melnitzer Sprachgewohnheiten. Lea versuchte, ihn und auch sich selbst zu trösten. »Das ist nichts, nur eine vorübergehende Laune. Kann ein junger Mann nicht haben ein wenig Spaß? Sobald die richtige Partie kommt daher, wird er sie lassen fallen. Merk dir meine Worte!«

Aber ihr Mann gab sich damit nicht zufrieden. »Ich habe immer gehabt Ärger mit diesem Jungen, und ich werde immer Ärger haben«, sagte er. »Ich kenne ihn zu gut.«

Nie hatte sich David Karnovski über sein Sabbatmahl beklagt, wie er das an diesem Tag tat. Der Fisch war zu stark gepfeffert, das Hühnchen zu zäh, und der Tee roch wie das Melnitzer Badehaus.

»Bring mir das Wasser für die Waschung«, blaffte er und schob das Essen von sich.

Sofort nach der Zeremonie für die Verabschiedung des Sabbat und sogar ohne daß er wieder seinen Werktagsanzug angelegt hätte, eilte er zu der Junggesellenwohnung seines Sohnes in der Nähe der Kaiserallee, um seinem Ärger Luft zu machen. Da er ihn zu Hause nicht antraf, ging er zur Klinik und schritt stundenlang auf der stillen Straße auf und ab, bis er ihn Hand in Hand mit einer jungen Frau, die ihm kaum bis zur Schulter reichte, herauskommen sah. Nein, Lippman hatte ihn nicht belogen. Einen Augenblick lang besah er sich aufmerksam die junge Frau an Georgs Seite. Er wollte doch sehen, was für Reize sie besaß, um deretwillen sein Sohn seine Welt, und die künftige Welt dazu, aufgeben wollte. Aber es war keinerlei große Schönheit an ihr, weder der Charme noch die Anmut, noch die Haltung, die einen jungen Mann verführen konnten. Und als er sie so unscheinbar und farblos fand, wurde David nur noch wütender und empörter.

»Georg!« rief er scharf.

Georg wandte sich um und sah seinen Vater in aufgeregter Verfassung und in seinen Sabbatkleidern dastehen. »Ist etwas mit Mutter?« fragte er besorgt.

David Karnovski nickte kurz zu Georgs Begleiterin hinüber und erklärte in seinem schönsten Deutsch, daß es der Mutter gutgehe, aber daß er eine äußerst dringende Sache mit seinem Sohn zu besprechen habe und hoffe, die verehrte Dame möge entschuldigen, daß er ihn ihr entführe. Georg fiel ein, daß er die beiden einander nicht vorgestellt hatte, und holte das nach. David Karnovski hörte sich kaum den Namen des Mädchens an und murmelte hastig, »Sehr angenehm. Guten Abend.«

»Guten Abend, Herr Karnovski,« sagte Therese furchtsam.

Lange gingen Vater und Sohn schweigend den breiten, menschenleeren Bürgersteig entlang. David Karnovski mahnte sich innerlich zur Ruhe – er mußte jetzt vor allem sein Temperament zügeln, wie die Weisen in den heiligen Büchern, die sein Leben regulierten, empfahlen. Doch schon beim ersten Wort vergaß er alle seine guten Vorsätze und fühlte, wie ihm das Blut in den Kopf stieg. Seine Wut zeigte sich in seinen glühenden Augen und an der vorspringenden edlen Karnovski-Nase.

»Sag mir eins. War das die Schickse, mit der du überall in der Stadt herumgezogen bist?« fragte er mit zusammengepreßten Lippen.

Georg fühlte bei diesem Wort seine Wangen brennen.

»Vater, laß uns davon nicht auf der Straße reden«, sagte er. »Und bitte, bleib ruhig. Ich sehe keinen Grund, warum du dich so aufregen solltest.«

»Du vielleicht nicht«, schrie Karnovski, »aber ich schon.«

Georg sah, daß es an ihm war, die Ruhe zu bewahren und vernünftig zu bleiben. Doch er und sein Vater waren sich zu ähnlich. Sobald er zu sprechen anfing, verlor auch er die Beherrschung, und bald standen sie einander gegenüber wie Spiegelbilder, und jeder verachtete im anderen, was er in sich selbst verachtete.

»Sprich nicht in diesem Ton mit mir, Vater«, sagte Georg. »Du scheinst zu vergessen, daß ich kein kleiner Junge mehr bin. Ich bin ein erwachsener Arzt.«

»Mir imponieren die Quacksalber nicht, mit denen du arbeitest!« wehrte David Karnovski ab.

Als sie in Georgs Wohnung traten und David Karnovski die Photographie des Mädchens neben der seiner Lea stehen sah, explodierte er.

»Ist es so weit gekommen, daß du diese Schickse auf die gleiche Stufe stellst wie deine Mutter?« schrie er.

Zwei ganze Stunden lang rangen sie erbittert miteinander, wobei keiner auch nur einen Zentimeter nachgab. David Karnovski verlangte von seinem Sohn das Versprechen, mit der Krankenschwester zu brechen. Ausgezeichnete Heiraten mit Mädchen aus den besten Häusern Westberlins seien ihm vorgeschlagen worden. Er, David, habe ein Vermögen für seine Ausbildung ausgegeben, und er werde nicht zulassen, daß Georg seine Eltern, die Zukunftschancen seiner Schwester und seine eigene Karriere wegen einer *goyischen* Bettpfannenleererin ruiniere. Wenn er eine Affäre mit dem Mädchen habe, müsse er Schluß machen und sich benehmen, wie es sich für einen Sohn David Karnovskis gehöre. »Der Teufel selbst würde die nicht wollen«, sagte Karnovski. »Die soll einen anderen Idioten suchen, dem sie das Blut aussaugen kann! Die ist es doch nicht wert, daß man ihr diese Welt und die nächste opfert.«

Georg war außer sich vor Wut. Beim Aufundabgehen durch seine Wohnung sah er überall Spuren von Therese – ihre Photographien, die Kissen, die sie für ihn genäht hatte, die Vorhänge und Tischtücher. Er blitzte seinen Vater mit unverhohlenem Haß an. Er werde keinem Menschen, keinem, erlauben, ihm sein Privatleben zu diktieren und ihn für Geld zu verheiraten. Wenn es eine Geldfrage sei, werde er zusehen, daß sein Vater jeden Pfennig zurückbekomme, den er für seine Ausbildung ausgelegt habe. Aber er lasse sich nicht schikanieren. Und ganz gewiß lasse er es nicht zu, daß man ihm sein Mädchen beleidige.

David erhob sich zu seiner vollen Größe, um noch furchterregender zu erscheinen. »Und was willst du dagegen tun? Mich schlagen? Mich aus dem Haus werfen?«

Um Mitternacht, als Georg sich noch immer weigerte, zu tun, was sein Vater verlangte, nahm David Karnovski seinen Mantel und schickte sich zum Gehen an. »Wenn es so ist, wähle zwischen der Schickse und deinem Vater«, erklärte er. »Entweder sie oder ich.«

Er wollte seinem Sohn nicht gestatten, ihm in den Mantel zu helfen, obwohl er zu erregt war, um seine Arme in die Ärmel zu stecken. »Entscheide dich! Entscheide dich!« brüllte er und stapfte hinaus.

Als er die Große Hamburger Straße erreichte, blieb er stehen, um in das bronzene Gesicht seines Idols Moses Mendelssohn zu blicken. »Rabbi Mosche«, sagte er im stillen zu ihm, »unsere Kinder gehen von uns weg ... und ihr Weg führt in die Gottlosigkeit ...«

Der Philosoph erwiderte seinen Blick mit weisem, trauerndem Gesicht, während Regentropfen ihm wie Tränen das Kinn und die gebeugten Schultern hinunterrannen.

19

Die allererste Person, die Witwe Holbeck in den Sinn kam, als Therese ihr sagte, daß sie einen Juden liebe, war der Optiker, Max Drechsler.

Für sie repräsentierte er die ganze Art: dunkel, nervös, gesprächig, klug und unheimlich. Und in der Tat, als eines Abends der junge Arzt unerwartet Therese nach Hause brachte, bestätigte sich gleich beim ersten Blick Frau Holbecks vorgefaßter Eindruck von ihm und seinesgleichen. Was ihre hellblauen Augen zunächst erfaßten, war eine überwältigende Schwärze. Das Haar, die Brauen, die Wimpern, der Schnurrbart und vor allem die großen, glühenden Augen nahmen sich in einem an bleiche Menschen gewöhnten Haus exotisch dunkel aus. Dazu brachte sie auch in Verlegenheit, daß Georg Frauenarzt war und sie so durchdringend ansah, und sie konnte nicht umhin, sich vorzustellen, sie stünde nackt vor ihm und sähe aus, wie die Wachspuppe in Herrn Drechslers Schaufenster. Unwillkürlich verschränkte sie die Arme vor ihrem Körper, um ihre hängenden, polsterförmigen Brüste zu verdecken. Überdies betrübte sie, daß er ausgerechnet an einem Tag gekommen war, an dem sie gewohnheitsmäßig ihren Großputz erledigte. Sie war so aufgeregt, daß ihr dauernd der Kneifer von der Nase rutschte und sie ihn immer wieder zurechtrücken mußte. Dann fiel ihr plötzlich ein, daß sie ihren Gast noch gar nicht anständig begrüßt hatte. »Ich freue mich, Ihre Bekanntschaft zu machen, Herr Doktor«, sagte sie und hielt ihm die Hand zum Kuß hin. Doch Dr. Karnovski schüttelte sie nur. Höflich fragte sie: »Es sieht aus, als wollte es jetzt nach diesem schrecklichen Wetter wieder aufklaren, meinen Sie nicht auch, Herr Doktor?«

Sie wartete auf seine Antwort, um dann mit dem Anbieten einer Erfrischung fortzufahren, doch er war zu sehr damit beschäftigt, die gestickten Inschriften auf einem Tischtuch zu lesen. Schließlich beschloß sie, ohne weiteres die Erfrischungen zu servieren.

Während sie ihr allerbestes Porzellan hervorholte, fing sie ein Gespräch über den Ersatzkaffee und die schlechte Qualität des Gebäcks an, aber wieder antwortete Dr. Karnovski nicht. Er trank gierig den Kaffee, kaute genüßlich den Kuchen und wischte sich den schwarzen Schnurrbart und die Lippen an der bestickten Serviette ab. Witwe Holbeck war entsetzt.

Schließlich versuchte sie, ihn auf seinen Beruf anzusprechen. »Sie haben doch bestimmt eine große Praxis, Herr Doktor?« fragte sie schüchtern und hoffte, daß er diesmal antworten würde.

Er drehte sich schnell um. »Ich schufte wie ein Pferd. Ganz Berlin scheint Kinder zu kriegen. Die kurbeln jetzt nach dem Stillstand im Krieg die Produktion wieder an. Aber das Produkt ist schlecht, nur eine billige Imitation der echten Friedensware.«

Georgs Beschreibung dieser ihr heiligen Dinge ließ Frau Holbeck erröten, und Thereses Augen beschworen ihn, sich vorsichtiger zu verhalten. Er hörte auf, wie wild zu rauchen, und sprach über Kindersterblichkeit, Geburtenkontrolle, die Geschlechtskrankheiten, die von den Kriegsheimkehrern eingeschleppt worden waren, und sogar über die hohe Zahl außerehelicher Kinder, die geboren wurden, als die Männer an der Front waren.

»Ach, du lieber Gott!« sagte Frau Holbeck in ihrer Verlegenheit immer wieder.

Ohne recht zu wissen, warum, führte sie ihn in die Diele zu einer großen Photographie eines älteren Mannes in geschnitztem Goldrahmen. »Mein verstorbener Mann, Herr Doktor«, erklärte sie mit einem schweren Seufzer.

Georg blickte auf einen dicken Bürger mit rundem Gesicht, in dem der Photograph auch noch die letzten Fältchen und Unebenheiten wegretuschiert hatte. In seinem Vatermörderkragen und Sonntagsrock sah er sehr solide und ehrbar aus. Seine hervorquellenden Augen glotzen mit trägem Ernst herunter. Frau Holbeck stand mit verschränkten Armen da und wartete darauf, daß er etwas sagte, doch Georg murmelte nur: »Sehr schön ...«

In Wirklichkeit verstörte es ihn etwas, daß Thereses Vater so sehr einem Ochsen ähnelte. Zu ihrer Erleichterung hörte Frau Holbeck nun Hundegebell und darauf den scharfen Pfiff eines Mannes. »Das wird Hugo sein, der von seinem Spaziergang zurückkommt«, kündigte sie an und lief hinaus, um ihren Sohn abzufangen.

Georg hörte ihre Stimmen im Vorraum, ihre flehend, seine hartnäckig ablehnend. Es war unmöglich, die Worte zu verstehen, aber Georg konnte leicht erraten, daß er der Grund für diese Auseinandersetzung war.

Bald darauf rannte ein Schäferhund herein und sprang hoch erfreut zuerst an Therese, dann an Georg hoch. Sein Herr folgte ihm – ganz und gar nicht erfreut, eine große, hagere, farblose Vogelscheuche.

»Oberleutnant Hugo Holbeck«, schnarrte er und schlug die Hacken zusammen.

»Dr. Karnovski«, sagte Georg, ohne die Hacken zusammenzuschlagen.

Sie musterten einander, haßten einander auf den ersten Blick, und jeder wußte, daß sein Gefühl auf Gegenseitigkeit beruhte.

»Sieht aus, als bekämen wir endlich anständiges Wetter«, sagte Hugo mit preußisch schneidigem Ton, aber Georg ignorierte ihn, und die Situation wurde noch gespannter.

»Dr. Karnovski war Hauptmann«, sagte Therese im Versuch, Georg etwas annehmbarer zu machen.

Hugo schlug wieder die Hacken zusammen, wie es sich gehörte, wenn man sich unter Offizieren traf. »So?« murmelte er.

Natürlich war das eine Spur besser als bloß ziviler Abschaum, aber für einen Frontoffizier war ein Militärarzt gleich welchen Rangs nicht mehr als ein Militärgeistlicher. Nur einem dummen Mädchen konnte so ein Klistierfritze imponieren. Er würde ihn nicht *Hauptmann* nennen, verdammt noch mal. Als Georg noch hinzufügte, daß er an der Ostfront gedient hatte, verging Hugo endgültig alle Lust, mit ihm zu sprechen. Wie die meisten Veteranen der Westfront betrachtete er den Feldzug im Osten als einen reinen Spaziergang.

Sein Pokergesicht belebte sich eine Spur, als Georg ihm eine Zigarette anbot. Er verbeugte sich steif, nahm die Zigarette an und bedankte sich so überströmend, als hätte man ihm eine Kostbarkeit geschenkt.

»Ägyptisch«, sagte er kennerisch nach dem ersten Zug.

»Die einzige Sorte, die ich rauche«, erklärte Georg bestimmt.

»Ein deutscher Oberleutnant kann sich heutzutage keine ägyptischen Zigaretten leisten«, erklärte Hugo ebenso bestimmt und streckte ein langes Bein gelangweilt von sich.

Der würzige Rauch munterte ihn etwas auf, und er fing an, von einer Stadt in Frankreich zu erzählen, die seine Kompanie so schnell eingenommen habe, daß die Einwohner bei der Flucht alles zurückgelassen hätten. In einem verlassenen Haus habe er einen ganzen Packen ägyptischer Zigaretten und Zigarren gefunden. Havannazigarren seien das gewesen! ... Verdammt gelegen seien die ihm gekommen, diese ägyptischen Zigaretten!

So redete er in seinem preußisch schneidigen Ton weiter und lachte oft über Dinge, die nicht im leisesten komisch waren. Seine Sprache war dürr und farblos. Jedesmal, wenn ihm ein Wort nicht einfiel, fluchte er. Georg rauchte ungeduldig und starrte auf Hugos steife Beine.

»Entschuldigen Sie, Herr Holbeck«, unterbrach er schließlich die endlose Geschichte über die ägyptischen Zigaretten.« »Es sieht aus, als hätten Sie sich da an der Front ein böses Ischias eingehandelt. Im linken Bein, nicht wahr?«

Hugos bleiches Gesicht wurde puterrot. Er haßte es, an dieses unrühmliche Andenken seiner Jahre in den Schützengräben erinnert zu werden. Daß dieser dunkelhäutige, scharfäugige Itzig sein Leiden so schnell diagnostiziert hatte, machte ihn wütend. Außerdem mochte er es nicht, wenn man ihn in seinen Kriegsanekdoten unterbrach. Statt zuzuhören, versuchte dieser rotznasige Christus-Mörder bloß allen mit seinen gottverdammten medizinischen Kenntnissen zu imponieren.

»Ach, das ist nichts!« wehrte er tapfer ab. »Nicht der Rede wert.«

Doch Georg wollte lieber darüber reden als über die Front. »Mit sind im Feld oft solche Fälle vorgekommen«, sagte er aus rein beruflichem Interesse. »Und ich muß sagen, ich habe ganz gute Resultate mit der Behandlung erzielt.«

Hugo war sicher, daß dieser Jude nur einen Patienten suchte, und er ließ es ihn gleich von vornherein wissen, daß er seine Zeit verschwendete. »Ein deutscher Oberleutnant ist schon froh, wenn er heutzutage genug für ein Päckchen lausige Zigaretten hat, für Ärzte ist nichts da.«

Er erwartete Georgs Reaktion. Aber Georg hieb plötzlich nach dem linken Bein des Oberleutnants und traf ihn hart zwischen Knie und Becken.

Hugo Holbeck schrie vor Schmerz auf. »Donnerwetter!«

»Ja, das ist's«, sagte Georg, »und dazu schlimm vernachlässigt. Das können Sie nicht zu lange schleifen lassen.«

Einen Augenblick erwog Hugo, Georg aufs Maul zu schlagen, aber der Arzt schien ihm doch zu massig und selbstsicher zu sein. »Quatsch!« brummte er schließlich nur. »Vergessen Sie das Ganze!«

Georg ignorierte ihn und wandte sich direkt an Therese und ihre Mutter. Frau Holbeck könne ihren Sohn zu Hause mit dem Medikament, das er verschreiben werde, behandeln, und Therese solle dazu das Bein massieren, was sehr zuträglich sei. Zum erstenmal empfand Witwe Holbeck etwas wie eine warme Regung gegenüber dem jungen jüdischen Arzt. Daß er den Gesundheitszustand ihres Sohns so schnell erkannt hatte, beeindruckte sie sehr.

»Der Herr Doktor ist so gütig«, sagte sie.

Sobald er mit Therese weggegangen war, räumte sie den Tisch ab, tupfte sparsam mit der Fingerspitze die Krumen auf und führte sie an den Mund. Vom immer praktischen Gesichtspunkt einer Mutter aus war ihr klar, daß ihre Tochter auf eine gute und sichere Zukunft mit diesem quicken, klugen Juden zählen konnte, und so beschloß sie, das Beste daraus zu machen.

»Ein netter junger Mann«, bemerkte sie zu Hugo. »Denkst du nicht auch?«

»Ein lausiger Itzig«, knurrte er und wandte sich wieder seinem Hund zu.

Obwohl sie nicht verstand, wie ihre Tochter auch nur daran denken konnte, ihre Generationen zurückreichende deutsche Abstammung zu beschmutzen, gewann die praktische Seite in ihr die Oberhand. Wie die meisten Berliner hatte sie eine hohe Meinung von jüdischen Ärzten. Sie war auch sicher, daß er wie alle Juden eine Menge Geld verdienen würde. Natürlich hätte sie anders empfunden, wenn ihr Mann noch gelebt hätte und eine Aussteuer für Therese da gewesen wäre. Aber unter den gegebenen Umständen hatte Therese Glück, eine Doktorsfrau zu werden, selbst wenn der Doktor ein Jude war.

Sie wußte auch, daß jüdische Ehemänner großzügig waren, ihre Frauen nicht schlugen, nicht tranken oder sich herumtrieben. In solchen schlechten Zeiten, wo die meisten jungen Männer Deutschlands arbeitslos waren wie ihr Hugo, überwogen Georg Karnovskis Tugenden seine Fehler, die im Grunde nur darin bestanden, daß er Jude war. Nachdem sie sich in das Unvermeidliche gefügt hatte, versuchte sie, auch ihren Sohn dazu zu bringen. »Bedenke unsere Lage, Hugo«, sagte sie. »Wir haben keine Aussteuer, und ihm liegt daran nichts. Würdest du wollen, daß deine Schwester auf diese Gelegenheit verzichtet, zu einer guten Versorgung zu kommen, bloß weil du ihren Mann nicht magst?«

»In diesen gottverdammten Zeiten hat ein deutscher Oberleutnant nichts zu melden«, antwortete er. »Ein deutscher Offizier kann nur sehen, hören und das Maul halten.«

Sein Gesicht war so blaß und ausdruckslos wie eine Maske. Seine hellen blauen Augen waren starr, und nur ein leises Pfeifen deutete darauf hin, daß er noch lebte.

20

Trotz David Karnovskis striktem Verbot ging Lea ihren Sohn und seine junge Frau in der ersten Woche nach ihrer Heirat besuchen.

Sie war ihm zwar böse wegen des Kummers, den er ihr und ihrem David bereitet hatte, und konnte ihm nicht verzeihen, daß er ihr die Freude versagt hatte, ihn in der Synagoge unter dem Hochzeitsbaldachin zu sehen, aber wie hätte sie ihr eigen Fleisch und Blut fallenlassen können?

Sie wußte, sie war nicht die einzige in der Stadt mit diesem Problem. Einige Kinder waren sogar so weit gegangen zu konvertieren. Aber trotz allem, was ihr David auch sagen mochte, setzte sie Georgs Vergehen nicht mit einer Konversion gleich. Und Eltern hatten nicht das Recht, ein Kind zu verstoßen, was immer es auch tat. Das machte alles nur noch schlimmer.

Deshalb wartete sie, bis David in Geschäften nach Hamburg fuhr, und machte sich dann, nachdem sie sich von Rebekka Verschwiegenheit hatte schwören lassen, fertig, um mit ihr Georg in seiner neuen Wohnung zu besuchen. Rebekka war ganz zappelig vor Erwartung.

Energisch und temperamentvoll wie alle Karnovskis und mit einer starken sentimentalen Ader, war Rebekka entzückt von der Aussicht, Georg zu sehen und dazu noch ein Verbot ihres strengen Vaters zu übertreten, und das auch noch im geheimen Einverständnis mit ihrer Mutter.

Lea fühlte sich wie immer, wenn sie jemandem Fremdem gegenübertreten sollte, gespannt und unsicher. Sie konnte sich eine innige Beziehung zu einer nichtjüdischen Schwiegertochter nicht vorstellen. Das Herz war ihr schwer, als sie Georgs Türklingel drückte. *Sollte sie Masel-tow sagen?* ... Nervös preßte sie den Blumenstrauß an ihre Brust. Doch in dem Augenblick, als die Tür aufging und das helläugige Mädchen drinnen ihr mit Ausrufen der Liebe und Freude entgegenstürzte, begannen Lea Tränen der Erleichterung die Wangen herunterzuströmen.

»Mutter«! rief Therese und umarmte sie.

Rebekka küßte ihren Bruder und ihre Schwägerin. »Nenn mich Schwester, Therese«, bat sie. »Ich hatte nie eine Schwester, und jetzt bist du meine.«

Von da an besuchte Lea das junge Paar bei jeder Gelegenheit. Rebekka war sogar noch entzückter von Therese als ihre Mutter. Ihre leidenschaftliche Natur brauchte jemanden, an dem sie ihr Liebesbedürfnis, das sie fast verzehrte, auslassen konnte. Ihre stürmischen Liebesbezeigungen waren manchmal so heftig, daß Therese erschrak.

Als Therese schwanger wurde, identifizierte sich Rebekka so sehr mit den Symptomen ihrer Schwägerin, daß sie selbst ein Kind zu bekommen schien.

Jedesmal, wenn David Karnovski vom letzten Besuch seiner Frau bei dem Paar erfuhr, erzürnte er sich von neuem, daß seine Befehle so offen mißachtet wurden. Lea erzählte ihm, wie gut und sanft das Mädchen sei und wie sie die Bräuche Israels befolge, aber er wollte ihr nicht zuhören. »Das hat überhaupt nichts damit zu tun!« brüllte er. »Es geht um das Prinzip! Was er getan hat, ist nur der Anfang, der erste Schritt zur völligen Konversion!«

»Beiß dir auf die Zunge!« schrie Lea. »Laß nie wieder solche Worte über deine Lippen!«

»Die Zukunft ist dem Gelehrten kein Geheimnis«, sagte er selbstgefällig. »Dein weiblicher Verstand kann nicht erfassen, was da vor sich geht, aber für mich ist das klar wie das Tageslicht.«

Da sie sah, daß sie ihn nicht erweichen konnte, wandte sich Lea an seine Freunde. Sie klagte Dr. Speier, wie falsch es für einen Vater doch sei, seinen einzigen Sohn zu verstoßen, und er war ganz ihrer Meinung. »Mein lieber Herr Karnovski, so ist das Leben nun einmal«, sagte er nach dem Sabbatgottesdienst zu David. »Sie sind nicht der einzige in Berlin mit diesem Problem. Das beste ist, es philosophisch zu nehmen.«

Aber David glaubte nicht mehr an weise Männer mit Zylindern. Seit Dr. Speier ihn in Zeiten der Not so hatte hängenlassen, hatte er alles Vertrauen in ihn als Menschen und Gottesmann verloren. Er mußte in diesen Tagen oft an den Melnitzer Rabbi denken, der dafür verantwortlich gewesen war, daß er wegen der Aufklärung und Weisheit von Berlin Polen verlassen hatte. Er war sich jetzt der Engstirnigkeit von Melnitz und der Geistigkeit Berlins nicht mehr so sicher.

Tief gekränkt durch die »aufgeklärten« Juden Berlins, war David Karnovski noch enttäuschter über die Nichtjuden. Während des Krieges und jetzt in der Nachkriegszeit hatte er durch sie viele Erniedrigungen erlitten, obwohl er doch das reinste Deutsch sprach und immer auf einen tadellosen Anzug hielt. Oft wurde er verspottet und beleidigt, vor allem, wenn er in seinen Mietshäusern in Neukölln die Miete einzog.

Gesetzlose Jugendbanden zogen nun durch die Straßen der Hauptstadt und schrien nach jüdischem Blut. Nicht nur die gewöhnlichen Herumlungerer und Raufbolde waren dabei, sondern auch Universitätsstudenten aus guten deutschen Häusern. Sie schwärmten über Straßen, die nach Kant und Leibniz benannt waren, und verkündeten lauthals Rache an den Verrätern des Vaterlands.

David Karnovski fühlte sich von der Stadt seines Idols

Moses Mendelssohn betrogen. Der Melnitzer Rabbi hatte recht gehabt. Die Wege des Philosophen führten nur zum Übel. Es fing an mit Aufklärung und Eingliederung in die Welt der Nichtjuden, es endete mit Abtrünnigkeit. Wie es mit Moses Mendelssohns Nachfahren gegangen war, so ging es nun mit seinen. Wenn Georg selbst nicht konvertierte, seine Kinder würden es bestimmt. Vielleicht würden sie sogar zu Antisemiten werden, wie Konvertierte oft.

Noch größere Sorgen machte er sich wegen Rebekka, die nun die ganze Zeit bei ihrer nichtjüdischen Schwägerin steckte. Da er sowieso den weiblichen Verstand verachtete, war er tief beunruhigt darüber, daß seine Tochter ihrem Bruder nacheifern könnte. »Ich will nicht, daß sie dort hingeht!« schrie er seine Frau an und schlug mit der Faust auf den Tisch. »Sie ist ein Kind, das sich leicht beeindrucken läßt. So kommt sie uns bestimmt auch noch vom rechten Pfad ab und vergißt ihr Judentum!«

Lea bat ihn, milder zu seinen Kindern zu sein. Sie erinnerte ihn daran, wie Ruth, die Moabiterin, ein gute Jüdin geworden war, doch David war nicht in der Stimmung für Gleichnisse. »Frau! Ruth ist von Moab nach Israel gegangen. Heutzutage geht Israel nach Moab! Verstehst du?«

Sie verstand es nicht, und David Karnovski trug seinen Kummer allein. Alle verließen sie ihn, seine Freunde, seine Kinder, alle, die ihm teuer waren. Als er so allein in seinem großen Arbeitszimmer voller Bücher saß, wurde ihm bewußt, daß er der letzte einer Generation war. Keiner würde sich um die riesige Bibliothek kümmern, die er so mühsam zusammengetragen hatte. Die ganze große jüdische Welt, die Jahrtausende gebraucht hatte, um sich zu entwickeln, die Thora, die Weisheit, die Gebräuche, die Gelehrsamkeit, für die zahllose Juden ihr Blut vergossen und ihr Leben geopfert hatten, all das würde vergessen und ausgelöscht werden. Nach seinem Tod würden sie seine Schätze an einen Trödler verkaufen oder verbrennen. Als er so über diesen schwarzen Gedanken brütete, wurde ihm furchtbar angst.

Sein Kummer trieb ihn zu Ephraim Walder. Der alte Mann war jetzt hoch in den Achtzigern. Seine Haut war wie das Pergament, auf das er ewig kritzelte. Seine Hände schienen mit Moos bedeckt zu sein. Aber sein Geist war so scharf und rege wie immer, und er begrüßte David Karnovski herzlich. »Willkommen, Reb Karnovski, willkommen! Was gibt es Neues in der Welt draußen?«

»Nichts Gutes, Reb Ephraim. Es ist eine erbärmliche Welt da draußen heutzutage.«

»Es hat nie eine bessere gegeben, Reb Karnovski«, murmelte Reb Ephraim aus seinem nun vor Alter fast grünen Bart heraus.

David widersprach. Zu seiner Zeit hätten Kinder ihre Eltern respektiert. Heute sei ein Vater kaum mehr als ein dummer August.

Reb Ephraim lachte leise. »Väter sind nie mit ihren Kindern zufrieden gewesen. Es ist lange her, daß ich ein Junge war, aber ich weiß noch, wie mein Vater, er ruhe in Frieden, mir immer sagte, wie respektlos ich sei und wie anders es zu *seiner* Zeit gewesen sei. Selbst der Prophet Jesaja hat darüber geklagt: ›Ich habe sie aufgezogen, und sie haben gegen mich gesündigt ...‹«

Von den aufsässigen Kindern kam Karnovski auf die schlechten Zeiten, die jetzt herrschten, die Not, den Hunger, die Unruhen, die das Land erschütterten, und den Haß, besonders den Haß auf die Juden. Reb Ephraim war nicht überrascht. Er hatte viele solcher Epochen erlebt. So war es gewesen, so war es, so würde es immer sein.

Doch David Karnovski konnte seine Enttäuschung nicht so ruhig und philosophisch hinnehmen, noch konnte er sich damit abfinden, daß sein einziger Sohn ihn für eine nichtjüdische Schlampe aufgegeben hatte. Reb Ephraim blieb gelassen.

»Sie sind nicht der einzige, Reb Karnovski. Schauen Sie an meine Tochter. Sie sitzt den ganzen Tag da und steckt ihre Nase in diese Schundromane. Sie leidet, aber sie weiß nicht einmal, warum. Und auch Rabbi Mosche von Dessau hat keine Befriedigung an seinen Kindern erlebt. Sie waren die ersten, die den Glauben aufgegeben haben.«

David seufzte schwer auf. Vielleicht hätten die Chassidim ja recht mit ihrer Verurteilung der deutschen Aufklärung. Vielleicht sei der Melnitzer Rabbi ja erleuchteter als Rabbi Mosche. Es sei schließlich deutlich zu sehen, was die »aufgeklärte« Fassung der Thora in *diesem* Land geschaffen habe.

Reb Ephraim wedelte mit seiner zerbrechlichen Hand. »Das Leben ist ein schrecklicher Witzbold, Reb Karnovski. Es spielt den Menschen nur allzugern einen Streich. Deutsche Juden wollten Juden zu Hause und Nichtjuden auf der Straße sein, aber das Leben hat dieses Ziel auf den Kopf gestellt. Tatsache ist, wir sind jetzt Nichtjuden zu Hause und Juden auf der Straße.«

»Dann trägt vielleicht Rabbi Mosche Mendelssohn daran die Schuld?«

Damit war Reb Ephraim nicht einverstanden. Der Pöbel verfälsche immer die Gedanken eines Heiligen.

»Nein, Reb Karnovski«, schloß er, »Der Weise muß ein Weiser bleiben und der Narr ein Narr. Darüber habe ich in aller Ausführlichkeit geschrieben, und wenn Sie einen Augenblick Zeit haben, lese ich es Ihnen aus meinem Manuskript vor.«

Mit jungenhafter Behendigkeit kletterte er die Leiter hinauf, blätterte die Notizbücher durch, die auf dem obersten Regal lagen, und fand die Seiten, die er suchte. »Diese Schlingel!« schalt er auf die Mäuse, die seine Manuskripte zernagt hatten. »Gegen die ist einfach nichts zu machen!«

»Aber Sie haben doch eine Katze, Reb Ephraim«, sagte Karnovski und zeigte auf das Tier, das zusammengerollt auf einem Stuhl lag und die Ohren gespitzt hatte, als hörte es seinem Herrn zu.

»Seit Methusalem, er ruhe in Frieden, gestorben ist, habe ich keine anständige Katze mehr gefunden«, seufzte der alte Mann. »Er war zwar alt und blind, aber diesen Schurken gegenüber kannte er keine Gnade. Er war ein Heiliger, so wie er sich für meine Bücher geopfert hat!«

Obwohl Teile des von den »Schurken« angenagten Manuskripts fehlten, las Reb Ephraim die verlorenen Stellen aus dem Gedächtnis.

»Was sagen Sie dazu, Reb Karnovski?«

Karnovski hatte der Logik des Greises nichts entgegenzuhalten, doch er bezweifelte ernsthaft, daß seine Schriften einen Waffenstillstand zwischen Juden und Nichtjuden bewirken konnten. Seine, Davids, Sicht auf die Dinge sei praktischer als die Reb Ephraims, der sich in seinem Haus absondere. Er habe sie gesehen, die Nichtjuden, im Krieg und im Frieden, in ihrer ganzen Grausamkeit und Bosheit, und sie düsteten nach Blut – vor allem nach dem der Juden. Und das betreffe nicht nur die niedrigen Schichten, sondern auch Studenten und gebildete Leute. Doch warum von Nichtjuden sprechen, wenn die eigenen Kinder sich nicht einmal bemühten, ihre Eltern zu verstehen? Was für einen Wert hätten da noch die Manuskripte, in die Reb Ephraim so viel Mühe und Gelehrsamkeit und Jahre härtester Arbeit gesteckt habe?

»Für wen mühe und plage ich mich?« zitierte Karnovski.

Draußen siedete die Dragonerstraße wie ein Hexenkessel. Zu dem Gedränge, das dort sowieso immer herrschte, kamen nun noch die Tausende der heimatlosen, vertriebenen Juden von jenseits der Grenze hinzu. Sie waren nach dem Verlust ihres teuren Königs Franz Joseph aus Galizien gekommen; aus Polen, Rumänien, Rußland – von überall her, von wo der Krieg und das Gemetzel sie vertrieben hatte. Viele jüdische Kriegsgefangene aus der russischen Armee waren dageblieben, da sie keinen Ort mehr hatten, wohin sie zurückkehren konnten. Polnische Juden auf dem Weg nach Palästina, die sich keine Visa verschaffen konnten, waren dageblieben. Verlassene Ehefrauen, die versuchten, zu ihren Männern nach Amerika zu reisen, aber das Geld für die Schiffspassage nicht hatten, waren dageblieben. Sie alle schlugen sich irgendwie durch, drängten sich in den kleinen koscheren Gaststätten und auf jedem Quadratzentimeter Wohnraum des Viertels. Die Polizei machte häufige Razzien und suchte nach Personen ohne gültige Papiere, und das alte Viertel summte vor Betrieb, Gewühl und Streit. Vermittler boten laut Geschäfte an, Hausierer zankten sich, Bettler schrien nach milden Gaben, Polizisten pfiffen, Geldwechsler tauschten fremde Währungen, und fromme Juden beteten inbrünstig. Das Grammophon in dem Buchladen unten schmetterte die neueste Musik aus Amerika, ein Gemisch aus Chorliedern, Theatermelodien und süßlichen Duetten. Doch Reb Ephraim hörte nichts, sah nichts und war dem allem völlig entrückt. Seite um Seite las er David Karnovski vor. Die Katze achtete nicht auf die Mäuse, die geschäftig an den Büchern nagten, und hörte begierig zu. Jedesmal, wenn Reb Ephraim zu einer ihm besonders lieben, ganz neuen oder geistreichen Deutung kam, leuchtete sein Gesicht auf, seine Augen funkelten, und die Jahre schienen von ihm abzufallen und einen eifrigen Schuljungen zurückzulassen.

»Bemerkenswert ... wirklich bemerkenswert«, sagte David Karnovski voll echter Ehrfurcht.

Als Therese ihre Wehen regelmäßig einsetzen spürte, ging sie in Professor Halevys Klinik, wo ihr Mann sich anschickte, persönlich die Entbindung zu übernehmen. Das Pflegepersonal war schockiert. »Hast du keine Angst, Therese?« fragten die Schwestern. »Gewöhnlich trauen in solchen Fällen Frauen ihren Männern nicht.«

»Ich schon!« erwiderte sie empört bei dem Gedanken, daß sie ihrem eigenen Mann nicht trauen sollte.

Die anderen Ärzte drängten sich um Dr. Karnovski. »Sind Sie sicher, daß Sie nicht die Nerven verlieren?« fragten sie nur, damit ihr allzu selbstsicherer Kollege sie verlieren sollte.

»Ich bin sicher«, sagte Dr. Karnovski.

Verärgert über dieses Selbstvertrauen zuckten sie die Achseln und machten Mienen, als stünde eine Katastrophe bevor. Aber der alte Professor Halevy wies sie zurecht. »Ein Arzt, der sich nicht zutraut, für das Leben seiner Liebsten zu sorgen, hat kein Recht, das für Fremde zu tun«, erklärte er. »Denken Sie daran, junge Kollegen!«

Georg wurde erst unsicher, nachdem er Therese glücklich von einem gesunden Jungen entbunden hatte. Wie die meisten Väter freute er sich darüber, daß sein Erstgeborenes ein Sohn war. Seine einzige Sorge waren seine Eltern, vor allem seine Mutter. Obwohl sie überglücklich war, wieder einen Säugling in den Armen zu halten und zu herzen, fing sie an, ihrem Sohn mit stillem Flehen in die Augen zu sehen.

Am ersten Tag war er sicher, daß er für immer würde standhalten können. Er würde es nicht zulassen, daß an seinem Sohn eine barbarische Zeremonie ausgeführt würde, bloß weil Jahrtausende zuvor Abraham seinem Gott versprochen hatte, alle seine männlichen Nachkommen zu beschneiden. Was für eine Verbindung sollte es zwischen ihm, einem Arzt mitten in Westeuropa, und einem Patriarchen mit seinen alten Bräuchen und Blutritualen geben?

Am zweiten Tag war er angesichts der fragenden Augen seiner Mutter nicht mehr so unerschütterlich sicher, aber er weigerte sich immer noch, nachzugeben. Wäre das Kind von beiden Seiten her jüdisch, hätte er sich vielleicht bewegen lassen. Doch in diesem Fall mußte er auch die andere Seite in Betracht ziehen. Gewiß, Therese hätte nichts gesagt. Sie liebte ihn und würde sich nie einem Wunsch von ihm widersetzen. Aber er weigerte sich, sie in eine solche Lage zu bringen. Gerade weil er Jude war und sie Christin, wollte er ihr und ihrer Familie nicht seinen Willen aufzwingen.

Am dritten Tag konnte Georg Leas Gesicht nicht mehr ausweichen. Obwohl sie nichts sagte, sprachen ihre Blicke Bände. »Es liegt bei dir«, schienen sie zu sagen. »Du kannst entweder deine Mutter glücklich machen oder ihr Leben abkürzen.«

Er machte sich Sorgen wegen ihr. Vielleicht würde sie die Enttäuschung nicht ertragen. Und wenn er eine Verantwortung gegenüber seiner Frau hatte, so hatte er doch auch eine gegenüber seiner Mutter. Gewiß, die Lage war unerfreulich, denn sie stellte Juden gegen Nichtjuden. Doch es hatte auch damit zu tun, daß er seiner nichtjüdischen Frau und ihrer Familie zu Gefallen sein wollte, und auch dies roch nach jüdischer Unterwürfigkeit und einem rassischen Minderwertigkeitsgefühl, das ein wirklich freier Mensch doch nicht empfinden durfte.

Am vierten Tag wurde Georg neben der Sorge um die Gesundheit seiner Mutter von einem neuen Bedenken ergriffen. Nun selbst Vater geworden, fing er an, seinen eigenen Vater in einem anderen Licht zu sehen. Gefühl kämpfte gegen kalte Überlegung. Sein Vater hatte ihn zwar ungerecht behandelt und verstoßen, aber nicht in böser Absicht, denn er war ein eigensinniger und altmodischer Mann, und er, Georg, mußte sich Mühe geben, ihn besser zu verstehen. Die kleine Zeremonie, die zufällig auch medizinisch gesehen von Vorteil war, könnte dazu dienen, seinen Vater umzustimmen und zu einer Versöhnung zu führen. Er würde ihm zeigen, daß ein jüngerer Mann einfühlsamer und gefügiger sein konnte und daß tatsächlich das Ei klüger war als die Henne.

Am fünften Tag erwog er sogar, zu seinem Vater zu gehen und ihn zur Beschneidung einzuladen. Das würde den alten Mann völlig entwaffnen. Doch nun setzte sich auch bei ihm der Karnovski-Eigensinn durch. Nein, das war zuviel. Er war es schließlich nicht gewesen, der den Streit angefangen hatte. Außerdem war er der Gastgeber, und es wäre an seinem Vater gewesen, zu kommen und seine Glückwünsche zu bringen. Sollte er kommen, war Georg bereit, ihm in allem nachzugeben und ihn glücklich zu machen. Wenn er aber nicht kam, dann war es eben, wie es war.

Zwei weitere Tage noch quälte er sich. Würde sein Vater kommen oder nicht? Am achten Tag, als sein Vater sich immer noch nicht rührte, beschnitt Georg das Kind selbst ohne einen Rabbi, ein Quorum oder irgendeine Feier.

»Der arme Kleine«, sagte Oberschwester Hilda, als sie das schreiende Kind an Thereses Bett zurückbrachte. »Wie konnten Sie das nur übers Herz bringen, Herr Doktor?«

»Das hat ihm nicht geschadet«, schnauzte Georg sie an. »Das war ein ganz harmloser Eingriff.« Er war wütend auf sich selbst, weil er nachgegeben hatte, und ließ nun seinen Ärger an Oberschwester Hilda aus.

Wenn nun Lea Karnovski das Kind herzte, empfand sie es als wahrhaft ihr eigen. Sie bat ihren Mann, noch einmal alles zu überdenken. »Du Starrkopf, was willst du denn sonst noch von dem Jungen? Er hat es schließlich für dich getan!«

David Karnovski wußte, daß sie recht hatte, aber er konnte sich nicht dazu durchringen, nachzugeben. Gerade die Tatsache, daß er im Unrecht war, hielt ihn davon ab, das einzugestehen.

Um Therese dafür zu entschädigen, daß er einen Juden aus ihrem Sohn gemacht hatte, nannte Georg den Jungen Joachim nach ihrem Vater. Therese fügte als zweiten Vornamen Georg hinzu, und genau seinen Namen entsprechend schien der Junge eine Mischung aus seiner doppelten Abstammung zu sein. Seine Augen waren blau und seine Haut hell wie die der Holbecks, aber seine Brauen und sein Haar waren rabenschwarz und die Nase kühn und eigensinnig wie bei einem echten Karnovski.

21

Die großen Berliner Hotels, in denen seit Generationen Fürsten, Diplomaten und Opernstars abgestiegen waren, beherbergten nun mehr und mehr eine neue Klasse von Gästen – Amerikaner, die in der Eingangshalle ihre Hüte auf dem Kopf behielten und sich nicht zu gut waren, einem Pagen freundlich den Arm um die mit goldbestickten Epauletten geschmückten Schultern zu legen. Es amüsierte diese Touristen, eine einzige Dollarnote in Millionen von Mark umzuwechseln und diese lässig Bedienten, Botenjungen und Kellnern zuzustecken, die einander in der Pracht ihrer Uniformen übertrafen. Es amüsierte sie auch, in Betten zu schlafen und zu kopulieren, in denen früher Fürsten, Prinzessinnen und weltberühmte Operngrößen gelegen hatten.

Die kleineren Hotels waren von anderen Fremden besetzt – rotbackigen, dicken Holländern, eleganten, dunkelhäutigen Rumänen, riesigen Letten, blonden Tschechen, Esten und Polen, bäurischen russischen Kommissaren und quicken, schwarzäugigen Juden. Sie alle kamen nur, um von einer Metropole zu profitieren, deren Währung jeden Wert verloren hatte. Meistens kauften die Fremden Häuser – massige, solide Gebäude, die gebaut worden waren, um Jahrhunderte zu überdauern.

Das überlaufenste Hotel war das Franz Joseph, das Reb Herzele Vishniak aus Brod gehörte und im Scheunenviertel, dem alten Viertel der Lumpen- und Kleiderhändler, lag. Hier teilten sich mehrere Gäste in jedes Zimmer, selbst zwei Fremde in ein einziges Bett. Einwanderer aus Galizien und Polen stiegen hier ab, Juden in kurzen Röcken und in nicht so kurzen Röcken, alle begierig darauf, in einer wirtschaftlich verrückt gewordenen Stadt ein Geschäft zu machen. Obwohl in der ganzen Stadt die Hotelpreise niedrig waren, gaben sie Reb Herzele Vishniaks Etablissement, in dem sie sich so ganz und gar zu Hause fühlten, den Vorzug.

Unter denen, die ihre Häuser verkauften, war auch Witwe Holbeck. Das Geld, das sie aus den Mieten einnahm, war völlig wertlos. Die Einnahmen eines Monats reichten nicht einmal für einen Tagesbedarf an Lebensmitteln, und sie kehrte immer mit leichtem Einkaufskorb und schwerem Herzen vom Markt zurück. Zuerst verkaufte sie Besitztümer aus ihrem Hausrat, damit es weiterging. Ihre ältesten Krüge mit den besten Sprüchen, ihre Sammlung von Rubingläsern, ihr Kristall – alles wanderte in die Antiquitätenläden, die jetzt überall in der Stadt wie Pilze aus dem Boden schossen. Als nichts mehr zu essen da war und Hugo Geld für Zigaretten verlangte – mehrere Päckchen täglich –, fand sie einen Käufer, und für zweitausend amerikanische Dollar in bar verkaufte sie ihre Häuser mit allen Säulen, Türmchen, Simsen, Erkern, Balkonen und Skulpturen; die Häuser, die ihr Mann erbaut hatte, damit sie auf immer den Holbeckschen Nachkommen zur Verfügung stehen sollten. Sie weinte, als sie den Kaufvertrag unterschrieb. »Wenn dein seliger Vater das wüßte ...« klagte sie ihrem Sohn.

Hugo blieb so apathisch wie immer. Er wollte bloß einen Dollar von seiner Mutter, eine einzige Banknote, die er sogleich auf der Straße in einen Haufen Mark umtauschte, um damit die nächsten vierundzwanzig Stunden einmal gründlich auf den Putz zu hauen. Für den einen Dollar trank er in einer Kneipe Wein, kaufte gute Zigaretten, schoß an einem Schießstand, mietete ein Reitpferd und las zum Schluß noch an der Kurfürstenstraße eine Dame auf und ging mit ihr in ein Hotel. Den Rest des Geldes gab er dem Taxifahrer, der ihn in sturzbetrunkenem Zustand nach Hause brachte. Das einzige, vor dem er neben der Armee jetzt Achtung hatte, war der grüne amerikanische Dollar, der einem Mann so viel Glück verschaffen konnte.

Auch David Karnovski war unter denen, die ihre Häuser verkauften. Seine Mieter zahlten ihm nicht einmal die wertlosen Markbeträge für die Miete. Der einzige, der noch zahlte, war Dr. Landau. Die anderen verhöhnten bloß den bärtigen Hausbesitzer, der das überkorrekte Deutsch eines Fremden sprach. »Wir sind keine Spekulanten und Schieber!« sagten sie und meinten damit, daß er und seine Sorte das seien.

Es wurde eine beschwerliche Aufgabe für David, sich um seine Häuser zu kümmern; außer Erniedrigung brachten sie ihm nichts ein. Auch sein Holzgeschäft ging nicht besser, und zum erstenmal wurde in seinem Haushalt das Geld ein

Problem. Jedesmal, wenn Georg einen mit Banknoten gefüllten Umschlag schickte, sandte David Karnovski ihn ungeöffnet zurück. »Ich verkaufe *mein* Geburtsrecht nicht für ein Linsengericht!« schrie er.

Als er Woche um Woche tiefer in Geldnot geriet, wandte sich David an einen ausländischen Käufer und verkaufte sein Haus für eine Währung, die noch etwas wert war. Er seufzte schwer, als er für einen lächerlichen Betrag einen Besitz losschlug, in den er ein Vermögen gesteckt hatte.

Obwohl auch er allen Grund dazu hatte, klagte Salomon Burak nicht über die schlechten Zeiten.

Er verkaufte seine Waren für Geld, das wertlos war, Geld, das er sich nicht einmal die Mühe machte, zu zählen. Aber nicht der Gedanke an Profit bewegte ihn, ihn reizte einfach der Betrieb, die Erregung, Waren unter die Leute zu bringen und die Dinge in Schwung zu halten. Es amüsierte ihn zu beobachten, wie die Frauen einander die Sachen aus der Hand rissen, Sachen, die sie nicht einmal brauchten. Jedesmal, wenn nach einem Verkauf die Kasse klingelte, seufzte Jetta schwer. »Salomon, wir geben her wertvolle Waren für Makulatur. Bald werden wir haben leere Regale und einen Ballen Klosettpapier.«

»Jammere nicht, Jettele«, sagte er, »so lange nur Betrieb ist, bin ich glücklich ...«

Er hatte keine Wahl, er mußte verkaufen wie die anderen Kaufleute; aber statt sich darüber zu beklagen, hatte er eher Vergnügen an der hektischen Atmosphäre wie ein kleiner Junge, der die Aufregung bei einer Feuersbrunst genießt. Wie er vor dem Krieg seine Verwandten aus Melnitz unterhalten hatte, richtete er jetzt seine jiddischen Sprüche an seine nichtjüdischen Angestellten, die bereits an seinen Humor gewöhnt waren. »Eine Million mehr, eine Million weniger«, witzelte er über die chaotischen Zustände.

»Wieviel?« fragte manchmal ein Kunde, während er einen Zipfel der Ware befingerte.

»Fünf«, antwortete dann Salomon Burak, ohne sich die Mühe zu machen, »Millionen« hinzuzusetzen.

»Wieviel haben Sie gesagt?«

»Zehn!«

»Haben Sie nicht fünf gesagt?«

»Fünfzehn!« sagte darauf Salomon.

Eigentlich kam es nicht darauf an, aber es ärgerte ihn, um Geld feilschen zu müssen, das keinen Wert hatte. Andere Male wieder drängte er Kunden dazu, Totenhemden zu kaufen. »Nehmen Sie es, gute Frau«, sagte er zu einer verblüfften Hausfrau. »Die steigen bald im Preis ...« Er tat das bloß, um seine Verkaufskünste spielen zu lassen, aber die Frauen nahmen ihn ernst und kauften die Totenhemden.

Jetta konnte seine Späße nicht ausstehen. »Dein Vater ist verrückt!« sagte sie zu Ruth, die an der Registrierkasse stand und ihrer Mutter half, das wertlose Geld einzunehmen.

Ruth hörte sie nicht einmal. Obwohl sie nun mit einem Mann, den ihr Vater ihr ausgesucht hatte, verheiratet und selbst Mutter war, litt sie immer noch unter der alten Verschmähung und unerwiderten Liebe. Sie wußte, daß ihr Mann ein anständiger Kerl war und ihre Liebe verdiente, und sie versuchte auch, sich dazu zu zwingen, dem zu entsprechen, aber es war vergebliche Liebesmühe. Sie lebte wie in eine Dunstwolke eingehüllt. Sie wußte nicht, worauf sie immer noch wartete – vielleicht auf etwas wie ein Wunder. Ihr Vater neckte sie oft freundlich, wenn sie abwesend vor sich hin starrte, als kommunizierte sie mit unsichtbaren Geistern.

»Kikeriki, Ruth, wo bist du?« krähte er, um sie aus ihren Träumereien zu reißen.

Sie hörte ihn nicht, und sie hörte auch nicht immer, wenn ihr Mann zu ihr sprach.

Vierschrötig, gleichmütig und völlig in Einklang mit der Welt, war Jonas Zielonek das genaue Gegenteil von Ruths Vater. Sohn eines Posener Kaufmanns, hatte er wohlüberlegt sein Leben geplant und folgte diesem Entwurf mit hartnäckiger Entschlossenheit. Er hatte eine schöne Menge Geld gespart; er hatte die Torheiten und Ausschweifungen der Jugend vermieden; er hatte dem Heiratsvermittler genaue Angaben über Wohlstand und Ansehen der Braut gemacht, die er suchte, und genauso wohlüberlegt war er in das Geschäft seines Schwiegervaters eingestiegen. Sein häusliches Leben entsprach dem Muster seines Verhaltens im Laden. Er billigte die gewagten jiddischen Bemerkungen seines Schwiegervaters gegenüber den deutschen Verkäuferinnen nicht und gestattete denen, die mit ihm zu flirten versuchten, um ihre Stellung zu verbessern, keinerlei Vertraulichkeit. Als ein guter Ehemann wollte er mit seiner Frau jede Einzelheit aus dem Laden und der Geschäftswelt im allgemeinen besprechen. Er gab seiner Sorge Ausdruck, daß das ganze Geld, das er investiert hatte und zu dem auch die beträchtliche Mitgift gehörte, in diesen unsicheren Zeiten verlorengehen könnte. Ruth hörte ihn verständnislos an.

»Was hast du gesagt?« fragte sie dann abwesend.

Jonas Zielonek hätte es für besser gehalten, wenn seine Frau sich mehr für die Angelegenheiten, die sie doch beide betrafen, interessiert hätte, aber er sagte nichts. Er wußte, es nützte nichts, über Dinge zu sprechen, die nicht zu ändern waren. Er sagte auch nichts, wenn sein Schwiegervater sich im Laden zum Narren machte. Er war kein besonders religiöser Mensch und ging nur an den Bußtagen in die Synagoge, aber er betete inbrünstig zum Allmächtigen, ihn vor Armut und Ruin zu behüten.

Gott allein, zu diesem Ergebnis war Jonas nach langen Überlegungen gekommen, konnte ihn jetzt noch vor der Katastrophe bewahren.

22

Wie immer, wenn eine gefährliche Operation bevorstand, war die Atmosphäre in Professor Halevys Klinik spannungsgeladen. Ärzte und Schwestern in gestärkten weißen Uniformen schwärmten, ängstlich darauf bedacht, auf Zehenspitzen zu gehen, durch die Korridore. Pfleger schoben die Rollbetten der Patientinnen so leise wie möglich. Putzfrauen schrubbten die Linoleumböden geräuschlos. In den Wehen liegende Frauen spürten die Spannung und fragten nach dem Grund, doch die disziplinierten Schwestern antworteten nicht – die Vorschriften untersagten streng alle Gespräche über Klinikangelegenheiten mit den Patientinnen.

Die angespannte Stimmung teilte sich selbst dem älteren uniformierten Portier und der Angestellten an der Aufnahme unten mit.

Am höchsten war die Erregung in Professor Halevys Arbeitszimmer, das neben dem Operationssaal lag. Oberschwester Hilda, deren reife Rundungen fast ihre Uniform sprengten, klopfte schüchtern an des Professors Tür und wartete, bis sie einen Spalt weit aufgegangen war. Der alte Mann blitzte sie mit seinen hervorquellenden schwarzen Augen an . »Um Gottes Willen, ich habe Ihnen doch gesagt, ich will nicht gestört werden!«

Fast unter Tränen rang Oberschwester Hilda die Hände. »Ich bitte Sie tausendmal um Entschuldigung, Herr Professor, aber es ist seine Exzellenz persönlich, der Herr Botschafter. Er möchte nur ganz kurz mit dem Herrn Professor sprechen ...«

»Exzellenz oder nicht, ich kann jetzt niemanden sehen«, knurrte der alte Mann. Es war seine Gewohnheit, wenn die Familie einer Operation zugestimmt hatte, alle, selbst den Ehemann der Patientin, fernzuhalten. Von diesem Augenblick an gehörte die Patientin allein ihm, ihrem Arzt.

»Diese Idiotin!« wütete er über Oberschwester Hilda. «Diese dumme Kuh!«

»Es lohnt nicht, sich darüber aufzuregen, Herr Professor«, sagte Dr. Karnovski.

»Wer sagt, daß ich mich aufrege?« fuhr Professor Halevy ihn an. »Ich bin immer völlig ruhig! Vor allem vor einer Operation!«

Aber er war ganz und gar nicht ruhig, und er wußte es. Und daß er es wußte, machte ihn nur noch aufgeregter.

Seit vierundzwanzig Stunden war bei der Patientin, deren erste Schwangerschaft das war, die Geburt nicht vorwärtsgegangen. Natürlich war das nicht der erste derartige Fall in Professor Halevys Laufbahn. In den über fünfzig Jahren seiner Praxis hatte er sich allen möglichen Situationen gegenübergesehen. Doch dieser Fall war ungewöhnlich; die Frau war die einzige Tochter eines Botschafters einer Großmacht, und der Professor fühlte eine zweifache Verantwortung – es ging nicht nur um seinen eigenen ärztlichen Ruf, sondern auch um den des Vaterlands. Außerdem empfand er eine ganz besondere Zuneigung zu der Patientin, als wäre sie seine eigene Tochter.

Jung und zerbrechlich, mit schlanken, zarten Händen, einem sommersprossigen Gesicht und Ringellocken, wirkte sie eher wie ein ausgelassenes Schulmädchen als wie eine Frau. Selbst in ihren letzten Schwangerschaftsmonaten betrug sie sich wie ein leichtsinniges Kind, fiel dem alten Mann liebevoll um den Hals und küßte ihn auf die Wange, daß die Spur ihres Lippenstifts zurückblieb.

Doch wie klein sie auch war, ihr Bauch wölbte sich, und Professor Halevy wurde im Verlauf der Schwangerschaft immer besorgter. Die letzten vierundzwanzig Stunden hatten seine Befürchtungen aufs äußerste gesteigert, und seine Mitarbeiter bangten loyal mit ihm, vor allem Georg Karnovski, der zu dem Fall hinzugezogen worden war und sich nicht mehr vom Bett der Patientin entfernt und alles getan hatte, um ihre Qualen zu lindern.

»Doktor, muß ich sterben?« fragte sie Georg jedesmal, wenn der Schmerz nachließ und sie wieder sprechen konnte.

»Alles geht gut. Sie müssen nur noch ein wenig Schmerzen ertragen«, versicherte er beruhigend.

»Lassen Sie mich nicht sterben, Doktor!« sagte sie, lächelte mit schmerzverzerrtem Gesicht und drückte seine Hand, als klammerte sie sich am Leben fest.

Krampfhaft griff sie jedesmal nach ihm, wenn wieder eine Wehe kam. »Gott!« schrie sie in diesem ersten großen Leiden ihrer verhätschelten Existenz.

Als nach vierundzwanzig Stunden das Kind immer noch nicht kam, ließ Professor Halevy Georg zu sich ins Büro rufen. »Wir kommen nicht um einen Kaiserschnitt herum«, sagte er erbost, als wäre es irgendwie Georgs Schuld. »Und zwar sofort! Wir können es uns nicht leisten, auch nur noch eine Sekunde länger zu warten ...«

»Leider nicht, Herr Professor«, stimmte Georg ihm zu.

Wie gewöhnlich brauchte Professor Halevy lange, um zu einer Entscheidung zu kommen, aber wenn er sie einmal getroffen hatte, führte er sie mit einer Tatkraft aus, die sein Alter Lügen strafte. Schwestern kochten Instrumente aus, sterilisierten Bandagen und Watte. Ärzte wuschen sich die Hände, zogen Kittel, Kappen, Mundschutz und Handschuhe an. Jeder arbeitete in schweigender, nervöser Eile. Georg bereitete die Patientin für die Operation vor.

»Doktor, ist mein Zustand ernst?« fragte sie erschreckt durch all diese Vorbereitungen. »Werde ich jetzt eingeschläfert?«

»Beruhigen Sie sich, meine Liebe, seien Sie ganz ruhig«, sagte er und kontrollierte wieder ihren Herzschlag und Puls.

Professor Halevy erteilte Anweisung auf Anweisung. »Sehen Sie zu, daß alles genau klappt«, mahnte er seine Assistenten. »Es muß ganz ruhig und schnell gehen! Vor allem Ruhe ist wichtig!«

Professor Halevy bestand darauf, daß Ruhe während einer Operation die Hauptsache sei, doch diesmal befolgte er seinen eigenen Erlaß nicht. Seit einiger Zeit schon verspürte er eine Schwäche in seinem Körper, ein Gefühl der Entkräftung und eine Art Benommenheit. Eine Weile hatte er daran gedacht, wegen dieser Symptome seinen alten Schulkameraden Professor Bart zu konsultieren, aber er brachte es nicht über sich, dem Freund seinen Zustand zu offenbaren.

Die Symptome waren noch nie so schlimm gewesen wie in diesen vierundzwanzig Stunden der Niederkunft der Botschafterstochter. Die Anfälle von Schwindel und Benommenheit folgten einander auf dem Fuß; er sah silberne Blitze, und alles um ihn herum sank in erschreckende Nacht; etwas wie eine eiserne Klammer drückte auf seine Schläfen, und wiederholt verkrampften sich seine Finger.

Professor Halevy durchlebte während der Operationsvorbereitungen schwere Augenblicke. Er wusch sich energisch und spritzte sich kaltes Wasser ins Gesicht. Er nahm auch heimlich eine Pille für seine Nerven. Er rief Oberschwester Hilda, damit sie ihm beim Kittelanziehen und Desinfizieren half. Als alles bereit war, blickte er zu dem Bild seines Vaters hoch, als wollte er ihn anflehen, ihm in dieser Stunde der Not beizustehen. Dann ging er mit raschem, festem Schritt in den Operationssaal. Mit einem Kopfnicken fragte er Georg, ob alles in Ordnung sei. Georg nickte bestätigend zurück. Der Professor sah in die Runde. Alles schien an seinem Platz zu sein – die Ärzte, die Schwestern, die Instrumente, der Sauerstoffballon, der Blutspender, der für den Fall, daß eine Transfusion benötigt wurde, dabeisein mußte. Die Patientin lag unter einer Maske in Narkose.

Mit außerordentlicher Anstrengung, die Ruhe zu bewahren, nahm Professor Halevy das Skalpell, das vertraute alte Messer, das ihm in all den Jahren so gute Dienste geleistet hatte, und schickte sich an, den Kaiserschnitt zu machen, für den er berühmt war. Doch genau in diesem Augenblick fühlte er einen Druck in seiner rechten Schläfe, einen Krampf, als zerquetschte ein Schraubstock seinen Schädel, und gleichzeitig blendete ihn ein leuchtender Blitz, und er sah nichts mehr.

Der erste, der sich von dem Schreck erholte, war Georg Karnovski. Wie ein Offizier, der im Feld das Kommando ergreift, übernahm er die Leitung. »Tragt ihn in sein Büro und ruft Professor Bart!«

Ein paar Ärzte stürzten zu Professor Halevy und trugen ihn hinaus.

»Kontrollieren Sie ihr Herz!« befahl Georg einem anderen und wies auf die Patientin. Der Arzt stellte sich an Georgs Platz, und Georg rückte zum Operationstisch auf. »Schwester Hilda, bleiben Sie, wo Sie sind, und halten Sie sich bereit!«

Mit einer leichten Bewegung ihres steifgestärkten, fleischigen Körpers gab Oberschwester Hilda zu verstehen, daß sie auf seine Anweisungen wartete.

»Ruhig und schnell!« zitierte Georg Professor Halevys vertraute Mahnung und ergriff das Skalpell.

Bald ertönten die ersten Schreie des Neugeborenen, und Dr. Karnovskis gerötete Augen zwinkerten vor Erleichterung.

Als er aus dem Operationssaal kam und Oberschwester Hilda ihm die Gummihandschuhe und die Maske abstreifte, rann ihm der Schweiß in Bächen die Nase und das Kinn herunter.

»Wischen Sie mir bitte das Gesicht ab! Ich bin wie aus dem Wasser gezogen«, bat er und ging in Professor Halevys Arbeitszimmer, wo Professor Bart an der Seite seines Freundes saß und ihm die Hände streichelte. »Lieg still, du alter Feuerfresser!« ermahnte er ihn, als der alte Mann sich aufrichten wollte. »Wag es nur nicht, dich zu bewegen!«

Georg berichtete schnell von dem glücklichen Ausgang der Operation, und Professor Halevy lächelte mit verzerrtem Mund. Georg bemerkte, daß seine rechte Gesichtshälfte schlaff herunterhing und mit Speichel überzogen war.

Obwohl das Klinikpersonal versuchte, das Geschehene geheimzuhalten, sickerte die Neuigkeit durch, und die Zeitungen beschrieben den dramatischen Augenblick, als Professor Halevy seinen Schlaganfall erlitt und Dr. Karnovski die Operation übernahm. Reporter und Photographen belagerten die Klinik auf der Suche nach Geschichten und Bildern.

Professor Halevy wurde in Professor Barts Klinik gebracht. Er nahm seine Arbeit nicht wieder auf, und Georg Karnovski trat an seine Stelle. Sein Name war nun in den bedeutendsten Häusern der Hauptstadt bekannt, besonders unter den Frauen ausländischer Diplomaten. »Er ist einfach göttlich!« schwärmte die Mutter der jungen Frau, die er gerettet hatte, im Kreis ihrer Freundinnen

»Und was für ein attraktiver Mann!« stimmten ihr die sich langweilenden jungen Frauen zu, die interessiert sein Bild betrachteten. »Bei einem solchen Arzt wäre es ein Vergnügen, krank zu sein.«

»Er sieht wie ein Ostjude aus«, meinten die älteren, abgestumpfteren Matronen säuerlich.

Unter den Leuten, die Georg gratulierten, war auch Dr. Elsa Landau. Sie sandte ein paar Zeilen auf einem Briefbogen vom Reichstag. Georg Karnovski riß mit zitternden Händen den Umschlag auf. *Jetzt hat sie mich also endlich anerkannt!* jubelte es in ihm, als er die kräftige, männliche Schrift las und wiederlas. Und die alte Sehnsucht nach ihr ergriff ihn wieder stärker denn je.

23

Der kleine Joachim Georg, der kurz, in Zusammenziehung seiner beiden Namen, Jegor gerufen wurde, stand im Garten der Villa seines Vaters in Grunewald und spritzte den gepflegten Rasen und die von kleinen weißen Zäunen eingefaßten Blumenrondelle. Das kurze, gleichmäßig geschorene Gras, das an Karls, des Gärtners, militärischen Haarschnitt erinnerte, war bereits tropfnaß, und das Wasser floß auf die Straße hinaus. Therese Karnovskis deutsche Natur konnte diese Unordnung nicht ertragen, und sie bat den Jungen, mit dem Spritzen aufzuhören.

»Jegor, du machst ja Pfützen auf der Straße!«

»Jegor, du knickst mir noch die Blumen!«

»Jegor, deine Füße werden ganz naß, und du erkältest dich! Du bist doch eben erst krank gewesen. Hast du vergessen, wie leicht du dich erkältest, Jegorchen?«

Jegorchen hatte es nicht vergessen, aber er tränkte den Rasen weiter. Obwohl er nicht gerne krank war, trat er aus Trotz gegen seine Mutter absichtlich in die Pfützen. Therese beobachtete ängstlich ihren Sohn. Er war groß, viel zu groß für fünf Jahre, und zu dünn. Seine langen Beine bestanden nur aus Knochen, sein Hals war zu zart für den schweren Kopf. Er erkältete sich dauernd und war bei Kinderkrankheiten immer der erste, der angesteckt wurde. Er hatte sie schon alle gehabt. Keiner konnte sich erklären, warum er so anfällig war. Das Haus lag in der besten Gegend der Stadt, weit von allen Quellen der Ansteckung und den Bakterienherden. Die Familie genoß jeden Komfort. Als Dr. Karnovskis Praxis sich so erfolgreich erweitert hatte und er anfing, schweres Geld zu verdienen, hatte er als erstes ein Haus in Grunewald gekauft, eine große Villa mit vielen Fenstern und einem eingezäunten Garten. Therese Karnovski hatte ein Dienstmädchen und ein Faktotum, Karl, der für Reparaturen und den Garten zuständig war und den Wagen der Familie chauffierte. Er spendete auch gegen Bezahlung sein Blut, wenn Dr. Karnovski es für Transfusionen benötigte. Der kleine Jegor hatte so viel Sonne und frische Luft, wie ein Junge nur brauchte. Er kam selten mit anderen Kindern in Berührung, weil er schüchtern und scheu war. Seine Mutter zog ihn nach allen Regeln wissenschaftlicher Kinderpflege auf. Sie gab ihm das genaue Quantum an Milch und Gemüse, das die Handbücher vorschrieben – kein Gramm mehr oder weniger. Sie hielt ihn auch, wie empfohlen, viel an der frischen Luft und legte ihn genau zur richtigen Zeit schlafen. Sein Vater untersuchte ihn oft und beobachtete ihn scharf. Er wusch sich gründlich die Hände, wenn er seine Patientinnen verließ, und überprüfte dann beim Spielen mit seinem Sohn dessen Gesundheitszustand, damit dieser den Grund für das viele Drücken und Abklopfen nicht merken sollte. Keiner der beiden Eltern konnte verstehen, warum der Junge Krankheiten auflas, die gewöhnlich auf die Arbeiterviertel von Neukölln beschränkt waren. Wie oft in so einem Fall gab jede Seite der anderen die Schuld an der Kränklichkeit des Jungen. Dr. Karnovski war überzeugt, daß sein Sohn diese Anfälligkeit für Infektionen von seiner Mutter geerbt hatte. Es war seine berufliche Erfahrung, daß dünnhäutige, blasse Menschen eher zum Kranksein neigten. Hugo Holbeck war genauso fest überzeugt, daß die Zartheit des Jungen ein jüdisches Erbe war. Die Juden mochten zwar ausgezeichnete Ärzte sein, aber sie waren schwach und kränklich und konnten weder Entbehrungen noch schwere Arbeit ertragen.

»Was kannst du auch erwarten, wenn du eine reinblütige Holbeck mit so einem gottverdammten Karnovski kreuzt?« sagte er in seinem gelangweilten, apathischen Ton zu seiner Mutter.

Aber sie war unsicher. »Schau dir doch Georg an. Er ist stark und gesund wie ein Bauer.«

Hugo versuchte, seine Mutter zu belehren. »Das hat nichts mit ihm zu tun, es ist die Rasse«, und er schwatzte zu ihrer Instruktion ein paar Theorien nach, die er neulich in Schmidts Bayrischem Bräuhaus an der Potsdamer Brücke aufgeschnappt hatte, wo entlassene Offiziere und Universitätsstudenten miteinander verkehrten. Und falls sie noch weitere Beweise brauchte, erzählte er ihr von dem einzigen Juden in seiner Kompanie an der Front. Er sei ein komischer kleiner Zwerg gewesen, mit Brille, dickem Bauch und völlig unbrauchbar. »Die sind alle gleich, diese dreckigen Juden«, versicherte er ihr.

Frau Holbeck dachte an Georg, der groß und stämmig war und scharfe Augen hatte wie ein Adler, und sie war verwirrt.

Die einzige, die niemandem die Schuld an der zarten Gesundheit ihres Sohnes gab, war seine Mutter. Sie wußte, daß der Krieg dafür verantwortlich war. Sie hatte damals viele harte Zeiten durchgemacht und oft nicht genug zu essen gehabt, als sie es während ihrer Entwicklung am meisten gebraucht hätte. Die Jahre danach waren dann genauso schwierig gewesen, und sie wußte von den anderen Müttern, daß deutsche Nachkriegskinder zu Kränklichkeit und Infektionen neigten und anämisch waren. Sie trichterte dem Jungen literweise Lebertran ein, damit er kräftig werden sollte, aber der kleine Jegor spuckte ihn nur wieder überall auf den teuren Perserteppich im Eßzimmer. Er spie auch jede Medizin aus, die seine Mutter ihm verabreichte, und ebenso die Milch, die sie ihn zu trinken zwang. Er konnte nach Belieben erbrechen, sogar Dinge, die er Stunden zuvor gegessen hatte.

»Mutti, ich muß brechen!« drohte er, wann immer sie sich weigerte, bei einem seiner Wutanfälle nachzugeben.

Bei seinem Vater traute er sich nicht, so weit zu gehen, aber er ließ sich auch von ihm nichts aufzwingen. Er schluckte weder die Medikamente, die sein Vater ihm verschrieb, noch ließ er sich während seiner endlosen Krankenlager den Löffel in den Hals stecken.

»Sag Aah, Jegorchen«, beschwor ihn Dr. Karnovski.

»Moooo!« machte der Junge boshaft und preßte die Lippen zusammen.

Gerne ärgerte er auch Großmutter Karnovski, wenn sie zu Besuch kam. Sie stürzte sich mit inbrünstiger mütterlicher Leidenschaft auf ihn, küßte und umarmte ihn, hielt ihn auf ihrem Schoß fest und zählte alles auf, was ein braver Junge tun müsse. Er müsse eine Menge essen und viel Milch trinken, er dürfe nicht so grün und blaß sein und so dünn wie eine Makkaroni, sondern müsse rund und rosig werden wie ein Apfel.

»Du Herzensfreud, du Gold, du Diamant, Schwelbele, Schetzele du!« überschüttete sie ihn mit ihrem Melnitzer Jiddisch.

Obwohl er nichts verstand, amüsierte sich der Junge über diese Koseworte wie über ihr gebrochenes Deutsch.

»*Schwelbele, feigele*«, machte er sie nach, » ...*oy-tzer!*«
Therese wollte diese Frechheit nicht dulden. »Ach, lieber Gott! Wie kannst du dich nur über deine eigene Großmutter lustig machen? Entschuldige dich, Jegorchen!«
Doch Jegorchen wollte sich nicht entschuldigen und ging hinaus auf den Hof, wo Karl, der Gärtner, in einer Ecke saß und Sachen reparierte. Er hatte immer etwas auszubessern – den Wagen oder die Elektrik oder ein Möbelstück. Immer waren seine Hemdsärmel aufgerollt, so daß seine muskulösen tätowierten Unterarme zu sehen waren. Die Taschen seiner braunen Kordsamthosen waren mit Hämmern, Zangen und Schraubenziehern gefüllt, und in den Backen hatte er Nägel, die er einen nach dem anderen herausholte und in irgend etwas einschlug.
»Guten Tag, Karl!« grüßte ihn Jegor jedesmal, wenn sie sich begegneten, auch wenn es Dutzende von Malen am Tag war.
»Guten Tag, Jegorchen!« sagte Karl mit dem Mund voller Nägel und schwang seinen Hammer wie im Takt mit einem geheimen Trommelrhythmus.
Sein Neuköllner Berlinerisch war mit saftigen Kraftwörtern durchsetzt, die Jegor entzückten. Weil seine Mutter ihm angelegentlich verbot, sie zu benützen, hatten sie einen ganz besonderen Reiz für ihn. Er beobachtete auch gerne Karls starke Arme, an denen die dicken Adern und geschmeidigen Muskeln bei jeder Bewegung rollten und hüpften, als hätten sie ein Eigenleben. Jegor wollte endlos Fragen beantwortet haben. »Karl, warum hast du da eine Narbe durch deine Augenbraue?«
»Weil mich da im Krieg ein verdammter Franzose mit dem Bayonett erwischt hat«, sagte Karl mit dem Mund voller Nägel.
»Warum?«
»Weil eben Krieg war, verstehste? Wir ham jekämpft.«
»Und hast du geblutet?« fragte Jegor ängstlich. Der Anblick von Blut entsetzte ihn.

»Jeblutet? Und wie!« antwortete Karl lässig. »Aber det is nischt. Ik hab ihm mein Bayonett in den Bauch jestoßen und ihn aufjespießt wie ein Schwein.«

Jegorchen riß entsetzt seine großen blauen Augen auf und schnappte nach Luft. »Oh, das muß aber weh getan haben!« rief er.

Karl schwenkte seinen tätowierten Arm. »Man darf keene Angst vor Blut haben«, erklärte er. »Wie willste sonst Soldat werden und deinem Vaterland dienen, wenn de einmal jroß bist?«

»Natürlich«, sagte der Junge stolz, »und dann trage ich einen Säbel wie Onkel Hugo.«

Neben Karl mochte Jegor Großmutter Holbeck am liebsten. Sie kam von Zeit zu Zeit und holte ihn für ein paar Stunden zu sich. Sie sprach nicht so seltsam wie Großmutter Karnovski und küßte ihn auch nicht so oft und machte kein Getue um ihn. Auf dem Weg zu ihrem Haus gingen sie in eine Kirche, wo sie niederkniete und ihn auch niederknien hieß. Die Kirche war ein hübscher Ort mit bunten Fenstern und Statuen, und wenn man sprach, hallten die Worte von all den Säulen und Verzierungen wieder.

Jegor mochte auch seinen Onkel Hugo. Erstens war er groß, sogar noch größer als Vater. Und er ließ ihn durch seinen Feldstecher sehen, durch den die Dinge größer oder kleiner gemacht werden konnten. Er ließ ihn auch mit seinem Revolver spielen, der mit richtigen Kugeln schießen konnte, und er erzählte ihm Geschichten von der Front.

Dann wurde Hugo richtig lebendig. Seine Augen blitzen, seine Wangen röteten sich. In seiner Erregung vergaß er ganz, daß er mit einem Kind sprach, und erwähnte Dinge, die nichts für die Ohren eines kleinen Jungen waren. Wie die meisten schwächlichen Jungen liebte es Jegor, von Stärke, Kampf und Heldentum erzählt zu bekommen. Er betrachtete mit Begeisterung die Photographien von Onkel Hugo in seiner Uniform mit hohen Stiefeln, Epauletten und Pickelhaube. Jegorchen prahlte mit seinem Vater, der im

Krieg auch Offizier gewesen sei, doch Onkel Hugo reagierte verächtlich. »Quatsch. Was ist schon ein Armeearzt?« Jegorchen war enttäuscht von seinem Vater, der kein richtiger Offizier gewesen war, und wurde noch stolzer auf seinen Onkel Hugo als zuvor.

»Warum trägst du die Pickelhaube und den Säbel nicht mehr, Onkel Hugo?« fragte er.

Da hatte er Hugos empfindliche Stelle berührt, und der große Mann wurde dunkelrot vor Wut. »Bloß wegen dieser gottverdammten, hakennasigen ...«

Plötzlich erinnerte er sich wieder, daß er zu einem Kind sprach und überdies zu Thereses Kind. Er erinnerte sich auch seiner eigenen Stellung und weigerte sich, seinem Neffen eine Erklärung zu geben. »Du bist noch zu klein, um det zu verstehn, Junge. Du wirst det alles einmal erfahren, wenn de jroß bist.«

Jegorchen wäre so gerne schnell groß geworden, um endlich alle diese Dinge zu verstehen, für die er noch zu klein war. Doch jetzt wollte er nur noch eins wissen – würde Onkel Hugo je wieder einen Säbel und eine Pickelhaube tragen?

»Wann, ist schwer zu sagen, aber der Tag wird kommen. Er wird sicher kommen!« sagte Onkel Hugo, und seine Augen schienen in unbekannte Fernen zu blicken.

Jegorchen war froh, daß Onkel Hugo eines Tages wieder ein Oberleutnant sein würde. »Ich werde auch Leutnant, Onkel Hugo«, erklärte er stolz, »genau wie du!«

»Kein Doktor wie dein Vater?«

Jegorchen schnitt ein Gesicht. Für ihn gab es nichts Abstoßenderes, als ein Arzt zu sein. Jeder andere Beruf kam ihm lustiger vor – Chauffeur, Botenjunge, sogar Kaminfeger. Wie ekelhaft, den Leuten einen Löffel in den Hals zu stecken und scheußlich schmeckende Medizin zu verabreichen, wie sein Vater das tat!

Onkel Hugo lächelte dem Jungen zu und beschwor ihn, seinem Vater nichts über dieses Gespräch zu sagen.

»Natürlich nicht«, versicherte Jegor, stolz darauf, mit seinem Onkel ein Geheimnis zu teilen. Auch Großmutter Holbeck ermahnte ihn, zu Hause nichts von dem Kirchenbesuch zu erzählen. »Warum nicht?« fragte er. »Möchte Mutti nicht, daß ich in die Kirche gehe?«

»Oh, doch. Aber dein Vater könnte sich darüber aufregen.«

»Warum?«

»Weil es ihm vielleicht nicht recht ist.«

»Warum denn nicht?«

Großmutter Holbeck wollte antworten, hielt erschrocken ein und griff zur gleichen Ausflucht wie alle Erwachsenen. »Das wirst du einmal verstehen, wenn du groß bist. Jedenfalls darfst du niemandem etwas davon sagen.«

Jegor sagte nichts, obwohl er es gerne getan hätte. Aber er dachte darüber nach, als seine Mutter ihn zu Bett gebracht hatte. Er verstand die Erwachsenen nicht. Er wußte, daß er in der Stadt einen Großvater hatte; er hatte sein Bild in der Praxis seines Vaters gesehen. Aber er hatte ihn nie persönlich kennengelernt.

»Warum kommt Großvater Karnovski mich nie besuchen?« fragte er seinen Vater.

»Du wirst ihn sehen, wenn du einmal groß bist«, sagte sein Vater.

Doch Großmutter Karnovski kam oft. Sie brachte sehr süße Plätzchen mit Rosinen und Mandeln mit. Aber wie komisch sie redete! Und sie hieß ihn so seltsame Sachen sagen, bevor er hineinbeißen durfte. Er sagte sie, begriff aber nicht, warum. Sie erklärte ihm, er würde das einmal verstehen, wenn er groß wäre. Und gleichzeitig ermahnte sie ihn, seinen Eltern nichts davon zu erzählen.

Wirklich, Jegor wollte ganz bald groß werden. Er streckte im Bett seine Beine so lang wie möglich aus, wie seine Mutter ihm gesagt hatte, damit er ganz schnell wachsen würde. Aber so sehr er sie auch streckte, er blieb ein kleiner Junge. Sein Vater war selten zu Hause. Er ging früh am Morgen in die Klinik und machte danach noch Hausbesuche. Oft kam er abends nicht nach Hause, und Mutti erklärte Jegor, daß er bei einer kranken Dame sei. Wenn er kam, spielte er mit ihm, hob ihn hoch in die Luft und ließ ihn auf seinen Schultern reiten.

Doch das geschah nicht oft. Das Schlimmste war, daß er dauernd versuchte, ihn zu untersuchen und ihm in den Hals zu gucken. Mitten im Spiel hielt er ihn plötzlich auf seinem Schoß fest, sah ihm in die Augen, die Ohren, betastete seinen Hals und jeden einzelnen Knochen in seinem Körper und befahl ihm, die Zunge zu zeigen.

Jegor haßte es, wenn sein Vater ihm Sachen in den Hals steckte und ihm in die Augen und die Ohren spähte. Was sah er dort nur? Sein Vater strich ihm noch ein paarmal die Rippen hinunter und setzte ihn plötzlich wieder auf die Füße.

»Geh mehr mit Mutter spazieren und spiel mit anderen Kindern, statt so viel in der Garage bei Karl herumzuhängen«, sagte er. »Hörst du, Grünschnabel?«

Jegor mochte es nicht, wenn er Grünschnabel genannt wurde, und er spielte auch nicht gern mit anderen Kindern. Die wollten ja nur herumrennen und Fangen spielen. Er konnte da nicht mithalten, weil er so schnell müde wurde. Dazu verspotteten sie ihn und riefen ihn »Storch«. Andere nannten ihn »Zigeuner« wegen seines schwarzen Haars. Er war schüchtern und mißtrauisch und hatte sogar Angst vor ihnen. Er weigerte sich, den Jungen und Mädchen im Park die Hand zu geben, wenn seine Mutter ihn dazu drängte, doch bei ihren Spielen mitzumachen.

»Sei nett zu ihnen, Jegorchen«, forderte sie ihn auf. »Ein Kind muß mit anderen Kindern zusammensein.«

»Nein«, sagte er, obwohl er schon sehr gerne mitgespielt hätte.

Etwas hielt ihn zurück, hinderte ihn daran, zu ihnen hinzugehen. Die Kinder spürten das und mieden ihn. Er beobachtete sie aus der Ferne und war neidisch, und deswegen haßte er sie. Am liebsten war er mit Erwachsenen zusammen, besonders mit den Dienstboten. Er machte gern einen Besuch bei Lieschen in der Küche, aber der liebste war ihm doch immer Karl. Karl wußte eine Menge Geschichten, vor allem von der See und Schiffen, auf denen er in seiner Jugend als Heizer angeheuert hatte. Während des Mittagessens konnte Jegorchen nicht stillsitzen. Er sehnte sich danach, zu Karl hinauszurennen. Er wollte sogar noch nach dem Abendessen zu ihm, aber das erlaubte seine Mutter nicht. Sie bestand darauf, daß ein kleiner Junge viel Schlaf haben müsse, und steckte ihn ins Bett. Und Jegorchen lag im Dunkeln und fürchtete sich.

Er mußte sich allerlei Gestalten vorstellen, gehörnte Teufel, die Lieschen ihm beschrieben hatte, langhaarige Hexen mit spitzem Kinn, die auf Besen ritten, böse Zauberinnen in roten Kapuzen, die in der Nacht durch den Kamin kamen. Er schloß die Augen, um die schrecklichen Geschöpfe nicht sehen zu müssen, aber je fester er die Lider zudrückte, desto stärker bedrohten sie ihn. Sie tanzten und wirbelten um ihn herum und schlüpften aus dem eisernen Ofentürchen heraus und wieder hinein. Auf diesem Türchen waren erhabene Figuren von Kaminfegern, einer mit einer Leiter, der andere mit einer Seilrolle und einem Besen. Jegorchen sah sie lebendig werden, vom Türchen herunterklettern und wild herumspringen. Sie lachten laut und streckten ihm ihre Zungen heraus – lange, blutrote Zungen. Er zog sich die Bettdecke über den Kopf, um sich vor ihnen zu verstecken, aber sie rissen an der Decke und packten ihn mit rußigen Händen an der Schulter. Er schrie: »Mutti! Mutti!«

Als seine Mutter hereinkam, war er schweißnaß. Er schlang die Arme um sie und klammerte sich an sie. »Mutti! Mutti! Sie wollten mich in einen Sack stecken!«

Therese wischte ihm den Schweiß von der Stirn und tröstete ihn. Ein braver Junge müsse schlafen, nicht wach liegen und sich alle möglichen Narreteien vorstellen. Ein braver Junge fürchte sich nicht, weil es doch gar keine Hexen und Teufel gebe. Sie werde jetzt das Licht anmachen und ihm zeigen, daß nichts da sei. Und es sei doch dumm, vor einem Ofentürchen Angst zu haben. Er solle zusehen, wie sie es öffne. Innen sei es schwarz, aber so müsse es auch sein, weil der Rauch die Dinge schwarz mache. Nur ein ganz dummer Junge könne glauben, daß Geister aus dem Kamin flögen. Ein braver Junge schlafe sofort ein, wenn er ins Bett gebracht werde, und fürchte sich nicht. Er könne doch selbst nachsehen und feststellen, daß nichts da sei. »Nicht wahr, Jegorchen?«

»Ja, Mutti«, sagte er. »Wenn das Licht an ist, sehe ich nichts, aber sobald es aus ist, sehe ich so furchtbare Sachen.«

Therese lachte. Das sei doch Unsinn. Es sei genau umgekehrt. Wenn Licht sei, könne man etwas sehen, wenn es dunkel sei, sehe man nichts. Deswegen brauche man doch das Licht gerade. Sie versuchte, ihm durch Logik zu beweisen, daß es im Dunkeln nichts zu fürchten gebe. Sie deckte ihn sorgfältig zu, küßte ihn auf die Augen, löschte die Lichter wieder und ging leise hinaus.

»Schlaf, schlaf jetzt!« sagte sie fest. »Gute Nacht!«

»Gute Nacht, Mutti!« Jegorchen sah zu, wie die letzten Lichtstrahlen erloschen. Sobald sie verschwunden waren, kamen die schrecklichen Gestalten zurück. Die Verzierungen an der Stuckdecke wurden lebendig und fingen an zu tanzen. Obwohl die Lampe ausgemacht war, schickte sie immer noch grelle Lichtstrahlen aus. Kreise wirbelten vor seinen Augen – große Kreise, kleine, winzige. Sie drehten sich so schnell, daß sie Fangen zu spielen schienen. Jegor genierte sich, schon wieder seine Mutter zu rufen, aber er hatte entsetzliche Angst vor der Dunkelheit, die so voller Geräusche und Bewegungen war. Schließlich schlief er vor lauter Angst ein, wie ein Ball zusammengerollt und mit der Decke über dem Kopf. Doch selbst in seinem Schlaf kamen die Gestalten noch aus jeder Zimmerecke, aus jedem Riß in der Tür. Alle die toten Soldaten, von denen Onkel Hugo gesprochen hatte, versammelten sich mit zerrissenen, blutigen

Leibern ohne Kopf oder Beine. Sie schwärmten um sein Bett herum. Jetzt war er erwachsen wie sein Onkel Hugo. Er trug hohe Stiefel, eine Pickelhaube und hatte einen Säbel. Er war größer als alle und ein Leutnant. Die gottverdammten Franzosen griffen ihn an, alle waren sie Scheusale, Ungeheuer. Er führte seine Kompanie zur Attacke und richtete mit seinem Säbel eine schreckliche Verwüstung an. Sie fielen einer nach dem anderen. Doch plötzlich sprang ihn einer an, so ein Schwarzer aus Afrika, wie Onkel Hugo ihn beschrieben hatte. Er rollte seine Augen, hielt ein riesiges Messer zwischen den Zähnen und fiel ihn an. Jegorchen streckte seinen Säbel vor sich, doch der Neger faßte mit bloßen Händen die Klinge und zerbrach sie. Er zog das Messer aus dem Mund und schwang es nach Jegorchens Hals. »Hui!« schrie er wie der Wind, der im Kamin pfiff.

Jegorchen sprang unter der Decke hervor, riß die Tür auf und stürzte in das Schlafzimmer seiner Eltern. »Mutti!« kreischte er. »Papa! Hilfe! Es ist so dunkel!«

Das war für seine Eltern inzwischen das alte Lied. Sie machten die Lichter in ihrem Zimmer an, und Therese streichelte den Jungen, bis er sich beruhigte. Georg nahm Jegor zu sich ins Bett und machte Therese Vorwürfe, daß sie es zuließ, daß ihr Sohn Geschichten über Teufel und böse Geister hörte. Er habe immer so viel zu tun und daher keine Zeit, den Jungen zu beaufsichtigen, aber sie hätte sich darum kümmern und die Dienstboten ermahnen müssen, ihre Zunge zu hüten. Er wünsche nicht, daß in seinem Haus solcher Unsinn verzapft werde. Wenn er noch ein einziges Wort davon höre, wenn Lieschen noch ein einziges Mal Satan oder Geister auch nur erwähne, werde er sie auf der Stelle entlassen. Er machte alle Lichter im Haus an, nahm seinen Sohn an die Hand, führte ihn von Winkel zu Winkel und verlangte, die bösen Geister zu sehen, die Jegorchen zufolge doch überall da seien. Wenn er ihm auch nur einen einzigen zeigen könne, wolle er ihn sich schnappen und ihm den Schwanz abschneiden. Jegorchen lachte über seinen Vater, aber er wollte nicht in sein Zimmer zurück. Er wolle lieber in einer Ecke des Schlafzimmers seiner Eltern schlafen, auch auf dem Fußboden, wenn es sein müsse, aber in sein Zimmer gehe er nicht zurück, weil er Angst habe, der schreckliche schwarze Soldat komme wieder und greife ihn an. Nur diese Nacht wolle er hier bleiben – nur diese eine Nacht.

Dr. Karnovski legte ihn neben Therese ins Bett, und der Junge schlief sofort ein.

»Armes Kind«, murmelte Therese, als sie auf die knochigen Ärmchen sah, die ihr Sohn auf der Bettdecke ausgestreckt hatte.

»Das sind diese verdammten Kriegsgeschichten, die Hugo ihm erzählt«, sagte Georg. »Wie oft habe ich dir schon gesagt, den Jungen von diesem Dummkopf fernzuhalten!«

»Oh, lieber Jesus!« seufzte Therese und machte das Licht aus.

Das Paar lag still da, schlief aber nicht. Sie machten sich schreckliche Sorgen um ihr Kind. Sie sahen, daß es nicht richtig gedieh, aber keiner wollte das zugeben. Beide meinten, daß sie in Anbetracht ihres Alters und ihrer körperlichen Verfassung eigentlich ein viel gesünderes, aufgewecktes Kind haben müßten. Sie konnten nicht verstehen, warum Jegor so ruhelos, so ängstlich und so von Phantasien geplagt war. Natürlich gab jeder dem anderen die Schuld daran. Therese nahm Georg übel, daß er nicht genug Zeit mit dem Jungen verbrachte. Ein Kind brauchte seinen Vater, besonders so ein empfindliches Kind wie Jegor. Ihr gehorchte er nicht, aber auf seinen Vater würde er hören. Als Arzt sollte Georg auch seine Kollegen wegen des Jungen zu Rate ziehen, berühmte Spezialisten für Kinder, die er doch kannte. Sie hätte es selbst getan, aber sie fürchtete, ihn durch ihr fehlendes Vertrauen in seine eigenen Fähigkeiten zu kränken. Sie glaubte auch, daß Großmutter Karnovskis leidenschaftliche Umarmungen und ungezügelte Liebe dem Jungen schadeten. Sie lehrte ihn alle möglichen Gebete und Ausdrücke in fremdem Hebräisch und stopfte ihn zwischen den Mahlzeiten mit Kuchen und Bonbons voll, was den Ernährungsplan völlig durcheinanderbrachte, den sie, Therese, nach den letzten Erkenntnissen wissenschaftlicher Kinderaufzucht erstellt hatte. So diplomatisch sie es auch versuchte, sie konnte ihre Schwiegermutter nicht davon abbringen, dem Kind Süßigkeiten zuzustecken. Sie hatte sogar daran gedacht, die Sache mit Georg zu besprechen, aber sie hielt sich zurück, aus Furcht, er könnte ihre Gründe falsch deuten.

Auch Georg lag mit offenen Augen da und brütete über die Verschiedenheit zwischen seinem Sohn und sich selbst. Obwohl man ihn nicht wissenschaftlich aufgezogen und nicht ständig überwacht hatte, war er gesund und glücklich und furchtlos aufgewachsen. Alle diese Ängste des Jungen waren ihm von Lieschen mit ihren Teufeln in den Kopf gesetzt worden, von Hugo mit seinen Kriegsgeschichten und von Großmutter Holbeck mit ihren Heiligen und Wundern. Es sollte zwar vor ihm geheimgehalten werden, aber er wußte, daß Großmutter Holbeck den Jungen in die Kirche mitnahm und ihm religiösen Unsinn in den Kopf setzte. So etwas machte einen starken Eindruck auf ein empfindsames Kind und konnte Alpträume auslösen. Mehr als einmal hatte er sich geschworen, mit Therese darüber zu sprechen, aber er brachte es nicht fertig, weil er fürchtete, sie könnte seine Gründe falsch auslegen. Seine eigene Mutter hatte er ernstlich gebeten, dem Jungen nicht mit hebräischen Gebeten zuzusetzen, weil er an solche Sachen nicht glaubte. Sie war ihm deswegen böse, aber er hatte keine Bedenken gehabt, offen zu sprechen, denn sie war seine Mutter. Bei seiner Schwiegermutter war das etwas anderes. Sie war für ihn eine Fremde, und Therese hätte es ihr sagen müssen.

Hol's der Teufel, ein Mann kann nicht frei sein, selbst wenn er weiß, wie, dachte Georg ärgerlich. Man war immer mit Verdruß, unwillkommenen Verwandten, dummem

Aberglauben, seltsamen Bräuchen und Sitten belastet. Man schleppte das Erbe von Generationen hinter sich her wie Plunder, den man nicht los wurde. Ein Vater konnte nicht über sein eigenes Kind bestimmen. Er konnte es nicht vor seiner Familie, seiner Umgebung, seinem Erbe schützen. So eifrig man auch Aberglauben und Tabus aus dem Haus fegte, sie schlüpften durch die Türen, die Fenster und den Kamin wieder herein. Von den Überlegungen über die Umgebung glitten Georgs Gedanken zu Überlegungen über Vererbung. Es war deutlich, daß Jegorchen mehr nach seiner Mutter kam als nach ihm. Obwohl er das schwarze Karnovski-Haar hatte, war seine Haut blaß und durchsichtig und errötete so leicht wie die von Therese. Auch seine Größe und Ungelenkheit waren Holbecksche Züge, und Georg fand diese Eigenschaften bedenklich. Er hatte festgestellt, daß Menschen dieses Typus nicht nur kränklich und schlecht erholungsfähig waren, sondern auch übermäßig zu ungesunden Phantasien, Aberglauben und Romantik neigten.

Er sah sich den schlafenden Jungen an. Seine Lider waren geschlossen, seine ausgezehrten Ärmchen linkisch auf der Decke ausgestreckt, seine Stirn unter dem glatten, dunklen Haar war blaß und von bläulichen Adern überzogen. Georg wurde plötzlich von Mitleid überflutet. Woran dachte sein Sohn jetzt? Was ging in diesem kindlichen Gehirn vor? Welche Bilder erschienen ihm im Schlaf? Welche Ängste suchten ihn heim? Als Chirurg waren Georg sämtliche Gewebe und Zellen des menschlichen Gehirns bekannt. Aber was war es wirklich, dieses Häufchen Materie, Blut und Blutgefäße? Warum unterschied es sich so grundlegend von Person zu Person und konnte alle Abstufungen zwischen Brillanz und Dummheit, Roheit und Geistigkeit umfassen? Warum brachte es dem einen Freude und Erfüllung, einem anderen Furcht und Qual? Da lag sein Sohn, sein eigen Fleisch und Blut. Obwohl er noch ein kleines Kind war, belasteten ihn schon dunkle Gedanken und krankhafte Ängste. Wessen Blut regte sich in ihm in der Nacht? Wessen

Qualen störten seinen Schlaf? Vielleicht war es ein entfernter Vorfahre der Holbecks, ein von seinem Herrn bestrafter Knecht, ein Ritter oder Söldner, der für blutigen Lohn in fremden Ländern gekämpft hatte. Oder kam vielleicht alles von seiner Seite, den Karnovskis? Ein Pächter, auf den der polnische Edelmann seine Hunde gehetzt hatte, ein Rabbi, der in Furcht vor der Gehenna lebte? ... Die Vererbung war eine starke Macht, das wußte Georg. Oft kamen bestimmte Züge erst nach vielen Generationen wieder ans Tageslicht. Manchmal stammten sie aus einem entfernten Zweig der Familie – von einem Bruder oder einer Schwester des Urgroßvaters. Der Samen eines Mannes war voller versteckter Kräfte – Gut und Böse, Weisheit und Dummheit, Grausamkeit und Güte, Genie und Irrsinn, Häßlichkeit und Schönheit –, das alles trug ein winziges Tröpfchen Flüssigkeit in sich, vorwärtsgetrieben durch eine geheimnisvolle Kraft. Das war die Natur, erklärten seine Kollegen, aber was bedeutete es eigentlich, dieses Wort? Er holte ein Buch hervor, das behauptete, das Geheimnis des Lebens zu erklären. Er war begierig darauf, zu erfahren, was Mendel zu dem Thema zu sagen hatte. Die brillanten Deutungen des Mönches, die durch genaue Belege erhärtet waren, faszinierten Georg, aber sie erklärten ihm nicht das Rätsel, das allem zugrunde lag. Auch die philosophischen Bücher, die er im Schlafzimmer stehen hatte, halfen ihm nicht weiter. Sie brachten ihm keinerlei Anhaltspunkte darüber, was im Geist eines fünfjährigen Jungen vorging, der sich vor dem Dunkel fürchtete.

Georg legte die Bücher beiseite und empfand tiefes Mitgefühl mit seinem schlafenden Sohn, der sich wie schutzsuchend an seine Mutter geschmiegt hatte. Eine unbestimmte Furcht vor der Zukunft des Jungen stieg in seiner väterlichen Besorgnis auf. Er lag bis zu den frühen Morgenstunden wach und sorgte sich und suchte mögliche Antworten und Lösungen.

24

Im Salon des Zeitungsverlegers Rudolf Moser im Berliner Westen drängte sich die kulturelle und gesellschaftliche Elite der Stadt – moderne Dichter, international berühmte Film- und Bühnengrößen, Korrespondenten ausländischer Blätter, Reichstagsabgeordnete, Musiker, Künstler – jeder, der gerade im Rampenlicht stand. Die Gästeliste schloß fast immer irgendeine exotische Persönlichkeit ein – einen dunklen Prinzen, der begierig darauf war, sich mit europäischen Bräuchen vertraut zu machen, eine indische Tänzerin, einen langhaarigen Theosophen oder berüchtigten Hellseher. Einer der regelmäßigen Besucher dieser wöchentlichen Samstagsabendgesellschaften war Dr. Georg Karnovski, dessen Erscheinen hier seiner dramatischen Rettung der Botschaftertochter zu verdanken war. Jedesmal, wenn Frau Moser ihn vorstellte, machte sie denselben Scherz. »Das ist Dr. Karnovski, Berlins bekanntester Damenaufschneider.«

Dicke, nicht mehr junge Ehemänner junger, lebenslustiger Frauen, die herkömmlicherweise Frauenärzten, vor allem jungen und gutaussehenden, nicht über den Weg trauten, kamen sich irgendwie lächerlich vor, wenn sie dann Dr. Karnovski die kräftige Hand schütteln mußten. »Es ist mir eine Ehre, Ihre Bekanntschaft zu machen, Herr Doktor«, sagten sie mit geheuchelter Herzlichkeit.

Ihre hübschen, eleganten Frauen waren entzückt über die jugendliche Erscheinung des berühmten Arztes. Melodisch kichernd und mit den Wimpern klimpernd, kreischten sie: »Wie reizend! Wir hätten einen viel älteren Mann erwartet!«

»Bestimmt mit einem gewaltigen Bauch und einem langen Bart, nicht wahr?« ging Georg amüsiert darauf ein und ließ seinen bewundernden Blick über das gepuderte, parfümierte Weiberfleisch wandern.

»Genau, Herr Doktor!«

»Das kommt später mit dem Rheumatismus und dem Professorentitel«, lachte er, und seine unregelmäßigen, aber strahlend weißen Zähne blitzten unter dem kurzgeschnittenen Schnurrbart. »Und das ist meine Frau, Therese Karnovski.«

»Oh, wie ungehobelt von mir!« rief Frau Moser und küßte Therese, als wäre sie ein vernachlässigtes Kind. »Sie verzeihen mir doch, nicht wahr, meine Liebste?«

»Das ist doch nicht der Rede wert, liebe Frau Moser«, flüsterte Therese heftig errötend.

Sie war es gewohnt, in Gesellschaft übersehen zu werden. Meistens merkten die Leute zunächst gar nicht, daß sie da war. Und obwohl sie behauptete, daß es ihr nichts ausmachte, kränkte sie das doch tief. Und so sehr sie auch versuchte, ihr Erröten unter Gesichtspuder zu verstecken, war es doch immer zu sehen, zum allgemeinen Amüsement.

Am schlimmsten kam sie in Bedrängnis, wenn zu tanzen angefangen wurde. Die Regeln im Moserschen Haus waren weniger streng als in anderen bedeutenden Salons. Hier hatte jeder die Freiheit, sich anzuziehen und zu benehmen, wie es ihm gefiel. Männer in Abendanzug und gestärktem Hemd standen in Tuchfühlung mit Künstlern in zerknitterten Samtjacken. Die amerikanischen Korrespondenten kamen oft in bunten Hemden und Straßenanzügen. Unter den mit Juwelen behangenen Frauen in Abendkleidern bewegte sich eine moderne Malerin in einem grauen Männerhemd mit Krawatte und flachen Schuhen mit kurzen Söckchen. Die Gäste setzten sich auch hin, wo sie gerade Lust hatten, manche saßen in modernen Sesseln, manche auf Kissen, manche auf dem Teppich, andere auf der breiten Treppe. Genauso unformell aßen sie und holten sich bei den eleganten Kellnern Getränke, ohne dazu aufgefordert worden zu sein. Immer spielte jemand auf dem Klavier, und wo nur Platz war, tanzten Paare Tango, Foxtrott und Charleston, den neuesten Tanz aus Amerika. Frau Moser sorgte dafür, daß sich alle ihre Gäste ungeniert unterhielten. Sie selbst wartete nicht darauf, aufgefordert zu werden, sondern wählte sich ihre Tanzpartner selbst und bestand immer darauf, oft mit Dr. Karnovski zu tanzen. »Wenn mein blonder Engel nicht auf eine häßliche, alte Frau eifersüchtig ist, will ich jetzt Ihren Mann bitten, mit mir zu tanzen«, sagte sie, und bevor Therese noch antworten konnte, hatte sie schon besitzergreifend ihre Hand auf Dr. Karnovskis Schulter gelegt und sich mit ihrem ganzen Körper an ihn geschmiegt.

Aber auch Therese fehlte es nicht an Tanzpartnern. Sie war hier die einzige Frau, die kein kurzgeschnittenes Haar hatte, sondern es in zwei dicken Schnecken über den Ohren aufgesteckt trug. Das goldene Haar, die milchweiße Haut und die sanfte Biegung ihres Halses erinnerte an die germanischen Frauen auf alten Stichen, und die Künstler im Raum waren begeistert und suchten eifrig ihre Gesellschaft. Doch ihr war in den Armen fremder Männer unbehaglich, vor allem, wenn sie versuchten, die modernen Tänze mit ihr zu tanzen. Sie errötete jedesmal, wenn ihr Partner ihr sein Bein zwischen die Schenkel schob und sie an sich drückte.

Und noch schlimmer war es für sie, wenn die Männer anzüglich mit ihr sprachen und den Tanz als Vorwand für Vertraulichkeiten benutzten. Wenn sie auch nicht protestierte, denn es war ihr einfach nicht möglich, eine Szene zu machen, verabscheute sie diese Freiheiten, die man sich mit ihrem Körper herausnahm, und ergriff die erste beste Gelegenheit, die Tanzfläche wieder zu verlassen. »Danke, aber ich bin müde«, entschuldigte sie sich und fächelte sich das glühende Gesicht.

Dr. Karnovski sah über Frau Mosers Schulter, daß seine Frau allein war. Er tanzte zu ihr hin, entschuldigte sich und führte Therese aufs Parkett. Da sie nun mit ihrem Georg tanzte, legte Therese ihre weiße Hand auf seine Schulter und schmiegte selig das Gesicht an seine Brust. Ihr Nacken neigte sich in einer Geste der Hingabe. Georg zog sie ungestüm an sich, doch sie reagierte weder mit Widerstand noch mit Leidenschaft. Ihr Körper war besser gebaut als der der meisten Frauen, die er in seiner Praxis sah, aber ihr fehlten völlig alle weibliche Raffinesse, die Perversität und Undurchschaubarkeit, die dem Spiel der Geschlechter so viel Würze geben. Sie widersetzte sich nicht einmal, wenn er ohne Grund auf sie wütend wurde oder wenn er darauf, genauso unverständlich, sich wieder mit ihr vertragen wollte. Aus seiner langen Erfahrung mit Frauen wußte Georg, daß die Zeiten der Versöhnung zu den besten in der Beziehung eines Paars gehören konnten und das Band der Intimität zwischen Mann und Frau fester knüpften. Doch Therese war immun gegen alle extremen Gefühlsregungen. Sie wurde nicht wütend, wenn er sie ungerecht und schlecht behandelte, und sie geriet nicht in Verzückung, wenn er darauf wieder ihre Liebe suchte. Immer war sie demütig und dankbar für seine Liebe, und er langweilte sich mit ihr zu Tode. Selbst jetzt, als sie tanzten, schaffte sie es nicht, zu plaudern, und ihre Antworten waren kurz, schüchtern und so ganz und gar nicht aufreizend.

»Warum sagst du denn nichts?« fragte er fast gehässig. »Fühlst du dich nicht gut?«

»Doch, doch, Georg. Ich bin nur so glücklich, daß du mit mir tanzt«, sagte sie und errötete wie ein Schulmädchen.

»Du Engel, du«, seufzte er und empfand Liebe für sie, aber wie für ein Kind, nicht wie für eine Frau.

Sein Blut begann zu jagen, als Frau Moser wiederkam, um ihn aufzufordern. Sie war nicht schön, weitaus weniger anziehend als Therese. Ihr Nacken war steil und gerade wie bei einem Mann, ihr Haar streng geschnitten, ihre katzenhaften Augen waren voller Tücke und ihr Mund bitter und entschlossen. Dazu wirkte ihr Körper unharmonisch, ihre Beine waren vom Reiten und Sport viel zu muskulös. Doch sie strahlte eine wilde Glut aus. Mit der List der erfahrenen Sinnlichkeit schaffte sie es, ihre ganze Erotik in den Tanz zu legen. Sie preßte sich eng an ihn, zog sich zurück, näherte sich ihm wieder, bis Georg völlig aufgereizt war. Ihren grauen Katzenaugen bohrten sich in seine glühenden schwarzen. Durch ihre fest zusammengepreßten Lippen flüsterte sie ihm geschickt die schmutzigsten Worte ins Ohr. Ihre Zunge war so aufreizend wie ihr Körper – sie stand immer im Mittelpunkt aller Diskussionen in ihrem Salon. Sie sprach kennerisch über die neuesten Bücher und Gemälde, über die letzten Skandale, Feindschaften, Affären und Scheidungen. Aber am meisten faszinierten sie die politischen Machenschaften, Intrigen und Verschwörungen, die über das Schicksal der Nation bestimmten.

Es war kein Zufall, daß ihr in Wien geborener Mann inzwischen der einflußreichste Verleger des Landes war und daß die Mächtigen der Nation ihre Soireen besuchten.

Die Männer bewunderten sie, die Frauen beneideten sie; am meisten von allen Therese Karnovski, die sich in dieser anspruchsvollen Atmosphäre ganz verloren vorkam. Sie wußte, daß Frau Moser es auf ihren Mann abgesehen hatte. Und sie wußte auch, daß sie nichts dagegen machen konnte. Sie verabschiedete sich früh.

Frau Moser nahm Georgs Arm und führte ihn zum Kamin, wo die Wissenschaftler und Politiker sich unterhielten. Sie tat dies, um ihn von den lustigen jungen Frauen fernzuhalten, die sich auf der anderen Seite des Salons versammelt hatten, und auch, weil er intellektuelle Anregung liebte. Vor dem großen Kamin, in dem die sich absplitternden Rindenstücke der Birkenscheite sprühten und knisterten, sprachen die Männer über internationale Affären, Politik, Philosophie, Religion und Psychologie. Wie es für ein Land nach einer Niederlage typisch ist, war Berlin voller Revolutionäre, Glaubenssucher, Verkünder neuer Ideologien, Naturapostel, Untergangspropheten, Psychoanalytiker und Mystiker. Behauptungen flogen hin und her, Standpunkte wurden leidenschaftlich vertreten, absurde Begriffe unbekümmert aufgenommen. Wie meistens fand das spannendste Rededuell zwischen den beiden Siegfrieds statt – Dr. Siegfried Klein und Dr. Siegfried Zerbe.

Sie waren Universitätskommilitonen, beide Doktoren der Philosophie und hatten zusammen angefangen, sich als Schriftsteller, Dichter und Dramatiker zu versuchen, aber keiner der beiden hatte Erfolg gehabt. Als er sich seiner Unzulänglichkeit bewußt geworden war, hatte Dr. Klein auf das Artikelschreiben für ein humoristisches Wochenblatt umgesattelt und bald genügend Kapital zusammengebracht, um sein eigenes Satiremagazin zu veröffentlichen, das sofort ein nationaler Erfolg wurde. Verbittert wegen seines Scheiterns als ernsthafter Schriftsteller, voller Ressentiments und Neid, ließ Dr. Klein seine schwarze Laune nun an jedermann aus.

Und was er mit dem Wort begann, vollendete sein Freund, Emil von Spahnsattel, mit seinen Karikaturen. Sproß eines Adelsgeschlechts und Sohn eines Generals, schwelgte von Spahnsattel darin, den deutschen Militarismus, den Adel, den Klerus und das Kapital auf die Schippe zu nehmen.

Prominente lebten in Angst und Schrecken vor dem Gespann Klein und von Spahnsattel. Von Spahnsattel nahmen sie es sogar noch mehr übel als dem Juden Klein. Er war schließlich einer von ihnen, ein Adliger, ein Junker, der schamlos seine Klasse verriet. Ein bevorzugtes Opfer von Dr. Kleins Magazin war Dr. Zerbe, sein früherer Studienfreund.

Erfolglos als Schriftsteller wie Dr. Klein, hatte Dr. Zerbe nicht aufgegeben. Im Gegenteil, je schlechter seine Sachen aufgenommen wurden, desto stärker wurde sein Glaube an sein Genie. Er bezichtigte offen die Verleger, Theaterdirektoren und Kritiker einer Verschwörung gegen ihn, weil sie größtenteils Juden seien und daher den deutschen Geist und seinen, Dr. Zerbes, Mystizismus nicht verstünden. In seiner kleinen Publikation, von der kaum fünfhundert Exemplare verkauft wurden, schmähte er die kulturellen Entscheidungsträger der Nation, die entweder Juden, Abkömmlinge von Juden oder deren Lakaien seien. Er übte vernichtende Kritik an den Intellektuellen, Liberalen und Freidenkern. Er machte sich zum Kämpen der Erneuerung alter germanischer Lust auf Krieg und Blutvergießen. Er beendete seine Artikel mit Gedichten, dunklen, mystischen

Oden aus langen, verwickelten Sätzen und voller längstvergessener germanischer Wörter.

Doch trotz seines Konflikts mit Juden und Liberalen war er sich nicht zu schade, im Hause des Konvertiten Rudolf Moser zu verkehren. Und er konnte auch nie lange von seinem früheren Freund Klein wegbleiben, der ja auch Jude war und jetzt sein erbittertster Feind. Zerbe, ein Pastorensohn und durch und durch ein Intellektueller, konnte nämlich persönlich den Menschenschlag, den der verherrlichte, nicht ausstehen – diese rohen Zuchtmeister, deren einzige Interessen in Krieg, Jagdhunden, Duellen und Hurerei bestanden. Schmächtig und kurzsichtig und immer noch schlecht angezogen wie ein armer Pastorensohn, verachtete er die großen, arroganten Aristokraten, die ihn wiederum noch mehr verachteten. Und noch weniger ertrug er die Gesellschaft der gestiefelten jungen Fanatiker der neuen nationalsozialistischen Bewegung, die er in seinem Blättchen zu den zukünftigen Rettern des Vaterlands erklärte. Sie scharten sich um ihn, den erbitterten Widersacher der jüdischen Vorherrschaft, sie kauften seine Zeitschrift und kamen zu seinen Vorträgen, aber er hielt es nicht aus, sie um sich zu haben. Ihre Vulgarität, ihre sadistische Animalität, ihre Parolen, die sie verständnislos hinausbrüllten, stießen ihn ab. Er fühlte sich zu Hause in Rudolf Mosers Salon, wo man über Philosophie, Politik, Theologie und internationale Fragen diskutieren konnte, ohne fürchten zu müssen, aufs Maul geschlagen zu werden. Er versäumte keine Gelegenheit, hierherzukommen, wo er als einer der vielen Exzentriker wohlwollend akzeptiert wurde, obwohl Herr Moser durch seine Abstammung ja gerade zu denen gehörte, die Dr. Zerbe als Deutschlands Krebsgeschwür ansah. Wie eine Motte durch das Licht wurde er von seinem geschworenen Feind Dr. Klein angezogen, wegen der Lust, mit Worten zu fechten und Beleidigungen auszutauschen.

Dr. Klein paffte vergnügt an seiner Zigarre und blies Dr. Zerbe den Rauch ins Gesicht. Dr. Zerbe schäumte. Und als von Spahnsattel schnell eine große Karikatur von ihm zeichnete und sie unter den Gästen herumgehen ließ, platzte er fast vor Wut.

»Das geht aber zu weit, mein lieber von Spahnsattel«, sagte Rudolf Moser. »Das ist doch zu extrem, wenn ich das sagen darf. Schließlich sind wir Kulturmenschen.«

Rudolf Moser war immer diplomatisch. Vermutlich war das der Grund dafür, daß er in seinem Beruf so hoch aufgestiegen war. Sein Credo war: Kompromiß und Mäßigung. Seine Zeitung wurde allen politischen Gruppierungen gerecht. Er war so liberal, daß er Dr. Zerbe nicht einmal dessen Angriffe auf diejenigen übelnahm, die wie er selbst konvertiert hatten. Ja, er lieh sogar Dr. Zerbe jedesmal Geld, wenn das Blättchen des Doktors in Schwierigkeiten steckte, was bis vor kurzem eigentlich ständig der Fall gewesen war.

Von Spahnsattel stürzte noch ein Glas Wein herunter. »Wer sagt, daß wir Kulturmenschen sind? Wir sind Wilde, Raubritter. Doch statt uns zu schämen, tragen wir Reithosen, und statt der Speere haben wir Maschinengewehre. Wie unsere Vorfahren, die Barbaren, Rom gehaßt haben, weil sie den Römern ihre Kultur übelnahmen, hassen wir Paris, die Wiege aller Wissenschaft und Kunst. Wir beneiden alle, die Franzosen, die Engländer, die Juden, jeden, der uns irgendwie überlegen ist.«

Rudolf Moser war es nicht recht, daß so umstürzlerische Meinungen in seinem Haus geäußert wurden. Von Spahnsattel kam aus einer ausgezeichneten Familie und konnte es sich leisten zu sprechen, wie es ihm beliebte, aber er, ein Konvertit und Verleger einer geachteten deutschen Zeitung, mußte vorsichtiger sein. Gerne hätte er die Dinge etwas abgemildert und die Spannung ausgeglichen, aber Dr. Zerbe ließ ihn nicht. Schmalzig und geschraubt sprach er von dem gefährlichen Bazillus, den der französische Eroberer über Deutschland gebracht und der sich in den Blutstrom des deutschen Volkes eingeschlichen habe. Den Bacillus Intellectualus oder Bacillus Judaeus nannte er ihn, und es sei dessen Mission, den gesunden deutschen Volkskörper zu verheeren. Die Jugend des Landes sei aber aufgerüttelt worden und wachsam. Sie habe den fremden Einfluß abgeschüttelt und werde sich durch jüdischen Schund nicht davon abhalten lassen, ihr Schicksal zu erfüllen. Deutschland stehe am Beginn einer Massenbewegung zurück zum alten Germanentum, zum Ruhm und zur Reinheit von Blut und Rasse.

»Hütet euch, ihr blinden Intellektuellen, die ihr das Unausweichliche des reinigenden Blutbades leugnen wollt!« donnerte er in unbewußter Nachahmung seines Vaters, des Pastors.

Dem Gastgeber wurde äußerst unbehaglich. Er witterte Gefahr hinter den Drohungen dieses kleinen Mannes, wenn auch die anderen offen über ihn lachten. Solche Erklärungen waren heutzutage ja öfters zu hören, viel zu oft für seine Seelenruhe. Obwohl Rudolf Moser meinte, daß schließlich der gesunde Menschenverstand, der Kompromiß und der goldene Mittelweg siegen müßten, obwohl das ganze Thema zu unerfreulich war, um überhaupt darüber nachzudenken, fühlte er sich einen Augenblick lang richtig elend. Frau Moser jedoch behandelte die Angelegenheit leichtfertig. »Ich hoffe doch sehr, Sie werden dann nicht zulassen, daß mir etwas passiert, Dr. Zerbe«, sagte sie kokett.

»Für eine schöne Frau bin ich immer bereit, durchs Feuer zu gehen«, versprach Dr. Zerbe galant und küßte ihr die Hand.

Die Gesellschaft löste sich auf. Frau Moser nahm ihren Umhang um und schickte sich zum Gehen an. »Dr. Karnovski hat mir freundlicherweise angeboten, mich nach Wannsee zu fahren«, sagte sie zu ihrem Mann. »Gute Nacht, Lieber. Arbeite nicht zuviel!«

»Gute Nacht, Liebste«, antwortete Rudolf Moser und küßte sie auf die Stirn.

Sie verbrachte oft die Sonntage in ihrem Sommerhaus am

Wannsee, während er in der Stadt blieb und arbeitete. Obwohl es ihm etwas ausmachte, daß Dr. Karnovski mit seiner Frau zusammen war, erhob er keinen Einspruch. War er etwa kein moderner Mann, der die Dinge objektiv und philosophisch zu nehmen wußte? ... Gnädig verabschiedete er sich von Dr. Karnovski, dankte ihm für die Begleitung seiner Frau und bat ihn, wiederzukommen.

Als Georg mit Frau Moser wegfuhr, überholten sie Dr. Zerbe, der in seinem billigen Überzieher, der mit den Jahren eingegangen und glänzend geworden war und zu den schwarzen Hosenbeinen seines Fracks noch schäbiger aussah als sonst, die Straße entlangstapfte. Dr. Zerbe zog seinen verschlissenen Hut vor den Insassen des schimmernden Automobils und starrte ihnen nach.

»Ein komischer kleiner Kerl«, bemerkte Frau Moser. »Eine pathetische Figur.«

»Im Gegenteil, der könnte äußerst gefährlich und grausam werden«, sagte Georg. »Er gehört zu diesen Hysterikern, die meinen, sie seien beleidigt worden. Sie leiden gleichzeitig an enttäuschtem Größenwahn und Verfolgungswahn. In Zeiten des Umsturzes werden die zu den schlimmsten Bestien.«

»Meinst du, mein Geliebter?« fragte sie, schmiegte sich an ihn und legte ihm die Hand auf den Schenkel.

»Hysteriker, die glauben, sie seien gekränkt worden, sind schlimmer als reißende Wölfe. Ich habe heute abend in seinen Augen Irrsinn flackern gesehen«, fügte Georg hinzu.

Das gab Frau Moser die Gelegenheit, über Psychoanalyse zu sprechen, die zur Zeit sehr in Mode war. Sie ließ sich eingehend über Hysterie und Minderwertigkeitskomplexe aus, und Dr. Karnovski war von ihrem Wissen beeindruckt. Sie sprach mit der Klarheit und Logik eines Mannes. Doch kaum waren sie im Haus, legte sie mit ihren Kleidern und aller Zurückhaltung ihren Intellekt ab. Sie wußte jede Nuance des Liebesspiels auszubeuten. Sie war unterwürfig, ungestüm, schamlos und so erfinderisch, daß selbst er, der

Frauenarzt, erstaunt war. Im Verein mit lyrischen und exotischen Liebesworten benutzte sie vulgäre, grobe Ausdrükke in allen Sprachen, und Georg war zutiefst abgestoßen und gleichzeitig aufs äußerste aufgereizt.

»Du redest wie eine Hure!« sagte er.

»Schlag mich, Geliebter, nenn mich Hure! Mach alles mit mir!« stöhnte sie und wand sich vor Leidenschaft.

Als er in die Stadt zurückfuhr, war er völlig ausgebrannt. Er empfand Reue, Befriedigung und Selbstekel. Er dachte an Therese, die allein in ihrem Bett lag, und konnte nicht mehr verstehen, was ihn zu dieser wilden, zügellosen Frau zog. Sie war überhaupt nicht anziehend. Ihre Beine waren zu dick und muskulös, ihr Hals war maskulin, ihr Mund dünn und lasterhaft. Er begegnete in seiner Praxis Hunderten von begehrenswerteren Frauen. Viele von ihnen zeigten ihr Interesse und kamen nur, um sich vor ihm auszuziehen und seine Hände auf ihrem Körper zu fühlen. Seit er berühmt geworden war, bekam er Dutzende von Verehrerinnenbriefen. Unter den Schreibenden waren bekannte Schönheiten aus den besten Häusern Berlins. Er konnte nicht verstehen, was ihn in Herta Mosers Bett zog. Als er so durch die kalte Nacht fuhr, schwor er sich, die Affäre zu beenden. Er fühlte sich tief beschämt und schuldig, daß er Therese betrog. Doch als ein paar Tage vergangen waren, wurde er wieder unruhig und vermißte die seltsame Verbindung von Trieb, Intellekt und Erotik, aus der sich diese Frau von Welt und niedrige Straßenhure zusammensetzte.

25

In den Jahren nach dem Krieg probierte es Hugo Holbeck mit verschiedenen Beschäftigungen. Er verkaufte Staubsauger, er verkaufte Schuhe, er war Vertreter für Jagdgewehre und hatte sonst noch alle möglichen Anstellungen, die er sofort wieder verlor.

Ein einziges Mal begeisterte er sich für ein geschäftliches Unternehmen, das war kurz, nachdem seine Mutter die Holbeckschen Mietshäuser verkauft hatte. Über einem Bier mit einem Reitlehrer, einem früheren Hauptmann, erwähnte Hugo die amerikanischen Dollar, die seine Mutter als Zahlung dafür erhalten hatte. Der abgemusterte Hauptmann klopfte eifrig mit seiner Peitsche an seine hohen gelben Reitstiefel und schlug ihm sofort vor, mit ihm als Partner eine Reitschule zu eröffnen. Er sei sicher, daß sie damit ein Vermögen machen könnte, denn die Stadt sei voller Fremder, vor allem vergnügungssüchtiger amerikanischer Millionärinnen, die mit Geld um sich würfen, als wüchse es auf den Bäumen. Sie liebten auch gutaussehende junge Offiziere und würden über Oberleutnant Holbeck in Verzückung geraten, versicherte der Hauptmann Hugo feierlich.

Hugos bleiches Gesicht belebte sich, als sollte er an der Front eine Attacke anführen. Er war einer Meinung mit dem Hauptmann, daß dies wahrscheinlich die einzige anständige Beschäftigung darstelle, die einem früheren deutschen Offizier noch geblieben sei. Ganz gegen seine sonst so mundfaule, phlegmatische Art fing er an, seiner Mutter zuzusetzen, ihm das benötigte Geld zu geben. Er versprach ihr märchenhafte Rückzahlungen, küßte ihr die Hand, raste, ja, drohte sogar, sich eine Kugel in den Kopf zu jagen, wenn sie es ihm abschlagen sollte. Die alte Frau konnte diesem Ansturm nicht standhalten und übergab ihm mit zitternden Händen das ganze Geld, das ihr auf dieser Welt noch geblieben war.

Hugo war wie ein neuer Mensch. Er kaufte Pferde und teure Sättel. Er stellte Stallburschen ein, setzte Anzeigen in die Zeitungen und wartete darauf, daß die Amerikanerinnen kommen und mit Geld um sich werfen würden, als wüchse es auf den Bäumen. Er träumte grandiose Träume. Die Romane, die er gelegentlich las, beschrieben viele solcher Begegnungen zwischen edlen, aber verarmten Offizieren und amerikanischen Erbinnen, die dem geliebten Mann nicht nur ihr Herz, sondern dazu auch die Millionen ihres Vaters schenkten. Es gab keinen Grund, warum so etwas nicht auch ihm passieren sollte. Er betrachtete sein Bild im Spiegel und war von dem, was er sah, ganz angetan. Die militärisch geschnittene Jacke saß perfekt und unterstrich seine schlanke Taille. Die hohen Stiefel schimmerten. Das glatte, dicke blonde Haar umrahmte gefällig das schmale, feine Gesicht. Er war von Kopf bis Fuß ein Oberleutnant, ein Mann, der im Schützengraben genauso zu Hause war wie im Boudoir.

Er wartete, daß die amerikanischen Damen kämen. Er wartete. Doch geradeso unerwartet, wie die Inflation begonnen hatte, war sie plötzlich zu Ende – fast über Nacht bekam die deutsche Mark wieder Wert, und die ausländischen Spekulanten verließen die Hotels. Kein Ort war so öde und leer wie Oberleutnant a. D. Hugo Holbecks Kaiserliche Reitakademie. Er rettete gerade noch seine Reithose und seine Peitsche aus dem Debakel. Von da an verlor er alles Interesse an einer Welt, die für einen deutschen Offizier keinen Platz hatte.

Seine Mutter vermietete einen Teil ihrer Wohnung und lebte von dem Geld, das Therese ihr gab. Hugo rauchte Zigaretten, spielte mit dem Hund und sah mit seinem Feldstecher in die Ferne. Wenn er es zu Hause nicht länger aushielt und das dringende Bedürfnis empfand, ein Bier zu trinken, mit früheren Kameraden zu reden oder an einem Schießstand zu schießen, ging er zu seiner Schwester, um sich etwas zu leihen. Dort war das Essen immer besser und reichlicher als daheim. Karnovski hatte auch immer einen großen Vorrat an Weinen, Likören und Weinbrand, nicht nur einheimischen, sondern auch importierten, und Hugo genoß ein Glas französischen Kognaks, den er im Krieg schätzengelernt hatte. Er nahm sich auch eine Handvoll Zigaretten aus der Dose seines Schwagers, und als er den aromatischen Rauch des ägyptischen Tabaks einsog, brütete er über die Ungerechtigkeit, die einem hakennasigen Feind erlaubte, wie ein Fürst zu leben, während er, ein deutscher Oberleutnant, im Schmutz kriechen mußte.

Donnerwetter, was für feine Zigaretten dieser Itzig raucht, dachte er und ging zur Garage hinaus, wo der Wagen stand. Der Benzingeruch war für ihn wie Parfüm. Vor dem Krieg war er gerne Motorrad gefahren, und an der Front hatte er oft Gelegenheit gehabt, ans Steuer eines Wagens zu kommen. Seither konnte er an keinem Auto vorbeigehen, ohne einen Stich des Neids zu empfinden.

Karl, der Chauffeur, ließ ihn hinter das Lenkrad und erlaubte ihm, den Motor anzulassen. Hugo lauschte dem Knattern, als wäre es Musik. Es erinnerte ihn so stark an das gute, vertraute Geräusch der Maschinengewehre.

»Eine verdammt gute Maschine, Karl!« sagte er.

»Jawohl, Herr Oberleutnant!« bellte Karl, ganz wie man ihn gelehrt hatte, einem Vorgesetzten zu anworten.

Als Jegorchen aus der Schule kam und im Hof seinen Onkel sah, strahlte er vor Entzücken.

»Onkel Hugo!« rief er, »Onkel Hugo!«

»Na, wie geht's, Junge?« fragte Hugo leutselig.

Es war ein gutes Gefühl, in einem Haus, wo weder seine Schwester noch sein Schwager viel von ihm hielten, so begeistert begrüßt zu werden. Er redete mit dem Jungen von gleich zu gleich, und Jegorchen glühte vor Stolz. Onkel Hugo zeigte ihm das Innenleben des Autos, ließ ihn auf die Pedale drücken, das Lenkrad halten und Gas geben. Als sie genug mit dem Wagen gespielt hatten, lehrte er Jegor, wie er auf korrekte militärische Weise mit seinem Luftgewehr umzugehen hatte. Onkel Hugo war ein erfahrener Schütze. Er konnte einen Vogel von einem Ast der Akazie im Hof herunterschießen. Wie gewöhnlich überredete Jegorchen seine Mutter, mit Onkel Hugo ein bißchen Auto fahren zu dürfen, obwohl Therese das nicht gern erlaubte. Sie wußte, ihr Mann sah das nicht gerne. Aber sie war zu schüchtern, um sich ihrem Bruder zu widersetzen, und gab nach. Eine Bedingung allerdings stellte sie.

»Um Gottes willen, Hugo, fahr aber nicht schnell!«

»Quatsch!« sagte er verächtlich, und sobald sie außer Sichtweite waren, drückte er das Gaspedal bis auf den Wagenboden hinunter. Das erinnerte ihn an die guten alten Zeiten, als er mit seinem Motorrad herumgerast war und ein Mädchen hinten auf dem Sozius sich in Todesangst an ihn geklammert hatte. Jegorchen genoß die Fahrt. »Vater fährt nie so schnell« sagte er.

»Und der will ein Autofahrer sein? Es ist doch eine Schande, daß er so einen schönen Wagen besitzt«, meinte Hugo und fuhr noch schneller.

Sein blasses, maskenhaftes Gesicht war gerötet, er fühlte sich lebendig; die Welt war wieder ein Ort, an dem es sich leben ließ. Wie die meisten schüchternen Menschen schwärmte Jegorchen insgeheim für Verwegenheit. »Kannst du noch schneller fahren?« fragte er.

»Natürlich, aber dann hält uns die verdammte Polizei an, und dein Papa wird böse.« Jegorchen sah mit großen, bewundernden Augen auf seinen Onkel und hatte plötzlich das Bedürfnis, ihm sein Herz auszuschütten.

Er war sonst sehr zurückhaltend, besonders seinen Eltern gegenüber, aber bei seinem Onkel hatte er keine Bedenken, zu sprechen. Er wußte, daß er aus einer Mischehe stammte. Er wußte, daß seine Eltern irgendwie ungewöhnlich waren, daß seine beiden Großmütter überhaupt nichts miteinander gemein hatten. Obwohl seine Eltern um das Thema herumredeten, wenn er sie danach auszufragen versuchte, wußte er, daß er anders war als die anderen und daß dieses Anderssein kein Grund war, darauf stolz zu sein. Der Religionslehrer in der Schule behandelte ihn nicht wie die anderen Kinder. Manchmal ließ er ihn während der Unterrichtsstunde dableiben, manchmal mußte er hinausgehen. Auch die Jungen behandelten ihn nicht immer als ihresgleichen. Meistens ließen sie ihn mitspielen, aber wenn es Streit gab, riefen sie ihn »Jude«. Er beschwor seinen Onkel, ihm endlich etwas zu sagen – war er jetzt ein Deutscher oder nicht?

»Ach Gott, natürlich bist du Deutscher von der Holbeckseite her!« erklärte Hugo.

»Warum sagen dann die Jungen, daß ich keiner bin?«

»Weil du von der Seite deines Vaters her ein Karnovski bist, und diese Rotznasen kennen eben den Unterschied nicht.«

Jegorchen lächelte zu Onkel Hugos Beschreibung seiner Schulkameraden. Genau das waren sie, Rotznasen. Aber er war noch nicht ganz zufrieden. Was war er also genau?

»Ist denn Papa kein Deutscher?« fragte er. »Mama sagt, er ist einer. Außerdem war er im Krieg Hauptmann.«

Hugo lächelte über die Auffassung seiner Schwester von einem deutschen Offizier. Was verstand ein dummes weibliches Wesen schon von solchen Dingen? Aber er sagte nichts zu dem Jungen, er brachte es nicht über sich, ihn zu kränken. »Natürlich ist dein Papa ein Deutscher. Er ist doch in diesem Land geboren worden. Aber er ist nicht ganz ein Deutscher, weil er als Jude geboren ist, nicht wahr? Doch das hat nichts mit dir zu tun, Junge. Du bist ein reiner Deutscher, ein Holbeck.«

Jegorchen war immer noch verwirrt. Er dachte ernst über die Angelegenheit nach. »Was ist ein Jude, Onkel Hugo?« fragte er.

»Ein Jude?« wiederholte Hugo. Er mußte eine Weile überlegen. Nicht, daß er es nicht wußte! Ein Jude war ein komischer, schwarzer kleiner Wicht mit einer Hakennase. Er war reich und zudringlich und, wie aus den Unterhaltungen in den Bierkneipen hervorging, einer, der im Krieg durch einen Dolchstoß in den Rücken des Heeres das Vaterland verraten hatte. Sonst hätte sich die deutsche Armee niemals diesen syphilitischen Froschschenkelfressern ergeben. Aber das alles konnte er doch dem Jungen nicht sagen.

»Ein Jude ist einer, der nicht in die Kirche geht, sondern in eine Synagoge«, erklärte er schließlich.

»Aber Papa geht nie in eine Synagoge.«

Darauf wußte Hugo nichts zu entgegnen. »Das ist alles

ein Haufen Quatsch, Junge«, sagte er, »und du bist noch zu jung, um darüber nachzudenken.«

Aber Jegorchen wollte darüber nachdenken. »Warum hat Mama denn keinen richtigen Deutschen geheiratet, sondern Papa?« fragte er. Das beschäftigte ihn schon seit langem, und niemand wollte es ihm erklären.

Hugo hätte gerne gesagt, daß Therese eben eine Närrin sei, die sich wie alle dummen Weiber verliebt habe, doch er sagte nur, Frauen seien komische Wesen und ein richtiger Mann brauche sich nicht mit ihnen zu befassen. Er, Jegorchen, solle lieber schießen, Motorrad fahren, reiten und fechten lernen, damit er einmal ein guter Soldat werde.

Jegorchen war froh, das zu hören, aber er verstand trotzdem nicht ganz, denn Großmutter Karnovski hatte ihm gesagt, daß der Krieg zu Ende sei und die Armee keine Männer mehr brauche. Was meinte Onkel Hugo dazu?

»Quatsch!« brüllte der. Was wußte eine alte Jüdin schon von solchen Sachen? Das deutsche Volk müsse nur die richtige Stunde abwarten und bereit sein. Und dann sei alles wieder wie in der guten alten Zeit. Er, Hugo Holbeck, werde wieder seine alte Uniform anlegen; es werde wieder ein Heer geben und Disziplin und Befehle und Krieg – den guten alten Krieg. Und für Jegorchen sei es das beste, sich von der alten Judenfrau fernzuhalten, die doch nur darauf aus sei, ihn in so einen langen schwarzen Mantel zu stecken, wie sie sie in der Jüdischen Schweiz trügen.

In seiner Erregung sprach er zu dem Jungen, als wäre er ein reiner Holbeck, doch dann fiel ihm ein, daß er vielleicht zu weit gegangen war.

»Natürlich wirst du niemandem sagen, was wir besprochen haben«, ermahnte er den Jungen. »Das geht keinen etwas an, was Männer unter sich reden.«

»Wie könnte ich das wagen?« versicherte Jegor empört.

»Das nenn' ich wie ein Mann gesprochen!« lobte ihn Hugo und trat auf das Gaspedal, um den Wagen zurückzubringen, bevor sein Schwager nach Hause kam.

Er war darauf bedacht, einen Streit mit Karnovski zu vermeiden. Bei all seiner Verachtung für den jüdischen Klistierverabreicher brachte er in dessen Gegenwart kaum ein Wort heraus. Wie die meisten Ärzte legte Dr. Karnovski eine gönnerhafte Haltung Laien gegenüber an den Tag. Er tat so, als hinge ihre Zukunft von seiner Fähigkeit ab, sie am Leben zu erhalten.

»Und wie geht es dem Oberleutnant?« erkundigte er sich.

Hugo Holbeck ärgerte sich über seines Schwagers Anspielung auf seinen Rang. Obwohl der so richtig klang, wenn ihn Karl und andere Untergebene so nannten, hatte er im Mund von Dr. Karnovski etwas Degradierendes. »Was kann ein deutscher Offizier in diesen gottverdammten Zeiten schon erwarten!« erwiderte Hugo und gab damit zu verstehen, daß, gegenwärtig wenigstens, die Karnovskis mit dem Krähen dran waren und die Holbecks still sein mußten.

»Diese sogenannten ›gottverdammten Zeiten‹ werden eine ganze Weile dauern, Herr Oberleutnant«, sagte Dr. Karnovski sehr bestimmt. »Und bis sie sich ändern, können Sie ruhig die romantische Vorstellung ablegen, es bliebe Ihnen nichts anderes übig, als sich wie ein General ohne Armee zu gebärden.«

»Da bin ich anderer Meinung, Herr Doktor«, antwortete Hugo.

»Nun, wie auch immer, vorläufig wollen wir erst einmal zu Mittag essen. Ich habe einen Bärenhunger«, lenkte Georg ein und führte Hugo und Jegorchen ins Eßzimmer, wo der Tisch reichlich mit ausgezeichneten Speisen gedeckt war. Therese band Jegorchen eine Serviette um den Hals und rief ihre Schwägerin, Rebekka, die bei ihnen zu Besuch war, zu Tisch.

»Bekka!« rief sie, wie Rebekka verlangt hatte – Rebekka klang zu jüdisch. Rebekka kam mit einem Blumenstrauß vom Garten herein und stapfte in ihrer etwas plumpen Art auf den Tisch zu. »Ah, Herr Hugo!« rief sie überrascht aus.

Hugo sprang vom Tisch auf und schlug schneidig die Hacken zusammen. »Guten Tag, Fräulein Bekka«, sagte er und küßte ihr die Hand.

Rebekkas schwarze Augen sprühten. Wenn ihre früheren Schulkameradinnen sie jetzt sehen könnten, wie ihr von einem blonden Oberleutnant der Hof gemacht wurde!

Er rückte ihr mit übertriebener Galanterie einen Stuhl zurecht, und sie nahm neben ihm Platz. »Äußerst freundlich von Ihnen, Herr Oberleutnant«, sagte sie, erregt, weil ihre Knie sich unter dem Tisch so nahe waren. Er roch aufreizend männlich nach Tabak, Leder und Rasierseife.

Plötzlich überkam sie eine unwiderstehliche Liebesanwandlung für ihre Schwägerin, und sie küßte sie stürmisch. Therese errötete und richtete Rebekka die Frisur, die, sooft sie auch festgesteckt wurde, immer zerzaust war.

Dr. Karnovski beobachtete die kleine Szene. »Wenn eine junge Frau ihre Schwägerin so leidenschaftlich küßt, würden die Psychologen sagen, daß sie dabei an den Bruder ihrer Schwägerin denkt«, bemerkte er sarkastisch.

Die anderen wurden rot, und Rebbeka sah ihn haßerfüllt an. »Du bist ein Zyniker wie alle Frauenärzte«, rief sie voller Zorn, weil er ihre Gefühle erraten hatte.

Georg lachte und fing an, von den hysterischen Frauen zu erzählen, die zu ihm in Behandlung kamen. Rebekka wollte von solchen Sachen nichts hören. Sie war ein sentimentaler Typ und hatte nur Blumen, Bücher, Musik und Phantastereien in ihrem zerzausten Kopf. Sie konnte es nicht ertragen, daß ihr Bruder über ihr Geschlecht spottete. »Ich würde lieber etwas von Ihnen hören, Herr Oberleutnant, etwas Erfreulicheres.«

Hugo Holbeck war verlegen. Er war nie ein großer Plauderer gewesen. Aber Rebekka sah ihn mit so leidenschaftlich bewundernden Augen an, daß er sie nicht enttäuschen konnte, und so begann er eine verwickelte Geschichte über irgendeinen Vorfall an der Front zu erzählen. Da er sich gehemmt fühlte, weil er in Gegenwart der Damen nicht auf seinen gewohnten Soldatenjargon zurückgreifen konnte, hielt er oft inne, um nach dem entsprechenden anständigen Ausdruck zu suchen. Doch Rebekka war begeistert von dem Heldennimbus, der über allem lag. »Ach, du lieber Gott!« rief sie immer wieder aus.

Georg grinste. Seine Erinnerung an die Front war etwas anders. »Ja, und was war mit dem Durchfall? Hat denn niemand, den Sie kennen, mal Dünnpfiff gehabt?« fragte er und schenkte sich noch ein Glas Wein ein.

Rebekka blitzte ihren Bruder an. Er sei doch ein hoffnungsloser Zyniker, ganz wie alle anderen Männer heutzutage, die keine Ritterlichkeit mehr kennten.

»Das ist die gottverdammte Nachkriegszeit«, sagte Hugo. »Ohne die Armee hat das Leben keine Romantik mehr.«

»Weise Worte, Herr Hugo«, pflichtete Rebekka ihm bei. »Alles ist heutzutage so trist und berechnend und nur auf den Nutzen ausgerichtet!«

Das war ihre Hauptklage – daß die Männer im Nachkriegsdeutschland alle viel zu materialistisch waren. Sie wollten nur eine große Mitgift, an Liebe dachten sie zuallerletzt. Sie wollte sich die Liste der Junggesellen, die Dr. Lippman ihr vorschlug, erst gar nicht ansehen. Wie es der Brauch unter Juden ist, alle menschlichen Fehler ihrem eigenen Glauben anzurechnen, war sie davon überzeugt, daß die jüdische Herkunft der jungen Männer dafür verantwortlich war, daß sie alles von einem materialistischen Gesichtspunkt aus sahen – sogar die Liebe. Sie war entzückt von dem großen, blonden Offizier, der so schick, ritterlich und galant war. Selbst seine Unfähigkeit, sich zurechtzufinden, kam ihr so romantisch und tragisch vor. »Er ist wie ein großes Kind ..., so arglos auf diese naive, christliche Art«, flüsterte sie Therese zu.

Therese teilte die Meinung ihrer Schwägerin über Hugo nicht, aber sie schwieg dazu. Rebekka begleitete Hugo in den Garten und führte ihn zu einer Steinbank in der Nähe der Blumenbeete, ihrem Lieblingsplatz. Mit ihrer gewohnten Begeisterung sprach sie über Bücher und das Theater. Hugo saß, die langen Beine ausgestreckt, neben ihr und hörte mehr zu, als er redete. Er verstand wenig von solchen Sachen. Er war verblüfft, als sie moderne Dichter zitierte, und erstaunt, daß ein weibliches Wesen so intellektuell sein konnte. Er kannte nur zwei Arten von Mädchen – die Näherinnen, mit denen er schlief, sich aber nie in der Öffentlichkeit zeigte, und die Mädchen aus anständigen Familien, die ihm die ganze Zeit das Reden überließen und an den passenden Stellen lachten.

»Sehr nett!« bemerkte er, obwohl die Gedichte ihm völlig unverständlich vorkamen. Sie reimten sich nicht einmal.

Seine Hilflosigkeit rührte Rebekka. In ihr verbanden sich der Elan und Ehrgeiz ihres Vaters mit ihrer Mutter Opferbereitschaft und Passion für alles Schwächere, Hilflose. Sie empfand für Männer, wie sie für Kinder empfand. Weltläufige, angepaßte zogen sie nicht an, sondern die schüchternen, die sie bemuttern und formen konnte. Der große, ungelenke Hugo Holbeck erweckte in ihr den ungestümen Wunsch, ihn zu lenken, zu leiten und für ihn zu sorgen.

‚Ach, Sie sind doch nur ein großes Kind, Herr Oberleutnant«, gurrte sie mütterlich liebevoll, als er wieder eine seiner törichten Meinungen äußerte.

Hugo wußte nicht richtig, wie er sich in ihrer Gegenwart verhalten sollte. Sie faszinierte ihn mit ihrem Temperament und ihren funkelnden schwarzen Augen und Haaren. Sie war nicht so einfach und durchsichtig wie die blonden Mädchen, die er kannte, sondern strahlte eine vertrackte Weiblichkeit aus. Er hatte zwar nie etwas mit jüdischen Frauen zu tun gehabt, aber seine Freunde versicherten ihm, sie hätten alle den Teufel im Leib und seien wunderbare Liebhaberinnen. Doch zur Frau hätte er so eine bestimmt nicht gewollt – ihn störte ihre überlegene Haltung.

Er atmete auf, als er das Haus verließ. Wie gewöhnlich brauchte er lange, um sich zu verabschieden. Er scharrte mit den Füßen, errötete und rauchte eine Zigarette nach der andern. Dr. Karnovski kannte den Grund der Verlegenheit seines Schwagers und erledigte die Angelegenheit auf seine gewohnte schonungslose Art. »Wieviel?« fragte er und sah ihm in die unsicheren, ausweichenden Augen.

»Fünfundzwanzig Mark, wenn das möglich ist«, sagte Hugo verschämt. »Sobald ich wieder Arbeit habe, zahle ich alles zurück. Auf mein Offiziersehrenwort.«

Dr. Karnovski kannte das Lied auswendig. »Was sagen Sie zu fünfzehn?« fragte er spöttisch und streckte ihm das Geld hin.

Hugo nahm es und rannte hinaus. *Dieser Scheißkerl*, fluchte er im stillen, wütend darüber, daß er seinen Schwager um Geld bitten mußte, und noch wütender, daß Karnovski als der knauserige Jude, der er war, ihn heruntergehandelt hatte.

In Schmidts Bayrischem Bräuhaus an der Potsdamer Brücke besserte sich seine Laune wieder. Hier verkehrten viele frühere Offiziere und auch Universitätsstudenten mit ihren Mädchen. Das Bier war gut, die Würste und das Sauerkraut schmeckten. Seine Kameraden begrüßten ihn, wie es sich gehörte, mit Hackenschlag, und die Kellnerinnen lächelten ihm kokett zu.

Wenn die Studenten genug getrunken hatten und zu diskutieren anfingen, wurde die Stimmung lebhaft und angeregt. Die Männer hier gehörten fast alle zum neuen Schlag.

Sie sprachen vom Kampf für ein wachgerütteltes Deutschland, von der Rache an Frankreich und an den Verrätern aus dem Berliner Westen, den jüdischen Geldsäcken, die heimtückisch dem tapferen Heer einen Dolchstoß in den Rücken versetzt hatten. Obwohl Hugo sich nicht an dem Gespräch beteiligte, genoß er die wackeren Reden. »Prosit!« trank er seinen Kameraden zu und leerte Krug um Krug des schäumenden Gebräus.

Später ging er mit einer der Kellnerinnen nach Hause und fühlte sich unter deren Liebkosungen wieder als ein Mann, nicht mehr als ein Schmarotzer. Wenn noch etwas von dem

Geld übrig war, das Georg ihm gegeben hatte, ging er am Morgen darauf zu einem Schießstand und gewann, wenn er Glück hatte und ins Schwarze traf, ein Päckchen Zigaretten.

26

Jeder Tag brachte neue Schwierigkeiten für Dr. Elsa Landau, die Repräsentantin Nordberlins im Reichstag.
»Geh doch zurück in die Dragonerstraße!« brüllten die Abgeordneten der Neuen Ordnung. »Zurück ins Scheunenviertel mit dir! Ab in die Jüdische Schweiz mitsamt deinen galizischen Freunden, den Schiebern, Falschmünzern, Spekulanten und Bolschewiken!«

Andere schickten sie sogar noch weiter weg. »Geh doch nach Jerusalem! Wir wollen keine Juden in einem deutschen Reichstag!«

Elsa Landau wehrte sich. Sie sagte aller Welt, wer die wirklichen Schieber, Falschmünzer und Spekulanten waren. Sie kannte alle Geheimnisse des feindlichen Lagers, und in sämtlichen vernichtenden, belastenden Einzelheiten beschrieb sie die ganze schmutzige Geschichte dessen Aufstiegs zur Macht. Sie belegte alle ihre Bezichtigungen und führte Tatsachen und Zahlen an, aber ihre Logik wurde von dem immer stärker anschwellenden Chor aus Zwischenrufen, Beschimpfungen und Hohngelächter übertönt. Sie rieb sich im Versuch, die Opposition einzudämmen, völlig auf. Sie wurde heiser, verlor die Geduld und geriet gelegentlich sogar, zum großen Vergnügen ihrer Feinde, ganz aus der Fassung.

Noch schlimmer wurde sie empfangen, wenn sie in der Provinz zu Arbeiterversammlungen sprach.

Studenten, Veteranen, Arbeitslose, Landstreicher, Herumlungerer, Abiturienten, die zu faul waren, sich eine Stelle zu suchen, und alle möglichen von der Neuen Ordnung entsandten Schlägertypen pfiffen, johlten und schrien sie nieder, warfen faule Eier und Stinkbomben. Manchmal feuerte sogar jemand im Saal einen Revolver ab. Neben ihrer semitischen Abstammung nahmen die gestiefelten Jungmänner auch Dr. Landaus Tugend aufs Korn. »Rothaarige Judenhure!« brüllten sie im Chor und übertönten ihre Worte.

Aus den anderen Bezichtigungen machte sie sich nichts, aber diese Bezeichnung verletzte sie schrecklich. Sie demütigte die Frau in ihr. Sie, die alles für die große Sache geopfert hatte, sie, die alle ihre weiblichen Gefühle sublimiert und wie eine Nonne gelebt hatte, wurde nun eine Hure geschimpft! Das schlimmste war, daß der Mob den Namen aufgriff und ihn populär machte. Wo immer sie auch hinkam, wurde er ihr entgegengeschleudert und reizte die Zuhörerschaft weit mehr auf als Elsas Logik und Statistiken. Durch diesen Erfolg aufgebläht, drohten die gestiefelten Jungmänner ihr offen, sie wie einen Hund niederzuschießen, wenn sie es wagen würde, in deutschen Städten zu sprechen.

Doch sie hatte in den Tagen unmittelbar nach dem Krieg genug Schießpulver gerochen und ließ sich nicht bange machen. Je drohender die Briefe wurden, die sie erhielt, desto weiter dehnte sie ihre Aktivitäten aus; sie fuhr in jedes schläfrige Dorf, in dem die brutalen Anhänger der Neuen Ordnung nun das Sagen hatten. Sie rief das dösende Proletariat auf, sich in dem gewaltigen Kampf, der ganz Deutschland zu vernichten drohte, gegen den Feind zu wehren. Sie belebte aufgegebene Arbeiterorganisationen neu und fachte das revolutionäre Feuer wieder an, das nach dem Krieg so hell gelodert hatte. Gleichzeitig bemerkte sie höchst beunruhigt die wachsende Stärke der Neuen Ordnung. Diese hatte nicht nur die Kleinstadtbevölkerung und die Bauern für sich gewonnen, sondern zog auch immer größere Massen von Arbeitern an.

Sie hatten genug von der Arbeitslosigkeit und den falschen Versprechungen. Sie verlangten Taten von ihren Führern in der Hauptstadt. Elsa appellierte an ihre Vernunft und zitierte aus den Manifesten der Partei, aber die Zeit für Worte war vorüber.

»Wir haben das Gerede satt«, erklärten die Freimütigeren unter ihnen. »Wir wollen Brot und Arbeit.«

Auf diese vernünftige Forderung hatte Elsa Landau keine Antwort. Sie erkannte die Katastrophe, die über Deutschland schwebte, deutlicher als die anderen ihrer führenden Parteigenossen. Diese ergingen sich immer noch in ihren ständigen doktrinären Haarspaltereien, vermieden allen Kontakt mit den arbeitenden Massen und bewahrten sich einen ewigen Optimismus. Alles würde mit der Zeit besser werden, behaupteten sie. Aber sie wußte es besser. Sie war fast immer draußen im Feld. Sie besuchte überall im Land Arbeiterwohnungen. Sie aß an den Tischen der Arbeiter und redete mit ihren Frauen. Sie sah die schreckliche Not, die in Deutschland herrschte, und, was noch schlimmer war, die Apathie, die alle erfaßt hatte. Sie warnte die Parteiführer und drängte sie, endlich zu handeln, aber sie war eine Stimme in der Wüste.

»Du bist zu pessimistisch, Genossin Elsa«, verurteilten sie sie mit mildem Vorwurf. Insgeheim schrieben sie ihre Befürchtungen einer angeborenen jüdischen Feigheit zu.

Doch sie wollte sich nicht beruhigen lassen. Schwarze Gedanken überkamen sie, wenn sie wach in irgendeinem Provinzhotelzimmer lag und nicht schlafen konnte. Solange sie beschäftigt war, wenn sie Reden hielt und Arbeiterfesten, Sportveranstaltungen und Paraden beiwohnte, konnte sie ihre persönlichen Probleme vergessen und sich voll und ganz dem Klassenkampf hingeben. Aber wenn sie dann wieder allein in diesen Hotelzimmern war, die alle gleich aussahen – Polstermöbel, Drucke von Schlössern und Schlachten an den Wänden, ein breites Bett und schwer verhangene Fenster –, wurden die Einsamkeit und Bangigkeit übermächtig und machten sie kraftlos.

Besonders in dieser Nacht fühlte sie sich furchtbar allein und verlassen. Das breite Doppelbett war wie ein Hohn auf ihren leichten Körper, der darin fast verlorenging. Durch die Wände konnte sie die Geräusche lachender und flüsternder Paare und ein gelegentliches Stöhnen hören. Eine stechende Sehnsucht packte sie, und die Augen wurden ihr feucht. Sie versuchte, diese Gefühle mit der eisernen Disziplin, die sie sich in all den Jahren auferlegt hatte, zu verscheuchen. Was bedeutete ihr schon das Geräusch von billigem Sex, ihr, der Kämpferin in der ruhmreichen Sache der Freiheit und Gerechtigkeit? Doch die Gefühle bedrängten sie wie Insekten, von einem Licht in der Dunkelheit angezogen. Sie erinnerte sich mit schrecklicher Deutlichkeit der Worte ihres Vaters: »Eines Tages wirst du deine Entscheidung bereuen, aber dann wird es zu spät sein ...«

Sie hatte ihn damals ausgelacht, doch jetzt, in dieser schlaflosen Nacht, kamen ihr die Worte nicht mehr so lächerlich vor. Von ihrem Vater wanderten ihre Gedanken zu Georg Karnovski. Sie erinnerte sich an ein anderes Hotelzimmer in einer anderen Stadt – es war ein ganz ähnliches Zimmer gewesen wie das, in dem sie jetzt lag. Der Regen war auf das Dach geprasselt – ja, der Regen ... wie lang war das her? So viele Jahre schon, aber sie erinnerte sich an jede Einzelheit. Damals hatte er sie geliebt. Er hatte in ihr eine Leidenschaft erweckt, von der sie nicht gewußt hatte, daß sie sie besaß. Und sie hatte ihn auch geliebt, verzweifelt geliebt. Aber sie hatte ihn für die Partei aufgegeben, für die Erregung des Kampfes, doch vor allem für den Ruhm. Nein, sie hatte keine Illusionen über sich selbst. Bei allem Idealismus wurde sie von persönlichem Ehrgeiz verzehrt, von dem Bedürfnis, bewundert zu werden, dem Drang, es den Männern zu zeigen, daß sie ihnen in allen Stücken gleich, wenn nicht überlegen war. Sie hatte ihr Ziel erreicht. Sie war wichtig. Männer hörten ihr zu. Zeitungen räumten ihr jede Menge Platz ein. Selbst ihre Feinde mußten grollend ihre Fähigkeiten anerkennen. Wie viele Frauen hatten ihr nicht schon gesagt, daß sie alles tun würden, um mit ihr zu tauschen? War sie glücklich? Tagsüber vergrub sie sich in ihre Arbeit, aber die Nächte waren lang und einsam und ließen alle weiblichen Zweifel und Unzulänglichkeitsgefühle in ihr aufsteigen. Sie dachte an die Freuden eines eigenen Heims, an den Luxus von Müßiggang und Liebe. Sie konnte Georg nicht vergessen. Er hatte jetzt eine Frau, ein Kind, ein Haus. Sie hatte ihn seit vielen Jahren nicht mehr gesehen, aber sie hatte seine Karriere verfolgt. Wie gut wäre es, mit ihm zusammenzuleben, seine liebende, gehorsame Frau zu sein, ja sogar, sich ihm zu unterwerfen! Alles wäre besser als diese aufreibende, zermürbende Einsamkeit.

Aus dem Dunkel draußen drang das Geräusch eines weinenden Kindes zu ihr und die schläfrige Stimme der Mutter, die es tröstete und wieder einlullte. Elsa horchte mit allen Sinnen. Sie beneidete die Frau, die von ihrem Kind aufgeweckt worden war.

Ihr Vater hatte sie vor dem Schicksal einer Frau gewarnt, die sich dem natürlichen Lauf von Ehe und Mutterschaft verweigert. Sie hatte ihn damals verspottet, doch anscheinend kannte er das Leben besser als sie. Die Frauen der Arbeiter, deren Wohnungen sie besuchte, schienen ein erfülltes Leben zu führen. Ihre ganze Zeit wurde durch ihre Kinder und ihre Haushaltspflichten beansprucht. Und auch sie selbst war entzückt, wenn ein molliges, freundliches Kind auf ihren Schoß kletterte. Wie zart und niedlich waren doch die kleinen Finger, die nach ihrem Hals und ihren Wangen griffen! Was zählten alle ihre Triumphe und ihre Berühmtheit gegen die Seligkeit der Mutterschaft?

Sie hatte ihre Chance auf Glück weggeworfen. Außer Georg hatten noch andere ihr Liebe und Ehe angeboten, aber sie hatte sie alle abgewiesen, um ihrer angeblichen Unabhängigkeit willen. Warum nur fühlte sie sich nun nicht frei? Sie hatte ihre Jugend vergeudet, und obwohl Männer ihr immer noch Komplimente über ihre Figur machten, täuschte sie selbst sich nicht. Die Jahre hatten ihre Spuren hinterlassen. Oft verspürte sie ein Bedürfnis nach Ruhe und Erholung. Das waren die ersten Zeichen des Alters, wußte sie. Sie litt auch unter Kopfschmerzen und verschiedenen unbestimmten Frauenbeschwerden, die das Unverheiratetsein und die vergehende Jugend mit sich brachten.

Sie schlug die Decke zurück und betrachtete ihren Körper. Selbstmitleid und Reue wegen der verlorenen Jahre überkamen sie. Sie wußte, sie würde nie die Freude erleben, zu gebären, nie würde ein Kind an ihren mageren Brüsten saugen. Jetzt war sie immer noch aktiv und kräftig, aber nur zu bald würde sie in die reifen Jahre kommen, und im Handumdrehen würde sie alt sein. Wie leer und nutzlos war das Leben einer alleinstehenden Frau im Alter!

Sie nahm eine Tablette, um ihre Nerven zu beruhigen und endlich schlafen zu können, aber die brütenden Gedanken waren stärker als die Chemikalie. Alles kam ihr hart und unnachgiebig vor – die weiche Matratze, die Daunenkissen erdrückten sie. Sie fand einfach keine bequeme Lage. Geräusche aller Arten stiegen aus der dunklen Stille auf – das fröhliche Lachen eines Paares unter ihrem Fenster, das mit dem Abschiednehmen kein Ende fand, das grölende Singen eines Betrunkenen, der Aufschrei eines Kindes. Die Turmuhren der Stadt kündeten jede Viertelstunde die Zeit an. Ihre Schläge erfüllten die Nacht mit verlorenen, langgezogenen Echos. Sie schienen eine dunkle Bangigkeit anzuzeigen, eine Unruhe und Vorahnung, als wollten sie vor den schrecklichen Ereignissen warnen, die unablässig immer näher rückten. Elsa vergrub ihr Gesicht im Kissen und weinte die verzweifelten Tränen einer Frau, die einsam und verlassen mitten in der Nacht in einem Hotelzimmer wach liegt.

27

Eine Stimmung der Zügellosigkeit, Erwartung, Furcht und unbestimmten Hoffnung lag an dem Tag über der Hauptstadt, als die gestiefelten Männer als Sieger über ihre Straßen und Boulevards marschierten.

Überall waren sie in ihren düsteren, braunen Uniformen zu sehen: sie fuhren in Autos und auf Motorrädern vorbei, sie trugen Fackeln, sie spielten Militärmusik, sie schlugen die Hacken zusammen und sie marschierten – marschierten, marschierten.

Das Dröhnen ihrer Nagelstiefel erregte die Menschen. Keiner wußte so recht, was die Neue Ordnung bringen würde; aber was es auch sein mochte, die Berliner erwarteten es gutmütig und voll ungeduldiger Vorfreude.

Wie zu Kriegsbeginn schweiften Menschenmengen auf der Suche nach Aufregung ziellos umher. Lauter als die anderen Abteilungen trommelten die Nagelstiefel der SA-Männer durch die Straßen von Westberlin: über den Kurfürstendamm und die Tauentzienstraße, an den luxuriösen Domizilen der schwarzäugigen, schwarzhaarigen Handelsmagnaten, Professoren, Theaterdirektoren, Rechtsanwälte, Ärzte und Bankiers vorüber. Die Verse *Wenn vom Judenblut das Messer spritzt, dann geht's nochmal so gut, so gut* erschallten laut und deutlich, als sollten gewisse Worte tief in die Häuser eindringen.

Sie hörten sie, die Leute, die sie hören sollten; sie hörten sie in ihren Geschäften und in den Cafés, wo sie über ihren ewigen Tassen Kaffee mit ihren Zeitungen saßen. Es wurde ihnen etwas unbehaglich, sie schämten sich ein wenig und wurden verlegen, aber keiner nahm sich die Worte zu Herzen. Wie konnten sich auch gebildete Menschen wegen der Reimereien eines dummen Liedes Sorgen machen? Und auch die Kaufleute an der Friedrichstraße und am Alexanderplatz waren nicht übermäßig besorgt. Das Geschäft ging gut, besser als sonst. Die Leute strömten auf die Straßen hinaus, sie waren in Feststimmung und ungewöhnlich leichtsinnig mit ihrem Geld, in Gegensatz zu ihrer sonstigen Knauserigkeit. Die Kellner servierten ihren schwarzhaarigen Stammgästen weiterhin ihren Kaffee und Apfelkuchen; sie brachten ihnen die Zeitungen aus aller Welt und sprachen sie mit »Herr Doktor« an, ob sie den Titel verdienten oder nicht. Keiner glaubte, daß es mit diesem guten Leben vorbei wäre. Keiner wollte es glauben. Falls der Machtwechsel Veränderungen bringen sollte, dann würde das andere betreffen; mit diesem Gedanken trösteten sich die Menschen, wie sie es vor jeder Katastrophe tun.

Rudolf Moser, der Verleger, fuhr zu dem riesigen Gebäude, das seinen Verlag beherbergte, und ging an seine Arbeit wie gewöhnlich. So unerfreulich es war, Lieder über das Vergießen jüdischen Blutes hören zu müssen, zog er doch keinen einzigen Augenblick in Betracht, daß sein eigenes Leben in Gefahr sein könnte. Er war zwar jüdischer Abstammung, aber er war schließlich Konvertit, mit einer christlichen Frau verheiratet und sogar im Kuratorium der Gedächtniskirche, der vornehmsten Kirche Berlins. Die höchsten Regierungsmitglieder besuchten seinen Salon, selbst die Führer rechter Parteien. Was konnte man mehr von ihm erwarten? Er empfing und unterstützte sogar einen der ihren, Dr. Zerbe. Was auch immer mit den Juden geschehen sollte, ihn, den hochangesehenen Christen, würde es bestimmt nicht betreffen.

Auch die Besitzer der großen Warenhäuser, die Bankiers, Handelsleute, Theaterdirektoren, Dramatiker, Künstler und Professoren, die weltberühmte Namen trugen, aber Teil der jüdischen Gemeinde geblieben waren, konnten nicht glauben, daß das Blut, das von den Messern spritzen sollte, ihr Blut sein würde. Zugegebenermaßen waren sie Juden, aber das war unerheblich. Sie waren deutsche Staatsangehörige und tief im kulturellen Leben ihres geliebten Vaterlands verwurzelt. Sie hatten einen hohen Beitrag dazu geleistet. Die meisten hatten an der Front gedient, viele mit Auszeichnung. Wenn es überhaupt jemanden betreffen würde, dann die Juden, die fanatisch an ihren orthodoxen Gebräuchen, ihrer semitischen Kultur, festgehalten hatten und sogar davon sprachen, ausgerechnet nach Asien auszuwandern.

Auch Dr. Speier glaubte nicht, daß die Drohungen ihm

gelten könnten. War er nicht aus einer Familie, die seit Generationen in Deutschland lebte? Gebrauchte er in seinen Predigten etwa nicht das eleganteste Deutsch und zitierte Goethe, Lessing, Schiller und Kant? Hatte er nicht während des Krieges seine Gemeinde dazu aufgerufen, in der Verteidigung des Vaterlandes ihr Blut zu vergießen? Nein, wenn es Grund zur Klage gab – und Dr. Speier mußte zugeben, daß das deutsche Volk Gründe für Ressentiments hatte –, war das Schuld der Fremden, der Neuankömmlinge im Land. Wieder fing er an, wie damals im Krieg, seinem Freund, David Karnovski, aus dem Weg zu gehen. In so angespannten Zeiten hatte man besser mit einem Fremden, einem Einwanderer, nichts zu tun. Es wäre doch töricht, sich in eine kompromittierende Lage zu begeben. Stand nicht geschrieben, *wer beständig auf der Hut ist, der ist weise?*

Dr. Georg Karnovski ging wie sonst seiner Arbeit in der Klinik nach. Er scherte sich nicht um die Drohungen, die Männer in braunen Hemden in diesem aufgewühlten Deutschland gegen jüdische Ärzte ausstießen. Was für ein Unsinn! Er war gebürtiger Deutscher; er hatte an einer deutschen Universität studiert; er hatte sogar an der Front einen Orden erhalten und es zum Rang eines Hauptmanns gebracht. Seine Frau war Christin, die Tochter einer alten und ehrenwerten deutschen Familie. Wenn er sich überhaupt Sorgen machte, dann um seine Eltern, die Ausländer waren. Bei ihnen war es möglich, daß sie unter dem neuen Regime zu leiden hätten.

Aber auch David Karnovski glaubte eigentlich nicht, daß er in einem Land, in dem er so viele Jahre gelebt und es zu etwas gebracht hatte, verfolgt werden würde. Hatte er nicht seinen einzigen Sohn an der Front gehabt? Führte er nicht sein Geschäft auf so ehrliche und anständige Weise, daß alle christlichen Deutschen, die mit ihm zu tun hatten, des Lobes voll waren? Außerdem hatte er sich ja ganz besonders angestrengt, sich mit der Sprache und den Sitten vertraut zu machen und jede Spur seiner östlichen Herkunft an sich zu tilgen. Wenn überhaupt Gefahr drohte, dann denen, die nach dem Krieg eingewandert waren und sich in der Dragonerstraße niedergelassen hatten. So sehr er sie auch in diesen schwierigen Zeiten bemitleidete, hegte David Karnovski doch einen geheimen Groll gegen die Juden vom Scheunenviertel. Sie waren zu schlau, sie schlugen Kapital aus dem Unglück anderer, denen sie für so gut wie nichts ihre Besitztümer abkauften, und hatten überhaupt etwas Anrüchiges, Zwielichtiges. Insgeheim stieß ihn auch die große Zahl der Juden mit Schläfenlocken und Kaftanen ab, die in der Stadt eingefallen waren – alle möglichen angeblichen Rabbis, deren Auftreten ihn störte, wenn er sah, wie sie sich in den Bussen und in der Untergrundbahn durch die Menge drängten. Einige von ihnen waren sogar auf ihrer ewigen Suche nach Spenden bis nach Westberlin hereingekommen. Sie machten der Berliner Judenheit keine Ehre mit ihrer exotischen Erscheinung und ihren entsetzlichen Manieren. Er selbst konnte ihre Art nicht ausstehen – war es da ein Wunder, daß sie bei den Nichtjuden Ressentiments erregten? Gewiß, es gab auch anständige und gebildete Menschen unter ihnen, Talmudgelehrte und Weise wie Reb Ephraim Walder. Doch meistens waren sie ein Ärgernis, und es war schon möglich, daß die neuen Herrschenden diejenigen unter ihnen, die keine gültigen Papiere hatten, verfolgen würden.

Die Bewohner der Dragonerstraße machten ebenfalls Unterschiede untereinander. Der Besitzer des Franz-Joseph-Hotels, Reb Herzele Vishniak, war so sicher, wie zwei und zwei vier ist, daß er und die anderen österreichischen Juden unbehelligt bleiben würden. Schließlich war Österreich im Krieg Deutschlands stärkster Verbündeter gewesen. Hatten sie nicht Seite an Seite gegen einen gemeinsamen Feind gekämpft? Zwar stand der Landesteil, aus dem er kam, Galizien, nun unter polnischer Herrschaft, aber seine Wurzeln waren unverbrüchlich mit Deutschland verbunden. Es war undenkbar, daß einstige Soldaten durch ihre früheren Kameraden verfolgt werden würden. Wenn jemand leiden sollte, dann waren das die Russen, die Flüchtlinge, die nach dem Krieg ins Scheunenviertel geströmt waren.

Die russischen Juden machten weitere Unterscheidungen – zwischen denen, die gültige Papiere besaßen, und denen, deren Papiere zweifelhaft waren. Aber selbst die der letzteren Kategorie waren nicht allzusehr besorgt. Schließlich gab es hier Konsulate ihres Geburtslandes. Dies war das zwanzigste Jahrhundert. Gesetz und Ordnung würden die Oberhand behalten.

»Es wird besser werden«, trösteten sie einander. »Mehr als ein Barbar hat versucht, unser Volk auszulöschen, und Juden sind doch Juden geblieben. Mag kommen, was will, Gott wird uns schützen.« Und jeder machte weiter, betrog, schmiedete Ränke, kaufte, verkaufte und hielt sich irgendwie über Wasser.

In Salomon Buraks Warenhaus war das Geschäft nie lebhafter gewesen. Obwohl die gestiefelten Jungmänner die Einkaufenden dazu anhielten, die Schwindler und Halsabschneider zu boykottieren, kamen die Frauen in Scharen in Salomon Buraks Laden, um seine Sonderangebote zu ergattern. Jude oder nicht, sie waren begierig darauf, sich mit wirklichen, greifbaren Dingen zu versorgen, statt das Papiergeld zu behalten, das ja wieder wie nach dem Krieg wertlos werden konnte. Salomon Burak flitzte wie ein Aal in seinem Warenhaus herum. Er hatte nichts von seiner Neigung zum Witzemachen verloren. Weder das Alter noch die harten Zeiten konnten ihn verändern.

»Das neueste Haman-Modell à la ägyptische Plage, gnädige Frau«, sagte er zu den stämmigen Hausfrauen, die ihn ganz buchstäblich nahmen.

Seine Frau Jetta versuchte, ihn zurückzuhalten. »Salomon, red doch nicht so viel! Schlomele, auch die Wände haben Ohren!«

Sein Schwiegersohn, Jonas Zielonek, war schockiert. Um sich selbst machte er sich zwar keine Sorgen: Er war ja aus

Posen, durch und durch Deutscher und außerdem Veteran. Aber er sorgte sich um seinen Schwiegervater, den Einwanderer aus Melnitz. Er hatte noch nie dessen Späße und dessen Gebrauch hebräischer Ausdrücke ausstehen können. Aber jetzt war ihm diese Gewohnheit, auf ihr Jüdischsein aufmerksam zu machen, besonders unangenehm. »Um Gottes willen, laß doch *mich* die Kunden bedienen«, bat er flehentlich. »Es wäre zur Zeit am besten, wenn du dich gar nicht im Laden blicken ließest.«

»Was ist denn los, meinst du, die werden dich anders behandeln, bloß weil du aus Posen bist? Wir werden noch schön nebeneinander am Galgen baumeln, Jonas, mein Junge«, sagte Salomon.

Er hörte auch nicht damit auf, seine Nachbarn, die deutschen Juden, aufzuziehen, mit denen er seit Jahren im Streit lag. Am meisten genoß er es, seinen Konkurrenten von nebenan zu ärgern, Ludwig Kadisch, der sich täglich versicherte, daß er von allen Belästigungen verschont bleiben würde. Als erstes steckte sich Kadisch das Eiserne Kreuz ans Revers, das ihm für den Verlust eines Auges an der Front verliehen worden war. Er wölbte die Brust heraus, um seinen Orden zu zeigen. Dann hängte er seine Armeeuniform in sein Schaufenster, um den Deutschen zu beweisen, daß er jedenfalls keiner von denen gewesen war, die dem Heer einen Dolchstoß in den Rücken versetzt hatten. Er meinte, die Uniform müßte die Rowdys davon abhalten, die Fensterscheibe zu zertrümmern, wie sie es schon bei vielen jüdischen Geschäften getan hatten. Einige der christlichen Nachbarn Kadischs hatten Kreuze in ihre Schaufenster gestellt zum Zeichen, daß die Läden Nichtjuden gehörten. Vielleicht würde das Eiserne Kreuz denselben Zweck erfüllen. Doch Salomon Burak wollte ihm diesen Trost nicht gönnen. »Diese *Mesusa* wird Ihnen hier nicht helfen, Herr Kadisch«, sagte er. »Haman, der Böse, fürchtet keine *Mesusoth* ...«

Er reizte Ludwig Kadisch so, daß dieser seinem ganzen

Groll, der sich in all den Jahren in ihm aufgestaut hatte, Luft machte. Die Schwierigkeiten, unter denen er jetzt zu leiden habe, seien einzig und allein die Schuld von Burak und dessen Artgenossen von drüben jenseits der Grenze. Er, Kadisch, und die anderen Deutschen mosaischen Glaubens hätten immer in Frieden mit ihren christlichen Nachbarn gelebt. Und so wäre es auch geblieben, wenn nicht die polnischen und russischen Juden das Land überschwemmt hätten. Sie seien es gewesen, die mit ihren schweinischen Späßen, mit ihrem übertriebenen Jüdischsein, das sie buchstäblich den Nichtjuden um die Ohren hauten, mit ihrer Sprache und ihren Manieren die Funken des latenten Antisemitismus wieder angefacht hätten – sie, mit ihrem Scheunenviertel, ihren langen Kaftanen, ihrem jiddischen Kauderwelsch, ihrem Zionismus, ihrem Sozialismus, ihrer Hausiererei, ihrem Schiebertum, ihren gefälschten Pässen und unsauberen Geschäftsmethoden. Sie manipulierten Preise, verkauften Schundware und beleidigten die anständigen Kaufleute, Christen wie Juden. Und wenn sie wenigstens in der Dragonerstraße blieben! Aber nein! Sie müßten sich ja in die reinen deutschen Straßen wie die Landsberger Allee einschleusen! ... Doch jetzt werde sich das alles ändern. Sie würden über die Grenze zurückgejagt werden, wo sie hingehörten. Und bleiben würden nur diejenigen, die seit Generationen im Land lebten, diejenigen, die sich an das Leben einer zivilisierten Gemeinschaft anzupassen gewußt hätten.

Salomon Burak lachte höhnisch. Ein typischer deutscher Michel wie alle Deutschen. O nein, wenn es einmal soweit sei, daß Schädel eingeschlagen würden, komme er genauso dran wie alle anderen. Die *Gojim* interessierten sich nur für die materielle Seite der Sache. »Wie heiße es doch? Ludwig oder Schlomo, so ist die Welt – sie hassen den Juden, aber lieben sein Geld« ...

Ludwig Kadisch zischte vor Empörung. »Ich verbiete Ihnen, so mit mir zu sprechen, Herr Burak. Ich bin ein reiner, hundertprozentiger deutscher Staatsbürger!«

Selbst sein Glasauge, das er anstelle des dem Vaterland geopferten trug, funkelte vor Haß auf Salomon Burak.

Salomon Burak ließ sich weder durch die Wut seines Nachbarn beeindrucken, noch machte er sich Sorgen über sein eigenes Schicksal. Er wußte, daß böse Zeiten kamen, aber er empfand keine Furcht, nur die gleiche Ungeduld, die alle Berliner erfaßt hatte. Irgend etwas würde bald geschehen; was würde es sein?

Am meisten hatten die Unsicherheit und die Aufregung den jungen Joachim Georg Karnovski ergriffen.

Obwohl sich äußerlich in der Schule nichts geändert hatte, war eine Laxheit über die Institution gekommen, die ihren ganzen Gang beeinflußte. Die Unterrichtsstunden schienen allen Sinn und Zweck verloren zu haben. Die Lehrer waren unsicher und verwirrt. Die strenge Disziplin, die überall in der Schule geherrscht hatte, war einer aufsässigen Stimmung gewichen, vage Hoffnungen erregten die Herzen der Jungen. Es zog sie jetzt auf die Straßen der Hauptstadt, wo ihnen alle möglichen schmeichlerischen Versprechungen gemacht wurden.

Jegor Karnovski verbrachte seine ganze Zeit auf den Straßen. Er schwänzte die Schule und zog ziellos in der Stadt herum, um die Geräusche, Bilder und Gerüche des großen Umbruchs, der die Nation erschütterte, in sich aufzunehmen. Er wanderte vom Kurfürstendamm bis zu Unter den Linden. Er ließ sich von erregten Volksmengen vom Alexanderplatz bis tief in den Berliner Norden hinein mittragen. Er fuhr mit den Untergrundbahnen, Elektrischen und Bussen, ohne sich darum zu kümmern, wohin sie ihn brachten. Er ließ sich von der aufrührerischen Stimmung packen, die sich der Einwohner der Stadt bemächtigt hatte. Keiner war mehr da, wo er hingehörte. Die Polizei, die berühmten Schupos mit ihren großen Helmen, die sonst so beeindruckend und selbstsicher wirkten, gingen wie verloren und hilflos herum. Die Busfahrer wußten nicht mehr so recht, ob sie ihrer vorgeschriebenen Route folgen sollten. Die einzigen, die zielbewußt zu handeln schienen, waren die marschierenden jungen Männer in Schaftstiefeln.

Groß und schlaksig, mit vor Patriotismus leuchtenden blauen Augen, ließ sich Jegor von der nach Aufregung und Sensation gierenden Menge mitreißen. Die schmetternde Musik feuerte sein junges Gemüt an; der Takt der marschierenden Füße begeisterte ihn. Wie alle um ihn herum hob er jedesmal steif den Arm, wenn eine Kompanie Männer vorübertrabte. Er schrie und sang die Parolen des Tages. Er kaufte sich für ein paar Pfennig von einem Straßenhändler das kleine Abzeichen, das die Neue Ordnung symbolisierte, und steckte es an sein Revers. Als er hungrig wurde, ging er zum erstenmal in seinem Leben in eine Kneipe und bestellte Bier und Schweinswürste wie die anderen. Er kaute mit Genuß die fette Wurst und schüttete das Bier in sich hinein, das gemein und bitter, aber zugleich köstlich nach verbotenen Erwachsenengenüssen schmeckte. Er lauschte der rohen Unterhaltung der Gäste, und der beißende Rauch ihrer billigen Zigarren brannte ihm erregend in den Augen.

Er stellte keine Verbindung her zwischen dem jüdischen Blut, das die marschierenden SA-Männer in ihren Gesängen vergießen wollten, und dem jüdischen Blut in seinen Adern. Er hörte nur die Melodie, nicht die Reime. Wie alle Liedtexte waren sie für ihn, wie für die anderen Juden Berlins, nur eine Untermalung der Musik. Außerdem, was hatten sie mit ihm zu tun? War er nicht ein reiner Holbeck, einer der Millionen, die nun marschierten, um Deutschlands Schicksal in Sieg und Rache zu erfüllen? Es war ja genauso gekommen, wie Onkel Hugo vorausgesagt hatte. Sein Onkel war nicht der Narr, als den seine Mutter und sein Vater ihn immer hingestellt hatten. Jegor war nicht mehr lustlos und apathisch wie bisher; jetzt fühlte er sich voller Energie. Zufällig fand er sich in der Nähe des Reichstags wieder. Der weite Platz war voller Fahnen, Fackeln, Lärm und marschierender Männer. Von offenen Lastwagen herab hielten die neuen Führer flammende Ansprachen an die kreischenden Volksmengen. Die Leute brüllten, rissen die Arme hoch und schrien hysterisch. Jegor stieg das Blut in den Kopf. Unwillkürlich jubelte auch er und wiederholte im fanatischen Chor der begeisterten Tausenden die kurzen, häßlichen Schlagworte. Zum erstenmal fühlte er, daß das Leben gut war und einen Zweck hatte. Er wußte, er würde nie wieder derselbe sein.

28

Die gestiefelten Jungmänner hatten es ernst gemeint, als sie auf den Straßen von ihrem Durst nach jüdischem Blut sangen. Für sie waren das keine bloßen Reimereien, wie die Einwohner des Berliner Westens angenommen hatten. Mit jedem Tag wurden ihre Messer blutiger.

Eines Nachts hämmerten sie an die Tür von Dr. Siegfried Klein, dem Herausgeber der satirischen Wochenzeitschrift, zerrten ihn aus seinem warmen Bett in der luxuriösen Wohnung in der Rankestraße und schleppten ihn in den Keller von Schmidts Bayrischem Bräuhaus an der Potsdamer Brücke. Als er durch die Straßen gestoßen wurde, forderte Dr. Klein mit der Entrüstung, wie sie nur ein Liberaler aufbringen kann, vorübergehende Polizisten auf, ihn vor diesen Rowdys zu beschützen, die doch keinerlei Befugnis hätten, ihn zu arretieren. Aber die Polizisten wiesen ihn höflich darauf ihn, daß sie nicht eingreifen könnten.

»Na, was sagen Sie jetzt dazu, Herr Verleger?« fragten die jungen Leute höhnisch.

Er war immer noch imstande, mit einem Witzwort zu kontern, bis sie ihn eine steinerne Treppe hinunter in den Keller führten und ihm der saure Geruch von Hefe, Hopfen, Feuchtigkeit, Moder und Mausdreck in die Nase stieg.

»Runter mit der Jacke und dem Kragen!« befahl der Anführer der Bande.

Dr. Klein glotzte ihn erstaunt durch seine dicken Brillengläser an. Er verstand nicht, warum er sich ausziehen sollte.

Der Anführer klärte ihn auf. »Wir wollen den Herrn Verleger doch nur rasieren, und dazu muß man Jacke und Kragen ablegen, um es bequemer zu haben, nicht wahr?«

Seine Kameraden lachten roh, und auf einmal erfaßte Dr. Klein die Pointe. In seinem Magazin hatte er den Führer der Neuen Ordnung einen Barbier genannt, und von Spahnsattel hatte ihn mit einem Rasiermesser in der Hand und einem dümmlich wichtigtuerischen Grinsen auf dem Gesicht gezeichnet. Die Karikatur war eine kleine Sensation gewesen. Dr. Klein war der erste, der einräumte, daß seine Zeitschrift grausam und boshaft war, aber er konnte an Satire nichts Ungesetzliches oder Unethisches finden. Seine Gegner behandelten ihn ja genauso unfreundlich. Sie porträtierten ihn als kraushaarigen Teufel mit riesiger Nase und wulstigen Zululippen, obwohl er eine kleine Nase, schmale Lippen und glattes Haar hatte. Doch das gehörte eben zu den Spielregeln, und er akzeptierte das wohl gelaunt. Wozu war schließlich eine humoristische Zeitschrift gut, wenn nicht zur Übertreibung? Aber die gestiefelten Jungmänner teilten offenbar seinen Gesichtspunkt nicht. Als er nicht sofort dem Befehl, sich auszuziehen, nachkam, schlug der Anführer den dicken, kleinen Verleger aufs Auge. Dr. Klein fiel hin und blieb mit dem Kopf auf einem Bierfaß liegen. Zum erstenmal in seinem Erwachsenendasein war er geschlagen worden, und die Erfahrung brachte ihn nicht nur körperlich, sondern auch emotional völlig aus der Fassung. Er war überzeugt, daß sein Ende gekommen sei. Die jungen Leute fingen an, ihn kaltblütig und methodisch zu prügeln. Je länger das Prügeln dauerte, desto intensiver und bitterer mußte Dr. Klein feststellen, wie sehr er doch am Leben hing und zugleich, was für unerhörte Schmerzen und Qualen ein menschlicher Körper aushalten konnte. Jedesmal, wenn er zusammensackte, zog ihn einer der Jungmänner wieder hoch, und die Fäuste, Koppelschnallen, Knüppel und Stiefel droschen von neuem erbarmungslos auf ihn ein.

»Erschießt mich doch!« flehte Dr. Klein.

Die Männer brachen in Gelächter aus. Ihn erschießen? Dazu sei noch genug Zeit. Jetzt wollten sie ihn nur ein bißchen »barbieren«. Sie würden sogar aufhören, ihn zu schlagen, wenn er ihnen sagen wolle, wo sein Kumpan, der Judensklave von Spahnsattel, sich verstecke.

In all seinen Schmerzen empfand Dr. Klein einen Stich der Reue, als sie den Namen seines Freundes erwähnten. Vor Tagen, als die Lage noch unentschieden war, hatte von Spahnsattel ihm angeboten, ihn in seinem Sportwagen nach Paris mitzunehmen. Aber Dr. Klein hatte sich geweigert zu fliehen. Er räumte zwar die Möglichkeit ein, daß die Neue Ordnung ihn zur Einstellung seiner Publikation zwingen könnte, aber er glaubte nicht, daß ihm sonst etwas geschehen würde. Wie hätte er denn gesetzlich verfolgt werden können, bloß weil er Leute lächerlich gemacht hatte? Von Spahnsattel hatte ihn mit einem Blick voller Zorn und Verachtung angesehen. »Ihr Juden kennt uns Deutsche immer noch nicht. Ihr seht uns immer noch durch eure semitischen Augen. Aber ich kenne mein Volk nur allzugut, denn ich bin einer davon. Auf Wiedersehen, Klein. Gott sei dir gnädig.« Und von Spahnsattel war in einer Auspuffwolke davongerast. Dr. Klein erinnerte sich nun bitter dieses Gesprächs, während die Schläge der Gummiknüppel auf seinen rosigen Bauch und seine Rippen hagelten.

Er schwor, daß sein Freund nach Paris geflohen sei, aber sie glaubten ihm nicht. In den klaren Augenblicken, wenn er nach zeitweiliger Bewußtlosigkeit wieder zu sich kam, überlegte Dr. Klein fast gelassen, wie erstaunlich es doch sei, daß sein weicher Körper eine solche Tortur aushielt. Das Prügeln ging fort und fort, die ganze endlose Nacht hindurch, und als die Stunden vorrückten, begannen die Jungmänner gewisse Raffinessen anzuwenden, bis Dr. Kleins Agonie in den Tod mündete.

Zu Herrn Rudolf Moser kamen keine gewöhnlichen Straßenrüpel, sondern hochrangige Parteifunktionäre, die mit regulären Papieren und Befehlen ausgestattet waren. Er wurde auch nicht geschlagen oder gedemütigt – er wurde nur mit gewöhnlichen Dieben und Trunkenbolden zusammen in Haft genommen, um ihn vor der »aufgebrachten Volksmenge, die ihn als Vaterlandsverräter lynchen wolle«, zu beschützen.

Rudolf Moser beteuerte, er habe von niemandem etwas zu fürchten und könne selbst für seine Sicherheit einstehen. Außerdem würde er, wenn nötig, ins Ausland gehen. Er erhielt die Erlaubnis, das Land zu verlassen, doch nur, nachdem er damit einverstanden war, seine Zeitung und das ganze Verlagshaus der Regierung zu überschreiben. Frau Moser versuchte, Dr. Zerbe zu sprechen, der es in der Neuen Ordnung zu einer hohen Position gebracht hatte. Er trug nun offen sein Parteiabzeichen am Jackett und hatte Rudolf Mosers Stelle als Herausgeber der Zeitung übernommen – sogar auch sein Büro mit dem riesigen Mahagonischreibtisch.

»Bedauerlicherweise ist Dr. Zerbe verhindert«, mußte Rudolf Mosers Bürodiener mit schamrotem Gesicht die Frau seines ehemaligen Herrn wegschicken.

Und Dr. Zerbe fand auch keine Zeit für die Frau seines früheren Freundes Dr. Klein, die ihren Mann seit der Nacht, als er von ihrer Seite weggeschleppt worden war, nicht mehr gesehen hatte.

An den Fenstern von Dr. Fritz Landaus Wohnung in Neukölln stand in roter Farbe, daß er Jude sei und nur Juden behandeln dürfe. Es sei jetzt aus damit, daß er seine fettigen jüdischen Hände an reine Arierinnen legen, kleine Mädchen vergewaltigen und den deutschen Arbeitern das Blut aussaugen könne. Allen Ariern sei es verboten, seinen Schweinestall von Sprechzimmer zu betreten. Die gestiefelten Jungmänner forderten gröhlend die alte Johanna auf, den Arzt zu verlassen. Es sei eine Schande, daß sie, eine Arierin, bei einem schmutzigen Juden in Dienst stehe. Doch die vor Alter tief vornüber gebeugte Greisin jagte die jungen Leute davon und erklärte so laut, daß jeder es hören konnte, sie lasse sich von rotznasigen Rüpeln nicht aus dem Haus ihres Herrn Doktors vertreiben. Die Jungmänner schimpften sie eine Judenhure und ließen sie in Ruhe.

Mehr Mühe gaben sie sich, Dr. Landaus Tochter, diese rothaarige Judengöre und Feindin des Reichs, aufzuspüren. Sie suchten überall in der Stadt nach ihr. Sie durchkämmten die Arbeiterwohnungen von Neukölln und umlagerten jede Nacht in der Hoffnung, daß sie sich endlich blicken lassen würde, das Haus, in dem ihr Vater wohnte. Immer wieder durchsuchten sie die Wohnung, zerschlugen Gefäße und Flaschen und zerstörten das Laboratorium. Als sie immer noch nicht auftauchte, verhafteten sie den Arzt und hielten ihn als Geisel fest, bis ihr nichts anderes übrigblieb, als sich zu stellen. Er wurde freigelassen und verbrachte nun seine Tage mit Herumwandern. Mit weiß gewordenem Bart, einem schweren Stock in der Hand und barhäuptig wie immer lief er durch die Straßen. Er hielt keine Kinder mehr an und mahnte sie, richtig zu atmen, er hatte die Augen auf den Boden geheftet und antwortete kaum auf die seltenen Grüße seiner mutigeren Nachbarn. »Morgen, Morgen«, murmelte er nur, ohne aufzusehen.

Wenn eine Mutter versuchte, ihm die Symptome ihres kranken Kindes zu schildern, unterbrach er sie sofort. »Keine Gespräche mit Ariern!« knurrte er. »Verboten, verboten, verboten ...«

Im Scheunenviertel malten die jungen Leute an jedes Ladenfenster Jude, obwohl doch hier alle Geschäfte jüdisch waren. Sie schrieben es sogar, ganz überflüssigerweise, an koschere Metzgereien, an Synagogen und an Reb Ephraim Walders Buchladen. Sie verlangten von jedem Ladeninhaber eine Mark zur Deckung der Kosten von Farbe und Arbeitsaufwand. Auf der Großen Hamburger Straße schmierten sie das Wort Jude nicht nur an Türen und Schaufenster, sondern auch an das Denkmal von Moses Mendelssohn. Die traurigen Augen des Philosophen blickten mit tolerantem Verständnis auf den blutigen Fleck hinunter, der seinen Oberkörper verunstaltete. In der Landsberger Allee lief eine große Menge Neugieriger zusammen, um das Schauspiel zu verfolgen, als die gestiefelten Jungmänner zu Salomon Buraks Warenhaus kamen. Hier malten sie nicht nur das Wort Jude an jedes glänzende Schaufenster, sondern dazu auch noch einen ungelenken Davidsstern. Als sie fertig waren, gingen sie hinein, um ihren Tribut zu kassieren. Wie gewöhnlich mußte Salomon Burak ein Späßchen machen. »Wieviel bin ich den Herren schuldig? Geht jedes Fenster einzeln, oder geben Sie mir für das Ganze einen Mengenrabatt?« fragte er mit unschuldiger Miene.

Jetta zitterte. »Schlomele, sei doch still! Salomon!«

Doch er machte weiter. »Die Herren haben auch ein paar hübsche Sterne gemalt. Die kosten doch sicher extra?«

Mit übertriebener Höflichkeit zahlte er das Geld aus, doch die jungen Männer gingen noch nicht.

Nun sah sich Jonas Zielonek gezwungen, einzugreifen. Schließlich war er aus Posen gebürtig und Kriegsteilnehmer und sprach ein fehlerloses Deutsch. »Womit kann ich Ihnen dienen, meine Herren?« fragte er ehrerbietig.

Salomon Burak stieß ihn beiseite und wandte sich selbst an den Anführer. »Ich glaube, die Herren hätten es bequemer in meinem Büro. Bitte, seien Sie so gut und folgen Sie mir.«

Die »Herren« folgten ihm in den Verschlag, den er sein Büro nannte. Dort kam er sofort zum Geschäftlichen. Er wußte, daß er in der Nachbarschaft viele Feinde hatte, Leute, die er gerichtlich belangt hatte, weil sie die Raten nicht bezahlt hatten, und er hatte keine Lust, in »Schutzhaft« genommen zu werden. Er hatte sich schon seit Tagen überlegt, wie er mit dieser Situation umgehen würde.

»Leben und leben lassen, meine Herren«, sagte er, »das ist meine Devise.«

Die grinsenden jungen Männer stimmten ihm warm zu. Mit der Geschicklichkeit viele Generationen zurückreichender Erfahrung in der Bestechung von Antisemiten überreichte Salomon Burak den »Herren« eine beträchtliche Summe und schlug ihnen ganz unschuldig vor, ihre Frauen und Liebsten bei ihm vorbeizuschicken, damit sie sich ein paar hübsche Sachen aussuchen könnten.

»Das wäre mir eine unendliche Freude, meine Herren«, säuselte er, immer noch den Narren spielend. »Ich habe die schönsten Todesengelmodelle für Ihre Damen reserviert.«

Sie versprachen, ihre Frauen und Liebsten zu schicken, damit sie mit diesen Wie-auch-immer-sie-hießen-Modellen ausgestattet würden, und marschierten heroisch aus dem Warenhaus hinaus.

»Still«, sagte Salomon Burak zu seiner schluchzenden Frau und seinem protestierenden Schwiegersohn, »ein Dukatchen mehr, ein Dukatchen weniger. Gott ist unser Vater. Einmal schickt er uns gutes Glück, ein andermal ein Geschwür am Hintern.«

Kein so leichtes Spiel hatten die Jungmänner mit Salomon Buraks Nachbarn Ludwig Kadisch. Er hielt ihnen sein Eisernes Kreuz vor die Nase und wollte nicht zulassen, daß sie das Wort *Jude* an seine Schaufenster malten. »Ich habe als Soldat an der Front gedient und bin mit dem Eisernen Kreuz ausgezeichnet worden, meine Herren!« schrie er. »Ich habe jahrelang in den Schützengräben gelegen! Hier ist meine Uniform, da, Sie können noch die Einschußlöcher darin sehen!«

»Sieht mir eher nach Mottenlöchern aus«, witzelte ein SA-Mann.

Doch die Menge war bei dem Anblick des bekannten Ordens und der Uniform ernüchtert. Die gestiefelten Jungmänner spotteten. »Quatsch! Jeder Jude kann hingehen und ein Eisernes Kreuz und eine Uniform kaufen...«

Plötzlich riß sich Ludwig Kadisch das Glasauge aus der Augenhöhle und hielt es theatralisch in die Höhe, damit alle es sehen konnten. »Und habe ich mir das auch gekauft, meine Herren?«

Die Stimmung in der Menge schwang um. Als er auf vielen Gesichtern Groll und Mißbilligung sah, handelte der Anführer der Bande schnell. *Widerstand gegen die Obrigkeit, Volksverhetzung und Verbreitung antideutscher Propaganda.* Diesem arroganten Judenbastard mußte eine Lektion erteilt werden. Eisernes Kreuz oder nicht, er war ein Verräter und ein Blutsauger und mußte streng behandelt werden. Sie beschmierten sein Fenster nicht nur mit dem Wort *Jude,* sondern dazu noch mit *Saujude.* Dann rissen sie ihm das Eiserne Kreuz von der Brust, weil es ein Sakrileg war, daß ein Itzig es trug, und befahlen ihm, die Uniform aus dem Fenster zu nehmen. Als sie ihn zum »Verhör« abführten, weinte Ludwig Kadisch. Selbst aus seiner leeren Augenhöhle liefen Tränen. »Vier Jahre im Schützengraben«, schluchzte er. »Das Eiserne Kreuz erster Klasse ...«

Da griff Salomon Burak ein. Was auch immer Kadisch war, er war Jude, und Salomon konnte nicht einfach dastehen und zusehen, wie er von den *Gojim* mitgenommen wurde. Mit seinem vollendeten Geschick im Umgang mit Rüpeln zwinkerte er dem Anführer der Bande zu, der prompt seinen Befehl zurücknahm. »He, Sie! Zahlen Sie zehn Mark für jedes Fenster und Sie können bleiben!« ordnete er jetzt an.

Bevor Kadisch überhaupt begriff, was los war, hatte Salomon Burak den geforderten Betrag bezahlt und mit einem weiteren Augenzwinkern angedeutet, daß die ganze Angelegenheit sich doch leicht außergerichtlich regeln ließe. Er wollte unbedingt, daß die Bande so schnell wie möglich aus der Gegend hier verschwand. Ludwig Kadisch wischte sein Glasauge ab und rang die Hände. »Was ich alles erleben muß«, lamentierte er. »Meine schönen sauberen Schaufenster verschmiert ...«

Auch Dr. Karnovski wurde nicht verhaftet; es wurde ihm nur untersagt, Christinnen zu behandeln. Er tröstete sich damit, daß er immer noch in Diplomatenkreisen praktizieren konnte, aber bald wurde ihm auch das verboten. Dr. Karnovski konnte seine Klinik nicht weiterführen. Eine Gruppe christlicher Ärzte machte das Angebot, sie ihm mit allem Drum und Dran für einen Pappenstiel abzunehmen, und es blieb ihm nichts anderes übrig, als darauf einzugehen. Erst kurz zuvor hatte er die Klinik vollständig renoviert und sie mit der modernsten medizinischen Ausrüstung und neuen Möbeln ausgestattet. Er verkaufte sie für ein Zehntel ihres Werts. Alles, was ihm von all den Jahren der Arbeit und Hingabe blieb, war ein schlankes Bündel Geldscheine, mit denen er nichts anzufangen wußte. Er hatte Angst, sie im Haus zu behalten, und traute sich auch nicht, sie auf die Bank zu bringen, wo alle möglichen Übergriffe auf jüdisches Eigentum verübt wurden.

Er wollte auch dringend seinen teuren Wagen verkaufen, für den er nun keine Verwendung mehr hatte, doch sein Schwager, Hugo Holbeck, vereitelte das.

Hugo war jetzt ein angesehenes Mitglied der Neuen Ordnung. Er hatte sich bei seinen häufigen Kneipereien in Schmidts Bayrischem Bräuhaus an der Potsdamer Brücke, die ihm sein Schwager finanzieren mußte, in das Wohlwollen der Partei eingeschmeichelt. Als früherem Oberleutnant hatte man ihm eine wichtige Aufgabe zugeteilt – er durfte junge Kameraden, die nie Militärdienst geleistet hatten, das Marschieren, Schießen und Bayonettieren lehren. Er hatte seine Pflichten an geheimen Orten am Stadtrand ausgeübt, und obwohl der Sold mager war, genoß er seine Arbeit. Es war gut, wieder Befehle zu erteilen, eine Kompanie zu führen, zu exerzieren und Schießpulver zu riechen. Als dann die Partei offiziell die Macht übernahm, zog er seine Offiziersstiefel und das braune Hemd an und trug das SA-Abzeichen am Ärmel. Er kam auch in seiner Uniform nach Hause, nur vom Haus seines Schwagers hielt er sich fern.

Er brauchte nicht mehr wegen französischen Kognaks, ägyptischer Zigaretten und »Darlehen« zu ihm zu kommen. Er hatte ja jetzt alles – so viel Märsche, Paraden, Ehrenbezeigungen und Stiefel, wie er nur wollte, und dazu die Befugnis, seinen Revolver offen und stolz zu tragen. Es gab keinen Grund mehr, diesem arroganten, hakennasigen Klistierfritzen gegenüberzutreten und seine Beleidigungen einzustecken. Und er hatte auch keine Lust auf eine Wiederbegegnung mit dieser kraushaarigen Hündin von jüdischer Schwester des Arztes und ihren lächerlichen Gedichten und Büchern, und auch nicht einmal mit seiner eigenen Schwester, dieser Verräterin ihrer Rasse. Von Zeit zu Zeit dachte er mit gemischten Gefühlen von Schuld und Bedauern an Jegor, unterdrückte diese Regung aber schnell wieder. Er war jetzt viel zu beschäftigt, um sich um dieses ganze Mischlingspack zu scheren. Das einzige, was ihn noch dorthin zog, war der Wagen.

Jahrelang hatte er seinen Schwager um dessen schnell aufeinanderfolgende Traumautos beneidet. Er konnte Georg alles verzeihen – das elegante Haus, die Klinik, die Frauen, die sich ihm an den Hals warfen, die ägyptischen Zigaretten und den französischen Kognak – aber den Wagen nicht. Er würgte und würgte an dieser Ungerechtigkeit – daß ein Jude, der nicht richtig chauffieren konnte und nie über sechzig fuhr, eine so herrliche Maschine besaß, während er, der den Wagen kannte wie seine eigenen zwei Hände, zu Fuß gehen mußte. Ein regelrechtes Verbrechen war das. Nun fand er mehr denn je, daß er einen Wagen brauchte. Einmal gehörte sich das in seiner neuen Stellung. Zum anderen hatte er nun großen Erfolg bei den Damen und mußte ein Auto haben, um sie herumfahren zu können. Der Wagen seines Schwagers war ein glänzender neuer Mercedes, den er sich erst kürzlich angeschafft hatte, und Hugo zerbrach sich den Kopf, wie er es auf die wenigst peinliche Art anstellen sollte, ihn sich anzueignen.

Zuerst konnte er sich nicht dazu überwinden, bei seinem

Schwager in seiner Uniform zu erscheinen, aber allmählich verging ihm die Scham. Er wußte, daß man den Wagen früher oder später beschlagnahmen würde – alles jüdische Eigentum wurde ja zur Zeit eingezogen. Wenn er den Wagen nicht holte, würde es ein anderer tun. War es richtig, daß ein Fremder sich nahm, was rechtmäßig ihm zustand? Was er auch sonst sein mochte, war er doch immer noch Thereses Bruder und hatte den größten Anspruch darauf. Außerdem brauchte er sich wegen nichts zu schämen. Dieser lausige Jude hatte dem deutschen Volk genug Geld aus der Tasche gezogen. Er hatte sich sogar vor dem Kampf an der Front gedrückt und es sich in der Etappe in den Lazaretten gutgehen lassen und mit allen Krankenschwestern geschlafen, die sich damals mit Juden einließen. Er hatte sogar die Unverschämtheit besessen, den Namen einer alten und ehrenwerten deutschen Familie zu beschmutzen und reines arisches Blut zu verseuchen. Nein! Es gab keinen Grund, warum ihm dieses dicklippige Schwein leid tun sollte! Er hatte die feinsten Weine gesoffen und die besten Zigaretten geraucht, während ein deutscher Oberleutnant, der an der Front verwundet worden war (na ja, beinahe), ohne einen Pfennig in der Tasche herumlaufen mußte. Nun hatte die Gerechtigkeit triumphiert, und er wollte verdammt sein, wenn er es zuließ, daß ein Fremder ihm den Wagen, der rechtmäßig ihm gehörte, vor der Nase wegschnappte!

Eines Abends, nach langem Zögern, ob er seine Uniform tragen sollte, die er schließlich anzubehalten beschloß, machte er sich auf den Weg zum Haus seines Schwagers. Seine Nagelstiefel dröhnten auf dem Bürgersteig, als er rasch durch die verlassenen Grunewaldstraßen schritt. Doch als er zu dem Garten vor dem Haus kam, verließ ihn plötzlich der Mut. Er spähte zu Jegors Zimmer hinauf, denn vor dem Jungen schämte er sich doch, von ihm wollte er nicht gesehen werden. Als er feststellte, daß Jegor offenbar schon schlief, legte sich seine Besorgnis etwas. Aber in Thereses Zimmer war das Licht noch an. Hugo ging vor dem Haus auf und ab und fluchte auf seine Schüchternheit, die doch überhaupt nicht zu einem Mitglied des Neuen Reichs paßte. Endlich erlosch das Licht in Thereses Zimmer, und Hugo ging zur Haustür und klingelte rasch. Ein guter Teil seiner Tapferkeit kehrte zurück, als er den erschrockenen Ausdruck auf dem Gesicht seines Schwagers sah. Er hob andeutungsweise den Arm und begrüßte Dr. Karnovski mit einem halbherzigen »Heil!«. Keine Antwort kam. Hugo hustete, räusperte sich und trat von einem Fuß auf den andern. »Sieht aus, als würde es bald aufklaren«, murmelte er, da ihm zu seiner tiefen Beschämung die Stimme versagte.

Dr. Karnovski sah ihn einfach nur an. Hugo fing an zu zwinkern und teilte ihm stockend mit, er sei gekommen, um sich für ein paar Tage den Wagen auszuleihen. Dr. Karnovski brauche ihn doch gegenwärtig nicht, nicht wahr? Und ihm, Hugo, käme er im Augenblick sehr gelegen, weil er eine äußerst wichtige Fahrt machen müsse, nicht wahr?

Er lächelte albern und wartete auf eine Reaktion von seiten der stämmigen Gestalt, die da im Schatten vor ihm stand. Alles wäre ihm lieber gewesen als diese brütende Stille, die jeden Winkel des verdunkelten Hauses ausfüllte. Doch sein Schwager ließ nur langsam den Blick von dem borstigen, kurzgeschnittenen Schopf bis zu den glänzenden Stiefelspitzen hinunter und wieder hinauf wandern. Hugo errötete bis über beide Ohren. Dr. Karnovski zog die Schlüssel aus der Tasche und legte sie auf den Tisch in der Diele.

»Ich hoffe, Herr Doktor, Sie nehmen mir das nicht übel«, entschuldigte Hugo sich lahm. Dann fing er an, etwas von Pflicht und Vaterland zu murmeln, aber Dr. Karnovski drehte sich um und ließ ihn stehen.

Hugo fühlte sich klein und erniedrigt. Doch sobald er das Lenkrad des Wagens in den Händen hatte, vergaß er alles und atmete tief den köstlichen Benzingestank ein. »Dieser arrogante Judenbastard«, sagte er sich zum Trost, wütend darüber, daß sein Schwager die Übergabe nicht freundlicher gestaltet hatte.

Am nächsten Tag nahm Dr. Karnovski den Bus und fuhr zum Haus seines Vaters. David Karnovski war verblüfft, seinen Sohn zu sehen, dem er jahrelang nicht mehr begegnet war. Ungläubig stand er da und starrte ihn an. Georg nahm seinen Vater in die Arme. »Es gibt keinen Grund mehr, böse zu sein, Vater«, sagte er ironisch lächelnd. »Jetzt sind wir alle gleiche Juden.«

David Karnovski streichelte seinem Sohn die Wangen, als wäre er ein reuiges Kind.

»Sei tapfer, mein Sohn, wie ich es bin und wie alle Menschen unserer Generation es sind. Wir haben vom Anbeginn der Zeit her Verfolgung ertragen und wir werden es weiterhin ertragen, wie die Juden eh und je.«

29

Dr. Kirchenmeier, der neu ernannte Direktor des Goethe-Gymnasiums, veranlaßte nach seinem Amtsantritt etliche Änderungen. Als erstes befahl er Hermann, dem Hausmeister der Schule, das Porträt des großen Dichters, nach dem die Schule benannt war, durch eines des finsteren kleinen Mannes mit dem schlaffen Mund und den wahnsinnigen Augen zu ersetzen. Dann erließ er die Weisung, daß alle Lehrer und Schüler statt des herkömmlichen »Guten Morgen« den offiziellen Gruß mit dem ausgestreckten Arm zu gebrauchen hätten. Als nächstes ordnete er an, daß Jegor Karnovski von den anderen Schülern zu isolieren und deutlich über seinen Status unter der Neuen Ordnung zu informieren sei. Dr. Kirchenmeier behielt seine Stelle als Biologielehrer bei. Er tat das, weil er gerne unterrichtete und auch, weil er dafür ein zusätzliches Gehalt bezog. Als er zum erstenmal, nachdem er seine neuen Pflichten übernommen hatte, in die Klasse kam und seinen Arm ausstreckte, erwiderte Jegor wie alle in der Klasse seinen Gruß. Doch Dr. Kirchenmeier befahl ihm, den Arm herunterzunehmen.

»Du kannst ruhig nur ›Guten Morgen‹ sagen, Karnovski«, erklärte er heuchlerisch freundlich und sah dabei die anderen verschwörerisch an.

An diesem Tag wollte Jegor sein Mittagessen nicht essen, aber auch seiner Mutter nicht sagen, was ihn bedrückte. Er erzählte es seinen Eltern nie, wenn ihn etwas bekümmerte. Als sein Vater versuchte, ihm den Puls zu messen, wurde er wütend. »Ich bin nicht krank!« brüllte er. »Laß mich in Ruhe!«

Therese errötete. »Jegorchen! Wie kannst du so zu deinem Vater sprechen?«

Jegor floh auf sein Zimmer. Dr. Karnovski spürte, daß sein Sohn unter den schwierigen Zeiten litt, und hätte ihn gerne getröstet. Aber es gab nichts, was er hätte tun können. Er konnte ihm schlecht mit den Trostworten kommen, die sein Vater zu ihm gesagt hatte.

Mit jedem Tag ließ Dr. Kirchenmeier Schüler Karnovski deutlicher spüren, wo er unter der Neuen Ordnung hingehörte. Was den Direktor betraf, war der Junge nicht der Holbeck, der zu sein er vorgab, sondern ein Karnovski, der einzige in der Schule mit solch einem fremden, ausländischen Namen. Sein Platz war abseits von den anderen, und nicht nur im Religionsunterricht, sondern immer. Er mußte auf die letzte Bank zu den schlechtesten Schülern. Doch selbst diese weigerten sich, neben ihm zu sitzen. Vielleicht waren sie ja dumm, aber sie waren Arier.

Als er so ganz allein dastand und zusah, wie seine Klassenkameraden über den Schulhof marschierten, kam sich Jegor vor wie einer der Aussätzigen, von denen er im Geschichtsunterricht gehört hatte. Die anderen Jungen sahen voller Verachtung auf ihn hinunter. Mit hocherhobenen Köpfen marschierten sie in ihren Uniformen, grüßten einander und ließen sich von den Schulmädchen bewundern. Sie durften richtige Gewehre tragen, und der Sportlehrer brachte ihnen den Umgang mit Waffen bei. Es war Jegor unerträglich, ihnen in ihrer Herrlichkeit zuschauen zu müssen. Und das Schlimmste war, daß er nicht einmal wußte, warum er so diskriminiert wurde.

Gewiß, Dr. Kirchenmeier sprach zwar oft über geheimnisvolle »die«, welche die Nation verraten und der Armee einen Dolchstoß in den Rücken versetzt hätten und nun ihre gerechte Strafe bekommen würden. Immer wenn er das sagte, drehten sich die anderen Jungen um und blickten bedeutungsvoll zur letzten Bank hin. Aber Jegor war sich keiner Schuld gegenüber dem Vaterland bewußt und hatte auch nie jemandem einen Dolch in den Rücken gestoßen. Andererseits konnte er nicht glauben, daß alles, was Dr. Kirchenmeier und die Zeitungen dieser Tage behaupteten, Lügen sein sollten, und er sehnte sich danach, diesen Widerspruch mit jemandem, der mehr wußte, zu besprechen. Aber da war niemand, dem er sich anvertrauen konnte. Seine Mutter verstand ihn nicht. Er konnte ihr noch so oft erzählen, daß er vom Exerzieren in der Schule ausgeschlossen wurde, sie ging nicht darauf ein und sagte ihm nur auf typisch weibliche Art, das sei sowieso ganz gut, weil das Exerzieren schlecht für seine Gesundheit sein könnte.

»Was für einen Quatsch du redest!« erwiderte er dann grob, beleidigt, daß sie wieder einmal auf seine zarte Konstitution angespielt hatte.

Mit seinem Vater konnte er schon gar nicht darüber sprechen. Er fühlte sich in dessen Gegenwart immer unbehaglich, wie mit den anderen Karnovskis auch. Aber Dr. Karnovski wartete nicht, daß sein Sohn zu ihm kam. Er wußte, was der Junge durchmachte, und versuchte, die Auswirkungen dieser Zeiten zu minimalisieren. Er spottete über die Irren, die das Land beherrschen, und sagte Jegor, er solle ihr Gerede nicht beachten und sie abweisen, wie er es täte. Zur Hölle mit dem dummen Exerzieren und Marschieren; er würde besser daran tun, ein lohnendes Buch zu lesen oder zu lernen.

Die Ratschläge seines Vaters erbitterten Jegor nur noch mehr, weil er ohnehin das Lernen verabscheute und auch weil er fand, daß sein Vater und alle Karnovskis viel zu viel Getue um Bildung machten. Sein Unglück trieb ihn zu Onkel Hugo. Obwohl sein Vater Hugo verachtete, ihn einen gestiefelten Idioten nannte und ihn beschuldigte, seinen Wagen gestohlen zu haben, fühlte Jegor sich Onkel Hugo näher als seinen Eltern.

Nach vielen Versuchen traf er ihn eines Abends zu Hause an. Jegor zitterte fast vor Freude. »Onkel Hugo!« rief er und richtete sich in seiner ganzen schlaksigen Größe auf.

Hugo zögerte, kühl und distanziert. Er hatte seinen Neffen gern, aber er war nicht sicher, ob es sich für einen SA-Mann gehörte, so intim mit einem Mischling zu sein. »Na, wie geht's, Junge?« fragte er vorsichtig.

»Ganz gut, Onkel«, sagte Jegor mit scheuem Lächeln. Doch dann schüttete er sein Herz aus und erzählte alle seine Bekümmernisse, die ganze Schmach und Demütigung, die er in der Schule hatte erdulden müssen.

Hugo räkelte sich mit lang ausgestreckten Beinen im Liegestuhl und reinigte seinen Revolver. »Dieser Schweinehund!« schimpfte er, als Jegor ihm von Dr. Kirchenmeier berichtete. »Dieses lausige Arschloch!«

Er war wütend. Wie kam der Mann dazu, das Kind seiner Schwester zu beleidigen, einen Holbeck? Daß andere Menschen verfolgt wurden, kümmerte ihn nicht – darüber dachte er nicht mehr nach als über die Tausende von Tieren, die jeden Tag zum Verzehr geschlachtet wurden. Aber daß irgendein Arschloch es wagen sollte, einen Verwandten von *ihm* zu quälen, das war doch die Höhe!

Einen Augenblick dachte er daran, sich den alten Ziegenbock vorzuknöpfen und ihm in deutlicher SA-Sprache zu verstehen zu geben, er solle aufhören oder sonst ... Doch bald besann er sich, und seine militärische Erziehung gewann die Oberhand. Für ihn stand fest, die höheren Ränge mußten Befehle erteilen und die niedrigeren hatten zu gehorchen und zu Dingen, die sie nichts angingen, zu schweigen. Es konnte nicht seine Sache sein, sich in einen Konflikt zwischen einem rassisch minderwertigen Jungen, selbst wenn dieser Junge sein Neffe war, und einem vielleicht übereifrigen Schuldirektor einzumischen, der nur seine Befehle ausführte.

Nachdem er diese Entscheidung getroffen hatte, verlor Hugo Holbeck jedes Interesse an der Angelegenheit. Trotzdem fand er, daß er dem Jungen eine Erklärung schuldig war.

Natürlich wolle er damit nicht behaupten, Jegor hätte der Armee einen Dolchstoß in den Rücken versetzt. Und es müsse für ihn, einen Holbeck, verdammt deprimierend sein, bei dem Exerzieren nicht mitmachen zu dürfen. Aber er, Jegor, müsse eben verstehen, daß er wegen seines Vaters Blut leide. Im Leben wie im Krieg habe der Unschuldige für die Sünden der Schuldigen zu zahlen. Und das sei etwas Unwiderrufliches, etwas, das nie geändert werden könne.

Hoch zufrieden mit sich und seiner logischen Auslegung stand Hugo aus dem Liegestuhl auf und begann mit zur Schau getragener Versunkenheit Papiere auf seinem Schreibtisch herumzuschieben, um anzuzeigen, daß das Gespräch vorüber sei und er, SA-Mann Holbeck, Wichtigeres zu tun habe. Kurz dachte er daran, Jegor in seinem Auto nach Hause zu bringen, aber dann verwarf er den Einfall. Wäre es klug, sich in der Öffentlichkeit mit einem Mischling sehen zu lassen? Gewiß, der Junge sah nicht semitisch aus – er hatte blaue Augen und eine aufrechte, unjüdische Haltung. Wenn nicht das schwarze Haar gewesen wäre, hätte man ihn leicht für einen Holbeck halten können. Trotzdem, es lohnte sich, vorsichtig zu sein. Man wußte heutzutage ja nie.

»Bin leider im Moment sehr beschäftigt, Junge«, brummte er, berührte leicht Jegors Hand und lief die Treppe hinunter.

Als er mit dem Bus nach Hause fuhr, fühlte sich Jegor nur noch niedergeschlagener. Es gab ja sonst niemanden, an den er sich wenden konnte, niemanden, der ihn verteidigen würde. Er kauerte sich auf seinem Eckplatz im Bus zusammen und blickte mit halbirren Augen um sich. Fast glaubte er, die Schande seines unreinen Bluts wäre ihm von seinem Gesicht abzulesen und er könnte jeden Augenblick öffentlich als rassischer Krüppel angeprangert werden.

Er fühlte sich, als wäre er eine schreckliche Mißgeburt, eine Art Quasimodo. Und mit der Scham ging ein wachsender Groll auf seinen Vater einher, der die Ursache aller seine Qualen war.

Finster sah er ihn an, als er hereinkam, um »Gute Nacht« zu sagen.

»Wo hast du nur gesteckt, Junge?« fragte Dr. Karnovski besorgt.

»Ich habe mir eine Parade angesehen«, sagte Jegor unschuldig. »Es war so schön, all die Fackeln und Fahnen und marschierenden Männer.«

Dr. Karnovskis Augen füllten sich mit Schmerz, und Jegor genoß einen flüchtigen Augenblick der Rache.

Am Gymnasium trieb Dr. Kirchenmeier seine Änderungen voran. Er verschärfte seine Maßnahmen, besonders was Schüler Karnovski betraf, das schwarze Schaf der Herde.

Verschlagen und pedantisch, mit einer Gesichtsfarbe wie geronnene Fischbrühe, hervorquellenden Augen und borstigem, rostfarbenem Haar, war Dr. Kirchenmeier überall, wo er unterrichtet hatte, unbeliebt gewesen. Alle seine Anstrengungen, sich bei seinen Schülern Respekt zu verschaffen, waren gescheitert. Sie hatten ihm das Leben schwergemacht, ihm Streiche gespielt und sich mit solcher Begeisterung gegen ihn aufgelehnt, daß er sich oft gezwungen gesehen hatte, den Direktor zu rufen, um die Ordnung wiederherzustellen. Doch statt die Jungen zu bestrafen, wollte der Direktor von Dr. Kirchenmeier den Grund wissen, warum er die Klasse nicht im Griff habe.

»Was soll ich denn machen, wenn sie sich einfach nicht benehmen, Herr Direktor?« fragte Dr. Kirchenmeier dann den Tränen nahe.

Nicht, daß Dr. Kirchenmeier nicht alles, was ihm nur einfiel, getan hatte, um seine Schüler zu gewinnen. Er versuchte es mit Milde, er versuchte es mit Strenge, er versuchte sogar, Witze zu erzählen, um den schwierigen Stoff, den er unterrichtete, annehmbarer zu machen. Aber als hätten sie sich verschworen, widerstanden die Jungen seinen Späßen und fingen erst an zu lachen, wenn er ernst wurde. Sie lachten lieber über ihn statt über seine Witze.

Als in den ersten Nachkriegsjahren die verärgerten Kriegsveteranen begannen, von Verrätern und Unterdrückern des deutschen Volkes zu murmeln, fanden sie bei Dr. Kirchenmeier ein mitfühlendes Ohr.

Ihre Rassentheorien langweilten ihn. Als studierter Biologe wußte er, daß rassische Reinheit Blödsinn war. Auch mit der Grammatik und Syntax der Straßenredner war er nicht glücklich. Die Roheit ihrer Ausdrucksweise ließ ihn immer wieder zusammenzucken. Aber Dr. Kirchenmeier hatte während der Inflation alle seine Ersparnisse verloren. Das ganze hart verdiente Geld, das er durch Knausern und Sicheinschränken und Verzichten von seinem Gehalt hatte abzweigen können, hatte sich in den hektischen Nachkriegszeiten in Nichts aufgelöst. Das war die große Tragödie seines Lebens geworden. Er hatte immer an alle die guten Dinge denken müssen, die er mit dem Geld hätte genießen können, und je mehr er daran dachte, desto bitterer wurde er. Unter Verzicht auf seine sonstige Logik hatte er sich gezwungen, zu glauben, es seien tatsächlich die internationalen Bankiers, dieses Pack von Schwindlern und Umtreibern aus Westberlin, die ihn um seine Ersparnisse gebracht hätten. Sein Geld habe ihnen geholfen, ihre Villen zu bauen und ihre dicken Frauen mit Diamanten zu behängen. Er verschloß die Augen vor den Rassentheorien und dem anderen pseudowissenschaftlichen Unsinn, den die gestiefelten Männer verzapften, und wurde ihr entschiedener Sympathisant. Was ihn am stärksten anzog, waren das Ausmaß ihrer Wut und die bittere Überzeugung, immer benachteiligt und betrogen worden zu sein, dieselben Gefühle, die auch ihn, solange er sich erinnern konnte, verzehrt hatten.

Solange sie noch in der Minderheit waren, hatte Dr. Kirchenmeier seine Sympathien geheimgehalten. Wie er sich gerne sagte, *bist du in Rom, tu wie die Römer.* Als die Bewegung Auftrieb bekam und beeindruckende Siege zu erzielen begann, trat Dr. Kirchenmeier in die Partei ein. Auch das allerdings im geheimen, denn man konnte ja nicht voraussagen, in welche Richtung der Wind wehen würde. Als die Neue Ordnung schließlich an der Macht war, wurde Dr. Kirchenmeier mit dem Direktorenposten der Schule belohnt, in der er als so großer Versager betrachtet worden war.

Der Tag, an dem er die Stelle antrat, war der größte Tag in Dr. Kirchenmeiers Leben. Er, das ewige Opfer, saß nun hinter dem riesigen Mahagonischreibtisch und sah die Lehrer vor ihm Aufstellung nehmen und seine Befehle erwarten. Und er erließ diese Befehle, einen nach dem anderen.

Als Hermann, der Hausmeister, auf seine Veranlassung hin Goethes Porträt abhängte, zitterten Dr. Kirchenmeier die Hände. Er hatte das Gefühl, eine Entweihung zu begehen. Doch er blieb bei seiner Entscheidung, obwohl in bezug auf Porträts keinerlei Weisung von höherer Stelle ergangen war. Er wollte damit seine absolute Treue zur Neuen Ordnung zeigen, die seinen Wert als Mensch und Erzieher anerkannt und sein Leben wieder erträglich gemacht hatte. Je mehr Änderungen er einführte, desto weniger störte ihn sein Gewissen, und bald begann er an vieles zu glauben, was er vorher als reines Gefasel angesehen hatte.

Keiner lachte nun mehr über Dr. Kirchenmeier, wenn er in seinem alten grünen Jackett mit dem gefürchteten Abzeichen auf dem Revers vorüberging. Keiner hätte es gewagt, über das Symbol der Neuen Ordnung zu lachen. Um den Schülern, die nun zum erstenmal in seiner Laufbahn auf jedes Wort von ihm aufmerkten, seine Dankbarkeit zu erweisen, verhielt sich Dr. Kirchenmeier mit bewundernswerter Großmut. Er erlaubte ihnen, an zahllosen Paraden teilzunehmen, und gewährte ihnen reichlich Zeit für militärische Übungen. Er organisierte sie in Jugendgruppen und lehrte sie die neuen Rassentheorien. Und recht eigentlich gewann er sie durch die Behandlung, die er Schüler Karnovski zuteil werden ließ. Seine Kenntnis der Psychologie sagte ihm, daß nichts größere Genugtuung bereitet, als sich einem anderen überlegen zu fühlen, und so lieferte er den Jungen das naheliegendste Opfer ans Messer. Zwar hatte er bisher ganz gut von Karnovski gedacht, der es ihm gegenüber nie an Respekt hatte fehlen lassen und immer höflich und aufmerksam gewesen war. Aber persönliche Rücksichten zählten beim Wiederaufbau eines neuen Deutschlands nicht. Er setzte also Schüler Karnovski nicht nur in die letzte Bankreihe, sondern fand auch immer wieder neue Arten, ihn zu quälen, wenn er ihn aufrief. Was Jegor auch antwortete, Dr. Kirchenmeier reagierte sarkastisch. Täglich schuf er neue Gelegenheiten, um die Rassentheorien in den Unterricht einzuflechten, was die Schüler bewog, sich zu dem dünnen, nervösen Jungen hin umzudrehen, der allein in der letzten Bank saß.

Nichts konnte die Jugendlichen mehr entzücken als Dr. Kirchenmeiers Gewohnheit, das »r« in Karnovski zu rollen, so daß der Name noch exotischer und spaßig jiddisch klang. Diesen Trick hatte er von einem Komiker abgeguckt, den er einmal in einem Kabarett gehört hatte, und er benutzte ihn immer wieder.

In einer Regennacht, als sein Rheumatismus ihn am Schlafen hinderte, hatte Dr. Kirchenmeier dann plötzlich einen brillanten Einfall. Wäre es nicht eine großartige Sache, die Rassentheorie vor der ganzen Schule an einem lebenden Modell zu demonstrieren? Das wäre ganz bestimmt eine Sensation in pädagogischen Kreisen; ja, vielleicht käme es sogar in die Zeitungen! So etwas könnte seinen Namen bis in die höchsten Kreise tragen. Wer weiß, vielleicht bis hinauf zum Führer selbst ...? Dieser Gedanke lenkte den Doktor so von seinen Schmerzen ab, daß er wie ein Kind einschlief.

Am nächsten Morgen machte er sich an die Vorbereitungen. Er lud eine Anzahl der höchsten Beamten vom Unterrichtsministerium ein, dem Vortrag beizuwohnen, und auch einen Reporter des Parteiorgans. Ein paar Tage darauf wurde der Vortrag in der Aula vor der gesamten Schülerschaft gehalten. Dr. Kirchenmeier hatte Weisung erteilt, daß ausnahmslos alle anwesend zu sein hätten. Jegor Karnovski setzte sich unaufgefordert in die letzte Reihe.

Zum erstenmal in seinem Leben sprach Dr. Kirchenmeier vor so vielen Zuhörern, und er war außer sich vor Wonne. Er hatte seinen Vortrag sorgfältig vorbereitet und brachte ihn mit großer pseudowissenschaftlicher Autorität vor. Da die meisten seiner Zuhörer sowieso nicht verstanden, was er sagte, waren sie um so mehr durch die Zitate und Beispiele beeindruckt, die Dr. Kirchenmeier so reichlich in seine Rede einstreute. Wie Halbgebildete es machen, wenn sie mit einem Thema konfrontiert werden, das ihnen zu hoch ist, lehnten sie sich vor und lauschten mit starrer Aufmerksamkeit den Ausführungen des Doktors über die komplizierten Rassentheorien, die deutsche Schriftsteller und Philosophen durch die Jahrhunderte hindurch zurechtgebastelt hatten. Sie nickten klug dazu und warteten auf Weiteres. Dr. Kirchenmeier putzte sich sorgfältig die Brille, trank ein Glas Wasser und rief mit Stentorstimme: »Karnovski, aufs Podium!«

Alle Augen richteten sich auf die letzte Reihe, und die Jungen nahmen im Chor den Ruf auf, der nun durch die ganze Aula dröhnte: »Karnovski! Karnovski! Karnovski!«

Gelähmt vor Schrecken, rührte Jegor sich nicht von seinem Sitz.

Endlich stand er auf und ging taumelnd nach vorn. Vor dem Podium blieb er stehen. Dr. Kirchenmeier befahl ihm mit schneidender Stimme, heraufzukommen und sich neben die Tafel zu stellen, die mit verschiedenen Zeichen und Symbolen vollgekritzelt war.

Er packte grob den Kopf des Jungen und drehte ihn mit dem Gesicht dem Publikum zu. »So!« sagte er.

Die Berührung der feuchtkalten Hand des Direktors auf seiner heißen Wange verursachte Jegor Herzjagen. Er wußte nicht, was jetzt kommen würde, aber irgendwie ahnte er, daß es etwas unerträglich Böses sein würde. Das Schlimmste daran war, das Publikum ansehen zu müssen. Er war noch nie von so vielen Leuten auf einmal angestarrt worden. Die Knie wurden ihm weich, und er fürchtete, ohnmächtig zu werden. Ein leises Murmeln ging durch die Aula, und Dr. Kirchenmeier hob die Hand, um die Ruhe wiederherzustellen. »Meine Herren, wir wollen nun unsere Theorie durch eine Demonstration am lebenden Objekt veranschaulichen. Ich verlange absolute Ruhe und strenge Konzentration auf das Thema unseres Vortrags.«

Zuerst benutzte Dr. Kirchenmeier verschiedene Zirkel, um Länge und Umfang von Jegors Schädel zu messen, und schrieb die Zahlen an die Tafel. Mit wissenschaftlicher Genauigkeit vermaß er den Abstand von Ohr zu Ohr, von der Schädeldecke zum Kinn, den Abstand zwischen den Augen, die Länge der Nase und alle Flächen des Gesichts. Bei jeder Berührung von Dr. Kirchenmeiers kalten, feuchten Fingern zuckte Jegor von neuem zusammen.

Dann brachte Dr. Kirchenmeier eine lange, leidenschaftliche Ausführung zu Gehör. »Die Zahlen an der Tafel zeigen Ihnen, verehrtes Publikum, den Unterschied zwischen dem Bau des nordisch dolichozephalen Schädels – des langschädeligen, wohlgestalteten Kopfes, der rassische Schönheit und Überlegenheit ausstrahlt – und dem des negroid-semitischen, brachyzephalen Schädels – des kurzen, stumpfen Kopfes, der dem des Affen ähnelt und rassische Mißgestalt und Unterlegenheit verkörpert. Doch im Falle unseres Demonstrationsobjekts ist es besonders interessant, den Einfluß der negroid-semitischen Rasse auf die nordische festzustellen. Wie Sie deutlich beobachten können, hat die Mischung eine Art Mißgeburt geschaffen. Auf den ersten Blick mag Ihnen scheinen, das Objekt gleiche dem nordischen Typus, doch dieser Eindruck ist durchaus täuschend. Vom anthropologischen Gesichtspunkt aus ist sofort zu erkennen, daß die negroid-semitische Abstammungslinie, die in Mischlingsfällen immer dominant ist, auf raffinierte Weise der nordischen Abstammung gestattet hat, die äußere Erscheinung zu bestimmen, um so den eigenen schleichenden Einfluß zu maskieren. Doch dieser ist bereits in den Augen des Objekts auszumachen, die zwar blau erscheinen, aber die Reinheit und Klarheit der klassischen nordischen Augen vermissen lassen und die Schwärzung und Verschattung des afrikanischen Dschungels und der asiatischen Steppen aufweisen. Sie werden auch bemerken, daß das Haar zwar glatt zu sein scheint, aber negerschwarz und bei näherer Betrachtung in sich etwas wollig ist. Die auffällige Größe und Entwicklung von Ohren, Nase und Lippen weisen deutlich auf die niedrigere rassische Abstammung hin.«

Um seine Schlüsse zu beweisen, schrieb Dr. Kirchenmeier eine ganze Reihe von Punkten, Strichen und Zeichen an die Tafel und führte zur Erbauung seiner Zuhörer eine große Auswahl von Zitaten verschiedener Ethnologen und Anthropologen an, wobei er massenweise lateinische und andere fremdsprachliche Ausdrücke gebrauchte. Die Ehrengäste und Schüler fühlten sich durch die Vorführung nicht nur gut unterhalten, sondern waren auch tief beeindruckt von Dr. Kirchenmeiers wissenschaftlichen Kenntnissen. Als er die Untersuchung von Jegors Kopf schließlich abgeschlossen hatte, sagte Dr. Kirchenmeier sachlich: »Das Objekt unserer heutigen Demonstration wird sich jetzt entkleiden.«

Jegor Karnovski rührte sich nicht. Dr. Kirchenmeier geriet in kontrollierten Zorn. »Wie ich unmißverständlich angeordnet habe, wird das Objekt sich jetzt seiner Kleider entledigen, so daß das Publikum eine bessere Einsicht in das Vorgetragene gewinnen kann.«

Wieder rührte Jegor Karnovski sich nicht, und im Saal verbreitete sich nervöses Rascheln und Murmeln. Dr. Kirchenmeier gebot mit erhobener Hand Ruhe und rief den Hausmeister, der jetzt die Uniform eines SA-Manns trug. »SA-Mann Hermann, führen Sie das Objekt hinaus und bringen Sie es in völlig entkleidetem Zustand wieder!«

»Jawohl, Kamerad Direktor!« sagte SA-Mann Hermann und stieß Jegor in einen kleinen Nebenraum der Aula.

Jegor widersetzte sich mit aller Kraft. »Nein!« schrie er mit einer Stimme, die unversehens von der Baritonlage ins Falsett umkippte.

»Sei vernünftig, Junge, oder ich muß Gewalt gebrauchen!« sagte Hermann, der in der Vergangenheit saftige Trinkgelder von Dr. Karnovski eingesteckt hatte.

Jegor kämpfte weiter. Er hatte schon angefangen, sich zu entwickeln, und das machte ihn besonders schamhaft, wie Jungen in der Pubertät meistens sind. Die Vorstellung, sich nackt zu zeigen, entsetzte ihn. Außerdem war es ihm peinlich, daß er beschnitten war. Dieses Zeichen der Minderwertigkeit, das sein Vater ihm aufgedrückt hatte, war ihm immer widerwärtig gewesen. Als er klein war, hatten andere Kinder ihn deswegen verspottet und ihm den Spitznamen »Schnittwurst« gegeben. Seit damals hatte er es immer vermieden, sich vor anderen auszuziehen.

»Nein!« schrie er, während er fühlte, wie seine Kräfte ihm schwanden.

Hermann riß verärgert dem sich wehrenden Jungen die Kleider vom Leib. Er brauchte sich dem Sohn des Juden Karnovski gegenüber nicht mehr servil zu verhalten. Er war jetzt SA-Mann, und selbst der Direktor nannte ihn Kamerad. Jegors Widerstand erregte seine Grausamkeit und seinen Sadismus im Verein mit undeutlichen sexuellen Empfindungen. Eines nach dem anderen zog er dem mädchenhaften Jungen die Kleidungsstücke herunter. Als er zum letzten Wäschestück kam, biß der verzweifelte Junge Hermann in das tätowierte Handgelenk.

Der Anblick seines Blutes machte Hermann rasend vor Wut. »Du Saujude, du beißt einen SA-Mann, was?« keuchte er und versetzte Jegor eins mit der Faust.

Der Schlag, der erste seines Lebens, zermalmte Jegors letzte Kräfte. SA-Mann Hermann packte ihn im Nacken und schleppte ihn wieder auf das Podium hinaus.

»Steh still, hör auf zu zappeln!« knurrte er, als Jegors Knie einknickten. Einen Augenblick lang klang rohes Gelächter, vermischt mit groben Empfehlungen durch den Saal. Das Zeichen des Judentums wurde von den Jungen und den hohen Gästen als etwas höchst Ergötzliches empfunden. Dr. Kirchenmeier ließ erst großmütig das Lachen zu, um sich das Publikum noch gewogener zu machen, doch dann gebot er der Heiterkeit Einhalt.

Nun ging alles unbehindert seinen Gang. Dr. Kirchenmeier wies auf die niedrigeren Rassenmerkmale am Brustkorb und an den Ellbogengelenken hin. Er machte sogar auf die Genitalien aufmerksam, deren verfrühte Entwicklung die degenerierte Sexualität der semitischen Rasse verdeutliche. Darüber fingen die Jungen zu kichern an, aber Dr. Kirchenmeier machte dem schnell ein Ende. Ein so ernstes wissenschaftliches Thema wie rassische Minderwertigkeit verdiene die ernsthafte und reife Berücksichtigung aller, die am Aufbau eines neuen Deutschlands beteiligt sein wollten.

Er hätte gerne noch weitere Aspekte seines Themas ausgeführt, aber Jegor konnte sich nicht mehr auf den Beinen halten und brach zusammen. Dr. Kirchenmeier befahl SA-Mann Hermann, das Demonstrationsobjekt in den Nebenraum zu bringen, es sich wieder ankleiden zu lassen und nach Hause zu schicken.

Noch am selben Tag brachte die Spätausgabe des Parteiorgans einen langen Artikel mit einer Zusammenfassung des bemerkenswerten Vortrags über den degradierenden Einfluß von negroid-semitischem Blut auf das nordische in Mischehen, den Dr. Kirchenmeier am Goethe-Gymnasium gehalten habe. Dr. Kirchenmeier wurde nicht nur für seine wissenschaftlichen Schlüsse gelobt, sondern auch für seine erfindungsreiche Anwendung fortschrittlicher Erziehungsmethoden, die allen Schuldirektoren der Nation als Anregung dienen solle. Trotz seiner Knauserigkeit kaufte Dr. Kirchenmeier einen ganzen Stoß Zeitungen und las sie alle seiner Frau vor. Diese Nacht versuchte er sogar, mit ihr zu schlafen, aber die langen Jahre der Abstinenz hatten ihn impotent gemacht.

In Dr. Karnovskis Haus lag sein Sohn auf seinem Bett, hatte das Gesicht zur Wand gedreht und weigerte sich kategorisch, seinen Eltern zu sagen, was geschehen war. »Geht weg!« schrie er hysterisch.

Später in der Nacht bekam er Fieber. Dr. Karnovski legte ihm Eispackungen auf die brennende Stirn und kontrollierte seinen Puls und Herzschlag.

»Was ist denn passiert, Kind?« fragte er flehend den Jungen.

»Ich will sterben«, sagte Jegor. Er stotterte plötzlich.

Dr. Karnovski war äußerst besorgt über diese Entwicklung wie auch über das hohe Fieber des Jungen. Aber am erschreckendsten war der Irrsinn, der in den Augen seines Sohnes flackerte.

30

Eine seltsame, brütende Vernachlässigung legte sich über den Haushalt der Karnovskis, eine Zerrüttung von Routine und Ordnung, wie sie mit einer schweren Krankheit einhergeht. Türen standen halb offen, Vorhänge wurden nicht mehr zugezogen, Fußböden blieben ungefegt, und in der Luft hing der Gestank von Erbrochenem und Medikamenten.

Dr. Karnovski wich nicht vom Bett seines Sohnes, und Therese hatte wieder ihre Schwesterntracht angezogen und pflegte Jegor, ängstlich auf jeden Laut lauschend, den er in seinem Delirium von sich gab. Wenn sie sich nicht mehr auf den Füßen halten konnte, löste Rebekka Karnovski sie ab. Im großen Eßzimmer, das jetzt außer Gebrauch war, da alle zu verschiedenen Zeiten etwas aßen, ging David Karnovski auf und ab und spitzte bei jedem Geräusch aus dem Obergeschoß die Ohren.

»Hilf uns, o Gott. Erbarme dich über das arme unschuldige Kind«, betete er, nicht auf deutsch, sondern im guten, heimatlichen Jiddisch.

Er empfand keinen Groll mehr gegen seinen Sohn. Die Kümmernisse, die seine Familie befallen hatten, hatten alle Feindseligkeit zerstreut. Jetzt, da sein Enkel so ernstlich erkrankt war, hatte David Karnovski keine Vorbehalte mehr, ein Haus zu besuchen, in das er geschworen hatte, nie einen Fuß zu setzen. Da er nichts Besseres zu tun wußte, zog er alle Uhren im Haus auf, woran offenbar sonst niemand gedacht hatte. Als er damit fertig war, sagte er für seinen Enkel aus dem Gedächtnis alle Gebete auf, die er je gekannt hatte. David war frömmer geworden, seit die schlechten Zeiten gekommen waren. Er rezitierte seine Gebete sogar in dem chassidischen Singsang, den er während seiner Schwärmerei für die Aufklärung so verachtet hatte. Obwohl es ihn abstieß, als müßte er unkoscheres Essen in den Mund nehmen, sprach er den Namen der Mutter des Jungen aus, wie das Gesetz es vorschrieb, und wiederholte die Gebete jeden Tag ganz genau.

Lea Karnovski lief die Treppe auf und ab, steckte den Kopf ins Krankenzimmer, um nach Jegors Zustand zu fragen, und wandte sich auf ihre intime, übervertrauliche Weise an Gott. »Du kannst es, wenn du willst, liebster Papa«, flüsterte sie mit himmelwärts gerichtetem Blick. »Hör mich und laß meine Worte deine Ohren erreichen, süßer, lieber Vater ...«

Großmutter Holbeck hatte die Küchen- und Haushaltspflichten übernommen. »Heilige Mutter und Jesus«, flehte sie zu den religiösen Bildchen, die Lieschen, das Dienstmädchen, zusammen mit Photographien von Zirkusakrobaten und »starken Männern« an der Küchenwand zurückgelassen hatte.

Sie machte sich unentwegt zu schaffen, putzte, räumte auf und kochte Kaffee für alle. Von Zeit zu Zeit brachte sie David Karnovski welchen herein. »Darf ich Ihnen eine Tasse anbieten, Herr Karnovski?« fragte sie scheu.

»Vielen herzlichen Dank, liebe gnädige Frau«, antwortete er dann ebenso scheu und nahm die Tasse, die sie ihm mit zitternden Händen servierte.

Sie waren sich jetzt zum erstenmal begegnet, und beide waren sie wegen all der Jahre des gegenseitigen Mißtrauens und der Fremdheit sehr verlegen. David Karnovski sah eine freundliche alte Dame mit weißem Haar und sanften Augen vor sich, eine liebende Großmutter, die sich um ihr Enkelkind sorgte, auch wenn sie ihren Kummer nicht so deutlich zeigte wie Lea. Und auch, daß sie ihm Kaffee brachte, bewies, daß sie voll weiblicher Hingebung war und ihre Verwandtschaft anerkannte.

Trotz Davids heftigem Widerstand gegen diese Heirat zeigten weder Therese noch ihre Mutter Groll gegen ihn, und er bedauerte die Feindseligkeit, die er so lange gegen diese anständigen, freundlichen Menschen gehegt hatte, mit denen die Umstände ihn verbunden hatten.

»Möchten Sie nicht Platz nehmen, gnädige Frau?« fragte er und bot ihr einen Stuhl an. »Es ist mir wirklich unangenehm, daß Sie sich so viel Arbeit für mich machen ...«

»Es ist mir eine große Freude, Herr Karnovski«, sagte sie aufrichtig.

Sie war beeindruckt von seinen Manieren, seiner Erscheinung und seinem grammatisch vollendeten Deutsch, das sie an das ihres Pfarrers erinnerte.

Obwohl sie in schweigendem Einverständnis nichts von den schrecklichen Zeiten erwähnten, schlich sich das Thema doch unfehlbar in jedes Gespräch. Sobald es die Höflichkeit erlaubte, entschuldigte sich Frau Holbeck und floh wieder in die Küche.

Sie schämte sich für ihr Land, für ihre Leute, für ihren Sohn Hugo, der der Neuen Ordnung angehörte, aber vor allem für sich selbst, dafür, daß sie die Karnovskis und ihre Art gehaßt hatte, auch wenn sie sich nie erlaubt hatte, diese Gefühle auszusprechen. In der Erregung nach den Wahlen, als die Stadt von Musik, Proklamationen und Rhetorik widerhallte, war sie der Hypnose erlegen und hatte den gestiefelten Männern geglaubt, die Wohlstand und Wiederaufbau eines starken, blühenden Deutschlands versprachen.

Obwohl ihr jüdischer Schwiegersohn großzügig für sie sorgte, konnte sie den Verlust ihrer geliebten Häuser, Hugos aussichtslose Arbeitssuche und die schrecklichen Nachkriegsjahre nicht vergessen. Die gestiefelten Männer hatten versprochen, die Dinge wiederherzustellen, wie sie früher waren, und ihr eigener Sohn hatte ihr versichert, daß alles wieder normal würde, wenn erst einmal die Verräter und Spekulanten beseitigt wären.

Und sie hatte ihnen geglaubt und gewählt, wie es von ihr verlangt wurde. Natürlich hatte sie ihren Schwiegersohn nicht als einen dieser Feinde der Nation angesehen. Er hatte ihrer Tochter das beste Leben bereitet, er hatte für ihren, Frau Holbecks, Unterhalt gesorgt und sogar für ihren armen Hugo. Und wie hätte man ihn auch einen Verräter nennen können, wo er doch an der Front gedient hatte? Nein, die Verräter, das waren die anderen, die Westberliner Bankiers, von denen die Zeitungen schrieben, daß sie die Armen ausraubten und den Leuten ihre Häuser für Pfennigbeträge abschwindelten.

Ja, sie war überlistet worden, für die Neue Ordnung zu stimmen, und sie schämte sich. Es war ihr sogar, als durchschauten David Karnovskis durchdringende schwarze Augen irgendwie ihr Geheimnis.

Sie hatte in letzter Zeit auf der Straße ein paar häßliche Szenen gesehen. Junge Schläger griffen anständige Leute an, eindeutig keine Schwindler und Spekulanten, sondern ehrbare Bürger, selbst alte Menschen, und die Polizei schaute einfach nur zu. In den großen Geschäften und Kaufhäusern, in denen sie jahrelang zu ihrer Zufriedenheit eingekauft hatte, waren die Fenster mit primitiven Zeichen beschmiert, die Scheiben waren eingeschlagen, und Ariern war der Zutritt verboten. Den berühmten Ärzten, die ganz Berlin verehrt hatte, war das Praktizieren untersagt worden, und ihr Schwiegersohn war einer davon. Ihr Hugo schwadronierte nun großartig gegen alles und jeden herum, trank bis zum Exzeß, weigerte sich, ihr Geld für die Haushaltsauslagen zu geben, und brachte alle möglichen anrüchigen Leute mit nach Hause – Rüpel in Schaftstiefeln, die ihr früher nie über ihre Schwelle gekommen wären, und manchmal sogar billige Weiber.

Sie machte sich große Sorgen um Hugo, aber noch größere um Therese. Seit die Neue Ordnung an die Macht gekommen war, war ihre Tochter geächtet, als wäre sie eine Aussätzige. Frau Holbecks älteste Freundinnen weigerten sich jetzt, zu ihr ins Haus zu kommen, aus Furcht, dort Therese zu begegnen. Hugo vermied jeden Kontakt zu seiner Schwester. Er hatte sogar sie, seine Mutter, gemahnt, dem Judenhaus, wie er es nannte, fernzubleiben, weil es seiner Karriere schaden könnte. Aber sie hatte nicht auf ihn gehört. Nichts und niemand konnte sie von ihrem eigen Fleisch und Blut fernhalten! Doch es war keine Freude, Therese in diesen Zeiten zu besuchen. Eine Art Leere erfüllte das Haus, eine selbstauferlegte Stille und eine Atmosphäre der Scham. Dr. Karnovski ging nicht mehr aus, und niemand besuchte ihn. Seit er auf einem Spaziergang mit Therese von einer Bande Jugendlicher angegriffen worden und sie eine Judenhure geschimpft worden war, vermied er es, auf die Straße zu gehen. Auch Therese blieb meistens im Haus und schämte sich entsetzlich vor ihrem Mann, als wäre sie irgendwie für das Verhalten ihrer Landsleute verantwortlich. Frau Holbeck litt schrecklich, wenn sie versuchte, ihre Tochter dazu zu bewegen, ein paar Stunden an die Luft zu gehen.

Sie war entsetzt über das furchtbare Unrecht, das ihrem

Enkel angetan worden war. Keiner konnte ihr einreden, ihr geliebtes Jegorchen sei weniger wert als andere Jungen und habe die Verachtung und Quälerei, die er in der Schule erfahren hatte, verdient. Und wer hatte diese Ungerechtigkeit verübt? Nicht etwa gemeine Straßenrüpel, sondern ein gebildeter Mann, ein Gymnasialdirektor!

Das Alter hatte Witwe Holbeck wenig Glück gebracht. Wenn sie in der Diele zum Bild ihres Mannes hochblickte, der Photographie, auf der er so solide und respektabel aussah in seinem hohen steifen Kragen und dem eleganten Rock, den sie so gemocht hatte, bat sie Gott, sie so bald wie möglich zu ihrem Joachim zu holen. Und noch inniger betete sie vor dem Jesusbild in der Kirche, in der sie auf ihrem Weg zu Therese immer ein paar Minuten Station machte. Sie kniete auf dem harten Steinboden und betete für ihre gequälte Tochter, für ihren Sohn, der vom rechten Weg abgekommen war, für ihren Schwiegersohn, der ein besseres Los verdiente, und vor allem für das schuldlose Kind, dem irregeleitete Menschen so viel ungerechtfertigtes Böses angetan hatten. »Lieber Herrgott«, flüsterte sie, flehend die Hände ringend, »schütze und behüte dieses unschuldige Kind vor allem Leid und Bösen. Sende Deine Engel, um es zu heilen und zu trösten, denn es ist jung und rein und unschuldig wie ein Lamm ...«

31

Obwohl Jegor nur ein paar Wochen zu Bett lag, machte er in dieser kurzen Zeitspanne eine große Veränderung durch.

Er wuchs noch mehr und wurde noch schlaksiger und ungelenker. Seine spindeldürren Arme ragten nun ein ganzes Stück aus den Ärmeln heraus. Seine Stimme veränderte sich völlig. Sie verlor die Unentschiedenheit und wurde tief und männlich, was bei dem dünnen, mädchenhaften Jungen merkwürdig anmutete. Der erste dunkle Flaum fing nun an, seine Wangen zu bedecken, und lange schwarze Haare sprossen aus den Pickeln, die seine helle Haut übersäten.

Weil er jetzt so hager war, schien seine Karnovski-Nase noch mehr hervorzuspringen, und die dicken schwarzen Augenbrauen, die über der Nasenwurzel zusammentrafen, betonten ihre Größe nur noch. An seiner Gurgel bildete sich ein spitzer Knubbel, der bei jeder Bewegung seiner Lippen auf und nieder hüpfte.

Als erstes, als er wieder bei Bewußtsein war, verlangte er einen Spiegel. Es blickte ihn ein Gesicht an, das ihn an den typischen Itzig der Zeitungskarikaturen erinnerte. »Gott, wie furchtbar ich aussehe! So häßlich und jüdisch!« rief er aus und schleuderte den Spiegel von sich.

Therese strich ihrem Sohn über das Haar, das während seiner Krankheit so lang und verfilzt geworden war. »Wie kannst du nur so etwas Schreckliches sagen, Jegorchen! Dein Papa könnte dich doch hören!«

Er wiederholte seine Worte, und diesmal nur noch lauter.

Dr. Karnovski tat alles, um die Gesundheit seines Sohnes wiederherzustellen. Er verabreichte ihm alle möglichen Stärkungsmittel, um ihn zu kräftigen, und gleichzeitig versuchte er, seine Seele zu heilen.

Während der ganzen Zeit, als Jegor nur halb bei Bewußtsein gewesen war, hatte Dr. Karnovski jedes Wort, das er in seinem Delirium gemurmelt hatte, aufgeschrieben. Für sich genommen, waren die Worte verwirrt und unsinnig, aber Stückchen für Stückchen hatte Dr. Karnovski sie zusammengesetzt, so daß sie schließlich das Bild einer niederschmetternden emotionalen Erfahrung ergaben.

Noch mehr als die deutlich ausgesprochenen hatten ihn die gestammelten Worte beschäftigt. Das Stottern wurde zwar von Tag zu Tag besser, aber ganz ging es nicht weg, sondern kam immer, wenn Jegor sich aufregte, zurück, und das war oft, denn es genügte sehr wenig, um ihn aufzuregen. Dr. Karnovski wußte, daß das Stottern durch eine seelische

Verletzung verursacht sein mußte, und er suchte nach einem Weg, um Jegor von seinen tiefliegenden Gefühlen der Selbstverachtung und Erniedrigung zu befreien.

Er griff das Problem mit seiner gewohnten Energie an. Seine gut ausgestattete Bibliothek enthielt viele Bände über Psychologie und Psychoanalyse, Wissenschaften, die ihn, den praktizierenden Chirurgen, der immer mehr mit der Anatomie als mit der Psyche befaßt war, nie besonders interessiert hatten. Außerdem hatte er nie die Zeit dazu gehabt, sich richtig in diese Bücher zu versenken, was die einzige ihm bekannte Art war, ein neues Thema anzugehen. Er hatte sie eigentlich nur gekauft, weil sich das so gehörte. Nun hatte er sowohl das Bedürfnis wie die Muße, sie zu studieren. Begriffe, die er früher verworfen hatte, weil er gesund, sicher, ausgefüllt und unverwundbar gewesen war, erschienen nun vernünftig und passend, und er begann, die Methoden, die in diesen Büchern dargelegt waren, in der Behandlung seines Sohnes anzuwenden.

Er bedauerte die Jahre, in denen er wegen seiner Praxis den Jungen vernachlässigt hatte. Nichts war ihm nun von dem Ruhm und den Ehren geblieben, für die er so hart gearbeitet hatte. Aber er hatte noch seinen Sohn, und er schwor sich, ihm in Zukunft alle seine Sorge und Liebe zu widmen. Ihn in dieses Grauen der Schule zurückzuschikken, war undenkbar. Er, sein Vater, würde der Lehrer des Jungen sein, sein Mentor und Führer; und vor allem sein Freund.

»Halt dieses Kinn hoch«, neckte er Jegor in gespielt strengem Ton, und gab ihm einen liebevollen Nasenstüber.

Jegor wandte sich ab, ohne auch nur zurückzulächeln. »Laß meine Nase in Ruhe«, sagte er. »Sie ist sowieso schon groß genug.«

Dr. Karnovski ließ den scherzenden Ton fallen. »Vergiß das doch, mein Sohn«, bat er ernst. »Die sind doch Abschaum. Verachte sie, wie ich es tue. Tilge sie aus deiner Erinnerung ...«

Jegor lächelte schief. Vergessen? Er würde nie vergessen. Er konnte nicht. Im Gegenteil! Unablässig rief er sich jede Einzelheit zurück. Wieder und wieder erlebte er jeden unerträglichen Augenblick seiner Qual und empfand eine perverse Lust an dieser Erinnerung, wie ein Kind, das sich eine Wunde leckt. Statt seine Quäler zu hassen, verabscheute er sich selbst. Ja, er vergab Dr. Kirchenmeier, daß er seine Minderwertigkeit der ganzen Welt vorgeführt hatte. Er konnte ihm das nicht übelnehmen, wo er selbst sie doch so haßte. Jegor Holbeck verachtete alles an Jegor Karnovski – sein schwarzes Haar, seine starken Augenbrauen, seine arrogante Nase.

Als er seiner Mutter diese Gefühle gestand, lachte sie ihn nur aus. Wieso denn, das sei doch gerade das Schönste an ihm, genau das habe sie an seinem Vater so angezogen …

Was für einen furchtbaren Geschmack sie hat, dachte Jegor. In seinen Augen glich sein Vater einem schwarzen Kater oder sogar auch einer Kröte. Sie war doch die Schöne, so frisch und blond und unverdorben. Die Dunkelhäutigkeit seines Vaters erinnerte ihn nur an die afrikanische und asiatische Schwärzung und Verschattung, von der Dr. Kirchenmeier gesprochen hatte.

Das Gesicht seiner Mutter hingegen war klar, offen und leuchtend. Da waren keine Schatten, keine dunklen Winkel, in denen List und Grausamkeit nisteten. Alles war ebenmäßig und glatt – das Haar, die Nase, das Kinn. So sah auch Onkel Hugo aus. So sollte ein Deutscher aussehen. Und wenn sein Vater nicht gewesen wäre, könnte er, Jegor, auch so aussehen.

Alle seine Probleme kamen von seinem Vater und dessen Rasse. Sie waren schuld, daß er ein schlechter Läufer und schwach und kränklich war. Onkel Hugo hatte ihm das immer wieder genau erklärt. Die Zeitungen, die Magazine, die Künstler, die Redner, alle sagten das auch. Immer wurden die *Itzige* als schwache, verkrüppelte Zwerge mit krausem Haar und riesiger Nase dargestellt. Neben ihnen wirkten richtige Deutsche stramm und muskulös. Hatte Dr. Kirchenmeier das nicht mit seinen Vermessungen bewiesen? Nein, das konnte nicht alles Schwindel sein, wie sein Vater behauptete. Es war einfach nicht plausibel, daß ein ganzes Land sich plötzlich verschwören sollte, zu lügen. Sein Vater war der Lügner. Jegor konnte ja die rassischen Mäkel an sich sehen, wenn er in den Spiegel schaute. Wie schrecklich und abstoßend er aussah, so schwarz und düster und großnasig! Seine Erscheinung war ihm so zuwider, daß er überhaupt nicht mehr aus dem Haus gehen wollte. Er fürchtete sich, wieder öffentlich gedemütigt zu werden.

Dr. Karnovski war tief besorgt über die selbstauferlegte Isolation des Jungen. Aus Mangel an frischer Luft und Bewegung war Jegor träge und schlaff geworden. Er verlor den Appetit, konnte nicht schlafen und blieb bis spät in die Nacht auf und verdarb sich die Augen über Zeitungen und Magazinen. Er verschlief den Vormittag, stand schließlich übellaunig auf und empfand dann Schuld und Reue. Er roch nach Bett und irgendwie muffig und abgestanden, was seinen Vater abstieß. Dr. Karnovski hätte den Jungen am liebsten mit Gewalt ins Freie hinaus geschleppt, damit Sonne und Wind ihn wieder auslüfteten und ihm das Blut reinigten.

»Raus aus dem Bett, Faulpelz!« rief er morgens, halb scherzhaft und vorsichtig darauf bedacht, ihn nicht zu verstimmen. »Spritz dir kaltes Wasser ins Gesicht und laß uns einen Spaziergang machen, nur wir zwei!«

»Wozu?« fragte Jegor apathisch.

Dr. Karnovski wußte, was seinen Sohn im Haus hielt. Auch er fürchtete sich auszugehen, aber er wollte dem nicht nachgeben. Verdammt wollte er sein, wenn er sich von diesem Abschaum ins Haus verbannen ließ! Nach seiner ersten Reaktion auf die Neue Ordnung, als er zu Hause geblieben war, um den endlosen Paraden, Demonstrationen und zahllosen Straßenbanden nicht begegnen zu müssen, hatte Dr. Karnovski aus purem Trotz begonnen, wieder auszugehen, sogar ganz ohne Grund. Er schritt schnell aus, hielt den Kopf hoch und legte Kilometer zurück, um nicht faul zu werden und die Niedergeschlagenheit zu bekämpfen, die ihn zu befallen drohte. Einige seiner Nachbarn sahen weg, wenn sie ihn erblickten; andere nickten. Wenige mutige lächelten sogar und wünschten guten Morgen. Dr. Karnovski hielt den Kopf nur noch höher, um zu zeigen, wie wenig ihm das alles ausmachte. Er, Georg, war keinem unterlegen.

Er forderte seinen Sohn auf mitzukommen, aber Jegor wollte sich nach seiner öffentlichen Brandmarkung nicht mehr auf der Straße blicken lassen, vor allem nicht in Gesellschaft seines deutlich jüdischen Vaters. Er wollte auch nicht mitmachen, als sein Vater ihm anbot, ihn zu unterrichten. Er wollte nicht einmal in ihren eigenen Garten hinaus. Dr. Karnovski erledigte jetzt die ganze Arbeit, die Karl früher gemacht hatte. Er hämmerte, sägte, flickte und reparierte. Die körperliche Betätigung half ihm, etwas von seinem Tatendrang loszuwerden und sich weniger nutzlos vorzukommen. Er bat Jegor immer, ihm zu helfen. »Mal sehen, wer von uns das zuerst durchgesägt hat!« forderte er ihn heraus, da er wußte, daß Jungen den Wettstreit lieben.

»Ich möchte die Zeitungen lesen«, gähnte Jegor.

Dr. Karnovski verachtete diese Blätter, die nur seine Artgenossen verleumdeten. »Wirf diesen Schund aus dem Haus«, wütete er.

Aber Jegor räkelte sich auf dem Sofa und verschlang die Zeitungen und Magazine. Den ganzen Tag ließ er das Radio laufen und, da er wußte, daß es seinen Vater zum Wahnsinn trieb, drehte er die Lautstärke voll auf.

Mit seiner Mutter wäre er gerne ausgegangen, aber sie bat ihn selten um seine Begleitung. Wann immer sie es tat, ergriff er die Gelegenheit. Sie war so blond, mit ihr zusammen konnte man sich so sicher fühlen. Gegen seine Mutter hatte er nichts. Je mehr er seinen Vater haßte, desto lieber wurde ihm sie, das unschuldige Opfer der Verbrechen ihres Mannes. Er küßte sie so leidenschaftlich und brutal, daß blaue Flecke auf ihrer zarten Haut zurückblieben. Manchmal ging er so weit, daß es Therese dabei unheimlich wurde.

Sein Gesicht war von Akne übersät. Sie hatte ein paar der obszönen Bilder gefunden, die er in seinem Zimmer versteckt hielt. Da er keinen Umgang mit Mädchen seines Alters hatte, richtete er alle seine Liebesgefühle auf seine Mutter. Therese errötete heftig, wenn er sie so fest an sich drückte. »Genug damit, du dummer Junge!« sagte sie. »Geh doch in den Hof hinaus und hilf deinem Vater.«

Aber Jegor wollte seinem Vater nicht helfen, er flößte ihm nur noch stärkere Minderwertigkeitsgefühle ein. Wenn er ihn so sah, so braun und kräftig und von der Liebe zu körperlicher Anstrengung und einem kindlichen Stolz auf seine Leistung begeistert, fühlte sich Jegor nur noch schlaffer und träger. Er war sicher, daß die dunklen Augen seines Vaters ihn verspotteten, daß die Karnovski-Nase Geringschätzung ausdrückte. Und da diese Geringschätzung durchaus gerechtfertigt war, ärgerte sich Jegor nur noch mehr. Er war auch furchtbar eifersüchtig auf seine Mutter, die ihm jede Nacht von diesem dunklen, bösartigen Juden weggenommen wurde.

Er konnte es nicht ertragen, wenn sein Vater das Licht im Eßzimmer ausknipste, sich mit ihr ins Schlafzimmer zurückzog und ihm die Tür vor der Nase zuschlug. Dann, wußte er, kämmte sie sich das lange flachsfarbene Haar und flocht es zu Zöpfen. In ihrem anliegenden Nachthemd erschien sie Jegor wie eine Vision, eine göttliche und doch wollüstige Idealisierung der vollkommenen arischen Frau, das Symbol der Neuen Ordnung. Er konnte die lüsterne, gierige Art, mit der sein Vater sie ansah, nicht ertragen. Jegor benutzte jeden Vorwand, um seine Eltern in ihrem Schlafzimmer zu stören und sie daran zu hindern, miteinander allein zu sein. Die Frauen in seinen sexuellen Träumen glichen immer seiner Mutter, und oft blieb er nur so lange im Bett liegen, um seine Schande vor ihr zu verbergen, wenn sie hereinkam, um sein Bett zu machen. Die medizinische Bibliothek seines Vaters enthielt viele Bände, die in allen klinischen Einzelheiten das Geschlechtsleben beschrieben. Es gab Bücher über Anatomie, über Geschlechtskrankheiten, über Pathologie und sexuelle Abweichungen. Jegor lag stundenlang mit dem Studium dieser Werke beschäftigt im Schlafanzug in seinem Zimmer. Die Bücher erregten so starke Gefühle in ihm, daß er es oft nicht hörte, wenn seine Mutter ihn zu Tisch rief. Seine Augen hatten einen ungesunden Glanz, seine Wangen röteten sich fleckig. Er malte die verbotenen Bilder ab und verfertigte auch alle möglichen Zeichnungen von nackten Frauenkörpern. Er zeichnete auch aus Zeitungen und Magazinen Karikaturen ab, in denen die Juden lächerlich gemacht wurden.

Er versteckte diese Zeichnungen sorgfältig, doch eines Tages erwischte ihn sein Vater dabei. Jegor hatte einen blonden Engel gezeichnet, der von einem fetten, kraushaarigen *Itzig* vergewaltigt wurde. Dr. Karnovski besah sich die roh ausgeführte Karikatur mit tiefer Konzentration.

»Was soll das darstellen?« fragte er, obwohl die Antwort klar war.

Jegor antwortete nicht.

»Antworte mir, ich rede mit dir!« sagte sein Vater wutschnaubend.

Wieder blieb Jegor stumm.

Dr. Karnovski verlor die Beherrschung und schlug seinen Sohn mitten ins Gesicht.

Aus Jegors Nase schoß Blut. »Jude!« schrie er seinen Vater an und brach in Tränen aus.

Dr. Karnovski lief aus dem Zimmer. »Gott! Was ist aus uns geworden?« rief er, sich an den Einen wendend, an den er nie geglaubt hatte.

Am nächsten Tag ging er nicht auf seinen gewohnten Spaziergang, sondern in die Stadt, um zu versuchen, Ausreisevisa zu besorgen.

Lange Warteschlangen standen vor den Konsulaten, Menschen jeden Alters und Herkommens: vornehme Männer aus Westberlin neben Hausierern aus der Dragonerstraße; Juden mit langen Bärten und langen schwarzen Mänteln und solche, die längst alle Verbindungen zu der Gemeinschaft aufgegeben hatten und nun doch das Stigma rassischer Minderwertigkeit trugen und für die Sünden ihrer Väter büßen mußten. Sie waren nun alle gleich und standen da und warteten darauf, daß das große Konsulatportal aufging. Still stellte sich Dr. Karnovski dazu. Er würde nicht ruhen, bis er seine Familie gerettet hätte, und vor allem seinen einzigen Sohn, in dem der zermürbende Selbsthaß bereits unheilbare Schäden angerichtet hatte.

32

Seltsamerweise war Rebekka Karnovski nie so glücklich gewesen wie in diesen furchtbaren Zeiten, in denen das Leben ihrer Familie bedroht war.

Eines Tages, als sie aus reinem Zufall auf der Straße Hugo Holbeck in seinem braunen Hemd, den hohen Stiefeln und mit dem gefürchteten Abzeichen am Ärmel begegnete, war sie vor Schrecken sprachlos. Ungläubig starrte sie ihn an.

Hugo Holbeck trat vor Verlegenheit von einem Fuß auf den anderen und sah sich um, ob ihn auch niemand beobachtete, wie er mit einer Jüdin fraternisierte. »Guten Tag, Fräulein Bekka!« sagte er dümmlich lächelnd.

Sie starrte ihn nur weiter unverwandt an. Plötzlich packte sie die Empörung, und sie hob die Hand, um ihn ins Gesicht zu schlagen, aber mitten in der Bewegung hielt sie inne, wandte sich ab und ging weg. Als sie nach Hause kam, stürzte sie in ihr Zimmer und brach in Tränen aus. Ihre Eltern kamen herein und wollten wissen, was mit ihr sei, aber sie wollte es ihnen nicht sagen. Sie holte nur einmal tief Atem und weinte weiter.

Sie weinte über ihre zerschmetterten Hoffnungen, über seine Falschheit und Doppelzüngigkeit, über das Vertrauen, das sie in dieses scheinbar naive Individuum gesetzt hatte. Wie die meisten sentimentalen Frauen übertrieb sie ihre Enttäuschung. Und wie die meisten Frauen ihrer Art schwemmte sie mit ihren Tränen den Kummer schnell aus ihrem Herzen.

Sie empfand nun nichts mehr für ihn außer tiefer Abscheu. Er hatte ihr über den brutalen, blonden, soldatischen Typus, für den sie so lange geschwärmt hatte, die Augen geöffnet. Sie bemühte sich nun, der Art Mann gegenüber, die ihr früher so unattraktiv vorgekommen war, eine andere Haltung einzunehmen, und in ganz kurzer Zeit verliebte sie sich in ein typisches Exemplar dieser Spezies.

David und Lea Karnovski waren sprachlos, als ihre Tochter ihnen den neuen Mann ihrer Wahl vorstellte.

»Das ist Rudolf Richard Landskroner«, sagte sie und schob ihn energisch vor sich her ins Zimmer. »Ihr müßt ihn von jetzt an lieben, wie ich es tue!«

Ihre Eltern sahen verdutzt einander an und versuchten, erfreute Mienen zu machen.

Trotz seines beeindruckenden Namens war Rebekkas Schatz ein kleiner, unscheinbarer, nicht besonders junger Mann, der einen Geigenkasten trug, was ihn wie einen Straßenfiedler aussehen ließ.

Die Karnovskis wußten, daß er kein Fiedler war, sondern Konzertviolinist, ein Künstler. Rebekka behauptete, er sei der größte lebende Geiger der Zeit. Doch selbst dies konnte die Meinung ihrer Eltern über ihn nicht ändern. Aber sie sagten ihr nicht, wie sie empfanden. Sie kam allmählich in die Jahre, und es hatten sich kaum je junge Männer um sie beworben. Außerdem hatten die meisten bereits das Land verlassen, und es war nicht einmal Geld für eine Mitgift da, falls sie doch noch einen anderen finden sollte. Rudolf Richard Landskroner war gewiß kein großer Fang, aber wen hatten sie sonst?

»Nun, David, was denkst du?« fragte Lea, als sie allein waren.

»Wenigstens ist er Jude«, meinte David.

Er war so enttäuscht über die Wahl seiner Tochter, daß er für die stille Trauungszeremonie, an der nur das vorgeschriebene Quorum teilnahm, nicht einmal seinen Sabbatrock anlegte oder den seidenen Zylinder aufsetzte.

Aber Rebekka brauchte die Billigung ihrer Eltern, ihre Glückwünsche oder Feiern nicht – sie hatte ihren Rudi, und das genügte ihr.

Weil er so klein und schüchtern und weich war, liebte sie ihn mit aller Heftigkeit. Immer schon hatte sie bei einem Mann diese Eigenschaften gesucht, den Zug, der es ihr gestatten würde, den Gegenstand ihrer überwältigenden Liebe zu verwöhnen, zu gängeln und zu verhätscheln. Früher hatte sie diesen Zug in den blonden, soldatenhaften jungen Männern gesehen. Nun, da sie durch einen von ihnen so enttäuscht worden war, hatte sie ihn in ihrem Rudi gefunden.

Schon als sie ihn zum erstenmal vor einem kleinen jüdischen Publikum spielen sah, wußte sie, daß sie ihn liebte. Er hatte ein glattes Gesicht und runde Backen, und sein langes seidiges Haar hing ihm auf den Kragen seines Jacketts herunter. Obwohl er schon vierzig war, hatte er die flaumigen Patschhändchen eines Wunderkinds. Die Zuhörerschaft war ihm sehr gewogen, und Rebekka klatschte am lautesten und führte den Chor an, der Zugaben verlangte. Von diesem Abend an ging sie in alle seine Konzerte. Ihre Anbetung gefiel ihm, und schließlich ließ er sich von ihr erobern.

Sofort nach der Heirat nahm sie ihn völlig in ihre Obhut. Sie trug ihm den Geigenkasten, kämmte ihm die seidenen Locken, kleidete ihn für seine Auftritte an und zog ihm die Schuhe aus, wenn er nach Hause kam. Sie kochte ihm alle möglichen Leckerbissen und zwang ihn zum Essen, auch wenn er nicht hungrig war. Sie erledigte alle niedrigen Dienste für ihn – machte Botengänge, verhandelte über höhere Honorare, rühmte ihn überall und half ihm sogar, in entschiedener Verkehrung ihrer Rollen als Mann und Frau, in seinen Mantel und auch wieder heraus.

Rudolf Richard Landskroner ließ sich die hingebende Liebe seiner Frau gefallen wie ein verwöhntes Kind, das sich von seiner Mutter verhätscheln läßt.

Als Rebekka Veränderungen an ihrem Körper bemerkte und feststellte, daß sie ein Kind von Rudi erwartete, erdrückte sie ihre Mutter fast, so leidenschaftlich umarmte sie sie. David Karnovski begrüßte die Neuigkeit mit Mißbehagen. »Das ist keine Zeit, um ein jüdisches Kind in die Welt zu setzen«, brummte er.

Dr. Karnovski geriet vor Empörung fast außer sich, als er vom Zustand seiner Schwester erfuhr. »Rebekka, dein Rudi ist ein verantwortungsloser Idiot! Komm zu mir nach Hause, und ich werde sehen, was ich tun kann, um das zu verhindern. Es ist ein Verbrechen, heutzutage schwanger zu sein!«

Rebekka hätte ihm fast die Augen ausgekratzt. »Niemand wird mir mein Glück rauben!« kreischte sie. »Niemand!«

Sie weigerte sich kategorisch, ein Visum zu beantragen, so sehr ihre Eltern und Freunde sie auch dazu zu bewegen suchten. Rudi hatte entschieden, im Land zu bleiben; das genügte ihr.

Nie zuvor in seiner glanzlosen Karriere hatte Rudolf Richard Landskroner eine solche Lobhudelei genossen. Er war in seinem Beruf nie ernst genommen worden, aber nun, da die meisten der berühmten Konzertkünstler ausgewandert waren, wurde er aus Mangel an Konkurrenz anerkannt. Zwar konnte er seine Kunstfertigkeit nicht in den berühmten Konzertsälen vorführen, nach denen er immer gestrebt hatte, aber vor jüdischem Publikum durfte er noch spielen, und diese nach Unterhaltung ausgehungerten Zuhörer applaudierten ihm und riefen nach Zugaben. Schwärmerische Matronen nannten ihn »Maestro«, junge Mädchen baten ihn um sein Autogramm, und Rudolf Richard Landskroner war im siebten Himmel. Er dachte an seinen Vater, einen Stehgeiger in einem Restaurant, der an das Genie seines Sohnes geglaubt und ihn zur Erinnerung an den unsterblichen Wagner Richard genannt hatte. Könnte er ihn doch jetzt sehen, klagte Rudi, könnte er doch an seinen Triumphen teilhaben ...

Obwohl das Leben in Berlin für Menschen seines Glaubensbekenntnisses nicht ungefährlich war, nahm er die Unannehmlichkeiten in Kauf, wie man sich an jedes Übel gewöhnt. Natürlich vermied er es, auf die Straße zu gehen, wenn es nicht unbedingt nötig war. Er war nicht so töricht, sich auf eine Parkbank zu setzen, wenn er müde war, und er schlug automatisch die Augen nieder, wenn ihm eine blonde Frau entgegenkam. Aber sonst hatte er ein herrliches Leben. Seine Anerkennung als Künstler machte alles wieder wett, und Rebekka sonnte sich in seinem Ruhm. Sie stellte sich taub gegen alle Beschwörungen ihrer Eltern, ihres Bruders, ihrer Freunde und Bekannten. Sie begleitete ihre Familie nicht einmal zum Ausschiffungshafen, als sie endlich nach jahrelangem Warten ihre Ausreisepapiere bekommen hatten, denn sie weigerte sich, auch nur einen einzigen Tag ihre beiden Kleinkinder allein zu lassen – ihren Rudi und das Kind, das sie ihm geboren hatte.

»Jetzt hat sie völlig den Verstand verloren«, klagte Lea Karnovski.

»Weiberverstand«, knurrte David, und ging in die Dragonerstraße, um Reb Ephraim Walder Lebewohl zu sagen.

»Wissen Sie schon, Reb Ephraim, daß die Schurken Rabbi Moses Mendelssohns Denkmal an der Großen Hamburger Straße demoliert haben?« fragte er empört.

»Was ist schon ein Denkmal, Reb Karnovski?« bemerkte der alte Mann ruhig. »Ein Haufen Stein und Metall. Sein Geist wird weiterleben.«

David Karnovski plagte das Gewissen, daß er fortging und den alten Gelehrten zurückließ. »Wenn wir mit Gottes Hilfe heil drüben ankommen, schicke ich auch Papiere für

Sie, Reb Ephraim«, sagte er. »Ich werde nicht ruhen, bis ich Sie hier raus habe.«

»Ich bin zu alt, um noch verpflanzt zu werden, Reb Karnovski«, sagte der Patriarch langsam. »Wenn es Ihnen aber gelingen sollte, meine Manuskripte zu retten, erweisen Sie der Menschheit einen großen Dienst. Die Bücher und meine Tochter. Nicht wahr, Jentl?«

Jeannette hob den kursichtigen Blick von ihrem neuesten französischen Roman und schüttelte ihren Krauskopf, der jetzt eher grau als schwarz war. »Was schlägst du da vor?« fragte sie. »Daß ich dich in deinem Alter allein lasse?«

Sie wußte nicht genau, wie alt ihr Vater eigentlich war – er konnte hundert sein oder sogar noch älter. Aber sie wußte, daß er nur noch ein Bündel trockener Knochen war, das jeden Augenblick auseinanderfallen konnte.

Wie ein uralter Baum, der am Zusammenstürzen ist, war der Greis jetzt eine altersgraue Ruine. Seine verwitterte, bräunlich-blaue Haut war völlig ausgetrocknet und schälte sich wie Rinde. Sein langer Bart war grün wie Moos geworden. Seine Augenbrauen und die Haarbüschel, die ihm aus den Ohren sprossen, waren stachelig und steif wie dürre Fichtennadeln. Seine fleischlosen, skelettartigen Hände waren seinem Körper nicht mehr zu Diensten, und sie mußte ihn ankleiden und auskleiden, ihn füttern und ihm sogar helfen, sich zu entleeren. Obwohl sie selbst bereits in den Sechzigern war, schreckte ihr altjüngferliches Gemüt vor dem Gedanken zurück, mit einem Mann solche Intimitäten zu teilen, selbst wenn es ihr Vater war.

Nur der Geist des Patriarchen funktionierte noch so kühn und klar wie immer. Je älter er wurde, desto mehr legte er alle menschlichen Schwächen ab – Neid, Leidenschaft, Ehrgeiz und Gier – und steigerte seine Fähigkeit zur reinen Logik. Auch die Sehkraft und das Gehör des alten Mannes waren noch intakt, und nun, da er die meiste Zeit im Bett lag, beobachtete er mit Grimm die Bewegung jeder Maus, die seine geliebten Bücher und Manuskripte bedrohte. Seine scharfen Ohren hörten auch jedes Geräusch aus dem Buchladen unten. »Jentl? Was ist da los?« rief er oft.

Seine Tochter hatte wenig Aufheiterndes zu berichten. Fast niemand kam in diesen Tagen, um etwas zu kaufen. Die einzigen, die sich immer regelmäßiger blicken ließen, waren die gestiefelten Jungmänner, die »Beiträge« verlangten, und herumtobende Straßenbanden.

»Vater«, beklagte sie sich, »die schlimmen Buben haben eine Katze in meinen Laden geworfen!«

»Was ist schon eine Katze?« kicherte dann der alte Mann. »Das ist doch auch nur ein Geschöpf Gottes.«

»Aber sie ist tot!« schrie sie.

»Und was macht das?« bemerkte er. Nichts überraschte ihn. Er nahm alle Dinge und Ereignisse als Manifestationen Gottes hin – ob das nun ein Kieselstein war, ein menschliches Wesen oder eine tote Katze.

Mit ähnlicher Gleichmut hörte er sich David Karnovskis leidenschaftliche Schilderung der Greueltaten an, die an seinem Volk verübt wurden. »Eine alte Geschichte, Reb Karnovski«, erklärte er mit kräftiger Stimme, die den unglaublich gebrechlichen Körper, aus dem sie kam, Lügen zu strafen schien. »Eine alte, vertraute Geschichte. So ist es immer gewesen – in Speyer, in Prag, in Krakau, Paris, Rom und Padua: Seit Juden Juden waren, hat man ihre Bücher verbrannt, sie gezwungen, Kennzeichen zu tragen, sie aus ihren Häusern vertrieben und ihre Weisen verfolgt. Und doch hat sich das Judentum behauptet. Übrigens haben die Völker nicht nur jüdische Weise verfolgt, sondern auch ihre eigenen. Weise Männer werden immer wegen ihrer Einsichten und Wahrnehmungen gehaßt sein. Sokrates wurde gezwungen, den Schierlingsbecher zu trinken. Akiba wurde bei lebendigem Leib gehäutet. Aber geblieben sind nicht die aufgebrachten Volksmassen, sondern die Lehren von Sokrates und Akiba. Denn der Geist ist unzerstörbar wie die Gottheit ...«

David Karnovski konnte des Patriarchen ruhige Beurteilung der verzweifelten Lage nicht ertragen, aber der Greis gab ihm keine Gelegenheit zum Widerspruch.

»Seien Sie so gut, Reb Karnovski, steigen Sie zum Bücherschrank hinauf und holen Sie mir meine Manuskripte herunter. Sie sind im obersten Fach. Ich würde Sie ja nicht bemühen, aber ich bin nicht mehr so beweglich wie früher«, setzte er sarkastisch hinzu.

David holte die beiden dicken Manuskripte herunter – das hebräische für die Juden und das deutsche für die Nichtjuden.

Mit zitternden Händen wischte Reb Ehpraim die Spinnweben ab und fing an, dem Besucher seine neuesten Zusätze und Aufzeichnungen vorzulesen.

Beim Lesen taten sich ihm jedoch neue Gedankengänge auf, und um sie nicht zu vergessen, kritzelte er sie an den Rand. Obwohl er sonst kaum mehr die Hände bewegen konnte, schien ihnen der Federkiel neue Stärke zu verleihen. Die zitternden Finger führten die Gänsefeder so vertrauensvoll, wie ein alter Krieger sein Lieblingsschwert schwingt. David Karnovskis Gedanken waren ganz woanders und er war nicht in der Stimmung für philosophische Abhandlungen, aber er hörte Reb Ephraim aus Achtung und Verehrung für den alten Gelehrten geduldig zu. Doch Jeannette konnte die ruhigen Ausführungen ihres Vaters nicht mehr aushalten und sagte unwirsch: »Vater, du tropfst mir Tinte ins Bett. Außerdem darfst du dich nicht anstrengen. Du mußt ruhen.«

»In meinem Grab werde ich schon ruhen, Jentl«, antwortete ihr Vater nachsichtig. »So lange meine Augen mir noch ihren Dienst leisten, werde ich tun, was ich kann.«

Jeannette winkte geringschätzig ab, als wäre er ein seniler Mümmelgreis, mit dem man nicht mehr vernünftig reden konnte. »Oy, Papa, Papa«, stöhnte sie und biß sich auf die Zunge, um nicht zu sagen, was sie wirklich dachte.

Reb Ephraim, dessen scharfe Sinne alles wahrnahmen, was um ihn herum vorging, lächelte über Jeannettes Gereiztheit. »Sie denkt, weil ich alt bin, weiß ich nicht mehr, was vorgeht. Ich weiß, ich weiß alles, Reb Karnovski, aber ich tue weiter, was ich tun muß, denn das ist die Pflicht des Gelehrten ...«

Jeannette, die in einem winzigen Topf das Abendessen auf dem Ofen kochte, den sie jetzt statt mit Holz mit alten Büchern heizte, war durch den Gleichmut ihres Vaters aufs höchste aufgebracht. Mit jedem Tag sah sie die Tragödie näherrücken. Die Dragonerstraße wurde immer verlassener, und die meisten Läden waren mit Brettern vernagelt und verschlossen. Nachts ließ man in den Häusern die Läden herunter. Nur die Geräusche anfahrender Autos, deutschen Gelächters und jiddischer Klagen zeugten davon, daß wieder jemand nach Einbruch der Dunkelheit geholt worden war. Die jetzt Mord und jedem Greuel ausgesetzte Gettostraße erfüllte sie mit furchtbarer Angst.

»Vater«, unterbrach sie ihn, »warum müssen wir so viele Leiden erdulden?«

Reb Ephraim zeigte in einem zahnlosen Lächeln sein Zahnfleisch. »Diese Frage ist so alt wie die Leiden selbst«, sagte er. »Unser Geist ist zu beschränkt, um das zu begreifen, aber es muß einen Grund dafür geben, wie es einen Grund für alles andere gibt. Warum sollte es sonst so was geben?«

Diese Erklärung war Jeannette zu vieldeutig, und sie wurde nur noch niedergeschlagener. »Warum muß Gott uns so viel Strafe zumessen?« fragte sie leidenschaftlich. »Warum schickt er uns solche Pein, wo er doch nur Gutes tun kann?«

Wieder versuchte Reb Ephraim, ihr mit Logik zu antworten. Nur Narren nähmen Gott das Böse, das sie ertragen müßten, übel und priesen ihn für das Gute, das er ihnen schicke. Diese Art zu denken sei ganz falsch, denn alle Dinge hätten in der Gottheit einen Platz. Nichts könne aus ihr herausgenommen und als gesonderte Erfahrung behandelt werden. Alle Dinge – alle Tiere, Pflanzen, Menschen und Sterne, alles, was existiere, existiert habe und existieren werde – alles sogenannte Gute und Böse, Glück und Leiden, sei Teil seines allumfassenden Plans.

Jeannette war entsetzt über diese Beschreibung Gottes – das wäre ja ein Gott, dem man sein Leid nicht klagen könnte; ein Gott, der nicht Gutes mit Gutem und Böses mit Bösem vergälte; ein Gott ohne Gnade oder Gerechtigkeit. Sie sehnte sich nach dem alten Gott, den sie gekannt und geliebt hatte – einem, dem man Segnungen darbringen konnte, den man Süßen Papa nennen durfte und bei dem man sich beklagte, wenn es nötig war. Ihres Vaters Auslegung der höheren Welt gab ihr nur ein Gefühl der Hoffnungslosigkeit. Dann wurde ja das tugendhafte Leben, das sie geführt hatte, völlig sinnlos, wenn es in der anderen Welt keine Belohnung für ihr Gutsein und ihre Moral gab. Und sie fing an zu weinen, obwohl ein Fremder bei ihnen war.

»Weine nicht, Jentl«, sagte ihr Vater. »Weinen nutzt zu nichts.« Aber sie weinte nur noch mehr.

David Karnovski streichelte ihr väterlich die Hand, als wäre sie ein kleines Mädchen. »Weinen Sie nicht, Jentl«, tröstete er sie. »Sobald wir, so Gott will, drüben sind, lasse ich Sie und Ihren Vater und auch seine Bücher nachkommen.«

Sie wischte sich mit einem Zipfel ihrer Schürze die Augen. Obwohl sie wußte, daß ihr Valter zu alt zum Reisen und sie viel zu verwurzelt in diesem Leben und unbeweglich war, um in einem neuen Land noch einmal neu anzufangen, erleichterte es sie doch, die Stimme eines Mannes zu hören und seine tröstende Hand auf ihrer Schulter zu spüren. Sie lächelte mit feuchten, kurzsichtigen Augen zu ihm auf. Da bemerkte sie plötzlich, daß ihr Vater mit geschlossenen Lidern bewegungslos dalag, und sie stürzte zu ihm. »Papa! Papa!« schrie sie hysterisch.

Der alte Mann schlug die Augen auf und lächelte ihr verschmitzt zu. »Was hast du gedacht, Jentl? Daß Satan deinen alten Vater schon geholt hat?« Er lachte, daß man sein Zahnfleisch sah. »Nein. Ich schaffe es schon noch eine Weile, ihn auf Armeslänge von mir zu halten …«

David Karnovski stand auf, um zu gehen. Er drückte Reb Ephraims zitternde, eiskalte Hand. »Leben Sie wohl, Reb Ephraim«, sagte er mit einem Kloß im Hals. »Ich habe so ein Gefühl, irgendwo, irgendwann werden wir wieder miteinander sprechen und studieren ...«

»Ich werde Sie vermissen, Reb Karnovski«, sagte der alte Mann. »Jetzt habe ich niemanden mehr, dem ich meine Manuskripte vorlesen kann ...«

Ein paar Stunden, bevor sie das Land verließ, machte Therese Karnovski einen letzten Besuch im Haus ihrer Mutter. Sie wollte noch einmal den Ort sehen, an dem sie geboren und aufgewachsen war. Sie ging in ihr altes Zimmer und warf einen liebevollen Abschiedsblick auf ihr altes Bett und jedes vertraute Möbelstück, die gestickten Handtücher und den ganzen Krimskrams. Sie betrachtete das Porträt ihres Vaters in der Diele, und sie weinte mit ihrer Mutter über das Leben, das hätte sein können. Hugo räkelte sich mit lang ausgestreckten Beinen im Liegestuhl. Die Tränen der Frauen stießen ihn ab. Obwohl es ihm nicht leicht fiel, versuchte er, sich seiner Schwester gegenüber an ihrem letzten Tag daheim brüderlich zu verhalten.

In seinem übertrieben schneidigen preußischen Ton und auf seine kurz angebundene Art sagte er ihr, wie er über ihre Auswanderung dachte. Es sei nicht recht, daß sie, eine Holbeck, in einer Zeit das Vaterland verlasse, da es alle seine Söhne und Töchter brauche. Und weswegen? Wegen eines lausigen Karnovski! Es sei auch jetzt noch nicht zu spät für sie, sich scheiden zu lassen und diesen Klotz am Bein loszuwerden. Sie könne wieder ein menschliches Wesen werden, unter Menschen leben und mit Menschen ihrer Art verkehren, und niemand werde sie ächten.

»Aber du weißt doch, daß Therese Georg liebt. Und dann ist da doch Jegorchen!« gab ihm seine Mutter zu bedenken.

Hugo hatte auch dafür eine Lösung. Er kenne wichtige Leute, Leute, die Einfluß hätten. Er würde sich um alles kümmern. Es gebe viele deutsche Frauen, die ihre Judenmänner zum Teufel geschickt hätten und ihre Kinder als rassisch rein hätten erklären lassen. Das sei eine pure Formalität, eine Kleinigkeit. Alles, was dazu nötig sei, sei eine eidliche Erklärung, daß der Junge von einem arischen Liebhaber sei, nicht wahr? Er, Hugo, werde sich um diese Formalitäten kümmern. Er werde den Zeugen, den angeblichen Vater, besorgen, und alles werde gehen wie 's Bretzelbacken.

Während ihr Bruder sprach, war Therese die Röte ins Gesicht gestiegen. Schließlich konnte sie sich nicht länger beherrschen. »Du gemeiner Hund«, sagte sie in leiser Wut, »wie kannst du es wagen, mir so einen Vorschlag zu machen? Du Schwein! Du Rotzkerl! Du Zuhälter, du!«

Frau Holbeck stand da wie vom Donner gerührt. »Therese, Tochter, wie kannst du nur?«

Aber Therese ließ sich nicht zum Schweigen bringen. Das war die äußerste Beleidigung ihrer Weiblichkeit. Sie beschimpfte ihren Bruder mit Worten, die sie in ihrem ganzen Leben noch nie in den Mund genommen hatte. Sie nannte ihn und seine Kumpanen Geschmeiß, dreckige Landstreicher, Abschaum, Rüpel und Hurensöhne.

Frau Holbeck war entsetzt. »Therese«, flehte sie, »oh, Jesus!«

Doch Therese war nicht mehr aufzuhalten. Die Bitterkeit, die so lange an ihr genagt hatte, der Grimm über das all das Böse, das ihrem Mann, ihrem Kind und ihren Lieben zugefügt worden war, brachen aus ihr heraus wie Wasser durch einen gebrochenen Damm. »Ich spucke auf eure Neue Ordnung!« kreischte sie gellend. »Und ich spucke auch auf dich!« und sie spuckte ihn ins Gesicht und auf seine Uniform.

Hugo wurde weiß wie der Tod, seine Kinnbacken mahlten krampfhaft. Als Soldat nahm er die Spucke auf seinem Gesicht weniger übel als die auf seiner Uniform, und alle seine Instinkte drängten ihn dazu, sich an dieser unverschämten Schlampe zu rächen. Therese erriet, was in ihm vorging. »Los doch! Warum rufst du nicht die Polizei?« höhnte sie. »Los, übergib mich doch deinen Schlächtern! Zeig mich an, warum tust du's nicht?«

Er zog lediglich sein Taschentuch heraus und wischte sich sorgfältig die Uniform ab. »Judenhure«, sagte er ruhig, wie er seine Kameraden blonden Frauen, die in Begleitung dunkelhaariger Männer waren, hatte nachrufen hören.

Frau Holbeck rang ihre halb gelähmten Hände. »Heiliger Vater im Himmel«, jammerte sie. »Daß ich das in meinem Alter noch erleben muß!«

Therese, der alles Blut aus dem Gesicht gewichen war, brach ohnmächtig in den Armen ihrer Mutter zusammen.

Drittes Buch
Jegor

33

Der Tempel Sha Mora in der Upper West Side Manhattans war jetzt wieder gut besucht, nicht nur an den Sabbaten, sondern sogar auch während der Woche.

Seit ihrer Errichtung vor ein paar Jahrzehnten hatte die an eine Moschee gemahnende große Synagoge sowohl gute wie schlechte als auch katastrophale Zeiten gesehen. In den ersten fünf Jahren ihrer Existenz hatte die Gemeinde aus den wohlhabenden, alteingesessenen sephardischen Juden bestanden, die in den luxuriösen Wohnhäusern am Ufer des Hudson residierten. Dunkelhäutig, modisch gekleidet und das exotische Aroma der orientalischen Teppiche, Gewürze und Tabakwaren ausströmend, mit denen sie handelten, hatten sie ruhig und hochnäsig ihre Plätze in der Synagoge eingenommen und mit vornehmer, träger Würde in den eintönigen Gesang des *Hazzan* eingestimmt, der die Gebete auf hebräisch und Ladino intonierte. Ihre eleganten Frauen in bunten Seiden- und Satingewändern, mit Gold und Diamanten behängt und in kostbare Mantillas gehüllt, bildeten ergeben den anderen Teil der Gemeinde.

Ebenso stolz und und gelassen auf ihren Status vertrauend, hörten sie sich die Predigten ihres *Hachim,* Dr. Eusial de Alfasho, an, der in seiner Robe, hohen Mitra und mit seinem kohlschwarzen, lockigen Bart den Bildern alter assyrischer Monarchen ähnelte. Wenn er vor der Lesung der *Schammasch* in der Synagoge herumging und mit arabischem Singsang die Spende versteigerte, durch die man zur Lesung des Gesetzes aufgerufen wurde, wetteiferten die wohlhabenden Gemeindemitglieder mit großen Summen um die Ehre.

Später, während des Ersten Weltkriegs, als die aschkenasischen Juden aus Polen, Litauen und Rumänien zu Wohlstand kamen und sich bis ganz nach oben in die Upper West

Side vorkämpften, verließen die hochmütigen Sephardim verächtlich die Gegend und mit ihr den Tempel Sha Mora. Statt der sephardischen Hymnen hallten nun aschkenasische Gebete und Gesänge durch die moscheeähnliche Synagoge. Anstelle des schwarzbärtigen Hachim, der einem assyrischen König glich, predigte jetzt ein junger aschkenasischer Rabbi, der einen dünnen blonden Schnurrbart trug, ein pedantisch korrektes Englisch sprach und über neueste Bücher, Theaterstücke, Wohltätigkeitsaktionen, Psychoanalyse und Geburtenkontrolle diskutierte. Nach dem Krieg, als die Zeiten wieder schlecht wurden und die Einwohner von Harlem, die Spanier, Iren und Schwarzen, weiter in den Norden der Stadt umsiedelten, kam der Tempel Sha Mora so herunter wie die übrige Nachbarschaft. Die neureichen osteuropäischen Juden wichen armseligen Ladeninhabern und Fuhrleuten – unrasierten, ärmlich gekleideten und überarbeiteten Menschen, die meistens dem schönen, moscheeartigen Bau fern blieben.

Mit jedem Sabbat schwand die Gemeinde mehr. Die Synagoge füllte sich nur noch an den Tagen der Ehrfurcht, den Feiertagen oder während der Gedenkgottesdienste für Verstorbene. Es wurde schwierig, das notwendige Quorum zu erreichen, und das nicht nur an Wochentagen, sondern sogar am Vorabend des Sabbat oder am Sabbat selbst. Der ungarische Synagogendiener, Mr. Pitzeles, stand manchmal stundenlang unter der Tür und spähte mit seinen schwarzen Augen nach einem zufällig vorüberkommenden jüdischen Mann aus. Dabei half ihm Walter, der deutsche Hausmeister, der durch seinen jahrelangen Dienst in der Synagoge alle jüdischen Bräuche gelernt hatte und ein teutonisches Jiddisch sprach, das nicht schlechter war als das des Synagogendieners. In seinem mit Farbe beschmierten Arbeitskittel, dessen Taschen immer voller Hämmer, Schraubenzieher und Drahtrollen waren, und mit seiner ewigen Pfeife zwischen den Zähnen packte er jeden vorbeigehenden Juden am Schlaffittchen und drängte ihn, hereinzukommen. »He, Mister, Sie werden da drin für eine *Minjen* gebraucht. Wissen Sie nicht, daß heute Schabbes ist, Mann?«

»Wer hat denn Zeit für so was?« erwiderten die Männer weitereilend und an ihren Zigarren oder Zigaretten paffend.

Walter mußte auch einen großen Teil seiner Zeit dem Kampf mit den Kindern der Umgegend opfern, die den Tempel Sha Mora zu ihrem Lieblingsspielplatz gemacht hatten. Dunkelhäutige kleine Spanier, hellhäutige Iren-, schwarzhaarige Juden- und dunkle Negerkinder tobten schreiend um die Synagoge herum. Heranwachsende Mädchen saßen gern auf den breiten Stufen, flüsterten einander Geheimnisse zu und kreischten, wenn die Jungen in den zerfetzten Sweatshirts sie neckten. Kleine Mädchen spielten Seilhüpfen und sagten dazu laut die altüberlieferten Reime auf. Die Jungen waren eine noch schlimmere Plage; sie hörten nicht auf, ihre Bälle gegen die Synagogenmauern zu werfen, während dabei gleichzeitig eine offenbar endlose Balgerei im Gange war. Abends zündeten sie in Ascheeimern Feuer an und verbrannten Abfall und Papier, das der Wind vom Fluß herantrug. Sooft Walter sie auch vertrieb, sie kamen immer wieder zurück. Die hohen Mauern und breiten Stufen des Tempels Sha Mora zogen sie an wie ein Magnet.

»Verdammte kleine Bastarde!« stieß der dünnlippige Walter zusammen mit seinem Pfeifenrauch aus. »Zur Hölle mit euch!«

Was ihn wirklich ärgerte, war, daß sie selbst an den Sabbaten auf den Stufen herumlungerten und den Andächtigen den Weg versperrten. Die beiden Synagogendiener, der jüdische und der nichtjüdische, tobten vor Wut, wenn sie die winzige Gemeinde zusammenscharten, die dann im Innenraum der riesigen Synagoge ganz verloren wirkte.

In den letzten paar Jahren jedoch hatte sich der Tempel Sha Mora wieder gefüllt, nicht nur während der Tage der Ehrfurcht, den Feiertagen und Gedenkgottesdiensten, sondern auch an den Sabbaten und Wochentagen.

Das war den neuesten jüdischen Zuzüglern der Umgegend zu verdanken, den deutschen Exilanten, die die Upper West Side von Manhattan zu ihrem Wohnsitz und den Tempel Sha Mora zu ihrem Bethaus gemacht hatten.

Als diese Neuankömmlinge in der Synagoge erschienen, hieß Mr. Pitzeles sie mit offenen Armen willkommen. »Kommt herein, gute Leute, willkommen!« sagte er in seinem Deutsch mit ungarischem Akzent, wobei er gewaltig das »r« rollte.

Walter, der Hausmeister, war entzückt, mit Leuten von drüben Bekanntschaft zu machen, und dankbar für die Gelegenheit, seine Muttersprache sprechen zu können.

Während er auf der Trittleiter stand und die Anschlagtafel anbrachte, die in phonetischer Umschrift ankündigte, wann *minchah*, *maariw* und *haskarat neschamot* gehalten würden, machte er mit den Neuankömmlingen höflich Konversation. »Bitte schön, meine Herrschaften, sofort fangen wir *schachres* an«, sagte er. »Beeilen Sie sich, meine Herren!«

Mr. Pitzeles führte die Neuen zu den begehrten Bänken und wies ihnen die Ehre an, die Heilige Lade zu tragen. Er war verblüfft über die Genauigkeit, mit der die Neuankömmlinge die Gebete aufsagten, und noch mehr erstaunten ihn ihre Frauen, die oben auf der Frauengalerie saßen. Diese Exilantenfrauen kamen nämlich nicht nur am Sabbatvormittag zu den Gottesdiensten, sondern auch am Freitagabend, was im Tempel Sha Mora noch kaum je dagewesen war. Völlig begeistert war er von den Kindern. Sauber geschrubbt, glattgekämmt und ordentlich angezogen in ihren langen Strümpfen und Kniehosen, waren sie ein ungeheurer Gegensatz zu den zerlumpten Jungen der Umgegend, die wie Wilde auf der Straße herumtobten. Die fremden Kinder benahmen sich tadellos, gehorchten ihren Eltern und baten für jede Kleinigkeit um Erlaubnis. Mr. Pitzeles brachte ihnen aus Dankbarkeit für ihre guten Manieren sogar eigenhändig die Gebetbücher.

Die Gemeinde des Tempels Sha Mora wuchs aber so schnell, daß Mr. Pitzeles bald sowohl die Ehrungen für die Männer wie die Gebetbücher für die Jungen ausgingen.

In kurzer Zeit war die Gegend am Hudson von den Neuankömmlingen überschwemmt. Zuerst begrüßten die alten jüdischen Einwohner des Bezirks sie so herzlich, wie Mr. Pitzeles das getan hatte. Sie waren leicht an den riesigen Möbelkisten zu erkennen, die sie von drüben mitgebracht hatten und auf denen die Namen ihrer Ausschiffungshäfen aufgedruckt waren – Hamburg und Bremen. Die großen Möbelwagen, in denen sie transportiert wurden, kamen kaum durch die engen Straßen. Die riesigen schwarzen Möbelpacker fluchten und schwitzten, wenn sie die übergroßen Möbelstücke durch die schmalen Eingänge der Mietshäuser zu manövrieren versuchten. Die Hausmeister der Häuser, meistens selbst Deutsche, waren von den teuren Stücken beeindruckt, empfahlen aber den Neuankömmlingen, ihre Schränke draußen auf der Straße stehen zu lassen, weil amerikanische Wohnungen alle schon eingebaute Schränke hätten. Die nichtjüdischen Einwohner der Gegend musterten die Neuankömmlinge und ihre zahlreichen Besitztümer mit schweigender Feindseligkeit. Bevor noch die Neuen zu einem Entschluß kamen, was sie mit ihren Möbeln anfangen sollten, die sie unter solchen Mühen ins Ausland gerettet hatten, nahmen die Straßenjungen sie in Beschlag, warfen ihre Bälle dagegen und rieben Streichhölzer an dem teuren Furnier. Sie zündeten die geleerten Kisten an und manchmal sogar die Möbel selbst.

Die jüdischen Einwohner kamen, um den Neuankömmlingen zu helfen, sich in das neue Land einzuleben, und erkundigten sich freundlich und mitfühlend nach den Verhältnissen drüben. Doch die Neuankömmlinge ignorierten diese Annäherungsversuche und blieben reserviert. Sie weigerten sich, über die schlimmen Dinge, die in ihrem Deutschland vor sich gingen, zu sprechen. Die polnischen und litauischen Frauen versuchten es mit saftigen jiddischen

Flüchen gegen die Übeltäter, die ihre Glaubensgenossen verfolgten, aber die frisch Ausgewanderten wollten kein einziges böses Wort gegen ihre deutschen Landsleute äußern. Sie verzogen nur angewidert das Gesicht und erwiderten in korrektem Englisch, daß sie das »Kauderwelsch«, in dem die amerikanischen Juden sie anredeten, nicht verstünden. Nach diesen anfänglichen Zurückweisungen gingen die jüdischen Einwohner den Fremden, die sich so arrogant und hochnäsig benahmen, aus dem Weg. Sie waren ja selbst auch Auswanderer gewesen und erinnerten sich noch, wie sie aus ihren russischen oder polnischen Dörfern hier mit nur einem Sack auf dem Rücken angekommen waren anstatt mit Kisten voller teurer Möbel. Alles, was sie mitgebracht hatten, war ihr Bettzeug gewesen, ihre Sabbatleuchter und ihre beiden Sätze Geschirr, den einen für das Fleisch, den anderen für milchige Speisen. Und sie hatten sich auch nicht sofort in der Upper West Side niedergelassen. Sie hatten erst in die winzigen Mansarden und Kellerwohnungen der Lower East Side einziehen müssen. Sie hatten Jahre der Anstrengung und Bemühungen gebraucht, um sich ans Hudson-Ufer heraufzuarbeiten. Sie empfanden auch eine Dankesschuld ihren jüdischen Nachbarn gegenüber, die sie willkommen geheißen und sie beraten hatten, wie sie in dem neuen Land zurechtkommen konnten. Nun fingen sie an, den Neuankömmlingen alles übelzunehmen: ihre teuren Kleider, ihre Englischkenntnisse, ihren materiellen Wohlstand und vor allem ihre Weigerung, diejenigen, die sie fortgejagt hatten, zu beschuldigen, und ihre Verachtung für die jiddische Sprache und die jiddischen Bräuche.

Die jüdischen Lebensmittelhändler ärgerten sich über die Exilantenkunden, die um jeden Cent feilschten und die Waagen im Auge behielten, als erwarteten sie, beschummelt zu werden. Die koscheren Metzger waren wütend. »Wie finden Sie das – wir sind nicht koscher genug für diese *Yekes*!« beklagten sie sich, wenn sie ihre Messer an den Schleifsteinen wetzten.

Die Neuen sagten kein Wort zu ihrer Verteidigung. Sie hatten in ihrem alten Land jeden Kontakt mit den Ostjuden vermieden, und hier würden sie das auch tun. Sie blieben unter sich und schufen ihr eigenes kleines Reich.

Zuerst eröffnete Herr Gottlieb Reicher, der ehemalige Schweinemetzger aus München, seinen eigenen Metzgerladen in der Gegend. Das Geschäft war tadellos sauber und antiseptisch wie ein Operationssaal. Früher Besitzer einer Ladenkette für Schweinefleisch, die in ganz Deutschland bekannt war, ließ Herr Reicher nun in goldenen Lettern ein großes »Koscher« neben seinen Namen auf sein Schaufenster malen. Neben ihm im Laden stand sein Sohn, der Optometriker gewesen war und zur Arbeit seinen Arztkittel trug, das einzige, was ihm von seinem Beruf geblieben war.

Die Hausfrauen im Exil vergaßen für einen Augenblick ihre Sorgen, wenn sie, um ihre mageren Fleischportionen zu kaufen, in den chirurgisch sauberen Laden kamen und der ehemalige Optometriker sie bediente. Sie sprachen ihn mit Herr Doktor an, und er titulierte sie seinerseits, wie es ihnen zustand, und wußte noch ganz genau, wer Frau Direktor, wer Frau Professor und wer Frau Kommerzienrat gewesen war. An Hausfrauen, die keinen Titel aufzuweisen hatten, wandte er sich diplomatisch mit »gnädige Frau«. Die Frauen fürchteten nicht mehr, daß das Fleisch nicht koscher sein könnte, da Dr. Speier selbst, der ehemalige Rabbi der Berliner Synagoge, ihm auf einem deutsch geschriebenen Schild in Herrn Reichers Schaufenster seine vorbehaltslose Billigung gab. Und sie brauchten sich auch nicht wegen der Waage zu sorgen, da Herr Optiker Reicher ihre mageren Einkäufe mit wissenschaftlicher Präzision auswog.

Herrn Reichers Beispiel folgend, machte das Berliner Bühnenidol der leichten Muse, Leonard Lessauer, ein Café auf, das er Old Berlin nannte und wo man Kaffee mit Schlagsahne, Apfelkuchen und Bier mit Frankfurter Würstchen bekam und deutsche Zeitungen und Zeitschriften lesen konnte. Abends ging es im Old Berlin richtig hoch her, weil Herr Lessauer seinen alten Frack mit dem gestärkten Hemd anzog und kleine Szenen aus seinem Repertoire vortrug und vorspielte. Doch tagsüber konnte man da Stunden über einer Tasse Kaffee sitzen und sich Herr Doktor nennen lassen, ob man den Titel verdiente oder nicht.

Darauf eröffnete der ehemalige außerordentliche Professor Dr. Friedrich Kohn eine Reinigung, wo man seine Kleider bügeln lassen konnte, während man darauf wartete, wo Hüte auf Hutstöcken wieder in Form gebracht und Schuhe repariert und besohlt wurden. Dr. Friedrich Kohn war bei seinen Landsleuten beliebt, weil er drüben Philosophie gelehrt hatte und, vor allem, weil sein Vater der berühmte Kommerzienrat Kohn gewesen war, dem der Kaiser persönlich seinen Titel verliehen hatte. Er zog in seinem Kellerladen eine große Kundschaft an. Ganz wie sein verstorbener vornehmer Vater, der Studenten aus dem Osten unterstützt hatte, war der außerordentliche Professor Dr. Friedrich Kohn ein Modell des Anstands und trug sogar die weißen Koteletten, die ihn zum Abbild seines Vaters machten. Er bügelte mit ungeheurer Würde und las zwischen einem Schuh, den er besohlte, und dem nächsten mit seinen kurzsichtigen Augen in den griechischen und lateinischen Bänden, die er auf dem Regal neben den alten Schuhen stehen hatte.

Frau Doktor Klein, die Witwe Dr. Siegfried Kleins, des Herausgebers der beliebtesten satirischen Wochenschrift Deutschlands, von dem nur noch eine Aschenurne geblieben war, machte nun in ihrer Wohnung eine Schneiderwerkstatt auf, wo sie nicht nur neue Kleider nähte, sondern auch alte änderte. Ihre Kunden und Kundinnen brauchten ihre Armut vor ihr nicht zu verbergen, da sie alte Freunde waren und viele Erinnerungen teilten. Wenn sie in ihre Wohnung kamen, redeten sie wieder über die gute alte Zeit, richteten Grüße von den neuesten Ankömmlingen aus und vergossen ein paar Tränen über der Aschenurne, die einst Dr. Siegfried Klein gewesen war.

Ludwig Kadisch, Salomon Buraks Nachbar von der Landsberger Allee, konnte im neuen Land kein Geschäft eröffnen, weil er außer dem Eisernen Kreuz, das ihm für den Verlust eines Auges im Dienst des Vaterlands verliehen worden war, nichts, aber auch rein gar nichts hatte herüberretten können. Daher blieb ihm nichts anderes übrig, als in kleinen jüdischen Restaurants mit Krawatten hausieren zu gehen. Seine Töchter, die drüben ein chemisches Laboratorium geführt hatten, machten nun einen kleinen Kosmetiksalon auf, wo man sich für ein paar Cent maniküren und die Haare färben lassen konnte. Die Exilanten in mittleren Jahren färbten sich das Haar, um auf der Arbeitssuche ihr Alter zu verbergen, und dunkelhaarige jüdische Mädchen erblondeten, um Arbeitgeber, die etwas gegen ihren Glauben hatten, zu täuschen.

Nach einem Tag des Rennens und Rackerns, um sich in der riesigen freundlosen Stadt den Lebensunterhalt zu verdienen, kamen die Neuankömmlinge gerne im Old Berlin zusammen, wo sie, gemütlich unter sich, sehnsüchtig vom guten Leben drüben sprechen konnten. Hier konnte man immer die letzten Ankömmlinge treffen und die neuesten Nachrichten von zu Hause hören. Leise und verschwörerisch erkundigten sie sich nach Freunden und Bekannten, erfuhren, wer sich auf den Weg ins Ausland gemacht hatte, wer mitten in der Nacht geholt worden, wer gestorben und wer verschwunden war und nur eine Pappschachtel mit seiner Asche zurückgelassen hatte.

Die gleiche Isolierung praktizierten sie auch im Tempel Sha Mora, und nach und nach stellten sie die ganze Gemeinde. Zuerst errichteten sie eine unsichtbare Schranke zwischen sich und der Handvoll alter Gemeindemitglieder, die es noch gab. Wenn diese im echt jüdischen Geiste freundliche Annäherungsversuche machten, ließen die *Jeckes* sie abblitzen. Sie gaben einfach keine Antwort, wenn die alten Gemeindemitglieder auf die Herren der Neuen Ordnung drüben zu sprechen kamen – das war ein Thema, das sie nur unter sich diskutierten. Die anderen waren gekränkt, kamen sich in ihrer eigenen Synagoge wie Fremde vor und blieben bald ganz weg. Bevor noch Mr. Pitzeles begriff, was vorging, hatte er nicht einmal mehr ein Quorum der älteren Synagogenbesucher. Und als sie verschwunden waren, übernahmen die Neuankömmlinge die Verwaltung des Tempels. Sobald das letzte der früheren Gemeindemitglieder ausgetreten war, machten die Neuankömmlinge den Tempel Sha Mora zu einem genauen Duplikat ihrer alten Synagoge drüben. Sie wählten ihren eigenen Verwaltungsrat. Der erste, der ernannt wurde, war Herr Reicher, der nun berühmte Schweinemetzger. Dann änderten sie das Gebetsritual, um es ihrem von drüben gewohnten anzugleichen. Walter, der Hausmeister, schlug jetzt die Ankündigungen nicht nur auf englisch, sondern auch auf deutsch an, so daß jeder sie verstehen konnte. Danach forderten sie den berühmten Opernsänger Anton Karoly, der auch hier im Exil war, auf, Kantor im Tempel Sha Mora zu werden. Karoly, Sohn eines Kantors, hatte einen üppigen, gebleichten Haarschopf, trug einen breitrandigen Hut und ein Monokel und führte immer eine Brieftasche voll vergilbter Zeitungsausschnitte, Briefe alter Bewunderinnen und Haarlocken mit sich. Er stellte einen Chor zusammen und verrichtete seinen Dienst mit solcher Begeisterung, daß die Gemeinde ganz bezaubert war. Schließlich beriefen sie Dr. Speier zum neuen Rabbi des Tempels Sha Mora.

Immer noch kühl und aufrecht, mit seinem inzwischen vor Alter und Sorge ergrauten Spitzbärtchen, führte Dr. Speier keine einzige neue Note in die Predigten ein, die er in dem neuen Land hielt. Wie in den guten alten Tagen sprach er über Israel, über die Sendung der Kinder Abrahams, Isaaks und Jakobs und über die Gesetze und die Ethik der Thora, die Gott durch seinen Gesandten, Moses, offenbart hatte. Und wie in den guten alten Tagen zitierte er deutsche Schriftsteller und Philosophen und war so taktvoll, nicht ein einziges Mal die Umstände drüben zu erwähnen.

Die Frauen beteten ihn an, die Männer waren hingerissen. Selbst Ludwig Kadischs Glasauge funkelte bei Dr. Speiers Predigten wie belebt. Nach einer Woche der Demütigung, der Angst und der Mißerfolge war es gut, sich wieder in die alten Tage zurückversetzen zu können, als man auf dem Weg zu den Sabbatgottesdiensten gemächlich in Zylinder und Gehrock durch die Straßen Berlins spaziert war.

Es gab nur zwei Menschen im Tempel Sha Mora, die von der Gemeinde als Außenseiter angesehen wurden. Der eine war natürlich der ungarische Synagogendiener Mr. Pitzeles.

Nie, nicht einmal unter dem Kaiser, hatten die Gemeindemitglieder den ungarischen Juden etwas anderes als Geringschätzung entgegengebracht. Überdies war Mr. Pitzeles noch nicht einmal ein richtiger Ungar; er war ein verachteter Galizier. Viel näher fühlten sie sich Walter, dem Hausmeister, der schließlich Deutscher, also ein Landsmann, war. Daß ein Nichtjude, ein reiner Arier, als Angestellter für sie arbeitete, erfüllte sie nach den Jahren der Mißhandlung und Demütigung drüben mit perverser Befriedigung.

Der zweite Außenseiter, mit dem sie sich abfinden mußten, war Salomon Burak, der nicht nur im Verwaltungsrat des Tempels saß, sondern sogar dessen Vorsitzender war.

Sie mußten ihn tolerieren, weil er sich im neuen Land so schnell heraufgearbeitet hatte, daß er als einziger in der Lage war, dem Tempel großzügige Zuwendungen zu machen. Außerdem waren die meisten Mitglieder der Gemeinde Salomon Burak wegen Geld, das er ihnen geliehen hatte, oder den Waren, die er ihnen zum Hausieren zur Verfügung stellte, verpflichtet.

Wie ihre Vorfahren, die als Hausierer mit ihrem Packen auf dem Rücken nach Deutschland gekommen waren, kehrten die Neuankömmlinge nun zu dem alten Beruf des entwurzelten Juden zurück und unterwarfen sich dem Hohn und der Verachtung der nichtjüdischen Welt. Der einzige Unterschied war, daß sie jetzt Koffer statt Hausierertragen mit sich führten, aber immer noch wurden ihnen die Türen vor der Nase zugeschlagen, und die empörten Ortsansässigen konnten immer noch ihre eigenen Enttäuschungen an diesen komischen, feierlichen Fremden mit ihren seltsam geschnittenen, bodenlangen Mänteln und ihrem überkorrekten Englisch auslassen. Nach den Jahren des Wohlstands, des Erfolgs und der Verachtung für Leute wie Burak sahen sich die hochmütigen Berliner nun gezwungen, eben diesen Parvenü aufzusuchen, sich bei ihm einzuschmeicheln und ihn sogar zum Vorsitzenden des Tempels zu wählen.

Er war unter den ersten gewesen, die ins neue Land ausgewandert waren. Als die gestiefelten Jungmänner ihm immer öfter ihre gewohnheitsmäßigen Besuche abstatteten, ihn belästigten und dauernd neue Leute schickten, die er bestechen mußte, beschloß Salomon Burak, wegzugehen, solange noch Zeit war. Seine Nachbarn, die Deutschen, vor allem Ludwig Kadisch, waren fest davon überzeugt, daß sich die Lage bald wieder bessern würde, weil das Vaterland ein solches Übel nicht lange zulassen könne. Nein, sie waren nicht bereit, ihr Geburtsland nur wegen einer vorübergehenden Unannehmlichkeit zu verlassen. Aber niemand konnte Salomon Burak von seinem Entschluß abbringen. Er hatte keine Illusionen über sein Deutschtum, und er konnte die Situation mit der Objektivität eines Außenseiters beurteilen. Wie er instinktiv die richtige Zeit erkannt hatte, um nach Deutschland zu kommen, so wußte er jetzt, daß es Zeit war, fortzuziehen. Mit allen möglichen Kniffen und Bestechungen verschaffte er sich die notwendigen Papiere für sich und seine Familie, packte so viel von seinem Warenlager ein wie möglich und besorgte für sich und seine Frau, seine Kinder, Schwiegersöhne und -töchter und Enkel Schiffspassagen nach Amerika.

In dem neuen Land, in das er sich auf den ersten Blick verliebte, kehrte er zu seiner ersten Beschäftigung, dem Hausieren, zurück, genau wie damals in Deutschland, als er aus Melnitz herübergekommen war. Wieder stopfte er seine Koffer mit allen möglichen Waren voll, um die Damen in Versuchung zu bringen, und zog aus, um seinen Lebensunterhalt zu verdienen. Doch statt über Landstraßen zu ziehen, wandte er sich instinktiv dem jüdischen Bezirk in der Nähe des East River zu.

Jetta Burak weinte bitterlich, als sie ihren Mann mit einem prallgefüllten Koffer in jeder Hand auf die Straße hinausgehen sah. »Daß ich das noch erleben muß!« jammerte sie. »*Oy*, Schlomele!«

»Jedenfalls habe ich immer noch, was ich aus Melnitz gebracht habe«, sagte er gelassen, »und jetzt laß uns nur noch Glück und Reichtum haben!«

Ganz wie in seinen jüngeren Jahren legte er es nicht, wie andere Exilantenhausierer, auf Mitleid an, jammerte oder flehte nicht, sondern witzelte und scherzte statt dessen und unterhielt und amüsierte die Hausfrauen. In einem Gemisch aus Deutsch, Jiddisch, Polnisch und den ersten englischen Wörtern, die er auf der Straße aufgelesen hatte, verführte er die Frauen mit seinen Sonderangeboten, bis sie nicht länger widerstehen konnten. »Ein Dukatchen mehr, ein Dukatchen weniger, leben und leben lassen, *Missus*«, sagte er und schlug mit seiner flachen Hand gegen die Handfläche der Kundin zum Zeichen, daß der Kauf perfekt war.

Die Frauen hatten an ihren Schnäppchen fast so viel Spaß wie an seiner unfehlbaren Munterkeit, seinen amüsanten Aussprüchen und gedrechselten Komplimenten. Sie lachten, aber sie waren auch geschmeichelt, wenn er ihnen versicherte, wie schön sie in seinen angebotenen Waren aussehen würden, so reizvoll, daß die Männer um sie herumschwärmen würden wie Bienen um Honig. Schon am ersten Abend kam Salomon Burak mit leeren Koffern und einer Hosentasche voller Geld nach Hause. Auf dem Heimweg kaufte er alle möglichen Leckereien – saure Gürkchen, Zwiebelbrötchen, Knoblauchsalami, Paprikaschoten und geräucherten Hering – und stellte sie auf den Tisch der winzigen, überfüllten Wohnung, die hauptsächlich mit Waren vollgepackt war. Obwohl ihm vom vielen Herumlaufen, vom Schleppen der schweren Koffer und vom Treppensteigen alle Knochen weh taten, äußerte er kein einziges Wort der Klage gegenüber Jetta und seiner Familie. »Eine Plage soll über die Feinde Israels kommen, die nie so feine Sachen genießen werden, wie Salomon Burak hier hat«, scherzte er. »Laß doch deine Nase nicht so hängen, Jettele, denn sonst nehme ich mir eine neue *Missus*, und du kannst sehen, wo du bleibst ohne Mann oder ohne Nase.«

Jetta seufzte. »Du hast doch immer nur Unsinn im Kopf, Schlomele«, sagte sie. »Aber mir ist nicht nach Lachen zumute.«

»Die Feinde Israels werden den Tag nicht erleben, an dem Salomon Burak weint«, erklärte er grimmig. »Du wirst wieder hinter einer Ladenkasse stehen und Geld einnehmen wie in den alten Tagen. Das verspreche ich dir, Jetta, Schetzele!«

Und wie gewöhnlich hielt er sein Versprechen.

Nach mehreren Wochen des Herumstreifens, in denen er den Rhythmus der Stadt, ihre Vorlieben und Abneigungen, ihren Handel und Wandel, ihre Sprache und ihre Gebräuche in sich aufgenommen hatte, stellte Salomon Burak seine Koffer weg und kaufte sich eine Schubkarre.

»*Ladies, Misses* und *Missises*«, brüllte er durch die Orchard Street, und weiter in saftigem Melnitzer Jiddisch, garniert mit Berlinerisch und gekrönt mit einem Hauch East-Side-Englisch: »Ja, ich hab' sie. Sonderangebote. Gelegenheiten, Gelegenheiten, Gelegenheiten. Sie sind schön, sie sind koscher, sie sind billiger als Borscht ... Greifen Sie zu, bevor es zu spät ist, gleich sind sie weg, alles ratzeputze finished! Lassen Sie sich das nicht entgehen ... Kommen Sie, dalli, dalli dalli!«

Die anderen Hausierer versuchten, das *chuzpatige* Greenhorn aus der Straße zu vertreiben, aber Salomon Burak war keiner, der sich herumstoßen ließ. Witzelnd, kabbelnd, bittend, ja, im Notfall sogar von seinen Fäusten Gebrauch machend, verteidigte er seine Rechte und machte flotte Geschäfte. Wenn der Verkauf auf sich warten ließ, fing er an, Rache auf die Feinde Israels herabzubeschwören und beschimpfte sie mit so saftigen Flüchen, daß seine Kunden und sogar die anderen Hausierer einfach lachen mußten. Aber am meisten genoß Salomon Burak, dessen größtes Vergnügen es war, mit seinen Feinden abzurechnen, es selbst.

»Hey da, Madamele, kleine Lady, Missus, mögen die Antisemiten tausend verschiedene Tode sterben. Kaufen Sie meine Gelegenheiten, alles billig und hübsch, die Pest auf alle Hamans, Amen!« rief er in aufgesetzt frommem Singsang.

Als er sich an das amerikanische Geschäftsleben gewöhnt und einige hundert der wichtigsten Slangwörter gelernt hatte, ließ er die Schubkarre stehen und kaufte ein Auto, ein verbeultes Wrack, das aber irgendwie noch lief. Wenn es fuhr, klapperten seine sämtlichen Teile im Takt mit dem Motor mit, die losen Kotflügel, die wackelnde Stoßstange und das hüpfende Auspuffrohr. Als er seine Fahrprüfung machte, übertrat Salomon Burak so gut wie jede Verkehrsregel, aber er zwinkerte dem Fahrprüfer in seiner Lederjacke zu und äußerte seine Empörung über die armseligen Gehälter, die Angestellte im öffentlichen Dienst bezögen, und schaffte es irgendwie, seinen Führerschein zu erhalten. Er strich das Wrack gallengrün an und verkündete darauf in knallroten Lettern aller Welt, daß dieses Gefährt Salomon Buraks Berliner Diskontgeschäft enthalte. Er belud den Wagen mit seinen ausgesuchtesten Waren und fuhr los in die Catskill Mountains. Er hielt an jedem Hotel, vom größten bis zum kleinsten, und machte fast bei allen diesen Stationen Geschäfte. Mit jugendlicher Vitalität, die seine Jahre Lügen strafte, in seinen auffälligen Anzügen und mit diamantener Krawattennadel und Fingerringen, raste er mit einer Geschwindigkeit von sechzig und siebzig Meilen in der Stunde über Highways und Viehpfade, und das Geklapper seiner alten Mühle wurde nur noch durch seine Stimme übertönt, die bei jeder Häusersiedlung seine Waren anpries.

»Ein Dukatchen mehr, ein Dukatchen weniger, leben und leben lassen«, verkündete er, packte schnell seine Waren aus, zählte das Geld, ließ ein paar gut ausgesuchte Witze steigen und fuhr weiter zum nächsten Ort.

Nach kurzer Zeit vertauschte er sein Wrack mit einem besseren Wagen, machte einen winzigen Laden in der Lower East Side auf und legte ein Sortiment billiger Waren an von der Art, die auf der Landsberger Allee so großen Erfolg gehabt hatte. Wie in Berlin hatte er auch hier eine unfehlbare Nase für Gelegenheitskäufe – Restposten, Bestände aus Feuersbrünsten und Konkursen, alle möglichen Güter zweiter und dritter Wahl. Wie in Berlin befreundete er sich schnell mit den Großhändlern und Schiebern, akzeptierte Zigarren, verteilte Zigarren, und ließ sich kein Geschäft entgehen. Wieder fing er an, auf Kredit und Ratenzahlung zu verkaufen. Er hatte Jetta vesprochen, daß sie wieder hinter einer Ladenkasse stehen würde, und in wenigen kurzen Monaten machte er sein Versprechen wahr. Sobald er ein paar Dollar Überschuß verdient hatte, begann er, seine und Jettas Verwandte herüberzuholen, genau wie er sie von Melnitz nach Berlin geholt hatte. Wenn sie ankamen, schickte er sie zum Hausieren oder zum Eintreiben der Raten aus. Als das Geschäft blühte, holte er noch mehr Angehörige und unterschrieb die eidlichen Erklärungen, daß er ihnen eine Anstellung bieten konnte. Bald zog er mit seinem Geschäft in ein größeres Lokal in der Upper West Side um und mietete gleichzeitig eine geräumige Wohnung, die in allem der alten in der Landsberger Allee glich.

Wieder stand bei den Buraks das Haus allen Freunden, Verwandten, Fremden und Bekannten offen, jedem, der finanzielle Unterstützung oder auch nur ein Wort des Trostes brauchte. Wieder schliefen überall Gäste, auf Sesseln und Sofas, auf Tischen und auf dem Fußboden, überall, wo ein paar Quadratzentimeter Platz war. Den ganzen Tag lang wurde in der Küche Essen zubereitet, und die zuletzt angekommenen Verwandten kochten gefillte Fisch, machten Konserven ein, buken die heimatlichen Mandelplätzchen, Bagel und Strudel und tischten Nudeln und Fischbrühe auf. Wieder schmetterte das Grammophon religiöse Gesänge und lustige Theatermelodien. Einwanderer kamen auf einen Tag und blieben Wochen. Wieder nannte Salomon seine Wohnung Hotel de la Wanze, aber genau wie früher nur zum Spaß, nicht ärgerlich. Er half jedem, der ihn darum bat, und setzte in allen Dingen das Leben fort, das er in Berlin aufgegeben hatte.

Doch nun waren diejenigen, die sich hilfesuchend an ihn wandten, nicht die Einwohner des Scheunenviertels, sondern die früheren Bankiers, Kaufleute, Barone und Säulen der Westberliner jüdischen Gemeinde. Sie kamen zu ihm, obwohl sie ihn verachteten. Einer der ersten, der ihn um einen Gefallen anging, war sein früherer Nachbar und Konkurrent Ludwig Kadisch, der um Waren auf Kredit bat. Die anderen folgten bald. Salomon Burak schickte keinen weg. Er gab Kredit, verlieh ohne Zinsen Geld, stellte ihnen seine ausgesuchtesten Waren zur Verfügung, bürgte für sie und half ihnen, ihre Verwandten ins Land zu holen.

Als Vorsitzender des Tempels Sha Mora genoß er es, die traditionellen Sabbatgrüße von seinen Gemeindebrüdern entgegenzunehmen. Er wußte, er würde viel Zeit und Geld sparen, wenn er sich eine andere Gemeinde suchen würde, aber es war ihm jeden Aufwand wert, so von den arroganten Westberliner Aristokraten geehrt zu werden.

Er war der einzige, der Mr. Pitzeles verteidigte, wenn die anderen den Synagogendiener geringschätzig behandelten. Er erlaubte dem Synagogendiener nicht einmal, ihn in seinem gebrochenen Deutsch anzureden, wenn er zu ihm nach Hause kam, um Angelegenheiten des Tempels zu besprechen.

»Jiddisch, Mr. Pitzeles, gutes altes Jiddisch, wenn Sie mit mir sprechen«, forderte er ihn auf und schenkte dem Synagogendiener ein Glas des Passah-Sliwowitz ein, den er gern das ganze Jahr durch trank. »Wir sind von der gleichen Art, Sie und ich, wir verstehen einander.«

Mr. Pitzeles sah seinen Arbeitgeber dankbar an und schüttete ihm dann sein Herz aus. Er sah sein Auskommen gefährdet, weil einige der Neuankömmlinge scharf auf seine Stelle waren. Am meisten fürchtete er den bekannten Berliner Heiratsvermittler, den falschen Dr. Lippman.

Dr. Lippman hatte im neuen Land nicht das geringste an seinem Aufzug verändert, zum großen Vergnügen der Straßenbengel, die mit Wonne Steine nach seinem grünen Seidenzylinder warfen, den er zu jeder Gelegenheit trug. Doch es war aussichtslos, hier vom Heiratsvermitteln zu leben, und Dr. Lippman hielt jedesmal, wenn Mr. Pitzeles Name fiel, eine flammende Rede vor seinen Exilgenossen. »Es ist einfach unerhört, daß ein lausiger Galizier so eine schöne Stelle behält, während ein Mann in meiner Position verhungert!« wütete er. »Eine verdammte Schande ist das!«

Er begann eine wahre Kampagne zu führen, um sich in Mr. Pitzeles Domäne einzuschmuggeln. Er kritisierte seine Methoden, behinderte ihn in der Ausübung seiner Pflichten, mischte sich in Gemeindeangelegenheiten ein und ließ sich Visitenkarten drucken, die ihn zusätzlich zum »Doktor« auch als »Reverend« Lippman auswiesen. Und überall heftete er sich an Salomon Burak, wischte ihm ein Stäubchen vom Jackett, half ihm in den Mantel und schmeichelte ihm unverschämt bei jeder Gelegenheit. »Sie sind unser Beschützer und unser Vater, lieber Herr Vorsitzender. Erst Gott und dann Sie, Herr Doktor Vorsitzender.«

»Ich bin kein Doktor, Herr Lippman«, sagte Salomon Burak dann, der sich über Lippmans Methoden köstlich amüsierte.

»Oh, doch, das sind Sie! Ein Doktor und ein Baron«, widersprach Dr. Lippman. »Ein vom Himmel gesandter Engel sind Sie ...«

Mr. Pitzeles fürchtete, daß Dr. Lippman schließlich die

Gemeinde überreden könnte, ihn zum neuen Synagogendiener des Tempels Sha Mora zu machen. Aber Salomon Burak schlug Mr. Pitzeles auf die gebeugte Schulter, die so viel Sorge ausdrückte, und sagte ihm, er solle sich keine Gedanken machen. »Lassen Sie sich doch durch diese *Jeckes* nicht beunruhigen! So lange ich der Vorsitzende dieser Synagoge bin, sollen die Ihnen auch nicht ein einziges Härchen Ihres Bartes krümmen, oder mein Name ist nicht Salomon Burak, hier ist meine Hand darauf!«

34

Eine glühende Sonne bestrahlte das New Yorker Hafenviertel, aus dem die scharfen Gerüche von Fisch, siedendem Pech und verfaultem Gemüse aufstiegen.

Die Türme der Wolkenkratzer glitzerten in einem Himmel aus geschmolzenem Silber. Die schwarzen Hafenarbeiter hatten ihre Hemden abgelegt, und die Muskeln ihrer Arme und Rücken glänzten feucht. Der Asphalt bebte unter den riesigen Lastwagen, die laut rumpelnd und mit knallenden Auspuffgeräuschen vorüberfuhren. Sie keuchten und pufften wie wild und stießen Wolken von Rauch und Ruß aus. Aus der Ferne klang das Rattern der Hochbahnen herüber, durchsetzt mit dem schrillen Kreischen der Räder, wenn die Züge auf den Schienen in die Kurven rasten. Der Lärm des Verkehrs, der unablässig über die Brücken polterte, dröhnte ohrenbetäubend. Hafenarbeiter, Passagiere, Seeleute, Hafenbeamte, Polizisten, Boten und Taxifahrer liefen schimpfend, schwitzend und einander stoßend durcheinander. Plötzlich wehte ein Windstoß vom Fluß herüber. Er fuhr in die drückende Schwüle, wirbelte Staub und Papierschnitzel in schweißtropfende Gesichter, und legte sich so unerwartet wieder, wie er gekommen war. Wieder umhüllte die Feuchtigkeit die müden Körper der Menschen wie ein nasses klebriges Handtuch, kroch ihnen unter die Haut und machte das Atmen und Gehen zu einer Anstrengung. Wie eine riesige Flutwelle übergoß sie die Familie Karnovski, die nach zehn Tagen kühler Ozeansluft unvermittelt in dem siedenden Tumult des New Yorker Hafens gelandet war. Die grünen Landekarten weichten in ihren Händen sofort zu feuchten Lappen auf.

Das erste, was David Karnovski tat, war, sich die Hände an einem Trinkbrunnen zu befeuchten und das neue Land zu segnen, in das Gott ihn und die Seinen geführt hatte.

Dr. Karnovski nahm seinen Hut ab und ließ langsam den Blick über das Panorama vor ihm schweifen, von den funkelnden Spitzen der Wolkenkratzer bis zu dem schmelzenden Asphalt zu seinen Füßen. Behutsam tastete er mit seiner Schuhspitze den Boden ab, als wollte er sich seiner Festigkeit vergewissern. Plötzlich ergriff er Thereses Arm und schlenderte mit ihr ein Stück am Hafen entlang. Niemand schenkte dem großen, schwarzhaarigen Mann und der blassen, blonden Frau an seiner Seite auch nur einen Blick. Schon allein der Gedanke, daß er sich unbelästigt mit seiner Frau in der Öffentlichkeit zeigen konnte, erfüllte Dr. Karnovski mit überschäumender Freude.

»Therese! Das ist Amerika!« rief er frohlockend und deutete mit einer triumphierenden Geste auf die häßliche Hafengegend. »Bist du denn nicht wenigstens ein kleines bißchen glücklich?« Er umarmte sie und küßte sie.

»Doch, Georg«, sagte sie verlegen über so eine Demonstration in der Öffentlichkeit.

Dr. Karnovski versuchte, seinen Sohn in seine Begeisterung einzubeziehen. »Also, Junge, da sind wir endlich!« sagte er und tippte ihm spielerisch ans Kinn. »Ist es nicht großartig?«

Jegor verzog das Gesicht. »Ach, was für eine eklige Hitze!« klagte er und wischte sich verächtlich die Stirn.

Wie die meisten Jungen haßte er es, wenn sein Vater sich so würdelos benahm, und noch weniger gern sah er es, wenn er seine Mutter küßte, dazu noch vor allen Leuten! Er konnte wirklich nicht verstehen, wieso sein Vater so freudig erregt über ein Land war, das bloß heiß, schmutzig und lärmend zu sein schien und voll Schwarzer in allen Schattierungen und anderer rassisch Minderwertiger.

Er hatte es schon verabscheut, bevor noch das Schiff in den Hafen eingelaufen war, obwohl der erste Anblick seiner neuen Heimat von der Schiffsreling aus ganz schön gewesen war. Die hochragenden Gebäude schienen aus Silber gemacht und schimmerten in zauberischem Glanz. Seemöwen schwirrten wie glänzende Metallsplitter über den Himmel, und die majestätische Freiheitsstatue schien von ihrer erhobenen Fackel Lichtstrahlen auszusenden. Aber das Land, auf das sie ausgeschifft wurden, hatte wenig Ähnlichkeit mit den glitzernden Türmen darüber. Es war weich vor lauter Hitze, glitschig und mit Abfällen übersät – Bananenschalen, Zigarrenstummeln, Bonbonpapieren und Dosen. Die Luft war schwer und feucht wie ein Spüllappen. Zeitungen und Reklamezettel hefteten sich an ihre Beine, und wenn man sie abgeschüttelt hatte, flogen sie wie in wilder Besessenheit auf, um sich auf den nächsten Passanten zu stürzen. Aber noch schlimmer als der Boden waren die Leute, die darüber hinwegtrampelten, darauf spuckten und mit einer Gleichgültigkeit den Unrat vermehrten, die Jegors teutonischen Ordnungssinn verstörte.

Halbnackte Hafenarbeiter aller Farben schrien, fluchten, stritten und warfen überall Zigarettenkippen hin. Lastwagenfahrer luden ihre Wagen aus und stießen jeden beiseite, der ihnen im Weg war, ohne auch nur einen Hauch der Unterwürfigkeit zu zeigen, mit der Arbeiter drüben Leuten von Stand begegneten. Die Zöllner trugen schlampige Uniformen und legten überhaupt nicht die Würde an den Tag, die von uniformierten Beamten zu erwarten gewesen wäre. Jegor hatte es bereits geschafft, sich während der kurzen Untersuchung nach der Landung mit einem von ihnen anzulegen. Der Inspektor, dessen Uniform wegen der Hitze am Hals aufgeknöpft war, fragte nach Jegors Namen, Alter,

Herkunftsland und Religion. In seinem stockenden Englisch, das er in der Schule gelernt hatte, teilte ihm Jegor mit, er sei ein Holbeck und Protestant. Doch der schwitzende, schwarzhaarige Inspektor erwiderte in einem Deutsch, das eher Jiddisch war, seinen Papieren zufolge sei Jegors Name Karnovski, und er sei Jude. Er stempelte die Papiere und forderte Jegor auf weiterzugehen. »Der nächste!« sagte er barsch. »Der nächste!«

Die Hafenarbeiter, die ihnen das Gepäck trugen, verstanden kein Wort von Jegors Englisch und Jegor kein Wort von ihnen. Zu seiner Gereiztheit kam noch, daß er auf einen Kaugummi getreten war, der ihm nun an der Schuhsohle klebte und sich trotz aller seiner Bemühungen nicht abstreifen ließ. »Verdammtes dreckiges Loch!« schrie er, Onkel Hugos Beschreibung der fremden Länder, die er während des Kriegs gesehen hatte, nachahmend.

Sobald die Landungsformalitäten erledigt waren, wurden die Karnovskis von Leas Bruder, Onkel Haskell Milner, in Empfang genommen. Klein, gebeugt und lebhaft, stürzte er seiner Schwester entgegen, die er seit ihrer Kindheit nicht mehr gesehen hatte, und umarmte sie herzlich. »Lea! Lea! Erkennst du mich wieder?« rief er.

Ohne Leas Antwort abzuwarten, lief er zu David, schüttelte ihm kräftig die Hand, küßte ihn, küßte seinen Sohn Georg und selbst Therese. »Ist das deine Tochter?« fragte er Lea, nachdem er die fremde Frau geküßt hatte.

»Nein, Haskell, das ist unsere Schwiegertochter, Therese, und das ist mein Enkelsohn.«

»Eine Schwiegertochter ist auch eine Tochter«, meinte Onkel Haskell und hielt Jegor seine Wange zum Küssen hin.

»Wie heißt du, Junge?« fragte er auf seine rasche Art. »Hier nennt man mich Harry. In Melnitz habe ich Haskell geheißen, aber hier bin ich Harry, dein Onkel Harry.«

Jegor küßte die schrumpelige Wange nicht, die der kleine Jude ihm entgegenreckte. Er wollte auch nicht zugeben, daß er das Kauderwelsch der Altkleiderhändler von der

Dragonerstraße verstand. Nach einem Onkel wie Hugo Holbeck war dieser lächerliche Zwerg eine Zumutung.

»Ich verstehe nicht!« sagte er steif und mit unverhohlener Feindseligkeit.

»Aha, mit dem da muß man Deutsch sprechen!« sagte Onkel Harry gelassen und lachte mit gutmütigem Spott. »*All right*, Mr. Deutsch, dann soll es also Deutsch sein – Was ist dein Name, Herr Deutsch?«

»Joachim Georg«, antwortete Jegor überdeutlich, um auf das schreckliche Deutsch des kleinen Juden aufmerksam zu machen.

Onkel Harry winkte ab. »Zu lang für Amerika! Hier hat man gern alles schnell und praktisch!«

So rasch, wie er sprach, so hastig fuhr er jetzt mit seinem staubigen Chevrolet vor und riß die Tür auf. »Rein mit euch!« sagte er ohne Umschweife.

Außen starrte der Wagen vor Schmutz, innen war er voller Schraubenzieher, Stemmeisen, Richtscheite, Lappen, Pappschachteln und Farbdosen. Jegor zögerte, sich in dieses Chaos hineinzusetzen – verdammt wollte er sein, wenn er diesem angeblichen »Onkel« die Dinge leichtmachte. Doch Onkel Harry rannte um den Wagen herum zu ihm und bugsierte ihn mit der Geschicklichkeit eines Untergrundbahnschaffners während der Hauptverkehrszeit hinein.

»Das sind meine Arbeitsgeräte«, erklärte er. »Ich bin Bauunternehmer. Manchmal baue ich Häuser, manchmal demoliere ich sie. Manchmal, könnte ich sagen, demolieren sie mich ... hi, hi, hi.«

Und so redete er unentwegt weiter, in einer Mischung aus Jiddisch, Polnisch, Russisch und Deutsch. Lea schalt ihn aus. Warum habe er in all diesen Jahren nie geschrieben? Sie war auch über seine Größe verblüfft. Sie erinnerte ihn als groß und kräftig. Dieses verschrumpelte, ältliche Männchen gemahnte sie an ihr eigenes fortgeschrittenes Alter. »Oy, Haskell, Haskell, Haskell«, stöhnte sie. »Ich erkenne dich überhaupt nicht wieder! Warum hast du nicht wenigstens ein Bild von dir geschickt?«

»Hatte nie die Zeit dazu, Lea, nie Zeit«, erklärte er, während er den Wagen durch den turbulenten Stadtverkehr steuerte.

Beim Fahren sprach er von den Jahren, die seit damals vergangen waren, als er, um nicht in die Armee des Zaren eingezogen zu werden, Melnitz verlassen hatte. Was er alles erlebt habe! Er habe Häuser angestrichen, sich selbständig gemacht und Leute angestellt, die für ihn anstrichen. Er habe es zum Häuserbauen und Häuserabreißen gebracht. Er habe Grund und Boden gekauft und sei vermögend geworden. Im Krieg habe er Tausende verdient, dann habe er im Börsenkrach alles verloren und gedacht, er müsse wieder von vorn mit dem Anstreichen anfangen, aber Gott sei gut zu ihm gewesen, und sein Glück habe sich wieder gewendet. Jetzt baue und demoliere er wieder und habe schlecht und recht ein Auskommen.

Er erzählte von seinen Kindern und Enkelkindern. Er fragte Lea nach ihr und ihrer Familie aus. Bevor sie auf seine erste Frage antworten konnte, stellte er schon eine zweite und dritte. Es lohne sich nicht, sich Sorgen zu machen, sagte er. Er sei oben und unten gewesen, reich und arm. Er habe teure Limousinen besessen, jetzt fahre er diese alte Mühle. Aber das sei kein Grund zum Klagen, solange man noch seine Gesundheit habe. Und die ganze Zeit, während er redete, unterließ Onkel Harry es auch nicht, das Loblied New Yorks zu singen.

»Glaubt ihr etwa, es sei immer so gewesen?« fragte er, ohne eine Antwort abzuwarten. »Nein, Kinderchen. Als ich hier als ein Greenhorn angekommen bin, war die Hälfte von alledem noch nicht da. Das haben wir später gebaut. Ein nettes Schtetl, dieses New York, was?«

Seine Augen leuchteten, als er auf die Metropole blickte, die vor seinen Augen gewachsen war wie ein gut genährtes Kind. Er liebte nicht nur die Häuser, die er selbst hochgezogen hatte, sondern das ganze Betongeflecht der sich ausbreitenden Riesenstadt.

»Siehst du die Brücke dort, Junge?« fragte er, Jegor mit seinem spitzen Ellbogen einen Rippenstoß versetzend. »Die wurde gerade gebaut, als ich gekommen bin. Das ist eine Brücke, he? Schau doch ...«

Jegor interessierte sich nicht für die Brücke, die Straßen oder die Häuser. Obwohl sie jetzt durch einen sauberen, wohlsituierten Bezirk fuhren, empfand er für die Stadt nur Verachtung. Daß Onkel Harry sie liebte und stolz drauf war, steigerte seine Abneigung nur noch. »So, so«, sagte er und schnalzte gönnerhaft mit der Zunge über Onkel Harrys Begeisterung, wie ein Erwachsener es einem Kind gegenüber tut.

Dr. Karnovski sah, daß Jegors Sarkasmus zu deutlich wurde, und zupfte ihn mahnend am Ärmel.

Aber Jegor spielte den Ahnungslosen. »Was ist denn?« fragte er laut, sich völlig bewußt, daß sein Vater keine Aufmerksamkeit erregen wollte.

Als Onkel Harry in eine offensichtlich jüdische Wohngegend einbog, fing Jegor an zu schnüffeln, die Nase zu rümpfen und betont zu husten. Die sonnenglühenden Straßen waren voller Metzgereien, an deren Auslagen Schilder stolz verkündeten, daß das Fleisch drinnen streng koscher sei, und gemalte Hühnchen fröhlich zur Schlachtbank marschierten. Synagogen, koschere Restaurants, schäbige Kinos, Delikatessenläden, Beerdigungsinstitute, Obst- und Gemüsegeschäfte mit Ständen draußen, Jeschiwaschulen mit großen hebräischen Aufschriften, Bäckereien, Tankstellen, Friseursalons, Grabsteinhändler – alles war in einem schreienden Mischmasch bunt durcheinandergewürfelt. Firmenschilder von Rechtsanwälten, Heiratsvermittlern, Rabbis, Dentisten, Ärzten, Beschneidern und Speisen- und Getränkelieferanten waren überall an Erdgeschoßfenstern und Haustüren angebracht, und von allen Seiten erdröhnten Radios. Auf den Bürgersteigen, hinter parkenden Autos jeder Sorte, Form und Farbe, standen in Gruppen dunkelhaarige junge Mütter mit Kindern und Kinderwagen zusammen und redeten, lachten und wiegten ihre Kleinen. Auf jeder Veranda saß eine Schar dicker Frauen, die sich unterhielten, aßen, sich fächelten, in der Hitze japsten und ihre Kinder riefen, die unbekümmert im Rinnstein spielten.

»Sammy! Sylvia! Milty! Abe!« schrien sie jedesmal, wenn ein Wagen sich dem Kinderhaufen näherte.

An Balkonen, Feuerleitern, Mansarden- und Wohnungsfenstern hingen Wäscheleinen mit vergrauter, nasser Wäsche. Eine gelegentliche Brise vom Ozean spielte der voluminösen Damenunterbekleidung böse mit, blies mutwillig Schlüpfer auf und zauste Hemden, Büstenhalter, Badeanzüge und Hüftgürtel. Jungen und Mädchen lungerten an den Straßenecken vor den Süßwarenläden herum, aßen Eis, rauchten, trieben Unfug und lachten. Im Rinnstein warfen jüngere Buben mit nackten Oberkörpern oder in zerrissenen Baumwolleibchen treffsicher Bälle, schlugen mit abgeschnittenen Besenstielen danach und stritten sich dabei die ganze Zeit heftig. Sie fürchteten nichts – kein Auto, keinen Lastwagen, keine Macht oder Autorität. Gelangweilte Polizisten lehnten verzweifelt gähnend und sich kratzend an Laternenpfählen. Der Lärm, die Hitze, die betenden, singenden, streitenden und schreienden Stimmen, die flatternde Wäsche, die dröhnenden Automotoren, die knarrenden Metallschilder, der Staub und die Papierschnitzel, die durch die Luft flogen, alles vermischte sich zu einem gewaltigen, mißtönenden Wirbel von Leben, Bewegung und Kraft. David Karnovskis Augen funkelten. Die pulsierende, offene Jüdischheit der Straße erfüllte ihn mit Freude und weckte in ihm wieder lang erstickte Gefühle der Hoffnung und des Stolzes. »Sieh doch, Lea! Juden, eine Welt von Juden!« rief er aufgeregt wie ein lange verirrter Wanderer, der nach Hause gekommen ist.

»Möge der böse Blick sie verschonen!« sprach sie fromm.

Dr. Karnovski war entsetzt über die Unordnung, die

Enge, die Schlampigkeit des Viertels. Es war ihm nicht nur fremd, er fand es – er schämte sich, sich das einzugestehen – sogar abstoßend. Doch nach all den Jahren des vorsichtigen Verhaltens, der Angst und Unterdrückung war es eine Erleichterung, Menschen zu sehen, die sich gelassen und ungehemmt auf der Straße bewegten. Er lehnte seinen breiten Oberkörper zurück und atmete in der heißen, stickigen Luft zum erstenmal seit Jahren wieder tief und frei. »Schau, Therese, ist das nicht gut?« fragte er seine Frau, die mit großen ängstlichen Augen um sich blickte.

Er konnte es kaum erwarten, seinen Sohn auf diese Freiheit aufmerksam zu machen, ihm zu helfen, sich von der Krankheit zu befreien, die ihn fast zerstört hatte.

»Wie findest du das alles?« fragte er bewegt.

»Eine einzige große Dragonerstraße«, sagte Jegor. Wie ein befreiter Gefangener, der sich nach der Sicherheit des Gefängnisses zurücksehnt, war er entsetzt über diese Leute, die ihr Judentum zur Schau stellten, statt es als das schändliche Gebrechen, das es doch war, zu verbergen. Für ihn war das wie die Schamlosigkeit eines Krüppels, der den unversehrten Menschen seinen Stumpf ins Gesicht hält. Er fand es schlimm, daß sie so gar keinen Anstand zu kennen schienen. Niemand, nicht einmal der reinrassigste Arier, hätte es drüben gewagt, sich so ungeniert zu benehmen.

Seine Empfindungen angesichts dieser ordinären Leute waren gemischt. Seine Holbeck-Seite wollte nichts mit ihnen zu tun haben; seine Karnovski-Seite verursachte ihm Schuld- und Schamgefühle, als benähme sich ein besonders widerwärtiger Verwandter von ihm in aller Öffentlichkeit anstößig. Er versuchte gleichgültig zu bleiben, aber er konnte es nicht. Ihre Schande war seine Schande; ihre Entstellung seine Entstellung; ihre Minderwertigkeit seine eigene.

Völlig geschlagen fühlte er sich, als Onkel Harry vor seinem Haus hielt. Es war ein zweistöckiges Gebäude in der Nähe des Strandes mit einem kleinen Garten, mit Säulen und Balkonen an der Vorderseite und einem großen Hof hinten, wo in Garagen und Schuppen Leitern, Bretter, Schrott, Farbenkanister, Werkzeuge und anderes Gerät gelagert waren. Es verstörte ihn, daß so ein hübsches Haus einem Onkel Harry mit seinem staubigen Wagen und den aufgerollten Hemdsärmeln an seinen haarigen Armen gehören sollte.

Obwohl es nicht so ordentlich und sauber war, erinnerte das Haus Jegor an ihre Villa in Grunewald, und es packte ihn eine so starke Sehnsucht nach zu Hause, daß er sich mit aller Kraft beherrschen mußte, um nicht laut herauszuschreien, daß er kein Flüchtling in einem fremden Land sein wollte. Daß dieser lächerliche Jude so ein herrliches Heim besaß!

Er kam sich auch betrogen vor. Als sie durch die schmutzigen jüdischen Straßen fuhren, hatte er selbstverständlich erwartet, daß Onkel Harry in einer elenden Behausung wohnte, wo es nach Knoblauch und saurer Milch roch, und er hätte es genossen, höhnisch seine Eltern darauf hinzuweisen und ihnen Schuldgefühle einzuflößen, ihn hierhergebracht zu haben. Nun konnte er sich nur neidisch und klein fühlen.

Seine Laune besserte sich auch nicht, als Onkel Harry seine Söhne vorstellte, die herausgekommen waren, um ihre neuen Verwandten willkommen zu heißen. Hochgewachsene muskulöse Riesen waren das, angesichts derer Jegor sich noch unnützer und unbedeutender vorkam. Onkel Harry war stolz und gleichzeitig auch etwas verlegen wegen dieser strammen Söhne. Er liebte sie, aber er war sich auch bewußt, was für ein lächerliches Bild er neben ihnen abgab. Um das wettzumachen, legte er väterliche Autorität an den Tag und sprach in äußerst sarkastischem Ton von ihnen.

»Amerikanische Ware«, sagte er spöttisch. Plötzlich und ohne Grund fuhr er sie wütend an. »Steht doch nicht herum wie die Ölgötzen, sagt unseren Verwandten hallo!«

Einer nach dem anderen traten die sonnengebräunten, grobgesichtigen jungen Männer vor, zeigten beim Lächeln unglaublich weiße Zähne und sagten in gebrochenem Jiddisch mit amerikanischem Akzent: »Hallo Onkel, Tante, Vetter ... wie geht es dir?«

Allein schon durch die Größe seiner Vettern eingeschüchtert, versuchte Jegor seine überlegene Erziehung zu beweisen. Er richtete sich zu seiner vollen Höhe auf und bellte in schneidigem deutschem Akzent seine zwei Namen. Doch die baumlangen jungen Männer zwinkerten ihm nur lachend zu: »He, Georgie«, sagten sie in ihrem gebrochenen Jiddisch, »entspann dich, immer mit der Ruhe!«

Er war wütend. Er versuchte ihnen zu sagen, sie sollten nicht in diesem schrecklichen Kauderwelsch mit ihm reden, sondern auf englisch, das er nicht nur verstehe, sondern auch spreche, vermutlich besser als sie. Sie lachten ihm nur ins Gesicht und blieben beim Jiddisch, das man unwillkürlich allen Greenhorns gegenüber gebrauchte.

»Wie gefällt dir New York?« fragten sie. »Großartig, was?«

Jegor konnte diesen gönnerhaften Ton nicht ertragen. »Es ist schmutzig und laut!« sagte er, und seine blauen Augen blitzten zornig.

Seinen Vettern war das völlig egal. So sicher war ihr Glaube in ihr Amerika, daß nichts, was der mädchenhafte Junge in seinem lächerlichen Englisch auch darüber sagen mochte, sie erschüttern konnte. Ihre Gleichgültigkeit nahm Jegor den letzten Elan. Und erst recht blümerant wurde ihm, als Onkel Harry die Erwachsenen ins Haus führte und ihn mit seinen Söhnen allein ließ.

»Wir gehen jetzt hinein und ruhen uns aus«, sagte er. »Ihr Jungs, unternehmt was Schönes mit eurem Greenhorn-Vetter!«

»Wir gehen mit ihm zum Schwimmen, Paps«, erklärten die Jungen und liefen zur Garage, um sich umzuziehen.

Nackt wirkten sie noch mächtiger und unbesiegbarer.

Dichtes schwarzes Haar bedeckte ihre Körper vom Hals bis zu den Knöcheln. Stolz auf ihre Männlichkeit, alberten sie herum, rangen miteinander und lachten in animalischer Lebensfreude. Jegor nahm schnell die viel zu große sandige Badehose, die sie ihm gaben, und stand dann ratlos da. Seit seine Spielkameraden über seinen beschnittenen Penis gelacht hatten, hatte er sich immer seines nackten Körpers geschämt. Der Vorfall im Goethe-Gymnasium hatte seine Gefühle der Selbstverachtung nur verstärkt. Auch wenn er allein war, sah er nur mit Widerwillen seinen Körper an, als wäre er entstellt. Und obwohl es hier keinen Grund gab, das Stigma der Jüdischheit zu verbergen, duckte er sich in eine Ecke. Die Burschen bemerkten das und lachten. »Was schämst du dich denn, Greenhorn? Du bist doch unter Männern!«

Der Strand war laut und voll. Swing-Musik und Stimmen hysterischer Baseball-Reporter dröhnten aus Kofferradios. Mädchen kreischten, Kinder weinten, Jungen balgten sich. Menschen jeder Größe, Form und Farbe lachten und gestikulierten. Die Luft stank nach Schweiß, Teer, gerösteten Erdnüssen und gegrillten Würstchen. Jegor war angewidert.

»He, Greenhorn!« riefen seine Vettern. »Mal sehen, wer schneller schwimmt, Amerika oder Deutschland?«

Jegor verkroch sich in sich selbst, als wäre er ein Ausgestoßener. Er wollte sich nicht hinsetzen, er wollte nicht ins Wasser gehen. Seine Vettern zogen ihn auf: »Los, komm doch, spring rein! *Sissy!*«

Jegor wußte nicht genau, was das Wort bedeutete, aber er war sicher, daß es kein Kompliment war. Er wußte, daß seine Vettern ihn auslachten, und er haßte sie, wie er diesen ganzen lärmenden, schreienden Pöbel haßte. Alles an ihnen war ordinär und grob. Sie erinnerten ihn an die Karikaturen der Juden drüben: an die dunklen, großnasigen, aufdringlichen Degenerierten. Aber das Verblüffende war, daß diese Leute trotz ihrer Zugehörigkeit zu einer minderen Rasse gar nicht schlecht entwickelt zu sein schienen. Sie waren stark und zäh; sie boxten, rangen, schwammen und liefen wie Athleten.

»Ach, was für ein Schmutz!« sagte Jegor zu Onkel Harrys Söhnen, als sie aus dem Wasser kamen, und zeigte auf den Strand. »Und euer Ozean ist auch dreckig.«

Die jungen Kerle schüttelten sich wie muntere Bernhardiner und machten sich nicht die Mühe, ihm zu antworten. Nichts konnte ihre Lebensfreude trüben.

Ebenso energisch, wie sie ihren Sport betrieben hatten, griffen sie dann das Mittagessen an, das ihre Mutter auf dem langen Eßzimmertisch auftrug. Sie verschlangen das Obst, das Gemüse, die knusprigen Samenbrötchen, die Gürkchen, die frischen Radieschen – alles, was ihnen vor die Nase kam. Tante Rose, eine runde, hübsche Matrone mit einem großen Busen, brachte immer neue Speisen aus der Küche, die in den Mägen ihrer Söhne verschwanden, noch bevor sie sie richtig abgestellt hatte. Onkel Harry neckte seine Jungen und wies stolz auf ihren Appetit hin. »Wie findet ihr das, wie die das Essen wegpacken?« fragte er. »Kein Wunder, daß ihr Papa so klein ist; seine Jungen haben ihm die Haare vom Kopf gefressen! Ha, ha, ha ...«

»Möge der böse Blick sie verschonen!« sagte ihre Mutter ehrfürchtig und strahlte. »Ich liebe es, Kinder essen zu sehen!«

Während sie geschäftig das Essen auftrug und austeilte, sprach sie stolz von ihren Söhnen. Der Himmel möge sie beschützen, sie waren gute Jungen. Tagsüber halfen sie ihrem Vater in der Firma – fuhren Lastwagen, beaufsichtigten die Arbeiter, strichen auch mal Wände, wenn nötig. Abends gingen sie aufs College. Sie griffen auch bei der Arbeit zu, die ums Haus herum anfiel, heizten den Ofen, säuberten den Hof und sprengten den Rasen. Und es war offensichtlich kein Problem, sie zu ernähren.

Sie kümmerte sich um Jegor wie um ihre Söhne. »Iß, Kind, iß!« drängte sie ihn. »Genier dich nicht, zuzugreifen.

Du siehst ja, meine Jungen, Gott segne sie, genieren sich nicht, so viel zu nehmen, wie sie wollen ...«

Jegor fühlte sich zu der mütterlichen Frau, die so um ihn besorgt zu sein schien, hingezogen. Aber er hatte auch allen zu beweisen, daß er die fettigen jüdischen Gerichte, die sie auftrug, die Nudeln, die Hühnersuppe, die Gürkchen, Zwiebeln und den Preßdarm, nicht mochte, und er stieß alles mit deutlich zur Schau getragenem Widerwillen von sich, obwohl die Delikatessen ihm den Mund wäßrig machten. Sollten doch diese idiotischen Muskelprotze ruhig nach dem Essen sabbern, er, Joachim Georg Holbeck, stand über solcher Völlerei! Doch weder die Jungen noch Onkel Harry schenkten ihm die leiseste Beachtung. Die Jungen aßen weiterhin alles auf, was auf dem Tisch erschien, während Onkel Harry von den Zeiten erzählte, die er durchgemacht hatte, den Zeiten des Wohlstands und den Zeiten der Armut.

»He, ihr Jungen!« rief er, sich plötzlich auf seine Vaterrolle besinnend. »Ihr habt jetzt genug gespachtelt. Ab in die Küche mit euch, und helft Mama beim Abwasch!« Er strahlte bei dem Gedanken, Riesen herumzukommandieren, die gehorsam aufsprangen.

Alle am Tisch, David, Lea, Georg und Therese, die vielleicht ein Wort von zehn, die Onkel Harry sagte, verstand, waren von der Vorstellung schockiert, daß junge Männer, die an der Universität studierten, Teller waschen sollten. Das war drüben undenkbar! Sie gratulierten Onkel Harry zu so prächtigen und liebevollen Söhnen.

Jegor wand sich auf seinem Stuhl, als er das dröhnende Gelächter der Jungen aus der Küche hörte. Er war sicher, daß sie über ihn lachten. Doch bald steigerte sich seine Verlegenheit noch, als Onkel Harrys einzige Tochter atemlos hereingelaufen kam.

Schwarzhaarig und dunkel wie ihre Brüder, war sie schlank und lebhaft wie Quecksilber, und ihre Locken tanzten und flogen bei jeder Bewegung ihres Körpers. Onkel Harry versuchte, sie für ihr Zuspätkommen zu rügen, aber sie besänftigte und küßte ihn, wobei sie eine himbeerfarbene Lippenstiftspur auf jeder seiner schrumpeligen Wangen zurückließ. Sie nannte ihn *Sweetheart* und Wutzelputz und Zuckerplätzchen, und Onkel Harry bemühte sich vergebens, eine strenge Miene aufzusetzen. »Du hast Glück, daß Gäste da sind«, sagte er, »oder es hätte etwas gesetzt, du kleine *Schickse*.«

Sie streckte ihm die Spitze ihrer Zunge heraus. Sie nützte es voll aus, die einzige Tochter zu sein. Die ganze Hausarbeit überließ sie ihren Brüdern, stand spät auf, aß, wann sie Lust dazu hatte, und nahm sich bei ihrem Vater Freiheiten heraus, wie ihre Brüder es nie gewagt hätten. Sie brauchte sich ja nur auf Papas Schoß zu setzen, ihn zu küssen und mit lustigen Kosenamen zu überschütten, damit er ihr alles nachsah. Diese verwöhnte Aufführung legte sie auch gegenüber allen anderen an den Tag, selbst gegenüber Fremden, die zu Besuch kamen. Sie fixierte mit ihren mutwilligen Augen ihren Flüchtlingsvetter und streckte ihm ein weiches Händchen entgegen. Jegor, der nicht an den Umgang mit Mädchen gewöhnt war, fühlte, wie seine Hand in der Berührung mit ihrer warmen, trockenen feuchtkalt wurde. Sich an Onkel Hugos Galanterie gegenüber Tante Rebekka erinnernd, stellte er sich hinter den Stuhl seiner Kusine, bis sie an ihren Platz kam, und rückte ihr dann den Stuhl zurecht. Die Brüder brachen in Gelächter aus. Aber das Schlimmste war, daß sie mitlachte.

»Nenn mich Ethel«, sagte sie ohne jede Zeremonie.

Jegor hatte plötzlich zwei linke Hände. Als er sie bedienen wollte, verschüttete er das Wasser aus dem Krug und machte einen großen nassen Fleck auf das Tischtuch. Die Jungen erstickten fast vor Lachen. Überzeugt, daß nur ihre Schönheit ihren Vetter so in Verwirrung gebracht hatte, bedachte Ethel ihn mit funkelnden Blicken.

Jegor war es furchtbar unbehaglich. Er kam sich so dumm und unbeholfen vor. Er traute sich nicht, von dem Brathühnchen zu essen, das Tante Rose ihm hingestellt hatte. Er war sicher, er würde sich beim Zerlegen des fetten, in Sauce schwimmenden Geflügels blamieren. Er konnte es auch nicht unterlassen, zu den rüpelhaften Söhnen seines Onkels hinüberzusehen. Wann immer sein Blick auf einen von ihnen fiel, lachte der ihn aus. Er fühlte, wie Trotz und Eigensinn sich seiner bemächtigten, und er wußte, er mußte jetzt gleich etwas tun, um es denen zu zeigen, daß er, Joachim Georg Holbeck – ja, Holbeck –, sich nicht von hakennasigen jüdischen Lümmeln auslachen ließ. Er mußte jemanden beleidigen. Weil er wußte, wie sehr es sie kränken würde, weigerte er sich, Tante Roses Hühnchen auch nur zu versuchen. Ethel, die genüßlich einen Flügel knabberte, wollte ihn überreden. »Probier es doch, es ist köstlich«, drängte sie ihn. »Niemand macht Brathühnchen wie Mama.«

»Viel zu scharf und fett!« ließ er sie abblitzen. »Außerdem ist es verdammt heiß hier drinnen ...«

Ethel leckte sich zierlich mit ihrer rosigen Zungenspitze die Lippen ab, was Jegor schien, als würde sie sie ihm herausstrecken. »Mir ist es kein bißchen zu warm«, sagte sie gleichmütig.

Jegors Eltern und Großeltern sahen einander bedeutungsvoll an. Alle redeten sie ihm zum Essen zu. Doch je mehr sie ihn drängten, desto sturer lehnte er ab. Schließlich sah Onkel Harry auf. Er fixierte den Jungen, der nervös alle Versuche, ihn zu begütigen, abschüttelte, und bemerkte ruhig: »Ich fürchte, euer *Boyele* hält nichts von uns ... Nichts von uns, nichts von unserem Land, nichts von irgend etwas hier. Ist es nicht so, Herr Deutsch?«

»Er mag ja sonst niemanden mögen, aber ich wette, ich gefalle ihm«, sagte Ethel selbstsicher. »Nicht wahr, Kusin Jegor?«

»Nein!« blaffte er.

»Warum nicht?« fragte sie echt überrascht.

»Zu schwarz!« sagte er.

Rose machte einen letzten Versuch, die Atmosphäre zu entspannen. »Das liegt nur daran, daß er so ein zartes Kind ist. Schaut ihn doch an, er ißt ja fast nichts«, meinte sie mit der Selbstgefälligkeit einer Mutter von gesunden, hungrigen Kindern. Und sie wollte Jegor die großen Schweißtropfen abwischen, die ihm auf der Stirn standen.

Sie hätte nichts sagen können, was Jegor mehr gereizt hätte.

»Ich bin gesund!« kreischte er hysterisch. »Verdammt noch mal: gesund, und ich will in Ruhe gelassen werden! Das ist alles, was ich verlange: laßt mich in Ruhe!«

Alle Erwachsenen versuchten, ihn zu beruhigen; nur seine Vettern, die wieder am Tisch saßen, kauten seelenruhig weiter, ohne ihm auch nur einen Blick zu gönnen.

»Jegor! Jegorchen ...« flehte Therese. Ihr Gesicht war puterrot geworden.

Dr. Karnovski packte fest den spindeldürren Arm des Jungen und schleppte ihn nach draußen.

»Hier komme ich nie wieder her«, schrie Jegor. »Ich ha... ha... hasse sie!«

Nach Monaten einwandfreien Sprechens hatte er wieder zu stottern begonnen.

»In Ordnung«, sagte sein Vater. »Wir kommen nicht wieder her, aber versuche, dich zu beherrschen. Beherrsch dich, Junge ...«

Er deutete diesen ersten Tag in dem neuen Land als ein böses Omen. Ein schlimmes Unglück schien über der Zukunft der Familie Karnovski zu schweben.

35

Salomon Burak hielt sein Versprechen gegenüber Mr. Pitzeles nicht, daß dieser, solange er, Salomon, Vorsitzender des Tempels Sha Mora bliebe, seine Stelle behalten würde. Während der ganzen Zeit, als die *Jeckes* gegen den ungarischen Synagogendiener intrigierten, hatte Salomon Burak zu ihm gehalten. In ihrer Feindseligkeit gegen den

Synagogendiener erkannte Salomon ihren Haß auf ihn selbst, einen Haß, den sie anders nicht zu äußern wagten. Doch alles änderte sich mit einem Schlag eines Sabbatmorgens, als er David Karnovski mit seinem Gebetsriemenbeutel unter dem Arm die Synagoge betreten sah.

Salomon Burak war erst einmal ratlos. Er hatte sich in Gegenwart des aristokratischen Karnovski immer unbehaglich gefühlt. Lebhaft erinnerte er sich daran, wie dieser ihn bei ihrer letzten Begegnung beleidigt hatte. Er wandte sich Mr. Pitzeles zu und verwickelte ihn in ein Gespräch über unwesentliche Synagogenangelegenheiten, um Karnovski nicht begrüßen zu müssen.

Doch bald löste Stolz das Gefühl der Erniedrigung ab. Er, Salomon Burak, war schließlich niemandem mehr unterlegen, schon gar nicht einem selbsternannten *Jecken*. Wenn jemand Grund hatte, nicht gesehen werden zu wollen, dann gewiß nicht er. Als er aus den Augenwinkeln zu Karnovski hinüberlinste, der in einer Ecke stand und ganz verloren, grau und gebeugt aussah, empfand Salomon Burak auf einmal große Überlegenheit und jugendliche Lebenskraft. *Es gibt also doch einen Gott,* erinnerte er sich plötzlich, obwohl er nie anders gedacht hatte, *einen Gott, der alles sieht und alles hört und alle Rechnungen ausgleicht* ...

Mit wieder selbstsicherem Ausdruck auf seinem immer noch glatten, faltenlosen Gesicht schlenderte Salomon Burak nun gemächlich, den Synagogendiener im Schlepptau, durch seine riesige Synagoge. Einen Augenblick lang erwog er, Karnovski einfach zu ignorieren – Arroganz mit Arroganz zu vergelten. Doch dann besann er sich eines Besseren. Er, Salomon Burak, würde ein größerer Mensch sein. Nun, da er die Oberhand hatte, würde er gnädig sein und den Fremden in der Synagoge – in seiner Synagoge – willkommen heißen.

»*Schalom alejchem* – Friede sei mit Ihnen, Nachbar«, sagte er mit volltönender Stimme und streckte Karnovski die Hand hin. »Und wie geht es Ihrer lieben Lea?«

Obwohl sie in der Vergangenheit immer Deutsch gesprochen hatten, gebrauchte Salomon nun das heimatliche Jiddisch, um anzuzeigen, daß er Karnovski als einen Landsmann aus Melnitz ansah. Er fragte auch gleich nach Lea, um deutlich zu machen, daß er nur wegen ihr überhaupt mit Karnovski sprach. Außerdem erwähnte er sie für den Fall, daß Karnovski wieder zu seinem gewohnten Trick griff, so zu tun, als erinnerte er sich nicht an ihn. Aber David erkannte ihn nicht nur sofort, er erinnerte sich sogar an seinen vollen Namen.

»Herr Burak!« rief er, freudig mit beiden Händen nach der Salomons greifend. »Friede sei mit Ihnen, Reb Schlomo!«

Salomon Burak war über diese Anrede verblüfft. Kurz streifte ihn der Verdacht, daß Karnovski in erbärmlichen Umständen sein müsse, um ihn so herzlich zu begrüßen. Doch er sah schnell, daß die Reaktion echt war, und sein Groll schmolz dahin. David Karnovski blickte beschämt zu Boden. »Ein Berg begegnet keinem anderen Berg, aber ein Mensch dem anderen«, zitierte er aus der Gemara, etwas, was er früher nie getan hätte, wenn er mit einem ungelehrten Mann sprach. »Ich hoffe, Sie tragen mir nichts nach, Reb Schlomo.«

Das genügte, um die letzten Spuren von Salomon Buraks Grimm zu tilgen und ihn wieder zu seiner gewohnten Frohnatur zurückfinden zu lassen. Er konnte nie lange auf jemanden böse sein. Als er in das gequälte Gesicht blickte, spürte er, daß Karnovski bereits teuer für seine Sünden bezahlt hatte. Erleichtert, daß keine Mißhelligkeit die Begegnung getrübt hatte, streckte er Karnovski noch einmal die Hand hin, um zu zeigen, daß alles vergeben und vergessen war. »Vergessen Sie alles, was geschehen ist, Reb David«, sagte er warm. »Sagen Sie mir statt dessen, wie Ihr Vater geheißen hat, damit ich Sie zur Thora aufrufen kann.«

David war verdutzt.

»Ich bin der Vorsitzende der *Schul*«, erklärte Salomon,

»und ich möchte Ihnen gerne die Ehre erweisen, wie es einem vornehmen Gast gebührt.«

Völlig für sich gewann ihn dann Karnovski gleich am nächsten Sabbat, als David sich in der Synagoge mit den *Jeckes* anlegte. Nachdem er dem Allmächtigen seinen inbrünstigen Dank für die Errettung vor den Übeltätern abgestattet hatte, begann David Karnovski leidenschaftlich gegen die erbarmunslosen Verfolger der Kinder Israels zu wüten. Dr. Speiers eiskalte Miene wurde noch verschlossener und steifer als gewöhnlich, als er hörte, wie sein alter Freund diesen Gedanken so offen Ausdruck gab. Nach seiner Predigt, in der er erhabene und vergeistigte Begriffe entfaltet hatte, konnte er so weltliche Worte nicht ertragen. Außerdem sprach man doch von solchen Dingen nicht in der Öffentlichkeit, wie man ja auch nicht von einem Makel am Körper seiner Frau sprechen würde.

»Die Worte des Weisen werden still gesprochen, mein lieber Karnovski«, sagte er, sich den winzigen Bart streichend. »Was für einen Sinn hat es, davon zu reden, vor allem am Sabbat?«

»Ich spreche ja nicht über Geschäfte, Rabbi Speier«, unterbrach ihn David. »Ich spreche über die Rettung von Menschenleben, und das kann man auch am heiligsten Jom Kippur tun!«

Und nur noch leidenschaftlicher rief er nun zur Rettung des alten Weisen und Gelehrten, Reb Ephraim Walder, auf.

Dr. Speier war durch Davids Heftigkeit peinlich berührt. »Ihr Enthusiasmus in allen Ehren, Herr Karnovski«, sagte er säuerlich, »aber der alte Walder ist nicht der einzige Gelehrte, der dort zurückgeblieben ist. Es sind immer noch viele Gelehrte drüben – wir können sie unmöglich alle hierherholen.«

David Karnovski konnte kein herabsetzendes Wort gegen sein Idol dulden. »Lügen!« schrie er. »Es gibt nur einen Reb Ephraim Walder, und er hat nirgendwo seinesgleichen!«

Dr. Speier fühlte sich durch diese indirekte Schmähung seiner eigenen Gelehrsamkeit beleidigt, besonders vor der ganzen Gemeinde. Aber er schaffte es wie immer, sich zu beherrschen, und versuchte, den Vorfall zu bagatellisieren. »Warum denn diese Hitze, mein lieber Karnovski?« fragte er. »Sie müssen doch wissen, daß es verboten ist, am Sabbat ein Feuer anzuzünden.«

Die anderen lächelten über den kleinen Scherz des Rabbis, aber David Karnovski ließ sich nicht so leicht abtun. »Sie machen Witze, während ein Heiliger von Übeltätern gefoltert wird!« rief er anklagend.

Da er sah, daß es mit ausweichender Lässigkeit nicht ging, nahm Dr. Speier seine Zuflucht zur Thora. »Ein Wort ist einen Taler wert und Schweigen zwei«, zitierte er. »Ein Talmudgelehrter muß doch den Wert des Schweigens kennen – vor allem im Hause Gottes.«

Aber David Karnovski ließ sich nicht besänftigen. Für jedes Zitat, das Dr. Speier anführte, hatte er zehn zur Widerlegung. »Die Schriften sagen auch, daß es eine Zeit zum Schweigen und eine Zeit zum Reden gibt«, sagte er. »Jetzt ist die Zeit zum Reden, ja, zum Schreien, Rabbi Speier!«

Dr. Speier verlor allmählich die Fassung unter dem schweren Geschütz, mit dem David Karnovski ihn vor der ganzen Gemeinde bombardierte. Da weder Humor noch Gelehrsamkeit etwas bewirkt hatten, versuchte er es nun mit Diplomatie. »Wie immer der Fall auch stehen mag, mein hochgeehrter Herr Karnovski, er muß eine Privatangelegenheit bleiben. So etwas zerrt man nicht in die Öffentlichkeit. Und ganz gewiß nicht vor Fremde und Außenseiter.«

Er sagte das in doppelter Absicht. Die eine war, daß die Sache nicht vor dem ungarischen Synagogendiener, Pitzeles, verhandelt werden sollte. Und zweitens wollte er Karnovski zu verstehen geben, daß er, Dr. Speier, obwohl auch Karnvoski ein Außenseiter war, bereit sei, ihn als deutschen Landsmann anzusehen, wenn er sich an die Regeln hielt.

Doch selbst das half nichts. »Wir sind hier alle Juden, Dr.

Speier, ob wir nun aus Frankfurt kommen oder aus Tarnopol!« brüllte David. »Ein Jude ist ein Jude, und Verfolgung ist keine Schande!«

Er entlud seinen Zorn gegen den Rabbi von Sha Mora, wie er es damals gegen den Rabbi des Melnitzer Bethauses getan hatte. Dr. Speier begriff, daß sein weiterer Verbleib hier nichts fruchten würde, und verließ die Synagoge vor seiner gewohnten Zeit, gefolgt von seiner gleichgesinnten Gemeinde. Salomon Burak war so berauscht von David Karnovskis Worten – Worten, die seit langem in Sha Mora hätten gesagt werden müssen –, daß er ihn umarmte. »Mögen Sie hundertundzwanzig Jahre leben, Reb David, Segen komme auf Ihr Haupt! Sie haben es diesen *Jeckes* wirklich mal gezeigt, lieber Freund.«

Von da an wollte er David Karnovski nicht mehr von seiner Seite lassen. Obwohl er noch manches zu erledigen gehabt hätte, schob er alles auf und bat David, zu den Sabbatsegnungen mit ihm nach Hause zu kommen. Aber David zögerte, die Einladung anzunehmen. Er mußte an das Unrecht denken, das er Salomon Burak angetan hatte, und schämte sich, seiner Familie gegenüberzutreten. Er, David, konnte ein Vergehen nicht so schnell vergessen, am wenigsten, wenn er selbst es begangen hatte. Er schämte sich, Jetta Burak zu begegnen, zu der er so unfreundlich gewesen war. Und vor allem wollte er Ruth nicht sehen, die er so kategorisch als Schwiegertochter abgelehnt hatte. »Heute nicht, Reb Schlomo«, entschuldigte er sich. »Ich habe noch nicht das Herz, Ihrer Familie gegenüberzutreten.«

Salomon wollte das nicht gelten lassen. »Überlassen Sie das nur mir, Reb David. Meine Jetta wird hoch erfreut sein, Sie zu sehen!«

David versuchte es mit etwas anderem. »Meine Lea wird sich Sorgen machen, wenn ich nicht bald wieder zu Hause bin«, sagte er. »Schließlich sind wir eben erst angekommen ...«

Aber Salomon wußte auch dafür eine Lösung. Er werde

den Synagogendiener schicken, damit er Lea Bescheid gebe, daß David in Salomons Haus sei. Aber was sage er da! Er, Salomon, werde sie selbst holen! Er erkundigte sich, wo David wohne. Sie würden bei Lea vorbeifahren und sie mitnehmen ... In seiner Verwirrung rannte er zu der Ecke, wo sein Wagen abgestellt war, doch dann fiel ihm plötzlich wieder ein, daß ja Sabbat war, und sie gingen zu Fuß, Salomon in eifrigem Trott, David hilflos hinterhereilend.

Genau wie drüben umarmten Lea Karnovski und Jetta Burak einander, brachen in Tränen aus, kicherten wie junge Mädchen, umarmten sich wieder, küßten sich und fingen gleichzeitig an zu reden. Wahre Wortschwälle brachen aus den beiden alten Freundinnen hervor. Jetta hatte schon ihren wie immer überreichen Tisch gedeckt. Er war mit allen möglichen Melnitzer Delikatessen beladen – Brot, Eingemachtem, Strudel und Mandelplätzchen. Salomon schenkte unablässig Passah-Sliwowitz ein.

»Ein langes Leben, Reb David«, prostete er ihm zu und stieß nach jeder Runde wieder mit den Gläsern an. »Mögen alle Juden gedeihen und ihre Feinde vernichtet werden. Trinken Sie aus, Reb David, fühlen Sie sich wie zu Hause.«

Doch so sehr er es auch versuchte, David Karnovski konnte sich nicht entspannen. Jedes Mitglied des Haushalts erinnerte ihn an das Unrecht, das er der Familie angetan hatte, obwohl niemand ihm den geringsten Vorwurf machte. Ruth bot ihm freundlich Erfrischungen an und erkundigte sich sogar nach Georg. David schlug die Augen nieder. »Machen Sie sich keine Umstände, liebe gnädige Frau«, murmelte er verlegen. »Bitte, bemühen Sie sich nicht.«

Die beiden älteren Frauen tunkten Kuchen in süßen Likör, als würde ein Fest gefeiert, sahen einander an und weinten, wie Frauen es vor Freude tun.

»Ich bin alt geworden, Leale«, konnte Jetta nicht an sich halten zu rufen, als sie ihr eigenes fortgeschrittenes Alter in Leas runzligem Gesicht widergespiegelt sah.

»Was soll denn ich sagen, Jettele?« schluchzte Lea und wischte sich die Tränen ab.

Salomon Burak reichte das endlose Weinen jetzt. »Warum denn alle diese Tränen mitten am Sabbat? Laßt uns lieber noch ein Gläschen trinken, und von jetzt an soll es nur noch Freude für Juden geben ...«

Jetta konnte es nicht ertragen, die Flasche so schnell leer werden zu sehen. »Schlomele, du bist kein Jüngling mehr«, schalt sie ihren Mann. »Du bist ein alter Mann, Sallie, langsam, langsam, sonst schadet es dir noch!«

»Ich habe mich in meinem ganzen Leben nicht so jung gefühlt!« prahlte Salomon. »Je älter ich werde, desto jünger fühle ich mich ... Ich könnte wieder mit dem Koffer losziehen, so gut bin ich auf den Beinen!«

»Beiß dir auf die Zunge«, schrie Jetta. »Laß die Feinde Israels hausieren gehen! Du hast mehr als deinen Anteil daran geleistet!«

»Frau, ich hab' das doch nicht ernst gemeint. Ich wollte nur ein bißchen angeben«, beschwichtigte er sie.

»Dann sag lieber nichts und sei still«, riet sie ihm liebevoll.

Doch Salomon Burak war nicht in der Stimmung, sich den Mund verbieten zu lassen. Wenn er einmal richtig beschwipst war, brach alles, was sich in ihm angestaut hatte, hervor.

»Reb David, heute ist ein Feiertag für mich«, sagte er gefühlvoll. »Wenn der hochwohlgeborene Herr Karnovski in Person die Sabbatsegnungen im Haus von Schlomo Burak spricht, ist das ein Freudentag, das ist *Simchas Thora*!«

Jetta sah sofort, daß ihr Schlomo mit dem Feuer spielte, und versuchte wie gewöhnlich, ihn zurückzuhalten. »Schwatz jetzt nicht so viel, Schlomele«, beschwor sie ihn. »Warum legst du dich nicht lieber ein bißchen hin?«

»Jetta, laß mich reden!« wehrte er ab. »Ich muß jetzt sagen, was ich zu sagen habe!«

Und er machte seinem ganzen Groll Luft, den er in all diesen Jahren gegen David Karnovski gehegt hatte. Als er zu der schlimmsten Beleidigung kam, zu dem Tag, als er für seine Tochter bei ihm gebettelt und David Karnovski ihn abgewiesen hatte, lief Ruth Burak Zielonek aus dem Zimmer und Jetta hielt ihrem Mann mit beiden Händen den Mund zu.

»Lassen Sie ihn reden, Frau Burak. Es ist besser so«, sagte David Karnovski.

Er war begierig darauf, daß seine Sünden ans Tageslicht kamen. Je offener Salomon Burak von ihnen sprach, desto leichter wurde es David Karnovski ums Herz. Er fühlte sich gereinigt und befreit. »Wahr, alles wahr, Reb Schlomo«, bestätigte er immer wieder, »jedes Wort davon.«

Als Salomon fertig war, kehrte seine lebhafte Frohnatur sofort wieder zurück. »Ich bin nur ein Ignoramus, der sich einmal alles hat von der Seele reden müssen; es mußte einmal sein, sonst wäre ich noch daran erstickt. Jetzt fühle ich mich besser, Reb David.«

»Ich auch, Reb Schlomo«, sagte David Karnovski. »Jetzt kann ich Ihnen wieder in die Augen sehen.«

Noch am selben Abend lief Salomon Burak zum Haus Herrn Gottlieb Reichers, des streng koscheren Metzgers, und zu den anderen Mitgliedern des Verwaltungsrates der Synagoge und setzte durch, daß David Karnovski zum Synagogendiener des Tempels Sha Mora ernannt wurde und Mr. Pitzeles die Pflichten Walters, des Hausmeisters, übernehmen sollte. Die Vorstandsmitglieder murrten ungehalten. Hatten sie sich jetzt nicht lange genug mit diesem Ungarn und seinem furchtbaren Deutsch abfinden müssen!? Wenn es einen Wechsel geben sollte, hatten sie genug Anwärter aus ihren eigenen Reihen für die Stelle. Sogar Leute mit Titeln! Und sie hatten auch nicht den Wunsch, Walter zu entlassen, dem sie sich viel verbundener fühlten als diesem schmutzigen Galizier Pitzeles.

»Aber wertester Herr Burak, Sie verlangen zuviel«, wandten sie ein, »und das ist nicht recht. Immer der goldene Mittelweg, sagen wir!«

Doch Salomon Burak wollte nicht nachgeben. »Sie können mir die Sache ruhig überlassen«, versicherte er den *Jeckes.* »Für alle eventuellen Extraausgaben komme ich auf. Ein Dukatchen mehr, ein Dukatchen weniger, leben und leben lassen ...«

Darauf konnte niemand etwas sagen, und David Karnovski wurde der Synagogendiener des Tempels Sha Mora.

Lea Karnovski wurden die Augen feucht, als sie die Neuigkeit erfuhr. Für sich persönlich empfand sie es nicht als eine Schande, aber das Herz wollte ihr brechen, wenn sie an ihren armen David dachte, David, den Gelehrten und Intellektuellen, der sich nun im Alter noch gezwungen sah, Synagogendiener eines Tempels zu werden, dessen Vorsitzender Schlomo Burak war. »Warum müssen wir das noch erleben, David?« schluchzte sie.

David gebot ihr Einhalt. »Wir sollten für jede Minute dankbar sein, die Gott uns vor den Übeltätern bewahrt hat«, erklärte er demütig.

»Ich bin ja nicht wegen mir so traurig, sondern wegen dir, David«, sagte sie.

»Laß es eine Wiedergutmachung für meine Sünden sein«, sagte David Karnovski fromm, »für all den Kummer, den ich Schlomele verursacht habe, für meine Arroganz, meinen falschen Stolz und meinen Götzendienst.«

Lea traute ihren Ohren nicht. Nie zuvor in ihrem Leben hatte sie solche Worte aus dem Munde ihres stolzen Ehemanns gehört.

36

Für die Familie Karnovski war Amerika wie ein Paar neue Schuhe – das Anziehen war eine Freude, das Tragen ein Schmerz.

Merkwürdigerweise lebten sich die ältesten Familienmitglieder zuerst ein. Obwohl David Karnovski im Alter noch gezwungen war, Synagogendiener zu werden und mit einem winzigen Gehalt auszukommen, war seine Frau Lea glücklicher, als sie es je in der Oranienburger Straße gewesen war. Nach den Jahren der Entfremdung und Einsamkeit in der deutschen Großstadt, an die sie sich nie hatte gewöhnen können, sah sie sich nun wieder in der Lage, das umgängliche und gemütliche Leben zu führen, nach dem sie sich immer gesehnt hatte. Im Gegensatz zu den anderen Exilantinnen freundete sie sich schnell mit den jüdischen Frauen in der Nachbarschaft an, besonders mit denen, die ursprünglich aus Polen stammten. Wenn ihre Nachbarinnen Annäherungsversuche machten und sich nach den Umständen drüben erkundigten, zog sie sich nicht zurück wie die deutschen Frauen, sondern erzählte offen und ungeniert davon und mit aller Empörung, die bei einem Opfer der Verfolgung zu erwarten war. Sie war dankbar für die Ratschläge der Frauen, wie sie sich an das neue Land anpassen konnte, und wurde sofort als eine der ihren akzeptiert. Es war ihr eine unsägliche Freude, sich wieder in einem gemütlichen Melnitzer Jiddisch unterhalten zu können, ohne Angst, ungebildet zu erscheinen und Grammatikfehler zu machen. Sie durfte fremde Kinder liebkosen, ohne daß ihr gesagt wurde, wie schädlich und unhygienisch das sei. Hier fanden die gelassenen Mütter das ganz normal und waren stolz, daß sie sich zu ihren Kleinen hingezogen fühlte. Sie schnappte schnell die wesentlichen englischen Wörter auf, welche die Frauen in ihr Jiddisch einstreuten, und gewöhnte sich an die Sprache und Gewohnheiten der Metzger, Bäcker, Lebensmittelhändler und Fischverkäufer der Umgegend. Sie genoß die spaßige Art, mit der hier Handel getrieben wurde, und die Kaufleute mochten sie als Kundin. Schnell stöberte sie ihre Landsleute aus Melnitz auf, von denen es inzwischen mehr in New York gab als in der Stadt daheim selbst. Sie waren über die ganze Metropole verstreut – in Brownsville, der Bronx, der Lower East Side und den Washington Heights –, und Lea freute sich immer, mit ihnen zusammenzukommen. Sie wußten alle, wer sie war, Reb Leib Milners Tochter, und sie kannte sie ebenfalls genau. Sie konnte überall in der Stadt hinfahren, sie brauchte nur auf jiddisch nach dem Weg zu fragen. So erneuerte sie ihre alten Bindungen an ihre Heimatstadt, erfuhr den ganzen Klatsch, richtete Grüße aus und wurde gegrüßt.

Auch David fand Frieden und Zufriedenheit in dem neuen Land. Seine ganze Freizeit verbrachte er in heimeligen Synagogen und *Jeschiwas*, wo er mit seinen neuerworbenen Freunden saß und über Thora und Weisheit disputierte. Und wie Lea danach drängte, Rebekka und ihre Enkelkinder nach Amerika zu holen, so besessen war David von dem Wunsch, Reb Ephraim Walder und seine kostbare Büchersammlung und seine Manuskripte zu retten.

»Männer, eine wahrer Hort wird da verlorengehen!« sprach er flammend zu seinen neuen Freunden, den Hebräischgelehrten und Judaisten. »Einer der großen Weisen Israels wird unter den Übeltätern seinen Geist aushauchen...«

Die jüngeren Mitglieder der Familie Karnovski konnten sich nicht so schnell an das neue Land gewöhnen.

Nach den ersten Tagen, die mit Besuchen bei Verwandten und Freunden verstrichen waren, kamen lange trübe Monate in der düsteren kleinen Wohnung in der Upper West Side von Manhattan.

Es war eine besonders niederdrückende Zeit, weil sie auf die fröhlichen, freudigen Tage der Ankunft folgte, als sie ganz von der Erregung gepackt gewesen waren, ein neues Leben in einem fremden Land anzufangen. Nun schien jede Ritze der engen Wohnung von ihrer Verlassenheit und der Gleichgültigkeit der fremden Stadt zu zeugen. Sie drang durch die Türen und Fenster und schwebte über ihnen wie eine giftige Wolke. Am wenigsten konnten sich die Karnovskis an den Lärm gewöhnen – den ewigen Lärm. Nach den stillen Jahren in Grunewald, wo das lauteste Geräusch im

Rascheln des Laubs auf den Bürgersteigen bestanden hatte, waren ihre Ohren besonders empfindlich für die schrillen Töne der aufdringlichen, schamlosen Stadt. Sie zuckten bei jedem Hupen eines Autos, jedem Reifenquietschen, jedem Sirenengeheul eines vorüberfahrenden Kranken- oder Streifenwagens zusammen. Am schlimmsten war das ständige Dröhnen der Rollschuhe unten auf dem holprigen Bürgersteig. Die Kinder aus der Nachbarschaft waren ungewöhnlich laut in ihren Spielen, die vom frühen Morgen an bis lange nach jeder anständigen Schlafenszeit andauerten. Sie liefen Rollschuh, warfen Bälle, spielten Hockey, schrien und johlten, und ihre schrillen Stimmen drangen bis zu den Wolken hinauf. Wenn sie endlich schwiegen, ging ein neuer Radau los. Aus allen Fenstern plärrten Radios, jedes auf einen anderen Sender eingestellt. Feurige politische Ansprachen, schmalzige Reklame für Seifen und Getreideflocken, Unterhaltungsmusik, das künstliche Publikumsgelächter bei Auftritten von Komikern, Predigten von Pfarrern und Evangelisten, Stakkato-Beschreibungen von Wettkämpfen und Hockey-Spielen – die ganze schrille Kakophonie verschmolz zu einem quälenden, unerträglichen, nervenzerrüttenden Dauergeräusch, bis den Karnovskis fast der Kopf platzte. Therese lief ständig mit Kopfschmerzen herum. Und sie kam auch nicht mit der hoffnungslos vollgestopften Wohnung zurecht.

Dr. Karnovski hatte sie ausdrücklich davor gewarnt, so viele ihrer Besitztümer in das neue Land mitzunehmen, aber sie hatte sich über seinen Rat hinweggesetzt. Von Kindheit an war sie es gewohnt, alles aufzuheben, was sich vielleicht noch einmal verwenden ließ, und sie hatte sich daher von nichts trennen können. Jedes Stück erinnerte sie an etwas Vertrautes und Kostbares aus ihrem Leben, besonders die reichgeschnitzten, teuren Möbel, die Georg, der darauf drängte, sie zurückzulassen, alten Plunder genannt hatte. Sie war immer eine gehorsame Ehefrau gewesen, aber diesmal hatte sie die Anweisungen ihres Mannes nicht befolgt und heimlich alles mögliche zu den Sachen, die sich schon in den riesigen Umzugskisten stapelten, hinzugefügt. Sie nahm ihr ganzes Porzellan und Kristall mit, die Teppiche, die Bettwäsche, die Möbel, die abgelegten Kleider – alles, was sich in den Jahren des Wohlstands angesammelt hatte. Es hatte ein Vermögen gekostet, alle diese Sachen zu transportieren, und jetzt waren sie völlig unnütz. Sie hatten keinen Platz in der winzigen Wohnung und brauchten ständige Pflege und Aufmerksamkeit. Therese war dauernd mit Abstauben, Einölen und Polieren zugange.

Dazu war allein schon die halbe Wohnung mit Dr. Karnovskis Instrumenten und Geräten vollgestellt. Es war ihm gelungen, eine Anzahl von Röntgenapparaten, Heizsonnen, Diathermiegeräten und allerlei chirurgisches Zubehör aus der Klinik zu retten. Obwohl diese als ein Hinweis auf die Zeit, wenn Dr. Karnovski wieder praktizieren würde, nun das einzige Hoffnungssymbol für eine neue Existenz der Familie darstellten, verbreiteten sie in ihrer gegenwärtigen Nutzlosigkeit eine Atmosphäre der Vergeblichkeit und Betrübnis wie die Kleider und Besitztümer eines jüngst Verstorbenen. Sooft und sorgfältig die Instrumente auch gereinigt wurden, sie waren sofort wieder mit einer Staubschicht überzogen, und Therese fühlte sich jedesmal, wenn sie ihren kalten, metallischen Glanz aufpolierte, schrecklich niedergeschlagen.

Ebenso verstörten sie die Straßen, die unvertraute Sprache und die seltsamen Sitten und Gebräuche der Stadt. Sie war überzeugt, sie würde es nie lernen, sich in Manhattan zurechtzufinden oder das merkwürdige, nasale Idiom der Amerikaner zu sprechen. Selbst die Kirche, in der sie einen Augenblick Erleichterung suchte, erschien ihr fremd und unfreundlich. Der Gottesdienst in der unbekannten Sprache sagte ihr nichts und bot ihr keinen Trost. Sie konnte nicht sicher sein, daß Gott diesen unverständlichen Anrufungen Beachtung schenkte. Mit schwerem Herzen ging sie wieder aus der Kirche heraus, den Strohkorb am Arm, den sie zum Einholen benützte. Mit noch schwererem Herzen gab sie die kostbaren, schnell dahinschwindenden Dollarnoten aus, von denen sie jetzt leben mußten. Zögernd zog sie die grünen Scheine hervor, drehte jeden mehrere Male um, bevor sie ihn in die schnell zupackenden Hände der Ladenbesitzer legte. Sie konnte es kaum ertragen, zusehen zu müssen, wie achtlos sie die Scheine zusammenzählten, die Lebensmittel auf die Waagen warfen, sie von den Waagen herunterrissen und in Papiertüten stopften. Sie konnte die Gleichgültigkeit und Verschwendung nicht ertragen, mit der amerikanische Frauen Berge von Sachen kauften, die sie nicht brauchten, und kaum gebrauchte Artikel wegwarfen – Schuhe, Kleider, selbst Möbel. Sie konnte das Bedürfnis nicht abstreifen, alles, was sie besaß, zu reparieren und wiederzuverwerten. Sie ließ eine Lampe keine Sekunde unnötig brennen. Sie machte ihre ganze Wäsche selbst, um einen Dollar zu sparen. Sie trug im Haus keine Strümpfe. Ewig flickte, stopfte und nähte sie. Aber so sparsam sie auch mit ihren Mitteln umging, die Dollarscheine schienen aus ihrer Geldbörse davonzufliegen. Demütig und mit gesenktem Kopf ging sie dann zu ihrem Mann, als wäre es irgendwie ihr Fehler, daß sie ihren kleinen Geldvorrat aufbrauchten. »Ich schäme mich, sagen zu müssen, daß ich schon wieder Haushaltsgeld brauche«, seufzte sie. »Du bist doch nicht böse auf mich, nicht wahr, Georg?«

»Wie kannst du denn so etwas auch nur denken!« sagte Dr. Karnovski darauf zärtlich und drückte ihr die Scheine in die Hand.

Er war so bedrückt wie sie durch die enge Wohnung, den Lärm von der Straße und vor allem durch den Anblick seiner Instrumente, die wie Leichen überall aufgebahrt waren. Wenn er seine Werkzeuge reinigte und schärfte, besonders die Skalpelle, die ihm so viel Ruhm und Ehre eingebracht hatten, empfand er einen so schmerzlichen Drang, wieder zu tun, wofür er ausgebildet war und was er liebte, daß er vor Verzweiflung hätte schreien können. Die Nutzlosigkeit seiner Existenz verfolgte ihn und ließ ihm keine Ruhe, aber er wehrte sich eisern gegen dieses Gefühl. Eines der wenigen Dinge, die er von drüben mitgebracht hatte, war das Sprichwort: *Geld verloren, nichts verloren. Mut verloren, alles verloren,* und er wollte seinen Mut nicht verlieren. Er ging so viel wie möglich aus dem Haus, um nicht den Geruch von alten Kleidern und Mottenkugeln einatmen und seine Instrumente nicht ansehen zu müssen.

Drüben war er es gewohnt gewesen, gleichgültig, wie beschäftigt er war, einen Teil des Tages in einem Café zu verbringen. Aber jetzt hielt er sich vom Old Berlin fern. Obwohl man ihn dort kannte und er respektvoll Herr Doktor genannt wurde, wollte er es sich nicht gestatten, wie die anderen dort ewig in Erinnerungen an die guten alten Zeiten zu schwelgen. Was ihn betraf, waren die alten Zeiten vorüber und vorbei. Eigentlich empfand er eine starke Affinität zu der rauhen, harten Stadt, die einen herausforderte, seinen Willen auf die Probe zu stellen, und er zwang sich dazu, den nötigen Mut aufzubringen, um es mit ihr aufzunehmen und sie zu erobern.

Am frühen Morgen, gleich nach dem Frühstück, machte er sich auf seinen täglichen Spaziergang. Fest ausschreitend und sich dem starken Wind entgegenstemmend, der von den grünen, gebirgigen Ufern jenseits des Hudson herüberwehte, reinigte er seine Lungen von den dumpfen Gerüchen nach Bettzeug, Mottenpulver und alten Sachen, der seine enge Wohnung anfüllte und seinen Geist bedrückte. Die frische Luft half ihm, Zweifel und Melancholie zu zerstreuen. Obwohl er jeden Tag den gleichen Weg machte, genoß er immer noch das Gefühl des guten freien Bodens, über den man erhobenen Hauptes schreiten konnte und wo keiner einen beachtete. Er ging auch oft zum Strand, etwas, was er in den letzten Jahren schmerzlich vermißt hatte, seit den Juden das Baden im Wannsee verboten worden war. Wenn er auf dem Sand lag und den Geruch von Sonne, Salzwasser, Fisch und Seetang einatmete oder an den Klippen Muscheln ablöste, fühlte er sich wunderbar entspannt und voll beglückender Energie und Lebenskraft. So frisch belebt und gestärkt besuchte er dann manchmal Onkel Harry und aß das köstliche Mittagsbrot, das Tante Rose ihm auftischte. Und wie Tante Rose seinen Appetit liebte, so war seine Kusine Ethel von seiner Männlichkeit angezogen, von seinem gebräunten Körper und dem Duft von Salz, Sonne und See, den er ins Haus brachte. Oft gingen sie zusammen schwimmen oder rannten den Strand entlang um die Wette, und Dr. Karnovski konnte immer noch mit seiner jungen, athletischen Kusine mithalten.

Mit der gleichen Energie, mit der er seine körperliche Ertüchtigung betrieb, widmete er sich auch dem Englischunterricht, der eine Bedingung für die Prüfung der Staatlichen Ärztekammer war, die er zu bestehen hatte, bevor er seine Zulassung im neuen Land bekommen konnte.

Wie in seiner Gymnasialzeit, nur daß jetzt sehr viel mehr auf dem Spiel stand, saß er in seiner Schulbank und verfolgte mit seinen scharfen schwarzen Augen jedes Wort, das die Lehrerin, Miss Doolittle, an die Tafel schrieb. Und wie ein eifriger Schuljunge hob er jedesmal die Hand, wenn er die Antwort wußte.

Es freute ihn, daß er der beste Schüler in der Klasse war, die zum größten Teil aus dicken, uninteressanten Hausfrauen bestand. Er genoß es, wenn Miss Doolittle mit ihrer kalligraphischen Handschrift seine Noten eintrug. Und sein größtes Vergnügen war, sie erröten zu sehen, wenn sie sein Heft korrigierte.

Miss Doolittle, eine große, hagere alte Jungfer, hatte sich immer pedantisch und unpersönlich zu geben gewußt, bis zu dem Tag, als der sonnengebräunte, stämmige Arzt in ihre Klasse kam. Zum erstenmal seit vielen Jahren fing sie an, sich um ihre Erscheinung zu kümmern, einen Knopf mehr an ihrer Bluse aufzulassen und Rouge auf ihre Wangen zu tupfen. Obwohl sie äußerst darum bemüht war, sich nichts anmerken zu lassen, entging dem scharfäugigen Doktor die

Veränderung nicht – es gab kaum etwas an Frauen, was ihm entging. Er konnte zwar unmöglich für dieses alte Schlachtroß einen Funken der Begeisterung aufbringen, aber ihre Reaktion auf ihn schmeichelte ihm und amüsierte ihn.

Doch meistens empfand er während des Unterrichts Wut und Scham. Nach dem Dienst an der Front, den er überlebt hatte, und nach dem schwierigen Aufstieg zu beruflichem Ansehen und Ruhm, war es für ihn eine Erniedrigung, wie ein Schuljunge dasitzen und Wörter aus einer Kinderfibel wiederholen zu müssen.

Aber sobald diese Bedrücktheit ihn überkam, versuchte er, sie abzuschütteln und sich zu Optimismus zu zwingen. Das wollten ja seine Feinde gerade – daß er den Mut verlor und aufgab. Aber das würde er sich nie gestatten.

»Kopf hoch, Thereschen«, tröstete er seine Frau. »Es werden auch für uns wieder gute Zeiten kommen. Laß mich nur erst diese Prüfung bestehen.«

Wie in den ersten Zeiten ihrer Liebe zog er sie auf seinen Schoß und streichelte ihr das Flachshaaar. »Nur wegen mir muß du jetzt so leiden, Kleines«, sagte er zerknirscht.

»Gott, wie kannst du nur so etwas sagen?« verwehrte sie ihm das. Und obwohl sie es liebte, gehätschelt zu werden, konnte sie sich das Vergnügen, auf seinem Schoß zu sitzen, nicht länger gönnen – ihre Hausarbeit rief sie doch. Aber ihr Mann zog sie mit Gewalt von ihren Pflichten weg und nahm sie auf einen Spaziergang oder ins Kino mit.

»Hör auf mich, *gojischer Kup*!« sagte er mit gespieltem Ernst und schleppte sie fast hinaus.

Das genügte, um ihre Niedergeschlagenheit zu vertreiben. Sie liebte es, sich mit diesem Namen nennen zu hören, es war noch ein Kosename aus den Tagen, als sie angefangen hatten, miteinander zu gehen. Das war ihr einziger Halt in der fremden und erschreckenden Stadt – ein Halt, den sie drüben zu verlieren im Begriff gewesen war. Obwohl sie nie davon gesprochen hatte, war sie dort wegen seiner Vernachlässigung und seiner Affären von Eifersucht und Groll umgetrieben worden. Seit er berühmt geworden war, hatte sie lange Nächte voll quälenden Verdachts wach gelegen. Sie hatte den Eindruck gehabt, daß jede Frau in Berlin sie auslachte, sie, Dr. Karnovskis gefügige, dumme kleine Ehefrau. Nun, nach Jahren schweigend ertragener Demütigungen, war sie sich wieder seiner Liebe sicher. Sie gingen zusammen spazieren und ins Kino und hielten sich bei den Händen. Er nannte sie Thereschen, dummes Gänschen und *goyischer Kup*. Das war fast eine reiche Entschädigung für ihr Unglück und ihre Einsamkeit und die ständigen Kopfschmerzen, unter denen sie litt. Es war jetzt leichter, die Plackerei zu ertragen, wo Georg im anderen Zimmer saß und seine Englischlektion lernte.

Einmal versuchte er sogar, ihr bei der Hausarbeit zu helfen, wie er es bei amerikanischen Ehemännern gesehen hatte, aber Therese war entsetzt und wollte ihm nicht erlauben, seine Hände ins Putzwasser zu stecken. Sie war eine deutsche Hausfrau, und was sie betraf, so war ihr Ehemann immer noch der Herr im Haus und durfte sich nicht zu Frauenarbeit herablassen. Sie polierte ihm seine Schuhe, bürstete ihm die Kleider aus und nahm ihm den Mantel ab oder half ihm hinein, wenn er heimkam oder ausging. Sie fing sogar an, im Haus zu singen, was sie jahrelang nicht mehr getan hatte, denn wenn er sie jetzt küßte, dann war das aus Liebe und nicht aus Pflichtgefühl.

Langsam und widerstrebend paßte sie sich an die fremde Stadt an, lernte, wie sie von einem Ort zum anderen kam, schnappte ein paar englische Wörter auf und gewöhnte sich allmählich auch an die Sitten und Gebräuche, die ihr mit der Zeit nicht mehr so anstößig vorkamen. Ja, sie begann sogar gewisse Seiten des amerikanischen Lebens zu mögen.

Doch nichts davon sprang auf das jüngste Mitglied der Familie Karnovski, Joachim Georg, über.

37

Wie ein tollwütiger Hund, der, obwohl er vor Durst wahnsinnig ist, nicht trinken will, sehnte Jegor Karnovski sich nach Menschen und hatte doch eine Sterbensangst davor, sich ihnen zu nähern.

Dr. Karnovski sah die Ängste seines Sohnes und tat sein Bestes, um ihm zu helfen. Als erfahrener Arzt wußte er, daß eine ansteckende Krankheit oft durch ein aus ihren eigenen Organismen gewonnenes Serum geheilt werden kann, und in Anwendung dieses Prinzips bemühte er sich, seinen Sohn gerade durch das, was er am meisten fürchtete, zu kurieren. Mit der charakteristischen Karnovski-Hartnäckigkeit versuchte er, den Jungen dazu zu zwingen, an dem aktiven Leben des neuen Landes teilzunehmen. Mit dem gleichen Eigensinn verweigerte sich Jegor und verkroch sich in seinem Zimmer wie ein Maulwurf in seinem unterirdischen Bau.

Zuerst versuchte Dr. Karnovski es mit Freundlichkeit. Er unternahm alles, was ihm möglich war, um Jegor das Leben in der fremden Stadt leichter zu machen, ihn stufenweise in den Geschmack und Rhythmus Amerikas einzuführen, wie man einem verstockten Kind löffelweise Medizin verabreicht. Er nahm ihn in Zoos und Vergnügungsparks mit und zeigte ihm die feinsten Wohngegenden. Er forderte ihn auf, mit ihm spazieren und an den Strand zu gehen. Aber Jegor drehte das Gesicht zur Wand und zog sich die Decke über den Kopf. »Faulpelz, die Sonne scheint!« schalt ihn sein Vater dann liebevoll.

»Was geht mich die Sonne an? Ich will schlafen«, murmelte Jegor unter seiner Decke hervor.

»Wir mieten uns ein Boot und gehen rudern.«

Jegor überlegte einen Augenblick. Er liebte Schiffe und Wasser. Aber der Genuß, sich seinem Vater zu verweigern, überwog das Vergnügen am Bootfahren.

»Ich habe wegen des Lärms in dieser verdammten Stadt

die ganze Nacht kein Auge zugetan«, brummte er. »Laß mich weiterschlafen.«

Je mehr sein Vater New York pries, desto mehr zeigte er seine Verachtung dafür. Der Lärm, der Betrieb und das unerträgliche Wetter machten ihm noch viel mehr aus als seinen Eltern. Und auch die kleine, vollgestopfte Wohnung und all die Unbequemlichkeiten, mit denen er leben mußte, konnte er nicht ertragen. Er haßte Amerika. Alles daran war ihm zuwider – die Unordnung, die schlechten Manieren, die freie, ungenierte Art, die Amerikaner Fremden gegenüber an den Tag legten, die Arroganz und Grobheit der Beamten. Seine gereizten, angespannten Nerven reagierten auf jeden schrillen Laut und jedes Rascheln. Vorüberfahrende Autos weckten ihn auf. Weil er seine Wut an jemandem auslassen mußte, stürzte er in das Schlafzimmer seiner Eltern, um gegen die Stadt zu wüten. »Diese gottverdammte Kloake!« schluchzte er fast. »Ich werde noch wahnsinnig in diesem lausigen Rattenloch!«

Dr. Karnovski versuchte, vernünftig mit ihm zu reden. »Schau mal, mein Sohn. Die Stadt wird sich nicht an dich anpassen – du wirst dich an die Stadt anpassen müssen. Das ist schlichte Logik.«

»Du und deine Logik!« brüllte Jegor, einer vernünftigen Erwiderung unfähig.

Da Logik sich als sinnlos erwies, versuchte es Therese mit Zärtlichkeit. »Sei doch gerecht, Kind«, bat sie. »Du weißt ja, wir sind nicht wegen uns hierhergekommen. Es war doch nur wegen dir, wir haben alles nur für dich getan...«

»Das sagst *du*«, sagte Jegor höhnisch.

Er ging spät zu Bett und schlief dann am nächsten Tag lange, manchmal bis in den Nachmittag hinein. Aber gleichgültig wie spät er aufgestanden war, verbrachte er den Rest des Tages im Schlafanzug und ging zerknittert und betäubt von zu viel Schlaf in der Wohnung herum. Den ganzen Tag über hörte er Radio, begierig auf Nachrichten aus dem alten Land. Obwohl er in der Schule Englisch gelernt hatte und überzeugt war, die Sprache zu können, verstand er die schnelle Sprechweise der Ansager nicht. Er drehte stundenlang an dem Gerät herum, bis er irgendeine Nachricht über Deutschland aufschnappte.

Er ging auch den schreienden, gewalttätigen Jungen und Mädchen aus dem Weg, die in Scharen die Straßen der Umgegend bevölkerten. Er saß stundenlang am Fenster und sah ihnen beim Spielen zu. Therese hielt es nicht aus, ihn so wie einen Ausgestoßenen dasitzen zu sehen, und bat ihn eindringlich, doch hinunterzugehen. Wenn sein Vater ihm sagte, er brauche doch vor den Jugendlichen auf der Straße keine Angst zu haben, wurde Jegor wütend. »Wer hat denn Angst?« schrie er, außer sich vor Zorn auf seinen Vater, der es immer schaffte, den Finger auf seine Wunden zu legen. »Ich habe vor niemandem Angst!«

Aber er konnte seine Sterbensangst, lächerlich gemacht und erniedrigt zu werden, nicht abschütteln. Jedesmal, wenn jemand lachte, bezog Jegor das auf sich. Um jeder möglichen Demütigung zuvorzukommen, baute er einen Wall der Abwehr gegen die gesamte Menschheit auf, jeder war sein potentieller Feind.

Als er merkte, daß weder Logik noch Güte Jegor aus seiner selbstauferlegten Isolierung herausholen konnten, zwang Dr. Karnovski seinen Sohn zum Ausgehen. Jegor gehorchte wiederwillig, er setzte die Füße so vorsichtig, als ginge er über dünnes Eis.

»Hermimball! Wirfnrüber!« schrien die Jungen, als der Ball zufällig neben Jegor auftraf. Alles, was er zu tun hatte, war, ihn zu fangen, und er wäre sofort in die Gruppe aufgenommen worden, aber diese Worte hatte er in keinem Lehrbuch je gesehen, und er antwortete mit dem einzigen passenden Satz, den er für einen solchen Anlaß kannte: »Ich bitte um Verzeihung, mein Herr?«

Die Jungen vergaßen den Ball und kreischten vor Vergnügen. »Katzenjammer!« schrie einer von ihnen. »Wer pist du, Hans oder Fritz?«

Jegor floh zurück in sein Zimmer. Genau das, was er am meisten gefürchtet hatte, war passiert. Von da an wagte er sich fast gar nicht mehr aus dem Haus und tat alles, um der schwitzenden, schreienden Jugendlichenbande nicht mehr begegnen zu müssen. Er saß am Fenster und freute sich, wenn einer von ihnen hinfiel oder einen schlechten Wurf tat.

Als es Herbst wurde und Dr. Karnovski von der Schule zu sprechen anfing, wurde Jegor von Panik erfaßt. Das machte ihm am meisten angst – die Vorstellung, wieder in die Schule gehen zu müssen. Er verlor den Appetit, konnte nicht schlafen und warf sich die ganze Nacht in seinem Bett herum. Am Morgen des Schulanfangs hatte er plötzlich hohes Fieber. Therese bekam es mit der Angst zu tun und rief ihren Mann. Er untersuchte den Jungen und sah, daß er nicht simulierte, er hatte wirklich Fieber. Aber er wußte auch, daß es keine organische Ursache hatte, sondern der Aufregung zuzuschreiben war, und daher befahl er Jegor, aufzustehen und zur Schule zu gehen.

Jegor sah seinen Vater haßerfüllt an. »Mir ist das gleich«, sagte er, »aber wenn ich krank werde, bist du daran schuld.«

Therese war verstört und versuchte ihren Mann durch einen flehenden Blick umzustimmen, aber er gab nicht nach. »Er wird sich an die Jungen gewöhnen«, sagte er zu ihr. »Das wird ihn kurieren.«

Das Fieber verschwand, wie Dr. Karnovski vorausgesagt hatte, aber Jegor gewöhnte sich weder an die Schule noch an die Jungen. Wegen seines stockenden Englisch kam er in eine niedrigere Klasse. Ungelenk und einen guten Kopf größer als seine Klassenkameraden, genierte er sich wegen seiner Größe und daß er mit jüngeren Kindern zusammen lernen mußte. Er hatte auch Probleme wegen seines Akzents, über den die ganze Klasse lachte, als er zum erstenmal eine Frage beantwortete. Er erinnerte sie an die deutschen Komiker, die sie im Radio hörten. Je mehr die Klasse lachte, desto verlegener wurde Jegor, und schließlich fing er wieder an zu stottern. Die Jungen und Mädchen lachten nur noch mehr.

Der Englischlehrer, Mr. Barnett Levy, machte der Heiterkeit schnell ein Ende. Er klopfte ruhegebietend mit seinem Füller auf das Pult, putzte sich sorgfältig die Brillengläser und unterbrach den Unterricht, um in seinem tiefen Bariton der Klasse eine Standpauke zu halten. Seine Stimme war immer sein wirkungsvollstes Lehrinstrument gewesen. Der kleine, dicke, kraushaarige Mann war bei der flegelhaften, rassisch gemischten Schülerschaft nicht besonders angesehen, bis er zu sprechen begann. Dann fesselte seine melodische, besänftigende Stimme sofort die Aufmerksamkeit, und er setzte sie daher wie ein Instrument ein. Er gebrauchte sie nun, um das Gelächter zum Schweigen zu bringen. »Ruhig, Kinder, ruhig«, sagte er zu den vor Lachen fast platzenden Jugendlichen.

Er wurde nicht wütend. Ganz gelassen wies er statt dessen auf die Umstände hin, die den Fremden dazu gebracht hätten, sein Heimatland zu verlassen und in ihr Land zu kommen, wo die Sprache und die Sitten ihm noch unvertraut seien. Seine Erklärung machte die Kinder betroffen, vor allem den Mädchen ging sie zu Herzen, und der große, schüchterne Junge tat ihnen jetzt leid.

Erfreut über seine vernüftige Lösung, sah Mr. Levy Jegor Karnovski in die Augen, um dem Jungen seine persönliche Sympathie und sein Mitleid auszudrücken. Und um die Stimmung nach seinem ernsten Vortrag wieder etwas zu heben, sagte er scherzend voraus, eines Tages würde Jegor gewiß besser Englisch sprechen als er selbst und auch Jegor würde vielleicht einmal Lehrer werden wie er, der Sohn eines eingewanderten Schneiders.

Darauf zwinkerte er Jegor zu, um ihm zu zeigen, daß sie von derselben Art seien. Doch statt eines dankbaren Lächelns gab ihm der Junge einen Blick äußerster eisiger Verachtung zurück. »Ich bin kein Jude!« erklärte er barsch.

Mr. Levy war verdutzt. Was war da schiefgelaufen? Wie

jeder Jude meinte er, überall unter Menschen einen anderen Juden erkennen zu können, und er war sicher, daß er sich auch diesmal nicht geirrt hatte. Aber er wußte auch, daß das jetzt weder die richtige Zeit noch der Ort war, die Sache zu klären.

»Das wollen wir den Rassenspezialisten drüben überlassen«, sagte er etwas boshaft. »Was du auch sein magst, laßt uns jetzt mit dem Unterricht fortfahren.«

Von da an herrschte ein stiller, aber tödlicher Konflikt zwischen Lehrer und Schüler.

Jegor konzentrierte seinen ganzen Haß auf die Lehrer auf diesen einen, den einzigen, der versucht hatte, ihn zu verteidigen. Zum Teil tat er das, um sich bei den arisch aussehenden Schülern in seiner Klasse einzuschmeicheln. Jegor teilte seine Schulkameraden wie alle Menschen in zwei Kategorien ein – die blonden, blauäugigen, die er fürchtete, aber bewunderte, und die dunklen, vor denen er keine Angst hatte, die er aber verachtete. Er empfand den ersteren gegenüber eine übermäßige Anziehung und den letzteren gegenüber übermäßiges Mißtrauen, und beides war allen offensichtlich. Wenn sie miteinander spielten, foppten sich die Jungen oft wegen ihrer Nationalitäten. Ausdrücke wie »Itaker« oder »Polack« wurden ungeniert gebraucht, ohne daß jemand sie übelnahm. Doch Jegors Posieren und widersprüchliche Gefühle, seine Arroganz, Unterwürfigkeit und Anmaßung waren ein falscher Ton in dem unkomplizierten, gutmütigen Umgang, den die Jungen miteinander pflegten, und sie lernten es schnell, ihm aus dem Weg zu gehen und hinter seinem Rücken über ihn zu lachen. Sie amüsierten sich damit, seinen Gang, seine Haltung und seine Gewohnheit, steif die Achseln hochzuziehen, nachzuäffen. Jegor wußte, daß alle ihn nur Sauerkraut und Katzenjammer nannten.

Er versuchte, es ihnen dadurch heimzuzahlen, daß er ihr Land und die Einrichtungen, auf die sie große Stücke hielten, verspottete. Er rühmte alles Deutsche – sein Heer, seine Marine, seine Sportler, Autos und Schiffe. Er weigerte sich, am Schulturnen teilzunehmen, weil er wußte, daß er in Sport schlecht war, und tödliche Angst hatte, sich zu blamieren. Die Jungen forderten ihn zu Wettläufen und Kämpfen heraus, aber Jegor wollte sich nicht schlagen, und die Jungen nannten ihn Bubi und Schisser. Weil die Schule eine solche Tortur war, stellte er sich oft krank, kam zu spät und tat alles, um sich vor dem Unterricht zu drücken. Aus Trotz gegen Mr. Levy paßte er im Unterricht nicht auf und vernachlässigte seine Hausaufgaben. Dr. Karnovski war sicher, daß sein Sohn seine Krankheiten vortäuschte, und sagte ihm das, und Jegor empfand einen mörderischen Zorn auf seinen Vater, weil dieser ihn durchschaute. Nichts blieb diesen schwarzen, eindringlichen Augen verborgen, und Jegor haßte und fürchtete sie. Und noch mehr haßte er den scharfen, durchdringenden Blick seines Großvaters David, wenn dieser zu Besuch kam.

In Amerika war David zum Urbild des Juden geworden. Sein einst gestutzter Spitzbart wucherte nun in voller rabbinischer Länge und Breite. Er sprach ein saftiges Jiddisch statt des korrekten Deutsch, dessen er sich drüben bedient hatte, und oft mischte er hebräische Ausdrücke und Gleichnisse in seine Rede. Ewig pries er das Judentum, die heiligen Lehren, die Heiligung des Sabbat und noch andere solche Dummheiten, die Jegor zum Davonlaufen fand. Die plötzliche Verwandlung seines Großvaters in einen biblischen Patriarchen brachte ihn schrecklich auf. Und ebenso abstoßend fand er auch Großmutter Karnovski, die einem den ganzen Gestank und Lärm der Dragonerstraße ins Haus schleppte. Sie guckte in die Töpfe, murmelte etwas von der Befolgung der *Koschruth* und plapperte in einem unverständlichen Melnitzer Jargon wie ein altes Marktweib. Und am meisten haßte er es, wenn sie ihn nach seinen Fortschritten in der Schule ausfragten.

»Und lernst du auch fleißig?« fragte David Karnovski in dem Singsangton, den er sich neuerdings angewöhnt hatte und bei dem Jegor hätte aus der Haut fahren können.

»Nein!« brüllte Jegor dann.

David Karnovski wurde zornig. »Eine Schande ist das!« schrie er. »Rabbi Elisha Ben Abijah, ein großer Hebräischgelehrter, hat gesagt, der beizeiten Lernende sei gleichsam wie Tinte auf einem Bogen glatten Papiers, während der Müßige wie Tinte auf zerkrumpeltem Papier sei!«

»Das ist mir doch schnuppe, was irgendein Rabbi gesagt oder nicht gesagt hat«, erwiderte Jegor im unverschämtesten Ton, den er zustande brachte.

Der alte Mann schnaubte vor Wut und sagte dem Jungen eine schlimme Zukunft voraus. Wenn er nicht lernte, würde es ein böses Ende mit ihm nehmen. Er müsse jetzt entscheiden, was er werden wolle und zu einem gebildeten, engagierten Mann heranwachsen wie alle männlichen Karnovskis.

Jegor kehrte seinem Großvater den Rücken zu. »Ist mir doch egal!« sagte er.

Lea holte ihren Mann aus dem Zimmer des Jungen, bevor noch etwas Schlimmeres passierte. Mit Freundlichkeit und Teilnahme versuchte sie, ihren Enkel zu begütigen, und schalt ihn liebevoll für seine Respektlosigkeit gegenüber seinem Großvater aus. Wisse er den nicht, daß man seine Eltern und Großeltern ehren müsse? Um ihre Vorwürfe zu mildern, gab sie ihm ein paar süße Mandelplätzchen. »Iß, Kind«, sagte sie mit gurrender Stimme. »Das ist gut für dich, das gibt dir Kraft ...«

Aber er wies ihre Plätzchen geradeso zurück wie ihre freundlichen Worte und die Jungen, die sie schickte, damit sie ihm Gesellschaft leisteten. Den besten Einfluß auf ihren rebellischen Enkel versprach sie sich von Ruth und Jonas Zieloneks Sohn, Markus.

Markus war siebzehn und ein Ebenbild seiner Mutter, der Liebling der Burak-Familie. Obwohl er noch nicht lange im Land war, hatte er schon alle möglichen akademischen Medaillen und Auszeichnungen eingeheimst. Sein Bild war sogar in der jiddischen Zeitung veröffentlicht worden, und

Lea hoffte, er würde einen festigenden Einfluß auf Jegor ausüben und ihm zeigen, daß es sich lohnte, den rechten Weg zu gehen.

In Erinnerung an das früher zwischen den Familien Vorgefallene war Lea nicht sicher, ob Ruth es ihrem Sohn erlauben würde, in Georgs Wohnung zu kommen. Doch Ruth umarmte Lea nur und sagte freundlich, es wäre ihr eine große Freude, wenn die beiden Jungen Freunde würden. Lea Karnovski arrangierte ein Treffen bei sich zu Hause. Zuerst waren Dr. Karnovski und Ruth verlegen, als sie sich nach so vielen Jahren wiedersahen. In übertrieben bemühtem Ton erkundigte er sich nach ihrem Klavierspiel, in dem sie doch so hervorragend gewesen sei; sie ihrerseits war überfreundlich gegenüber Therese und hielt ihre Hände. Danach luden die Karnovskis die Zieloneks und ihren brillanten Sohn Markus zu sich ein.

Wie immer unsicher, wie sein Sohn auf Fremde reagieren würde, führte Dr. Karnovski den Jungen in Jegors Zimmer und stellte sie einander vor. »Markus, das ist Jegor«, sagte er mit der Herablassung eines Erwachsenen. »Ihr beide solltet gute Freunde werden.« Dann ging er wieder hinaus und ließ die Tür ins Schloß fallen, als wäre diese Freundschaft bereits eine vollendete Tatsache.

Die Jungen sahen einander zögernd an. Markus streckte eine weiche Hand aus, die Wärme und Liebenswürdigkeit und Bejahung der Welt, wie sie war, ausstrahlte. Er hatte nichts von der quicken, aufgeweckten Art und den scharfen nordischen Zügen seines Großvaters. Er war dicklich wie seine Mutter, mit dunklen, sanften Augen und einem nachgiebigen, mädchenhaften Körper. »Hallo, Jegor«, sagte er auf englisch, »schön, dich kennenzulernen.«

»Joachim Georg!« bellte Georg auf deutsch und schlug die Hacken zusammen. Seine kalten blauen Augen musterten Gesicht und Körper des anderen in allen Einzelheiten. Markus gemahnte ihn an ein dickes, gutmütiges Schaf, und Jegor fing sofort an, ihn mit deutlicher und betonter Verachtung zu behandeln. Doch wie viele gelassene Menschen war Markus gegen Sarkasmus immun. Jegor haßte und beneidete Markus' Lebensfreude, seine unerschütterliche Freundlichkeit, seine offensichtliche Selbstzufriedenheit. Als Markus Jegor die Medaillen zeigte, die er in der Schule gewonnen hatte, schnalzte Jegor mit der Zunge. »Sind das alle?« fragte er mit grobem Spott.

»Bald bekomme ich noch ein paar«, antwortete Markus mit unerträglicher Selbstsicherheit.

Als sie zu den Erwachsenen hineingingen und seine Eltern Markus offen rühmten, konnte Jegor der Gelegenheit nicht widerstehen, vernichtende Bemerkungen über Schulbildung, Professoren und Leute zu machen, die so viel auf Bücher und Gelehrsamkeit gaben. Die Zieloneks, denen jeder Sinn für Humor abging, hörten mit offenen Mündern zu. Um eine Szene zu vermeiden, bagatellisierte Dr. Karnovski das Ganze. »Nehmen Sie bloß nicht ernst, was er da sagt«, bemerkte er in beiläufigem Ton. »Das ist nur das Geplapper eines halbstarken Angebers.«

Jegor richtete sich steil auf. »Ich bin alt genug, um zu wissen, was ich sage!« zischte er mit zusammengepreßten Zähnen. »Und ich lasse mich nicht mundtot machen.«

Jede Zurückhaltung aufgebend, ließ er nun eine Tirade gegen Intellektuelle und Studierende los, besonders gegen solche mit krausem Haar und Brille. Er hörte sich genauso an wie die Parteiredner drüben.

Eine tödliche Stille folgte. Am schwersten nahm es Therese Karnovski. Als die einzige anwesende Nichtjüdin empfand sie es doppelt peinlich, daß ihr Sohn hier offen die Rassentheorien verfocht. »Oh, lieber Gott!« stöhnte sie.

Dr. Karnovski hoffte, es sei noch nicht zu spät, um die Situation zu retten, und machte einen Versuch, den ganzen Vorfall mit einem Scherz abzutun. Er packte die Jungen bei den Schultern und schob sie zur Tür. »Keine Politik jetzt!« sagte er lustig. »Raus mit euch beiden! Die frische Luft wird euch zweien gut tun!«

Markus hätte zwar gerne etwas zur Erwiderung auf Jegors Ausfall gesagt, schickte sich jedoch gutmütig an, Dr. Karnovski zu gehorchen; aber Jegor wollte nicht nach draußen. Er wollte nicht mit so einem deutlich jüdischen, siebengescheiten Bücherwurm auf der Straße gesehen werden. Und wenn auch Markus zum Glück von Jegors Verachtung gar nichts merkte, so war sie doch seiner Mutter aufs schärfste bewußt geworden und hatte in ihr den alten Groll gegen die arroganten Karnovskis wiedererweckt.
»Komm, Markus«, sagte sie. »Du bist offenbar in diesem Haus nicht willkommen.«

Therese packte sie am Arm. »Bitte, gehen Sie nicht – ich flehe Sie an, bleiben Sie doch!«

Doch Ruth war unnachgiebig. »Hol mir meinen Mantel, Jonas«, sagte sie, eiskalt vor Zorn.

Dr. Karnovski war sich bewußt, daß er jetzt nicht die Beherrschung verlieren und sich zu etwas Törichtem hinreißen lassen durfte, aber seine Wut gewann die Oberhand.
»Entschuldige dich bei unseren Gästen!« befahl er seinem Sohn. »Entschuldige dich auf der Stelle!«

Wie meistens, wenn er sich aufregte, fing Jegor an zu stottern. »N... n... nei... nein!« kreischte er und rannte in sein Zimmer. Es war ihm entsetzlich, daß Leute ihn stottern hörten. Solange er mit seinen Eltern allein zu Hause war, konnte er flüssig sprechen, ja er war sogar beredt. Aber mit Fremden war es etwas anderes.

Sein Stottern wurde noch schlimmer, wenn er mit einem Mädchen oder einer Frau zusammen war, und ganz aus der Fassung brachte es ihn, wenn Onkel Harrys Tochter Ethel zu Besuch kam. Sie schaute oft einmal bei den Karnovskis vorbei, lachte, scherzte, tanzte herum wie ein Irrwisch und war dann so plötzlich wieder weg, wie sie aufgetaucht war. Sie liebte es, mit Jegor zu flirten. Weil er sich ihr gegenüber so steif und barsch gebärdete, machte es ihr einen Riesenspaß, ihn zu necken und ihm zu sagen, wie sehr er ihr gefalle; ja, sie versuchte sogar, ihn zu küssen. »Findest du nicht auch, daß ich bezaubernd bin, Jegor?« fragte sie und schmiegte sich an ihn.

Trotz der Empfindungen, die ihr warmer, junger Körper in ihm erweckten, gab er sich kalt und teilnahmslos. Aber er bekam schweißnasse Hände und mußte sie in die Taschen stecken. Wochenlang nach ihren Besuchen rief er sich die Berührung ihrer Hände wieder ins Gedächtnis und hatte sexuelle Träume von ihr, aus denen er voller Scham und Schuldgefühle aufwachte. Sie machte ihm Komplimente über seine blauen Augen und nannte ihn gleichzeitig einen verklemmten, arroganten deutschen Stoffel, einen Ausdruck, den sie bei ihren Eltern aufgeschnappt hatte. Manchmal packte sie ihn plötzlich bei den Händen und tanzte mit ihm im Zimmer herum, aber Jegor riß sich mit flammendem Gesicht los.

Dann lief Ethel zu seinem Vater. »Du gibst mir doch sicher keinen Korb, Doktor?«

»Na, aber ganz bestimmt nicht!« sagte Dr. Karnovski galant und walzte gewandt mit ihr über den gebohnerten Boden.

»Sieh deinen Vater an, Tolpatsch, da kannst du lernen, wie man sich einer Dame gegenüber benimmt«, rief Ethel Jegor zu.

Jegor sah zu und verzehrte sich vor Neid. Er wußte, daß sein Vater großen Erfolg bei Frauen hatte, und er haßte ihn dafür. Selbst seine Mutter, seine blonde, schöne, rein arische Mutter, fand diesen dunkelhäutigen, finsteren Juden anziehend. Je mehr er sich mit seinem Vater verglich, desto unsicherer wurde er sich seines eigenen knochendürren Körpers. Er wütete innerlich gegen sich selbst und rief sich alle die lächerlichen und täppischen Dinge zurück, die zu sagen er sich von ihr hatte provozieren lassen. Er geißelte sich erbarmungslos, suhlte sich in seiner Selbsterniedrigung.

Doch dann überkam ihn plötzlich ein gewaltiges Selbstmitleid, und er hörte auf, sich zu quälen. Er klagte sich nicht mehr an, sondern rechtfertigte alles, was er getan hatte, und schob die Schuld auf die anderen. Immer schrieb er vor allem seinem Vater und dessen Artgenossen die Verantwortung zu. Alles Böse auf der Welt stammte aus dieser Quelle. So war es ihm von Onkel Hugo erklärt worden, so sagten es die Lehrer drüben, die Zeitungen, die Bücher, die Rundfunkkommentatoren. Juden selbst sagten es.

Für seine Mutter empfand er nur Bedauern – sie hätte ja keinen Grund gehabt, leiden zu müssen. Sie war Arierin reinster, vornehmster Abstammung. Was für ein Recht hatte dieser schwarze Jude, sie in dieses Schlamassel hereinzuziehen, sie aus dem Land ihrer Vorfahren zu reißen?

»Warum hast du das nur getan, Mutti? Warum bist du mit dem gegangen?« fragte er sie oft.

»Mit *dem*? Du sprichst von deinem Vater! Du hast kein Recht ...«

»Oh, wie ich ihn hasse!« rief Jegor. »Und er haßt mich auch!«

»Was für ein Unsinn! Papa liebt dich mehr als alles andere auf der Welt ...«

Jegor fing an, die Hand seiner Mutter mit Küssen zu bedecken. »Mutti! Laß uns nach Hause gehen ... nur du und ich ...«

Sie nahm ihn in die Arme und drückte ihn, als wäre er ein Kind. »Wir haben doch kein Zuhause mehr«, sagte sie traurig.

»Ich kann hier nicht leben ... Ich werde mich nie daran gewöhnen!«

So schrecklich es ihr war, die Erniedrigung zu erwähnen, die er drüben erlitten hatte, fühlte sich Therese nun doch gezwungen, ihn daran zu erinnern. »Wie kannst du davon sprechen, zurückzugehen, wo diese Leute dir so weh getan haben?«

»Das ist mir gleich! Laß uns zurückgehen. Onkel Hugo wird alles richten.«

Er hatte sich völlig von der Wirklichkeit abgekehrt und

begonnen, in einer Traumwelt zu leben, sich Dinge zu wünschen, von denen sein Verstand wußte, daß sie unmöglich waren. Je mehr er sich in diese Scheinwelt flüchtete, desto glaubhafter kamen ihm seine Tagträumereien vor. Nachts in seinen Träumen sah er sich drüben mit dem ganzen sich erhebenden Volk marschieren. Frauen und blonde junge Mägdlein streuen Blütenblätter, die er unter seinen Nagelstiefeln zertrat.

Benommen schlug er die Augen auf, wenn seine Mutter ihn rüttelte und sagte, es sei Zeit für die Schule. »Mutti, ich will nicht in die Schule«, plärrte er. »Ich will nach Hause zu Großmutter Holbeck. Sag, daß wir gehen, Mutti!«

»Du weißt, daß das nicht möglich ist, Jegor. Ich möchte, daß du aufhörst, so zu reden.«

»Oh, ich weiß, daß ich dir nichts bedeute«, jammerte er dann erbärmlich. »Du denkst ja sowieso nur an *den*.«

Als er begriff, daß nichts seine Mutter von seinem Vater wegbringen konnte, fing er an, sich sehnlichst das einzige zu wünschen, was sie zu seinem ungeteilten Besitz machen würde – den Tod seines Vaters.

38

Wie angelegentlich die gestiefelten Jungmänner von Neukölln die alte Johanna auch zu überreden suchten, den Juden Landau zu verlassen, sie schafften es nicht. Sie versuchten es mit Vernunftgründen, sie beschimpften sie, sie bedrohten sie sogar. Es sei undenkbar, daß sie, eine reine Arierin, einem jüdischen Blutsauger und Schänder christlicher Frauen den Dreck wegputze. Doch die alte Johanna ließ sich nicht bewegen. Sie verkündete öffentlich, sie habe keine Angst, von Dr. Landau verführt zu werden. Die Leute im Hinterhof lachten darauf schallend, und die jungen Männer in den braunen Hemden kamen sich dämlich vor und waren beleidigt. Sie bezeichnete sie auch als Rotznasen und junge Hunde, die noch nicht stubenrein seien, und mit anderen saftigen Neuköllner Ausdrücken. Immer wenn sie in ihre Nähe kamen, spuckte sie nach ihnen. Sie war zu alt, um mit Gewalt fortgeschafft zu werden, und obwohl Dr. Landau ihr längst nicht mehr die Fleischmahlzeiten bieten konnte, die sie so mochte, und sie gezwungen war, sein »Gras« mit ihm zu teilen, blieb sie bei ihm. Sie hatte zwar nie seine Eßgewohnheiten oder seine Methode, wie er sich bezahlen ließ, gebilligt, aber sie weigerte sich, ihn den bösen Menschen, die jetzt Deutschland regierten, preiszugeben.

Dr. Landau versuchte selbst, sie fortzuschicken. »Närrische alte Frau, wozu wollen Sie denn hier verhungern?« wütete er. »Gehen Sie zu Ihren Leuten, dort bekommen Sie wenigstens Ihr Fleisch und Ihren Kaffee!«

»Quatsch!« schimpfte sie so ärgerlich mit ihm wie immer. »Sie sollten sich lieber die Krümel aus dem Bart bürsten! Seit sie Fräulein Elsa abgeholt haben, laufen Sie herum wie ein Landstreicher, Ihr ganzer Bart ist voll Gemüse!«

Eines Morgens stand sie nicht bei Tagesanbruch auf, wie sie es ihr Leben lang getan hatte. Dr. Landau ging in die Küche, wo sie in ihrem hohen Eisenbett lag. »Was ist mit Ihnen, Johanna?« fragte er.

»Ich sterbe«, sagte die alte Frau ganz ruhig.

Dr. Landau schob seinen Bart zur Seite und legte das Ohr auf ihre Brust. »Schämen Sie sich doch nicht, Sie alberne Gans«, schalt er sie, als sie versuchte, ihre nackten Brüste zu verstecken. »Ich will doch nicht Ihre Rasse schänden, ich will nur hören, was mit Ihnen los ist. Atmen Sie kräftig aus und ein!«

»Ach, was Sie wieder für einen Unsinn reden!« sagte sie und befolgte seine Anordnung nicht. »Ich bin alt, und meine Zeit ist gekommen. Ich brauche keinen Doktor, ich brauche einen Pastor.«

Dr. Landau fühlte ihr den Puls. Er schlug sehr schwach. Er wußte, daß Johanna sich nicht täuschte, und steckte ihr die Hand wieder unter die Decke. »Es ist gut, Johanna, ich hole Ihnen einen Pastor.«

Alle Runzeln und Falten in dem Gesicht der Greisin verschmolzen zu einem seligen Lächeln. »Gehen Sie schnell, Doktor«, sagte sie, »es wird bald zu spät sein.«

Der Ketzer Dr. Landau, der über religiöse Riten zu spotten pflegte, rannte einen Pastor holen, damit die alte Frau den letzten Trost empfangen konnte, nach dem sie so verzweifelt verlangte. Er sorgte auch dafür, daß die Hausmeisterin, Frau Kruppa, die älteren Frauen rief, denen es wegen ihres Alters erlaubt war, eine Judenwohnung zu betreten, damit sie die Leiche nach den Vorschriften von Johannas Glauben für die Bestattung herrichteten. Mit seinen letzten wenigen Mark bezahlte er ihre Beerdigung. Er war der einzige Leidtragende, der dem Leichenwagen folgte, bis er in den Friedhof einbog, und er gab auch den Totengräbern ein Trinkgeld. Mit tief gesenktem Kopf machte er sich auf den Heimweg in seine leere Wohnung, um aufzuräumen und sich sein mageres Abendessen zu kochen. Das war das erstemal seit vielen Jahren, daß er sich eine Mahlzeit selbst würde zubereiten müssen.

Doch als er nach Hause kam, fand er die Wohnung frisch geputzt und aufgeräumt vor. Die Betten waren gemacht, der Fußboden war noch feucht vom Aufwischen, der Tisch war abgeräumt, alles war wieder an seinem Platz. Dr. Landau zupfte, ganz verstört durch dieses Wunder, mehrmals an seinem Bart. Sein Erstaunen wuchs noch, als er über Johannas Einkaufskorb stolperte und ihn mit seinen liebsten Lebensmitteln angefüllt fand – Karotten, Rote Bete, Kartoffeln und sogar einer Flasche frischer Milch. Einen Augenblick lang war Dr. Landau wütend. Er war es nicht gewohnt, daß man ihm etwas schenkte, *er* war derjenige, der schenkte. Doch bald schämte er sich seines Stolzes und wurde auf sich selbst böse, daß er sich über die Großzügigkeit der Menschen hatte ärgern können. Er setzte sich an seinen leeren Tisch, aß das Gemüse und trank die Milch. Von diesem Tag an fand er öfters seine Wohnung geputzt vor, wenn er von seinen langen Gängen durch die Straßen nach Hause kam. Er fand auch Essenspäckchen an seiner Tür – manchmal Erbsen, manchmal einen Käse oder eine Flasche Milch. Und er fühlte sich nicht mehr so unglücklich und allein, wenn er sich zum Essen setzte. Der Gedanke, daß Neukölln seine langen Jahre der Aufopferung nicht vergessen hatte, daß jemand das gefährliche Wagnis auf sich nahm, aus Dankbarkeit einem Juden zu helfen, gab ihm das Gefühl, daß doch noch nicht alles auf der Welt schlecht war.

»Morgen, Morgen, Morgen!« antwortete er herzlich, wenn die kühneren unter seinen Nachbarn ihn bei seinen Morgenspaziergängen auf der Straße grüßten.

Der freundlichste von allen war der alte Briefträger, Herr Kohlemann, der manchmal für Dr. Landau einen Brief mit dem gefürchteten Stempel vom Konzentrationslager hatte. Herr Kohlemann, der alles wußte und jeden in der Nachbarschaft kannte, wußte, von wem diese Briefe waren, und obwohl sie selten kamen, sah er immer ostentativ sorgfältig seine Tasche durch, wenn er Dr. Landau begegnete. Das gab ihm die Gelegenheit, ein paar Worte mit dem Arzt zu wechseln.

»Ein Brief, Herr Kohlemann?« fragte Dr. Landau jedesmal ungeduldig, wenn er den Briefträger sah.

»Heute leider nicht, Herr Doktor, aber es wird schon einer kommen, ganz bestimmt«, sagte der alte Mann mitfühlend. »Vielleicht kommt ja bald eines Tages das Fräulein Doktor selbst.«

»Ich habe schon alle Hoffnung verloren, Herr Kohlemann«, antwortete dann Dr. Landau kopfschüttelnd.

»Verlieren Sie nicht den Mut, Herr Doktor, auch wenn das schlimme Zeiten sind«, flüsterte der alte Mann und sah sich dabei schnell um, ob auch niemand ihn hörte.

Seine Worte sollten sich als prophetisch erweisen. Eines Abends, als Dr. Landau an dem schwarzen Kohleherd stand und sein Essen kochte, ging die Wohnungstür auf, und Elsa kam herein. Dr. Landau stand wie angewurzelt da, das

Küchenmesser noch in der Hand. Er erkannte seine Tochter kaum wieder. Ihr Körper war abgezehrt und dürr, das einst kupferrote Haar grau und stumpf. Das einzig Vertraute an ihr waren ihre Augen, auch wenn sie nun voller Schmerz und Mißtrauen waren. Alles an ihr schien eingesunken und geschrumpft zu sein – ihr Mantel, ihre Schuhe, selbst der Beutel, den sie bei sich trug. Immer noch mit dem Messer in der Hand lief er zu ihr.

Elsa war so ruhig und besonnen wie immer. »Vorsicht mit deinem Messer, Papa«, sagte sie. Sie nahm es ihm aus der Hand, als wäre er ein Kind, und suchte mit den Lippen in dem Dickicht seines Schnauzers und Bartes nach seinem Mund. »Papachen, liebes, süßes Papachen«, sagte sie wieder und wieder.

»Armes Kind«, murmelte er und streichelte ihr das graue, struppige Haar. Er mußte daran denken, wie glänzend und geschmeidig es noch vor wenigen Jahren gewesen war.

Obwohl Elsa darauf geachtet hatte, ungesehen hereinzukommen, standen am nächsten Morgen zwei Flaschen Milch vor der Tür, und dabei lag ein kleiner Blumenstrauß. Elsas Augen wurden feucht, als ihr Vater ihr das rührende Sträußchen gab, an dem ein kleiner Zettel mit den Worten hing: »Ein Willkommensgruß von Neukölln«. Aber sie hielt ihre Tränen zurück – sie hatte gelernt, das Weinen zu beherrschen. Im Konzentrationslager war sie nur noch disziplinierter und überlegter geworden. Es gab keine Tortur oder Schändung, der ihr Körper nicht ausgesetzt gewesen war; er war irreparabel zerstört und vergewaltigt worden. Aber ihr Geist war ungebeugt daraus hervorgegangen. Energisch machte sie sich an den Verkauf der wenigen Besitztümer, die sie noch im Haus hatten. Mit derselben Entschlossenheit lief sie von Konsulat zu Konsulat, bis sie für sich und ihren Vater Visa bekam. Dr. Landau meinte, es wäre leichter für seine Tochter, das Land allein zu verlassen, und er beschwor sie, sich zu retten und nicht an ihn zu denken. Er sei alt; er werde sein Leben da beschließen, wo er sei;

die guten Leute von Neukölln würden ihn schon nicht verhungern lassen. Aber Elsa befahl ihm, einfach zu tun, was sie ihm sage, und sich nicht einzumischen. Sie behandelte ihn mit einer Mischung von Zärtlichkeit und Strenge, wie man sie einem Kind gegenüber anwendet.

Mit nur dem Allernötigsten an persönlichen Sachen im Gepäck – dazu die ärztlichen Instrumente, das kleine Tablett für das Geld und den größten Blumenstrauß, den Neukölln hatte aufbringen können – verließen Vater und Tochter das Arbeiterviertel, das so lange ihre Heimat gewesen war, und nahmen den Zug nach Hamburg und dann das Schiff, das sie nach Amerika bringen sollte. Während der ganzen Reise ließ Elsa nie die Handtasche los, die ihre Pässe mit dem aufgestempelten »J« enhielt, dem Zeichen, daß sie und ihr Vater Juden waren – sie brauchte diese ständige körperliche Vergewisserung, daß sie es tatsächlich geschafft hatte, das Inferno zu verlassen, das einmal ihr geliebtes Deutschland gewesen war. Ebenso sorgfältig hütete sie ein dünnes Bündelchen Markscheine, die ihr noch geblieben waren, nachdem sie die Zugfahrkarten, Schiffspassagen, Visa und verschiedene Abgaben bezahlt hatte. Es waren vierzig Mark im ganzen – man durfte pro Person beim Verlassen des Dritten Reichs nur zwanzig Mark mitnehmen.

Als sie in New York ankamen, suchten sie sich eine Gegend aus, die ihrem Berliner Bezirk entsprach, einen düsteren, schmutzigen Häuserblock am Rand von Harlem, wo sie für ein paar Dollar ein Zimmer in einem heruntergekommenen Hotel mieteten und ein billiges vegetarisches Restaurant fanden, in dem sie für wenige Cent ihre nahrhaften Mahlzeiten einnehmen konnten. Dr. Landau war in der großen, fremden, lauten Stadt wie ein hilfloses Kind, aber Elsa lernte schnell, sich zurechtzufinden. Sie hatte die Zeit hinter dem Stacheldraht nicht unnütz verstreichen lassen, sondern alles gelesen, was sie über Amerika finden konnte – über Sitten und Gebräuche, Geschichte, Geographie und Wirtschaft. Sie hatte durch das Studium eines

Wörterbuchs, Seite für Seite, versucht, die Sprache zu lernen und dazu jedes englische Buch gelesen, das in der Gefängnisbücherei existierte, einschließlich der Bibel. Dr. Landau war baß erstaunt, seine Tochter so fließend mit Amerikanern sprechen zu hören. Völlig verdutzt war er, als sie ihn, kaum eine Woche nach ihrer Ankunft in dem fremden Land, in einen großen Saal führte, in dem sich eine Menschenmenge drängte, die gekommen war, um Dr. Elsa Landau, frühere Reichtstagsabgeordnete und bekanntes Parteimitglied, sprechen zu hören.

Wieder gab es Applaus, Scheinwerferlicht und Pressephotographen. Leute jubelten ihr zu, Musikkapellen spielten. Dr. Landau wollte seinen Augen nicht trauen. Elsa war wieder in ihrem Element. Sie benahm sich, als wäre nichts geschehen, als wären ihre gewohnten Kampagnen nie unterbrochen worden. Mit klarer, gebieterischer Stimme rief sie ihre amerikanischen Genossen auf, den Kampf aufrechtzuerhalten, der eines Tages zum Sieg führen werde. Die Zuhörer rasten vor Begeisterung und wollten sie nicht mehr von der Bühne herunterlassen. Am folgenden Tag war Elsas Bild in allen Zeitungen. Reporterscharen belagerten das kleine Hotel, um sie zu interviewen. Elsa sprach geläufig in ihrer Sprache mit ihnen. Die Anrufe für Dr. Elsa Landau blockierten fast die kleine Telefonzentrale des Hotels. Frauenkomitees, Vereine und Organisationen luden sie ein, vor ihnen zu sprechen. Elsa fing an, für ihren Vater Eier und reichhaltigere Milchprodukte zu den mageren Gemüsesuppen zu bestellen. Sie fand ein besseres Hotel und mietete dort zwei Zimmer, für jeden von ihnen eines. Wenn sie in dem vegetarischen Restaurant mit dem Essen fertig waren, las sie spielerisch die Krümel aus dem nun schneeweißen Bart und Schnauzer ihres Vaters.

»Brumme nicht, komisches altes Papachen«, schalt sie ihn. »Lächle doch mal für deine kleine Elsa!«

Aber Dr. Landau war nicht zum Lächeln zumute. Wie er drüben den Rummel um seine Tochter herum gehaßt hatte, so haßte er ihn auch im neuen Land. Er konnte die feurigen Reden, den Lärm, das ganze Aufheben, das um sie gemacht wurde, nicht ertragen. Elsa war jetzt nur noch selten zu Hause – genau wie früher reiste sie überall herum, um Reden zu halten und antifaschistische Bewegungen ins Leben zu rufen. Sie war manchmal wochenlang weg. Dr. Landau fühlte sich einsam und unglücklich in der großen Stadt, in der er die Sprache nicht konnte und sich dauernd verlief. Er wollte mit seiner Tochter zusammensein. Er hoffte immer noch, sie würde eines Tages zur Medizin zurückkehren und sie könnten irgendwo zusammen eine Praxis aufmachen. Wenn er durch die engen Straßen voller zerlumpter schwarzer, puertorikanischer und italienischer Kinder ging, empfand er einen unwiderstehlichen Drang, eine Erdgeschoßwohnung zu mieten, sein Geldtablett auf einen Tisch im Wartezimmer zu stellen und sein Thermometer unter Kinderzungen zu stecken und ihnen Hygiene zu predigen.

»Elsa, du hast aber auch gar nichts gelernt!« zankte er seine Tochter aus. »Statt Millionen helfen zu wollen, warum versuchst du nicht mal, hundert zu helfen? Gib deine idiotische Partei auf und laß uns zusammen eine Praxis aufmachen. Nach dem, was ich sehe, könnte die Gegend hier ein paar Ärzte gebrauchen. Außerdem ist die Medizin deine wahre Berufung, nicht die Politik!«

»Nein, Papachen«, sagte sie entschieden. »Es gibt jede Menge Ärzte, aber wenige Kämpfer. Ich muß tun, was ich muß.«

Als er sah, daß sie nicht zu bewegen war, begann er sich darum zu kümmern, wie er selbst wieder zu praktizieren anfangen könnte. Mit seinem alten, übergroßen Diplom in der Hand ging er von Institution zu Institution und fragte nach einer Anstellung. Aber überall sagte man ihm, daß er eine staatliche Zulassung und Englischkenntnisse brauche. Dr. Landau verzagte. Er wußte, er würde diese Sprache nie beherrschen. Er konnte nicht einmal genug, um sich in dem

Restaurant einen Teller Bohnen zu bestellen, wenn er ohne Elsa dort hinging.

Seine Tochter beschwor ihn, seine Ambitionen aufzugeben. Sie werde für ihn sorgen; er verdiene es, sich nach den langen Jahren harter Arbeit zur Ruhe zu setzen und seine Zeit mit Spazierengehen und Muße zuzubringen. Wenn er einsam sei, könne sie ihn ja in einer Exilantenfamilie unterbringen, wo er sich mehr zu Hause fühlen würde. Sie würden für ihn kochen, wie er es gerne hätte, und er hätte Gesellschaft und erholsame Unterhaltung.

»Ich bin noch nicht soweit, mich zum Gnadenbrot auf die Weide schicken zu lassen wie ein alter Gaul!« donnerte er. »Ich bin Arzt, und ich will arbeiten!«

»Papachen, reg dich doch nicht so auf!« beschwichtigte Elsa ihn. »Das ist nicht gut für dich!«

»Das Ei will klüger sein als die Henne!« wütete Dr. Landau, und stieß zur Untermalung seines Zorns mit dem Stock auf den Boden. »Ich weiß besser, was gut für mich ist!«

Endlich zeigte man in einem Vermittlungsbüro, wo er sich nach Arbeit erkundigte, eine Spur von Interesse. »Was verstehen Sie von Hühnern, Herr Doktor?« fragten sie ihn.

Er zögerte. »Nicht allzu viel, aber ich habe mich immer für Tiere interessiert. Ich habe in Neukölln oft welche behandelt. Die Leute haben mir kranke Hunde, Katzen und Vögel gebracht, und ich habe sie wieder gesundgemacht.«

Die Männer tauschten einen Blick. »Wir brauchen jemanden für eine Hühnerfarm«, sagten sie, »aber wir wissen nicht, ob Sie in Ihrem Alter dieser Arbeit noch gewachsen sind.«

Dr. Landaus Gesicht rötete sich leicht wie immer, wenn sein Alter erwähnt wurde. »Geben Sie mir Ihre Hand, mein Herr«, sagte er zu dem Vorsitzenden der Kommission.

Der Mann war verdutzt. »Meine Hand?«

»Haben Sie keine Angst, ich will Ihnen nicht den Puls fühlen«, schnappte Dr. Landau. »Schütteln wir uns einfach die Hände.«

Der Beamte streckte vorsichtig seine Hand aus, als wäre Dr. Landau eine Art Medizinmann.

Dr. Landau nahm die Hand und drückte sie so kräftig, daß der überraschte Kommissionsvorsitzende vor Schmerz aufschrie.

»Nun, bin ich zu alt?« fragte Dr. Landau.

»Ich glaube, wir müssen Ihnen eine Chance geben, Herr Doktor«, lachte der Beamte und rieb sich die schmerzenden Finger.

Elsa konnte sagen, was sie wollte, nichts hielt ihren Vater davon ab, die Stelle anzunehmen. Sie mußte dabeistehen und zusehen, wie er seine Sachen in einen Koffer packte und zu seinen Hühnern davonfuhr. Er zog seine Kordsamthosen an, die er seit Jahren nicht mehr getragen hatte, die dickbesohlten Wanderschuhe, ein grobes Arbeiterhemd und schritt kräftig auf den verbeulten Lastwagen zu, der ihn zu seinem neuen Arbeitsplatz bringen sollte.

»Geben Sie mir die Hand, Opa, ich helfe Ihnen herauf«, sagte der junge Fahrer in der Lederjacke gleichgültig.

»Ich brauche Ihre Hand nicht, junger Mann«, knurrte Dr. Landau und sprang behende in den Wagen.

»Mensch, Opa, Sie haben ja noch ganz schön was auf dem Kasten«, bemerkte der Fahrer bewundernd.

Dr. Landau strahlte über das Kompliment. Sobald sie aus der Stadt heraus waren und ein frischer Landwind seinen Bart zu zausen begann, fühlte er sich wie neugeboren und stark wie ein Büffel. Die erste Herde fetter Kühe, die auf einer hügeligen Weide grasten, erfüllte ihn mit unbeschreiblicher Freude. Er fühlte sich plötzlich nicht mehr als Fremder im fremden Land; jedes Muhen, Wiehern und Blöken war ihm lieb und vertraut. Die Berge und Felsen atmeten die Zeitlosigkeit der Schöpfung. Dr. Landau spürte ihre Stimme, ihre Kraft und ihr ewiges Geheimnis, und er fing an, eine altes Lied aus den Bergen zu singen, das er noch aus seiner Studentenzeit wußte. Am folgenden Morgen stürzte er sich gleich bei Tagesanbruch in seine Arbeit. Mit seinem schneeweißen Haar und schneeweißen Bart hüpfte er fröhlich unter den weißen Hühnern herum, und in kürzester Zeit hatte er gelernt, zwischen einem kranken und einem gesunden Vogel zu unterscheiden.

Mit großem Behagen verzehrte er sein Gemüse und seine Eier und trank Gläser frisches Wasser vom Brunnen. Abends lag er auf dem Feldbett in seinem Zimmer über der Garage und las Bücher über Geflügelzucht, die Elsa ihm brachte. Er widmete sich dem Thema Hühner so eifrig wie ein junger Mann, der am Beginn seiner Laufbahn steht. Mit jedem Tag lernte er mehr über seine Vögel. Und wie er seine menschlichen Patienten geliebt hatte, so wuchsen ihm nun seine gefiederten ans Herz. Auf einen Blick fand er die kranken Hühner heraus und pflegte sie in dem kleinen »Spital«, das er eingerichtet hatte, wieder gesund.

»Ihr sollt einander doch nicht picken, ihr Dummköpfe!« schalt er die Kämpfer unter ihnen. »Es ist genug Mais für alle da!«

Er haßte die Händler, die die Hühner zu den Schlachtereien holten, welche die Sommerhotels der Gegend belieferten. Das verängstigte Gackern der jungen weißen Hühnchen schnitt ihm ins Herz, als wären es die Schreie seiner eigenen Kinder. Aber es war ein Fest für ihn, wenn an Sonntagen Elsa zu Besuch kam. Wie in den alten Zeiten gingen sie wandern, in die Hügel hinauf und in die Täler hinunter. Elsa versuchte, ihren Vater etwas zurückzuhalten. »Langsam, Papachen«, mahnte sie ihn.

»Will das Ei wieder klüger als die Henne sein?« schalt der alte Mann. »Und atme nicht durch den Mund, verdammt noch mal, durch die Nase, die Nase, die Nase!«

Elsa mußte an damals denken, als Georg Karnovski neben ihr gegangen war und von seiner Liebe gesprochen hatte, und ein tiefer Seufzer entrang sich ihren zusammengepreßten Lippen.

»Was ist, Elsa?« fragte ihr Vater.

»Es ist nichts, Papachen«, flüsterte sie, und um ihre Gefühle zu verbergen, fing sie an, von ihren Reisen und Triumphen in ganz Amerika zu erzählen.

Ihr Vater weigerte sich zuzuhören. »Du würdest besser daran tun, dich hier mit mir auf der Farm niederzulassen«, sagte er.

»Mit den Hühnern?« fragte sie spottend.

»Ja, mit den Hühnern! Die sind nicht so dumm, wie du denkst. Sie sind sehr viel interessanter als Menschen.«

Sie las ihm die Krümel aus dem Bart. »Du wirst es nie lernen, deinen Bart sauberzuhalten«, sagte sie streng und wischte sich verstohlen eine Träne ab.

39

Mit jedem Tag erweiterte sich die Kluft zwischen Jegor Karnovski und Barnett Levy.

Als guter Erzieher versuchte Mr. Levy jede Antipathie, die er empfinden mochte, zu verbergen, aber Jegor zeigte seine Abneigung ganz offen und plagte den Lehrer bei jeder Gelegenheit. Er antwortete nie schlicht und direkt, sondern immer mit Sarkasmus und aufreizender Unverschämtheit. Er wandte die Augen ab, wenn er Mr. Levy anredete, und ein böses kleines Lächeln spielte um seinen Mund. Seine Schularbeiten waren schlampig und gleichgültig gemacht. Doch Mr. Levy blieb geduldig, bis Jegor ihn eines Tages zum Handeln zwang und er etwas tun mußte, um seine Autorität zu wahren.

Der unvermeidliche Zusammenstoß passierte während einer Unterrichtsstunde, in der es um den Krieg ging. Mit flammender Begeisterung beschrieb Mr. Levy die Schlacht in den Argonnen – die triumphierenden angreifenden amerikanischen Truppen und die flüchtenden, demoralisierten Deutschen. Mr. Levy hatte eine besondere Beziehung zu dieser Schlacht, weil er selbst dabeigewesen war. Er trug noch oft sein Überseekäppi, seine Ordensstreifen und die

Uniform, die inzwischen über seinem dicken kleinen Körper zu platzen drohte und schon so viele Zusammenkünfte des amerikanischen Veteranenverbands gesehen hatte. Er wurde es nie müde, jede Einzelheit aus seinen Monaten an der Front zu erzählen. Mit volltönender Cellostimme schilderte er den glorreichen Angriff seiner Kompanie und die wilde Flucht und Verwirrung des Feindes. Sein vibrierender Ton machte Jegor rasend wie das Kratzen einer stumpfen Säge. Er hatte von dieser Schlacht eine ganz verschiedene Version von einem anderen Teilnehmer gehört, Oberleutnant Hugo Holbeck. Diese besondere Niederlage hatte lange an Onkel Hugo genagt, und er gab die Schuld eindeutig den Kriegsgewinnlern und Feiglingen, die den heroischen deutschen Truppen den Dolch in den Rücken gestoßen hatten ... Schließlich konnte Jegor Levys Prahlen nicht mehr ertragen, und er stand auf. »Sir!« unterbrach er den Lehrer mitten im Satz. »Nicht die deutschen Truppen haben die Schlacht verloren, die Verräter zu Hause haben der Armee einen Dolchstoß in den Rücken versetzt!«

Normalerweise ermutigte Mr. Levy Unterbrechungen, weil er fand, daß unterschiedliche Meinungen das Interesse der Klasse anregten. Doch diesmal war er selbst viel zu stark involviert, um objektiv zu sein. »Wer waren denn diese Verräter, Karnovski?« fragte er sarkastisch.

»Alle Feinde des Landes«, erklärte Jegor hitzig. »Wenn sie nicht gewesen wären, hätte das deutsche Heer den Krieg gewonnen!«

»Wenn ein Widder ein Euter hätte, würde er Milch geben«, sagte Mr. Levy.

Die Klasse, die es sonst immer mit dem Schüler hielt, der den Lehrer ärgerte, war diesmal ganz auf Mr. Levys Seite und lachte Jegor aus. Wie gewöhnlich, wenn man über ihn lachte, wurde Jegor wütend. »Ich spreche im Ernst, und Sie machen Witze!« schrie er.

Mr. Levy gebot Ruhe und bemühte sich, gelassen zu bleiben. Da er wußte, daß Jungen sich gerne mit Athleten identifizieren, begann er nun den Kampf zwischen einem guten Boxer und einem schlechten zu beschreiben. Der gute Boxer mache Punkte, während der schlechte sich beklage, er sei gefoult worden, der Ringrichter sei befangen und er sei so bedroht worden, daß er den Kampf habe verlieren müssen. Doch was zähle, sei das Ergebnis, nicht die »Wenns«, »Abers« und Ausreden. Sei die Klasse auch dieser Meinung?

»Ja, Sir!« schrien sie einstimmig und sahen triumphierend auf den Fremden.

Mr. Levy klopfte ruhegebietend mit seinem Füller auf das Pult und setzte den Unterricht fort.

Jegor wußte, daß er den Streit nicht gewinnen konnte – zu vieles hatte sich gegen ihn verschworen: seine schlechte Beherrschung der Sprache, seine Unfähigkeit, ruhig zu bleiben, und sein Stottern. Doch in der Verdrehtheit befangen, die sein ganzes Leben bestimmte, machte er einfach weiter, obwohl er sich völlig klar darüber war, daß am Ende er der Verletzte sein würde.

Mr. Levy fuhr fort und brachte die gegenwärtigen Umstände in Deutschland zur Sprache, seine Führer und die Veränderungen, die sie bewirkt hatten. Jegor wußte, daß er die Wahrheit sagte – hatte er nicht persönlich unter der Neuen Ordnung Verfolgung erlitten? Aber er konnte es nicht ertragen, daß diese Tatsachen von einem Levy ausgebreitet wurden. Es ging mit ihm durch. »Sir!« warnte er den Lehrer. »Sie dürfen über mein Land nicht solche Dinge sagen!«

Mr. Levy verlor die Geduld. »Karnovski! Sie sind hier! *Dies* ist Ihr Land!«

Jegor stieg das Blut in den Kopf, und er sprang in den Abgrund hinein. »Einmal ein Deutscher, immer ein Deutscher!« stieß er hervor.

Mr. Levy reagierte wie jeder Jude gegenüber einem Glaubensgenossen, der seinen Glauben verleugnet. »Ich denke, die Behörden waren anderer Ansicht über Ihre Abstammung, Karnovski«, sagte er. »Sonst hätte man Sie nicht aus dem Land gejagt.«

»*Ich* bin kein Jude, Mr. *Levy*!« schrie Jegor, wobei er den hebräischen Namen betonte, um auf den Unterschied zwischen ihnen hinzuweisen.

»Das spielt für die Schule keinerlei Rolle«, erklärte Mr. Levy. »Uns interessieren hier nur die Leistungen und das Betragen eines Schülers. Setzen Sie sich!«

Jegor setzte zu einer unverschämten Erwiderung an, aber Mr. Levy ließ ihn nicht weitersprechen. »Verlassen Sie den Raum!« befahl er ihm. »Und als erstes morgen früh melden Sie sich beim Direktor.«

Diese Nacht lag Jegor wach. Er war sowohl freudig als auch ängstlich gespannt darauf, dem Schulleiter gegenüberzutreten, mit dem er nie gesprochen hatte, aber für den er große Bewunderung hegte. Der war ein großer, stämmiger Mann mit von Sonne und Wind tief rotgebranntem Gesicht und hatte die hellen blauen Augen eines Seefahrers und strohblondes Haar, das sein Alter von über fünfzig Lügen strafte. Eigentlich sah er eher wie ein Wikingerkapitän aus als wie ein Schuldirektor, und Jegor mochte alles an ihm bis hin zu der krummen Pfeife, ohne die er nie zu sehen war. Nach Levys dunkler, kraushaariger Dicklichkeit war der Anblick von Mr. Van Loben, der aussah wie die Modellarier auf den Plakaten drüben, eine Freude. Jegor hatte das Gefühl, daß sie sich gut verstehen würden.

An der Schwelle von Mr. Van Lobens Büro richtete er sich hoch auf und schlug die Hacken zusammen. Es war ihm wichtig, zu zeigen, daß er respektvoll sein konnte, wenn er es mit jemandem seiner eigenen Art zu tun hatte. »Joachim Georg Holbeck Karnovski«, brüllte er. »Gerne zu Ihren Diensten, Sir.«

Aber Mr. Van Loben war nicht beeindruckt. »Wir legen hier keinen Wert auf diesen ganzen Unsinn, junger Mann«, sagte er. »Setzen Sie sich und sagen Sie mir nur einen Namen, den ich mir merken kann.«

Jegor war verwirrt durch diese unerwartete Abfuhr und blieb stehen, doch Mr. Van Loben sprang auf, legte ihm seine mächtigen Hände auf die spindeldürren Schultern und drückte ihn fest auf einen Stuhl hinunter. »So«, sagte er liebenswürdig und warf sich wieder in seinen eigenen Sessel, der unter seinem Gewicht ächzte. Er streckte gelassen die Beine aus, so daß die golden flaumigen Schienbeine über den rutschenden Socken sichtbar wurden, blickte auf die Papiere auf seinem Schreibtisch und zündete sich seine Pfeife an.

»Was soll denn das, daß Sie Mr. Levy Schwierigkeiten machen?« fragte er.

Jegor räusperte sich und schwang sich zu einer komplizierten Verteidigungsrede auf. Seine Sätze ware lang und umständlich, mit endlosen Einschüben, Abschweifungen, häufigen »Sirs« und Umschreibungen. Mr. Van Loben zog kräftig an seiner Pfeife, um seine Langeweile zu verbergen. Obwohl er ein bekannter Pädagoge war, haßte er es, sich mit Problemschülern befassen zu müssen. Er kam gut zurecht mit einfachen Lausbuben – Jungen, die einen Lehrer mit Papierkügelchen beschossen oder vielleicht den Unterricht durch einen Streich gestört hatten – und er war auch imstande, mit Schülern umzugehen, die sich ernstere Überschreitungen wie Schlägereien oder Diebstahl hatten zuschulden kommen lassen. Im Grunde seines Wesens ein Mann der Tat, wußte er solchen Jungen mit seiner derben Sprache und seiner Vertrautheit mit den Gesetzen der Straße zu imponieren und die starke und doch nachsichtige Autorität auszuüben, mit der sie sich aussöhnen konnten. Aber wirkliche Problemkinder mochte er gar nicht. Und vor allem haßte er Jammerer und Heulsusen.

»Weiter, weiter, machen Sie schon«, drängte er Jegor mitten in einem leidenschaftlichen Appell für Gerechtigkeit. »Kommen Sie zur Sache, Junge!«

Jegor konnte nur seinen heftigen Angriff auf Mr. Levy wiederholen. Alles an dem Lehrer sei ihm verhaßt, sagte er dem Direktor, der ihm ruhig und ohne zu zwinkern in die Augen blickte – seine Art, sein Auftreten, sein Aussehen, sein ... sein ...

Er hielt inne und sah Mr. Van Loben an, um ein Zeichen der Zustimmung und Sympathie zu erhalten, aber er sah nur eine ausdruckslose, kühl sachliche Miene, die seine Unsicherheit verstärkte. Tapfer machte er weiter. Vielleicht sei er nicht deutlich genug geworden. Vielleicht müsse er sich unmißverständlicher ausdrücken. Aber Mr. Van Loben verstehe doch gewiß, was er sagen wolle. Schließlich seien sie beide von derselben Art.

»Es ist einfach eine Frage des Blutes«, schloß er in dem hohen Sopran, der oft in Augenblicken der Erregung aus ihm heraustönte. »Ich nehme an, wir sind uns da vollkommen einig?«

Mr. Van Loben klopfte schnell seine Pfeife aus und sagte schlicht ein einziges Wort: »Scheiße!«

Jegor blieb wie versteinert sitzen. Das war kein Wort, das er von einem Schulleiter erwartet hätte.

Mr. Van Loben stopfte seine Pfeife mit dem starken Marinetabak, den er ausschließlich rauchte, und zündete sie an. »Jawohl«, sagte er, »Scheiße ist das, und ich will nichts davon hören.«

Plötzlich zog er mit seinen riesigen Füßen den Papierkorb näher heran, nahm eine Handvoll Flugblätter heraus und knalle sie vor Jegor hin. »Schauen Sie sich diesen Unrat hier an, den man mir schickt, bloß weil mein Name mit einem ›Van‹ anfängt. Und sehen Sie, was ich damit mache!« Er nahm die Blätter und warf sie wütend wieder in den Papierkorb.

Jegor sah auf seine Hände herunter. Auf einmal lächelte der große blonde Mann wie ein Kind. »Hören Sie mir zu«, sagte er in väterlichem Ton. »Ich will die Sache mit Ihnen besprechen, aber ich möchte, daß man mir in die Augen schaut, wenn ich mit jemandem rede. Kopf hoch!«

Jegor wappnete sich gegen eine lange, ausführliche Straf-

predigt, aber Mr. Van Loben fing an, Fragen zu stellen, als wäre er Arzt. »Wie alt sind Sie?«
»Achtzehn.«
»Zeigen Sie mir Ihren Arm.«
Jegor war verwirrt. Mr. Van Loben griff nach dem Arm und befühlte ihn. »Das ist ein Mädchenarm, nicht der Arm eines Mannes.«
Plötzlich hielt er den Kopf ganz nahe an Jegors Gesicht. »Sagen Sie mir, Junge, wie oft machen Sie es?«
Jegor errötete und senkte den Blick, aber Mr. Van Loben legte ihm den Daumen unters Kinn und hob seinen Kopf an. »Sehen Sie mich an ... Sie wissen, ich könnte Sie in eine andere Klasse zu einem anderen Lehrer versetzen, aber ich werde das nicht tun.«
»Warum nicht, Sir?« fragte Jegor ratlos.
»Erstens, weil Mr. Levy ein guter Lehrer ist; und zweitens wird es Ihnen, gerade weil Sie ihn so hassen, guttun, bei ihm zu bleiben, bis Sie sich diesen Rassenunsinn aus dem Kopf geschlagen haben.«
Jegor wollte das Thema weiter verfolgen, aber Mr. Van Loben sah auf seine Uhr, um zu zeigen, daß die Unterredung vorbei war. »Ich bringe die Sache mit Mr. Levy in Ordnung, und dann wollen wir die ganze Angelegenheit vergessen«, sagte er. »Aber ich möchte, daß Sie Ihrem Vater diese Mitteilung bringen. Ich möchte über ein paar Dinge mit ihm reden.«
Jegor fing an zu stottern. Er wollte Mr. Van Loben bitten, seinen Vater aus dem Spiel zu lassen, aber wieder schnitt ihm der Direktor das Wort ab und begleitete ihn zur Tür.
Jegor kam völlig niedergeschmettert aus dem Büro. Nichts hatte sich geändert, außer daß jetzt auch sein Vater mit hineingezogen werden sollte. Zitternd ging er zur Untergrundbahn und stieg in einen Zug. Ein Blinder tastete sich durch den Wagen und ließ in einer Tasse Münzen scheppern, aber Jegor sah nichts außer seiner eigenen Ver-

zweiflung. Erst war der Wagen voller schwarzhaariger jüdischer Männer und Frauen; ein paar Haltestellen später stiegen blonde Männer in Arbeitsanzügen und Frauen mit Lockenwicklern auf dem Kopf und Einkaufstaschen am Arm zu; noch später Farbige aller Größen und Schattierungen. Ein betrunkener, fast blauschwarzer Mann taumelte auf Jegor zu. »Laß uns die Hände schütteln, mein weißer Freund«, sagte er und streckte ihm eine riesige Hand mit rosa Innenfläche hin.

Jegor zuckte zurück. Er war sicher, daß der Neger ihn ausgesucht hatte, weil er seinen minderwertigen Rassenanteil herausgespürt hatte. Bald darauf füllte sich der Zug von neuem mit hellen, blauäugigen Menschen: reifen Frauen mit großen Taschen, ungelenken, flachshaarigen Jungen mit kurzgeschorenen Köpfen und gleichmütigen Männern, die Werkzeugkästen trugen. Deutsch und Englisch war zu hören. Eine rundgesichtige Frau, die mit teutonischer Präzision strickte, zog ihre Tochter an den flächsernen Zöpfchen und rief streng in reinem Berlinerisch: »Sei doch artig, Trude!«

Jegor war plötzlich, als hätte er nach langem Dürsten in der Wüste kühles Wasser zu trinken bekommen. Obwohl er in dieser Gegend nichts zu schaffen hatte, stieg er an der nächsten Haltestelle aus.

Draußen saßen dicke Hausfrauen auf den Stufen alter Häuser und klatschten in einer Mischung von Deutsch und Englisch miteinander. Nacheinander riefen sie die auf der Straße spielenden Kinder: »Hans! Lieschen! Karl! Klara! Fritz!«

In den Fenstern der Bierhäuser, Süßwarenläden und Restaurants waren vertraute Speisen und Backwaren ausgestellt. Deutsche Schilder zeigten »Zimmer zu vermieten« an. Ein zwischen den Kneipen und Bäckereien eingeklemmtes Bestattungsunternehmen verkündete stolz seine hundert Jahre alte Tradition verbindlicher, zuverlässiger Dienste und seine vernünftigen Preise. Wo immer ein

Fleckchen frei war – an einer Wand, dem staubigen Schaufenster eines leeren Ladens, einem Zaun –, waren Hakenkreuze mit Kreide hingemalt und sehr, sehr selten Hammer und Sichel. Neben einem Demokratischen Klub, wo Männer mit aufgerollten Hemdsärmeln Billard spielten, befanden sich eine ganze Reihe von Gesellschaften mit langen deutschen Namen und dazu Kreditanstalten, Makleragenturen und Wechselbüros, die anboten, Geld und Pakete ins Heimatland zu senden. Erdgeschoßfenster trugen Schilder, deren vergoldete gotische Buchstaben Ärzte, Zahnärzte, Rechtsanwälte, Handelsvertreter, Versicherungsagenten und Immobilienmakler anzeigten. Buchläden hatten alle Arten bunter Bilder und Plakate von drüben ausgehängt. Aus einem offenen Fenster spielte ein Grammophon eine erregende Militärmusik.

Jegor fühlte sich plötzlich lebendig. Er sah sich überall um, lauschte auf jedes Geräusch, atmete jeden Duft ein. Die breiten Türflügel einer Kirche standen einladend offen. Darüber war in gemeißelten gotischen Lettern zu lesen: »Ein' feste Burg ist unser Gott.«

Er mußte an Großmutter Holbeck denken, die ihn früher in die Kirche mitgenommen hatte, und ging hinein. Bald kam er wieder heraus. Auf der anderen Seite der Straße war an einem Lichtspieltheater ein neuer Film von drüben angekündigt. Jegor sah in seiner Brieftasche nach. Er hatte eine Fünfdollarnote, die seine Mutter ihm gegeben hatte, damit er die Strom- und Gasrechnung bezahlen sollte, und ein wenig Kleingeld. Er ging zum Kassenschalter hinüber. Das junge Mädchen dahinter war so rosig und blond wie die Mädchen auf den Plakaten. In seinem elegantesten Deutsch fragte er, ob es zu viele Umstände machen würde, für die Eintrittskarte von fünfzig Cent eine Fünfdollarnote zu wechseln. »Leider habe ich kein Kleingeld, Fräulein«, sagte er mit der Nonchalance eines Herrn, für den ein Fünfdollarschein eine Kleinigkeit ist.

Während sie ihm das Wechselgeld gab, schenkte ihm die

Kassiererin ein strahlendes Lächeln und machte ihm ein Kompliment wegen seines Deutsch.

»Eben von drüben angekommen, Fräulein«, sagte er. »Ich bin auf einer Vergnügungsreise hier.«

»Ich habe sofort gemerkt, daß Sie aus Deutschland sind«, zirpte sie und bekam hübsche Grübchen vor Lächeln.

Stolz, für einen Deutschen gehalten zu werden, ging Jegor in das Kino hinein. Vielleicht glich er seinem Vater doch nicht so sehr, wie er fürchtete. Die Lichter erloschen, und auf der Leinwand leuchteten vertraute Bilder auf, Paraden, in Formation fliegende Kampfflugzeuge, an jubelnden Mengen vorübermarschierende Truppen. Mit einem Kloß im Hals erkannte Jegor Straßen und Wahrzeichen seiner Stadt. Als der Film zu Ende war, applaudierten die Zuschauer begeistert. Jegor klatschte am längsten und sah sich um, ob ihn jemand beobachtete.

Als er aus dem Lichtspieltheater herauskam, war es bereits dunkel. Er wußte, daß seine Eltern sich Sorgen machen würden, aber er konnte sich nicht entschließen, nach Hause zu gehen. Im Fenster eines Restaurants saß ein dicker, lustiger Zwerg rittlings auf einem Bierfaß, und aus dem Innern wehten verlockende Düfte von Schweinebraten und Sauerkraut heraus. Jegor war am Verhungern. Er hatte den ganzen Tag nichts gegessen. Er ging hinein, in der Absicht, etwas am Tresen zu verzehren, bevor er nach Hause fuhr. Bis jetzt hatte er ja nur fünfzig Cent von den fünf Dollar, die seine Mutter ihm anvertraut hatte, ausgegeben. Doch plötzlich trat eine dralle blonde Schöne in einem knappen Dirndl auf ihn zu und bat ihn liebenswürdig um seinen Mantel. Jegor war so verdutzt, daß er ihr seinen abgetragenen Regenmantel mit einem Vierteldollar Trinkgeld im voraus aushändigte.

»Danke schön, gnädiger Herr«, bedankte sie sich mit süßem Lächeln.

»Ach, nicht der Rede wert!« sagte er großartig, als würde er Vierteldollars überhaupt nicht beachten.

Er sah ihr nach, wie sie sich mit rundem, wogendem Hinterteil in die Garderobe zurückzog, als eine ältere dicke Frau, die sehr respektabel wirkte, ihn am Arm faßte und zu einem mit Blumen geschmückten Tisch führte.

»Ich hoffe, Sie werden diesen Tisch zu Ihrer Zufriedenheit finden, mein Herr«, sagte sie mit einer Freundlichkeit, die ihrem Alter und ihrer Stellung wohl anstand. »Soll ich den Ober jetzt schicken, oder erwartet der Herr noch jemand?«

»Nein, ich bin heute allein«, sagte Jegor mit der blasierten Miene des Lebemanns.

Die dicke Dame trat sofort in Aktion. Sie schnippte herrisch mit den Fingern, und ein stämmiger, völlig kahlköpfiger Kellner in bayrischen Lederhosen und gestickter Weste eilte herbei.

Jegor wurde von Panik durchzuckt. Er wußte, er vergeudete das Geld, das zu Hause so knapp war, und machte seinen Eltern durch sein Ausbleiben Sorgen, aber jetzt war es zu spät. Und trotz seines Unbehagens empfand er auch etwas wie trotzigen Stolz, Verbotenes zu tun.

»Eine Maß Bier, gnädiger Herr?« schlug der Ober eher vor, als zu fragen.

»Natürlich«, bestätigte Jegor.

Mit offensichtlichem Stolz auf sein Handwerk balancierte der Ober einen überschäumenden Bierkrug und setzte einen vollen Teller Essen vor Jegor ab. Er wurde auch dazu überredet, von einem Zigarettenmädchen eine Zigarre zu kaufen, und er rauchte sie, obwohl er davon husten mußte. Lächelnd schob er das Wechselgeld für den Dollarschein zurück.

»Wie kommt es, daß der junge Herr ganz allein ist?« erkundigte sie sich.

»Würdest du mir vielleicht Gesellschaft leisten, Schatz?« fragte er.

»Ich bin jetzt im Dienst«, sagte sie. »Das ist nicht gestattet.«

»Aber einen Krug Bier kannst du doch sicher mit mir trinken, nicht wahr?«

»Wenn Sie mir vielleicht einen Kognak bestellen wollten«, sagte sie liebenswürdig, ihrer Abmachung mit dem Restaurant eingedenk.

Nun stieg ein Geiger vom Musikpodium herunter und spielte ihnen auf. Tränen traten in Jegors Augen. Zum erstenmal in seinem Leben wurde er so fürstlich behandelt.

Ab und zu plagten ihn zwar noch Gewissensbisse wegen der Angst, die er seinen Eltern verursachte, und des Geldes, das er so leichtsinnig verschwendete, aber sonst schwamm er in Seligkeit. Leute von den Tischen um ihn herum prosteten ihm zu, ließen ihn hochleben und sangen unflätige Kneipenlieder mit ihm.

Er war der letzte, der ging. Er sang immer noch, als er auf die verlassene Straße hinauskam, doch bald hielt er inne und tastete in seiner Tasche nach den wenigen Münzen, die noch übrig waren, im ganzen drei Fünfcentstücke und ein Centstück. Das ernüchterte ihn auf der Stelle. Sein Kopf war ihm dumpf und schwer. Seine Gedanken waren ebenso niederdrückend. Er ging zur Untergrundbahn hinunter. Ein Penner beschmierte den Vorderzahn eines Fotomodells, das auf einem großen Plakat Reklame für Zahnpasta machte. »Wie sieht das aus?« fragte er Jegor und blies ihm den Gestank nach Kloake ins Gesicht.

Jegor zuckte zurück.

»Gib mir was für 'ne Schlafstelle, Mensch!« sagte der Gammler aggressiv.

Erschrocken händigte Jegor ihm seine letzten drei Fünfcentstücke aus und beneidete den Penner, der schlafen konnte, wo er wollte, ohne jemandem Rechenschaft geben zu müssen.

Brütend stieg er in die Untergrundbahn. Die Fahrt schien ewig zu dauern. An seiner Haltestelle stieg er aus und ging die Stufen zur Straße hinauf. Je näher er seiner Wohnung kam, desto langsamer wurde sein Schritt. Er blieb vor den

Schaufenstern stehen, um die unbekleideten Puppen zu betrachten, und hörte den kleinen Gruppen zu, die sich über Baseball stritten. Dann ging er an seinem Haus vorbei und sah hinauf. In allen Fenstern der Wohnung war Licht. Er begriff, wie besorgt seine Mutter sein mußte, wenn sie es unterlassen hatte, die Lichter auszumachen, worauf sie sonst so sorgfältig achtete. Er kämpfte mit sich, ob er hinaufgehen sollte, doch in diesem Augenblick wurde ein Fenster aufgerissen, und die Stimme seiner Mutter schallte durch die öde Straße. »Jegor! Jegorchen!«

Er ging nach oben. Seine Mutter stand im Mantel seines Vaters über dem Nachthemd unter der Tür. Sie sah in dem schweren Kleidungsstück so verletzlich und zerbrechlich aus. »Jegor, bist du gesund?« fragte sie, obwohl das doch offensichtlich war.

Jegor wurde von einer Woge des Mitleids mit ihr überschwemmt, aber er war viel zu schuldbewußt, um das zu zeigen, und reagierte mit gewohnter Überheblichkeit. »Quatsch! Warum bist du nicht schlafen gegangen?«

Therese glättete sich das zerzauste Haar. »Papa ist auf der Polizeiwache! Wir dachten, es sei dir etwas Schreckliches zugestoßen!«

Plötzlich merkte sie, daß sein Atem nach Alkohol roch. »Wo bist du gewesen, Kind?« fragte sie besorgt.

Jegor sagte nichts. Er rannte in sein Zimmer und schlug die Tür hinter sich zu. Er wollte sich vor seinem Vater, der jeden Augenblick zurück sein mußte, verbarrikadieren. Er ließ sich mit allen Kleidern am Leib auf sein Bett fallen, schlief sofort ein, wachte wieder auf, schlief wieder ein. Am nächsten Morgen stand er früh auf, bevor sein Vater wie gewohnt an seine Tür klopfte. Doch an diesem Morgen klopfte sein Vater nicht.

Statt seinen Sohn zur Schule zu schicken, ging Dr. Karnovski selbst hin, da er die Mitteilung des Direktors, daß er ihn zu sprechen wünsche, erhalten hatte. Obwohl er nur wenige Stunden geschlafen hatte, stand er zur gewohnten

Zeit auf, nahm seine gewohnte kalte Dusche, machte seine gewohnten Freiübungen und legte, statt seines gewohnten Morgenspaziergangs, die große Entfernung zu Fuß zurück. Er genoß es wie immer, schnell die Straßen entlangzuschreiten. Er war nicht übermäßig wegen Jegors Ausbleiben vom Vortag bekümmert; er erinnerte sich daran, wie er selbst jung gewesen war und Nacht um Nacht mit Kneipereien verbracht hatte. Er verstand das Bedürfnis des Jungen nach flegelhaften Vergnügungen und Unterhaltung. Es machte ihm wirklich nichts aus, daß sein Sohn getrunken hatte oder vielleicht sogar auch mit einer Prostituierten zusammengewesen war. In Jegors Alter hatte er es schlimmer getrieben. Ja, er hoffte, die Sauftour könnte die Einsamkeit des Jungen etwas auflockern, ihm Selbstsicherheit geben und dazu beitragen, ihn zum Mann zu machen.

Auch der Brief von der Schule regte ihn nicht besonders auf. Er lächelte, als er daran dachte, wie sein Vater damals von Professor Kneitel in die Schule zitiert worden war. Er war froh, daß er imstande war, die Angelegenheit leichter zu nehmen als sein Vater. Wie die meisten Menschen in mittleren Jahren war auch er verblüfft darüber, wie schnell die Zeit doch vergangen war. Wie lange war es her, daß er selbst mit seinem Vater in Streit gelegen hatte? Mit philosophischem Lächeln sann er über die Flüchtigkeit des Lebens nach.

Mr. Van Loben begrüßte Dr. Karnovski äußerst freundlich. Dr. Karnovski spürte eine Herzlichkeit, die von dem Direktor ausging und sich durch seinen festen Händedruck vermittelte. Die beiden Männer empfanden sofort eine Wesensverwandtschaft. Die Erscheinung des Arztes widerlegte deutlich Jegors rassische Ansprüche. Mr. Van Loben zündete sich seine Pfeife an und bot Dr. Karnovski eine Zigarre an. Nachdenklich paffend, suchte der Direktor nach einem diplomatischen Einstieg in das Thema Rassismus, ohne auf das Wort *Jude* zurückgreifen zu müssen, das er wie die meisten Nichtjuden nur höchst ungern einem Juden gegenüber gebrauchte. Doch bald verwarf er diese Vorsicht und fragte auf seine gewohnte direkte Art: »Entschuldigen Sie die Frage, Herr Doktor – es liegt mir sonst nicht, mich nach jemandes Religion zu erkundigen –, aber in diesem Fall hat es mit der Sache zu tun. Sind Sie zufällig jüdisch?«

»Ja, und Sie brauchen sich nicht für die Frage zu entschuldigen«, sagte Dr. Karnovski unbefangen, wenn auch mit leicht gezwungenem Lächeln. Wie die meisten Juden war er stolz darauf, einer zu sein, aber auch ein wenig empfindlich.

Mr. Van Loben stieß erleichtert eine Rauchwolke aus. »Und noch etwas, Herr Doktor. Sind Sie der richtige Vater des Jungen oder sein Stiefvater?«

»Wie kommen Sie denn darauf, Mr. Van Loben?« fragte Dr. Karnovski leicht verstimmt, da er spürte, daß etwas nicht in Ordnung war.

Mr. Van Loben lächelte schuldbewußt. »Ihr ... Ihr Sohn hat nämlich recht eigenartige Gedanken geäußert. Höchst sonderbare Theorien, die in einer amerikanischen Schule völlig fehl am Platz sind. Deswegen habe ich Sie gebeten zu kommen, Herr Doktor, und ich bin sehr froh, daß Sie sich dazu entschließen konnten.«

Er zündete Dr. Karnovski die Zigarre wieder an und begann sehr energisch an seiner Pfeife zu paffen. Dann erzählte er Dr. Karnovski die ganze Geschichte von Jegor und Mr. Levy. Je länger Mr. Van Loben sprach, desto tiefer senkte Dr. Karnovski den Kopf. Er schämte sich, dem Direktor in die Augen zu sehen. »Nicht zu fassen ...« murmelte er.

Van Loben merkte, daß der Arzt die Sache zu schwer nahm, und versuchte, den Vorfall zu bagatellisieren. Lachend schlug er Dr. Karnovski auf die Schulter und beschwor ihn, das Ganze zu vergessen. Da sei doch reiner Unsinn, den unverantwortliche Narren dem Jungen in den Kopf gesetzt hätten, das durchsichtige dumme Gewäsch, das bei ihm täglich im Papierkorb lande. Und dann ließ er das Thema ganz fallen und riet Dr. Karnovski angelegentlich, alles zu tun, was als Arzt in seiner Macht stehe, um den

Jungen zu irgendeiner gesunden Beschäftigung zu zwingen. Er sei sicher, daß am Ende alles gut werden müsse. »Ich habe auch Kinder«, sagte er, »und ich habe jede Menge Probleme mit ihnen gehabt. Ich bin glücklich, Sie kennengelernt zu haben, Herr Doktor. Schicken Sie den Jungen in die Schule zurück und nehmen Sie das alles nicht zu schwer. Auf Wiedersehen!«

Doch Dr. Karnovski befolgte Mr. Van Lobens Rat nicht. Er war außer sich vor Wut. Seine sonst so starken und festen Beine zitterten, als er die Eingangsstufen der Schule hinunterstieg. Auf dem ganzen Heimweg dachte er nur an das eine: wie er sich beherrschen und ruhig und objektiv bleiben sollte, wie Mr. Van Loben geraten hatte. Doch sobald er über seine Schwelle trat, schoß ihm das Blut in den Kopf.

Jegor hörte den erbosten Schritt seines Vaters. Er klang grimmig, unheimlich. »Ich habe die fünf Dollar ausgegeben, die Mutti mir zum Bezahlen der Rechnungen gegeben hat!« sagte er trotzig zu seinem Vater.

Dr. Karnovski zuckte nicht mit der Wimper. Jegor war enttäuscht. »Ich habe das Geld vertrunken«, erklärte er, »bis auf den letzten Cent ...«

Wieder kam von seinem Vater keine Antwort. Jegor wurde nun eher ängstlich als gekränkt, aber Therese war erleichtert. Dann sah sie plötzlich rote Flecken auf den Wangen ihres Mannes und bekam furchtbare Angst.

»Ich war heute in deiner Schule«, sagte Dr. Karnovski mit tödlicher Ruhe.

Jegor sagte nichts, und sein Schweigen schürte nur noch die Wut seines Vaters. »Du hast es gewagt, unsere Feinde zu verteidigen?« fragte Dr. Karnovski ungläubig.

Jegor antwortete nicht.

»Du hast es gewagt, deinen Lehrer zu beleidigen, weil er die Wahrheit gesagt hat?«

Wieder keine Antwort.

»Du hast es gewagt, zu deinem Direktor über Rassentheorien zu sprechen?« sagte Dr. Karnovski und kam einen Schritt näher.

Er packte die Jackenaufschläge des Jungen und fing an, ihn zu schütteln wie einen Hund. »Ich rede mit dir!« schrie er. Jegor sah seinen Vater voll Unverschämtheit und ohne eine Spur des Bedauerns an.

Zum zweitenmal in seinem Leben schlug Dr. Karnovski seinen Sohn mitten ins Gesicht. Eine Weile lang sagte Jegor nichts, wie betäubt durch die Ohrfeige, die er in seinem Alter nicht mehr erwartet hatte. Doch plötzlich kam er wieder zu sich. »Jude!« kreischte er mit durchdringender, sich verhaspelnder Stimme. »Jude! Jude! Jude!«

Therese war zu entsetzt, um sich zwischen die beiden zu werfen. »Lieber Gott!« stöhnte sie nur.

Jegor lief in sein Zimmer, schloß sich ein und ließ sich auf sein Bett fallen. Als es draußen dunkel wurde, machte er kein Licht an. Seine Mutter klopfte und bat, daß er sie hineinlassen möge – sie bringe ihm sein Abendessen. Aber er machte die Tür nicht auf. Zuerst dachte er nur daran, wie er sich für diese letzte Demütigung an seinem Vater rächen könnte. Nie hatte er ihn so gehaßt wie jetzt. Das Gesicht im Kopfkissen vergraben, zuckte er vor Begierde, dem, der nicht nur für alle seine Leiden verantwortlich war, sondern es auch immer noch wagte, seine schmutzige jüdische Hand an ihn zu legen, die schrecklichsten Dinge zuzufügen. Seine Hilflosigkeit, die Tatsache, daß er nichts tun konnte, verstärkte noch seinen Rachedurst. Seine Hände brannten vor Lust auf Vatermord. Als die Wut auf seinen Vater aus lauter Ohnmacht verrauchte, begann Jegor an Selbstmord zu denken. Er sah nicht den geringsten Hoffnungsschimmer für sich. Er war ein Fremder in einem feindseligen Land, ein Schwächling, ein Betrogener, ein Opfer von jedermanns Verachtung. *Bring dich um!* drängte ihn ein nagender Gedanke ... Er war von Geburt an verurteilt gewesen. Als Produkt zweier widerstreitender Linien war er dazu bestimmt, sein ganzes Leben lang zu leiden. Er hatte nichts zu erwarten außer Versagen und Mißerfolg. Selbstmord war der einzige Ausweg. Und er wäre auch die vollkommene Lösung, um mit seinem Vater abzurechnen.

Er schloß die Augen und malte sich aus, wie sein Vater am Morgen hereinkommen und ihn mit heraushängender Zunge baumeln sehen würde. Es war ein Genuß, sich die Reaktion seines Vaters vorzustellen. Er inszenierte in seiner Phantasie auch seine eigene Beerdigung und wie sein Vater von Schuldgefühlen gepeinigt seinem Leichenwagen folgen würde.

Er setzte sich an seinen Schreibtisch und machte sich im Licht der Straßenlampe daran, den Zettel zu schreiben, den er hinterlassen wollte. Er schrieb einen nach dem anderen und zerriß ihn wieder. Je mehr Zettel er schrieb, desto schwächer wurde sein Vorsatz, sich ein Leid anzutun. Bald erfüllte ihn nur noch Selbstmitleid. Er drehte sich zur Wand, um nicht zum Fenstersims hinsehen zu müssen, der ihn noch vor wenigen Minuten so stark angezogen hatte. Nein! Alles, nur das nicht! ... Plötzlich wurde er sich stark der Wärme seines Körpers gewahr, der einladenden Weichheit des Bettes, seiner Sehnsucht nach etwas zu essen und eines heftigen Wunsches, zu sehen, zu hören, zu fühlen, zu schmecken, zu riechen, zu leben. Er überlegte sogar kurz, ob er nicht das Licht anmachen, die Tür aufschließen und sein Abendessen verlangen sollte. Doch bald ekelten ihn seine Schwäche und Charakterlosigkeit an, und er empfand wieder Verachtung für sich selbst. Er konnte nicht leben, er konnte nicht sterben, er konnte weder mit den Menschen auskommen, mit denen das Schicksal ihn verbunden hatte, noch ohne sie. Er war zu nichts gut; er war ein Versager, eine Last für sich selbst und für andere. Das war der Grund, warum niemand ihn achtete, das war der Grund, warum alle ihn verachteten. Selbst der Schuldirektor hatte ihn nicht wie einen Mann behandelt, sondern wie einen rotznasigen Jungen. Kein Wunder, daß sein Vater meinte, ihn schlagen zu dürfen!

Wieder klopfte seine Mutter. »Jegor! Jegor, mach doch die Tür auf! Nur eine Minute! Ich will dir nur ein Glas Milch bringen und dein Bett aufschlagen.«

Jegor antwortete nicht. Unter seiner Decke verkrochen, hörte er seine Eltern auf der anderen Seite der Tür miteinander sprechen. »Georg, ich habe solche Angst wegen des Jungen. Er antwortet nicht«, hörte er seine Mutter flüstern.

»Quatsch!« sagte sein Vater laut. »Laß ihn ruhig einen oder zwei Tage hungern, das wird ihm guttun. Bettle nicht, daß er herauskommt!«

Wieder packte ihn der Haß auf seinen Vater. Und er haßte ihn vor allem, weil sein Vater ihn durchschaute, weil er wußte, daß er ein Schwächling und Feigling war. Er schäumte vor Wut in seiner Hilflosigkeit. Er würde seinem Vater zeigen, wer er war! Aber Selbstmord? Niemals! Das würde ja nur die Meinung seines Vaters über ihn bestätigen, und der würde sich freuen, recht gehabt zu haben. Nein! Besser dieses Haus verlassen, das ihm so viel Unglück gebracht hatte. Er würde alle Bande durchschneiden, die ihn an seine Familie, an seinen Namen fesselten. Er hatte mit den Karnovskis und ihresgleichen nichts gemein.

Mit wiedergewonnener Energie stand er auf und streckte sich kräftig, um seine Müdigkeit und Apathie abzuschütteln. Er sah auf seine Uhr. Es war sehr spät. Vorsichtig öffnete er die Tür und horchte. Seine Eltern waren offenbar schlafen gegangen. Auf Zehenspitzen schlich er ins Badezimmer und spritzte sich kaltes Wasser ins Gesicht. Das Wasser belebte ihn und erinnerte ihn daran, wie hungrig er war. Er ging in die Küche und nahm sich etwas zu essen aus dem Kühlschrank. Als er gesättigt war, fing er an, sich auf die erste entschiedene Handlung seines Lebens vorzubereiten.

Er stopfte Unterwäsche in einen Koffer und legte einen zweiten Anzug dazu. Er nahm auch die Leica, die ihm sein Vater vor vielen Jahren geschenkt hatte. Dann packte er alle Photographien aus Deutschland ein, einschließlich der von

Onkel Hugo in seiner Uniform, und holte seinen Regenmantel, den fast militärisch geschnittenen mit den Schulterklappen. In der Manteltasche fand er die abgerissene Kinokarte und ein Centstück – nicht einmal genug für einen Fahrschein der Untergrundbahn. Aber in der Schublade des Küchenschranks war ein Umschlag mit zehn Dollar und etwas Kleingeld. Er errötete bei dem Gedanken, das Geld seines Vaters zu nehmen, aber schließlich steckte er es in seine Tasche. Als letztes packte er eine Photographie seiner Mutter ein, die er aus ihrem Rahmen auf dem Schreibtisch seines Vaters nahm. Statt des Zettels, den er nach dem Selbstmord hatte hinterlassen wollen, schrieb er einen nur an seine Mutter gerichteten kurzen Abschiedsbrief. Obwohl er sich darin heftig wegen des Kummers, den er ihr bereitete, und des genommenen Geldes anklagte, empfand Jegor keine dieser im Brief beschriebenen Schuldgefühle. Er unterzeichnete mit Joachim Georg Holbeck.

Danach machte er leise die Tür auf und ging über die Treppe auf die Straße hinunter, um keinen Lärm mit dem Fahrstuhl zu machen. An der Ecke fand er ein Taxi, dessen Fahrer vor sich hin döste.

»Yorkville«, sagte Georg.

Ein kühler Nachtwind blies durch das offene Taxifenster. Jegor nahm seinen Wohnungsschlüssel und schleuderte ihn auf die Straße hinaus. Da war sein letzter Akt des Trotzes, eine Geste, die alle Verbindungen zu seinem früheren Leben kappen sollte.

In dem kleinen Hotelzimmer, für das er einen Dollar im voraus bezahlen mußte, war das Bett einladend aufgeschlagen, aber Jegor legte sich nicht hinein. Er war zu aufgeregt, um zu schlafen. Er sah sich die Kaiserporträts an der Wand an, die Drucke berühmter Schlachten und eine Karte mit der Hausordnung des Etablissements. Plötzlich fiel ihm eine Ankündigung des Deutschen Konsulats ins Auge, auf der stand, daß es von zehn bis zwei Uhr für den Publikumsverkehr geöffnet sei. Die Ankündigung war auf deutsch, und die spitzen gotischen Lettern drangen wie Speere in Jegors Hirn. Es kam ihm ein großartiger Einfall.

Obwohl schon bald der Tag anbrechen würde, setzte er sich an den kleinen Schreibtisch und begann im Licht einer dunkelroten Glühbirne, einen Brief aufzusetzen. Seine einleitenden Sätze bestanden aus den umständlichen Präliminarien, wie das deutsche Protokoll es vorschreibt; sie baten vielmals um Entschuldigung und versicherten gebührende Hochachtung und Wertschätzung. Nach schicklicher Pause wurde dann die Sprache weniger verblümt und sachlicher. Der Brief entwickelte sich zu einer Bittschrift und schließlich zu einem Geständnis. Jegors Bitterkeit und Enttäuschung füllten Seite um Seite. Er schilderte seine Schwierigkeiten mit dem Lehrer Levy. Er wies mit großer Wichtigkeit auf seine Abstammung von der Familie Holbeck hin, auf deren ehrenvolle Geschichte ergebener und treuer Dienste am Vaterland, einschließlich derer des SA-Manns Hugo Holbeck. Er erbat sich Ihrer Exzellenz, des Herrn Konsuls, Verzeihung und fragte ehrerbietig an, ob man ihm, Jegor, nicht erlauben wolle, in sein Heimatland zurückzukehren, wo er bereit sei, sein Leben dem Dritten Reich zu Füßen zu legen. Er schrieb den langen Brief mehrmals ab, bis er endlich die befriedigende Form erreichte, unterzeichnete ihn mit Joachim Georg Holbeck und gab als Absender die Adresse des Hotels an. Dann adressierte er den Brief in seiner schönsten deutschen Schrift, wie sie ihm von den Lehrern auf dem Gymnasium eingebleut worden war, und ging hinunter, um ihn auf die Post zu bringen.

Als das erste Morgenlicht die verlassene Straße zu erhellen begann, fühlte Jegor, daß sein Leben einer dramatischen Veränderung entgegenging.

40

Dr. Siegfried Zerbe, Chef des Pressebüros der Deutschen Diplomatischen Vertretung, saß gelangweilt und angeödet an seinem großen Schreibtisch, obwohl der Tag doch eben erst begonnen hatte. Seine großen, wässerigen Augen, die immer feucht und trübe aussahen, als hätte er gerade geweint, waren vor Schlaflosigkeit blutunterlaufen. Seine Runzeln traten diesen Morgen besonders stark in Erscheinung, voller Schatten und scharf gezogen, vor allem die Falten, die von der Nase zum Kinn liefen. In den dicken blauen Adern an seinen Schläfen klopfte das Blut wie immer, wenn er Kopfschmerzen hatte, was dieser Tage häufig vorkam. Nicht einmal Aspirin half. Er drückte die Finger an seine Schläfen, als wollte er den Schmerz, der in ihnen wütete, ertasten, und sah mit mattem Blick durch das riesige Bürofenster auf das Geflecht von Gebäuden, Türmen, Kaminen, Dächern und Drähten hinaus, das die Silhouette von Manhattan bildete. Die Stadt wirkte an diesem Morgen wie versteinert, wie ein riesiger Friedhof unter einer Heerschar von Grabsteinen. Nur ein leisen Dröhnen klang von ihr herauf, als summten Myriaden von Bienen. Als er so auf diese Betonwüste hinausblickte, empfand Dr. Zerbe etwas Erleichterung. Er wünschte, dieser Augenblick der Ruhe würde für immer dauern. Doch bald begann unablässig das Telefon zu klingeln, und der schrille Ton bohrte sich spitz in sein Trommelfell. Am schlimmsten war aber das Geräusch der zusammengeschlagenen Hacken, mit dem seine Untergebenen jedesmal sein Büro betraten oder verließen. »Heil«, sagte er dann halbherzig.

Nicht daß Dr. Zerbe etwas gegen die Neue Ordnung gehabt hätte. Im Gegenteil, er war unter den ersten Intellektuellen gewesen, die sich der Bewegung angeschlossen hatten, lange bevor die Partei an die Macht gekommen war. Doch er hegte einen tiefen Ingrimm darüber, daß man ihm zur Belohnung einen so unbedeutenden Posten gegeben hatte.

Zuerst war er zum Chefredakteur der größten und einflußreichsten Zeitung der Nation gemacht worden. Er hatte deren Seiten mit seinen profund gelehrten Artikeln und mystischen Gedichten und Epen gefüllt, die er nie hatte veröffentlichen können, solange die Juden die Presse kontrolliert hatten. Es gelang ihm auch, seine Dramen auf die Bühne zu bringen, in denen seine phantastischen germanischen Helden donnernde Reden auf den deutschen Geist und den völkischen Ruhm zum besten gaben.

Das war der Höhepunkt in Dr. Zerbes Leben gewesen. Kritiker hatten großzügig ihr Lob gespendet, und Schauspielerinnen hatte ihm zugelächelt und ihr Interesse bekundet. Obwohl er diese Angebote nicht wahrgenommen hatte, da er es, als echter Schüler der griechischen Philosophie, für herabwürdigend ansah, sich mit dem weiblichen Geschlecht einzulassen, hatte er die Aufmerksamkeit und Bewunderung genossen. Und aus Dankbarkeit für diese späte Renaissance seiner Talente hatte er sich den Herren der Neuen Ordnung gegenüber erkenntlich zu zeigen gesucht.

Er, der geschworene Feind aller Dummheit, Sinnlichkeit und Vulgarität, zwang sich, epische Gesänge über die Anführer der Neuen Ordnung zu dichten und sie in stark an die griechische Mythologie und das alte germanische Nibelungenlied angelehnten Versen zu vergöttlichen. Er verglich diese Führer mit Bergen und Giganten und verherrlichte ihre Mordlust und Gier. Seine mystischen Dramen spiegelten seine sexuellen Phantasien wieder. In ihnen tanzten Schwerter schwingende, halbnackte blonde Satyre zwischen Höhlen und Felsen herum und deklamierten unglaubliche Tiraden in einer Sprache, die sie selbst kaum verstanden. Die Allegorien waren so abstrus, daß fast niemand im Publikum ihre Bedeutung erfaßte. Und um die Verwirrung noch größer zu machen, sangen dazu leidenschaftlich griechische Chöre, und noch andere abstrakte Elemente wurden eingeführt. Die Kritiker lobten ihn überschwenglich, aber Dr. Zerbes Ruhm war kurzlebig.

Die Zuschauer wagten es zwar nicht, den Saal zu verlassen, aber sie gähnten, husteten und zappelten, während die gewaltigen Sätze wie stumpfe Pfeile auf ein Wattebett sanken. Die Leute schliefen auf ihren Sitzen ein, und bald kamen sie überhaupt nicht mehr. Und auch Dr. Zerbes symbolische Gedichte und Essays in den Zeitungen hatten keinen größeren Erfolg. Bevor er noch Gelegenheit gehabt hatte, sich richtig in Rudolf Mosers ehemaligem Büro einzurichten, wurde er durch einen früheren Reporter ersetzt, der keinen Doktortitel in Philosophie besaß und nie eine Universität von innen gesehen hatte.

In den Theatern ließen die Intendanten immer mehr Stücke von Autoren aufführen, die Dr. Zerbes Meinung nach keine Ahnung von dramatischem Aufbau, lyrischem Rhythmus oder sprachlicher Zucht hatten. Sie brachten Vulgarität, Obszönität und billigen Schlafzimmerhumor – alles Elemente, die früher den jüdischen Theaterdirektoren zugeschrieben worden waren.

Doch am verstörendsten war, daß das Publikum bei diesen Darbietungen vor Entzücken wieherte. Dieselben Kritiker, die so vehement die Prostitution des deutschen Theaters durch degenerierte Juden beklagt hatten, feierten nun die neuen Stückeschreiber, die sogar noch weiter gingen.

Dr. Zerbe tat alles, was er konnte, um wieder Anklang zu finden. Obwohl er Grobheit verachtete, beschloß er, nun alle anderen mit populären schmutzigen Komödien, die sich nach den niedrigsten Elementen der Gesellschaft richteten, zu übertreffen. Er tat dies, weil er trotz aller Liebe zu Philosophie und Ethik ein Pragmatiker war, der immer bereitstand, denen zu dienen, die an der Macht waren. Er bewunderte Sokrates dafür, daß er für seine Prinzipien den Tod gewählt hatte, aber er selbst verspürte keinen Drang, es ihm gleichzutun. Ihm fehlten sowohl der Wille als auch der Mut, den Kampf mit der Welt aufzunehmen. Er haßte den Pöbel, wie man eine wahnsinnige Bestie haßt, aber sie besänftigt, um zu überleben. Und wenn der Pöbel, dieses große gemeine Schwein, sich lieber an Unrat delektierte statt an edler geistiger Nahrung, dann war er, Dr. Zerbe, bereit, ihn zufriedenzustellen. Mit gemischten Gefühlen des Eifers und Ekels begann er den Schund zu produzieren, den sie wollten. Doch so tief er sich auch herabließ, sie akzeptierten ihn nicht.

Er war schwach, wo sie stark, vergeistigt, wo sie derb waren. Sein theologisches Erbe saß ihm viel zu tief in den Knochen, als daß er einer der ihren hätte werden können. Er konnte sich nicht vollfressen wie sie, saufen, rauchen, raufen oder kneipen, um ihre Billigung zu finden. Er hatte weder Kriegserlebnisse noch Liebesabenteuer aufzuweisen, mit denen er prahlen konnte, und er langweilte sie fast genauso, wie sie ihn langweilten. Er verdarb ihnen die Laune mit seiner frömmlerischen Art und Erscheinung. Wenn er sich über Intellektuelle lustig machte, um sich bei den Plebejern einzuschmeicheln, blieb er doch jeden Zoll der Intellektuelle, der er eben unabänderlich war.

Oft sehnte er sich nach den alten Zeiten zurück, als er und sein Kollege Dr. Klein sich bei Madame Mosers Samstagssoireen Wortgefechte geliefert hatten. Aber es gab kein Zurück, das wußte er. Das Dritte Reich würde die nächsten tausend Jahre dauern.

Sobald er den ersten Schritt getan hatte, war der Abstieg schnell und unaufhaltsam. Zuerst wurde er zu einem schlichten Artikelschreiber der Zeitung gemacht, deren Chefredakteur er gewesen war. Der neue Chefredakteur, der frühere Polizeireporter, wurde sein Vorgesetzter und wies sogar die Artikel zurück, die er immer noch von Zeit zu Zeit einreichte. Später wurde er auch dieser entwürdigenden Position enthoben und bekam eine Stelle, wo er mehr arbeiten mußte und weniger Verantwortung hatte – die Berichterstattung über die Märsche, Paraden und Demonstrationen, die täglich in der Hauptstadt stattfanden. Schließlich wurde ihm ein kleinerer Spionageauftrag im Ausland zugeteilt.

Dr. Zerbe war nicht der Mann, sich selbst zu täuschen. Der Titel »Chef des Pressebüros der Diplomatischen Vertretung« hatte für ihn nichts zu besagen – er war nur einer unter tausend kleineren Agenten in dem riesigen deutschen Spionagenetz. Er, der Dichter, Gelehrte und Denker, war gezwungen, unter einem Vorgesetzten zu arbeiten, der ihn herablassend behandelte, ihn herumkommandierte und dauernd im Auge behielt, als wäre seiner Loyalität gegenüber dem Vaterland nicht zu trauen.

Wie er es nicht vermocht hatte, zu Hause Anklang zu finden, so gelang es ihm auch jetzt nicht, sich seine Genossen in dem neuen Land gewogen zu machen. Zum größten Teil waren das Emporkömmlinge ohne die geringste Ahnung von diplomatischen Gepflogenheiten, Parteihengste, die überheblich herumstolzierten und es schafften, alle Welt vor den Kopf zu stoßen. Sie sahen auf Dr. Zerbe herab und betrachteten ihn als komischen Anachronismus und Nervensäge. Dafür waren sie in seinen Augen Grobiane und Barbaren. Ihr häufiges »Heil« tat ihm in den Ohren weh, ihr Hackenschlagen machte ihn krank, ihre wie bei Robotern hochschnellenden Arme verstärkten seine Abneigung noch. Er war müde, deprimiert, enttäuscht. Er schluckte Aspirin, als wären es Bonbons, aber seine Kopfschmerzen wurden immer ärger.

An diesem Morgen war er besonders verstimmt. Ein mächtiger Stapel Post mußte erledigt werden. Sie enthielt selten etwas Brauchbares. Meistens waren die Briefe von Außenseitern der Gesellschaft: Lobeshymnen hysterischer alter Jungfern, lächerliche Gedichte, Anklagen von Paranoikern, vertrauliche Informationen, die völlig bedeutungslos waren, wertlose militärische Geheimnisse und ähnliche verrückte Ergüsse. Dr. Zerbe verzog angeekelt das Gesicht über dieser Mischung aus sentimentalem Gewäsch, Laszivität und Propaganda, die ihm da auf seinen Schreibtisch schwappte. Praktisch nur jedes zehnte Wort lesend, überflog er die Briefe so schnell wie möglich und warf sie weg.

Mit gewohnter Abneigung fing er den von einem Joachim Georg Holbeck unterschriebenen Brief an. Er war schon drauf und dran, ihn nach den ersten paar höflichen Einleitungssätzen in den Papierkorb wandern zu lassen, als sein erfahrenes Auge plötzlich etwas Ungewöhnliches registrierte. Er wurde sich bewußt, daß er eigentlich keinen Brief las, sondern ein Geständnis – einen verzweifelten Hilferuf. Obwohl es pubertär und voller Selbstmitleid war, gab es einer tragischen Sehnsucht Ausdruck. Dr. Zerbe hörte auf, die Seiten zu überfliegen, er las jedes Wort. Öfters las er eine Zeile noch einmal, und als er mit dem Brief fertig war, fing er wieder von vorne damit an.

Nicht der Verfasser des Briefes erregte Dr. Zerbes Teilnahme; er hatte nicht das leiseste Interesse an Menschen. Der einzige auf der Welt, der ihm etwas bedeutete, war Dr. Siegfried Zerbe. Alle anderen wurden von ihm lediglich in Quellen der Lust oder Unlust eingeteilt. Als Philosoph von Beruf und Neigung und als eine Autorität in Geschichte und Naturwissenschaft wußte er, daß Mord und Verbrechen so alt waren wie die Welt selbst. Die Starken nutzten die Schwachen aus; das hatten sie von jeher getan und würden es immer tun. Er dachte nicht wie die jüdischen Historiker, die behaupteten, eines Tages werde der Löwe friedlich neben dem Lamm ruhen, sondern wie die Römer glaubte er, daß Menschen wie Wölfe seien. Natürlich mußte das Lamm sich beklagen, wenn der Wolf es angriff, aber für einen Philosophen war es lachhaft, anzunehmen, die Wolfsnatur könne sich ändern. Die Welt gehörte den Starken; das war unumstößlich. Das Gesetz der natürlichen Auslese war eine wissenschaftliche Tatsache; der Philosoph konnte nur intellektuell die Bedingungen erforschen, an ihnen etwas ändern konnte er nicht.

Dr. Zerbe war überzeugt, daß den anderen so wenig an ihm lag wie ihm an ihnen. Wenn er sich schlaflos in seinem Bett herumwälzte, teilte niemand seine Kümmernisse. Und es interessierte auch keinen Menschen, wenn er krank, niedergeschlagen oder einsam war. Nein, nicht jemand, der Joachim Georg Holbeck hieß, erregte Dr. Zerbes Neugier. Und auch der Umstand, daß Holbeck Halbjude war, beeinflußte Dr. Zerbes Gefühle nicht. Als studierter Wissenschaftler, der sich in Ethnologie auskannte, verwarf er Theorien rassischer Überlegenheit als reinen Blödsinn und konnte innerlich nur lachen, wenn ernste Parteifanatiker ihn von der Minderwertigkeit der Juden zu überzeugen suchten. Dr. Zerbe wußte es besser. Wenn jemand intellektuell überlegen war, dann waren das die Kinder Zions. Er genoß immer noch seine Erinnerungen an die dialektischen Auseinandersetzungen bei Rudolf Mosers Samstagabendgesellschaften.

Das einzig Interessante an Joachim Georg Holbecks Brief war, von welchem zukünftigen Nutzen er ihm in seinen Plänen sein konnte. Seine lange Erfahrung sagte ihm, daß der Schreiber des Briefes kein gewöhnlicher Mensch war. Er war entweder ein Fanatiker, der bereit war, für eine Idee zu sterben – und dann konnte Dr. Zerbe Gebrauch von ihm machen –, oder er war ein listiger Gegenspion im Dienst einer fremden Macht, der sich zu Sabotagezwecken bei ihm einzuschmeicheln versuchte. In jedem der beiden Fälle wollte Dr. Zerbe ihn kennenlernen. Als er den Brief noch einmal las, schien es ihm wahrscheinlicher zu sein, daß sein Verfasser zu der Sorte Fanatiker gehörte, wie sie nicht selten unter jungen jüdischen Flüchtlingen anzutreffen waren, die in den ungewöhnlichen Zeitläuften den Verstand verloren hatten. Falls es so war, konnte Dr. Zerbe einen solchen Renegaten gut gebrauchen.

Er war schon seit langem auf der Suche nach einem Überläufer aus dem feindlichen Lager, vorzugsweise einem Juden, um ihn in sein Spionagenetz einzugliedern.

Es würde seine Arbeit sehr erleichtern, genau darüber informiert zu werden, was in der Exilantenwelt vor sich ging. Obwohl die Flüchtlinge zum größten Teil schüchterne, furchtsame Leute waren, die ihr Versprechen hielten, nicht über die Umstände zu Hause zu sprechen – eine der Bedingungen, unter denen sie hatten ausreisen können –, gab es doch immer Widerspenstige, und es würde sich lohnen, zu wissen, wer die waren, um ihre Verwandten drüben dafür bestrafen zu können. Dr. Zerbe hatte zwar mehrere Agenten für diese Aufgabe eingesetzt, aber sie waren Außenseiter. Er brauchte einen Juden, der ohne weiteres Zugang zu den streng geschlossenen Exilantenkreisen hatte, einen, in dessen Gegenwart sie unbesorgt sprachen.

Die Hauptschuldige unter denen, die es wagte, ihren Eid, zu schweigen, zu brechen, war die frühere Reichstagsabgeordnete Dr. Elsa Landau. Sie allein verursachte Dr. Zerbe mehr Ungelegenheiten als alle anderen Flüchtlinge zusammengenommen. Obwohl auch sie geschworen hatte, den Mund zu halten, bevor sie die Ausreiseerlaubnis erhalten hatte, hatte sie sofort bei der Ankunft ihr Versprechen gebrochen und prahlte, was noch ärgerlicher war, öffentlich mit diesem Akt der Unbotmäßigkeit. Sie reiste durch das ganze Land und verteufelte vor dichtgedrängten Zuhörerscharen von leicht zu beeindruckenden Amerikanern Deutschlands politische Führer. Sie nannte Namen, sie enthüllte Geheimnisse, sie organisierte Widerstandsgruppen von Deutschamerikanern, sie veröffentlichte sogar ein kleines, aber landesweit vertriebenes antifaschistisches Wochenblatt, das furchtbare und doch so genaue Einzelheiten über deutsche Greueltaten druckte, daß Dr. Zerbe wirklich nicht verstehen konnte, wie es ihr gelungen war, diese Informationen aus dem Land zu schmuggeln. Und sie schaffte es sogar, Hunderte von Exemplaren ihrer Zeitung nach Deutschland hinein zu bringen.

Doch das Schädlichste, was sie anrichtete, war, daß sie ihn, Dr. Zerbe, zur besonderen Zielscheibe für ihre Beschimpfungen erkoren hatte und seinen Namen bei den Amerikanern in Verruf brachte.

Es gehörte zu Dr. Zerbes Auftrag, die öffentliche Meinung Amerikas zu beeinflussen, sich in der Oberschicht der

Intellektuellen, bei der Machtelite und allen, die der Sache seines Landes nützlich sein konnten, Freunde zu machen; Propaganda in Zeitungen einzuschmuggeln, ohne daß seine Absichten bemerkt wurden, und kirchliche Gruppierungen, Lehrervereinigungen und Schriftsteller- und Künstlerkreise zu infiltrieren. Mit Charme, Schliff und Eloquenz warb er für die Sache der Neuen Ordnung und kämpfte mit jeder Waffe aus seinem intellektuellen Arsenal um Sympathie und Verständnis für das deutsche Volk. Er scheute sich nicht, dazu aus der Bibel oder sogar aus dem Talmud Zitate anzuführen. Er schaffte es, wenn nicht Sympathie, so doch eine versöhnlichere Haltung gegenüber den Schrecken zu erzielen, die seine Landsleute sich im Namen der Reform zuschulden kommen ließen. Sein großartiger Intellektualismus beeindruckte einflußreiche Persönlichkeiten und machte sie der Neuen Ordnung gewogener. Wieder einmal genoß Dr. Zerbe die Freuden intellektueller Wortgefechte auf Cocktailpartys und Gesellschaften der Elite Manhattans. Nach seinen Pflichtabenden, an denen er in den Bierhallen Yorkvilles mit hackenschlagenden Parteiidioten saufen mußte, war es eine wahre Wonne, mit wutentbrannten, empörten jüdischen Liberalen verbal die Klingen zu kreuzen. Aber immer verdarb Dr. Elsa Landaus unsichtbare Gegenwart jeden kleinen Sieg, den Dr. Zerbe erringen konnte. Seine Gegner zitierten sie ausführlich und wiederholten ihre Beschimpfungen seines guten Namens. Sie warnte alle Medien vor der Propaganda, die er unter dem Deckmantel von Nachrichten einzuschleusen suchte. Sie schrieb Briefe an die Zeitungen, die sein Material verwendeten, um auf die Lügen und Unrichtigkeiten, die es enthielt, aufmerksam zu machen. Sie informierte die Intellektuellen der Stadt über seine Motive. Mit steigender Wut las Dr. Zerbe ständig seinen Namen in Dr. Landaus Wochenschrift. Es erinnerte ihn an die alten Berliner Zeiten, als Dr. Klein ihn in seinem Skandalblatt zur Zielscheibe seines Spotts gemacht hatte. Er zitterte vor Empörung, wenn Dr. Landau, Woche um Woche, mit einem Witz und einer Schärfe, die er bei einer Frau nie vermutet hätte, dem amerikanischen Volk jede seiner Handlungen enthüllte. Er geriet in Rage, wenn sie sich ab und zu sogar über seine körperliche Erscheinung und Gewohnheiten lustig machte. Sie bezeichnete ihn nicht nur als geistigen, sondern auch als körperlichen Krüppel und machte dunkle Andeutungen über seine Männlichkeit, wobei sie auf widernatürliche sexuelle Neigungen anspielte. Dr. Elsa Landaus Angriffe raubten Dr. Zerbe manche Stunde Schlaf. Selbst seine eigenen Kollegen in der Diplomatischen Vertretung amüsierten sich göttlich darüber und ließen ihn öfters wissen, wie lustig sie sie fanden. Dr. Zerbe rauchte vor Ingrimm und ersann allerlei Rachepläne. Er schickte Dr. Landau Spione nach, aber mit unfehlbarem Sinn für Selbsterhaltung roch sie deren Anwesenheit und machte ihre Anstrengungen zunichte. Er brauchte jemanden aus ihren eigenen Reihen, einen Juden, den er als seine Augen und Ohren im feindlichen Lager einsetzen könnte. Wieder besah er sich die Unterschrift: Joachim Georg Holbeck. War das die Gelegenheit, auf die er schon so lange gewartet hatte?

Auf seine gewohnte methodische Art durchforschte er zunächst alle seine Unterlagen; es gab keine Akte über irgendeinen Holbeck. Dann schrieb ihm Dr. Zerbe, er wolle ihn sprechen.

Jegor Karnovskis Hand zitterte buchstäblich, als der Brief mit dem Konsulatsstempel ihn in dem kleinen Yorkville-Hotel erreichte. Obwohl er kurz und förmlich war, nur ein paar Zeilen, las er ihn wieder und wieder, bis er ihn auswendig wußte. In dieser Nacht konnte er vor Ungeduld nicht schlafen. Am nächsten Morgen machte er sich besonders fein und studierte lange sein Spiegelbild in dem Hotelspiegel. Zuerst sah er in seinen Zügen nichts, was auf das Blut seines Vaters schließen ließ. Doch bald zerbröckelte diese Sicherheit wieder, und er wurde von Zweifeln gepackt. Je mehr er nach semitischen Merkmalen suchte, desto deutlicher erschienen sie ihm. Am schlimmsten dünkte ihn sein Haar – es war schwarz wie Rabenflügel. Er ging zu einem Herrenfriseur hinunter und ließ es sich ganz kurz schneiden und Schläfen und Nacken im Militärstil ausrasieren. So sah er germanischer aus.

Er brach früh auf, um sich nicht beeilen zu müssen. Als er in Dr. Zerbes Büro geführt wurde, wußte er nicht, ob er steif den Arm ausstrecken sollte, wie es der Brauch war, oder ob rassisch Minderwertige das nicht tun durften. Zum Ausgleich schlug er besonders kräftig die Hacken zusammen und bellte mit donnernder militärischer Präzision: »Joachim Georg Holbeck. Bitte, Bericht erstatten zu dürfen, Euer Exzellenz!«

Dr. Zerbe zuckte innerlich über das verhaßte Hackenschlagen und laute Grüßen zusammen, ließ sich aber nichts anmerken. »Sehr erfreut, Sie kennenzulernen, Herr Holbeck«, sagte er. »Setzen Sie sich, bitte.«

Jegor blieb steif in Achtungstellung stehen. »Ich habe Euer Exzellenz einen Brief geschrieben«, verkündete er, »und Euer Exzellenz war so gut, mich kommen zu lassen!«

Dr. Zerbes Gesicht legte sich vor Vergnügen in Falten. Nie nannte ihn jemand »Exzellenz«. Er winkte dem ernsten jungen Mann hoheitsvoll zu. »Herr Doktor genügt«, sagte er großmütig. »Setzen Sie sich doch.«

»Jawohl, Herr Doktor«, bellte Jegor und setzte sich auf die Stuhlkante.

Lange sprach keiner der beiden. Dr. Zerbe musterte seinen Besucher gründlich. Er hatte nun keine Zweifel mehr, daß er es mit einem einfachen, naiven Neurotiker zu tun hatte, und er drehte seinen ganzen Charme auf, um den nervösen jungen Mann zu bezaubern. »Sie scheinen noch sehr jung zu sein, Herr Holbeck«, sagte er taktvoll.

»Ich bin alt genug!« widersprach Jegor hitzig. »Ich bin achtzehn!«

»Meine Güte, schon achtzehn«, bemerkte Dr. Zerbe mit milder Ironie. »Nach Ihrem Brief hätte ich einen viel älteren Mann erwartet ... Übrigens hat Ihr Brief mich sehr betroffen gemacht. Sehr, sehr betroffen.«

Jegor errötete. »Dann darf ich zu hoffen wagen, daß der Herr Doktor mir etwas von seiner kostbaren Zeit schenken wird?«

»Ich nehme mir alle Zeit für Sie, die Sie brauchen«, erklärte Dr. Zerbe huldvoll.

Jegor fing an zu sprechen. Seine Worte sprudelten wie ein Sturzbach aus ihm heraus. Er wollte so schnell so vieles sagen, daß er ganz durcheinander kam. Der Schweiß brach ihm aus, und er konnte einfach nicht zu Sache kommen. Doch selbst da unterbrach ihn Dr. Zerbe nicht. Obwohl er sich zum Verzweifeln langweilte, zeigte seine Miene keine Spur von Ungeduld.

»Weiter, nur weiter«, drängte er jedesmal, wenn Jegor ihn begierig und unsicher, ob er fortfahren solle, anblickte.

Dr. Zerbe wußte, daß man sich durch Berge von Dreck graben muß, um einen Schatz zu heben, und er hatte sich darin geschult, sorgfältig zuzuhören und sich alle Punkte, die er für bedeutsam hielt, zur späteren Betrachtung zu merken. Als Jegor den Namen Karnovski hervorstieß, spitzte er aufmerksam die Ohren. Der Name hatte einen vertrauten Klang, weckte Erinnerungen an die Zeit der Samstagabendgesellschaften im Hause des Juden Moser. »Karnovski, Karnovski«, wiederholte er. »Ist Ihr Vater nicht Arzt?«

»Jawohl, Herr Doktor«, gab Jegor zu. »Er hatte früher eine Entbindungsklinik an der Kaiserallee. Wir haben in Grunewald gewohnt.«

Dr. Zerbe war nun sicher, daß der junge Mann ihm von Nutzen sein würde, und war sehr mit sich zufrieden. Jegor schwatzte weiter, bis er erschöpft war. Dr. Zerbe glättete sich die paar sandfarbenen Haare, die er noch auf seinem großen Kopf hatte, und verfiel in tiefes Nachdenken. Er verhielt sich wie ein berühmter Arzt vor einem sterbenden Patienten. Nach einer langen Pause begann er leise und wohlüberlegt zu sprechen, jedes Wort abwägend.

Wie gewöhnlich hatte er seine Rede sorgfältig vorbereitet. Zuerst bedauerte er den gequälten Jungen. Armer Kerl! Er, Dr. Zerbe, wisse genau, wie er sich fühlen müsse. Er kenne die Leiden der Jugend – die Sehnsüchte, die Niedergeschlagenheit, die Einsamkeit. Und ganz besonders fühle er mit den Problemen der Jugend Deutschlands, denn er selbst habe sie ja in seinen Gedichten beschrieben und sie seien doch so tief in der deutschen Literatur verwurzelt. Er könne die Not eines jungen Menschen verstehen, der wie eine Blume aus seinem Heimatboden gerissen und in fremde, unwirtliche Erde verpflanzt worden sei.

Jegor stiegen bei diesem Vergleich Dr. Zerbes Tränen in die Augen. »Ganz genauso ist es, Herr Doktor«, hauchte er. »Das haben Sie wunderbar richtig gesagt.«

Dr. Zerbe nahm huldvoll das Kompliment entgegen. Nach dem poetischen Teil seiner Abhandlung wandte er sich nun historischen Betrachtungen zu.

Als Dichter habe er Mitgefühl mit einer entwurzelten Blume. Als Wissenschaftler wisse er aber, daß manchmal zum Wohl des Gartens unbarmherzig gewisse Pflanzen ausgejätet werden müßten – diejenigen, welche die Ordnung und Harmonie des Gartens störten und die Frucht schädigten. Er hege natürlich keinerlei Zweifel an der Anständigkeit und geistigen Einstellung des jungen Mannes. Ja, er empfinde großes Mitleid für ihn. Aber es gebe eben so etwas wie historische Gerechtigkeit und die Sünden der Väter, die an ihren Kindern gerächt würden. Als Sohn eines Chirurgen könne der junge Mann verstehen, daß wildes Fleisch aus einem Körper herausgeschnitten werden müsse, um den Körper zu retten.

So bewegt er gewesen war, mit einer entwurzelten Blume verglichen zu werden, so traurig ließ Jegor nun den Kopf hängen, als er mit wildem Fleisch verglichen wurde.

Dr. Zerbe tätschelte ihm die Schulter. Der junge Mann solle diese Worte nicht persönlich nehmen, sie seien nicht wörtlich gemeint, sondern rein symbolisch. Es gebe freilich

Leute, die sie tatsächlich wörtlich nähmen, aber ihm, Dr. Zerbe, liege es fern, ein so kompliziertes Problem so krass anzugehen. Er setze das auf einem weit höheren Niveau an – auf der Ebene der historischen Nützlichkeit, der Wiedererweckung des nationalen Geistes und des nationalen Ruhms, die Selbsterhaltung und rassische Reinheit gebiete. Historische Gerechtigkeit könne nicht so gehandhabt werden, daß jedes einzelne Individuum berücksichtigt würde, sondern erfordere Gesetze, die große Teile der Bevölkerung beträfen. Dies bringe natürlich die Tragödie des unschuldigen einzelnen mit sich, der in der großen Bewegung der Geschichte mitgerissen werde. Aber das sei eine alte Geschichte – das dem Wohl des Gemeinwesens geopferte Individuum, der Sohn, der für die Sünden seiner Väter büßen müsse. Und in seinem, Jegors Fall, gebe es keine Alternative. Nach den Richtlinien der Neuen Ordnung sei er hundertprozentiger Jude. Die Gesetze seien darin unbeugsam, und er wisse, was für außerordentliche Maßnahmen es erfordern würde, ihm zu erlauben, ein deutscher Staatsbürger zu werden.

Verzweifelt fing Jegor an zu stottern: »Be... be... bedeutet das, Herr Doktor, daß es k... keinen Au... ausweg für mich gibt?«

Dr. Zerbe stützte die Ellbogen auf dem Tisch auf. »Wenn das der Fall wäre, junger Mann, hätte ich Sie nicht kommen lassen«, sagte er wohlüberlegt. »Ihr Brief war der Grund, warum ich Sie herbestellt habe. Jetzt, da ich Sie sehe, bin ich von Ihrer Einstellung noch mehr beeindruckt. Ich werde jetzt äußerst offen zu Ihnen sein.«

Rote Flecke erschienen auf Jegors Wangen. Dr. Zerbe sah ihn voller Strenge an. Es gebe einen Ausweg, einen sehr guten Ausweg, aber er verlange Opferbereitschaft, harte Arbeit, unendliche Geduld und unbedingten Gehorsam.

»Nichts wäre mir zu schwer!« versicherte Jegor leidenschaftlich.

Dr. Zerbe wischte die Unterbrechung mit einer Handbewegung beiseite und begann mit uncharakteristischer Glut zu sprechen. Das neue Deutschland sei unversöhnlich zu seinen Feinden, unnachgiebig wie ein Fels, aber es könne auch weich und nachgiebig sein wie ein Mutterschoß denen gegenüber, die bereit seien, sich für es zu opfern, ihm mit Leib, Seele und Geist zu dienen. Das Vaterland habe Vorsorge getroffen, daß einer, der gegen es gesündigt habe, sich durch Opfer wieder reinigen könne. Das neue Deutschland wisse, daß Blut stärker sei als Tinte, und es könne ein Weg gefunden werden, um die Tinte, mit der die Verordnungen geschrieben seien, durch für das Vaterland vergossenes Blut abzuwaschen.

Jegor sprang auf. »Herr Doktor, ich bin bereit, mein Leben für das Vaterland zu opfern und es mit meinem Leib vor seinen Feinden zu schützen! Wenn ich nur wieder nach Hause dürfte!«

Dr. Zerbe dämpfte Jegors Begeisterung. Es sei schön von ihm, für das Vaterland sterben zu wollen, doch das sei kein Opfer – das sei ein Privileg, das nicht jedem offenstehe. Aber es gebe noch andere Schlachtfelder außer den allen sichtbaren. Es gebe auch Schlachten, die gegen verborgene Feinde geführt werden müßten. Natürlich sei diese Art der Kriegsführung nicht so reizvoll und dramatisch – sie kenne keine Helme oder Schwerter, nur einen stillen Kampf, der oft anstrengender und mühevoller sei als die andere Art. Doch das Vaterland wisse auch die zu belohnen, die diesen verborgenen Kampf kämpften.

Jegor sah ihn verständnislos an. Dr. Zerbe unterdrückte nur mit Mühe ein Verlangen, »Dummkopf!« zu rufen, und zwang sich zu weiteren Ausführungen. Das Vaterland sehe sich weltweit schwierigen Herausforderungen gegenüber, und seine Feinde seien überall – in Zeitungsredaktionen, in Salons, wo Liberale und Intellektuelle zusammenkämen, in Arbeiterorganisationen, in Kirchen, Banken, Restaurants, Klubs und Privathaushalten. Es sei die Aufgabe heldenhafter Soldaten, diese Feinde aufzuspüren, alle ihre Schritte zu verfolgen und ihre Pläne zu entlarven. Tausende loyaler Soldaten dienten an dieser unscheinbaren Front, unter ihnen einige der tapfersten und treuesten der Nation. Wolle er sich nicht um die Ehre bemühen, einer von ihnen zu werden?

Jegor saß schweigend da. Obwohl Dr. Zerbe seinen Antrag in großartige und poetische Worte gekleidet hatte, konnte dieser Vorschlag ihn nicht begeistern. Für ihn kämpfte ein Soldat auf dem Schlachtfeld wie Onkel Hugo. Diese ganze Sache mit dem Spionieren und Bespitzeln war ihm fremd und stieß ihn ab. Er hatte ja nicht einmal seinen Eltern erzählt, wie Dr. Kirchenmeier ihn in der Schule gedemütigt hatte. Er hatte immer geglaubt, es sei schlecht, jemanden zu denunzieren. Er sah auf den Fußboden hinunter und antwortete nicht. Dr. Zerbe merkte, daß der Junge zögerte, und machte eine neue Anstrengung. Natürlich sei es unendlich romantischer, in einer Uniform herumzustolzieren, mit den Sporen zu klirren und sich von Fräuleins hofieren zu lassen. Gewiß sei es angenehmer, im Heimatland zu bleiben, als unter den barbarischen Amerikanern zu leben. Ob er denn nicht glaube, daß er, Dr. Zerbe, lieber zu Hause geblieben wäre, wo er doch Arier mit allen Rechten und Privilegien sei? Und meine er, Karnovski, vielleicht, er sei besser als Dr. Zerbe? ... Seine Stimme wurde ein ganz klein wenig scharf, und er gebrauchte den Namen Karnovski statt Holbeck, um den jungen Mann genau wissen zu lassen, wer und wo er war.

Dr. Zerbes Gereiztheit machte Jegor zutiefst besorgt. »Ich bitte tausendmal um Entschuldigung, Herr Doktor, das habe ich nie gesagt. Das würde ich nicht einmal zu denken wagen.«

Dr. Zerbe merkte, daß er den richtigen Ton getroffen hatte, und fuhr fort. Karnovski solle sich bewußt machen, daß seine, Dr. Zerbes, Zeit äußerst kostbar sei. Er habe ihn nicht herkommen lassen, um einfach Konversation zu machen. Wenn er ihm seine gnädige Seite gezeigt habe, dann nur wegen seines ernsthaften Wunsches, ihm zu helfen. Er habe ihm eine Gelegenheit geboten, eine seltene Gelegenheit, sich von dem Stigma der Mischlingsrasse zu reinigen, eine Chance, die wenigen anderen je gewährt worden sei. Wenn er seine Arbeit gut mache, werde er freigesprochen und vom dankbaren Vaterland zum echten Arier erklärt werden. Wenn er aber beschließen sollte, kindlich und selbstsüchtig zu sein ... Und hier begann Dr. Zerbe in seinen Papieren zu kramen, um zu zeigen, wie beschäftigt er sei.

»Was immer Sie auch entscheiden, Herr Holbeck«, warnte er, »Sie verstehen sicher, daß unser Gespräch streng vertraulich bleiben muß.«

Er sah Jegor eindringlich in die Augen. Er war neugierig, festzustellen, wie der Junge auf Druck reagierte, und er wurde nicht enttäuscht. Karnovski saß da wie ein geprügelter Hund, wie ein verurteilter Gefangener, der jede Hoffnung verloren hat. Dr. Zerbe ließ den strengen Ton fallen und nahm seine vorige charmante Art wieder auf. »Sie nehmen die Dinge zu schwer, Herr Holbeck«, schnurrte er beruhigend. »Um es mit den Amerikanern zu sagen: *Take it easy!*«

Jegor versuchte sich zu verteidigen. »Herr Doktor, Sie müssen mir verzeihen. Es ist nicht leicht, zu entscheiden, ein ... ein ...« Er konnte sich nicht überwinden, das Wort auszusprechen.

»Ein Spion zu werden?« fragte Dr. Zerbe amüsiert.

Jegor errötete.

Dr. Zerbe lachte weltmännisch. »Warum es so bombastisch ausdrücken! Es geht doch nur darum, ein paar Informationen zu sammeln.«

Dann hörte er schlagartig auf zu lachen und begann, die ganze Sache zu erklären. Der junge Mann habe ihn offenbar mißverstanden. Er habe aus einem Maulwurfshügel einen Berg gemacht, ein Riesending aus einer Kleinigkeit. Könne er denn tatsächlich meinen, er, Dr. Zerbe, sei ein Spion? Er sei ein Dichter, ein Denker, ein Wissenschaftler. Seine Aufgabe sei es, Amerikaner in die ruhmreiche Tradition der deutschen Kultur einzuführen und den neuen Herrschern Freunde zu gewinnen. Doch bedauerlicherweise sei er von Feinden des Reiches umgeben, die Lügen verbreiteten und schreckliche Anklagen gegen das Vaterland erhöben. Sei es etwa falsch, diesen Lügnern, Juden und Kommunisten, das Handwerk legen zu wollen? Die schlimmste unter ihnen sei diese Schlampe, Dr. Elsa Landau. Dieses teuflische Ungeheuer streue ihre abscheulichen Verleumdungen über das ganze Land aus, und Millionen von Amerikanern würden durch sie aufgehetzt. Sie sei es, die ihn, Dr. Zerbe, als Spion und Spitzel bezeichnet habe, und eben das sei der Grund, warum er ein Auge und Ohr im feindlichen Lager haben müsse – damit er ungehindert seine gute, nützliche Arbeit weiterführen könne. Wie es doch heiße: »Wer den Dichter will verstehen, muß in Dichters Lande gehen.« Nein, seine Absichten seien völlig harmlos. Alles, was er wolle, sei ein gerechter Kampf, die Möglichkeit, den Feinden des Vaterlands unter gleichen Voraussetzungen zu begegnen. Und die Informationen, die er dazu brauche, seien für einen jungen Mann mit Zutritt zu Exilantenzirkeln doch leicht zu besorgen.

Dem mußte Jegor widersprechen. »Aber ich habe doch mit diesen Zirkeln überhaupt nichts zu tun!« rief er. »Die sind doch ganz anders als ich, und ich will mit denen nichts zu schaffen haben. Deswegen bin ich doch überhaupt zu Ihnen gekommen, Herr Doktor – um von denen wegzukommen.«

Dr. Zerbe lachte. »Das ist Unsinn, junger Mann, reiner Unsinn.«

Eben weil er, Jegor, ja von diesen Leuten wegkommen wolle, müsse er sich dazu zwingen, noch eine Weile unter ihnen zu bleiben. Ein tapferer Soldat, der hinter die Feindeslinien geraten sei, laufe nicht weg, sondern versuche, seine Lage auszunützen und wertvolle Informationen für seine Seite zu sammeln. Ein tapferer Soldat zögere nicht einmal, eine Feindesuniform anzulegen, um den Gang der

Schlacht günstig zu beeinflussen. Und das Vaterland wisse solche treuen Söhne zu belohnen.

Jegor sagte nichts, und Dr. Zerbe ließ ihn nachdenken. Er wußte, wann es Zeit zum Schweigen war. Er fuhr sich mit der Hand über seinen kahl werdenden Kopf. »Hätten Sie Lust, mit mir zu Mittag zu essen?« fragte er den gequälten Jungen.

Diese plötzlichen Stimmungsumschwünge verwirrten Jegor, wie es Dr. Zerbes Absicht war. »Das ist zuviel der Ehre, Herr Doktor«, wandte er ein.

Dr. Zerbe stopfte ein Bündel Papiere in eine gelbe Lederaktentasche, drückte eine Melone auf den wulstigen Schädel, wickelte sich einen weißen Seidenschal um den Hals und mühte sich ab, in seinen Mantel zu schlüpfen. Jegor sprang auf, um ihm zu helfen. »Sehr freundlich von Ihnen, Holbeck«, sagte er. Er nahm die Mappe und einen Ebenholzstock. In dem Mantel mit Samtkragen und den gelben Gamaschen über seinen Lackschuhen sah er noch dürrer und unscheinbarer aus – wie eine für ihre Beerdigung aufgeputzte Leiche.

Draußen wartete ein Taxi. Dr. Zerbe stieg ein und befahl dem dumpf vor sich hin grübelnden jungen Mann, sich neben ihn zu setzen. Er erwähnte nun ihr Gespräch mit keinem Wort mehr, sondern sprach vom Wetter und dem herrlichen Sonnenschein.

Er wußte, daß ein leicht zu beeindruckender junger Mensch besser in der freundlichen Atmosphäre eines Privathauses als in den nüchternen Büros des Konsulats zu gewinnen war. Er ließ das Taxi vor einem Blumengeschäft anhalten und kaufte einen Rosenstrauß. »Meine alte Bedienerin stellt mir nie Blumen auf meinen Tisch«, beklagte er sich bei Jegor, als wäre dieser ein alter Freund. »Ich muß immer daran denken, mir auf dem Heimweg welche zu besorgen.«

Nach einer langen Fahrt kamen sie in eine locker besiedelte Gegend von Einfamilienhäusern, die von Rasen und

Gärten umgeben waren. Jegor schloß aus den Schildern an Geschäftsfassaden und Tankstellen, daß sie irgendwo in Long Island sein mußten. Die Gegend erinnerte ihn an den Grunewald. Das Taxi bog in eine Sackgasse ein und hielt vor einem abseits liegenden Haus mit heruntergelassenen Rollläden und einem schmiedeeisernen Zaun. Dr. Zerbe bat Jegor, ihm die Mappe zu halten, während er mit einem kleinen Schlüssel die Tür aufschloß.

Jegor trat zur Seite, um ihn vorbei zu lassen, aber Dr. Zerbe wollte davon nichts hören. »Nein, nein! Sie sind mein Gast. Nach Ihnen, lieber junger Mann!«

Jegor ging hinein. Der plötzliche Übergang von der sonnendurchglühten Straße in die fast völlige Finsternis im Inneren ließ ihn weit die Augen aufreißen. Plötzlich durchschnitt eine schrille Stimme die drückende Stille.

»Mahlzeit, Herr Doktor, Mahlzeit!«

Jegor blinzelte erschrocken und entdeckte einen Papagei, dessen lebhaftes Grün sich leuchtend von dem dunklen Hintergrund abhob. Bald stachen auch andere Farben aus der Dunkelheit hervor – das Rot eines Läufers, das Schwarz eines Flügels, Farbflecke der Gemälde an der Wand. Er empfand Unbehagen und Neugier zugleich. Dr. Zerbe entschuldigte sich, ging irgendwohin weg und ließ ihn eine geraume Weile allein. Schließlich hörte der Papagei mit seinem ununterbrochenen Geschrei auf. Dann kam eine ältere Frau hereingeschlurft und zog den Laden eines Fensters hoch.

»Guten Tag!« sagte Jegor und verbeugte sich leicht.

»Tag«, antwortete sie mürrisch und ging so leise wieder hinaus, wie sie hereingekommen war.

Das erste, was das Licht vom Fenster beleuchtete, war das Gemälde einer völlig nackten Frau. Jegor wandte sich verlegen ab. Obwohl das anscheinend Kunst war, kam es ihm eher wie Pornographie vor. Die gemalte Frau war zu wollüstig, zu kokett, zu lasziv in Pose und Haltung. Er fing an, die unzähligen anderen Gegenstände in dem Zimmer zu betrachten – geschnitzte Möbel, Vasen, Krüge, Kupferplatten, Bronzeplaketten, japanische Wandschirme und Drucke. Die Bücherregale enthielten in Leder gebundene Bände. Neben Philosophiebüchern und Klassikern gab es eine ganze Sammlung von Erotika mit Goldschnitt. In der Ecke um den Papageienkäfig herum standen primitive afrikanische Schnitzerein von Männern und Frauen mit stark übertriebenen Geschlechtsorganen. Jegors Gesicht glühte im Dunkeln.

Er spürte eine Hand auf seiner Schulter. »Was halten Sie von meinen Sachen, junger Mann?« fragte Dr. Zerbes aalglatte Stimme. Er trug jetzt Pantoffeln und einen seidenen Hausmantel. Mit seinen Kleidern schien er auch seine förmliche, steife Art abgelegt zu haben. Er schlang den Arm um Georgs Taille und führte ihn zu einem Tischchen, auf dem Flaschen mit Spirituosen aufgereiht waren. »Wein oder Whisky?« erkundigte er sich.

»Mir ist alles recht, Herr Doktor«, sagte Jegor.

»Dann lassen Sie uns Wein trinken«, meinte Dr. Zerbe und führte Jegor zum Eßtisch, wo die alte Frau Platten mit Meeresfrüchten und kaltem Aufschnitt aufgetragen hatte. Dr. Zerbe zog mit klauenähnlichen Fingern das Hummerfleisch heraus und kaute es unschön und schmatzend. Er glich einen schwachen, ängstlichen Tier, das sich schnell den Bauch vollschlägt, bevor ein stärkeres Tier ihm den Fraß wieder abjagt. Jegor war zu schüchtern zum Essen, und Dr. Zerbe mußte ihn wiederholt dazu nötigen. »Halt den Schnabel!« schrie er zu dem Papagei hinüber, der wieder unablässig kreischte. »Laß zur Abwechslung auch einmal die anderen zu Wort kommen!«

Er schenkte zwei frische Gläser Wein ein und bewunderte die leuchtende Farbe des Getränks im Kristall. »Darf ich Sie bei Ihrem Vornamen nennen?« fragte er.

»Ich würde das als eine Ehre ansehen, Herr Doktor.«

»Also gut, Joachim, warum trinkst du deinen Wein nicht?«

»Ich bin nicht ans Trinken gewöhnt, Herr Doktor.«

»Wein ist ein edles Getränk für Dichter und Träumer«, sagte Dr. Zerbe und stieß mit Jegor an. »Bier ist dagegen für Dummköpfe. Denkst du nicht auch?«

»Ich weiß nicht. Aber wenn Sie es sagen, Herr Doktor, ist es sicher wahr.«

Um seine Behauptung zu beweisen, führte Dr. Zerbe nun geschichtliche Tatsachen an. Hochkulturen blühten nur in Gesellschaften, die den Wein verehrten – Griechenland, Rom, Ägypten, sogar Palästina. Die alten Hebräer hatten behauptet, daß der Wein den Geist des Mannes erhebe. Ob Joachim ihm zustimme?

»Ich wüßte dazu nichts zu sagen«, murmelte Jegor, betrübt über die Wendung, die das Gespräch genommen hatte. »Das ist mir eigentlich gleich.«

»Schäm' dich, Joachim, Schäm' dich!« tadelte ihn Dr. Zerbe. »Du verleumdest eine große Kultur. Ich bin zwar ein Schüler Athens und Roms, aber man kann den Einfluß Jerusalems nicht so einfach abtun, wie die Rassisten in ihrer Ignoranz das wollen.«

Er schenkte Jegor immer wieder von neuem ein, und bald fing der Junge an, die Dinge optimistischer zu betrachten. Dr. Zerbe dozierte weiter über gelehrte Themen, und die alte Frau brachte Kaffee und räumte die Teller und Speisen ab. Dr. Zerbe bat sie, die Tassen auf den kleinen Tisch vor dem Sofa zu stellen, und lud Jegor ein, sich dort zu ihm zu setzen. Er ließ sich in die weichen Kissen fallen und fing plötzlich an, Gedichte zu rezitieren, die er in seinen frühen Jahren geschrieben hatte, Gedichte, die von den jüdischen Verlegern zurückgewiesen worden waren.

»Und wie findest du das?« fragte er Jegor nach jedem.

»Ich verstehe nichts von Gedichten, aber meiner Meinung nach klingen sie ganz wunderbar«, sagte Jegor mit allmählich schwer werdender Zunge.

Dr. Zerbes blasses Gesicht rötete sich. »Ich danke dir, mein junger Freund«, murmelte er, und plötzlich küßte er Jegor auf die Wange.

Instinktiv rieb sich Jegor das Gesicht, um die Feuchtigkeit der speichelnden alten Lippen abzuwischen. Dr. Zerbe bemerkte die Abscheu in Jegors Ausdruck, und die Farbe wich ihm aus den Wangen. »Das war nur eine rein väterliche Bezeugung meiner Zuneigung«, sagte er gekränkt. »Die väterlichen Gefühle eines einsamen Mannes, dem das Schicksal das Glück der Vaterschaft verwehrt hat. Es tut mir leid, wenn meine Geste Sie beleidigt hat.«

Jegor ließ den Kopf hängen.

Ohne von den Diensten zu sprechen, die er dafür erwartete, steckte Dr. Zerbe Jegor einfach ein paar Geldscheine in die Jackentasche. Jegor wurde rot. »O nein, Herr Doktor!« sagte er mit plötzlich brechender Stimme.

»Kein Wort mehr darüber!« wehrte Dr. Zerbe ab. »Ich weiß doch, daß Sie keinen Cent haben, und ich wäre sehr beleidigt, wenn Sie dieses Darlehen nicht annehmen würden.«

Er hatte es ziemlich genau getroffen. Jegor war wirklich bei seinen letzten paar Cent angelangt und weigerte sich nicht länger. Dr. Zerbe führte ihn zur Haustür. »Du kannst immer zu mir kommen, wenn du traurig oder unglücklich bist«, sagte er. »Ich werde mich freuen, dir zu helfen, wie ich kann, geistig und materiell.«

Es dauerte nicht lange, bis Jegor traurig und unglücklich wurde und geistigen und materiellen Beistand von Dr. Zerbe benötigte. Ohne eigentlich zu wissen, wann oder wie, wurde er einer seiner bezahlten Spitzel.

41

Während der ganzen Zeit, in der Dr. Karnovski sich auf die Prüfung bei der Staatlichen Ärztekammer vorbereitete, war er nur wegen eines Teils dieses Examens besorgt – der Sprache. Es amüsierte ihn sehr und ärgerte ihn auch nicht wenig, daß er, ein erfahrener – ja, berühmter –

Chirurg, sich wie ein Medizinstudent einer Prüfung unterziehen sollte. Mit den meisten seiner europäischen Kollegen teilte er die im allgemeinen niedrige Meinung von amerikanischen Ärzten und amerikanischer Medizin, und ohne einen einzigen Arzt der Prüfungskommission zu kennen, war er überzeugt, daß deren Kenntnisse zusammengenommen seine nicht aufwiegen konnten. Er dachte nicht gut von den Mitgliedern der Kommission, aber er hatte keine Ahnung, wie viel weniger gut diese von ihm und seinesgleichen dachten.

In den paar Jahren, in denen die Transatlantikdampfer Flüchtlinge aus Deutschland ins Land gebracht hatten, waren buchstäblich Horden von Ärzten angekommen. Am Anfang hatten die ortsansässigen Ärzte ihre ausländischen Kollegen freundlich begrüßt, vor allem diejenigen, denen ihr Ruhm vorausgeeilt war. Doch als ein Schiff nach dem anderen Spezialisten um Spezialisten und immer mehr berühmte Ärzte an Land setzte, verwandelte sich die Begeisterung der einheimischen Ärzte allmählich in Verärgerung und schließlich in Haß.

Sie hatten dazu reichlich Grund. Erstens hatten die Exilanten nichts Eiligeres zu tun, als ihre Verachtung für die Amerikaner zu zeigen. Zweitens fingen sie an, den Einheimischen Patienten abspenstig zu machen. Überdies erhob jeder Flüchtlingsarzt, der die Gangway herunterkam, Anspruch darauf, eine Koryphäe zu sein – es gab scheinbar keinen einzigen gewöhnlichen Praktiker der Allgemeinmedizin unter ihnen. Und mit jedem Tag verschärfte sich der Konflikt zwischen den beiden Gruppen. Wo immer die amerikanischen Ärzte zusammenkamen, in Klubs, auf Gesellschaften oder auf Golfplätzen, beklagten sie sich untereinander über die Neuankömmlinge und deren Arroganz und Hochnäsigkeit. Über diese gerechtfertigten Klagen hinaus fingen die hitzigeren unter den Amerikanern an, Verleumdungen und falsche Beschuldigungen in die Welt zu setzen. Am heftigsten tat dies Dr. Alberti.

Dr. Alberti war eine bekannte Figur in den medizinischen Kreisen Manhattans, aber niemand wußte genau, wie alt er war oder woher er gekommen war.

Aus unbekannten Gründen hatte er einen mörderischen Haß auf die Exilantenärzte. Jedesmal, wenn er in die Prüfungskommission berufen wurde, rächte er sich blutig an ihnen.

Ohne sich eigentlich dazu abzusprechen, begannen viele seiner Kollegen ebenfalls, die Fremden, die ihr Auskommen gefährdeten, durchfallen zu lassen. Von den Tausenden der Exilantenärzte, die sich der Prüfung unterzogen, bestanden nurmehr ein paar.

Dr. Alberti war jedesmal entzückt, wenn er einem Arzt von internationalem Ruf seine Zulassung versagen konnte, und er tat sich offen auf seine Gefühle etwas zugute. Seine Kollegen waren darin weniger offen, aber innerlich triumphierten sie genauso.

Die abgewiesenen Fachärzte und Professoren kochten vor Empörung, aber es half ihnen nichts. Sie wandten sich entweder anderen Berufen zu oder fingen noch einmal an zu büffeln wie Medizinstudenten.

Auch eine noch so große Empörung half Dr. Karnovski nicht, als ihm das Blatt mit den zwölf Fragen ausgehändigt wurde, deren Beantwortung über seine Zukunft im neuen Land entscheiden sollte. Es war nicht so, daß ihm das Thema nicht vertraut gewesen wäre – es gab keinen Aspekt der Medizin, mit dem er nicht vertraut war. Es war die Art, wie die Fragen formuliert waren, die ihn wütend machte. Sie hatten eigentlich nichts mit medizinischem Wissen zu tun und stellten auch keine gerechtfertigte Probe für die Fähigkeiten eines Arztes dar, und er wußte, daß er nicht imstande sein würde, sie zu beantworten. Nicht um alles in der Welt konnte er sich an den genauen Prozentsatz von Protein und Zucker in der Rückenmarksflüssigkeit erinnern.

Als die Minuten laut tickend verstrichen, wurde Dr. Karnovski seiner selbst immer unsicherer und machte dicke

Fehler im Englischen. Im Versuch, sie zu verbessern, machte er sie nur noch schlimmer. Er fing sogar an, in der medizinischen Auswertung zu schwimmen, in der er sonst immer hervorragend gewesen war. Er empfand die gleiche Angst wie damals während seines Examens bei Geheimrat Lentzbach. Seine normalerweise trockenen, warmen Hände wurden feucht und zittrig, und die Füllfeder rutschte ihm zwischen den Fingern durch. Er wußte, daß die Antworten, die er hinschrieb, ungenau und nicht korrekt waren, und dieses Wissen rieb ihn völlig auf. Er sah die Zeiger seiner Armbanduhr, die er vor sich auf den Tisch gelegt hatte, ungewöhnlich schnell vorrücken. Die zwei Stunden, die für die Prüfung angesetzt waren, würden gleich vorbei sein, und wie einer, der nichts mehr zu verlieren hat, schlug er alle Bedenken in den Wind und schrieb einfach hin, was ihm in den Sinn kam, nur um die Prüfungszeit auszunutzen.

Er fiel durch, wie er geahnt hatte, und fing an, sich auf die zweite Prüfung vorzubereiten.

Obwohl er wußte, daß er an seinem Mißerfolg nicht schuld war, schämte er sich vor Therese, vor Miss Doolittle, die so hart gearbeitet hatte, um ihm zu helfen, vor seinen Freunden und Verwandten.

Die ganze Anstrengung, auf einer Schulbank zu sitzen und einfache Wörter zu wiederholen, die ganzen Hausaufgaben, Vorbereitungen und Demütigungen waren umsonst gewesen. Er mußte wieder von vorn anfangen. Und dabei hatte er keinerlei Gewißheit, daß die zweite Prüfung leichter sein würde als die erste, da es nicht länger eine Sache des medizinischen Wissens war, sondern nur des Glücks.

Zu allem Überfluß kam nun noch dazu, daß das Geld, das sie mit so großer Mühe ins neue Land geschafft hatten, bei aller Sparsamkeit, die Therese hatte üben müssen, sich als zu wenig erwiesen hatte, und Dr. Karnovski fing an, Sachen zu versetzen. Zuerst seine goldene Uhr, dann den Ring mit dem Edelstein, den Therese ihm geschenkt hatte. Darauf brachte Therese ihren Schmuck zum Pfandleiher. Als alles weg war, nahm sie ihre kostbaren Besitztümer – das Kristall, die Vasen, Keramik, Brüsseler Spitzen, das Meißener Porzellan und andere Schätze dieser Art – und verkaufte sie für Centbeträge.

Als nichts mehr zum Versetzen oder Verkaufen übrig war, brachte Dr. Karnovski Leute ins Haus, die ihm eventuell seine Röntgenapparate abkaufen wollten. Thereses Wangen bedeckten sich mit roten Flecken. »Nein, Georg!« rief sie. »Dann gehe ich arbeiten. Ich gehe putzen! Ich nehme Wäsche nach Hause! Aber verkaufe nicht deine Apparate!«

Der Blick, mit dem er sie bedachte, ließ ihr fast das Blut in den Adern gefrieren. Er war noch nicht so tief gesunken, daß seine Frau für ihn arbeiten mußte. Als die Apparate aus dem Haus waren, empfand er eine Leere in seinem Herzen, als hätte man ihm den Leichnam eines geliebten Menschen fortgetragen. Therese schluchzte verzweifelt, und Dr. Karnovski wurde böse auf sie, um seinen eigenen Schmerz zu verbergen. »Kein Geheule, *gojischer Kup*!« knurrte er.

Eine Weile lebten sie von dem Geld, das er für die Apparate erhalten hatte. Sie lebten so bescheiden und sparsam wie möglich in einer neuen und noch kleineren Wohnung. Dr. Karnovski übte sein Englisch und las laut, um sich an die Sprache zu gewöhnen. Er machte lange Fußmärsche und Freiübungen, um seine Gefühle unter Kontrolle zu behalten. Als auch dieses Geld zu Ende ging und sie vor der Aussicht standen, in einem fremden Land völlig mittellos zu sein, legte er seine Bücher weg. Zum erstenmal seit Jahren ließ er seinen Morgenspaziergang und seine Freiübungen ausfallen und nahm statt dessen die Untergrundbahn zu Onkel Harrys Haus. Als er im Gedränge der verschlafenen Leute auf ihrem Weg zur Arbeit stand, faßte er den festen Vorsatz, alles zu tun, um für den Lebensunterhalt seiner Familie aufkommen zu können.

Onkel Harry, der gerade sein Frühstück so schnell hinunterschlang, wie er auch alles andere tat, lachte, als sein

Neffe ihn um eine Arbeit im Baugeschäft, Häuserdemolieren oder was er sonst anbieten könne, bat. Er hatte den Eindruck, daß sein Neffe ein bißchen ein Spaßmacher war, ein munterer Kerl, der gerne schwamm, rannte und am Strand herumturnte. Er war sicher, daß er gekommen war, um mit seiner Ethel schwimmen zu gehen, und sich jetzt nur mit der Bitte um Einstellung einen kleinen Scherz erlaubte. Daher beschloß er, erst gar nicht darauf einzugehen, da er es eilig hatte, an die Arbeit zu kommen. Er ging seine Tochter wecken, die mehr Zeit für solche Narreteien hatte.

»Ethel, spring in deine Badehose«, rief er sie. »Dein Vetter ist da, um mit dir schwimmen zu gehen.«

Doch Dr. Karnovski war nicht zum Scherzen aufgelegt. Er richtete seine großen, leicht vorstehenden Augen auf seinen Onkel und sagte ihm so eindringlich, wie er konnte, daß er bereit sei, jede Art von Arbeit anzunehmen – Anstreichen, Bretter tragen, Kehren – alles, um sich den Lebensunterhalt zu verdienen. Onkel Harry sah mit einem Stück Bagel im Mund auf und starrte mit seinen flinken, huschenden Augen den Neffen an. »Du machst Witze ... Du bist doch Arzt!«

Dr. Karnovski gelang es schließlich, ihn zu überzeugen, daß er es ernst meinte, und Onkel Harrys Augenbrauen zogen sich in die Höhe. »Es ist leicht, vom Anstreichen zu reden«, sagte er, »aber die würden mir den Kopf abreißen, wenn ich einen Fremden auf die Baustelle brächte!«

»Ich bin doch kein Fremder!« erwiderte Dr. Karnovski erstaunt und gekränkt.

»Selbst wenn mein eigener Vater, er ruhe in Frieden, für mich anstreichen käme, würden diese Saukerle von der Gewerkschaft mich in Stücke reißen!« erklärte Onkel Harry mit ungewohntem Grimm.

Statt einer Anstellung bot er seinem Neffen Kaffee und Kuchen an, aber Dr. Karnovski stürmte aus dem Haus. In seiner Verzweiflung suchte er den letzten Menschen auf, den er normalerweise um Hilfe gebeten hätte. Er ging zu Salomon Burak und sagte ihm, er wolle Hausierer werden. Obwohl bei Salomon Burak schon alle möglichen »Aristokraten« von drüben um Unterstützung gebeten hatten, war er doch verlegen, als der stattliche und elegante Dr. Karnovski nach einem Hausiererkoffer verlangte.

»Herr Doktor, das ist doch keine Arbeit für Sie«, protestierte er. »Das ist ein entwürdigendes Geschäft. Das halten Sie nicht aus!«

»Ich werde es aushalten müssen«, sagte Dr. Karnovski mit ironischem Lächeln.

»Herr Doktor, ich strecke Ihnen Geld vor, bis Sie wieder praktizieren können. Nur, bitte, tun Sie nicht das!«

»Herr Burak, ich will Ihr Geld nicht, nur Ihre Waren«, bestand Dr. Karnovski auf seinem Entschluß.

Salomon Burak holte einen großen Koffer von einem oberen Regal herunter, einen von den berühmten beiden, mit denen er seine Karriere im neuen Land so glücklich begonnen hatte, und stopfte ihn mit allen möglichen preisgünstigen Sachen voll – Strumpfwaren, Krawatten, Hemden und Blusen. Er versuchte, Dr. Karnovski ein paar Geschäftskniffe beizubringen. »Die Hauptsache in diesem Geschäft, mein Freund, ist, nie ein Nein zu akzeptieren. Gerade weil der Kunde nicht kaufen will, müssen Sie ihn herumkriegen. Sobald die Tür offen ist, stecken Sie Ihren Fuß rein und lassen sie sich nicht wieder vor der Nase zuschlagen.«

Er blickte zu seinem Schüler hinüber, um zu sehen, wie er den Unterricht aufnahm, und brach mitten im Satz ab. Trotz all seiner verzweifelten Bemühung, die Sache zu erfassen, strahlte die stämmige Gestalt des Arztes nur steifen Stolz und Hochmut aus. Salomon Burak wurde klar, daß seine Worte zwecklos waren. »Herr Doktor, tun Sie mir einen Gefallen und suchen Sie sich etwas anderes«, bat er inständig. »Nehmen Sie mein Wort darauf, Sie sind nicht zum Hausieren gemacht.«

»Unser Volk hat jahrhundertelang vom Hausieren gelebt, Herr Burak«, sagte Dr. Karnovski mit bitterem Lächeln, »und man kann seinem Schicksal nicht entkommen.«

42

Ein neues, völlig freies und ungebundenes Leben begann für Jegor Karnovski, der sich nun Jegor Holbeck nannte.

Nach einigen Tagen in dem Hotel mietete er sich für zehn Dollar im Monat ein möbliertes Zimmer. Der Raum war zwar dunkel und klein und lag ein paar Stufen tiefer als die Straße, aber für seine Zwecke war er genau richtig.

Er schlief morgens so lange, wie er wollte, und entschädigte sich so für all die Tage, an denen er gezwungen worden war, früh aufzustehen und zur Schule zu gehen. Niemand weckte ihn nun, niemand fragte ihn, ob er seine Hausaufgaben gemacht habe. Frau Kaiser, die Verwalterin des Gebäudes, deren Untermieter er war, behandelte ihn sehr respektvoll und mischte sich nicht in seine Angelegenheiten ein. Die blonden Servierfräulein in den bayrischen Kaffeehäusern, wo er seine Mahlzeiten einnahm, waren ebenso höflich. Ihr »Danke vielmals« für seine Fünfcenttrinkgelder waren so süß wie die Kuchen, die sie ihm servierten. Aber das Süßeste von allem war doch, alle Verantwortung und Pflichten und Menschen, die ihn herumkommandierten, los zu sein.

Er hatte jetzt viel Zeit, und er genoß jeden goldenen Augenblick davon. Statt sich den Kopf mit Geschichte und Physik vollzustopfen, ging er in deutsche Filme und schlich sich in billige Varietés, wo Frauen sich auf der Bühne auszogen und dabei unanständige Lieder sangen. Zuerst schämte er sich dabei, als ginge er in ein Bordell; aber bald ließen ihn der Lärm, die Musik, die Rufe der Zuschauer, das rohe Gelächter und der Geruch nach Geilheit und menschlichem Fleisch alles vergessen, und er grölte mit den anderen Männern mit, wenn die Mädchen ihre letzten Hüllen fallen ließen. Er war nicht so verwegen, »*Bay-bee!*« zu brüllen wie die Seeleute oder unmögliche anatomische Vorschläge zu machen. Er gierte nur still nach diesen üppigen Frauen und lachte über die Obszönitäten, die alle ihre Bewegungen begleiteten.

Und sogar noch mehr amüsierte er sich in dem deutschen Jugendklub, in den ihn ein neuer Freund mitnahm. Sie hatten sich an dem Tag, als Jegor eingezogen war, kennengelernt. Eine schwere Faust donnerte an seine Tür, und bevor er noch antworten konnte, kam ein stämmiger junger Kerl mit klebrigem Flachshaar, das ihm in die Stirne hing, und einem bis zum Bauch offenstehenden Hemd herein. »Ernst Kaiser«, sagte er und streckte eine muskulöse Hand aus, die zu hart und kräftig für sein jungenhaftes Gesicht war.

Seine Brust war so überentwickelt wie seine schweren Hände; sie war breit und massig und sprengte fast das Hemd undefinierbarer Farbe, das alles – von einer Pfadfinderbluse bis zum braunen Hemd eines SA-Manns – hätte sein können. Jegor schlug die Hacken zusammen und bellte seine drei Namen: «Joachim Georg Holbeck!«

»Bist du einer von uns?« fragte der junge Mann.

»Jawohl!« sagte Jegor und errötete wegen seiner Lüge.

»Hab' ich mir gleich gedacht«, meinte Ernst.

Er zog ein Päckchen billiger Zigaretten aus der Tasche und bot Jegor eine an, als wollte er ihre Freundschaft besiegeln. Jegor blies den Rauch durch die Nase, um zu zeigen, daß er ein Mann von Welt war, und sah glücklich auf seinen ersten Freund nach so vielen Jahren der Einsamkeit. Er mochte alles an Ernst, das dicke Flachshaar, die übergroßen Hände, die gewölbte Brust und das paramilitärische Hemd.

»Wie wär's mit 'nem Bier?« schlug er vor.

»Geh'n wir!« willigte Ernst ein.

Draußen mühte sich Frau Kaiser mit einem großen Müllsack ab, den sie an eine Spitze des Eisenzauns vor der Kellerwohnung zu hängen suchte. »Ernst, häng doch den Müll für mich auf«, bat sie ihren Sohn.

»Ach, laß mich zufrieden! Ich gehe jetzt mit meinem Kumpel ein Bier trinken«. sagte er.

Frau Kaiser stemmte die Hände in ihre breiten Hüften und warf sich in Positur. »Herr Holbeck, halten Sie sich bloß von diesem Taugenichts fern!« sagte sie. »Er ist ein Tagedieb und wird auch einen aus Ihnen machen!«

»Halt die Klappe!« sagte ihr Sohn und und schnippte ihr seinen Zigarettenstummel vor die Füße.

Das Bierlokal war mit Plakaten von Bier trinkenden dicken, lustigen Deutschen dekoriert, und ein großes Schild verkündete, Kredit werde nur Leuten über achtzig in Begleitung ihrer Großeltern gewährt. Der Raum war voller Gelächter, lauter Stimmen, Rauch und Gläserklirren.

»Prost!« riefen die Männer nach jeder Runde.

»Prost!« sagte Ernst und stieß mit Jegor an.

»Prost!« erwiderte Jegor und schüttete das Bockbier hinunter. Er trank ein Glas nach dem anderen und rauchte Kette, um mit seinem neuen Freund mitzuhalten. Er bezahlte auch für alle Getränke und Zigaretten. Nach der Kneipe nahm Ernst ihn in den Klub Junger Deutscher mit.

Sie gingen Kellertreppen hinunter, gewundene Korridore entlang, deren Wände mit Hakenkreuzen, pornographischen Zeichnungen, unanständigen Wörtern, Verabredungen zwischen Jungen und Mädchen, pfeildurchbohrten Herzen und allen möglichen Sprüchen über Fritze und Karls, die Mitzis und Gretchen liebten, bedeckt waren; an Wasserrohren, Heizkesseln, Sicherungskästen, Fässern und allerlei Gerümpel vorbei, bis sie an eine Tür kamen, auf der in gotischen Buchstaben stand »Klub Junger Deutscher«. Der große Raum dahinter war mit wackeligen Stühlen und Sofas vom Sperrmüll, einem schmierigen Billardtisch mit zerfetzter Bespannung und einer ebenso mitgenommenen Tischtennisplatte eingerichtet. Bunte Papierdekorationen, die noch von einem Fest stammten, baumelten von Lampen und Wandhaken herunter. An den Wänden hingen alte Sprichwörter, Bilder von Filmstars und Sportlern und Photographien von Soldaten und SA-Männern. Ein junges Mädchen saß an einem ramponierten Klavier und hämmerte energisch einen Walzer. Ernst Kaiser legte ihr unzart eine Hand auf die Schulter. »Jegor Holbeck«, sagte er, auf Jegor zeigend.

Sie stand auf und lächelte, wobei sie starke weiße Zähne zeigte. Ihre Stupsnase war mit Sommersprossen übersät. Ihre festen, spitzen Brüste zeichneten sich prall unter dem kanariengelben Pullover ab. Sie wackelten bei jeder ihrer Bewegungen. Jegor schlug die Hacken zusammen und bellte mit vor Aufregung viel zu lauter Stimme seine drei Namen. Das Mädchen in dem gelben Pullover war die Selbstsicherheit in Person. »Lotte«, sagte sie einfach.

Ernst Kaiser nahm ihren Platz auf dem Klavierstuhl ein und fing an, einen plumpen Walzer in die Tasten zu hauen. Lottes Hüften wiegten sich zu der Musik.

»Tanzt doch«, sagte Ernst.

Bevor Jegor noch begriff, was passierte, hatte Lotte ihre weiche Hand auf seine Schulter gelegt und ihre unglaublichen Brüste an ihn gepreßt. Er fühlte, wie ihm heiß wurde.

Ernst hieb weiter in die Tasten. »He, hopp, hopp, he!« sang er heiser.

Lotte tanzte mit ihrem ganzen Körper. Ihr lachender Mund war weit geöffnet, und alles an ihr schien mitzulachen, ihre Augen, Zähne, Haare, Hüften und Brüste – jede Brustwarze für sich.

Bald kamen auch andere Jungen und Mädchen herein. So sorgfältig aufgemacht und gepflegt die Mädchen waren, so nachlässig und schlampig in zerlumpte Pullover und einige sogar in Arbeitsanzüge gekleidet waren die Jungen. Ernst Kaiser mit seiner ewigen Zigarette im Mund stellte jeden einzeln Jegor vor, der die Hacken zusammenschlug, bis ihm die Knöchel weh taten. Der Lärm wurde unerträglich. Die Mädchen lachten über alles, was die Jungen sagten. Immer neue Leute strömten herein. Einige der Jungen spielten Billard, da und dort tauchten Karten auf. Die Jungen maßen ihre Kräfte, und die Mädchen kreischten vor Bewunderung. Ernst Kaiser war der stärkste von allen, und Lotte strahlte ihn an. Bald fing wieder jemand an, Klavier zu spielen, und Paare tanzten. Lotte tanzte zu Jegor hin und legte ihm wieder ihre Hand auf die Schulter. Er spürte jede Rundung ihres an ihn geschmiegten Körpers. Sie lachte und lachte, und ihre gute Laune war so ansteckend, daß er sich plötzlich selbst laut lachen hörte, etwas, woran er sich seit Jahren nicht mehr erinnern konnte. Als das Tanzen vorbei war, hängten die Jungen eine Zielscheibe auf und schossen mit einem Gewehr darauf. Es ging darum, den Mund einer Teufelsfigur mit schwarzen Locken, Hakennase und dicken Lippen zu treffen, den die Jungen Onkel Mose nannten. Bei jedem Schuß grölten sie: »Gib's ihm! Mach ihn fertig!«

Lotte lachte, daß man ihr Zahnfleisch sah, und drückte Jegors schwitzende Hand. »Ist es nicht toll?« quietschte sie.

»Ganz toll«, stimmte er ihr zu und zuckte innerlich jedesmal zusammen, wenn der satanische Onkel Mose getroffen wurde. Er empfand eine unerklärliche Verwandtschaft zu dieser Gestalt – sie erinnerte ihn an Onkel Harry. Um sein Unbehagen zu überdecken, lachte er lauter als alle anderen, fast hysterisch. Es wurde ihm wohler, als die Jungen das Spiel aufgaben und aus Flachmännern zu trinken begannen. Ernst brachte eine Flasche für Lotte, Jegor und sich selbst herüber, und Lotte tat einen tiefen Zug ganz wie ein Mann. Jegor versuchte, sie zu übertreffen. Plötzlich drehte jemand das Licht aus, nur eine kleine, mit einem roten Stück Stoff verhängte Lampe brannte noch. Paare zogen sich in Ecken, auf Sofas, Stühle, selbst auf den Fußboden zurück. Jegor fand sich in einer Ecke mit Lotte wieder. Unerfahren mit Mädchen, geniert und aufgeregt, daß er jetzt mit einem zusammen war, hielt er nur ihre Hand. Aber sie drückte sich an ihn und flüsterte: »Bubi ... mein Schatz ...«

Jegor, der so etwas bisher nur im Film gesehen hatte, konnte fast nicht glauben, daß ihm das jetzt wirklich geschah. Sein Verlangen nach Liebe und nach einer Frau war so groß, daß er nicht wagte, Lotte in seine Arme zu nehmen; er war wie ein Verhungernder, der das Essen, das man vor ihn hingestellt hat, nicht anrührt. Doch sie war erfahren und geschickt und wußte, was sie tun mußte. »Küß mich«, hauchte sie und rieb sich an ihm.

Mit jedem Kuß fühlte Jegor seine Männlichkeit steigen. Auf einmal wurde er ganz selbstsicher und von einem nie gekannten Stolz erfüllt. Lotte wisperte Kosenamen und bot ihm Kostproben der Wonnen, die in einem Frauenkörper verborgen sind. *Das ist also die Liebe,* dachte er jubelnd.

Von da an wich Jegor seinem neuen Freund nicht mehr von der Seite. Er ging mit ihm in Bars und Billardhallen, ins Kino und zu den Treffen des Klubs Junger Deutscher. Lotte zog mit, und Jegor zahlte für sie alle drei.

Weniger angenehm war der Dienst für Dr. Zerbe. Der Doktor hatte ihm zwar beigebracht, wie er sich in Exilantenzirkel und -komitees einschleichen, wie er an ihren Gottesdiensten teilnehmen und Informationen aufstöbern konnte, aber Jegor verachtete diese Arbeit. Wie ein Krüppel, der es haßt, in Gesellschaft anderer Krüppel gesehen zu werden, mied er den Kontakt mit seinen Glaubensgenossen, um nicht an seine eigenen Makel erinnert zu werden. So lange er in Yorkville blieb, fühlte er sich jeden Zoll ein Holbeck. Nur selten stellte er sich jetzt noch vor, daß die Leute ihn mißtrauisch anblickten, wenn sie ihn kennenlernten. Er wurde allgemein fraglos akzeptiert, vor allem wenn er in Begleitung so offensichtlicher Arier war wie Ernst und Lotte. Doch unter den schwarzhaarigen, schwarzäugigen Menschen empfand er wieder stark seine eigene Minderwertigkeit. Sie fragten ihn, wer er sei und woher er komme, was er mache und was er vorhabe, und er mußte verwickelte Lügen erfinden, phantastische Geschichten erzählen und betrügen – und das fiel ihm nicht leicht. Er war auch nicht geschickt im Bespitzeln; wenn er Dr. Zerbe Bericht erstatten mußte, hatte er nie etwas Wichtiges mitzuteilen. Er lebte in beständiger Angst, daß sein Doppelleben auffliegen könnte. Doch zum Glück hatten seine Freunde aus Yorkville kaum Kontakt zu den Exilanten von Washington Heights. Und Dr. Zerbe machte ihm keine Vorwürfe, wenn er mit leeren Händen zu ihm kam; er ermunterte ihn lediglich, seine Bemühungen fortzusetzen. Und jedesmal, wenn sie sich trafen, gab er ihm wieder ein paar Dollar.

Jegor protestierte längst nicht mehr, wenn der Doktor ihm Geld zusteckte. Er hatte erfahren, was er sich davon kaufen konnte und was für Freuden es ihm ermöglichte, und er wurde immer abhängiger davon. Als er einmal dem Doktor wieder keinerlei wirkliche Information geben konnte, erfand er eine Geschichte. Er hatte Angst, daß Dr. Zerbe ihn bei der Lüge ertappen würde, aber der Doktor schien die Schwindelei eher ernster zu nehmen als sonst die Wahrheit. Dadurch ermutigt, begann Jegor nun seine Informationen selbst zu fabrizieren. Von Natur aus kein Lügner, kam er unbewußt dazu, die Spannung des Spiels mit der Gefahr zu genießen. Die Angst, in seinem eigenen Lügennetz gefangen zu werden, hatte einen Reiz. Er fing an, auch andere anzulügen, Frau Kaiser, Ernst, Lotte, jeden, mit dem er in Berührung kam.

Seinen Vater sah er nie, aber er schrieb mehrere Briefe an seine Mutter und traf sich sogar manchmal heimlich mit ihr in der Stadt. Therese kam immer ganz atemlos am Treffpunkt an, als hätte sie gefürchtet, er würde nicht auf sie warten. Sie tätschelte ihm das Gesicht, hielt seine Hand und betastete seinen Körper, um festzustellen, ob er auch nicht abgenommen hatte.

»Kind«, schluchzte sie, »unvernünftiges Kind du ...«

»Mutter, reiß dich doch um Gottes willen zusammen! Ich bin kein Kind mehr«, sagte er und erzählte ihr alle möglichen phantastischen Lügen über sich. Einmal erzählte er ihr, er sei ein deutscher Dolmetscher; ein andermal, er arbeite für eine Schiffsgesellschaft. Therese wies ihn nie auf diese Widersprüche hin, um ihn nicht in Verlegenheit zu bringen. Sie spürte, daß mit seinem Leben etwas nicht in Ordnung war, und drängte ihn, doch wieder nach Hause zu kommen. Er würde nicht mehr in die Schule zurück müssen, er könne seine Stellung behalten. Sie würde sich überhaupt nicht in sein Leben einmischen und würde sogar seinen Vater von ihm fernhalten, wenn er nur zurückkommen wollte.

»Jegorchen, tu es für mich, für deine Mutti!« flehte sie während eines ihrer Treffen.

Jegor weigerte sich, das auch nur in Betracht zu ziehen, und erzählte ihr noch mehr Wunder über seinen erfolgreichen Aufstieg. In seiner Entschlossenheit, ihr zu beweisen, wie gut es ihm ging, versuchte er sogar, ihr Geld aufzunötigen. »Nimm es und kauf dir etwas Hübsches zum Anziehen«, sagte er stolz und den Gedanken genießend, daß sein Vater es sich nicht leisten konnte, so großzügig zu sein.

Therese nahm das Geld nicht an und ging voll Sorge und Angst weg. Obwohl sie ihrem Sohn nicht einmal mehr bis zur Schulter reichte und beim Gehen nicht mit ihm Schritt halten konnte, sah sie ihn immer noch als ein Kind, als ihr kleines Jegorchen, das sie nach allen Regeln der Kinderpflege aufgezogen hatte. Wenn sie die Betten machte, fragte sie sich besorgt, ob ihm jemand so sorgfältig seines richtete. Wenn sie ihre kargen Mahlzeiten aß, fragte sie sich, ob er regelmäßig aß und ob er sich gesund und reichlich ernährte. Wenn es regnete, sah sie ängstlich zum Himmel hinauf und fragte sich, ob er wohl seinen Regenmantel und die Gummistiefel angezogen hatte. Wenn sie nachts nicht schlafen konnte, hoffte sie, daß er sich nicht mit schlechten Weibern herumtrieb und sich eine Krankheit holte.

Am stärksten war ihre Sehnsucht nach ihm in den Nächten. Sie und Dr. Karnovski verfielen dann in den Trübsinn der kinderlosen Paare, die in einer Art brütenden Leere zurückbleiben, in der sie sich nichts mehr zu sagen wissen.

»Himmel«, seufzte sie leise, damit Georg es nicht hören sollte. Aber auch er lag wach und brütete still vor sich hin.

Daß der Sohn aus dem Haus war und unter Fremden lebte, bekümmerte ihn nicht. Das war an sich noch keine Tragödie. Was ihm Sorgen machte, war die Zukunft des Jungen. Obwohl er nicht abergläubisch war, hatte er seltsame böse Vorahnungen über das Schicksal seines Sohnes. Er hatte diese Befürchtungen schon gehabt, als Jegor noch ein Kind war und sich so übermäßig im Dunkeln geängstigt hatte. Er hatte sie gehabt, als der Junge zu einem übellaunigen, schwierigen Jugendlichen herangewachsen war. Sie waren stärker geworden, als Jegor seine große Demütigung in der Schule hatte erleiden müssen. Und er konnte das Gefühl nicht loswerden, daß sein Sohn irgendwie Unglück auf sich zog und zu einem bösen Geschick verurteilt war.

Dr. Karnovski wußte, daß der Mensch neben seinem Trieb zum Leben auch Todeswünsche hat. Er hatte das auf dem Schlachtfeld gesehen, als Soldaten dem Tod in die Arme liefen, nicht aus Patriotismus oder Tapferkeit, wie die Pfarrer und Generäle behaupteten, sondern aus einem Trieb zur Selbstzerstörung. Er hatte dasselbe bei Patienten beobachtet, die sich weigerten, sich helfen zu lassen, sondern, wie durch eine Kraft dazu gedrängt, den Tod suchten. Seine Kollegen hatten Begriffe für solche Patienten, nannten sie gemütskrank oder sagten, es fehle ihnen der Selbsterhaltungstrieb, aber das waren Etiketten. Mit der Zeit hatte er gelernt, diese Eigenschaften an Menschen zu erkennen, und er wußte, daß alle medizinischen Bemühungen um sie nutzlos waren, da sie eine unumstößliche Verabredung mit dem Tod hatten. Er hatte diese Züge an Jegor gesehen, und er hatte Angst. Jedesmal, wenn er nach Hause kam, blieb er, bevor er über die Schwelle trat, einen Augenblick stehen, weil er erwartete, seinem Sohn sei eine Katastrophe zugestoßen.

Seit der Junge das Haus verlassen hatte, waren Dr. Karnovskis Befürchtungen nur noch stärker geworden. In der

Nacht erschreckte ihn jedes Geräusch laufender Schritte draußen. Trotzdem weigerte er sich, Therese nachzugeben, die ihn beschwor, doch großmütig zu sein und den Jungen zu bitten, wieder heimzukommen. Obwohl er wußte, daß dieser Eigensinn kindisch war, konnte er nicht davon lassen und sagte im Versuch, sich zu rechtfertigen, Dinge, die er gar nicht so meinte. »Laß ihn einfach in Ruhe. Der kommt schon von selbst zurück«, versicherte er Therese. »Laß ihn bloß mal merken, wie weh der Hunger tut, und er kommt angerannt wie ein verschrecktes Hündchen.«

Doch Jegor kam nicht zurück. Mit jedem Tag genoß er seine Freiheit mehr und vergaß mit der Zeit nicht nur seinen Vater, sondern sogar auch seine Mutter. Er hatte ja jetzt eine andere Frau zum Lieben, seine Lotte.

Eines Abends, als die Luft im Klub Junger Deutscher so stickig wurde, daß selbst Lotte ihre Tanzlust verlor, hatte Ernst Kaiser einen brillanten Einfall. Wäre es nicht wunderbar, einen Ausflug aufs Land zu machen?

Lotte klatschte entzückt in die Hände. »Du kommst doch mit, nicht wahr, Schatzi?« bestürmte sie Jegor.

»Ich bringe Rosalinde mit«, sagte Ernst, »und wir vier werden uns königlich amüsieren ... Wir gehen zelten!«

Lotte lachte vor Vorfreude, und für dieses Lachen wäre Jegor bis ans Ende der Welt gegangen. Früh am nächsten Morgen wanderten sie los zum Stadtrand. Ernst, der immer noch sein ausgebleichtes Hemd trug, machte lange Schritte, und Rosalinde mußte fast laufen, um nicht zurückzubleiben. Sie war ein dünnes, knochiges Mädchen, verdrießlich und pessimistisch.

»Renn doch nicht so«, bat sie. »Ich kann nicht mit dir Schritt halten.«

»Ach, keine Müdigkeit vorschützen!« sagte Ernst, ohne auch nur einen Augenblick langsamer zu gehen.

Rosalindes verkniffenes Gesicht wurde noch verärgerter, aber sie lief neben dem schnell ausschreitenden jungen Mann her. Wie gewöhnlich schüttete sich Lotte vor Lachen aus, als sie die beiden Gestalten, die einander zu überholen suchten, beobachtete.

Das Vierergespann war den ganzen Tag unterwegs. Einen Teil des Weges wanderten sie, und wenn sie müde waren, hielten sie Autos an und ließen sich mitnehmen. Wenn sie hungrig waren, machten sie an Ständen Rast und aßen Hot dogs und tranken Bier. Jegor zahlte für alle. Am Abend erreichten sie ihr Ziel, das Zeltlager.

Der große, mit Stacheldraht eingezäunte Lagerplatz erinnerte Jegor an drüben. An jedem Gebäude, jedem Zelt, jeder Garage und jedem Zaun hingen Schilder, die auf deutsch alle möglichen Regeln und Vorschriften kundtaten. Die Straßenschilder trugen Namen alter deutscher Könige, Generäle und Admirale und auch der neuen Führer des Landes. Um das mit mathematischer Genauigkeit ausgezogene Viereck der Zelte schwärmten junge SA-Leute herum, exerzierten, tauschten steifarmige Grüße aus und machten ein großes Wesen von sich. Ein paar von ihnen standen vor einer Gruppe von Ständen Wache, als gälte es, eine wichtige militärische Anlage zu beschützen. Dicke, Zigarren qualmende Bürger traten mit ihren ebenso fleischigen Frauen aus Bungalows. In dem Biergarten saßen rotgesichtige Männer und Frauen über Bierkrügen, die ihnen von munteren Kellnerinnen in Dirndln serviert wurden. Die Männer lachten donnernd, die Frauen strickten. Zeitungsjungen verkauften Zeitungen und Zeitschriften von drüben. Ernst Kaiser grüßte ständig Bekannte und stellte Jegor vor, der immer wieder seine drei Namen bellte und die Hacken zusammenschlug. Obwohl an einer hohen Fahnenstange über dem Lagerplatz eine Fahne der Vereinigten Staaten flatterte, fühlte sich Jegor völlig in der Heimat.

Als ein uniformierter Jugendlicher mit übertriebener Wichtigkeit zum Fahnenappell blies und ein älterer SA-Mann die amerikanische Flagge einholte und eine neue mit einem Hakenkreuz aufzog, krampfte sich Jegor einen Augenblick ängstlich das Herz zusammen, wie immer, wenn er an die falsche Rolle, die er spielte, gemahnt wurde. Aber er streckte mit allen anderen den Arm aus und sang voller Gefühl mit. Als er zu der Strophe mit dem vom Messer spritzenden Judenblut kam, schnürte sich ihm ein bißchen die Kehle zu, aber er schluckte tapfer und sang weiter. Die Tatsache, daß niemand seine Lüge entdeckt hatte und er von allen akzeptiert worden war, macht ihm wieder Mut. Er fühlte sich von Kopf bis Fuß als ein Holbeck, ein direkter Nachfahre alter teutonischer Krieger. Er war wieder da, wo er hingehörte, in seiner angestammten Welt, aus der er, wegen fremder Schuld, wie ein Aussätziger vertrieben worden war. So machte er mit gemischten Gefühlen aus Angst und Unbekümmertheit die ganze Zeremonie mit den jubelnden, keuchenden Hunderten unter der Fahnenstange mit. Auf ihren Gesichtern lag der Schein der Fackeln. Er atmete leichter, als das Ritual zu Ende war und alles sich zu dem stärkenden Mahl setzte, zu dem ein zweiter Trompetenstoß sie gerufen hatte. Das Fleisch war fett, das Sauerkraut salzig, das Bier eiskalt, das Lächeln der schwitzenden Kellnerinnen süß wie Honig. Jegor konnte sich nicht erinnern, je in seinem ganzen Leben so viel bei einer einzigen Mahlzeit gegessen und so herzlich gelacht zu haben. Lottes Lustigkeit steckte sogar die sonst so sauertöpfische Rosalinde an. Als danach getanzt wurde, legte Lotte ihre Hand nicht auf Georgs Schulter, sondern hielt sich an seinem Hals fest wie die meisten Frauen auf der Tanzfläche. »Du süßer, geliebter Bub, du«, hauchte sie ihm ins Ohr.

Jegor konnte es fast nicht glauben, daß jemand tatsächlich solche Worte zu ihm sagte – zu ihm, dem häßlichsten, abstoßendsten Geschöpf auf Erden. Zum erstenmal fühlte er, daß sein Leben einen Sinn und einen Zweck hatte.

Sie machten sich auf die Suche nach einem Schlafplatz. In dem tiefen Grund zwischen den hochragenden Bergen war die Nacht dunkel und weich wie Samt. Hie und da leuchteten im Finstern Glühwürmchen auf. Der Klang von Gelächter, Singen, Grillenzirpen und Hundegebell hallte mit langgezogenen Echos durch das Tal. Wo immer sie sich hinwandten, stolperten sie über Paare, die sich im Schutz der Dunkelheit liebten. Überall aus den Bungalows, Zelten, Büschen und Weiden ertönten flüsternde Stimmen und Seufzer.

Im ganzen Lager schien es kein leeres Fleckchen mehr zu geben. Selbst die Schuppen und Garagen waren voll. Für die paar Dollar Aufnahmegebühr, die Jegor für alle bezahlt hatte, hatten sie eine zerfetzte Zeltplane und ein paar Zeltstangen und dazu mehrere Militärdecken bekommen. Mit dieser Ausrüstung beladen tauchte Ernst weiter und weiter ins Dunkel hinein.

»Wohin gehen wir denn?« fragte Rosalinde jammernd.

»Kann dir doch gleich sein!« sagte Ernst und ging weiter. Plötzlich blieb er stehen und warf seine Last auf die Erde. »Ich glaube, das ist ein gutes Plätzchen für die Nacht«, erklärte er unumstößlich.

Wie ein ausgebildeter Soldat schlug er in der völligen Finsternis das Zelt auf. »Lies die Steine auf und kriech rein!« befahl er seiner Freundin. Rosalinde gehorchte schweigend. Lotte kroch unter die zweite Decke und lachte wie toll.

»Worüber lachst du?« fragte Jegor.

»Über gar nichts. Zieh mir die Schuhe aus, Bub«, flüsterte sie und lachte wieder. Dann wurde sie still und fing an, ihm ins Ohr zu wispern. »Deck mich zu, ich friere.«

Grillen zirpten unablässig durch die Nacht. Ein Käuzchen schrie, schwieg, schrie wieder. »Warum bist du so still, Bub? Bist du nicht glücklich?« fragte sie.

Er spürte die ganze Süße des Lebens in diesem einen, berauschenden, ekstatischen Augenblick. Das große Glücksgefühl, das ihn durchdrang, machte ihn zitternd und stumm.

Durch die zerrissene Zeltplane blinkten vom dunkelblauen Himmel die Sterne herein und sahen unparteiisch und gleichgültig auf die Erde und die Sterblichen da unten.

43

Dr. Zerbe belohnte Jegor Karnovski für seine Dienste nicht so, wie er versprochen hatte.
Er sorgte weder dafür, daß ihm der Status des reinen Ariers verliehen würde, noch sagte er je wieder ein Wort über diese Absicht. Er hörte auch auf, so großzügig mit dem Geld zu sein, und zahlte nur noch für spezifische Informationen, und das spärlich.

Es war seine Praxis, Leute, die er in seine Dienste hatte verstricken können, dann sehr streng zu behandeln, besonders die auf der untersten Stufe. Geheimagenten, wußte er, waren wie verführte Frauen. Es ging lediglich darum, sie dazu zu bringen, das erstemal zu sündigen, und dazu brauchte man nur Zeit, Entschlossenheit und Geld. Wenn sie einmal auswegslos in der Falle saßen, sanken sie tiefer und tiefer, für immer weniger Entlöhnung. In diesem Stadium wurden sie, je brutaler man sie behandelte, nur um so kriecherischer und unterwürfiger. Er hatte diese Methode erfolgreich auf andere angewandt; nun gebrauchte er sie bei Jegor Karnovski.

Er war sehr enttäuscht über diesen letzten Spitzel, den er engagiert hatte, vor allem, da er so große Hoffnungen in ihn gesetzt hatte, weil er Halbjude war.

Er hatte von jeher große Achtung vor den intellektuellen Fähigkeiten der Juden, auch wenn er sie verachtete, so war er doch gezwungen, sie zu bewundern. Er hatte diese Überlegenheit schon während seiner Studentenzeit bemerkt, als er den Grobianen von den Burschenschaften, den Biersäufern, Raufbolden und Schürzenjägern, aus dem Weg gegangen war und die Gesellschaft jüdischer Bücherwürmer und Intellektueller gesucht hatte. Danach hatte er gerne in jüdischen literarischen Salons verkehrt. Er haßte und beneidete die Juden, aber er konnte ihnen ihre Klugheit, ihren Ehrgeiz und ihre Tatkraft nicht absprechen. Je mehr er sie verachtete, desto höher stieg seine Achtung vor ihren Fähigkeiten, bis er eine verdrehte, übertriebene Bewunderung für die jüdische Intelligenz und Begabung empfand, die er übernatürlichen Ursachen zuschrieb.

Trotz seiner umfassenden Bildung hatte sich Dr. Zerbe nie wirklich von einem tief in ihm verwurzelten Mystizismus entfernt, der ihm in seiner Kindheit im Hause seines Vaters, des strengen, fanatischen Dorfpastors, in Fleisch und Blut übergegangen war. Eine seiner frühesten, nie überwundenen Gemütsbewegungen war eine Urangst vor den dunkeläugigen, dunkelhaarigen Kindern Israels gewesen, die seinen Herrn Jesus ermordet hatten. In jedem Juden sah er einen Abkömmling der alten Patriarchen, den Erben der Propheten, den ewig wandernden Ahasverus, der in seiner Zaubertasche die uralte Weisheit und Verräterei mit sich trug, die Gabe der Prophetie, den Ägyptern gestohlene magische Kräfte und einen Schatz von Kenntnissen, die in jahrtausendelanger Wanderschaft gesammelt worden waren. Wenn er modernen Juden begegnete, selbst solchen, die die höchsten Anstrengungen unternommen hatten, um hundertprozentige Deutsche zu werden, glaubte Dr. Zerbe in jedem einzelnen von ihnen noch die geheimnisvolle Schläue der biblischen Hebräer zu erkennen. Sie beunruhigte ihn, diese alte, halsstarrige Rasse, die sich weigerte, sich von ihrer Umwelt beherrschen zu lassen. Und schlimmer noch: er fühlte sich stark zu ihr hingezogen.

Deswegen hatte der Gedanke, Jegor in seine Dienste zu nehmen, einen solchen Reiz für ihn gehabt. Der Brief des jungen Kerls war für Dr. Zerbe, der allem, was er las oder hörte, gerne seine eigene Ausdeutung gab, voller versteckter, verhüllter Hinweise gewesen. Daß der Junge Halbjude war, genügte, um sein Geständnis mit allen möglichen dunklen, geheimen Anspielungen anzureichern.

Aus der Geschichte wußte Dr. Zerbe, daß Juden ihren Herren immer gut dienten. Sie konnten auf eine lange Tradition als Gefolgsleute und Verwalter vieler Herrscher zurückblicken, und solange sie anständig behandelt wurden, war ihre Treue unerschütterlich. Jeder Hof, jedes kleine Fürstentum hatte früher seinen Juden, ob er nun ein *Itzig* in einem Kaftan war oder ein *Moritz* im Gehrock und mit Koteletten. Als Höfling, Sekretär, Verwalter oder Theaterdirektor erfüllten sie ihre Pflichten mit der typischen jüdischen Tatkraft, Unternehmungslust und Schläue. Und die listigsten von allen waren die Juden, die ihrem Glauben abtrünnig geworden waren. Die Geschichte war voller Blutbäder und Revolutionen, die diese Überläufer angezettelt hatten. Und er, Dr. Zerbe, wollte seinen eigenen Hofjuden.

Jegor Karnovski hatte sich als große Enttäuschung erwiesen. Er hatte nichts von dem typischen Elan und der Initiative seiner Rasse gezeigt. Er war lediglich ein Soldat wie sein Onkel Hugo und konnte nur Befehlen gehorchen, und das auch noch schlecht. Dr. Zerbe hatte Erfindungsgabe und Kreativität erwartet – Dummköpfe, die Befehlen gehorchten, übrigens alles reine Arier, hatte er schließlich schon genug.

»Nein, Junge, so geht das nicht«, sagte er kühl zu Jegor, als dieser ihm wieder einmal eine wirre, völlig wertlose Information brachte.

Jegor war außer sich. »Aber Herr Doktor, Sie waren doch bis jetzt immer so zufrieden!« jammerte er. »Sie haben mir sogar gesagt, wie gut ich meine Sache mache ...«

Dr. Zerbe konnte diesen Quatsch nicht mehr hören, und er ließ Jegor genau wissen, wie die Dinge zwischen ihnen standen.

»Du bist einfach zu naiv! Oder um es gröber zu sagen – zu dumm!« erklärte er.

Jegor war niedergeschmettert. Er setzte zu einer Verteidigung an, aber Dr. Zerbe schnitt ihm das Wort ab. Er sei ein Idiot, wenn er denke, er könne ihm, Dr. Zerbe, Sand in die Augen streuen. Wenn er Jegor Sympathie und väterliches Interesse gezeigt habe, dann nicht, weil er sich leicht etwas aufbinden lasse, sondern nur, um Jegor zu ermutigen, es besser zu machen. Aber er lasse sich nicht durch falsche

Informationen an der Nase herumführen. Er habe keine Absicht, das gute Geld des Vaterlands hinauszuwerfen, um Biertrinken und Auf-den-Putz-Hauen zu finanzieren.

Jegor errötete und versuchte zu antworten, aber wieder unterbrach Dr. Zerbe ihn. »Es hat keinen Sinn, Junge, ich weiß Bescheid. Mich täuscht man nicht«, sagte er.

Jegor gab es auf, sich zu entrüsten, und ließ den Kopf hängen. Er wußte, daß dieser verschrumpelte kleine Mann, dem nichts entging, ihn durchschaute und dem er nicht entrinnen konnte, ihn völlig in seiner Gewalt hatte. Die Erkenntnis, daß er nur hören und gehorchen und nicht einmal ein einziges Wort des Protests einlegen konnte, war erdrückend. Er fühlte sich gedemütigt und erniedrigt. Die Einsicht in seine Lage ließ ihn sich selbst verachten. Er gab alles Schamgefühl auf und versprach schluchzend, sich zu bessern und besser zu arbeiten, wenn der Herr Doktor ihm noch eine Chance gäbe. Aber könne er ein paar Dollar Vorschuß bekommen, damit er mit seiner Arbeit weitermachen könne? »Ich habe doch keinen Cent mehr, Herr Doktor!« heulte er jämmerlich.

Dr. Zerbe blieb ungerührt. Statt ihm Geld zu geben, erzählte er Jegor eine alte Anekdote aus seiner Vergangenheit, als er noch jung und naiv gewesen sei und Verleger um Vorschuß auf seine eingereichten Gedichte gebeten habe. Ein kluger und erfahrener Verleger, ein Jude natürlich, habe ihm gesagt, die beste Art, einem Künstler zu helfen, sei, ihm keine Vorschüsse zu gewähren. Und dieses Prinzip gelte auch für Informanten.

Da er sah, daß alles Bitten und Flehen nutzlos war, wurde Jegor fleißig und fing an, Informationen zu bringen. Wenn ihm die Wahrheit zu grau und langweilig vorkam, griff er wieder zu seiner alten List und schmückte sie etwas aus. Aber er konnte den Doktor nicht mehr täuschen.

»Keine Lügen mehr«, schnaubte Dr. Zerbe, als es das nächste Mal vorkam.

Jegor wurde rot. »Ich habe Ihnen nie Lügen gebracht!«

»Das ist die dickste Lüge von allen«, sagte Dr. Zerbe und lachte ihm verächtlich ins Gesicht.

Jegor sank in sich zusammen. »Sagen Sie mir, was ich tun muß, Herr Doktor, und ich werde es tun«, wimmerte er. »Ich gehorche allen Ihren Befehlen!«

»Genau das stört mich«, sagte Dr. Zerbe. »Bei dieser Art Arbeit geht es nicht um Gehorsam, sondern um eigene schöpferische Initiative – gerade wie in der Dichtkunst. Verstehst du, Junge?«

»Jawohl, Herr Doktor«, bellte Jegor und stand stramm, um seinem Vorgesetzten zu Gefallen zu sein. Aber Dr. Zerbe war noch mehr angewidert. Nichts verabscheute er mehr als militärisches Hackenschlagen – besonders bei einem Juden.

»Laß doch diesen Unsinn«, knurrte er. »Ich will keinen preußischen Roboter. Ich will Köpfchen, Intelligenz ... jüdische Intelligenz ...«

Jegor schnaubte vor Wut. »Ich bin kein Jude, verdammt noch mal!« schrie er. »Und ich will auch keiner sein!«

»Es wäre besser, du wärst einer«, bemerkte Dr. Zerbe verdrießlich.

Jegor fiel nichts zu seiner Verteidigung ein. Er war überzeugt, daß Dr. Zerbe ihn schikanierte, aber er verstand nicht, wieso. Er grübelte über diese Ungerechtigkeit nach, bis es zu einer Besessenheit wurde. Dr. Zerbes spöttisch lachendes Gesicht verfolgte ihn Tag und Nacht. Und das Schlimmste dabei war, daß er keinen Menschen hatte, dem er sich anvertrauen konnte. In seiner Verzweiflung kam er auf die Idee, sich vor dem Doktor als Märtyrer hinzustellen. Er hatte oft gefürchtet, wegen seiner Arbeit verhaftet zu werden, und mit der Zeit wurde diese Angst so stark, daß er fast wirklich meinte, man folge ihm und spioniere ihm nach. Er beschloß, den Doktor über diese Situation in Kenntnis zu setzen. Hatte Dr. Zerbe nicht immer wieder gesagt, wieviel Hingabe und Opferbereitschaft es verlange, dem Vaterland zu dienen? Wenn er nun dem Doktor zeigte, daß er während eines Verhörs nichts verraten hatte, würde das seine Treue zu ihm und seinem Auftrag beweisen. Vielleicht würde der Doktor ihn dann wieder freundlich behandeln. Dieser Plan hatte einen großen Reiz, und er fing an, ihn auszufeilen. Er spann ein so verwickeltes, detailliertes Lügengewebe aus, daß er allmählich selbst fast glaubte, das alles sei tatsächlich passiert. Mit stolz erhobenem Kopf erzählte er dem Doktor von seinem Martyrium. Aber Dr. Zerbe reagierte nicht wie erwartet und begann mit ironischem Lächeln, das deutlich zeigte, daß er ihm nichts von dieser ganzen Geschichte abnahm, Jegor hochnotpeinlich zu befragen. Und obwohl sein Unglaube ganz offensichtlich war, erklärte er Jegor zugleich feierlich, daß es, da er ja jetzt unter Verdacht stehe, mit seinen Diensten als Agent aus sei.

Jegor wurde klar, daß seine Lüge die Sache nur noch schlimmer gemacht hatte, und er versuchte, seine Geschichte etwas zurückzunehmen und abzumildern, aber Dr. Zerbe blieb eisern. »Mein Prinzip ist Vorsicht, absolute Vorsicht«, sagte er mit heuchlerischem Lächeln.

Jegor war völlig verzweifelt und fing winselnd an, darum zu bitten, daß er nun, da seine Dienste nicht mehr gebraucht würden, doch nach Deutschland zurückgeschickt werden möge. Er sehne sich so danach, zurückzugehen und dem Vaterland sein Leben zu opfern, aber Dr. Zerbe gähnte ihm nur mit unverhohlener Gleichgültigkeit ins Gesicht. Selbst wenn er Jegor hätte helfen wollen, könnte er nichts für ihn tun. Doch da der Junge zu abnormen Reaktionen zu neigen schien, beschloß der Doktor, es sei klüger, ihn hinzuhalten. »Wir werden sehen«, sagte er lässig. »Du mußt dich eben gedulden, Junge.«

Aber Jegor war nicht in der Verfassung, sich vertrösten zu lassen. Er verlangte, was ihm versprochen worden sei, und forderte das mit ganz uncharakteristischer Festigkeit und Hartnäckigkeit. Dr. Zerbe hatte schnell genug von diesem Esel, der jede Bemerkung so wörtlich nahm. Von seinem philosophischen Standpunkt aus war nichts auf der

Welt beständig – alles war Veränderungen unterworfen, selbst die feste Materie, geschweige denn so etwas Vergängliches, Verletzliches wie menschliches Fleisch.

»Du nimmst die Dinge zu ernst, Junge«, sagte er. »*Take it easy*. Mach dir nichts daraus.«

Aber Jegor machte sich etwas daraus. Er war ihm ja nichts geblieben außer Dr. Zerbes Versprechungen. Er verlangte, verlangte in aller Entschiedenheit, was ihm zustand. Er warf sogar die paar Dollar, die Dr. Zerbe ihm geben wollte, wieder hin. Dr. Zerbe bekam es ein wenig mit der Angst zu tun. Der Junge war ein Fanatiker, ein ganz labiler Mensch. Wenn er zu sehr provoziert wurde, konnte er möglicherweise gewalttätig werden. Er schickte ihn fort, aber Jegor suchte ihn weiterhin auf und sandte ihm lange, fordernde Briefe. Dr. Zerbe ignorierte die Briefe und erteilte strikte Weisung, daß Jegor der Zutritt zu seinem Büro und seinem Haus verweigert wurde.

Nun stand Jegor ohne Zukunft da. Alle seine Pläne waren gescheitert. Ein tiefer, nagender Haß auf Dr. Zerbe begann ihn umzutreiben. Er lief völlig in sich versunken durch die Straßen und bewegte dabei die Lippen wie in einem innerlichen Gespräch. Die Leute sahen ihn an und lachten selbstgefällig, wie sie es eben tun, wenn jemand noch schlechter dran ist als sie selbst. Wie andere Außenseiter versuchte er es bei Stellenvermittlungsbüros, deren zynische Angestellte über seine hagere, steife Erscheinung kicherten.

»Joachim Georg Holbeck. Protestant!« stellte er sich mit lauterer Stimme als notwendig vor.

Er hatte aus der Beobachtung der Behandlung, die andere erfuhren, gelernt, wie wichtig Nachname und Religion bei der Arbeitssuche waren. Er sah es in den Augen der jungen Frauen, wenn sie die Bewerber musterten, und in den verlegenen Blicken der dunkelhaarigen Juden, die ihre Namen leise und zögernd aussprachen, als fürchteten sie, Anstoß zu erregen. Die jungen Frauen nahmen seine Bewerbungsformulare entgegen und sagten ihm, er werde verständigt, falls sie irgend etwas für ihn hätten. Wie ein verwundetes Tier, das sich in seinen Qualen verkriecht, fing Jegor an, aller Kontakt mit Menschen zu meiden.

Eines Morgens, als er noch spät im Bett lag, weckte ihn Ernst Kaiser. »Geh'n wir ein Bier trinken!« sagte er.

Jegor zeigte ihm seine leere Brieftasche.

Wie gewöhnlich lachte Ernst. Er zündete sich eine seiner billigen Zigaretten an, sog tief den Rauch ein und rückte plötzlich mit dem Vorschlag heraus, sie sollten sich auf dem Land Arbeit suchen, da es in der verdammten, von Juden beherrschten Stadt doch keine gebe. Jegor reizte die Idee. Ernsts stämmige Gestalt strahlte so viel Kraft und Selbstvertrauen aus, daß Jegor sich in seiner Gegenwart irgendwie sicher fühlte, als wäre er wieder in der Obhut seiner Mutter. Ernst schüttelte sich das Flachshaar aus der Stirn, als störte es ihn beim Denken. »Wenn wir uns nur ein kleines Auto besorgen und über Land fahren könnten, wäre es kein Problem, Arbeit zu finden«, sagte er. »Auf dem Land gibt es immer Arbeit.«

Jegor schüttelte seine Geldbörse, in der nur noch ein paar Fünfcentstücke waren, aber Ernst ließ sich dadurch nicht beeindrucken. »Und was ist mit deiner Kamera?« fragte er.

»Die will ich nicht verkaufen.«

»Du brauchst sie doch nicht zu verkaufen – versetze sie. Sobald wir ein paar Mäuse haben, löst du sie wieder aus.«

Jegor antwortete nicht, aber Ernst sprudelte vor Begeisterung. »Für fünfzehn Dollar können wir einen Wagen kriegen – sogar für weniger!« sagte er. »Wir arbeiten immer eine Woche irgendwo, dann fahren wir wieder weiter. Wir können in Scheunen oder auf den Feldern schlafen. Und die Mädchen nehmen wir auch mit. Das wird prima!«

»Meinst du, Lotte würde mitkommen wollen?« fragte Jegor.

»Welches Mädchen wollte das nicht?« versicherte Ernst. »Mädchen können immer Arbeit im Haushalt finden.«

Jegor dachte nicht mehr an seine Kamera. In der Stimmung, in der war, hätte er auch sein letztes Hemd versetzt, bloß um wegzukommen.

Mit plötzlich erwachter Energie machte sich Ernst nun an die Planung des großen Abenteuers. Er hängte sich mit besitzergreifender Geste die Kamera an die Schulter und führte Jegor zu dem nächstgelegenen Pfandleiher, einem älteren Mann mit einem Hörgerät und ledernen Flicken auf den Ellbogen seiner Pulloverärmel. Er bot ihnen zwanzig Dollar. Ernst konterte mit dem unflätigsten Fluch, den er auf Lager hatte, und ging hinaus. Im nächsten Etablissement blickte der kahlköpfige junge Mann hinter dem Ladentisch mit einer Juwelierslupe im Auge auf.

»Es ist eine Leica«, sagte Jegor stolz.

»Na toll! Eine Leica E mit einem 50 Millimeter F/ 3.5 Elmar«, sagte der Angestellte, fast ohne den Apparat anzusehen. »Dreißig Dollar.«

»Vierzig!« sagte Ernst.

»Dreißig«, sagte der kahle junge Mann und wandte sich wieder seiner Arbeit zu.

Dann blickte er zu Ernst hoch und zwinkerte, immer noch mit der Lupe im anderen Auge.

»Sind Sie auch sicher, daß das Ihre ist? Wir kaufen keine gestohlenen Sachen, wissen Sie.«

»Sie gehört mir«, sagte Jegor verlegen. Der junge Mann musterte ihn einen Augenblick lang, dann zählte er ihm das Geld in die Hand.

Sie gingen von der Pfandleihe direkt zu einem Gebrauchtwagenpark, wo Hunderte von gewaschenen, eingewachsten und polierten Modellen aufgereiht standen wie Waisen in einem Heim, die versuchen, mögliche Pflegeeltern günstig zu beeindrucken. Ein großes Transparent verkündete in knallroten Lettern, daß man bei Happy Jim die besten Gelegenheiten der Welt finde.

»Wie kann ich Sie heute glücklich machen?« erkundigte sich ein theatralisch gekleideter Mann, der weit weniger schön und glücklich aussah als sein Porträt auf dem Transparent.

Ernst suchte den billigsten Wagen im Park aus, kletterte hinter das Lenkrad und ließ den Motor laufen. »Der stinkt und ist laut«, protestierte er.

»Wenn Sie achtzigtausend Meilen auf dem Buckel hätten, würden Sie auch stinken, Bruder«, sagte Happy Jim und rülpste, weil er zu hastig zu Mittag gegessen hatte. Doch dann beschloß er, seinem Künstlernamen Ehre zu machen, und schlug Ernst wohlgelaunt auf die Schulter.

»Ich würde Ihnen ja liebend gern einen neuen Wagen verkaufen, Junge«, meinte er, »aber für das Geld da wird dieses alte Baby Ihnen immer noch viele Meilen gute Dienste tun. Darauf dürfen Sie Happy Jims Wort nehmen!«

Nach vielem Handeln und Streiten kaufte Ernst das Wrack für zwanzig Dollar. Als Zugabe stiftete Happy Jim einen Fuchsschwanz, den sie als Glücksbringer an den Kühler hängten.

Früh am nächsten Morgen fuhren sie über die Brücke aus der Stadt hinaus. Es war ein schöner Tag mit strahlendem Sonnenschein und wolkenlosem Himmel. Ernst fuhr, Jegor saß neben ihm, und Rosalinde und Lotte saßen hinten.

Als sie aus der Stadt draußen waren, quetschten sie sich alle vier auf den Vordersitz, und Ernst lenkte mit einer Hand und spielte mit der anderen an den Strumpfbändern seiner Freundin. Lotte setzte sich Jegor auf den Schoß und schmiegte sich an ihn. Ernst schnitt die Kurven so kühn, daß die anderen Autos weite Bogen um sie machten. Die Mädchen quietschten vor Vergnügen.

Als sie hungrig wurden, hielten sie an und aßen Hot dogs mit Senf. Jegor lud alle ein. Ernst schlug vor, jetzt solle Jegor einmal ans Steuer. Jegor mußte beschämt gestehen, daß er nicht Auto fahren konnte. »Ich habe keinen Führerschein«, sagte er.

»Ich doch auch nicht!« lachte Ernst. »Los, sei kein Frosch!«

Als Jegor das Fahren übernahm, gerieten sie in eine Stimmung, in der ihnen einfach alles komisch vorkam. Jedesmal, wenn Jegor etwas falsch machte, kreischten die Mädchen noch lauter vor Lachen. Schließlich ergriff Ernst wieder das Lenkrad. Er drückte den Gashebel auf den Fußboden hinunter und raste mit dem alten Wrack davon, als wären sie von Furien gejagt.

»Wo fahren wir hin?« fragte Jegor, der besorgt den sich schnell nach unten bewegenden Benzinanzeiger beobachtete.

»Ist doch egal!« sagte Ernst und fuhr weiter.

»Wollten wir nicht Arbeit suchen?« fragte Jegor.

»Arbeit? ... Oh, sicher, das machen wir morgen. Stimmt's, Mädchen?« Die Mädchen fanden das am allerlustigsten.

Jegor traute sich nicht, noch einmal zu fragen. Am Abend hielt Ernst am Rande eines tiefen Cañons an, beschirmte sich mit der Hand die Augen und studierte das Terrain. Die Sonne war schon halb hinter den dunkelroten Bergspitzen versunken. Riesige Felsen dräuten über ihnen, als wollten sie gleich die Eindringlinge zerschmettern. Der Boden war mit Kieseln und Fichtennadeln übersät. Ein Eichhörnchen spähte von einer mächtigen Schierlingstanne herunter. Ernst durchstöberte das Gebiet wie ein Jagdhund und fand endlich eine ausgehöhlte Nische unter einem Felsen. Spuren früherer Besucher lagen auf der Erde herum – leere Marmeladengläser, Bierdosen und Zigarettenkippen. Zwei verkohlte Holzstücke lagen auf einem Haufen Asche. Ein schäumender, brodelnder Fluß sprudelte in ein paar Meter Entfernung und stürzte in hohem Bogen über den Abhang. Ernst kletterte zum Wasser hinunter und legte die Hände zum Trinken zusammen.

»Hier verbringen wir die Nacht«, verkündete er. »Mädchen, sammelt Holz. Ich will ein Feuer machen.«

Sie saßen um das Feuer herum, und die Mädchen holten immer neue Konservendosen heraus, die so schnell gegessen waren, wie sie aufgemacht wurden. Als es völlig dunkel geworden war, lasen die Mädchen die Steine vom Boden auf und breiteten die Decken aus. Lotte konnte nicht mit Lachen aufhören. »Was guckst du denn so finster, du alter Brummbär?« neckte sie Jegor. »Ist das nicht ein Riesenspaß?«

Doch am nächsten Tag veränderte sich die Stimmung beträchtlich, als sie sich auf Arbeitssuche machten. Ernst fuhr mit quietschenden Reifen an einer Tankstelle nach der anderen vor, aber sobald er nur nach Wasser und Arbeit fragte, wurden die Tankwarte mürrisch. »Hier gibt's keine Arbeit«, sagten sie. »Versucht es woanders.«

Die Farmer waren sogar noch unfreundlicher. »Versucht's in den Hotels«, brummten sie und wandten sich voll Neid auf das sorglose Vierergespann wieder ihrer Beschäftigung zu.

Jegor mußte immer wieder seine Geldbörse herausziehen, um für das Benzin zu bezahlen, das die Klappermühle mit dem Durst eines alten Säufers wegpichelte. Er bezahlte auch für die billigen Zigaretten, von denen Ernst Hunderte konsumierte, und die unzähligen Hot dogs, die sie alle verschlangen. Je leichter seine Börse wurde, desto geringer wurde sein Vertrauen in Ernsts Versprechen auf Arbeit. Ernst jedoch schien seinen Optimismus nicht zu verlieren, und Lotte hörte nicht auf zu lachen.

Am dritten Tag fing alles an schiefzugehen. Es begann mit dem Wagen. Plötzlich und ohne ersichtlichen Grund blieb er auf halber Höhe der Straße, die zu ihrem Lagerplatz in den Bergen hinaufführte, stehen. Ernst legte sich darunter und klopfte und stach in seine Innereien. Dann versuchte er, etwas unter der Motorhaube zu reparieren. Schließlich sagte er den anderen, sie sollten schieben helfen. Doch selbst dann weigerte sich das Auto anzuspringen. Ernst ließ es stehen und ging den Hügel hinauf. Die Luft war an diesem Abend feucht und drückend, und Wetterleuchten erhellte die stickige Dunkelheit. Ernst zog alle seine Kleider aus und watete, ohne sich im geringsten zu genieren, in den Fluß hinein. »He, Mädchen, wie wär's mit einem Bad?« schrie er mit hoher Falsettstimme.

Rosalinde blieb unschlüssig stehen, aber Lotte zögerte keinen Augenblick. Sie riß sich die Kleider von ihrem prächtigen Körper und watete Ernst ins Wasser nach. Wie gewöhnlich folgte nun auch Rosalinde. Um nichts auf der Welt hätte Jegor sich vor den anderen ausgezogen. Lotte und Rosalinde versuchten ihn zu überreden, während Ernst ihn gleichzeitig antrieb und verspottete. »Was ist los, Fräulein Gretel? Haben Sie vielleicht Ihre Tage?«

Rosalinde kreischte vor Spaß, und Lotte lachte auch, was Jegor wütend machte, aber er wollte seine Kleider nicht ablegen. Er setzte sich auf einen Felsen und schmollte tief verletzt und gedemütigt. Ernst schwamm mit Lotte weg und ließ Rosalinde zurück. Sie konnte nicht gut genug schwimmen, um mitzuhalten. »Ernst, ich kann nicht so weit hinaus!« schrie sie. »Ernst, komm zurück!«

Ernst schwamm einfach weiter und Lotte ihm nach. Sie waren nicht mehr zu sehen, nur ihr Gelächter klang noch durch die schwüle Nachtluft. Rosalinde kam stolpernd aus dem Wasser heraus, schwarz vor Ärger und Empörung. »Wag du bloß nicht, mich anzuschauen«, kreischte sie zu Jegor hinüber und stürzte davon, um sich anzuziehen. Jegor blieb voll Bitternis und Ingrimm sitzen. Von Zeit zu Zeit hörte ein entferntes Platschen und Lachen. Viel später erst tauchten sie in der Biegung wieder auf, Ernst schwamm voraus, Lotte gemächlich hinter ihm.

Jegor schlenderte auf einem schmalen Pfad, der in den Wald hinein führte, davon. Er hörte Lotte hinter sich rufen, aber er antwortete nicht. Als er zurückkam, saß Rosalinde mit ihren ins Gesicht hängenden nassen Haaren da und heulte. »Hör auf zu plärren, du alberne Gans«, sagte Ernst. »Wir sind doch nur bis zu den Büschen da hinten geschwommen.«

Jegor sah, wie Ernst und Lotte einen schnellen, wissenden Blick tauschten. Rosalinde konnte nicht aufhören zu weinen, doch plötzlich sprang sie auf und stellte sich kampflustig vor Lotte. »Hure!« schrie sie gellend.

Lotte lachte nur, und ihre Reaktion schnitt wie eine rostige Säge in Jegors Herz. Erst als Rosalindes spitze Nägel ihr glattes Gesicht zerkratzten, packte Lotte eine Handvoll von Rosalindes klebrigen Haaren und boxte sie kräftig in den Bauch.

Ernst beobachtete mit unverhohlenem Entzücken, wie die Mädchen sich um ihn schlugen.

»Gut so!« trieb er sie an. »Hau sie noch mal!«

Da haßte ihn Jegor, wie er noch nie jemanden gehaßt hatte.

Am folgenden Morgen fiel ein anhaltender, alles aufweichender Regen. Es war kein Kaffee mehr übrig, keine Konserven, nicht einmal eine Scheibe Brot. Ernst sammelte verdrießlich Zigarettenstummel von der nassen Erde auf, und Rosalinde schlich ihm mit dem jämmerlichen Ausdruck eines schuldbewußten Jagdhunds nach. Einzeln und sorgfältig darauf bedacht, einander nicht anzusprechen, gingen die vier zum Wagen hinunter. Wieder legte sich Ernst auf den nassen Boden und machte sich an der Maschine zu schaffen. Er hämmerte, stieß und zog und fluchte kräftig auf Happy Jim. Der Wagen ließ sich kein Lebenszeichen entlocken, und Ernst spuckte in den kalten, schmutzigen Motor. »Ich seh' jetzt zu, daß mich jemand in die Stadt zurück mitnimmt«, kündigte er an und wischte sich die öligen Hände am nassen Gras ab. »In diesen gottverdammten Bergen hier ist ja doch nichts los. Rosalinde, hol die Decken!«

»Ja, Ernst«, sagte sie gehorsam mit unterwürfigem Blick.

Lotte stand unschlüssig da und sah von Ernst zu Jegor. Dann lachte sie. »Spuck doch auf die lausige Karre und komm mit uns, Jegor«, sagte sie. »Zusammen ist es lustiger.«

Er wies die Straße hinunter. »Geh!«

Sie zuckte die Achseln und ging davon. Er sah den drei sich entfernenden Gestalten nach, wie sie kleiner und kleiner wurden. Als letztes sah er noch Lottes leuchtend buntes Halstuch aufblitzen, dann waren sie verschwunden. Es war schwer zu glauben, daß dieses herzlose Mädchen dasselbe liebende, warme Geschöpf war, das unter den Pinienästen und Sternen sein Lager mit ihm geteilt hatte. Er blickte auf den Wagen – leblos stand er da und verhunzte die Landschaft. Der Fuchsschwanz-Glücksbringer hing traurig herab. Manchmal fuhren Autos vorbei, aber Jegor war zu entmutigt, um sie auf sich aufmerksam zu machen. Schließlich hielt ein großer, grobknochiger Lastwagenfahrer an. »Was ist los, Bruder, Schwierigkeiten?« fragte er. Ohne eine Antwort abzuwarten, tauchte er unter die Motorhaube. Der Regen begann wütend zu prasseln, aber er achtete nicht darauf. Er wurde nicht wütend, fluchte und spuckte nicht, sondern inspizierte geduldig sämtliche Teile, reinigte sie, trocknete sie und suchte nach weiteren Defekten. Er werkelte lange herum. Dann gluckste der Motor, räusperte sich, hustete und fing an zu laufen, und der Lastwagenfahrer richtete sich mit stolzer Miene auf. »Viel Glück!« wünschte er und sprang in sein Führerhaus.

Jegor setzte sich ans Steuer und versuchte zu überlegen, was er jetzt tun sollte. Er hatte weder einen Führerschein noch Geld, noch Freunde, noch einen Ort, wo er hingehen konnte. Ohne irgendeine Vorstellung über sein Ziel lenkte er den Wagen ungeschickt die schmale, regennasse Straße hinauf, die in die Berge führte.

44

Wie ein Hund, der sich verlaufen hat und verzweifelt auf der Suche nach einem vertrauten Geruch herumirrt und sich nicht gegen die frechen Straßenköter durchsetzen kann, zog Jegor Karnovski, der nun zum erstenmal in unsanfte Berührung mit der Härte des Lebens kam, von Stadt zu Stadt.

Als ihm gleichzeitig das Benzin und das Geld ausgingen, versuchte er einen Tankwart zu überreden, ihm ein paar Liter auf Kredit zu geben, bis er genug Geld verdienen würde, um ihn zu bezahlen. Der Tankwart, der eine schwarze Lederjacke mit dem aufgemalten Namen Johnny trug, machte sich nicht einmal die Mühe, aufzusehen, und polierte weiter an einem Wagen herum, der nach dem wochenlangen Regen völlig schlammverspritzt war. Jegor hätte den dummgesichtigen Lümmel mit dem winzigen Schnurrbart, der sich wie eine obszöne Schlange über seiner Oberlippe wand, mit Vergnügen umbringen können. Sein erster Impuls war, auszuspucken und weiterzufahren, aber wie? Er mußte seine Spucke und seinen Stolz hinunterschlucken.

»Ich wasche den Wagen für Sie«, bot er an.

Wieder kam keine Antwort. Jegor begriff, daß Bitten nutzlos war, und er zeigte dem Tankwart den teuren Füllfederhalter, den seine Mutter ihm geschenkt hatte, zum Tausch für einen Tank voll Benzin. Wieder antwortete der Mann nicht. Erst als Jegor ihm den Ersatzreifen anbot, hob er kurz den Blick. Seine Lippen öffneten sich einen winzigen Spalt und ließen zwei Wörter heraus: »Zehn Liter.«

Jegor war so baff, daß er nicht einmal den vollen Tank zu fordern wagte, wie er vorgehabt hatte. »Geben Sie mir wenigstens zwanzig, Sir«, bat er weinerlich.

Johnny wandte sich wieder seiner Arbeit zu, und Jegor erklärte sich hastig mit den zehn Litern einverstanden. »Nimm den beschissenen Reifen raus und wirf ihn da in die Ecke«, sagte Johnny.

Die Zapfsäule klingelte kurz und hielt dann unvermittelt an, als wollte sie Jegor verspotten.

Von da an nahmen die Kränkungen bei jedem Halt zu. So lange die zehn Liter reichten, hielt Jegor bei Farmhäusern an und fragte mit seinem unbeholfenen Akzent, von vielen

»Sirs« begleitet, höflich nach Arbeit. Die Farmer machten sich selten die Mühe, zu antworten, und glotzten den dürren jungen Kerl, der aussah, als hätte er noch nie in seinem Leben einen Tag lang gearbeitet, bloß mißtrauisch an, bis er wieder wegging. Nur einer ging so weit, Jegor zu bitten, ihm seine Hände zu zeigen. Der Farmer ergriff sie prüfend. »Ich brauche eine Arbeitskraft, keinen College-Boy«, sagte er.

»Ich bin kein College-Boy, Sir«, widersprach Jegor.

»Da gehörst du aber hin, Junge«, erklärte der Farmer.

Jegor fuhr weiter. Der Füllfederhalter, den der Tankwart verschmäht hatte, kam ihm dann sehr gelegen in Onkel Toms Hütte, einem mit Fliegendreck gesprenkelten Restaurant, dessen nacktarmiger griechischer Wirt ihm dafür zwei Hamburger und eine Tasse Kaffee gab. Als sein Hunger gestillt war, setzte er die Arbeitssuche auf den Farmen fort. Aber es gab keine Arbeit. An der letzten Tankstelle, zu der er es mit völlig leerem Tank gerade noch schaffte, versuchte er nicht mehr, Benzin auf Kredit zu erhalten. Es war nichts mehr im Wagen, was er hätte verkaufen können, und daher bot Jegor das Auto selbst an. Erst sagte ihm der Besitzer, er habe eine Tankstelle, keinen Schrottplatz. Darauf gab er nach und bot Jegor fünf Dollar. Jegor erklärte, er habe aber zwanzig dafür bezahlt, und der Mann lachte: »Da kann ich nur sagen: ein gutes Geschäft für den Händler.«

Jegor hatte keine Wahl. Er mußte den Wagen mit dem Fuchsschwanz, der ihm hätte Glück bringen sollen, stehenlassen und mit einem Koffer in der einen Hand und seinem langen Regenmantel in der anderen und den fünf Dollar in der Tasche machte er sich auf, den Highway entlang.

»Flüchtling?« erkundigten sich die Fahrer, die ihn ein Stück weit mitnahmen.

»Nein, nein!« sagte er. »Tourist!«

Das behauptete er auch in den jüdischen Sommerhotels, wo er nach Arbeit fragte und man einen vertrauten Zug an ihm zu erkennen glaubte. Er zog weiter und weiter, wohin auch immer die Autos ihn mitnahmen. Und wo er auch hinkam, mußte er die Demütigungen eines Mannes ohne Geld in der Tasche oder Kraft in den Fäusten erfahren.

Solange das Wetter warm war, hielt er durch, indem er Almosen und Beleidigungen gleichermaßen einsteckte. Er wusch Teller in Sommerlagern, watete von morgens bis abends in Schmutz und Abfällen für einen Dollar und zwei Mahlzeiten am Tag. Aber wenn entdeckt wurde, daß er zu langsam war und zu viele Teller zerbrach, schickte man ihn wieder weg.

Einmal wurde er zum Äpfelauflesen in einer Obstplantage angestellt. Obwohl ihm von der ungewohnten Arbeit der Rücken steif wurde und weh tat, schaffte er es eine ganze Woche und verdiente einen Dollar täglich. Die anderen Arbeiter drangsalierten ihn und machten ihn zur Zielscheibe ihrer grausamen Scherze. Sein schlimmster Quälgeist war ein älterer Landstreicher, der Geld von Jegor verlangte, ihn mit seinen schmutzigen Händen antatschte, wann immer er in seine Nähe kam, und ihn wie einen Lakaien behandelte. Aus Angst vor Streit ließ sich Jegor sogar darauf ein, mit dem alten Tippelbruder Karten zu spielen, und verlor seinen halben Wochenlohn an ihn. Doch daraufhin benahm sich der Landstreicher nur noch brutaler, und schließlich forderte er Jegor zu einem Ringkampf heraus. Die anderen hatten ihren Spaß daran und bildeten einen Kreis um sie herum, doch Jegor fürchtete sich vor dem bösartigen alten Mann und schlich sich unter allgemeinem Hohngelächter und Gepfeife davon. Von seinen übrigen paar Dollar lebte er wieder eine Woche, aß Hot dogs und schlief, wo er ein Plätzchen fand. Einmal kam er an einer Hühnerfarm vorbei, wo ein weißhaariger und weißbärtiger Alter, der unter seinen Vögeln herumhüpfte wie der Weihnachtsmann unter seinen Helfern, ihm freundlich zuwinkte. In den einsamen Nächten zog er oft das Bild seiner Mutter hervor und dachte voller Gewissensbisse daran, wie sie sich um ihn sorgen mußte. Er nahm sich fest vor, ihr zu schreiben, aber er konnte sich nie dazu überwinden. Eine völlige Lethargie hatte ihn erfaßt und war ein Teil von ihm geworden. Ziellos ließ er sich treiben. Sein Fußboden war die Erde, seine Wände die Berge, sein Dach der Himmel.

Dann wurden die Tage kürzer und die Nächte kälter. Das Grün der Bäume verwandelte sich in leuchtendes Safrangelb, Purpur, Hellrot und Gold. Die Leute kehrten wieder in die Städte zurück, und ein Sommerhaus nach dem anderen wurde für den Winter verrammelt. Spinnweben schwebten durch die Luft und hefteten sich an alles. Auf den mageren Farmhöfen im felsigen Gebirgsland kauerten die Schindelhäuser und Scheunen still in dem geheimnisvollen Dunst wie verlorene Seelen im Fegefeuer. Die Drahtzäune, die sie umfriedeten, schienen eher dazu bestimmt zu sein, die Bewohner einzusperren, als Eindringlinge abzuhalten. Die Regenfälle kamen, und die Stürme rissen das Laub von den Bäumen und rüttelten an den Ästen und Stämmen. So ungezähmt und wild wie die Natur sah jetzt auch Jegor aus. Seine Schuhe waren vom Klettern über die Felsen zerrissen, seine Kleider zerlumpt und schmutzig, sein Haar war lang und verfilzt, sein Gesicht sonnenverbrannt, narbenbedeckt und wund. Farmer jagten ihn weg, wenn er in die Nähe kam; Frauen kreischten bei seinem Anblick auf. Grausame Menschen lachten über seine Erscheinung, seinen schrecklichen Akzent und die lächerliche Mischung aus Stolz und Unterwürfigkeit, die er an den Tag legte. »He, Penner, kauf dir mal Seife – du stinkst!« riefen sie ihm nach.

Anständige Fahrer wollten ihn nicht mehr mitnehmen, und nur gelegentlich hielt ein vor Einsamkeit verzweifelter Lastwagenfahrer an und schenkte ihm manchmal sogar eine Zigarette. Einer setzte ihn an der Peripherie der Stadt ab, in die Jegor sich endlich mit dem Kälteeinbruch entschlossen hatte, zurückzukehren. Er fand sich im Hafengebiet wieder, in der Nähe des Fischmarkts.

In den paar Tagen, die Jegor im Umkreis des Hafens verbrachte, entledigte er sich auch noch der letzten Überreste aus seiner früheren Existenz. Er verkaufte seine Uhr für einen Vierteldollar, den er wegen seines nagenden Hungers sofort in einem italienischen Restaurant ausgab, wo Hafenarbeiter, Seeleute und Herumlungerer der Gegend verkehrten. Dann verkaufte er seine schmutzigen Hemden für je fünf Cent an einen Altkleiderhändler und, da er nun keinen Gebrauch mehr für seinen Koffer hatte, verkaufte er auch diesen für ein Zehncentstück. Nur mit seinem langen Regenmantel bekleidet, mischte er sich unter die Dockarbeiter, Seeleute, Fischer, Landstreicher und Lastwagenfahrer und atmete den Gestank von verfaulendem Fisch und Gemüse, Rauch, Öl und Benzin ein. Das Pfeifen von den Frachtern schien ihn zu rufen.

»Haben Sie vielleicht auf Ihrem Schiff Arbeit für mich, Sir?« fragte er die Männer von der Mannschaft, die an der Landungsbrücke herumstanden.

Die Männer pafften an ihren Pfeifen und sahen durch ihn hindurch, und Jegor hatte das merkwürdige Gefühl, irgendwie unkörperlich zu sein. Von seinem Elend getrieben, wanderte er von Pier zu Pier und verbrachte die Nächte in Pennen, wo er für zehn Cent eine verwanzte Pritsche und dazu ein Orchester unmenschlicher nächtlicher Geräusche bekam. Als er nichts mehr hatte, was er noch irgendwie hätte verkaufen können, verließ er die Hafengegend und machte sich in einen anderen Stadtteil auf.

Das Gefühl, sich in eine unwirkliche Dimension verirrt zu haben, erfaßte Jegor immer mehr. Am stärksten wurde es eines Abends, als die Straßen plötzlich von einer geheimnisvollen Glut erhellt waren. Ein Meisterschaftskampf im Boxen war für diesen Abend angesetzt, das erste größere Treffen der Saison, und Tausende eilten nach Hause zu ihren Radios. Die Straßen um den Madison Square Garden waren meilenweit verstopft, und Taxis versuchten wild, sich durch den Stau von Wagen und Menschen zu fädeln, wobei die Fahrer sich mit ihrem ganzen Gewicht auf die Hupe warfen und jeden, den sie sahen, beschimpften. Leute stießen, brüllten, stritten und lachten. Polizisten zu Pferde und zu

Fuß hatten es aufgegeben, die Ordnung wiederherstellen zu wollen. Straßenhändler mit irrem Blick versuchten, Souvenirs von dem Kampf zu verkaufen. Der Zeitpunkt des Ereignisses rückte näher, und aus jedem Auto, jedem Laden, jeder Kellerwohnung dröhnten Radios mit aufgeregten Berichten über irgendwelche dem Kampf vorausgehende Vorkommnisse. Gestikulierende Menschentrauben bildeten sich um die Lautsprecher herum, und alles redete von den großen Kämpfen der Vergangenheit. Als die ersten Schläge fielen, schien das Leben der ganzen Stadt plötzlich stillzustehen. Wagen hielten mitten auf der Straße an, Verkehrspolizisten verließen ihren Posten, Jugendliche aller Größen und Farben schrien und stöhnten vor Freude oder Enttäuschung. Doch kaum war der Kampf zu Ende, wurden die Straßen wieder öde und unwirtlich, als wäre nicht noch vor wenigen Augenblicken die Hölle los gewesen. Die einzige Spur des Ereignisses war der Rinnstein voller Kaugummipapierchen, Programme der Veranstaltung und weggeworfener Zeitungen. Bald verwandelte ein trüber Regen auch diese Überbleibsel in die breiige graue Masse, die den Bodenbelag der Großstadt bildet.

Jegor wankte, bis auf die Haut durchnäßt, herum. Er zitterte vor Kälte und schwitzte gleichzeitig und spürte, daß er sich nicht mehr lange würde auf den Beinen halten können. Er kämpfte mit gesenktem Kopf gegen den Regen an, obwohl er sich doch in einem Untergrundbahneingang hätte unterstellen können. Eine Tragödie schien diese Nacht in der Luft zu liegen. Das Sirenengeheul von Krankenwagen auf dem Weg zu einem unbekannten Unglück schnitt durch die Dunkelheit.

Eine Sekunde lang dachte Jegor daran, zu seinen Eltern nach Hause zu gehen. Hunger fraß an seinen Eingeweiden. Seine nassen Kleider klebten überall an seinem durchweichten, stinkenden Körper und froren an. Tränen liefen ihm aus den Augen und vermischten sich mit dem Regen. Die Nässe löste allen Eigensinn, Groll und Stolz auf, und er hatte nur noch den überwältigenden Wunsch nach Wärme, Trockenheit, Essen und Schlaf. Er beschloß, um zehn Cent für die Untergrundbahnfahrt nach Hause zu betteln, und er näherte sich dem Mann am Schalter, der hinter dem Eisengitter seines Käfigs Zehncentstücke zu Türmchen stapelte.

»Sir, ich habe mein ganzes Geld verloren«, sagte er, »und ich habe einen weiten Weg.«

»So?«

»Sir, ich verspreche Ihnen, ich bringe die zehn Cent zurück!«

»Das sagt ihr Gammler alle, und ich habe bis jetzt noch nie einen zurückbekommen«, erklärte der Mann und schob die Türmchen in einen Hanfsack.

Heiße Wut stieg in Jegor auf und wärmte ihm das gefrorene Blut. Jäh änderte sich seine Stimmung, und er hätte sich für diesen Augenblick der Schwäche vor Zorn zerreißen können. Als der Mann hinter dem Schalter einen Moment wegsah, sprang Jegor plötzlich über die Sperre und raste die Treppe hinunter. Es war ihm gleich, ob jemand ihm nachjagte, aber niemand machte sich die Mühe, ihn aufzuhalten. Die kleine mutige Tat gab ihm auf einmal ein ganz verwegenes, abenteuerlustiges Gefühl. Er stieg in einen Zug, doch der fuhr nicht in die Richtung der elterlichen Wohnung, sondern in die entgegengesetzte – nach Long Island.

Wie ein Irrlicht flackerte es durch seinen verwirrten Geist: *Dr. Zerbe...*

Er war für alle seine Leiden verantwortlich; *er* hatte ihn ausgenutzt und dann fallenlassen; *seine* Schuld war es, daß er nun aus seinem Elternhaus, seiner Verwandtschaft, seiner Familie ausgeschlossen war. Jetzt war die Zeit für die Abrechnung gekommen. Er würde verlangen, was ihm zustand – nur das, nichts mehr und nichts weniger. Er würde ihm zeigen, aus was für einem Holz Joachim Georg Holbeck geschnitzt war!

Die Uhren auf den Untergrundbahnsteigen zeigten eine späte Stunde an, aber Jegor sah sie nicht einmal. Seine starren, fieberglänzenden Augen waren auf sein Ziel gerichtet, auf die große Aufgabe, die vor ihm lag.

Als er durch die dunklen Straßen von Long Island eilte, blickte er in Fenster, hinter denen ehrbare Bürger in warmen Stuben den friedlichen Schlaf der Gerechten schliefen. Ein vorüberfahrender Wagen spritzte ihn von Kopf bis Fuß voll. Fast im Rauschen des Regens und Knarren der Baumäste verloren, ertönte aus der Ferne auf einem Klavier der *Liebestraum*. Er lief, bis er zu dem einsamen Haus am Ende der Straße kam, das durch den hohen schmiedeeisernen Zaun geschützt war. Er stieg die Vordertreppe hinauf und blieb vor der Tür stehen, den Finger ein paar Zentimeter vor dem Klingelknopf. Ein Wasserguß vom Dach durchnäßte ihm den Kragen und lief ihm Brust und Rücken herunter. Er drehte sich um, als wollte er gehen, doch statt dessen drückte er die Türklingel. Das Geräusch, das sie in dem Haus machte, erschreckte ihn unerklärlicherweise. Er wartete, steif vor Kälte und Angst. Nach einer Weile, die ihm wie eine Ewigkeit vorkam, hörte er drinnen das vertraute Husten. Die Tür ging, quietschend vor Nässe, auf, und Dr. Zerbe in Hausmantel und Pantoffeln streckte eine blaugeäderte, leberfleckige Hand heraus. »Was ist es, Junge, ein Telegramm oder ein Einschreiben?« fragte er in seinem schlechten Englisch.

»Nein, ich bin's, Herr Doktor!« sagte Jegor auf deutsch.

Dr. Zerbe spähte in die Dunkelheit hinaus. Erst erkannte er die Gestalt unter der Tür nicht, doch dann verzerrte sich sein blasses Gesicht vor Wut und Empörung. »Du?« fragte er ungläubig. »Du?«

Jegor fing an zu stottern. »Ich m... muß Sie sprechen, Herr Doktor ... Es ist dr... dringend ...«

Dr. Zerbe wurde fuchsteufelswild. »Dafür ist mein Büro da!« stieß er mit zusammengepreßten Lippen hervor. »*My home is my castle*, Donnerwetter noch mal!«

Er war versucht, dem Jungen die Tür vor der Nase zuzuschlagen, aber Jegor war bereits eingetreten und stand, ohne sich zu rühren, entschlossen da. Etwas in seinen Augen und seinem Verhalten machte Dr. Zerbe unsicher.

»Schließ wenigstens die Tür«, brummelte er, »es zieht ...«

Jegor nahm seinen Regenmantel ab und ließ ihn auf der Treppe draußen liegen. Er begann, seine durchnäßten Schuhe an der Fußmatte mit dem aufgedruckten »Willkommen« abzutreten. »Ich bin durch den Regen gegangen«, erklärte er dümmlich.

Er zog eine schmutzige Zeitung aus seiner Tasche, die er aus einer Mülltonne aufgelesen hatte, und versuchte, den hereingebrachten Dreck aufzuwischen. Aber es war ein hoffnungsloses Unterfangen. Er schielte zum Doktor hinüber, dessen angewiderter Blick jeden Fleck auf dem Fußboden und Teppich registrierte. Jegor richtete sich auf, sein Haß auf den älteren Mann wuchs und durchdrang ihn wie eine physische Kraft. Dr. Zerbe ging in sein Arbeitszimmer, und Jegor folgte ihm. Ein kleines Feuer brannte im Kamin, und auf dem Tisch standen ein Teller mit Kuchen und ein paar Flaschen. Das Bildnis der nackten Kurtisane an der Wand lag halb im Schatten. Der Papagei fing an, heiser seinen Spruch zu krächzen: »Mahlzeit, Herr Doktor, Mahlzeit!«

»Halt den Schnabel, Krakeeler!« schrie Dr. Zerbe.

Er setzte sich in einen tiefen Armsessel und sah auf den ungepflegten Jungen. »Was ist in dich gefahren, daß du um diese Zeit nachts hierherkommst?«

»Ich bin gekommen, um zu verlangen, was mir versprochen wurde!« erklärte Jegor.

Dr. Zerbe geriet in Rage, aber sein Wutanfall war mehr simuliert als echt, da er hoffte, dadurch den offensichtlich verstörten Jungen so zu erschrecken, daß er wieder gehen würde.

»In offziellen Angelegenheiten bin ich in meinem Büro zu sprechen!« kreischte er. »Dies ist mein Haus, verdammt noch mal, meine Privatwohnung!«

»Ich bin viele Male zu Ihrem Büro gekommen, aber man

hat mich nicht vorgelassen, Herr Doktor«, sagte Jegor, von einem Fuß auf den anderen tretend.

»Das ist keine Entschuldigung dafür, hier mitten in der Nacht einzudringen!« schrie Dr. Zerbe. »In meiner Freizeit will ich meine Ruhe haben – meine Ruhe!«

Er beobachtete Jegor, ob er Anstalten zum Gehen machte, aber der Junge wiederholte nur seine Forderung nach dem, was ihm zustehe. Er schwadronierte von Pflicht, Opfer und Vaterlandsliebe, bis Dr. Zerbe völlig die Geduld verlor. »Quatsch!« brüllte er. »Ich habe nichts versprochen und will kein Wort mehr davon hören!«

»O doch, Herr Doktor! Sie haben es versprochen, und ich verlange, was mir zusteht!« bestand Jegor auf seiner Forderung.

Dr. Zerbes Stimme wurde noch merklich lauter. »Hör mal, wenn du ein paar Dollar brauchst, gebe ich sie dir, aber das ist kein Hotel für Landstreicher. Das ist mein Haus! Verstehst du mich? Mein Haus!«

Er schlug mit seiner winzigen Faust auf den Tisch, um Jegor von seiner Entschlossenheit zu überzeugen, aber Jegor wirkte nicht im geringsten erschrocken. Er rührte sich nicht vom Fleck und starrte ihm störrisch ins Gesicht. Seine Reaktion beunruhigte Dr. Zerbe. Er erkannte, daß der Junge sich nicht fortscheuchen lassen würde, und beschloß, sein Vorgehen zu ändern. Er ging zum Fenster und sah hinaus. »Eine scheußliche Nacht«, bemerkte er, fröstelnd die Schultern in seinem Hausmantel hochziehend. »Sieht aus, als wollte es gar nicht mehr zu schütten aufhören ...«

Er stellte sich vor den Kamin und bedeutete dem schweigenden Jungen näherzukommen. »Warum stehst du dort hinten? Setz dich ans Feuer und trockne dich.«

Jegor kam zum Feuer, und bald fingen seine Kleider an zu dampfen. Dr. Zerbe schüttelte den Kopf. »In einer solchen Nacht würde man keinen Hund aus dem Haus jagen.« Er ging zum Tisch hinüber. »Was willst du trinken, Wein oder Whisky?«

Jegor antwortete nicht, und Dr. Zerbe schenkte zwei Gläser ein. »Ich werde meinen gewohnten Wein trinken. Für dich, glaube ich, ist ein Glas Whisky diesmal besser.«

Er drückte Jegor das Glas in die Hand. »Los, trink! Trink aus!« sagte er gereizt, Jegor scharf beobachtend.

Jegor hob das Glas an die Lippen und leerte es in einem Zug. Dr. Zerbe nickte erleichtert. »Hast du Hunger?« fragte er.

»Nein!« schnappte Jegor, obwohl ihn der Magen vor Hunger schmerzte.

»Natürlich hast du!« sagte Dr. Zerbe und schob ihm den Kuchenteller hin.

Der Duft von Essen zu dem auf leeren Magen getrunkenen Whisky machte Jegor schwindelig, und er nahm ein Stück Kuchen in seine schmutzige Hand, um seine Benommenheit zu bekämpfen. Er verschlang es in einem Stück. Bald nahm er noch ein Stück, und obwohl er fand, daß er sich erniedrigte, aß er alles auf dem Teller auf. Dr. Zerbe beobachtete ihn mit wachsender Erleichterung. Er war jetzt sicher, daß die Gefahr vorüber war und Jegor bald wieder wie sonst sein würde. Trotzdem war er immer noch darauf bedacht, ihn nicht zu reizen. Er wollte ihn wieder völlig harmlos machen, und beschloß, das am besten nicht durch Zwang, sondern durch Demütigung zu erreichen. »Gott, wie schmutzig du bist«, sagte er angeekelt.

»Ich war auf der Straße«, sagte Jegor sich verteidigend.

»Warum bist du denn nicht nach Hause gegangen, dummer Junge?«

»Ich konnte doch nicht mehr nach Hause, nachdem ich für Sie gearbeitet hatte«, erklärte Jegor.

»Du nimmst die Dinge zu schwer, viel zu schwer«, seufzte Dr. Zerbe.

Wieder brachte Jegor seine Forderungen nach dem Lohn für seine Dienste vor. Besonders jetzt, da ihm nichts sonst geblieben sei, müsse er unbedingt nach drüben kommen.

Aber Dr. Zerbe unterbrach einfach seine flammende Rede, da er den Eindruck hatte, jetzt wieder völlig Herr der Situation zu sein. »Leg noch ein Scheit auf!« befahl er Jegor kurz. »Mach schnell!«

Jegor legte ein Scheit auf, und Dr. Zerbe lauschte mit Vergnügen dem Knistern und Knacken des trockenen Holzes. Er schlürfte ruhig seinen Wein und überlegte seinen nächsten Zug. Plötzlich stand er auf, ging in sein Schlafzimmer und kam mit einem Paar getragener, aber noch brauchbarer Lacklederschuhe zurück.

»Mein Dienstmädchen wird morgen früh ganz schön brummen, wenn sie diesen ganzen Dreck sieht«, sagte er kichernd. »Da, zieh diese alten Schuhe an!«

Er warf sie Jegor zu. Wieder fühlte Jegor, daß er sich erniedrigte, wenn er sie annahm, aber er vertauschte seine nassen Schuhe doch mit den trockenen. »Sind sie nicht zu klein?« fragte Dr. Zerbe.

Nein«, sagte Jegor, obwohl sie ihn an den Zehen drückten.

Dr. Zerbe studierte sein Spiegelbild in dem Weinkelch und schenkte Jegor wieder Whisky ein. »Ich will keinen mehr«, protestierte Jegor.

»Runter damit!« befahl Dr. Zerbe mit völlig wiederhergestellter Autorität.

Jegor trank. Er wußte, er sollte nicht, aber er trank Glas um Glas.

Das Feuer trocknete seine Kleider und erfüllte den Raum mit dem Geruch seines ungewaschenen Körpers. Dr. Zerbe rümpfte die Nase. »Du hättest ein Bad nötig«, sagte er.

Jegor errötete vor Scham. Er wollte etwas sagen, aber wieder schnitt ihm Dr. Zerbe das Wort ab. »Geh hinauf und wasch dich ordentlich«, sagte er. »Ich hole dir etwas sauberere Unterwäsche.«

Wieder wußte Jegor, daß er gegen jede bessere Einsicht handelte. Er war ja nicht wegen eines Almosens hierhergekommen, sondern um den Lohn zu erhalten, der ihm zustand. Doch wieder tat er, was ihm befohlen wurde, und war voller Wut über seine Schüchternheit.

Dr. Zerbe rief ihm seine endgültige Beleidigung das Treppenhaus hinauf nach. »Putz die Wanne, nachdem du drin warst, und spar nicht mit dem Wasser, wenn du schon mal dabei bist!«

Als Jegor schließlich wieder herunterkam, war Dr. Zerbe ganz der unverschämte alte. Er hatte jetzt alle Furcht vor dem Jungen verloren, der so wild aus der Nacht bei ihm aufgetaucht war. Jegors sauber gewaschenes Gesicht sah wieder knabenhaft unschuldig aus, seine Augen waren so sanft und unsicher wie immer. Die geborgten Kleider raubten ihm alle Energie und Würde, die er vorher noch an den Tag gelegt haben mochte, und ließen ihn albern und unbeholfen aussehen. Dr. Zerbe bemühte sich erfolglos, das Lachen zu unterdrücken.

»Herr Doktor, lachen Sie über mein Aussehen?« fragte Jegor, obwohl doch kein Zweifel daran bestand.

Dr. Zerbe sah keinen Grund, das abzustreiten. »Leg noch Holz nach!« befahl er nur.

Jegor legte Holz nach.

»Jetzt schenk mir ein Glas Wein ein und auch eins für dich.«

»Ich will nicht mehr trinken«, sagte Jegor.

»Tu, was ich dir sage!«

Jegor trank.

Plötzlich lehnte sich Dr. Zerbe zu Jegor hinüber und zwickte ihn in die Wange. »Du bist ein netter Kerl«, sagte er, »nur eben dumm.«

Jegor war abgestoßen durch die Berührung der feuchtkalten Finger und gereizt durch den herablassenden Ton des Doktors. »Ich bin, verdammt noch mal, alt genug, um zu wissen, was mir zusteht!« versuchte er es wieder mit Hartnäckigkeit und brachte noch einmal seine Forderungen vor. Aber Dr. Zerbe ging nicht darauf ein und wiederholte nur seine Meinung über Jegor – nett, aber dumm. Er, Dr. Zerbe, habe angenommen, er könne seine Dienste gebrauchen, weil Jegor von einer intelligenten Rasse abstamme, und wenn er seine Sache gut gemacht hätte, wäre er reich belohnt worden. Aber es sei ein schwerer Fehler gewesen, ihn zu engagieren, und jetzt sei es vorbei.

»Sieh das doch ein, Junge. Du bist völlig unfähig, und ich kann dich nicht gebrauchen«, erklärte Dr. Zerbe und sah Jegor spöttisch an, als er ihm diese Beleidigung an den Kopf warf. »Was hast du dazu zu sagen?«

Jegor glotzte verblüfft den knorrigen kleinen Mann an, der es wagte, ihn so offen zu verhöhnen. Unversehens gab Dr. Zerbe seinen bösartigen Ton auf und begann sanft und leise zu sprechen, wie man mit einem Kind redet, nachdem man ihm den Hintern versohlt hat.

Jegor dürfe nicht denken, daß er, Dr. Zerbe, so streng zu ihm sei, weil er ihn hasse. Im Gegenteil, er habe Jegor immer für einen netten Jungen gehalten und er tue ihm leid. Wenn er sich vielleicht etwas unfreundlich verhalten habe, dann nur, weil Jegor so einen Unsinn daherschwatze und Unmögliches verlange. Aber er sei bereit, alles zu vergessen und wieder ganz von vorn anzufangen. Er wolle Jegor sogar eine Arbeit geben. Natürlich könne er ihn nicht mehr im Geheimdienst verwenden, denn eine solche Aufgabe erfordere Ausdauer, Initiative, Energie und auch Phantasie; kurz, Eigenschaften, die ihm, Jegor Karnovski, immer abgehen würden. Trotzdem werde er ihm Arbeit geben – eine leichte, einfache Arbeit, die er ohne Schwierigkeiten zu erledigen imstande sei und die ihm sogar Spaß machen werde. Er, Dr. Zerbe, versuche nämlich schon seit langem, seine alte Bedienstete zu ersetzen. Sie sei eine griesgrämige alte Schachtel, die sich in seine Angelegenheiten einmische, ungebetene Ratschläge erteile und überhaupt eine Plage sei wie alle Frauen, mit denen kein kultivierter Mann etwas zu tun haben sollte. Er habe oft über dieses Problem nachgedacht, und wenn Jegor versprechen wolle, bescheiden und gehorsam zu sein, werde er sich freuen, ihn als seinen persönlichen Kammerdiener zu engagieren und ihn mit allem, was er brauche, zu versehen – Wohnung, Essen, Kleidung – und dazu sogar noch mit etwas Taschengeld. »Was sagst du dazu, Junge?« fragte er.

Jegor sah ihn mit glasigem, starrem Blick an. Dr. Zerbes Stimme wurde noch öliger und vertraulicher. Jegor dürfe nicht etwa denken, daß er, Dr. Zerbe, ihn erniedrigen oder demütigen wolle. Er müsse lernen, die Dinge philosophisch zu nehmen, so wie er, Dr. Zerbe, das auch tue; sich nicht dagegen zu wehren, sondern sich in sie zu schicken. Jeder intelligente Mensch wisse schließlich, daß seit Anbeginn der Zeit die Menschen in zwei Kategorien geschieden seien – in die Herren und die Knechte. Nur wirrköpfige Liberale dächten, es könne anders sein; Denker und Wissenschaftler akzeptierten das als ein Naturgesetz. Er, Jegor, gehöre offenbar nicht zu denen, die zum Herrschen geboren seien, denn er habe keinerlei Führerqualitäten. Doch da die Götter ihn eben nicht auserwählt hätten, werde er gut daran tun, sich in sein Schicksal zu fügen. Es stehe ihm an, bescheiden und fügsam zu sein, und nur dann werde er ein ruhiges Leben haben. »Was meinst du dazu, Junge?« fragte er zum zweitenmal.

Jegor antwortete nicht, und Dr. Zerbe sprach weiter. Er habe es immer für geschmacklos gehalten, weibliche Bediente einzustellen, das sei etwas für Priester und andere verkalkte Typen, aber einem denkenden Mann und Epikureer tief zuwider. Die alten Griechen hätten zu leben gewußt. Sie hätten sich nie mit Frauen umgeben, sondern sich Sklavenjungen als Leibdiener gehalten. Sie hätten diese Knaben aus den besten Familien der eroberten Rassen ausgewählt, die Söhne von Fürsten und Edelleuten. Sie hätten auch junge jüdische Edelknaben aus Jerusalem gekauft und sie als Sklaven oder Lustobjekte an reiche Aristokraten und Philosophen weiterverkauft. Auch ihm würde es gefallen, einen netten reinen Jungen in seinen Diensten zu haben, der ihm gehorchen und ihm in allen Dingen zu Gefallen sein würde. »Was denkst du darüber, Junge?« fragte er zum drittenmal.

Jegor starrte ihn nur düster an, und Dr. Zerbe betrachtete die Angelegenheit als beschlossene Sache. Er schenkte zwei Gläser Wein ein. »Da, laß uns auf unser neues Leben trinken«, sagte er, schlürfte den Wein in einem Zug hinunter und küßte Jegor mitten auf den Mund.

Jegor ekelte es so vor dem nassen Schleim, daß er zurückzuckte. Dr. Zerbe rückte ihm nach. »Bub!« keuchte er mit begehrlich gespitzten Lippen. Sein knochiges Gesicht hatte sich ungesund bläulich verfärbt. Seine Augen waren wie angelaufene, schmutzige Glasstückchen. Seine schwachen, gierigen Hände krallten sich in Jegors Kleider.

Jegors Augen öffneten sich weiter und weiter, und plötzlich sah er doppelt – zwei Gesichter zugleich. Einmal war es Dr. Zerbes Gesicht und im nächsten Augenblick Dr. Kirchenmeiers. Alles stimmte überein: die Falten, die trüben Augen, die nackten Schädel, selbst die krächzenden Stimmen. Furchtbare Abscheu ergriff ihn, Haß und die Stärke der Panik, die einen angesichts eines besonders widerlichen Reptils überkommt. Von dem Bücherregal, gegen das er sich duckte, sah eine Ebenholzfigur einer afrikanischen Göttin mit riesigen Brüsten auf ihn herunter. Er packte sie und ließ sie mit aller Kraft auf den nackten, schwitzenden Schädel des rasenden kleinen Mannes vor ihm hinunterkrachen.

Der erste, der schrie, war der Papagei. »Mahlzeit, Herrr Doktorrrr!« krächzte er mit seiner kehligen Stimme. »Mahlzeit!«

Gleichzeitig fing er mit dem grauenhaften Gelächter einer Irren an. Das Lachen steigerte noch Jegors Wut, und er schlug immer wieder auf den berstenden Schädel ein, als der Körper des Doktors auf den Fußboden rutschte. Jegor bückte sich und schlug weiter zu, bis der Schädel eine breiige Masse war. Als das Gelächter des Vogels aufhörte, hielt Jegors Arm mit dem Ausholen inne. Die blutigen, starrenden Augen der zusammengekrümmten Gestalt blickten ihn ausdruckslos an. Obwohl er noch nie eine Leiche gesehen hatte, wußte er, daß dies der Tod war, und er hob einen Zipfel des Hausmantels und zog ihn über das Gesicht, um es nicht mehr sehen zu müssen. In diesem Augenblick erinnerte er sich, daß er die Sachen des Toten trug, riß sie sich hastig vom Leib und zog seine eigenen Kleider an. Er lief hinaus und zog den Regenmantel über, den er an der Tür hatte liegen lassen. Der Regen hatte aufgehört, und ein dicker gelber Dunst lag über allem. Von der nahen See warnten klagende Nebelhörner vor den im Dunkel lauernden Gefahren. Nichts war in dem dicken Nebel zu sehen, keine Häuser, keine Bäume oder Büsche; das einzige Licht kam, verschwommen und fern, aus dem Haus, aus dem er gerade geflohen war. Ohne zu wissen, warum, ging er wieder hinein, um die Lichter auszumachen. Der Papagei fing wieder an zu lachen. Jegor ging durch die Räume und knipste ein Licht nach dem anderen aus. Als er zu der grünen Lampe auf dem Schreibtisch kam, sah er, daß eine Schublade halb offen stand. Er blickte hinein. Sie enthielt Briefe, Papiere, Briefmarken, ein paar obszöne Photographien, ein falsches Gebiß, goldene Manschettenknöpfe, Geld und eine kleine Pistole mit Perlmuttgriff. Jegor nahm nur ein Zehncentstück und die Pistole, etwas, das er sich schon seit seiner Kindheit sehnlichst gewünscht hatte, wenn er mit Onkel Hugos Militärpistole hatte spielen dürfen. Er löschte das letzte Licht, ging hinaus und zog die schwere, verzogene Tür leise hinter sich ins Schloß, als fürchtete er, jemanden drinnen aufzuwecken. Durch die neblige Finsternis hörte er noch das höhnische Gelächter des Papageis. »Mahlzeit, Herrrr Doktorrr, Mahlzeit!«

Er lief, um der schrecklichen Stimme zu entkommen. Das Echo seiner Schritte erschreckte ihn, als würde ihn jemand verfolgen, und er rannte, und seine Angst lief neben ihm her.

45

Obwohl es mitten in der Nacht war, wenn der Schlaf am tiefsten ist, hörte Dr. Karnovski sofort den Widerhall eines Pistolenschusses auf dem Treppenabsatz draußen. Seit Monaten war sein Gehör geschärft und auf die Wahrnehmung des Unheils vorbereitet, von dem er wußte, daß es kommen würde.

Jegor hatte noch die Pistole mit dem Perlmuttgriff in der Hand, als sein Vater im Schlafanzug herausgelaufen kam. Er lehnte, halb sitzend, halb liegend, an der Wand und hatte ein dümmliches Grinsen auf dem Gesicht.

Dr. Karnovski nahm die Hand seines Sohnes und wand ihm die Pistole aus den Fingern. »Mach die Hand auf, Kind«, sagte er ruhig. »So ist's recht ...«

Jegor lächelte immer noch schuldbewußt. »Ich bin's, Vater«, sagte er. Die Worte kamen nur abgehackt und krächzend heraus, aber es waren die Worte voller Liebe, die Dr. Karnovski sich jahrelang gesehnt hatte, von seinem Sohn zu hören.

Die kurzen, harten Atemstöße und das gierige Luftschnappen machten ihm klar, daß die Kugel in der Herzgegend stecken mußte. Er zog mit der einen Hand seinem Sohn die Kleider von der Brust und fühlte mit der anderen nach seinem Puls. Er schlug stark. »Atme, Kind«, sagte er zu ihm.

»Ich kann nicht, Vater. Es tut zu weh«, flüsterte Jegor, nach Luft ringend.

Dr. Karnovski hatte keine Zweifel mehr. Aus seiner Erfahrung an der Front wußte er genau, um was für eine Verletzung es sich handelte, und er wandte seine Aufmerksamkeit Jegors abgezehrtem Brustkasten zu, wo er direkt unter der rosa Brustwarze ein kleines, verkohltes Loch fand. Durch die Untersuchung des Wundrandes konnte er feststellen, in welcher Richtung die Kugel eingedrungen war.

»Leg mir deinen Arm um den Hals, Kind«, sagte er und trug den Jungen mühelos in die Wohnung.

Als er sich mit beiden Armen an dem starken, warmen Hals seines Vaters festhielt, fing Jegor an zu zittern. »Ich hab' ihn geschlagen, Vater!« sagte er stockend. »Ich hab' ihn totgeschlagen! Er hat mich beleidigt ... schrecklich beleidigt ... Ich habe solche Angst!«

»Versuche, nicht zu zittern, Sohn«, sagte sein Vater. »Ruhig, Junge, ganz ruhig ...«

Nichts konnte ihn überraschen, so sicher hatte seine Vorahnung die Katastrophe vorausgesehen.

Jegor klammerte sich an den Hals seines Vaters wie damals, als er als Kind durch Alpträume erschreckt worden war. »Ich habe solche Angst!« flüsterte er wieder.

»Ich bin bei dir, Junge«, sagte Dr. Karnovski.

Therese wurde weiß vor Entsetzen, als sie aus tiefem Schlaf aufwachte und ihren Mann den Sohn auf das Bett tragen sah; aber Jegors kurzes, mühevolles Atmen riß sie sofort aus ihrer Starre. »Jegorchen!« stöhnte sie und lief zur Tür, um Hilfe zu holen. Doch ihr Mann hielt sie zurück.

»Keinen Lärm!« sagte er. »Zieh ihn aus. Schnell!«

Seine rasche, entschlossene Art zerstreute ihre Panik, und sie führte gehorsam seine Anordnungen aus, als wären sie wieder Arzt und Schwester. »Kind, was hast du dir nur angetan?« fragte sie, als sie ihrem Sohn die schmutzigen Kleider vom Leib zog.

Obwohl er vor Schmerzen geschwächt war und das Sprechen ihm Mühe machte, lächelte Jegor matt seine Mutter an. »Ich mußte es tun, Mutti«, wisperte er. »Er hat mich beleidigt ... furchtbar beleidigt ...«

Dr. Karnovski machte alle Lichter in der Wohnung an, rückte Tische zusammen und gab weitere Anweisungen. »Wasser und Seife. Leg ein sauberes Laken auf den Tisch und halt Alkohol, Jod und Äther bereit.«

Als sie das Laken über die Tische zog, wurde Therese von neuem von Furcht erfaßt. »Georg, laß mich einen Krankenwagen rufen!« sagte sie, da ihr wieder einfiel, daß er ja keine ärztliche Zulassung hatte.

»Tu, wie ich dir sage«, antwortete er nur. »Jede Sekunde zählt!«

Da schwieg sie und wartete auf seine weiteren Befehle.

Alles befand sich in Dr. Karnovskis kleinem Kabinett in genauester Ordnung, in derselben Reihenfolge wie in der Klinik. Selbst die Gummihandschuhe und der Chirurgenkittel lagen an ihrem Platz, gewaschen und bereit. Dr. Karnovski bat Therese nur um die allernötigsten Instrumente, und um Zeit zu sparen, zog er nicht einmal den Kittel oder die Handschuhe an.

Mit der erfahrenen Schnelligkeit, die er im Krieg erworben hatte, machte er sich fertig, wobei er auf alle nicht unbedingt notwendigen Rituale, die einer förmlichen Operation vorauszugehen pflegen, verzichtete. Er wartete nicht einmal, bis Therese die Instrumente sterilisiert hatte – er fürchtete zu sehr, daß es zu einer Blutung kommen könnte. Mit Seife und kaltem Wasser wusch er die Brust seines Sohns, besprenkelte sie mit Alkohol und pinselte sie mit Jod ein. »Sei jetzt tapfer, Kind«, sagte er zu Jegor, der ihn mit starren Augen anblickte.

Jegor nahm die Hand seines Vaters und küßte sie. Bei dieser Geste der Liebe wurde Dr. Karnovski warm ums Herz, und er nahm sich einen Augenblick Zeit, um Jegor auf die Lippen zu küssen. Sofort danach war er wieder professionell distanziert, hielt ein Tuch an Jegors schweißnasses Gesicht und fing an, Äther drauf zu träufeln, Tropfen um Tropfen.

Er wusch sich die Hände und befahl Therese, Alkohol darüber zu gießen. Er sah auf den schlafenden Jungen, der immer noch das schuldbewußte Lächeln des verlorenen Sohnes hatte, dann auf Therese, auf deren blassem Gesicht der rötliche Widerschein der starken Lampen lag, die den Tisch beleuchteten. Seine Hände zitterten nicht, seine Gedanken waren ruhig und beherrscht. Er blickte zum letztenmal auf den bewußtlosen Jungen, der dem Tode so nahe und doch in gewisser Weise so völlig von seinen Gebrechen geheilt war, und er war sehr stolz auf ihn.

»Ruhig und schnell«, sagte er zu Therese, die, bereit, jede seiner Anordnungen auszuführen, an seiner Seite stand. Er nahm das Skalpell auf, daß Professor Halevy ihm hinterlassen hatte, das Skalpell, das ihm all die Jahre so gute Dienste getan hatte, und machte den Einschnitt.

In der stillen Nacht draußen erklang das langsame Klappern von Pferdehufen auf dem Pflaster, und die vertraute Stimme des Milchmanns tönte durch die kühle, feuchte Luft. »Brr, Mary, brr...«

Das erste Licht der Morgendämmerung durchdrang den Nebel und erfüllte den Raum mit einem klaren grünlichen Leuchten.

Glossar

Akiba ben Joseph (ca. 50–135): Jüdischer Schriftgelehrter, der bekannt wurde durch seine Methode der Gesetzesauslegung, derzufolge kein einziger Buchstabe der Bibel nebensächlich sei.
Akshun (hebr.): Hartnäckiger, starrsinniger Mensch, Dickkopf.
Alenu: Hymne am Schluß der drei täglichen Gebete.
Aschkenas (pl. *Aschkenasim*): Als unbekanntes Volk in der biblischen Völkertafel erwähnt. Seit dem Mittelalter übliche Bezeichnung für Deutschland. Aschkenasim ist die Bezeichnung für die mittel- und osteuropäischen Juden, deren Umgangssprache Jiddisch ist.

Bar-Mizwa (hebr. »Gesetzespflichtiger«, eigentl. »Sohn der Pflicht«): Bezeichnung für einen jüdischen Jungen mit Vollendung des 13. Lebensjahres. Auch Bezeichnung für die Feier anläßlich der religiösen Volljährigkeit. Ab diesem Zeitpunkt wird man beim *Minjan* mitgezählt und hat an allen religiösen Pflichten und Rechten Anteil.
Biur: Bibelkommentar Moses Mendelssohns. Die Anhänger seiner Schule werden Biuristen genannt.

Chanukka (hebr. »Einweihung«): Achttägiges Fest zur Erinnerung an die Befreiung von der hellenistisch-syrischen Vorherrschaft und die 165 v. Chr. von Judas Makkabäus veranlaßte Wiederaufnahme des Jerusalemer Tempeldienstes. Es ist Brauch, jeden Abend ein Licht mehr am achtarmigen Chanukkaleuchter zu entzünden zur Erinnerung an das Lichtwunder im Tempel, wo der Ölvorrat eines Tages nach der Wiedereinweihung für acht Tage reichte.
Chassid (pl. *Chassidim*): Anhänger einer volkstümlichen, religiös-mystischen Bewegung im Judentum, begründet Mitte des 18. Jh. in der Ukraine von Isael ben Eliser aus Medshibosh, genannt der »Baal Schem Tow«. Die Vorstellung von der Aufhebung aller religiösen Wertunterschiede und Betonung einfacher gottesfürchtiger Gläubigkeit fand in Osteuropa weite Verbreitung. Chassid bedeutet schlicht »der Fromme«.

Chuzpe (jidd.): Frechheit, Dreistigkeit.

Gebetsriemen: Werden beim wochentäglichen Morgengebet am linken Arm, dem Herzen gegenüber, und an der Stirn angelegt. Sie tragen zwei Kapseln mit auf Pergamentstreifen geschriebenen Texten aus dem *Pentateuch*, und zwar vier einzelne in einem Kästchen auf der Stirn und vier auf einem Blatt in dem Kästchen am Arm.

Gehenna (griech., hebr. *Gehinnam*): Bezieht sich im biblischen Sinn auf das Tal der Söhne Hinnoms, ein Tal im Süden Jerusalems, wo dem Götzen Moloch Kinder geopfert wurden. Ort der Bestrafung nach dem Tode. Hebräische Bezeichnung der Hölle.

Gemara (aram. »Vervollständigung«, »Erlerntes«): Synonym für den *Talmud*, Lehrstoff zumeist in Form von Diskussionen.

Goj (hebr., pl. *Gojim*): Ursprünglich biblischer Ausdruck für »Volk« im allgemeinen. Jetzt Bezeichnung für Nichtjuden.

Gojischer Kup (eigentl. »Kopp«): Die jiddische Bezeichnung für einen »nichtjüdischen Kopf«. Scherzhafte Anspielung auf eine unangemessene, unflexible Denkweise.

Hachim (hebr.): Bezeichnung für einen Weisen, Gelehrten, Titel des sephardischen Rabbiners.

Haman: Minister des Perserkönigs Achaschwerosch (vermutlich Xerxes I., 5. Jh. v. Chr.). Wollte die Juden des Landes an einem einzigen Tag ausrotten, weil der Jude Mordechai sich nicht vor ihm verbeugen wollte. Als der König durch seine zweite Gemahlin Esther, die Nichte Mordechais, von Hamans Plan erfuhr, wurde der Minister an dem Galgen, den er für Mordechai vorgesehen hatte, aufgehängt. Boten verkündeten im ganzen Land die Aufhebung des von Haman erlassenen Befehls. Mordechai, der zuvor schon ein Mordkomplott gegen den König aufgedeckt hatte, trat in Hamans Rang. (Buch Esther)

Haskarat Neschamot (hebr.): Seelengebet in der Synagoge zum Gedenken an die Verstorbenen am Versöhnungstag *(Jom Kippur)* und am Schlußtag der drei Wallfahrtsfeste.

Hazzan (hebr.): Bezeichnung für den Vorbeter bzw. Kantor in der Synagoge.

Jecke (jidd., pl. *Jeckes*): Bezeichnung für deutschstämmige Juden, die als besonders steif und ordentlich karikiert werden. Das

Wort geht – so die geläufige Erklärung – auf »Jackett« zurück, spielt an auf die Vorstellung, deutsche Juden würden in jeder Situation auf die Wahrung ihrer Haltung und ihres Äußeren besonders achten.

Jeschiwa (hebr.): Talmud-Hochschule, in der der junge Mann (Mindestalter 13 Jahre) den *Talmud* und die Kommentare erlernt. Dient der Gelehrten- und Rabbinerausbildung.

Jom Kippur (hebr.): Höchster Feiertag, der von Moses gebotene Versöhnungstag, ein Tag des Fastens und Betens um Vergebung der Sünden gegenüber Gott und den Mitmenschen.

Kadisch (hebr., pl. *Kodejschim*): Gebet, welches die männlichen Nachkommen für das Seelenheil ihrer verstorbenen Eltern oder nahen Verwandten während des ganzen Trauerjahres sagen.

Kol Nidre (aram. »Alle Gelübde«): Gebet zu Beginn des *Jom Kippur*, das alle im vergangenen Jahr die eigene Person betreffenden Gelübde aufhebt.

Kolomeye (jidd. Aussprache für *Kolomea*): Stadt in Ostgalizien, Metapher für eine rückständige Provinzstadt, in der man noch vom Glanz früherer Zeiten als Handelsplatz träumt.

koscher (jidd. zu hebr. *kascher*, »einwandfrei«): Von der *Thora* zum Essen freigegebene Tiere, die nach ritueller Schlachtung (Schächten) nur ausgeblutet verwendet werden dürfen. Milch- bzw. Fleischspeisen dürfen weder im gleichen Geschirr zubereitet, aufbewahrt noch gleichzeitig verzehrt werden.

Koschruth, eigentl. *Kaschruth* (hebr. *kascher*, »tauglich«): Substantiv zu *koscher*. Rituell rein. Bezieht sich auf die vorschriftsgemäße Herstellung und Behandlung aller rituellen Gegenstände (z. B. Gebetsriemen, Mesusa, Thorarollen), aber auch auf die jüdischen Speisegesetze.

Ladino (span. zu lat. *latinus*): Hebräisch-spanische Mischsprache der Sephardim, der im 15. und 16. Jh. aus Spanien vertriebenen Juden (Spaniolen), die auf dem Kastilischen basiert und mit hebräischen Buchstaben geschrieben wird.

Maariw (hebr.): Abendgottesdienst, das letzte der drei täglichen Gebete.
Masel-tow (jidd.): Gut Glück! Wunsch bei freudigen Ereignissen.
Maimon od. *Maimonides* (Córdoba 30. März 1135 – Kairo 13. Dez.

1240): Jüdischer Philosoph und Arzt. Kodifizierte die jüdischen religiösen Gesetze und schrieb einen Kommentar zur *Mischnah*, in dem er die 13 Glaubensartikel formulierte.

Matzen (hebr. *Mazza*, pl. *Mazzot*): Brotfladen aus Weizenmehl und Wasser ohne Zusatz von Sauerteig. Wird als »Brot des Elends« zur Erinnerung an den Auszug aus Ägypten, der unter solchem Zeitdruck erfolgte, daß der Brotproviant nur in Matzen-Form gebacken werden konnte, während der Passahzeit gegessen.

Mendelssohn, Moses (Dessau 17. Aug. 1728 – Berlin 4. Jan. 1786): Jüdischer Philosoph der Aufklärung, der entscheidend zur Herausführung der Juden aus ihrem geistigen Getto beigetragen und durch seine Interpretation der jüdischen Religion mittels philosophischer Kategorien und durch die von ihm geforderte Beteiligung der Juden am kulturellen Leben ihrer Umgebung für die jüdische Geistes-, Religions- und Sozialgeschichte Bedeutung gewonnen hat. Lessing, der mit ihm befreundet war, hat ihm in seinem Drama »Nathan der Weise« ein Denkmal gesetzt. Auch *Moses Dessauer* genannt.

Mesusa (hebr., pl. *Mesusoth*, »Türpfosten«): Handgeschriebene kleine Pergamentrolle in einer Metall- oder Holzhülse, die am rechten Türpfosten der Haus-, Wohnungs- bzw. Zimmertür angebracht wird, mit einem Text aus Deut. 6, 4–9; 11, 13–21.

Midrasch (hebr. »Schriftauslegung«): Kommentar zur *Thora*, der im Anschluß an die Thoravorlesung im synagogischen Gottesdienst vorgelesen wird, sowie die daraus erwachsene Literatur. *Midrasch Tanhuma* (ausgespr. Tanchuma), benannt nach Rabbi Tanhuma, der diesen Midrasch verfaßte.

Minchah (hebr. »Gabe«, »Spende«): Gebet vor dem Sonnenuntergang. Nachmittagsgottesdienst, zweites der drei täglichen Gebete.

Minjen (hebr. *Minjan*, »Zahl«): Vorgeschriebene Anzahl von zehn im religiösen Sinn volljährigen Männern, also mindestens 13 Jahre alten Juden, die zur Abhaltung eines Gottesdienstes erforderlich ist. S. a. *Quorum*.

Passah (hebr. *Pessach*, »Vorüberschreiten«, »Verschonung«): Fest, das in Israel sieben, außerhalb acht Tage dauert, in etwa zu Beginn des Frühjahrs, zur Erinnerung an den Auszug der Kinder Israels aus Ägypten vor 3309 Jahren.

Pentateuch (griech.): Die fünf Bücher Mose. Wurde auf einem langen Weg mündlicher und schriftlicher Überlieferung zusammengestellt.

Purim (hebr. »Lose«, »Losfest«): Volks- und Freudenfest zur Erinnerung an die Errettung der persischen Juden vor dem Anschlag *Hamans*.

Purim bis zum Passahfest: Dreißig Tage.

Quorum (lat.): Die zur Beschlußfähigkeit von Gremien nach der Satzung erforderliche Anzahl der anwesenden Mitglieder. Auch Synonym für *Minjan*, d. i. die Mindestanzahl von zehn erwachsenen Juden (im orthodoxen Judentum männlichen Geschlechts), die zur Abhaltung des Gottesdienstes erforderlich sind.

Rosch Haschana (hebr. »Beginn des Jahres«): Zweitägiges Neujahrsfest, mit dem die zehn Bußtage beginnen, die mit dem Versöhnungsfest *Jom Kippur* enden.

Sabbatai Zwi (Smyrna 1626 – Ulcinj 1676): Pseudomessias und Sektengründer, der die Ankunft der Endzeit verkündete. Die osmanischen Behörden stellten ihn vor die Wahl zwischen Hinrichtung und Konversion zum Islam. Sein Übertritt am 15. Sept. 1666 und sein Tod zehn Jahre später bedeuteten einen Rückgang, jedoch noch nicht das Ende der sabbatianischen Bewegung.

Schabbes (jidd. *Sabbat*, hebr. *Schabbat*): Der siebte Tag der Woche und der Schöpfung. Ruhetag zur Erinnerung an das Ruhen Gottes nach Erschaffung der Welt, daher verbunden mit Arbeitsverbot. Wird als einziger Feiertag in den Zehn Geboten explizit erwähnt. Beginnt freitags nach Einbruch der Dämmerung bzw. dem Erscheinen der ersten Sterne, endet am Samstagabend wieder bei Anbruch der Nacht.

Schachres (jidd., hebr. *Schacharit*): Morgengottesdienst, erstes der drei täglichen Gebete.

Schalom alejchem (jidd.): Friede mit Euch! Gewöhnliche Begrüßung eines aus der Ferne angekommenen Gastes.

Schammasch (hebr.): Synagogen- oder Gemeindediener.

Schickse (hebr. *schekez*, »unwürdig«): Bezeichnung für eine nichtjüdische junge Frau, im Gebrauch meist pejorativ gemeint.

Sephardim (hebr.): Nachkommen der Juden, die 1492 aus Spanien vertrieben wurden und sich in Nordafrika, Italien und im Osmanischen Reich niederließen. Entwickelten für Gebet und Gottesdienst einen eigenen Ritus. Umgangssprache ist das *Ladino*.

Simchas Thora (volkstümliche Aussprache für *Simchat Thora*): Fest der Gesetzesfreude im Herbst zum Abschluß der jährlichen Thoravorlesung und dem unmittelbar anschließenden Beginn des neuen Zyklus. Wird anschließend an das Laubhüttenfest gefeiert.

Sprüche der Väter (hebr. *Pirke Awot*): Eine Sammlung von Sprüchen jüdischer Schriftgelehrter, gilt als volkstümlichster Teil der mündlichen Überlieferung. Bestandteil des *Talmuds*.

Thora (hebr. »Lehre«, »Weisung«, »Gesetz«): Bezeichnung für den *Pentateuch*, auch die Fünf Bücher Mose genannt. Unter Thora kann man – allgemein gesehen – die gesamte schriftliche und mündliche Überlieferung verstehen. Wird im Verlauf des Jahres abschnittweise im Gottesdienst vorgelesen.